HEYNE BÜCHER

Das Buch

An den Klippen von Nantucket Island wird bei einem Wirbelsturm ein Schoner namens *Ventura* beschädigt und an Land getrieben.

Kinder finden Waffen neuesten Typs, und es stellt sich heraus, daß deren Bestimmungsort Irland gewesen ist. Das bewährte Spezialistenteam der UNACO wird beauftragt, der Sache auf den Grund zu gehen, doch zuerst müssen der Kenianer Whitlock, die hübsche Sabrina Carver und Mike Graham den Mord an ihren Kollegen in London klären. Die Geschehnisse führen sie zu den Mafia-Aktivitäten und in die Geheimverstecke der IRA. Der Wettlauf mit der Zeit beginnt ...

Die Autoren

Alistair MacLean hat dreißig Bücher veröffentlicht, von denen die meisten zu Bestsellern wurden.

Titel wie *Die Kanonen von Navarone* oder *Agenten sterben einsam* sind weltweit bekannt. Alistair MacLean starb im Jahre 1987. In seinem Nachlaß fanden sich eine Reihe von Filmexposés; da das grundsätzliche Einverständnis des Autors vorlag, seine Filmvorlagen zu Romanen umzuarbeiten, hat Alastair MacNeill schon einige von ihnen bearbeitet und als Bücher veröffentlicht.

Alastair MacNeill wurde 1960 in Schottland geboren. Er wuchs in Südafrika auf, und sein Interesse am Schreiben zeigte sich schon in jungen Jahren. Seit 1985 lebt er als Schriftsteller in England.

Im Wilhelm Heyne Verlag sind lieferbar:
Alistair MacLean's Der Rembrandt-Deal (01/8655),
Alistair MacLean's Spur des Todes (01/9062),
Alistair MacLean's Drei Tage bis zur Ewigkeit (01/9420),
Alistair MacLean's Zeit der Attentäter (01/9533).

ALASTAIR MACNEILL

Alistair MacLean's Ventura

Roman

Aus dem Englischen
von Gunther Seipel

Deutsche Erstausgabe

WILHELM HEYNE VERLAG
MÜNCHEN

HEYNE ALLGEMEINE REIHE
Nr. 01/10329

Titel der Originalausgabe
ALISTAIR MACLEAN'S DEAD HALT
erschienen by Harper Collins Publishers Ltd.

Umwelthinweis:
Das Buch wurde auf chlor- und säurefreiem
Papier gedruckt.

Redaktion: Werner Heilmann

2. Auflage

Printed in Germany 1997
Umschlagillustration: Bildagentur Mauritius/Dr. Pott
Umschlaggestaltung: Atelier Ingrid Schütz, München
Gesamtherstellung: Ebner Ulm

ISBN 3-453-12499-5

PROLOG

An einem nicht näher bezeichneten Datum im September 1979 bestellte der Generalsekretär der Vereinten Nationen sechsundvierzig Botschafter, die nahezu alle Länder der Welt repräsentierten, zu einer außergewöhnlichen Sitzung. Auf der Tagesordnung stand lediglich ein einziger Punkt: die außer Kontrolle geratene Entwicklung des internationalen Verbrechens. Man einigte sich darauf, eine internationale Eingreiftruppe aufzustellen, die unter der Schirmherrschaft des Sicherheitsrates der Vereinten Nationen tätig werden sollte und unter der Bezeichnung United Nations Anti-Crime Organization (UNACO) als Organisation der Vereinten Nationen zur Bekämpfung des internationalen Verbrechens eingesetzt werden konnte. Erklärtes Ziel dieser Organisation würde es sein, »Einzelpersonen oder Gruppen, die internationalen kriminellen Aktivitäten nachgehen, abzuwehren, unschädlich zu machen und/oder ihrer habhaft zu werden«.* Jeder der Botschafter schlug einen Kandidaten für die Position des Leiters der UNACO vor, wobei der Generalsekretär die endgültige Entscheidung traf. Am 1. März 1980 wurde die UNACO als Geheimorganisation ins Leben gerufen.

* Charta der UNACO, Artikel I, Absatz 1 c

1

»Um Himmels willen, wir können uns hier nicht länger halten! Es wird jede Minute schlimmer! Wir müssen einen Hafen erreichen, solange wir noch dazu in der Lage sind! Das ist unsere einzige Chance!«

Rory Milne wußte, Earl Reid hatte recht. Er wußte auch, daß Reid ein erfahrener Seemann war, der dieses Gebiet kannte wie seine eigene Westentasche. Obwohl Reid der sechzig Meter lange Toppsegelschoner *Ventura* gehörte, hatte Milne zu entscheiden, ob sie versuchen sollten, den Sturm heil zu überstehen oder statt dessen den Schutz des nächsten Hafens anzulaufen. Reid hatte bezüglich dieser Festlegung immer seine Vorbehalte gehabt, aber das Geld, das man ihm zahlte, hatte geholfen, ihn zu beruhigen. Jetzt wußte er, daß seine Befürchtungen wohlbegründet gewesen waren. Doch ohne von Milne dazu autorisiert zu werden, konnte er nichts daran ändern. Besorgt wartete er darauf, daß Milne eine Entscheidung fällte ...

Am frühen Nachmittag hatte die Küstenwache für das Gebiet Cape Cod eine Sturmwarnung herausgegeben. Windstärke zehn auf der Beaufort-Skala; Windgeschwindigkeiten bis zu einhundert Stundenkilometern. Gegen zehn Uhr abends sollte der Sturm Cape Cod erreichen. Reid war sich sicher, daß sie ihn heil überstehen würden. Die *Ventura* hatte sie schon durch manchen Sturm getragen. Doch als der Sturm dann losbrach, wußte Reid sofort, daß es sich um kein gewöhnliches Unwetter handelte. In Böen erreichte der Wind schnell bis zu einhundertfünfzig Stundenkilometern; die Wellen waren jetzt schon gute sieben Meter hoch. Sie waren in einen Hurrikan geraten! Und die ganze Zeit verstärkten sich die Windstöße noch. Unter dem Ansturm der Wellen geriet die *Ventura* ins Schwanken, und Reid wußte, es würde nur noch eine Frage von Minuten sein, bis sie sank. Sie mußten die Küste Nantuckets ansteuern! Und das sehr rasch ... Die Zeit wurde knapp.

Reid konnte nicht länger darauf warten, daß Milne zu einem Entschluß kam. Er drehte das Ruder hart nach Steuerbord; sein Plan stand bereits fest. Er wußte, daß die *Ventura* nur wenig Chancen hatte, unter diesen Umständen Madaket Harbor, einen sicheren Hafen, zu erreichen, es sei denn, es gelang ihm mit Hilfe der riesigen Brecher, den Schoner in den Hafen hineinzumanövrieren. Nie zuvor hatte er so etwas versucht. Aber er konnte sich noch lebhaft an den Tag erinnern, an dem er als achtjähriger Junge von seinem Schlafzimmerfenster aus beobachtet hatte, wie sein Vater einen Sturm vor Martha's Vineyard dazu genutzt hatte, seinen beschädigten Trawler in den Hafen zurückzusteuern. Sein Vater hatte den Trawler in die Bahn einer riesigen Woge hineingedreht, und in deren Sog war das Schiff in die Einfahrt des Hafens von Edgartown hineingetrieben worden. Zugegebenermaßen war der Trawler dem Hafen zu jenem Zeitpunkt weitaus näher gewesen; auch der Sturm hatte nicht annähernd so schlimm gewütet wie der, in den sie jetzt geraten waren, aber Reid wußte, daß hier ihre einzige Chance lag zu überleben. Die Risiken waren enorm, aber er mußte es wagen.

Er steuerte gerade in ein Wellental hinein, als eine turmhohe Woge die *Ventura* für einen Moment aus dem Wasser zu heben schien, bevor der Schoner in der Bahn einer anderen Woge wieder herunterkrachte. Die Woge brach über den Bug herein, zerschmetterte das Fenster des Ruderhauses und durchnäßte die beiden Männer. Milne wurde heftig gegen das Schott geworfen, ein Glassplitter schlitzte seine Wange auf. Reid klammerte sich ans Ruder und bemühte sich verzweifelt, den Schoner auf Kurs zur Küste von Nantucket zu halten. Milne kam mühsam auf die Beine und wischte sich mit dem Handrücken über seine blutige Wange. Seine Augen waren vor Angst geweitet. Reid schaute zu ihm hinüber, sagte aber nichts. Er fragte sich, ob er wohl ebenfalls so erschrocken aussah. Das waren mit Sicherheit die schlimmsten Wetterbedingungen, die er in seinen vierzehn Jahren auf See angetroffen hatte.

»Sieh nur!« schrie Milne auf und übertönte mit seinem Schrei noch den heulenden Sturm.

Reid folgte Milnes ausgestrecktem Zeigefinger. Zuerst konnte er gar nichts erkennen, dann jedoch sah er es. Weit entfernt blitzte ein Licht auf. Der Leuchtturm von Madaket Harbor! Reid überprüfte seine Position. Der Leuchtturm lag jetzt fünfundvierzig Grad Steuerbord. Reid hatte vorgehabt, direkt auf den Leuchtturm zuzusteuern. Vielleicht war das ja auch anfangs gelungen, dann aber hatten die peitschenden Wogen den Schoner wieder von seinem Kurs abgebracht.

»Steuer den Leuchtturm an!« brüllte Milne.

»Bist du verrückt?« schrie Reid zurück. »Der ist dazu da, uns vor den Felsen zu warnen. Ich nehme Kurs auf den Hafen. Das ist jetzt unsere einzige Chance!«

»Wo ist . . .«

Milnes Worte wurden von einer weiteren Woge abgeschnitten, die über dem Deck zusammenkrachte und einen Wasserschwall in das Ruderhaus schwappen ließ, der Milne mit solcher Wucht gegen die Tür warf, daß diese aufbrach. Er stürzte auf das Deck hinaus, sein Schrei wurde ihm vom Wind von den Lippen gerissen. Ein Brecher fegte über das Deck; verzweifelt griff Milne nach dem Handlauf, als er spürte, wie er über Bord gespült zu werden drohte. Reid schnappte sich den Hörer des Funkgeräts und befahl den anderen drei Besatzungsmitgliedern barsch, sofort an Deck zu kommen. Einen Augenblick lang steckte er in einem Dilemma. Wenn er das Ruder verließ, um Milne zu helfen, würde der Schoner noch weiter von seinem Kurs weggefegt werden und möglicherweise in den ungeheuren Wogen leckschlagen. Doch wenn Milne über Bord ginge? Milne war für das ganze Unternehmen von wesentlicher Bedeutung. Selbst wenn sie den Hafen erreichten, würde man die Operation ohne ihn abbrechen müssen. Und das bedeutete, daß er den Rest des Geldes nicht ausbezahlt bekäme. Und es handelte sich um sehr viel Geld . . .

Reid sicherte das Ruder. Als er sich auf die Tür zukämpfte, schlug eine weitere Welle gegen die Seite des

Schoners und warf ihn zu Boden. Verzweifelt sah er sich nach Milne um, konnte einen Augenblick lang aber gar nichts erkennen. Dann erspähte er unten am Handlauf zwei Hände. Milnes übriger Körper hing über Bord. Reid wußte, daß Milne sich nur noch wenige Sekunden würde halten können. Er rief ihm etwas zu, aber sobald er den Mund öffnete, riß der Wind die Worte von seinen Lippen. Dann bemerkte er, daß wenige Meter von ihm entfernt die Lotsentreppe quer auf dem Deck lag. Reid bahnte sich seinen Weg auf das Deck hinaus bis zu der Leiter, schlang seinen Arm um das daran befestigte Seil, ließ sich auf den Bauch fallen und robbte auf den Handlauf zu. Er packte den Aufschlag von Milnes Windjacke, bekam das Material aber nicht richtig zu fassen, so taub waren seine Finger. Sich nach vorn ziehend, streckte er den Arm über den Bordrand, um die Jacke selbst zu erwischen, spürte aber, wie seine Finger erneut abglitten. Endlich tauchte hinter Reid einer der Männer der Besatzung auf, und gemeinsam hievten sie Milne Zentimeter um Zentimeter hoch. Ein zweiter Mann kam dazu und half ihnen, Milne an Deck zu ziehen. Seine schwarzen Haare klebten an seinem bleichen Gesicht; aus der klaffenden Wunde wenige Zentimeter unter seinem linken Auge lief ihm das Blut über die Wange. Als er nach dem Handlauf griff, sahen seine Retter, wie sich seine Augen vor Entsetzen noch mehr weiteten.

Die beiden Besatzungsmitglieder schauten hinter sich und drehten sich gerade um, als die turmhohe Woge auf die *Ventura* herunterkrachte und die zwei Männer über Bord schleuderte. Reid schrie vor Schmerz auf, als er mit dem Gesicht auf die Planken schlug; sein Arm war immer noch mit dem Seil an der Lotsentreppe gesichert. Im Schein der Deckenlampen sah er Milne, der einen Meter vom Rumpf entfernt im Wasser kämpfte. Fast konnte Reid ihn noch erreichen – schnell streckte er eine Hand nach ihm aus. Da krachte eine weitere Woge gegen die Seite des Schiffes, und als Reid wieder an die Oberfläche kam, war Milne verschwunden.

Der dritte Mann der Besatzung hatte sich mit einem Seil

an einem Pfosten gesichert. Er tauchte jetzt über Reid auf und begann langsam, die Lotsentreppe einzuholen und Reid dem Griff der schäumenden Wogen zu entreißen. Sobald Reid in Sicherheit war, sackte er am Ruderhaus zusammen und wischte sich die Haare aus dem Gesicht. Blut floß aus einer tiefen Wunde auf seiner Stirn, aber die Kälte hatte ihn gefühllos gemacht; er verspürte keinen Schmerz, er rappelte sich wieder auf, taumelte ins Ruderhaus und packte das Ruder. Verzweifelt suchte er nach dem Signal des Leuchtturms. Es war nirgends zu sehen. Er überprüfte den Kurs des Schiffes. Der Schoner steuerte nach Südost. Reid hatte jede Orientierung verloren, wußte überhaupt nicht mehr, wo er sich befand. Wie zum Teufel sollte er einen Kurs ausarbeiten, dem er folgen konnte? Er wischte sich das Blut aus den Augen und schaute sich um, als der Mann von der Besatzung ins Ruderhaus trat und den Kopf schüttelte, als ob er auf die Frage antwortete, die Reid ihm gerade stellen wollte. Jetzt gab es nur noch sie beide. Plötzlich überflutete der Lichtstrahl des Leuchtturms wieder den Bug der *Ventura*. Dieses Mal war er nur noch etwa hundert Meter von ihnen entfernt. Mit aller Kraft schwang Reid das Ruder herum und versuchte verzweifelt, den Schoner zu drehen und die Felsen zu vermeiden. Aber er wußte, daß er jetzt auf Gedeih und Verderb den Wellen ausgeliefert war.

Sekunden später erzitterte die *Ventura*; der Rumpf wurde von den Felsen aufgerissen. Reid brüllte: »Schnell von Bord!« Doch eine weitere ungeheure Woge schmetterte den Schoner ein zweites Mal gegen die Felsen. Der Mann schrie auf, als er das Gleichgewicht verlor und über Bord ging. Reid beobachtete hilflos, wie die nächste Welle über ihm zusammenschlug, dann war er verschwunden. Die *Ventura* hatte bereits schwere Schlagseite; Reid wußte, es war nur noch eine Sache von Minuten, bevor sie auseinanderbrach und sank. Mit beiden Händen hielt er sich am Handlauf fest und kämpfte sich auf das Rettungsboot zu. Wieder streifte das Licht des Leuchtturms den Schoner. Reid schätzte, daß er immer noch knappe hundert Meter von ihm entfernt war. Er mußte versuchen, ihn mit dem

Rettungsboot zu erreichen. Plötzlich wurden die Füße unter ihm weggerissen; der Bug der *Ventura* glitt unter die Wellen. Verzweifelt bemühte Reid sich, seinen festen Stand wiederzugewinnen, da krachte auch schon der nächste Brecher auf den dem Untergang geweihten Schoner nieder, riß den Rumpf unterhalb der Wasserlinie in Stücke und katapultierte Reid ins Meer. Er kämpfte sich wieder an die Wasseroberfläche, hatte aber kaum genug Zeit zum Luftholen, bevor die nächste Woge ihn mit voller Wucht gegen den Rumpf schleuderte und die Luft aus seinen Lungen preßte.

Der Lichtstrahl des Leuchtturms huschte über das Wasser; für einen kurzen Augenblick beleuchtete er eine der Rettungsbojen der *Ventura*, die nur wenige Meter von Reid entfernt im Wasser trieb. Verzweifelt versuchte der Mann, nach ihr zu greifen.

Bei der nächsten Umdrehung erfaßte der Lichtstrahl eine leere Rettungsboje, die in die offene See hinausgeschleudert wurde ...

Der Hurrikan hatte die Bewohner von Nantucket Island völlig überrascht. Glücklicherweise hatte er an den Gebäuden nur minimale Schäden angerichtet, als er den Rand der Insel streifte, bevor er sich schließlich irgendwo über dem Atlantik austobte. Wenn seine Bahn jedoch anders verlaufen wäre, hätte es beträchtlich größere Schäden gegeben. Mittlerweile verlangten die Inselbewohner von den Meteorologen eine Erklärung, warum sie lediglich eine einfache Sturmwarnung herausgegeben hatten.

Während an jenem Morgen die Eltern den Behörden eine Strafpredigt hielten, waren die Kinder mehr daran interessiert, die Strände und kleinen Buchten nach irgendwelchen Dingen abzusuchen, die vielleicht an Land gespült worden waren. Der zehnjährige Richard Stegmeyer hatte seine beiden besten Freunde, Andrew Mulgrew und Tony Styles, angerufen, sobald er aufgewacht war, und ihnen gesagt, sie sollten sofort zu seinem Haus herüberkommen, so daß sie alle noch vor ihren Schulkameraden am Surfside Beach sein könnten. Nach einem hastigen

Frühstück hatte ihm seine Mutter eröffnet, er solle seine siebenjährige Schwester Sally mitnehmen. Richard war entsetzt hinsichtlich dieser Idee, aber alle Überredungskünste würden nicht in der Lage sein, seine Mutter umzustimmen. Wenn er zum Surfside Beach gehen wollte, mußte er Sally mitnehmen. Als Andrew und Tony eintrafen, setzten sich die vier also mit ihren Fahrrädern in Richtung Strand in Bewegung. Sally war von Anfang an hinter ihnen zurückgeblieben, aber Richard war nicht so dumm, ohne sie davonzuradeln. In der Vergangenheit hatte er schmerzlich erfahren müssen, was es hieß, nicht richtig auf sie aufgepaßt zu haben.

Sie steuerten nicht den Hauptstrand an. Den würden bereits andere abgesucht haben. Nein, wie die meisten Kinder ihres Alters hatten sie ihr eigenes Gebiet, in das sie gehen konnten, wenn der Besucherstrand voller lärmender Touristen war. In einer Baumgruppe stellten sie ihre Fahrräder ab; aufgeregt eilten sie zum Sandstrand hinunter. Sofort steuerte Andrew auf eine etwa hundert Meter entfernte Felsgruppe zu. Richard bremste seinen Impuls, ihm hinterherzulaufen. Seine Mutter hatte ihm strikte Anweisungen gegeben, nicht zu den Felsen zu gehen. Normalerweise hätte er ihr nicht gehorcht, aber Sally würde es ihr mit Sicherheit erzählen. Tony warf ihm einen spöttischen Blick zu, zuckte die Schultern und rannte hinter Andrew her. Untröstlich starrte Richard seinen Freunden nach, als plötzlich ein Händchen an seinem T-Shirt zerrte.

»Was ist das?« fragte Sally und zeigte auf etwas, das hinter den Felsen auf dem Sand lag.

Richard rannte auf den Gegenstand zu. Als er näher herankam, erkannte er, daß es sich um eine Rettungsboje handelte. Er ließ sich im nassen Sand auf die Knie fallen und drehte sie herum. In schwarzen Buchstaben standen die Worte ›*Ventura* – Milford‹ auf der Oberfläche. Er wußte, daß Milford ein kleiner Fischereihafen an der Küste Connecticuts war und etwa hundertsechzig Kilometer südlich von Nantucket Island lag. Sofort rief er nach Andrew und Tony, und als ihre Köpfe über einem Felsen auftauchten, schwang er triumphierend die Rettungsboje über seinem Kopf. Die beiden Freunde kletterten über die Felsen, sprangen auf den Sand und rannten zu der Stelle herüber, an der er stand.

»Wo hast du sie gefunden?« fragte Tony ganz außer Atem.

»Genau hier«, antwortete Richard grinsend.

»Ich habe sie als erste gesehen«, ergänzte Sally trotzig, aber die Jungen ignorierten sie.

»Meint ihr, das Schiff hat letzte Nacht der Sturm erwischt?« fragte Tony und schaute hinaus aufs Meer.

Richard hob die Schultern. »Wenn meine Eltern in der Arbeit sind, könnten wir heute am späteren Vormittag den Hafenmeister von Milford anrufen. Der sagt uns bestimmt etwas zur *Ventura*.«

»Ja, prima Idee«, meinte Tony und nickte.

Plötzlich zerrte Sally wieder hinten an Richards T-Shirt. Er wischte ihre Hand weg, hartnäckig zerrte sie jedoch weiter.

»Was gibt's?« fragte er in scharfem Ton.

»Was ist denn das dort drüben?« fragte sie.

Irgend etwas tanzte in der Nähe der Felsen im flachen Wasser auf und ab. Tony warf Andrew einen aufgeregten Blick zu, dann schleuderte er seine Sandalen von den Füßen und rannte auf das Wasser zu. Auch Andrew schlüpfte aus seinen Schuhen und sprintete hinter ihm her.

»Du bleibst hier«, sagte Richard zu Sally, als er sich seine Turnschuhe abstreifte.

»Warum?«

»Weil es da vorn gefährlich ist«, entgegnete Richard und warf die Turnschuhe auf den Sand.

»Aber du gehst doch auch dort hinunter!«

»Ich bin älter als du«, erwiderte Richard. »Jetzt bleib da! Wenn es sicher genug für dich ist, sage ich dir Bescheid.«

»Ehrenwort?«

»Ja, bleib einfach da!« rief er über die Schulter zu ihr zurück, als er in Richtung Wasser rannte. »Was ist es?« fragte er aufgeregt.

»Eine Kiste«, antwortete Tony aufgeregt, während er

und Andrew sich bemühten, sie auf den Strand zu ziehen. »Herrgott, ist die schwer!«

»Steh nicht nur dumm herum!« schimpfte Andrew und warf Richard einen wütenden Blick zu.

Die drei Jungen schafften es, die hölzerne Kiste zu pakken. Mühsam zogen sie sie auf den Strand.

»Und was machen wir jetzt?« fragte Tony und ließ sich erschöpft auf den Sand fallen.

»Aufmachen natürlich«, entgegnete Andrew.

»Ja«, Richard war einverstanden.

»Wie?« fragte Tony.

»Es muß hier doch irgend etwas geben, das wir dazu verwenden können«, antwortete Andrew und suchte den Strand in ihrer Umgebung ab.

»Benutz doch dein Taschenmesser«, sagte Tony.

»Das ist nicht stark genug«, gab Richard zu bedenken. »Die Klinge würde abbrechen. Ihr beiden geht jetzt und sucht zwischen den Felsen. Da findet ihr mit Sicherheit etwas. Ich warte hier.«

»Kann ich jetzt kommen?« rief Sally den beiden hinterher, als sie auf die Felsen zuliefen.

Richard winkte sie zu sich, während er die Kiste einer genaueren Betrachtung unterzog. Sie war etwa einen Meter zwanzig lang und sechzig Zentimeter breit, hatte aber auf keiner Seite irgendwelche Markierungen, die auf ihre Herkunft schließen ließen.

»Vielleicht ist es ja ein Schatz«, meinte Sally hinter ihm.

»Ja, sicher«, murmelte er.

Kurze Zeit später kehrten Andrew und Tony mit einem Stück Treibholz zurück, das sie in einem Tümpel bei den Felsen gefunden hatten. Andrew schaffte es, das flache Holz unter den Deckel zu zwängen, und stemmte diesen mit zusammengebissenen Zähnen so weit auf, daß Richard und Tony ihre Finger drunterschieben konnten. Mit dem Stück Treibholz hebelte er den Deckel weiter hoch, während Richard und Andrew mit ihren Händen daran zerrten. Endlich löste sich der Deckel unter dem anhaltenden Druck, und Richard stieß einen Freudenschrei aus. Der Inhalt der Kiste war mit einer Lage geteertes Segeltuch geschützt. Andrew zog sein Taschenmesser heraus und stieß die Klinge in das Segeltuch, schlitzte es auf und zog es auseinander. Im Inneren befanden sich einige etwa einen Meter lange hölzerne Kästen, die mit Styropor voneinander getrennt waren. Er holte noch einen der Kästen heraus und stellte fest, daß sich darunter noch ein weiterer Kasten befand, der genauso aussah wie der Kasten, den er jetzt auf den Sand stellte. Vorsichtig lockerte er mit dem Taschenmesser an einer Seite die Nägel. Dann hakte er seine Finger unter den Deckel und zog ihn auf.

»Was ist es?« fragte Sally und bemühte sich, über ihre Schultern zu schauen.

»Ein Gewehr«, sagte Richard und blickte langsam zu Andrew hoch. »Denkst du, in allen Kästen sind Gewehre?«

»Weiß nicht«, antwortete Andrew, holte einen anderen Kasten heraus und öffnete auch ihn mit seinem Messer. Auch darin berfand sich ein Gewehr, das wie das erste in eine durchsichtige Plastikfolie gehüllt war.

»Was sollen wir tun?« fragte Tony mit einem nervösen Blick auf die Waffen.

»Wir müssen die Polizei rufen«, meinte Richard. »Ihr drei wartet hier. Ich fahre zum nächsten Münztelefon und benachrichtige sie. Okay?«

Andrew nickte.

»Legt die Kästen wieder in die Kiste zurück«, sagte Richard zu den anderen. »Und beschützt sie mit eurem Leben!«

»Darauf kannst du dich verlassen«, antwortete Andrew.

Richard schluckte nervös, drehte sich um und rannte den Strand hoch bis zu der Stelle, an der er sein Fahrrad zurückgelassen hatte.

2

»Da wären wir, Kamerad«, meinte der Fahrer und brachte das Taxi zum Stehen. »Das Crescent Hotel.«

C. W. Whitlock starrte durch das von Regenschlieren bedeckte Fenster auf das Gebäude. Die Farbe blätterte von den getünchten Wänden ab, das Neonschild über der Drehtür verkündete in grellen Farben den Namen des Hotels.

»Sind Sie sicher, daß Sie hier richtig sind?« fragte der Fahrer und betrachtete Whitlocks teuren Markenanzug von Armani.

»Ziemlich sicher«, antwortete Whitlock mit einem kurzen Lächeln, als er die Fahrt bezahlte.

Der Fahrer zuckte die Schultern. Whitlock nahm seinen Aktenkoffer und stieg aus in den Regen, schlug die Tür hinter sich zu und eilte hinüber zum Hoteleingang. Er betrat die Hotelhalle, wischte sich die Regentropfen vom Jackett und ging zur Rezeption. Eine Frau mittleren Alters saß im hinteren Büro in der Telefonzentrale. Nickend gab sie ihm zu verstehen, daß sie ihn gesehen hatte, und wandte sich wieder ihrem Telefongespräch zu.

Whitlock stellte seinen Aktenkoffer neben sich auf den schäbigen Teppich und trommelte ungeduldig mit den Fingern auf den Holztresen der Rezeption. Er war ein vierundvierzigjähriger Kenianer mit heller Hautfarbe und scharfgeschnittenen Gesichtszügen, die der gepflegte Schnurrbart, den er trug, seit er zwanzig war, etwas abmilderte. Nach seinem Studium in England und nach seinem Abschluß in Oxford war er nach Kenia zurückgekehrt, wo er in der Armee und beim Geheimdienst gedient hatte, bevor er als einer der ersten Rekruten zur UNACO gestoßen war.

Die UNACO mit ihrem Hauptquartier im Gebäude der Vereinten Nationen in New York verfügte weltweit über einen Stab von zweihundertneun ständigen Mitarbeitern.

Dreißig davon waren erstklassige Leute für Außeneinsätze, die aus dem Militär, der Polizei und den Geheimdiensten des ganzen Erdballs rekrutiert worden waren und in zehn Teams, den sogenannten ›Einsatzgruppen‹, ihre Operationen durchführten. Ihre intensive Ausbildung umfaßte sowohl unbewaffnete Kampftechniken als auch die Handhabung aller bekannten Schußwaffen. Whitlock war seit Gründung der Einsatzgruppe 3 deren Leiter gewesen. Als jedoch der Direktor der UNACO, Malcolm Philpott, vor kurzem wegen seines schlechten Gesundheitszustandes zur vorzeitigen Pensionierung gezwungen wurde, war dessen Stellvertreter Sergej Kolchinsky zum neuen Direktor ernannt worden. Whitlock war auf dessen freigewordenen Posten nachgerückt. Allerdings hatte er das nur getan, um seine Frau Carmen zu beschwichtigen, die Angst um ihn hatte und wollte, daß er nicht länger bei Außeneinsätzen mitmachte. Der Schritt hatte geholfen, ihre Ehe zu kitten. Im Grunde seines Herzens sehnte sich Whitlock aber immer noch danach, wieder zu den praktischen Einsätzen zurückzukehren; er war jedoch ein viel zu großer Profi, als daß er zugelassen hätte, daß seine Gefühle seine Arbeit beeinträchtigten ...

»Kann ich Ihnen helfen?« rief die Frau schließlich aus der Telefonzentrale und hielt dabei ihre Hand über die Sprechmuschel.

»Die Zimmernummer von Mr. Swain, bitte.«

Sie schaute auf der vor ihr liegenden Notiztafel nach. »Sechsundzwanzig«, verkündete sie, dann wandte sie sich wieder ihrem Telefon zu.

Whitlock atmete tief aus und schlug laut mit der Hand auf den Tresen, um die Frau auf sich aufmerksam zu machen. »Wenn es Ihnen nicht allzu große Mühe macht, könnten Sie mir vielleicht sagen, in welchem Stockwerk das ist?«

»Im zweiten«, kam die unbekümmerte Antwort.

Whitlock musterte den alten Fahrstuhl mit einer gewissen Beklommenheit und beschloß, statt dessen die Treppe zu nehmen. Er fand das Zimmer und klopfte kräftig gegen die Tür, die sich sofort öffnete.

»Hallo, C. W.! Komm rein«, sagte der Mann und winkte Whitlock ins Zimmer.

Dave Swain war der Leiter der Einsatzgruppe 7, ein großer, stämmiger Mann Ende Dreißig, früherer Leibwächter des amerikanischen Präsidenten. Vor seiner Rekrutierung durch Philpott hatte er zehn Jahre beim Geheimdienst des FBI gearbeitet. Die anderen beiden Mitglieder des Teams waren Alain Mosser, ein Franzose mit derber Ausdrucksweise, ebenfalls Ende Dreißig, der etliche Jahre bei der *Direction de la Surveillance du Territoire* verbracht hatte, bevor er vor zwei Jahren zur UNACO gekommen war, und der einunddreißigjährige Jason Geddis, erst seit vier Monaten bei der UNACO und deren jüngster Zuwachs. Geddis hatte vorher acht Jahre für den kanadischen Geheimdienst gearbeitet. Die drei Männer trugen dreckige Jeans und Sweatshirts.

»Wann bist du in London eingetroffen?« fragte Swain.

»Vor einer guten Stunde«, erwiderte Whitlock. »Ich habe mein Hotelzimmer bezogen und bin dann auf kürzestem Weg herübergekommen.«

»Nun, danke, daß du den Regen mitgebracht hast, C. W.!« sagte Geddis grinsend, als er aufstand, um Whitlock die Hand zu schütteln.

»Immer freudig zu Diensten«, entgegnete Whitlock. Dann wandte er sich an Mosser. »Alain, *comment vas-tu*?«

»Wenn ich mir nicht die Beine in diesem Saustall in den Bauch stehen müßte, ginge es mir besser«, schnaubte Mosser.

»Warum habt ihr dieses Hotel gewählt?« wandte sich Whitlock an Swain.

»In diesem Dreckloch fallen wir nicht so auf«, antwortete Swain.

»Ein Franzose. Zwei Amerikaner. Ja, wir fallen in dieser Umgebung wirklich überhaupt nicht auf«, fügte Mosser kopfschüttelnd hinzu. »Ich bin froh, wenn ich den Laden hier von außen sehe.«

»Ein Franzose, ein Amerikaner und ein Kanadier«, verbesserte ihn Geddis.

»Ach, was macht das schon für einen Unterschied?«

»Den gleichen, als würde man dich einen Schweizer oder Belgier nennen«, knurrte Geddis.

»Ich unterbreche diese Geographiestunde nur sehr ungern, aber könnten wir jetzt vielleicht zur Sache kommen?« mischte sich Whitlock in scharfem Ton ein. »Welche Informationen habt ihr von eurem Informanten bekommen?«

»Noch haben wir ihn nicht gesehen«, antwortete Swain. »Eine Stunde vor unserem verabredeten Treffen im Hyde Park diesen Morgen hat er plötzlich abgesagt.«

Whitlock nahm langsam auf einem hinter ihm stehenden Stuhl Platz. »Ich habe Kopf und Kragen riskiert, als ich der Sonderabteilung für Terroristenbekämpfung bei Scotland Yard sagte, sie sollten Sean Farrell bei seiner Rückkehr vom Kontinent verhaften. Ich versicherte ihnen, wir würden genug Beweismaterial bekommen, um ihn lebenslang hinter Gitter zu bringen. Genau das habt ihr mir ja auch erzählt. Was soll ich denen jetzt sagen? Daß sie ihn wieder laufenlassen sollen? Jemanden freilassen müßten, der bekanntermaßen der Anführer eines IRA-Kommandos ist, damit er nach Irland zurückkehren kann, um seine Terrorkampagne gegen britische Militärangehörige und deren Familien fortzusetzen?«

»Wir treffen unseren Mann noch heute nacht«, sagte Swain verteidigend. »Und zwar um Mitternacht in einem mehrstöckigen Parkhaus in Hammersmith.«

»Und was ist, wenn er plötzlich wieder absagt?« wollte Whitlock wissen. »Das wäre ja nicht das erstemal. Ich dachte, ihr sagtet, ihr hättet sein uneingeschränktes Vertrauen!«

»Das haben wir auch«, antwortete Geddis rasch. »Wir beschäftigen uns die ganzen letzten drei Monate mit diesem Fall, C. W., und wir werden Farrell jetzt nicht einfach ziehen lassen. Nicht nach der ganzen Arbeit, die wir in diese Sache gesteckt haben. Unser Informant wird schon rechtzeitig kommen, darauf kannst du dich verlassen!«

Whitlock stieß einen tiefen Seufzer aus. »Ich hoffe, daß du recht behältst, Jason. Für die UNACO steht eine Menge auf dem Spiel. Nicht zuletzt unser guter Ruf. Wir befinden uns nach dem Ausscheiden Colonel Philpotts in einer Übergangsphase, und das bedeutet, daß wir von den anderen Geheimdiensten auf der ganzen Welt sehr genau beobachtet werden. Sie wollen alle sehen, wie wir mit einer neuen Mannschaft unserer Aufgabe nachkommen. Wir sollten ihnen keine Munition liefern, die sie zu irgendeinem späteren Zeitpunkt gegen uns verwenden könnten.«

»Mach dir keine Sorgen, C. W., er wird heute abend dasein«, sagte Swain. »Und morgen hast du deine Beweise.«

»Und warum hat er sich diesen Morgen gedrückt?« hakte Whitlock nach.

»Er hat behauptet, letzte Nacht einen Mann aus Farrells Gruppe vor seiner Wohnung gesehen zu haben«, berichtete Swain. »Als er jedoch nach draußen kam, war der Mann weg.«

»Wahrscheinlich ist da gar nichts dran«, meinte Geddis. »Was die IRA angeht, ist unser Informant über jeden Verdacht erhaben. Immerhin ist er hier in London einer ihrer besten Kontaktmänner.«

Whitlock schaute auf seine Armbanduhr. »Ihr habt bis zu eurem Treffen mit ihm noch sechs Stunden Zeit. Habt ihr bereits gegessen?«

»Wir wollten uns später einen Happen bei McDonald's besorgen«, sagte Geddis.

»Das Essen hier ist schrecklich«, ergänzte Mosser und schnitt eine Grimasse. »Seit wir hier angekommen sind, haben wir nichts anderes als Pizzas und Hamburger verdrückt.«

»Kommt doch herüber und eßt mit mir zu Abend«, sagte Whitlock und stand auf. »Wir setzen das als Spesen ab.«

»Die zahlst dann aber du«, sagte Swain mit einem Grinsen. »Wo bist du denn untergekommen?«

»Im Churchill am Portman Square.«

»Sehr schön«, sagte Swain und pfiff leise durch die Zähne.

»Leitende Positionen haben durchaus ihre Vorteile«, meinte Whitlock.

An der Tür blieb er noch einmal stehen. »Und was ist, wenn euer Informant euch noch heute abend erreichen will?«

»Ich habe meinen Piepser dabei«, sagte Swain. »Wenn ich nicht da bin, kann er mich anpiepsen lassen.«

»Okay, sagen wir halb acht auf meinem Zimmer. Wir werden das Essen beim Zimmerservice nach oben bestellen; auf diese Weise können wir uns ungestört unterhalten.« Whitlock öffnete die Tür, dann schaute er sich noch einmal nach ihnen um. »Übrigens, meine Herren, bringt doch eure Garderobe in Ordnung, wenn ihr heute abend herüberkommt, ja? Ich muß *euch* ja nicht sagen, wie wichtig es ist, sich der Umgebung anzupassen, nicht wahr?«

Als sie das mehrstöckige Parkhaus in Hammersmith erreichten, war es Viertel vor zwölf. Es hatte bereits am frühen Abend aufgehört zu regnen; unaufhörlich trieben die Wolken nach Norden; ein frischer Südostwind war aufgekommen und fegte durch die Hauptstadt. Geddis hielt den gemieteten Ford vor der Sperre in der Einfahrt an. Er bezahlte den Parkschein, und automatisch öffnete sich die Schranke. Wie sie es vorher mit ihrem Informanten vereinbart hatten, fuhren sie ins Tiefgeschoß, parkten in der direkt neben dem Fahrstuhl gelegenen Parknische und stellten den Motor ab. Swain, der auf dem Beifahrersitz saß, löste seinen Sicherheitsgurt und stieg aus. Langsam schaute er sich um. Er war überrascht darüber, wie gut das Parkhaus im Vergleich zu Parkhäusern in New York ausgeleuchtet war. Dort klauten sie die Autos *und* die Beleuchtungskörper. Er zog eine Packung Zigaretten aus der Tasche und zündete sich eine Zigarette an.

»Ruhig, was?« meinte Mosser hinter ihm.

»Das ist offensichtlich auch der Grund dafür, daß er diesen Ort gewählt hat«, antwortete Swain und hielt Mosser die Schachtel hin, der eine Zigarette zog und sie anzündete.

»Wir sollten aber trotzdem besser auf Nummer Sicher gehen«, antwortete Mosser.

Die beiden Männer machten sich in unterschiedlichen

Richtungen davon, um das Tiefgeschoß einer schnellen, aber gründlichen Durchsuchung zu unterziehen. Zufrieden darüber, daß sie unter sich waren, kehrten sie zu Geddis zurück, der jetzt an der Seite des Wagens lehnte.

Swain schaute auf seine Armbanduhr. Dreiundzwanzig Uhr sechsundfünfzig. »Okay, es wird Zeit, auf Position zu gehen. Jason, ich möchte, daß du für den Fall, daß wir hier schnell verschwinden müssen, den Motor laufen läßt!«

Geddis nickte, stieg wieder ein, setzte sich hinter das Lenkrad und startete den Motor. Alle drei waren bewaffnet. Im Gegensatz zu vielen anderen Geheimdiensten bestand die UNACO nicht darauf, daß ihre Mitarbeiter bei ihren Einsätzen nur einen einzigen, ganz bestimmten Waffentyp benutzten. Es wurde jedem selbst überlassen, für welche Waffe er sich entschied. Swain hatte einen 10-Millimeter-Colt Delta Elite bei sich, eine Variante des alten Colts M 1911, den er auch beim Geheimdienst verwendet hatte. Mosser besaß eine französische 9-Millimeter-PA-15-Automatic und Geddis eine Beretta 92, die bei den UNACO-Agenten beliebteste Handfeuerwaffe. Mosser ging neben einer Säule in Stellung. Von dort aus konnte er sowohl den Fahrstuhl als auch die zum Treppenhaus führende Tür einsehen. Swain schlenderte zur Mauer neben der Tür, nahm einen letzten Zug aus der Zigarette, ließ sie auf den Boden fallen und trat sie aus. Von seiner Position aus konnte er Mosser und den Wagen sehen, selber aber weder von der Tür noch vom Fahrstuhl, noch von der zur Ausfahrt führenden Rampe aus entdeckt werden. Erneut schaute er auf die Uhr. Es war dreiundzwanzig Uhr achtundfünfzig.

Mosser drückte seine Zigarette aus, lockerte seine Krawatte und öffnete den obersten Hemdknopf. Er haßte es, Anzüge zu tragen, aber Swain hatte darauf bestanden, daß sie sich alle elegant anzogen, um Whitlocks Wünschen zu entsprechen. Das Essen war köstlich gewesen. Swain hatte wie üblich ein Porterhousesteak bestellt. Seit Mosser zur Einsatzgruppe 7 gestoßen war, hatte er innerhalb weniger Wochen erkannt, welch ein fanatischer Anhänger roten Fleisches Swain war. Von Anfang an hatten die beiden Männer miteinander Freundschaft geschlossen, und im Gegensatz zu den Mitarbeitern des anderen Teams genossen sie es, auch außerhalb der Arbeit gemeinsamen Aktivitäten nachzugehen, was normalerweise bedeutete, sich in Swains Haus auf Long Island zum Barbecue zu treffen. Swains Frau und seine beiden Töchter im jugendlichen Alter behandelten ihn, als ob er zur Familie gehörte. Das hatte ihm geholfen, besser über den Schlag hinwegzukommen, der ihm nur wenige Monate vor seiner Ankunft in Amerika durch seine schmerzhafte Scheidung versetzt worden war. Sich der UNACO anzuschließen schien ihm der beste Schritt zu sein, den er je gemacht hatte; ein Leben außerhalb der Organisation war für ihn unvorstellbar geworden ...

Die Tür öffnete sich einen Spaltbreit, instinktiv berührte Mosser seine im Halfter steckende Automatic. Einen Augenblick geschah gar nichts, dann spähte jemand vorsichtig um den Rand der Tür. Mosser atmete tief aus und ließ die Hand wieder sinken. Der Mann, der hinter der Tür zum Vorschein kam, war Anfang Dreißig, hatte ein hageres, fahles Gesicht und lange schwarze Haare, die ihm ungepflegt bis zur Schulter herabhingen. Er trug eine braune Bomberjacke und ausgeblichene, an den Knien aufgerissene Jeans. Gerard McGuire war während der letzten vier Jahre Sean Farrells Kontaktmann in London gewesen – und die Hälfte dieser Zeit Informant für die UNACO. Als er von Swain rekrutiert wurde, hatte McGuire eine Bedingung gestellt: Er wollte nur mit Swain in Kontakt treten. Wenn andere Teams auf der Britischen Insel Informationen über die Aktivitäten der IRA von ihm benötigten, hatte sich das in der Vergangenheit als schwierig erwiesen. McGuire hatte sich aber standhaft geweigert, in dieser Sache Kompromisse einzugehen. Nur Swain und keinem anderen sonst vertraute er. Oft hatte das bedeutet, daß Swain wegen eines Treffens mit McGuire von einem anderen Auftrag abgezogen und nach London geflogen werden mußte. McGuires Informationen waren jedoch in der Vergangenheit so wertvoll gewesen, daß Philpott und

Kolchinsky gerne bereit waren, sich in dieser Angelegenheit nach McGuire zu richten.

Leise schloß McGuire die Tür hinter sich, verstohlen blickte er hinüber zum Wagen. Geddis, dessen Hände sanft auf dem Lenkrad ruhten, hob einen Finger, um sich ihm zu erkennen zu geben. McGuire ignorierte ihn und blickte fragend auf Mosser, der ihn zu der Stelle führte, an der Swain außer Sichtweite hinter einer Mauer stand. Dann ließ Mosser die beiden Männer für ihr Gespräch allein. Er stellte sich dicht neben dem Fahrstuhl auf, und obwohl er die beiden Männer noch sehen konnte, bekam er nur Bruchstücke der Unterhaltung mit.

Plötzlich hörte man das Aufheulen eines sich rasend schnell nähernden Wagens. Mit kreischenden Reifen kam ein weißer Rover Montego in Sicht und preschte mit voll aufgeblendeten Scheinwerfern auf sie zu. Swain beobachtete entsetzt, wie eine Uzi mit Schalldämpfer aus dem hinteren Seitenfenster gestoßen wurde – eine Salve mähte Mosser nieder. Sofort legte Geddis den Rückwärtsgang ein.

»Steig ein!« brüllte Swain und packte McGuires Arm, um ihn auf den Rücksitz zu werfen.

McGuire riß sich los und flüchtete auf die Tür zu. Swain sprintete hinter ihm her. Geddis gab einen Schuß auf den Rover ab, bevor eine Salve aus der Uzi seine Windschutzscheibe durchsiebte. Zwei Kugeln trafen ihn am Kopf, er sackte nach vorne auf das Lenkrad, die Beretta glitt aus seinen Fingern. Außer Kontrolle geraten, raste der Ford nach hinten. McGuire riß die Tür auf. Nur wenige Zentimeter neben ihm zerbröselte eine weitere Salve die Wand. Er stolperte, fiel durch die Türöffnung. Swain hörte hinter sich den Wagen und war noch im Begriff, sich umzudrehen, als dieser in die Tür krachte, sie aus ihrer Verankerung riß und ihn zwischen Tür und Wand zerquetschte.

Der Fahrer des Rover blendete ab; zwei maskierte Gestalten sprangen aus dem Wagen. Die größere von ihnen, über einen Meter achtzig groß, hielt die Uzi noch umklammert, als sie zum Ford hinüberrannte und den Motor abstellte.

»Du kümmerst dich um McGuire!« rief die größere Gestalt mit starkem irischem Akzent der anderen Person zu. »Ich vergewissere mich, daß die drei hier tot sind.«

Der Fahrer riß den Wagen herum und raste zurück in Richtung Rampe. Wie die anderen trug er einen wollenen Kopfschützer. Er hoffte, McGuire draußen den Weg abzuschneiden, bevor dieser die Straße erreichte.

Ein ›Ping!‹ ertönte, und ein lachendes Paar trat aus dem Fahrstuhl. Entsetzt schrie die Frau auf, als sie den Mann sah, der die Uzi in ihre Richtung schwenkte.

»Nein!« schrie die andere Gestalt und drückte den Lauf nach unten. Die Stimme verriet, daß es sich bei ihr um eine Frau handelte. »Los, weg hier!«

Die beiden rannten die Treppe hoch; die Frau zog sich beim Laufen den Kopfschützer ab. Fiona Gallagher war eine attraktive sechsundzwanzigjährige Frau mit blaßblauen Augen, kurzen, stacheligen blonden Haaren und einer zierlichen Figur, die unter der ausgebeulten Kleidung kaum zu sehen war. Als die beiden die ins Freie führende Tür erreichten, riß sich auch ihr Gefährte den Kopfschützer herunter. Liam Kerrigan war Ende Dreißig, hatte kurzgeschnittene Haare und das Gesicht eines Exboxers. Er streckte die Hand nach dem Türgriff aus, aber blitzschnell kam ihm Fiona zuvor, drückte ihre Handfläche gegen die Tür und machte eine ärgerliche Geste auf die Uzi in seiner Hand. Er ließ die Waffe diskret unter seine Jacke gleiten, dann traten sie auf die Straße. Der Rover stand bereits vor der Tür. Auch Hugh Mullen hatte seinen Kopfschützer abgelegt. Er war zwei Jahre älter als Fiona, hatte braune Locken und trug eine Brille mit Metallgestell.

»Er ist weg«, sagte Mullen. »Er könnte in jeder dieser Seitenstraßen verschwunden sein. Wollt ihr nach ihm suchen?«

»Nein, wir müssen zusehen, daß wir hier wegkommen«, sagte Fiona und schüttelte den Kopf. »Wir haben zwei Zeugen unten gelassen. Es wird nicht lange dauern, und sie werden die Polizei alarmiert haben.«

»Du hättest mich die beiden umlegen lassen sollen!« herrschte Kerrigan sie an.

»Wir bringen keine unschuldigen Zuschauer um!« entgegnete sie und setzte sich neben Mullen in den Wagen.

Kerrigan kletterte auf den Rücksitz und knallte die Tür zu. Er warf Fiona einen finsteren Blick zu, sagte aber nichts. Mullen legte den Gang ein und fuhr los. Sorgfältig achtete er auf die Geschwindigkeitsbegrenzungen. Es würde noch andere Gelegenheiten geben, um McGuire zu erwischen. Und er wußte auch bereits, wie sie ihn aufspüren konnten ...

Sergej Kolchinsky hatte gerade seine Wohnung betreten, als das Telefon klingelte. Whitlock war am Apparat. Kolchinsky lauschte, blaß und mit gerunzelter Stirn, als Whitlock ihm die zwei Stunden alte Nachricht von dem Hinterhalt in London übermittelte. Swain war auf der Stelle tot gewesen; Geddis war im Krankenwagen gestorben; Mosser lag im Hospital von Charing Cross auf der Intensivstation. Sein Zustand war kritisch. Der Arzt, der Mosser operiert hatte, hatte Whitlock mitgeteilt, daß es selbst bei völliger Genesung sehr unwahrscheinlich war, daß er jemals wieder würde laufen können. Die UNACO hatte auch in der Vergangenheit bei einem ihrer Einsätze Mitarbeiter verloren, aber noch nie ein ganzes Team. Whitlock und Kolchinsky wußten, daß unter den Kritikern der Organisation bestimmt wieder Rufe laut werden würden, die Organisation aufzulösen. Es gab Regierungen, die seit einiger Zeit das Gefühl hatten, die UNACO sei nicht viel mehr als eine Selbstschutzgruppe, die außerhalb des Gesetzes arbeitete. Und die Unruhe unter der Oberfläche hatte seit Philpotts Ausscheiden bestimmt noch an Intensität zugenommen. Kaum hatte sich Kolchinsky mit seinem neuen Posten vertraut gemacht, da wurde er bereits mit dem schwierigsten Problem seiner beruflichen Laufbahn konfrontiert.

Kolchinsky war ein übergewichtiger, fünfundvierzigjähriger Russe mit traurigem Gesicht und lichtem schwarzem Haar. Er war ein hervorragender Taktiker, dessen kometenhafter Aufstieg in der Hierarchie des

KGB zu einem abrupten Ende kam, als er es gewagt hatte, sich gegen die unmenschlichen Methoden auszusprechen, die der KGB bei seinen Verhören von Gefangenen benutzte. Die zwölf darauffolgenden Jahre hatte er als Militärattaché in einer Reihe sowjetischer Botschaften im Westen zugebracht, bis er dann für eine Bürotätigkeit in die Lubianka zurückkehrte. Als Philpotts Stellvertreter, ein früherer KGB-Agent, wegen Spionage mit Schimpf und Schande nach Rußland zurückgeschickt wurde, gehörte der Name Kolchinsky zu den ersten, die als passender Ersatz vorgeschlagen wurden. Philpott stand uneingeschränkt hinter ihm. Bevor Kolchinsky zum Leiter der UNACO befördert wurde, war er drei Jahre lang Philpotts Stellvertreter gewesen. Doch jetzt hätte Kolchinsky liebend gerne die weltliche Bürotätigkeit in der Lubianka gegen das eingetauscht, was, wie er wußte, ihm in den nächsten paar Wochen an Schwierigkeiten bevorstand ...

»Ich brauche dich so schnell wie möglich wieder hier bei mir, C. W.«, sagte Kolchinsky und griff nach den vor ihm auf dem Kaffeetisch liegenden Zigaretten. »Wie du dir vorstellen kannst, wird mich bestimmt eine endlose Kette von Treffen mit den verschiedenen Botschaftern in Beschlag nehmen, sobald diese von ihren Regierungen ihre Anweisungen erhalten haben.«

»Damit habe ich gerechnet«, antwortete Whitlock. »Ich habe bereits für morgen früh elf Uhr britischer Zeit einen Flug zum John-F.-Kennedy-Airport gebucht. Das bedeutet, daß ich zum Frühstück wieder in New York sein kann.«

»Gut. Ich bezweifle sogar, daß ich morgen überhaupt ins Büro komme. Den größten Teil des Tages wird mein Gespräch mit dem Generalsekretär über die Ereignisse beanspruchen. Kannst du ein Fax zum Hauptquartier schikken, in dem du so viele Informationen wie nur möglich über die tatsächlichen Geschehnisse dieser Nacht zusammenstellst? Dann habe ich bei meinem Treffen mit dem Generalsekretär zumindest einen klaren Ausgangspunkt.«

»Ich leite das umgehend ein«, antwortete Whitlock.

»Welches Team soll jetzt den Auftrag von Einsatzgruppe Sieben übernehmen?«

»Es gibt nur ein einziges Team, dem ich zutraue, eine so heikle Angelegenheit wie diese hier in den Griff zu bekommen«, meinte Kolchinsky und zündete sich eine Zigarette an. »Dein altes Team. Gruppe Drei.«

»Ja, Mike und Sabrina hätte ich mir ebenfalls geholt. Aber Fabio Paluzzi? Eigentlich war er noch nie mit den beiden bei einem gemeinsamen Einsatz.«

»Fabio ist ein guter Mann. Das hat er in seiner Übergangszeit bei der Einsatzgruppe Drei unter Beweis gestellt. Er wird sich bewähren.«

»Das wird für ihn aber eine weitere Feuertaufe«, sagte Whitlock schließlich.

»Irgendwo muß er ja anfangen«, erwiderte Kolchinsky und blickte auf die Uhr auf dem Kaminsims. Es war fast halb neun. »Ich werde den diensthabenden Beamten im Hauptquartier anrufen und ihm sagen, er solle die drei anweisen, sich gemäß Code Red in Bereitschaft zu halten. Wann willst du ihnen morgen früh dann nähere Instruktionen geben?«

»Sagen wir halb zehn, um ganz sicherzugehen.«

»Fein. Halb zehn.«

»Wirst du den Familien die traurigen Nachrichten übermitteln?«

»Das ist Bestandteil meiner Arbeit«, antwortete Kolchinsky grimmig. »Sobald ich mit dem diensthabenden Beamten gesprochen habe, werde ich Ann Swain anrufen. Jason war doch unverheiratet, oder nicht?«

»Ja, er war meiner Meinung nach allerdings mit einer Frau verlobt, die irgendwo in Alberta lebt.«

»Ich werde mir die näheren Einzelheiten geben lassen. Nun, dann bis zu unserem nächsten Treffen, wann immer das auch sein mag. Ich denke, besser kann ich es nicht formulieren.«

»Gute Nacht, Sergej.«

Kolchinsky legte auf und genehmigte sich einen Bourbon. Dann wählte er die Nummer des diensthabenden Beamten im UNACO-Hauptquartier.

»Ich weiß nicht so recht«, meinte Fabio Paluzzi, nachdem er einen Augenblick nachgedacht hatte. »Was meinst du denn?«

»Das ist doch wohl nicht zu glauben!« erwiderte Claudine Paluzzi und blickte ihren Mann verzweifelt an. »Fabio, welche von diesen beiden Farben gefällt dir besser? Die Cremefarbe oder das Blaßblau?«

Paluzzi blickte auf die zwei diagonalen Farbstreifen, die seine Frau an der Wand befestigt hatte, und zuckte die Schultern. »Du weißt doch, daß ich mit Farbmustern nicht viel anfangen kann.«

»Vergiß doch die Farbmuster! Ich will nur von dir wissen, welche der beiden Farben *dir* besser gefällt!«

»Ich glaube, das Blaßblau.«

»Du glaubst?«

»Das Blaßblau. Eindeutig. Zufrieden?«

Sie stieß einen tiefen Seufzer aus, sagte aber nichts. Er ging in die Küche, öffnete den Kühlschrank und nahm sich ein Bier heraus.

Fabio Paluzzi war ein sechsunddreißigjähriger untersetzter Italiener mit kurz geschnittenen braunen Haaren und ausgezehrtem Gesicht, zu dem der breite Mund und das eckige Kinn einen auffälligen Kontrast bildeten. Wie sein Vater war er nach der Schule zu den Carabinieri gegangen und hatte bei ihnen etliche Jahre zugebracht, bevor er mit siebenundzwanzig von der *Nucleo Operativo Centrale di Sicurezza,* Italiens Elitetruppe zur Terroristenbekämpfung, rekrutiert wurde. Im Alter von dreiunddreißig Jahren hatte er den Rang eines Majors erreicht, in seiner Einheit war er Experte für die Roten Brigaden. Malcolm Philpott war das erstemal auf Paluzzi aufmerksam geworden, als er bei einem Einsatz der UNACO in Italien mit ihm zusammengearbeitet hatte. Doch erst als Philpott herausfand, daß Paluzzi mit seinen Vorgesetzten Streit hatte, wurde er aktiv und brachte ihn zur UNACO. Paluzzi nahm die Herausforderung bereitwillig an.

Die ersten paar Monate hatte er mit seiner Frau und ihrem damals zehn Monate alten Sohn Dario in einer kleinen Wohnung in New York zugebracht, die Mitgliedern der UNACO als Unterschlupf diente. Einen Großteil ihrer Freizeit hatten die beiden damit verbracht, sich eine eigene Wohnung zu suchen, konnten aber nichts finden, was ihnen zusagte. Dann erzählte ein Kollege von der UNACO Fabio von dem Apartment in der Lower East Side. Es gehörte einem Freund, der rasch verkaufen wollte. Claudine hatte das Apartment vom ersten Augenblick an geliebt. Vor drei Tagen waren sie eingezogen ...

Fabio schlenderte zur Tür und betrachtete seine Frau, die auf den kahlen Holzdielen saß und die Gebrauchsanweisung auf der Farbdose las. Claudine war früher Stewardeß bei der Air France gewesen, fünf Jahre jünger als Fabio, hatte ein hübsches Gesicht und lange braune Haare, die hinter ihrem Kopf zu einem Pferdeschwanz zusammengebunden waren.

Claudine schaute zu ihm hoch; automatisch blieb ihr Blick auf der Flasche in seiner Hand hängen. »Das wievielte ist das heute abend schon?«

»Was soll das denn heißen«, erwiderte er abwehrend.

»Das vierte, nicht wahr?«

»Und?« fragte er herausfordernd.

»Als wir in Italien lebten, hast du nie so viel getrunken!« sagte sie und stand auf.

»Als wir in Italien lebten, hast du nie so viel auf mir herumgehackt!« gab er wütend zurück.

Seine lauter gewordene Stimme weckte Dario auf.

»Ich kümmere mich schon um ihn«, meinte Fabio Paluzzi kurz angebunden.

»In dieser Stimmung wirst du dich ihm nicht nähern!« kam es umgehend von ihr zurück. Dann verschwand sie im Schlafzimmer.

Vier Flaschen Bier, und sie benahm sich, als sei er ein hoffnungsloser Alkoholiker! Wann war er zum letztenmal betrunken gewesen? Vor zwei Jahren, auf dem feuchtfröhlichen Herrenabend, den er gegeben hatte. Nein, es lag nicht am Bier. Es ging um tiefere Dinge. Er wußte, daß Claudine Heimweh hatte. Sie hatte ihm gegenüber zwar nie viele Worte darüber verloren, aber ihr Verhalten im letzten Monat sprach Bände. Er fragte sich sogar, ob sie wirklich in das Apartment hatte einziehen wollen oder ob sie es nur als Vorwand benutzt hatte, um aus der kleinen, vollgestopften Wohnung herauszukommen, in der sie sich wegen jeder Kleinigkeit gegenseitig in die Haare geraten waren. Und jetzt fing das schon wieder an ...

Ein tiefes, dumpfes Vibrieren drang plötzlich durch die Wände. Es kam aus einer Stereoanlage in einem der Apartments weiter hinten im Flur. Fabio wartete darauf, daß der Lärm sich legen würde, und nahm an, daß jemand versehentlich den Lautstärkeregler zu weit aufgedreht hatte. Doch es änderte sich nichts; die Musik wurde sogar noch lauter. Claudine tauchte in der Tür auf und wiegte Dario in den Armen.

»Das hört sich ganz so an, als ob einer unserer Nachbarn eine Party feiert«, sagte Paluzzi. »Ich denke, es ist an der Zeit, hinüberzugehen und mich vorzustellen.«

»Laß es doch, Fabio! Wahrscheinlich wird es nicht lange so weitergehen!«

»Und wenn es das doch tut? Was ist denn mit Dario?«

»Wie heuchlerisch du bist! Ihn mit deiner Schreierei aufzuwecken, ist okay für dich, aber sobald ein anderer ihn stört, begibst du dich direkt auf den Kriegspfad!«

»Immerhin ist er mein Sohn«, gab Paluzzi zurück.

Sie schaute auf Dario herunter. Seine Augen waren geschlossen. »Er schläft fast. Ich mache die Schlafzimmertür zu, dann hört er überhaupt nichts.«

Paluzzi stellte sein Bier ab und ging zur Wohnungstür. »Keine Bange, ich bringe das schon in Ordnung.«

Sie wußte, daß jeder Versuch, ihn aufzuhalten, zwecklos war. Er hatte es sich in den Kopf gesetzt, hinzugehen, und das war es dann. »Laß dich um Himmels willen bloß nicht auf eine Schlägerei ein. Wir sind doch gerade erst eingezogen, hast du das vergessen?«

Paluzzi ging hinaus auf den Flur und schloß die Tür leise hinter sich. Der Lärm kam aus dem zwei Türen weiter hinten liegenden Apartment. Kräftig klopfte er gegen die Tür. Sie öffnete sich. Das Lächeln auf dem Gesicht des jungen Mannes verflog, als er sah, daß es sich nicht um einen seiner Freunde handelte. Paluzzi konnte eine Handvoll Teenager erkennen, die sich bereits in seinem Apartment versammelt hatten. Alle trugen Jeans und mit Nieten besetzte schwarze Lederjacken, auf deren Rücken die Namen ihrer bevorzugten Heavy-Metal-Bands standen.

»Sie wünschen?« fragte der junge Mann.

»Meine Frau und ich sind gerade weiter oben im Flur eingezogen. Apartment siebzehn. Wir haben einen kleinen Jungen, der ist noch kein Jahr alt. Die Musik hat ihn wachgemacht. Ich wäre dir dankbar, wenn du sie leiser drehen könntest, damit er wieder einschlafen kann.«

»Nein, Mann! Ich werde sie nicht leiser drehen«, erwiderte der junge Mann mit einem höhnischen Lächeln. »Das hier ist Amerika. Es ist ein freies Land. Hier kann man machen, was man will, wann man es will und wie man es will. Capito?«

Paluzzi ballte die Fäuste, besaß aber die Klugheit, seine Gefühle im Zaum zu halten. Selbst wenn man ihm eine Hand hinter seinem Rücken festgebunden hätte, wäre es für ihn ein leichtes gewesen, den jungen Mann auseinanderzunehmen. Aber darum ging es nicht. Claudine hatte recht. Er konnte es sich nicht leisten, in eine Schlägerei verwickelt zu werden. Das würde sich nicht nur ungünstig auf ihre Wohnsituation auswirken, sondern konnte auch unnötige Aufmerksamkeit auf ihn lenken, was wiederum für seine Stellung bei der UNACO gefährlich wäre. Er mußte diplomatisch vorgehen.

»Okay, ich schlage dir ein Abkommen vor. Entweder ist bis zu meiner Rückkehr in meinem Apartment die Musik leiser gedreht, oder ich rufe die Polizei. Ich habe das Gefühl, die könnte sich für den Inhalt dieser Selbstgedrehten interessieren, die du und diese Blödmänner da drin rauchen. Es ließe sich zwar alles durch die Toilette spülen, aber der Geruch, der bliebe, nicht wahr? Den wird man einfach nicht los.« Paluzzi streckte einen Finger in die Luft, als wäre ihm plötzlich etwas eingefallen. »Du könntest ja versuchen, den Polizisten zu erzählen, daß wir hier in Amerika sind, in einem freien Land, wo man machen kann, was man will, wann immer man es will und wie man es will. Ich bin mir sicher, die Polizei kapiert das, nicht wahr?«

Die Musik war leiser geworden, noch bevor der junge Mann die Tür hinter Paluzzi geschlossen hatte.

Claudine wartete an der Wohnungstür. »Ich bin beeindruckt. Jemanden zu überzeugen, ohne Gewalt anzuwenden! Mit wachsendem Alter wirst du definitiv reifer.«

»Was macht Dario?«

»Er scheint sich wieder beruhigt zu haben.«

Paluzzi griff sich wieder sein Bier und wollte gerade einen Schluck nehmen, als er sah, daß Claudine ihn nicht aus den Augen ließ. »Okay, ich werde nichts mehr trinken. Weißt du, jeden Tag wirst du deiner Mutter ähnlicher!«

Das Telefon klingelte, und Claudine nahm den Anruf entgegen. Das Gespräch war für ihren Mann, wortlos legte sie den Hörer auf den Tisch. Fabio wußte, daß er ihre Mutter nicht hätte erwähnen sollen. Das war schon immer ein heikles Thema gewesen. Fabio nahm den Hörer. Der diensthabende Beamte bat ihn, sich mit seiner Identifizierungsnummer auszuweisen, die ihm bei seinem Eintritt in die UNACO gegeben worden war. Es war die gleiche Nummer, die auch auf seiner Personalakte stand, die unter Verschluß im Büro des Direktors aufbewahrt wurde. Fabio Paluzzi nannte die Nummer.

»Sie unterliegen Code Red«, informierte ihn der Beamte. Das bedeutete, daß er sich offiziell in Bereitschaft zu halten hatte. »Morgen früh punkt halb zehn erhalten Sie im Büro des Direktors nähere Instruktionen.« Die Leitung war tot. Nachdenklich legte Fabio auf. Seit seiner Versetzung zur Einsatzgruppe 3 war das jetzt der erste Einsatz mit Mike Graham und Sabrina Carver. Sicher, als er noch bei der *NOCS* gewesen war, hatte er in Italien bereits mit den beiden zusammengearbeitet, aber damals eben unter anderen Voraussetzungen. Jetzt waren sie seine Partner, und er sollte an die Stelle Whitlocks treten. Es würde schwierig werden, aber er war zuversichtlich, daß er es schaffen konnte ...

Sabrina Carver haßte Rendezvous mit Unbekannten. Besonders, wenn diese sich als regelrechte Trottel entpuppten.

Sie hatte sich mit dem Vierertreffen nur deswegen einverstanden erklärt, weil sie wußte, wieviel es ihrer engen Freundin Simone Forrest bedeutete. Simone, ein führendes New Yorker Mannequin, hatte sie letzte Nacht angerufen, um ihr zu sagen, daß sich der kanadische Fotograf Steve Rutherford, den sie Anfang des Monats bei einem Fototermin in Toronto kennengelernt hatte, für einen Kurzbesuch in New York aufhielte. Die Sache hatte jedoch einen Haken: Er wurde von seinem besten Freund, Doug Keeble, begleitet. Der hatte für den Abend eine Partnerin gesucht, und Simone hatte ihm erzählt, sie kenne genau die Richtige ...

Sabrina hatte Rutherford sofort in ihr Herz geschlossen. Er war genauso, wie Simone ihn beschrieben hatte: kultiviert, umgänglich und bemerkenswert attraktiv. Sie konnte sehr gut verstehen, warum Simone sich in ihn verliebt hatte. Warum aber hatte dieser Mann ausgerechnet einen Freund wie Doug Keeble? Zugegeben, auch Keeble sah gut aus, aber damit endeten auch die Gemeinsamkeiten mit Rutherford. Doug Keeble war aufdringlich, bevorzugte ordinäre Witze und konnte die Hände nicht bei sich behalten. Inzwischen hatte sie bereits aufgegeben, mitzuzählen, wie oft sie seine Hände von ihrem Knie hatte wegschieben müssen. Auch ihre diskreten Hinweise wurden von ihm mit einem Lachen abgetan. Für den Gefallen, den sie Simone mit diesem Abend getan hatte, war ihre Freundin ihr wirklich etwas schuldig. Nachdem Rutherford die Rechnung beglichen hatte, kündigte Simone an, daß sie und Rutherford vorhätten, noch einen Nachtclub zu besuchen. Sabrina wußte, daß Simone gern mit ihm allein sein wollte. Wenn das aber darauf hinauslief, daß sie mit Keeble den Rest des Abends verbringen mußte, sollte sie der Teufel holen ...

»Wo könnten wir jetzt hingehen?« fragte Keeble, nachdem Rutherford und Simone das Restaurant verlassen hatten. Er streichelte ihre Hand. »Du kennst dich doch aus in New York.«

Sabrina zog ihre Hand weg. »*Wir* werden nirgendwo hingehen. Ich verschwinde jetzt in mein Apartment; morgen habe ich nämlich viel zu tun.«

»Es ist doch noch zu früh. Wir könnten uns gut ein paar Drinks genehmigen und dann weitersehen.« Er grinste. »Ich sorge schon dafür, daß du rechtzeitig für deinen Schönheitsschlaf ins Bett kommst.«

Sabrina holte tief Luft. Sie kämpfte darum, ihre Ruhe zu bewahren. Wenn sie etwas haßte, dann herablassend behandelt zu werden. Insbesondere von jemandem wie Keeble. Es war die gleiche Art von Chauvinismus, die ihr begegnet war, als sie vor zwei Jahren vom FBI zur UNACO gewechselt hatte. Damals war sie davon ausgegangen, daß das nicht anders zu erwarten war, nachdem sie als einzige Frau in der Organisation für Außeneinsätze vorgesehen war. Nichtsdestotrotz hatte es sie geärgert. Aber sie hatte es geschafft, mit ihrer unbeugsamen Entschlossenheit und ihrem unerschütterlichen Glauben an ihr eigenes Können alle Kritiker zu überzeugen. Gerade diejenigen, die sie anfangs kritisiert hatten, betrachteten sie jetzt als ihresgleichen. Außerhalb der UNACO wußte natürlich außer ihren Eltern niemand, daß sie zur Einsatzgruppe 3 gehörte. Für ihre Freunde und Freundinnen war sie Dolmetscherin bei den Vereinten Nationen. Geheimhaltung war für die Organisation von fundamentaler Bedeutung.

»Komm, laß uns gehen«, sagte Keeble und griff nach ihrer Hand.

Brüsk zog sie ihre Hand zurück und stand auf. Ihre Augen funkelten vor Zorn. »Mir ist es wirklich scheißegal, wohin du gehst! Doch eines ist sicher: ohne mich. Haben wir uns verstanden?«

Sie machte auf dem Absatz kehrt und ging auf die Tür zu. Jeder Mann im Restaurant verfolgte ihren Abgang. Sie war eine auffallend hübsche, achtundzwanzigjährige Frau mit schulterlangem blondem Haar mit eingefärbten kastanienbraunen Strähnen. Die Konturen ihrer fast vollkommenen Figur wurden von dem enganliegenden Samtkleid noch unterstrichen. Sie trat auf die Straße hinaus, blieb stehen und fischte die Autoschlüssel aus ihrer Handtasche.

»Hey, warte doch!« rief Keeble atemlos hinter ihr her. »Was soll denn das?«

Sie schaute sich nach ihm um. »Was das soll? Ich fahre nach Hause.«

»Und was wird mit mir? Du weißt doch, daß Steve den Wagen hat.«

»Dann nimmst du dir eben ein Taxi«, erwiderte Sabrina. »Soll ich nach einem winken?«

»Was ist denn nur los mit dir?« fragte Keeble. »Da gibt man dir ein Essen aus, und das ist dann dein Dank. Du bringst mich im Restaurant in Verlegenheit und stürmst nach draußen wie ein verzogenes Gör! Ich denke, du solltest dir besser darüber klarwerden, wer hier das Sagen hat.«

Sabrina starrte Keeble ungläubig an. Sie öffnete den Mund, um etwas darauf zu erwidern, besann sich jedoch abrupt eines anderen. Was würde der Versuch, vernünftig mit ihm zu reden, schon ausrichten? Der Kerl lebte ja immer noch im Mittelalter. Es war besser, einfach davonzugehen.

»Dreh mir gefälligst nicht den Rücken zu!« herrschte Keeble sie an und packte sie am Arm.

Mühelos löste sie seinen Griff, widerstand jedoch der Versuchung, ihn rücklings auf den Bürgersteig zu befördern. Mit dem schwarzen Gürtel in Karate war das kein Problem. Aber er war den Griff nicht wert. Statt dessen richtete sie drohend einen Finger auf ihn. »Wenn du mich noch einmal anrührst, verbringst du den Rest der Nacht in einer Polizeizelle!«

»Zumindest befände ich mich da in besserer Gesellschaft!« schnauzte Keeble.

»In deinem Fall hättest du wahrscheinlich recht«, gab sie sarkastisch zurück und ging zu ihrem champagnerfarbenen Mercedes 500 SEC hinüber, der am Ende der Straße geparkt war.

Keeble stieß einen wütenden Fluch aus, schien aber aufgegeben zu haben und winkte ein Taxi herbei.

Sabrina schaute, wie es im Verkehr verschwand, dann startete sie ihren Wagen und fuhr zurück in ihr Apartment in Manhattan. Der Nachtportier schaute grüßend von der Zeitschrift hoch, als sie in die schwarz-weiß geflieste Vorhalle trat. Lächelnd erwiderte sie seinen Gruß und sperrte die Tür zu ihrer kleinen Wohnung auf, die direkt in das spärlich eingerichtete Wohnzimmer führte. Sie schleuderte ihre hochhackigen Schuhe von den Füßen und ging zu einem Regal mit einer eindrucksvollen Sammlung von CDs mit Modern Jazz hinüber, wählte die neueste Scheibe von Bob Berg aus und legte sie in den CD-Spieler. In der Küche stellte sie den Wasserkessel auf die Platte, dann ging sie ins Schlafzimmer, um ihr Kleid auszuziehen. Als sie gerade ihren grauen Trainingsanzug aus dem Schrank holte, klingelte das Telefon. Nun, Doug Keeble würde es zumindest nicht sein; er hatte ihre Nummer nicht. Sie setzte sich auf die Bettkante und wollte gerade den Hörer abnehmen, als ihr plötzlich etwas einfiel. Was war, wenn er Simone nach ihrer Telefonnummer gefragt hatte? Sie würde sie ihm doch nicht gegeben haben, oder etwa doch? Es gab nur eine Möglichkeit, das herauszufinden. Sie nahm den Hörer ab.

»Miß Carver?« erkundigte sich eine männliche Stimme.

»Am Apparat«, antwortete sie.

»Llewelyn und Lee«, fuhr der Mann fort.

Sie stieß einen erleichterten Seufzer aus. ›Llewelyn und Lee‹ war die Bezeichnung, die sich Philpott als Deckname für die dreißig geheimen Telefonverbindungen der UNACO ausgedacht hatte. Tagsüber würden der Mann an der Vermittlung und nachts der diensthabende Beamte nur dann offen sprechen, wenn sich ihr Gegenüber entweder mit einer Identifizierungsnummer oder mit einem Schlüsselwort ausweisen konnte. Sabrina gab ihm ihre Identifizierungsnummer, und der diensthabende Beamte wiederholte ein weiteres Mal seine Nachricht.

»Ich werde dasein«, antwortete Sabrina.

»Sie wissen nicht zufällig, wo Mr. Graham steckt,

oder?« fragte der Mann nach einer kurzen Pause. »Über das Telefon erwische ich ihn nicht, und an den Piepser geht er auch nicht.«

»Ich weiß, wo er ist«, sagte sie zu ihm. »Überlassen Sie das mir, ich werde die Nachricht an ihn weitergeben.«

»Dafür wäre ich Ihnen sehr dankbar. Könnten Sie mich anrufen, sobald Sie mit ihm gesprochen haben, damit ich es im Stundenbuch eintragen kann?«

»Sicher werde ich das tun. Oh, und sagen Sie bitte Mr. Kolchinsky nicht, daß Sie ihn nicht erreicht haben.«

»Das ist aber gegen die Vorschriften, Miß Carver. Der Direktor hat mich ausdrücklich gebeten, jeden Mitarbeiter zu notieren, der nicht auf einen Anruf reagiert.«

»Nur dieses eine Mal«, sagte sie sanft. »Ich verspreche Ihnen, daß ich Graham darauf anspreche. Und sollte es noch einmal passieren, können Sie ihn ja melden. Bitte!«

Eine weitere Pause entstand. »Ich denke, solange er die Nachricht erhält, geht das in Ordnung.«

»Das wird er auch. Und vielen Dank.«

»Keine Ursache«, antwortete der Beamte; dann war die Leitung tot.

Sabrina legte auf, ging wieder zum Schrank hinüber und wählte eine Designer-Jeans und ein ausgebeultes weißes T-Shirt aus. Sie wußte, daß sich Graham im Manian Hotel in Yorkville aufhielt. Jeden Mittwoch reiste er von seinem Haus in Vermont dorthin, um frische Blumen auf die Gräber seiner Frau und seines Sohnes zu legen. Dann übernachtete er im Manion, bevor er am nächsten Tag wieder nach Hause zurückkehrte. Sie stopfte ihre Jeans in die braunen Halbstiefel, schnappte sich die hinter der Tür hängende Lederjacke und verließ das Apartment.

»Entschuldigen Sie, Mr. Mitchell, der Bourbon geht zur Neige.«

Peter Mitchell schaute vom Schachbrett hoch und nickte dem Barkeeper zu. »Okay, Leo, ich hole noch ein paar Flaschen aus dem Keller.« Unruhig sah er den ihm gegenüber sitzenden Mann an. »Es dauert nicht lange, Mike.«

Mike Graham zuckte die Schultern. »Nimm dir alle Zeit, die du brauchst, Mitch. Der Gnadenstoß kann warten.«

»Gnadenstoß?« schnaubte Mitchell. »Ein kleineres Problem nur, das hier, mehr nicht. Das läßt sich schnell lösen.«

»Wirklich?« gab Graham mit einem wissenden Lächeln zurück.

Mitchell tat die Sache mit einer Handbewegung ab, stand auf und folgte Leo zur Bar. Graham nahm einen Schluck Mineralwasser und schaute sich gemächlich um. Für einen Mittwochabend war in der Bar recht viel los. In den letzten fünf Jahren ging er immer wieder ins Windmill Tavern, seit er mehr oder weniger durch Zufall herausgefunden hatte, daß Mitchell der Eigentümer war. Die beiden Männer waren seit ihrem gemeinsamen Dienst in Vietnam Freunde, hatten aber den Kontakt zueinander verloren, als Mitchell bei einem Kampfeinsatz verletzt wurde und man ihn zur ärztlichen Behandlung in die Vereinigten Staaten zurückflog. Erst als Graham ihn wieder traf, hatte er entdeckt, daß Mitchell infolge seiner Verwundung seinen rechten Arm verloren hatte.

Graham setzte das Glas ab und lehnte sich zurück, um auf Mitchells Rückkehr zu warten. Er war ein achtunddreißigjähriger Mann mit athletischem Körperbau, jugendlichem, attraktivem Gesicht und zerzaustem braunem Haar, das ungepflegt über seinem Hemdkragen hing. In New York geboren, hatte er sich in den frühen siebziger Jahren nach seinem College-Abschluß in Politikwissenschaften am UCLA einen Kindheitstraum erfüllt und sich bei den New York Giants als neuer Angriffsspieler verpflichtet. Einen Monat später wurde er nach Vietnam eingezogen, wo eine Schulterverletzung seiner vielversprechenden Karriere bei den Giants ein Ende machte. Im letzten Kriegsjahr hatte er eng mit dem CIA zusammengearbeitet und war bei seiner Rückkehr in die Vereinigten Staaten von der Elitetruppe Delta rekrutiert worden.

Elf Jahre später wurde er zum Kommandanten von

Squadron-B ernannt. Seine erste Mission bestand darin, mit einer Einheit nach Libyen zu gehen und eine bekannte Terroristenbasis zu zerstören. Die Männer waren gerade dabei gewesen, sich an die Basis heranzuarbeiten, als Graham die Nachricht erreichte, seine Frau Carrie und ihr fünfjähriger Sohn Mikey seien vor ihrem Apartment in New York von maskierten Männern entführt worden. Man gab ihm die Gelegenheit, die Mission abzubrechen, doch er entschied sich statt dessen dafür, den Befehl zum Vorstoß zu geben. Die Basis wurde zwar zerstört, aber die beiden wichtigsten Männer, denen die Aktion galt, Salim Al-Makesh und Jean-Jacques Bernard, schafften es zu entkommen. Landesweit suchte man nach seiner Familie, fand aber nicht die geringste Spur von ihnen. Auf eigenen Wunsch hin verabschiedete sich Graham aus dem Dienst in der Elitetruppe Delta, deren Chef seine Akte an die UNACO weiterreichte und ihn als möglichen Kandidaten für deren Einsätze vorschlug. Obwohl ihn der Generalsekretär wegen seines psychologischen Profils zunächst ablehnen wollte, hatte ihn Philpott persönlich umgestimmt.

Grahams Neigung zum Einzelgängertum hatte bald zum Streit mit seinen Vorgesetzten geführt. Als er ohne entsprechende Befugnisse Bernard, den Mann, den er für das Verschwinden seiner Familie verantwortlich machte, zur Strecke bringen wollte, spitzte sich die Sache zu. Obwohl Bernard hinterher getötet wurde, fand Graham heraus, daß es eigentlich ein höherer CIA-Mitarbeiter gewesen war, der die Entführung angeordnet hatte, um Bernard, der für ihn arbeitete, Zeit zur Flucht zu geben. Er bekam auch heraus, wo die Leichen von Carrie und Mikey vergraben worden waren, und ließ sie direkt neben den Grundmauern der Kirche bestatten, in der er und Carrie getraut worden waren. Der Generalsekretär hatte Graham entlassen wollen, war aber von Philpott ein weiteres Mal umgestimmt worden. Doch machte man Graham unmißverständlich klar, daß er gefeuert würde, wenn er es noch einmal zu weit triebe. Er wußte, daß er diese Drohung besser nicht auf die leichte Schulter nehmen sollte ...

Mitchell kehrte zum Tisch zurück und setzte sich wieder hin. Er studierte die Figuren und kratzte sich nachdenklich am Kopf. »Du hast recht, es sieht nicht gut aus. Überhaupt nicht gut.«

»Du mußt mich nur noch den König mattsetzen lassen und mir die zwanzig Dollar geben, um die wir bei der Partie gewettet haben.«

»Und kampflos untergehen?« gab Mitchell zurück. »Da kennst du mich aber schlecht, Mike.«

»Ich weiß. Wenn es darum geht, Geld herzugeben, bist du ein alter Geizhals«, antwortete Graham grinsend.

Mitchell machte den Zug, den Graham erwartet hatte. Und saß in der Falle; Graham bot seinem König Schach.

»Das war aber gar nicht nett . . .«, meinte Mitchell gedehnt und pfiff leise vor sich hin, als er über Grahams Schulter blickte. »Na, *das* ist aber ausgesprochen nett!«

Graham schaute sich um und stieß einen leisen Fluch aus. Am Eingang stand Sabrina. Ihre Hände hatte sie tief in den Taschen ihrer Lederjacke vergraben, ihr Blick suchte den Raum nach ihm ab. Graham drehte sich wieder zu Mitchell um. »Sie ist eine Freundin von mir.«

»Entschuldige, Mike, das habe ich nicht gewußt.«

»Macht nichts«, antwortete Graham. »Zieh!«

»Willst du ihr kein Zeichen geben? Offensichtlich sucht sie doch nach dir.«

»Sie wird mich schon finden. Mach deinen Zug, Mitch.«

Schließlich entdeckte Sabrina ihn. Den Rücken zu ihr gewandt, saß er an einem Ecktisch. Sie steuerte auf den Tisch zu, da packte sie plötzlich eine Hand am Arm und wirbelte sie herum.

»Na, Baby, suchst du ein wenig Action?« fragte der Mann, ohne den Druck auf ihren Arm zu verringern.

»Könnten Sie so freundlich sein, meinen Arm wieder loszulassen?« fragte sie höflich.

»Setz dich«, befahl er und gab den anderen beiden Männern am Tisch mit einem Wink zu verstehen, sie sollten ihr einen Stuhl herschieben.

Mitchell blickte an Graham vorbei; seine Augen verengten sich besorgt. »Mike, es gibt Ärger.«

Graham blickte sich gereizt um. Drei Männer Anfang Zwanzig. Wahrscheinlich Jungs aus der Stadt. »Sie kann auf sich selbst aufpassen«, erwiderte er und tat das Ganze mit einem Achselzucken ab. Dann deutete er wieder auf das Schachbrett. »Ich warte immer noch darauf, daß du ziehst, Mitch.«

»Mike, wir können sie doch nicht einfach da drüben sich selbst überlassen!« sagte Mitchell in scharfem Ton. »Es sind drei gegen ein Mädchen!«

Graham hielt Mitchell am Arm fest, als dieser aufzustehen versuchte. »Ich sagte dir bereits, sie wird mit ihnen fertig. Und jetzt mach deinen Zug, sonst hast du verloren.«

Sabrina riß ihren Arm los, als der Stuhl von hinten grob gegen ihre Beine gestoßen wurde. Sie schaffte es, das Gleichgewicht zu halten, doch als sie versuchte, am Tisch vorbeizukommen, stand der Mann auf und verstellte ihr den Weg.

»Warum denn so eilig? Setz dich hin und genehmige dir einen Drink mit uns«, sagte er und zeigte auf den Stuhl.

»Würden Sie mich vielleicht vorbeilassen?« fragte sie scharf. »Ich frage nicht noch einmal.«

»Da kriege ich ja richtig Angst!« sagte der junge Mann und grinste seine Gefährten an. »Setz dich!«

Er machte den Fehler, sie am Handgelenk festzuhalten und sie mit Gewalt auf den Stuhl zwingen zu wollen. Mit einem Ruck riß sie ihren Arm zurück, packte seinen Daumen, zwang ihn, seinen Griff zu lockern und trat ihm mit voller Wucht gegen das Knie. Er schrie vor Schmerz auf, fiel auf den Boden, umklammerte sein Knie und krümmte sich vor Schmerzen. Einer seiner Freunde zerschmetterte eine Bierflasche am Tischrand und war mit einem Satz auf den Beinen. Graham kam zu dem Entschluß, daß das Ganze jetzt weit genug gediehen war, sprang auf und ging zu Sabrina hinüber. Mit angespanntem Körper wartete sie darauf, daß der Mann sich auf sie stürzte.

»Ist okay, Mike, ich schaffe das schon«, sagte sie, ohne ihren Blick von der zerbrochenen Flasche zu wenden.

»Das weiß ich. Aber wissen die es auch?« Graham

schaute die beiden Männer an. »Die Frau hier könnte es mit geschlossenen Augen mit euch beiden aufnehmen und immer noch dafür sorgen, daß ihr die nächsten sechs Monate im Krankenhaus verbringt. Denkt darüber nach, bevor ihr irgendwelche Dummheiten macht.«

Der zweite Mann hielt die Hände hoch. »He, damit will ich nichts zu tun haben. Bin schon weg! Joe, kommst du?«

Joes Blick schnellte zwischen Graham und Sabrina hin und her, dann warf er die Flasche weg und schnappte sich seine hinter dem Stuhl liegende Jacke.

»Und vergeßt nicht, euren Müll mitzunehmen«, fügte Graham hinzu und zeigte auf den Mann, der sich immer noch auf dem Boden wälzte.

Die beiden Männer zerrten ihren Freund auf die Füße; halb trugen sie ihn, halb schleiften sie ihn aus der Bar nach draußen.

»Okay, die Varietévorstellung ist vorbei«, verkündete Mitchell den anderen Gästen.

Jemand warf eine Münze in die Jukebox und wählte einen Titel von Dire Straits. Es dauerte nur wenige Sekunden, und in der Bar hatte sich wieder eine gewisse Normalität eingestellt.

»Sabrina – Peter Mitchell«, sagte Graham und zeigte auf den hinter ihm stehenden Mitchell. »Wir kennen uns schon sehr lange.«

»Entschuldigt die Sache mit den drei Männern; sie gehören hier nicht gerade zu unserem üblichen Klientel.«

»Ja, normalerweise ist die noch um einiges übler«, fügte Graham hinzu.

»Das meinst aber auch nur du«, entgegnete Mitchell gut gelaunt. »Was kann ich dir zu trinken holen, Sabrina? Natürlich auf Kosten des Hauses. Nach dem ganzen Ärger ist das das mindeste, was ich tun kann.«

»Nichts, aber trotzdem vielen Dank.« Sie wandte sich an Graham. »Kann ich dich mal draußen sprechen?«

Graham nickte und streckte Mitchell eine Hand entgegen. »Die zwanzig Dollar nehme ich gleich mit.«

»Die Partie ist noch nicht vorbei!« protestierte Mitchell.

»In zwei Tagen bist du schachmatt, und das weißt du.«

Graham schnalzte mit den Fingern. »Her mit dem Geld, Mitch!«

Mitchell zog zwei Zehndollarnoten aus der Tasche und reichte sie Graham. »Ich habe fest vor, sie wiederzugewinnen, Mike. Sei gewarnt!«

»Nächsten Mittwoch bin ich in New York. Gleiche Zeit, gleicher Ort?«

»Abgemacht!«

»Bis dann, Mitch.«

Mitchell gab Graham einen Klaps auf den Arm und lächelte Sabrina an. »Nett, dich getroffen zu haben!«

»Ebenso«, erwiderte sie und folgte Graham aus der Bar.

»Woher hast du gewußt, daß ich hier sein würde?« fragte er, sobald sie sich auf der Straße befanden.

»Ich ging ins Manion, und der Angestellte an der Rezeption sagte mir, wo du dich herumtreibst.«

»Was ist los?«

»Wir sollen uns gemäß Code Red in Bereitschaft halten.«

»Wann kam das durch?«

»Vor ungefähr einer halben Stunde«, antwortete Sabrina. »Du weißt natürlich nichts davon. Fällst wohl wieder in deine alten dummen Angewohnheiten zurück, wie?«

»Was zum Teufel meinst du denn damit?«

»Du hast nicht auf deinen Piepser reagiert!«

»Der hat überhaupt nicht gepiepst!« entgegnete er abwehrend.

»Du weißt doch wohl, mit wem du sprichst, Mike! Inzwischen kenne ich deine Mätzchen. Wo ist der Piepser? Im Hotel?«

»Hier drin«, gab er zurück und klopfte auf seine Jackentasche. Doch da war er nicht. Seine Augenbrauen auf seltsame Weise zusammengekniffen, durchsuchte er auch die anderen Taschen, aber der Piepser war nicht zu finden.

»Du hast ihn gar nicht bei dir! Das ist aber eine Überraschung!«

»Deinen Sarkasmus kannst du dir sparen, Sabrina!«

»Jetzt, wo C. W. in die Führungsetage aufgestiegen ist,

sollst du doch Leiter des Teams sein. Das bedeutet, daß du ein Beispiel setzen mußt und nicht in deine alten Gewohnheiten zurückfallen darfst.«

»Als ich diesen Nachmittag zum Friedhof ging, hatte ich den Piepser bei mir. Dann muß er noch in der Tasche meines Anzugs stecken. Ich dachte wirklich, ich hätte ihn mitgenommen. Ehrlich, es war ein Versehen!«

Sabrina atmete tief aus und berührte Graham am Arm. »Tut mir leid, daß ich so auf dich losgegangen bin. Weißt du, das war wieder eine dieser Nächte.«

»Sergej wird mich ans Kreuz nageln, wenn er im Buch des diensthabenden Beamten liest, daß du persönlich hier herüberkommen mußtest, um mir mitzuteilen, daß Code Red in Kraft getreten ist. Die Notiz, die er in Umlauf brachte, war bezüglich der Piepser, die alle Einsatzkräfte jederzeit bei sich tragen müssen, sehr präzise.«

»Er wird nicht wissen, daß ich hierhergekommen bin«, sagte Sabrina. »Ich habe ein wenig mit dem diensthabenden Beamten geplaudert, und er war damit einverstanden, es nicht im Buch zu erwähnen.«

»Danke. Dafür bin ich dir was schuldig.«

»Spendier mir einen Kaffee, dann sind wir quitt.«

»Du sagst, wo!« willigte Graham ein. »Hast du einen bestimmten Ort im Kopf?«

»Das habe ich. Dort spielt auch eine Jazzband.«

»Du hast mich überzeugt.«

»Wir können meinen Wagen nehmen«, sagte sie und holte die Autoschlüssel aus ihrer Tasche.

»Wo hast du denn geparkt?«

»Nicht weit von hier.« Sie hakte sich bei ihm ein. »Na, dann komm. Ich zeige es dir.«

3

Eine feste Binde über den Augen, saß er bewegungslos im Fond des Wagens. Die beiden Männer, zwischen denen er saß, waren bewaffnet; ihre Revolver steckten in Schulterhalftern, die diskret unter ihren locker sitzenden, leichten Jacken verborgen waren. Er wußte, daß er sich nicht in Gefahr befand, war aber immer noch besorgt. Schließlich schob er seine Unsicherheit beiseite und ließ seine Gedanken wieder zu den Ereignissen des Tages wandern.

Als er an jenem Morgen sein Apartment in New York verlassen hatte, um zum John-F.-Kennedy-Airport zu fahren, hatte es heftig gestürmt und geregnet; die Sichtweite war dadurch auf wenige Meter reduziert. Gerade noch rechtzeitig hatte er es bis zum Flughafen geschafft, bis zum Abflug waren nur noch wenige Minuten geblieben. Bei den Vorbereitungen zum Start hatte es bei der Boeing 707 jedoch technische Probleme gegeben, und die Passagiere waren in einen anderen Jumbo gebracht worden. Der Flug nach Bogota, Kolumbien, war schließlich mit zwei Stunden Verspätung gestartet. Als die Maschine fünf Stunden später im Flughafen El Dorado aufsetzte, hatte bereits eine gecharterte Cessna bereitgestanden und darauf gewartet, ihn weiter nach Medellin zu fliegen.

Ein Taxi hatte ihn zum Hotel Intercontinental gebracht, in dem unter dem Namen Warren für ihn bereits ein Zimmer reserviert war. Dieser Name stand auch an Stelle seines richtigen in seinem Paß. Er mußte jede nur denkbare Vorsichtsmaßnahme ergreifen. Am Empfang hatte ein Brief für ihn bereitgelegen, den er auf seinem Zimmer öffnete. Weitere schlechte Nachrichten. Einer der Männer, die er an jenem Nachmittag hatte treffen sollen, war außerhalb der Stadt aufgehalten worden und schaffte es nicht mehr, rechtzeitig zum ursprünglich vereinbarten Treffen zurück zu sein. Jetzt war für acht Uhr abends ein neuer Termin angesetzt worden.

Den Instruktionen gemäß hatte er um halb acht das Hotel verlassen und ein Taxi zum botanischen Garten Joachim Antonio Uribe genommen. Dort hatte ein Mercedes gewartet, der ihn zum Treffpunkt bringen sollte. Die Wachen hatten ihm vor der Abfahrt die Augen verbunden; beide Seiten waren ein äußerst hohes Risiko eingegangen, also war das eine Vorsichtsmaßnahme, auf die er sich vorbereitet hatte. Das war vor gut zwanzig Minuten gewesen, vielleicht war es auch etwas länger her. Er hatte jegliches Zeitgefühl verloren. Es spielte auch keine Rolle. Er hatte sowieso keine Ahnung, wohin die Reise ging ...

Als der Mercedes schließlich anhielt, wurde die hintere Tür geöffnet, und jemand half Warren aus dem Wagen heraus. In barschem Ton befahl eine Stimme auf spanisch, ihm die Augenbinde abzunehmen. Er stand vor einer Blockhütte auf einer kleinen, von dichtem Urwald umgebenen Lichtung. Acht Wachen zählte er, die sich am Rand der Lichtung aufhielten. Alle waren mit Uzis bewaffnet. Zwei weitere Wachen standen an beiden Seiten der Tür der Blockhütte. Eine von ihnen klopfte an die Tür, die von einem dunkelhäutigen, untersetzten Mann Anfang Dreißig geöffnet wurde. Unter seiner Jacke konnte man eine in einem Halfter steckende Pistole erkennen. Der Mann hieß Miguel Cabrera und war der ältere Sohn Jorge Cabreras, der eine der mächtigsten Drogenfamilien in Kolumbien beherrschte. In den letzten fünf Monaten hatten sich die beiden Männer bereits etliche Male getroffen. Cabrera lächelte, als er auf Warren zuging, und streckte ihm die Hand zum Gruß entgegen.

»Ich muß mich für die Art und Weise entschuldigen, auf die Sie heute nacht hierhergebracht wurden«, sagte Cabrera in makellosem Englisch. »Aber Sie müssen einsehen, daß wir es uns nicht leisten können, irgendein unnötiges Risiko auf uns zu nehmen. Ich bin sicher, daß Sie das verstehen.«

»Ja, natürlich.«

»Hervorragend. Ich muß mich auch dafür entschuldigen, daß sich das Treffen heute verschoben hat, aber wie ich bereits in dem Brief erklärte, hatte sich für mich in Manizales eine unabwendbare Verzögerung ergeben. Und da ich das einzige Familienmitglied bin, das Englisch spricht, ist meine Anwesenheit hier unbedingt erforderlich.« Cabrera machte eine Geste auf die offene Tür hin. »Bitte nach Ihnen.«

Warren betrat die Hütte. Der kleine Raum wurde beherrscht von einem Mahagonitisch. Acht passende Stühle waren um ihn herum gestellt; an seinem Kopf stand ein gepolsterter Ledersessel. Am Tisch saßen zwei Männer. Ramon Cabrera war Mitte Zwanzig und hatte lange schwarze Haare, die hinter dem Kopf zu einem Zopf zusammengebunden waren. Die Brüder stellten einen Gegensatz dar, wie er größer nicht hätte sein können. Ramon war der Muskelmann, Miguel das Gehirn. Für das Kartell war das genau die richtige Kombination. Miguel hatte mit der von seinem Vater gelernten Geschäftstüchtigkeit zahlreiche internationale Transaktionen getätigt, und es war kein Geheimnis, daß man ihn für den Fall, daß sein Vater einmal abtrat, bereits jetzt als zukünftiges Familienoberhaupt aufbaute.

Ramon war seit vier Jahren für die Sicherheit des Kartells verantwortlich und seitdem zu einem der gefürchtetsten und meistgehaßten Männer des Landes geworden. Trotz ihrer Unterschiede waren die beiden Brüder unzertrennlich.

Der fast 140 Kilo schwere Jorge Cabrera war ungeheuer stolz auf seine Söhne. Er saß am Kopf des Tisches, in einer Hand ein Taschentuch, in der anderen eine Zigarre. Mit dem Taschentuch tupfte er sich das schweißnasse Gesicht ab, dann legte er die Zigarre neben sich in den Aschenbecher und winkte Warren in den Raum. Miguel schloß die Tür und stellte die Männer einander vor. Widerwillig schüttelte Ramon die ausgestreckte Hand Warrens; Jorge Cabrera ignorierte sie.

»Bitte, wollen Sie sich nicht setzen?« forderte Miguel auf und wies auf einen Stuhl. »Kann ich Ihnen etwas zu trinken bringen?«

»Bourbon, wenn Sie haben«, sagte Warren und setzte sich.

Miguel schenkte ihm aus der Karaffe auf dem Büfett eine großzügige Portion ein und stellte das Glas vor Warren hin. Dann nahm er seinen Platz zur Rechten seines Vaters ein. Ramon, der Miguel direkt gegenübersaß, beugte sich nach vorne und flüsterte ihm etwas zu. Sein Vater schlug ärgerlich mit der Faust auf den Tisch und befahl ihm, ruhig zu sein.

Miguels Blick richtete sich auf Warren. »Mein Bruder traut Ihnen nicht.«

Warren schluckte nervös. Miguel lächelte ironisch. »Machen Sie sich keine Sorgen; er traut niemandem. Manchmal frage ich mich, ob er eigentlich mir vertraut.«

Jorge Cabrera sagte etwas in schnellem Spanisch; dabei ließ er Warrens Gesicht keinen Moment aus den Augen. Als er geendet hatte, steckte er sich wieder die Zigarre in den Mund und tupfte sich seine Stirn mit dem feuchten Taschentuch ab.

»Mein Vater heißt Sie in Kolumbien willkommen. Er sagt, er habe sich auf das Treffen mit Ihnen gefreut, seit ich ihm das erstemal von der Transaktion berichtete, die Sie vorgeschlagen haben.«

Jorge Cabrera nickte, als ob er die Worte seines Sohnes verstanden hätte, und gab einen weiteren Wortschwall in Spanisch von sich. Miguel beeilte sich, ihn zu übersetzen, sobald sein Vater eine Pause machte, um einen Zug aus der Zigarre zu nehmen.

»Sie sagten, der Entschluß, sich mit uns auf ein Geschäft einzulassen, beruhe hauptsächlich auf der Tatsache, daß wir eine der mächtigsten Familien sind, die gegenwärtig Rauschgift nach Europa und Amerika exportieren. Das stimmt vielleicht. Aber woran erkennt man Macht? Vielleicht am Geld? Oder am Ausmaß des Einflusses, den wir innerhalb der Regierung ausüben können? An der Zahl der Leute, die für uns arbeiten? Wir könnten darüber den ganzen Abend Spekulationen anstellen. Die Wahrheit ist: Wir sind eine der führenden Familien, was die Herstellung und die Verteilung von Kokain angeht. Tatsächlich ist das auch unser einziges Exportgut. Cannabis und Barbiturate überlassen wir den anderen. Nichts davon bringt so viel ein wie Kokain. Ich werde Ihnen etwas verraten, für das Ihre Rauschgiftbehörde ihren rechten Arm hergeben würde: Wir haben fast fünfzig Prozent des Kokains exportiert, das letztes Jahr von Medellin in Ihr Land geschickt wurde. Der größte Teil wurde über Florida eingeschleust, allerdings haben wir eine beträchtliche Menge davon verloren, weil sich Ihre Rauschgiftbehörde DEA Kenntnis über unsere Routen verschaffte. Immerhin gibt es nur eine begrenzte Anzahl von Einfallsrouten nach Florida, und darum stieß Ihr Plan bei uns auch auf offene Ohren. Er würde nicht nur die Eröffnung einer neuen Route außerhalb Floridas umfassen, sondern darüber hinaus wären wir auch die einzigen, die einen Zugang dazu hätten. Wir verfügen in diesem Gebiet bereits über ein Netz von Verteilern, das sich ohne die geringsten Schwierigkeiten ausweiten ließe. Es liegt jetzt nur an Ihnen, uns grünes Licht zu geben; dann schicken wir sofort unsere erste Schiffsladung hinaus.«

Warren nahm einen Schluck Bourbon und drehte das Glas langsam in der Hand. Schließlich schaute er Jorge Cabrera an. »Wann immer Sie soweit sind, sind wir es auch.«

Miguel übersetzte es seinem Vater. Jorge Cabrera nickte und sprach leise mit Miguel, der sich dann wieder an Warren wandte. »Mein Vater läßt darum bitten, daß Sie und ich einen Termin ausmachen, bevor Sie wieder nach New York zurückfliegen.«

»Ich hoffte, das Land noch heute nacht wieder verlassen zu können.«

»Unmöglich«, antwortete Miguel und schüttelte den Kopf.

»Ich verstehe nicht ganz?« Warren sah argwöhnisch hoch.

»Der Flughafen hat nur Tagesbetrieb. Medellin ist von Bergen umgeben, und es ist für ein Flugzeug viel zu gefährlich, nachts zu starten oder zu landen. Ich werde mich darum kümmern, daß Sie im ersten Flug am Morgen einen Platz bekommen. Aber heute nacht sind Sie mein Gast. Mögen Sie Meeresfrüchte?«

»O ja.«

»Dann werden wir im *Las Lomas* zu Abend essen. Dort gibt es die besten Meeresfrüchte in der ganzen Stadt; manche würden sogar sagen, die besten Meeresfrüchte des ganzen Landes. Beim Essen können wir uns dann weiter unterhalten.«

Jorge Cabrera nickte Ramon zu, der sich erhob und einen Diplomatenkoffer vom Büfett nahm. Er stellte ihn vor Warren ab, kehrte wieder zu seinem Platz zurück und setzte sich wieder hin.

»Öffnen Sie ihn«, sagte Miguel.

Warren entriegelte den Koffer und hob den Deckel.

»Zweihundertfünfzigtausend Dollar. Alles nicht registrierte Banknoten«, teilte ihm Miguel mit. »Eine Geste des guten Willens unsererseits.«

Warren blätterte ein Geldbündel durch, dann schaute er zu Jorge Cabrera hinüber. »*Gracias.*«

Jorge Cabrera nickte und drückte die Zigarre aus, um anzudeuten, daß das Treffen beendet war.

Miguel stand auf und ging zur Tür. »Ich fürchte, wir müssen Ihnen die Rückfahrt zum Hotel wieder die Augen verbinden. Ich werde Sie – sagen wir um halb zehn – von einem Wagen abholen lassen, der Sie zum Restaurant bringt.«

»Ja, das wäre nett.«

»Bis dann«, sagte Miguel und schüttelte Warrens Hand.

Warren lächelte in sich hinein. Alles lief wie am Schnürchen ...

4

Graham parkte seinen zerbeulten weißen 78er Ford Pickup im Parkhaus direkt neben dem Hauptquartier der Vereinten Nationen, ging zum Gebäude des Sekretariats hinüber und zeigte dem Wachmann am Haupteingang seinen Paß. Er betrat das Hauptfoyer, ging zu den Fahrstühlen und drückte den Knopf zur sechsundzwanzigsten Etage. Seine Kleidung bestand aus einer ausgeblichenen Bluejeans, einem weißen T-Shirt, einer schwarzen Sportjacke und einer Baseballkappe der New York Yankees; bei einigen der dezenter gekleideten Männer im Fahrstuhl erntete er deswegen verächtliche Blicke. Philpott hatte Graham bei seinem ersten Besuch bei der UNACO wegen seiner unorthodoxen Art, sich zu kleiden, scharf getadelt, aber Graham war eisern geblieben – zu einer Einsatzbesprechung würde er weder in Anzug noch mit Krawatte erscheinen. Philpott war wegen dieser Sache nicht weiter in ihn gedrungen, aber Grahams Starrsinn erschwerte es ihm, Graham bei den Vereinten Nationen mit einer glaubwürdigen Tarnung zu versehen. Sowohl Whitlock als auch Sabrina hatte man eine Tarnexistenz gegeben, die mit ihrem jeweiligen Werdegang zu tun hatte: Whitlock war Attaché der kenianischen Delegation; Sabrina arbeitete aufgrund ihres Universitätsabschlusses in Romanistik als fest angestellte Übersetzerin bei der Vollversammlung. Für Graham hatte man schließlich aufgrund seines Abschlusses in Politikwissenschaften und seiner Erfahrungen beim Militär eine Stelle als unabhängiger Berater für mittelamerikanische Politik beim Botschafter der Vereinigten Staaten in den Vereinten Nationen eingerichtet und ihn auf diese Weise getarnt.

Er war der einzige, der in der sechsundzwanzigsten Etage den Fahrstuhl verließ. Nachdem die Fahrstuhltüren sich wieder geschlossen hatten, ging er auf eine unbeschriftete Tür am Ende des Korridors zu. Er gab die Ziffernfolge eines Zahlencodes in den elektronischen Türöffner an der Wand neben der Tür ein; wenige Augenblicke später ertönte ein metallisches Klicken, und die Tür öffnete sich. Graham trat in das kleine, geschmackvoll eingerichtete Zimmer und schloß die Tür hinter sich. Er befand sich im Vorzimmer zum Hauptquartier der UNACO. In die Teakholzrippen der gegenüberliegenden Wand waren fugenlos zwei Schiebetüren eingelassen, die nur mit Hilfe eines Miniaturschallgebers betätigt werden konnten. Die rechte Tür führte zur Kommandozentrale, in der ein Team von Analytikern mit den modernsten technischen Gerätschaften rund um die Uhr die sich ständig verändernden internationalen Entwicklungen überwachte. Die linke Tür führte ins Privatbüro des Direktors.

Sarah Thomas begrüßte ihn beim Eintreten. Sie war eine attraktive einunddreißigjährige Frau mit kurzen blonden Haaren und seit vier Jahren persönliche Sekretärin des Direktors.

»Bin ich der erste?« fragte Graham und blickte auf die Uhr. »Ich dachte schon, ich sei zu spät dran.«

»Das sind Sie auch«, erwiderte Sarah mit einem Lächeln. »Machen Sie sich aber keine Sorgen, das Schauspiel hat noch nicht begonnen. Sabrina und Fabio sind schon in der Kommandozentrale.«

»Was machen sie denn da?«

»Sie vertreiben sich die Zeit bis zum Eintreffen C. W.s. Er sollte jetzt eigentlich jeden Moment auftauchen. Wenn Sie bitte durchgehen wollen?« forderte sie ihn auf und deutete auf die rechte Seite der Wand.

Graham schüttelte den Kopf und nahm auf dem weinroten Sofa Platz.

»Kann ich Ihnen einen Kaffee bringen?«

»Nein, danke«, antwortete Graham und schüttelte den Kopf. »Letzte Nacht habe ich genug Kaffee getrunken.«

Sarah lächelte. »Sabrina berichtete mir schon davon.«

»Ach ja?« meinte Graham argwöhnisch. »Und was genau hat sie Ihnen erzählt?«

»Daß Sie beide bis zwei Uhr heute früh draußen in

einem Club in Greenwich Village waren. Es hörte sich an, als hätten Sie viel Spaß gehabt.«

»Ja, das haben wir auch«, gab er widerwillig zu. »Wir gingen ins *Sweet Basil,* einen Jazz-Club in der Bleecker Street. Kennen Sie den?«

»Den Namen habe ich schon mal gehört«, antwortete Sarah. »Aber eigentlich interessiere ich mich nicht sonderlich für Jazz.«

Die Tür zur Kommandozentrale öffnete sich, und Sabrina und Paluzzi kamen ins Vorzimmer. Hinter ihnen glitt die Tür wieder zu.

Paluzzi schüttelte Graham die Hand. »Na, wie war die letzte Nacht?«

»Die Musik war toll«, gab Graham in scharfem Ton zurück und warf Sabrina einen bösen Blick zu.

»Ich denke, ich nehme jetzt den Kaffee an, den Sie mir vorhin offeriert haben«, sagte Sabrina rasch zu Sarah. Sie hob die Hand, als Sarah aufstehen wollte. »Bleiben Sie nur sitzen, ich hole ihn mir selbst. Wollen Sie auch einen?«

»Nein, danke«, erwiderte Sarah.

»Fabio? Mike?«

»Danke, für mich nicht«, meinte Paluzzi und schüttelte den Kopf. »Ich trinke nur frisch gemahlenen Kaffee. Für mich ist das da flüssiger Schlamm.«

»Und auch das nur an guten Tagen«, meinte Sabrina mit einem gequälten Lächeln. Ihr Blick wanderte zu Graham. »Mike?«

Graham schüttelte den Kopf, dann kam er zu ihr an den Kaffeespender. »Mußtest du aller Welt erzählen, daß wir letzte Nacht im *Sweet Basil* gewesen sind?« zischte er im Flüsterton.

»Sarah und Fabio würde ich kaum als ›alle Welt‹ bezeichnen. Du etwa?« antwortete sie knapp.

»Warum hast du es ihnen überhaupt erzählt?«

»Ich verstehe nicht, was dieses ganze Theater soll. Wir gingen zusammen in einen Jazzclub. Das heißt doch nicht, daß wir etwas miteinander haben.«

Graham blickte zu Sarah und Paluzzi hinüber, die beiden waren in ein Gespräch vertieft. Dann wandte er sich wieder an Sabrina. »Derartige Situationen können falsch ausgelegt werden. Genau auf diese Art kommen Gerüchte zustande.«

»Keine Sorge, Mike. Ich verspreche dir, daß es nicht wieder vorkommen wird. Von jetzt an werden wir uns nur noch bei der Arbeit sehen. Auf diese Weise kann bestimmt niemand etwas falsch interpretieren. Zufrieden?«

Bevor Graham etwas darauf entgegnen konnte, kam Whitlock in das Büro. Herzlich begrüßte er die beiden, dann aktivierte er den kleinen Signalgeber, mit dem die Schiebetür zum Privatbüro des Direktors betätigt wurde.

»Setzt euch«, sagte Whitlock und zeigte auf die beiden vor der Wand stehenden schwarzen Ledersofas. Er nahm hinter Kolchinskys Schreibtisch Platz und schloß die Tür wieder.

Sabrina setzte sich neben Paluzzi. Graham entging die Geste nicht. Sie lächelte Whitlock an. »Ich kann mich immer noch nicht daran gewöhnen, dich hinter diesem Schreibtisch zu sehen, C. W., so sehr bin ich es gewohnt, daß du hier bei uns sitzt.«

»Nun, es wäre besser, wenn du dich auf die neuen Verhältnisse einstellst«, erwiderte Whitlock rasch. Entschuldigend hielt er dann die Hand hoch. »Tut mir leid, Sabrina. Es war eine lange Nacht. Ich bin erst vor einer Stunde aus London zurückgekommen.«

»Wo ist Sergej?« fragte Graham.

»Beim Generalsekretär. Und er wird noch den ganzen Tag über bei ihm sein. Und morgen und übermorgen wahrscheinlich auch. Wir stecken in einer der schlimmsten Krisen in der Geschichte der UNACO. Vielleicht der schlimmsten überhaupt.«

»Erfolgte deswegen die Anordnung von Code Red, dem wir jetzt unterliegen?« fragte Graham.

Whitlock nickte. »Man hat sich für die Gruppe Drei entschieden, weil Sabrina und du die besten Leute sind, die wir in der UNACO haben. Und ihr werdet euren ganzen Verstand brauchen, um diese Nuß zu knacken.« Sein Blick schnellte zu Paluzzi hinüber. »Für dich, Fabio, wird das eine richtige Feuertaufe werden, aber ich bin sicher, daß du sie verkraftest.«

»Ich bin es gewohnt, daß schwierige Sachen bei mir landen«, antwortete Paluzzi mit einem Achselzucken.

Whitlock öffnete die auf dem Schreibtisch liegende Mappe.

»Was ich euch jetzt eröffne, wurde bisher an keines der anderen Einsatzteams weitergegeben. Ich habe alle Mitarbeiter, die gerade nicht im Einsatz sind, gebeten, diesen Nachmittag zu einer speziellen Lagebesprechung hier zu erscheinen. Diejenigen, die sich im Einsatz befinden, werden zu gegebener Zeit über die Sache informiert.« Für einen Augenblick starrte Whitlock auf die vor ihm liegende Seite, dann blickte er wieder hoch. »Letzte Nacht geriet Gruppe Sieben bei einer Operation in London in einen Hinterhalt. Dave Swain und Jason Geddis waren bei ihrer Ankunft im Krankenhaus bereits tot. Alain Mosser starb dort in den Frühstunden des heutigen Morgens.«

»Wir haben ein ganzes Team verloren?« fragte Graham wie vor den Kopf geschlagen und brach damit das anhaltende Schweigen.

Whitlock nickte grimmig. »Zwar haben wir bei Einsätzen in der Vergangenheit schon einzelne Mitarbeiter verloren, aber noch nie ein ganzes Team. Das ist genau die Munition, die unsere Kritiker brauchen, um Druck auf den Generalsekretär auszuüben, die UNACO aufzulösen.«

»Und es hätte zu keinem ungünstigeren Zeitpunkt kommen können«, sagte Sabrina und schüttelte den Kopf. »Colonel Philpott hat kaum seinen Schreibtisch geräumt, da geschieht so etwas.«

»Sergej und ich werden heftige Kritik einstecken müssen«, erwiderte Whitlock. »Aber das ist nicht eure Sache. So wie die Dinge liegen, werdet ihr euch noch über genügend andere Dinge den Kopf zerbrechen müssen. Ihr übernehmt nicht nur den Auftrag von Gruppe Sieben, sondern müßt auch noch deren Mörder vor Gericht bringen.«

»Vor Gericht bringen«, warf Graham wütend ein. »Die

haben kaltblütig drei unserer Kollegen niedergeschossen ...«

»Mich machen die Ereignisse der letzten Nacht genauso fertig wie dich, Mike«, unterbrach ihn Whitlock in scharfem Ton. »Sie waren ein gutes, verläßliches Team ... doch wichtiger noch – sie waren auch unsere Freunde. Wir können jedoch nicht zulassen, daß das jetzt unser Urteilsvermögen trübt. Es geht nicht um Blutrache. Vergeßt das nicht. Wir sind da, um Recht und Ordnung aufrechtzuerhalten; wir sind keine Selbstschutztruppe, die irgendwelche Rechnungen begleicht. Und ihr könnt euch sicher sein, daß der Generalsekretär alles, was wir in diesem Fall unternehmen, ganz genau verfolgt. Ist der Zeitpunkt gekommen, unseren Kritikern Rede und Antwort stehen zu müssen, werden wir in einem besseren Licht dastehen, wenn ihr die Mörder lebendig vorzeigen könnt.«

»Was haben wir für Anhaltspunkte?« fragte Sabrina.

»Einsatzgruppe Sieben war die letzten drei Monate hinter einer ganz bestimmten Sache her«, antwortete Whitlock und sichtete die vor ihm liegenden Papiere. »Sie haben vieles hinterlassen, was ihr für eure Arbeit verwenden könnt.«

»Wie zum Beispiel?« fragte Graham.

»Nun, wir sind uns ziemlich sicher, wer ihre Mörder sind«, antwortete Whitlock und hob die Hand, bevor Graham etwas sagen konnte. »Nicht zu vorschnell, Mike. Laßt uns den Fall erst einmal in die richtige Perspektive rükken, ja?«

Graham nickte und lehnte sich zurück, die Arme über der Brust verschränkt.

»Der Fall, an dem die Männer von Gruppe Sieben gerade arbeiteten, hatte etwas mit dem Leiter eines IRA-Kommandos zu tun. Sein Name ist Sean Farrell.«

»Farrell?« warf Paluzzi ein; er spuckte den Namen förmlich aus.

»Kennen Sie ihn?« fragte Whitlock.

»Ich habe von ihm gehört. Das erstemal stieß ich vor ungefähr achtzehn Monaten auf diesen Mann, als die *NOCS* Nachforschungen über mögliche Verbindungen zwischen den Roten Brigaden und der IRA anstellte. Ich habe sogar gerüchteweise mitbekommen, daß man ihn als zukünftigen Führer der IRA aufbauen wolle.«

»Falls wir das nicht verhindern können«, entgegnete Whitlock knapp. »Vor zwei Tagen wurde Farrell von einem Sonderkommando zur Terroristenbekämpfung von Scotland Yard bei der Rückreise vom Kontinent nach Großbritannien festgenommen. Ich hatte seine Verhaftung arrangiert, weil Dave Swain mir versicherte, über einen Informanten zu verfügen, der Farrell lebenslang hinter Gitter bringen könnte.«

»Doch nicht McGuire?« fragte Sabrina argwöhnisch.

Whitlock nickte. »Genau, McGuire. Bei dem beabsichtigten Treffen mit dem Informanten geriet Gruppe Sieben in den Hinterhalt. Doch als die Polizei eintraf, fehlte von McGuire jede Spur.«

»Wer ist dieser McGuire?« erkundigte sich Paluzzi.

»Gerard McGuire ist ein erstklassiger Informant der UNACO«, gab Whitlock Auskunft. »Er verfügt hinsichtlich der IRA über alle nur erdenklichen Erkenntnisse. Doch die Sache hatte einen Haken: Er wollte nur mit Dave Swain und keinem anderen zu tun haben.«

»Das bedeutet, daß die Mörder unserer Leute von Gruppe Sieben wissen müssen, daß McGuire ein Informant war«, folgerte Paluzzi.

»Ja, davon müssen wir ausgehen«, pflichtete Whitlock bei.

»Du weißt, daß er nicht mit uns sprechen wird, C. W.«, meinte Sabrina. »Insbesondere jetzt, wo Dave tot ist.«

»Wenn McGuire überhaupt noch lebt, heißt das«, erinnerte sie Paluzzi.

»Das müßtet ihr eben herausfinden. Und wenn ihr ihn aufspürt, dann bringt ihn gefälligst dazu, auszupacken. Denn ohne die Aussage McGuires wird Farrell am Wochenende wieder auf freiem Fuß sein. Doch das ist nicht der einzige Grund, weswegen wir ihn vor der IRA finden müssen.« Whitlock entnahm der Mappe ein weiteres Blatt Papier und legte es auf den Schreibtisch. »Mir war es möglich, letzte Nacht direkt nach der Einlieferung ins Krankenhaus mit Alain zu sprechen. Kurz bevor er ins Koma fiel, konnte er mir noch einen lückenhaften Bericht von dem geben, was bei dem Rendezvous geschah. Allerdings lese ich euch das jetzt nicht vor. Eure Akten enthalten eine Kopie dieses Berichtes. Auf einen überaus bedeutsamen Punkt darin müssen wir jetzt jedoch zu sprechen kommen. Obwohl er nicht das ganze Gespräch zwischen McGuire und Dave verfolgen konnte, war er sich sicher, daß Dave den Namen ›Jack Scoby‹ fallenließ.«

»Jack Scoby, der gerade als neuer Senator für New York State gewählt wurde?« fragte Sabrina.

»Wir müssen annehmen, daß dieser Mann gemeint ist«, antwortete Whitlock. »Ich sprach heute morgen bereits mit seinem Büro und fand heraus, daß er sich Ende der Woche für einen kurzen inoffiziellen Besuch im Vereinigten Königreich aufhält. Auf der Tagesordnung steht auch eine kurze Reise nach Irland, wo seine Großeltern begraben sind.«

»Und du meinst, die IRA plant einen Anschlag auf ihn?« fragte Sabrina.

»Findet McGuire, und ihr habt die Antwort«, erwiderte Whitlock. »Aber bis dahin müssen wir vom Schlimmsten ausgehen. Ich bin für heute nachmittag mit Scoby verabredet und werde versuchen, ihn dazu zu überreden, seinen Besuch zu verschieben, bis wir sicher sind, daß sein Leben nicht länger in Gefahr ist. Allerdings hege ich keine allzu großen Hoffnungen, daß mir das gelingt. Ihr kennt ja bestimmt seine erst vor kurzem im Rahmen seiner Wahlkampagne abgegebenen Fernsehinterviews, aus denen hervorgeht, daß er, wenn er will, ungeheuer halsstarrig sein kann.«

»Warum sollte die IRA einen Anschlag auf einen amerikanischen Senator planen?« fragte Graham nach einer Weile. »Und dann noch auf einen derart populären Senator. Das würde ihrem Image außerhalb des Vereinigten Königreiches doch nur irreparablen Schaden zufügen und mit Sicherheit den Geldfluß beeinträchtigen, der ihnen von ihren Sympathisanten bei uns zukommt. Das ergibt keinen Sinn.«

»Im Moment sind das auch nur Gedankenspiele«, erwiderte Whitlock. »Der Schlüssel zu dieser ganzen Angelegenheit befindet sich bei McGuire. Findet diesen Mann, und ihr habt die Hälfte des Falles gelöst.«

»Und was ist mit der anderen Hälfte?« fragte Graham. Er schaute Whitlock scharf an. »Was ist mit den Mördern von Einsatzgruppe Sieben? Du sagtest doch vorher, daß du dir ziemlich sicher bist, um wen es sich bei ihnen handelt.«

»Nur einen kurzen Augenblick nach dem Angriff auf Gruppe Sieben erreichten zwei Augenzeugen den Tatort«, teilte Whitlock ihm mit. »Sie sagten aus, daß es zwei Attentäter waren, die beide Kopfschützer und weite Kleidung trugen; einer der beiden war aber offensichtlich eine Frau.«

»Und?« drängte Graham.

»Wir sind der Meinung, daß es sich dabei um Fiona Gallagher handeln könnte, Farrells Geliebte und seine Stellvertreterin als Oberbefehlshaber dieses Kommandos. Die beiden sind unzertrennlich, und man erzählt sich, daß sie die Nachricht von seiner Verhaftung sehr schlecht aufgenommen hat. Sie ist bereit, sehr weit zu gehen, um ihn freizubekommen.«

»Hört sich nach einem netten Mädchen an«, murmelte Paluzzi.

»Da irrst du dich, Fabio! Sie ist durch und durch ein Profi. Und sie wird nicht eher Ruhe geben, bis sie McGuire gefunden und zum Schweigen gebracht hat.«

»Was ist mit dem anderen?« fragte Graham.

»Wir sind uns sicher, daß es sich bei dem zweiten um Liam Kerrigan handelt. Die Zeugen beschrieben ihn als über einen Meter achtzig groß und mit dem rechten Fuß hinkend. Kerrigan ist dreiundsechzig Jahre alt, vor acht Jahren wurde ihm auf einer Kundgebung der Loyalisten ins rechte Bein geschossen. Es muß auch noch einen Fahrer gegeben haben. Wir meinen, es handelte sich dabei um Hugh Mullen. Er hat Fiona Gallagher für die IRA rekrutiert, als die beiden noch auf die Universität von Bristol gingen. Jetzt sieht sie ihn fast als älteren Bruder an. Und beide Männer gehören zur Gruppe um Farrell. Es wäre schon ein merkwürdiger Zufall, wenn es nicht sein Team gewesen sein sollte.«

Whitlock entnahm der Schreibtischschublade drei Umschläge aus Manilapapier. Sie enthielten die näheren Einzelheiten ihres Auftrags und sollten nach dem Lesen sofort vernichtet werden. Ferner steckten darin Flugtickets, Karten ihres Zielorts, eine schriftliche Bestätigung ihrer Hotelzimmerbuchungen, stichwortartige Beschreibungen aller Kontaktpersonen und Geld in der Landeswährung des Zielortes, der ihnen bei ihrem Unternehmen als Basis dienen würde. Für Notfälle führten alle Mitglieder der Einsatzgruppen zwei Kreditkarten mit sich, wobei dem Geld, das sie während ihres Auftrags verbrauchten, keine Grenzen gesetzt waren. Allerdings mußten sie bei ihrer Rückkehr nach New York über dessen Verbleib Rechenschaft ablegen. Whitlock reichte Graham und Sabrina einen Umschlag. »Darin befinden sich auch ein paar Großaufnahmen von Kerrigan und Mullen. Von Fiona Gallagher sind in den Akten keine Fotos enthalten. Ihr werdet bei dieser Sache mit der Sonderabteilung für Terroristenbekämpfung von Scotland Yard zusammenarbeiten. Eure Kontaktmänner in London sind Inspektor Keith Eastman und sein Stellvertreter, Sergeant John Murphy. Sie waren von Anfang an mit diesem Fall betraut.«

»Wo komme ich ins Spiel?« fragte Paluzzi und zeigte auf den dritten Umschlag, der immer noch auf dem Tisch lag.

»Du näherst dich dem Fall aus einer anderen Richtung«, sagte Whitlock. »Ideal wäre es, wenn ich dich zusammen mit Mike oder Sabrina losschicken würde. Immerhin ist es dein erster Einsatz mit Gruppe Drei. Unter den gegebenen Umständen jedoch ist das nicht möglich. Zumindest vorläufig nicht. Mike und Sabrina bilden ein hervorragendes Team, und aus diesem Grund möchte ich nicht verhindern, daß sie wie gewohnt zusammenarbeiten, insbesondere, wenn soviel auf dem Spiel steht.«

»Verstehe«, sagte Paluzzi. »Und was genau ist mit dieser ›anderen Richtung‹ gemeint?«

»Vor zwei Nächten ist bei einem Sturm vor der Küste von Nantucket Island ein Schoner gesunken. Die Insel liegt etwa dreihundertzwanzig Kilometer nordöstlich von hier«, ergänzte Whitlock, als er Paluzzis gerunzelte Stirn bemerkte. »Überlebende hat es keine gegeben, aber es wurden Wrackteile an Land gespült. Darunter befand sich eine Kiste mit funkelnagelneuen Armalite-Gewehren. Wie viele Waffen es insgesamt waren, wissen wir nicht, und ich bezweifle auch, daß wir es jemals in Erfahrung bringen werden, aber wir wissen zumindest, daß der Schoner auf dem Weg nach Irland war, genauer gesagt, nach Sligo Bay. Von dort aus hätte man die Waffen über die Grenze nach Nordirland geschmuggelt. Normalerweise würden wir uns in so eine Sache nicht einmischen. Es ist eine Angelegenheit für den FBI. Doch diese Waffenladung wurde von einem Mann namens Rory Milne betreut, der aus New York stammt und enge Verbindungen zu Noraid unterhält, der amerikanischen Organisation, die der Sache der IRA sehr wohlwollend gegenübersteht. Zufällig war er hier in Amerika auch Sean Farrells wichtigster Kontaktmann. Er stand nicht auf der Bordliste der *Ventura*. Nur mit Hilfe eines Informanten des FBI in der Noraid-Organisation war es uns möglich, das herauszufinden. Bis jetzt haben wir es geschafft, sowohl die Anwesenheit von Rory Milne an Bord als auch den Waffenfund nicht an die Presse gelangen zu lassen. Das wird uns aber nicht für unbegrenzte Zeit möglich sein. Wir müssen wissen, wer hinter dieser Lieferung steckt. Wenn wir Farrell mit der Ladung oder dem Handel in Verbindung bringen können, wird das vor Gericht die Klage gegen ihn stützen.« Whitlock überreichte Paluzzi den dritten Umschlag aus Manilapapier. »Der Schoner kam aus Milford, einem knapp hundert Kilometer südlich gelegenen Hafen. Ich schlage vor, dort anzufangen. Einer unserer Wagen steht draußen zu deiner Verfügung. Sarah hat die Schlüssel.«

»Bin schon unterwegs«, sagte Paluzzi und erhob sich.

»Wann geht unser Flug nach London?« fragte Sabrina.

»Um zwölf Uhr vom John-F.-Kennedy-Airport«, antwortete Whitlock.

Sabrina blickte auf ihre Uhr, dann schaute sie zu Graham hinüber. »Wir sollten besser ebenfalls aufbrechen.«

»Ja«, murmelte Graham und stand auf.

»Ich erwarte regelmäßige Berichte über eure Fortschritte«, sagte Whitlock.

»Was heißt für dich ›regelmäßig‹?« fragte Graham.

»Ich möchte, daß ihr euch mindestens dreimal am Tag meldet. Auf diese Weise können wir den Generalsekretär immer auf dem neuesten Stand halten.« Whitlock nahm den Signalgeber an sich und blickte nacheinander jeden der Anwesenden an. »Sergej und ich sind heute morgen ein großes Risiko eingegangen, als wir dem Generalsekretär versicherten, ihr wäret das beste Team der Organisation. Jetzt liegt es an euch, unter Beweis zu stellen, daß wir damit recht haben. Wenn ihr nämlich nicht in der Lage seid, dieses IRA-Kommando zu finden, wird die UNACO mit größter Wahrscheinlichkeit aufhören zu existieren. Das ist doch ein recht ernüchternder Gedanke, nicht wahr?«

Paluzzi und Sabrina verließen das Zimmer. Graham blieb an der Tür stehen und schaute sich zu Whitlock um. »Wir werden die Sache schon schaukeln, C. W. Darauf kannst du dich verlassen.«

Whitlock erwiderte Grahams Blick, sagte aber nichts. Als Graham im Außenbüro verschwunden war, schloß Whitlock die Tür hinter ihm und legte den Signalgeber wieder auf den Schreibtisch. Er konnte nur hoffen, daß Graham recht behielt. Wenn nicht . . .

Jack Scobys Büroräume in New York befanden sich im obersten Stockwerk des Melrose Building, einem der vielen hoch aufragenden Wolkenkratzer im Herzen des Bankenviertels dieser Stadt. Nachdem Whitlock die strikten Sicherheitsmaßnahmen innerhalb des Gebäudes über sich hatte ergehen lassen, setzte er sich in den Empfangsbereich und wartete auf den Senator. Bedächtig sah er sich um. Die Wände waren mit gerahmten Plakaten von Scobys Wahlkampagne gesäumt. Er erinnerte sich noch gut daran, daß er im Vorfeld der Wahl viele dieser in der ganzen Stadt angebrachten Plakate gesehen hatte. Er erinnerte sich auch daran, wie Scobys energische Wahlreden die Bewohner New Yorks, die für Veränderungen waren, in ihren Bann gezogen hatten. Unaufhörlich hatte Scoby die milden Urteile gegenüber den Kriminellen im ganzen Land kritisiert, insbesondere bei allen Verbrechen, die mit Drogen in Zusammenhang standen, und obwohl das zu einem Konflikt zwischen ihm und dem liberalen Flügel geführt hatte, der als Antwort auf dieses Problem mehr auf Therapie als auf Strafe setzte, trug er einen überwältigenden Sieg davon und erzielte die größte Mehrheit, die je bei einer Wahl im Bundesstaat New York verzeichnet worden war. Das überwältigende Ausmaß seines Sieges hatte ihn mit einem Satz ins Rampenlicht der Politik befördert, und für den rechten Außenrand der Partei war er rasch zu einem Helden geworden. Im Kapitol wurde er bereits als Kandidat für die nächste Präsidentschaftswahl gehandelt.

Tatsächlich hatte er alle Eigenschaften, die notwendig waren, um auf der politischen Bühne erfolgreich zu sein. Sein telegenes Äußeres und seine charismatische Persönlichkeit sprachen ein breites Publikum an; seine kompromißlosen und oft gehässigen Reden, die mit altmodischen patriotischen Wertvorstellungen gespickt waren, entsprachen der konservativen Grundeinstellung der Mittel- und Oberschichten. Die meisten Wahlforscher hielten es für selbstverständlich, daß Scoby eines Tages zum Führer seiner Partei aufsteigen würde. Es war nur noch eine Frage der Zeit ...

»Mr. Whitlock, ich bin Jack Scoby.«

Man konnte leicht begreifen, warum Scoby über eine derartige Anziehungskraft verfügte. Er war ein auffallend attraktiver Mann Anfang Vierzig mit satter brauner Gesichtsfarbe und dichtem schwarzem Haar, das an den Schläfen erstes Grau zeigte. Er lächelte und streckte eine Hand zum Gruß aus.

»C. W. Whitlock«, stellte sich Whitlock vor und schüttelte Scobys Hand.

»Gehen wir doch hier herein«, forderte ihn Scoby auf und deutete auf sein Büro.

Es war sehr geräumig; ein schwerer Schreibtisch aus Teakholz und drei Ledersessel, die im gleichen Abstand zueinander vor der Wand standen, wirkten wuchtig und dekorativ. Wie üblich hing in einer Ecke die amerikanische Flagge.

Ein Mann, der in einem der Sessel saß, erhob sich und begrüßte Whitlock mit einem kurzen Lächeln. Er war Ende Dreißig, hatte lichtes braunes Haar und trug eine Brille mit Metallgestell. Whitlock wußte, um wen es sich handelte, bevor Scoby ihn vorstellte.

»Mr. Whitlock, das hier ist Ray Tillman, meine rechte Hand und der Mann, der für die Wahlkampagne verantwortlich ist.«

Tillman schüttelte Whitlock die Hand, sagte aber nichts.

Scoby schloß die Tür. »Wollen Sie sich nicht setzen, Mr. Whitlock?« Er wartete, bis beide Männer Platz genommen hatten, dann ging er hinter seinen Schreibtisch und setzte sich ebenfalls. »Das ist ja ein Zufall, daß Sie heute vorbeikommen. Ich habe mir in meinem Terminkalender doch tatsächlich eine Notiz gemacht, irgendwann in dieser Woche die UNACO anzurufen, um mich vorzustellen. Wir sitzen im selben Boot, nicht wahr? Der Machtwechsel ist vollzogen; eine neue Mannschaft ist im Amt. Es war sicherlich nicht leicht, in Colonel Philpotts Fußstapfen zu treten, oder? Dieser Mann hat als Direktor der UNACO Beispielhaftes geleistet.«

»Sie kannten den Colonel?« fragte Whitlock.

»Ich habe ihn ein paarmal im Rahmen seiner Tätigkeit als Botschafter getroffen«, erwiderte Scoby. »Aber vor allem war er mir durch seine Taten bekannt. Und das ist es doch, was wirklich zählt, nicht wahr? Nehmen Sie nur seinen Nachfolger, Sergej Kolchinsky. Für Leute, die nicht zur UNACO gehören, ist er ein völlig unbeschriebenes Blatt. Als neuer Direktor sicher eine interessante Wahl.«

»Ich entnehme Ihrem Tonfall, daß Sie nicht ganz mit seiner Ernennung einverstanden sind«, stellte Whitlock mit einem Stirnrunzeln fest.

Scoby faltete seine Hände auf dem Schreibtisch. »Er

war früher beim KGB und stammt noch aus einer Zeit, in der der kalte Krieg auf seinem Höhepunkt war. Und jetzt untersteht ihm eine internationale Einheit zur Verbrechensbekämpfung, die von den Vereinigten Staaten aus operiert. Mit diesen Tatsachen kann ich mich nur sehr schwer abfinden.«

»Sergej ist der Sache der UNACO treu ergeben«, gab Whitlock in scharfem Ton zurück. Jede Andeutung des Gegenteils machte ihn wütend.

»Da bin ich mir sicher«, antwortete Scoby, ohne so zu wirken, als sei er sehr davon überzeugt. Er beeilte sich, Whitlock ein entwaffnendes Lächeln zu schenken. »Es braucht wohl nicht gesagt werden, daß Sergej Kolchinsky meine volle Unterstützung hat, solange er Direktor der UNACO bleibt. Und ich hoffe, daß ich ihm irgendwann in nicht allzu ferner Zukunft persönlich begegnen kann. Vielleicht können wir drei uns ja bei einem gemeinsamen Mittagessen treffen, wenn ich von meiner Reise ins Vereinigte Königreich wieder zurück bin.«

»Wenn ich ihn das nächstemal sehe, werde ich mit ihm darüber sprechen«, sagte Whitlock. »Der eigentliche Grund für mein Kommen betrifft jedoch Ihre für Ende der Woche geplante Reise nach Großbritannien. Wir haben Informationen erhalten, die Sie vielleicht veranlassen werden, Ihre Reisepläne zu ändern.«

Scoby runzelte die Stirn. »Wirklich? Was sind das für Informationen?«

Whitlock erläuterte, was die Nacht zuvor in London geschehen war. Er ließ nichts aus, da er wußte, daß es nur eine Frage der Zeit war, bis Scoby selbst einen Bericht über die Ereignisse erhalten würde.

Sobald Whitlock aufgehört hatte zu reden, beugte sich Tillman nach vorne. Seine Arme ruhten auf den Knien. »Wie groß sind die Chancen, daß Sie dieses IRA-Kommando vor Scobys Reise nach London unschädlich machen?«

»Das läßt sich unmöglich sagen«, antwortete Whitlock wahrheitsgemäß. Sein Blick wanderte wieder zu Scoby. »Deswegen habe ich auch um einen Termin für einen Besuch gebeten. Wir werden alles tun, was in unserer Macht steht, um es zu finden, sollte es jedoch Ende der Woche noch auf freiem Fuß sein, wäre es klüger, Ihre Reise zu verschieben.«

»Das kommt nicht in Frage«, warf Scoby rasch ein und schüttelte den Kopf. »Ich lasse mir nicht drohen. Ich habe fest vor, Freitag nach London zu fliegen, unabhängig davon, ob Sie diese Terroristen bis dahin gefunden haben oder nicht.«

»Die Einstellung des Senators zur IRA ist doch bekannt. Mir ist nicht ganz einsichtig, warum diese Leute einen Anschlag auf ihn planen sollten«, sagte Tillman. »Das würde ihrem Image im Ausland doch nur einen immensen Schaden zufügen, insbesondere hier in den Vereinigten Staaten.«

»Wir wissen nicht, was diese Leute vorhaben, Mr. Tillman«, verbesserte Whitlock ihn rasch. »Und darum haben wir auch alle Hebel in Bewegung gesetzt, um diesen Informanten zu finden. Sobald es in der Angelegenheit irgendwelche neuen Entwicklungen gibt, setze ich Sie natürlich sofort darüber in Kenntnis.«

»Das würde ich sehr begrüßen«, meinte Scoby.

»Nun, ich kehre jetzt besser zur UN zurück«, kündigte Whitlock an und stand auf.

»Vielen Dank, daß Sie gekommen sind.« Scoby ging um den Schreibtisch herum und begleitete Whitlock zur Tür. »Sollten Sie anrufen und ich nicht erreichbar sein, werde ich veranlassen, daß man Sie mit Ray verbindet.«

»Sehr schön«, erwiderte Whitlock. »Hoffentlich haben wir die Sache geklärt, bevor Sie nach London abreisen.«

»Ich weiß, Sie tun Ihr Bestes.« Scoby öffnete die Tür und gab Whitlock erneut die Hand. »Es war mir eine Freude, Sie zu treffen. Alles weitere hinsichtlich des gemeinsamen Mittagessens, wenn ich nach dem Wochenende wieder zurück bin.«

Whitlock lächelte und verließ das Büro. Scoby schloß die Tür hinter ihm und blickte zu Tillman hinüber. »Nun?«

»Das Ganze ergibt keinen Sinn. Wenn die IRA eine derartige Operation ausführt, hat sie nichts zu gewinnen, aber alles zu verlieren.«

Scoby biß sich nachdenklich auf die Lippe. »Ganz deiner Meinung. Aber was ist, wenn diese Leute gar nicht für die IRA arbeiten?«

»Whitlock schien der festen Überzeugung zu sein, daß es sich um ein Kommando der IRA handelte«, antwortete Tillman.

»Daran habe ich auch keinen Zweifel«, stellte Scoby rasch klar. »Aber was ist, wenn es sich um ein abtrünniges IRA-Kommando handelt, dem es nur ums Geld geht? Genügend Geld, um sich neue Identitäten zu besorgen, damit die IRA sie niemals findet.« Er durchquerte das Zimmer und hockte sich mit über der Brust verschränkten Armen auf die Schreibtischkante. »Wir sollten nicht übersehen, daß ich schon in meiner eigenen Partei genug Feinde habe, ganz zu schweigen von den Demokraten, die es nur allzugerne sähen, wenn ich zum Schweigen gebracht würde. Für immer.«

»Du meinst, das Kapitol könnte hinter dieser Operation stecken?«

Scoby nickte nachdenklich. »Warum nicht? Was könnte es Besseres geben, als daß ein IRA-Kommando in Großbritannien die Drecksarbeit übernimmt? Auf diese Weise fiele nichts auf sie zurück.«

»Willst du, daß ich jemanden auf die Sache ansetze?«

Scoby schüttelte den Kopf. »Überlaß das der UNACO. Auf diese Weise halten wir uns an die Gesetze. Die UNACO verfügt über die Mittel und die Kontakte, um dieser Sache auf den Grund zu gehen. Entscheidend ist dabei, daß Kolchinsky und Whitlock sich nach dem Verlust ihres Teams in London verzweifelt darum bemühen werden, den Generalsekretär zu beeindrucken. Und das bedeutet, daß die Wahrheit nicht unterdrückt werden kann. Und wenn die Verschwörung tatsächlich vom Kapitol ausgeht, gibt das einen Freudentag für die Presse. Dafür werde ich schon sorgen.«

»Und du stehst als der Unschuldige da, was deiner Kandidatur für die nächste Wahl nur zugute kommen kann.«

»Ganz genau«, antwortete Scoby mit einem wissenden Lächeln.

»Eine Sache haben wir jedoch übersehen«, sagte Tillman besorgt. »Dieses Kommando läuft immer noch frei herum. Dein Leben ist in Gefahr, solange man diese Leute nicht erwischt hat.«

»Dieses Risiko müssen wir auf uns nehmen. Stell dir nur vor, was die Presse sagen würde, wenn sie herausfindet, daß ich meine Reise aufgrund eines möglichen Terroristenanschlags verschoben habe. Das würde meinem Bild in der Öffentlichkeit ernsthaften Schaden zufügen. Und ich bin nicht bereit, mein Image zu gefährden. Nicht, wo so viel auf dem Spiel steht.« Scoby lächelte in sich hinein. »Weißt du, Ray, die ganze Sache könnte sich im nachhinein sogar als Segen erweisen. Das Ansehen, das ich hier und im Ausland genieße, kann dadurch nur verbessert werden, und das ist ja nichts Schlimmes, nicht wahr?«

»Wenn alles gutgeht, ist das richtig«, stimmte Tillman zu.

»Ich bin mir sicher, daß es das tut, Ray, ganz sicher.«

Paluzzi parkte vor dem Büro der Hafenmeisterei und stieg aus dem Wagen. Für den Weg von New York nach Milford hatte er eine Stunde gebraucht und dabei das Gefühl gehabt, erfreulich schnell durchgekommen zu sein. Er schloß den Wagen ab, steckte den Schlüssel in die Tasche, betrat das Gebäude und ging zum Empfang hinüber. Ein junger Mann Anfang Zwanzig saß an einem Schreibtisch vor der hinteren Wand. Er schien die einzige Person zu sein, die momentan Dienst hatte. Bevor er sich erhob und zu Paluzzi herüberkam, beendete er noch eine Eintragung in dem vor ihm liegenden Buch.

»Guten Tag«, sagte er ohne große Begeisterung. »Kann ich Ihnen behilflich sein?«

»Das hoffe ich doch«, erwiderte Paluzzi mit einem Lächeln. Er zog einen falschen Presseausweis aus der Tasche und zeigte ihn dem jungen Mann. Dem Ausweis zufolge hieß er Franco Pasconi und arbeitete als Journalist für die italienische Tageszeitung *La Repubblica*. Der Presseausweis hatte in dem Umschlag gesteckt, den Whitlock ihm in New York übergeben hatte. »Ich würde Ihnen gerne einige Fragen über die *Ventura* stellen.«

Etwas wie Angst huschte über das Gesicht des jungen Mannes. »Darüber werde ich Ihnen nichts sagen können, Mister.«

»Ich bin bereit, für jegliche Informationen zu bezahlen«, sagte Paluzzi. Er zog einen Umschlag mit zwanzig Hundertdollarnoten aus der Jackentasche, entnahm ihm zwei Geldscheine, faltete sie und hielt sie zwischen seinen Fingern hoch. »Nun?«

Die Augen des jungen Mannes schnellten zu den Banknoten, aber umgehend hatte er sich wieder unter Kontrolle. »Ich sagte doch, daß ich Ihnen nichts darüber sagen kann, Mister. Außerdem habe ich zu arbeiten.«

»Was ist denn los?« fragte Paluzzi und beugte sich weiter vor. »Wovor haben Sie Angst?«

»Ich habe vor gar nichts Angst«, gab der junge Mann zurück.

»Dann unterhalten Sie sich doch mit mir.«

»Ich sagte Ihnen bereits, daß ich dazu nichts sagen kann.«

»Nun, können Sie mir denn wenigstens verraten, ob die *Ventura* bei ihrem Aufenthalt im Hafen hier festgemacht hat? Das bringt Ihnen einen Hunderter ein.«

Der junge Mann blickte auf die Banknoten zwischen Paluzzis Fingern. »Zweihundert.«

»Okay, zweihundert!« Paluzzi war einverstanden.

Der junge Mann zog ein Buch unter dem Schalter hervor und blätterte in den abgegriffenen Seiten, bis er den gesuchten Vermerk fand. »Kai Nummer drei.«

»Und wie lange lag sie dort vor Anker?« fragte Paluzzi.

»He, ich sagte doch, ich kann Ihnen dazu . . .«

»Noch habe ich das Geld«, rief ihm Paluzzi ins Gedächtnis zurück.

Wütend starrte der junge Mann ihn an, dann schaute er wieder im Buch nach. »Montag morgen um sieben Uhr vierzig hat sie dort angedockt. Um fünf Uhr nachmittags lief sie wieder aus.« Er knallte das Buch unter den Schalter, streckte die Hand aus und nahm die Banknoten aus Paluzzis Fingern. Als er sicher war, daß Paluzzi verschwunden war, ging er zu seinem Schreibtisch zurück und wählte eine dreistellige Nummer. Sofort erklang am anderen Ende der Leitung eine Stimme:

»Jess Killen. Wer ist am Apparat?«

»Ich bin's, Jess. Billy.«

»Was willst du?« kam die knappe Frage.

»Bei mir war gerade ein Kerl, der etwas über die *Ventura* wissen wollte. Er hatte einen dieser verdammten Presseausweise dabei. Ausländischer Akzent.«

»Was für ein Akzent?«

»Herrgott, woher soll ich das wissen?« gab Billy zurück.

»Welcher Name stand auf dem Presseausweis?«

»Ich konnte ihn nicht richtig erkennen.«

»Was hast du ihm erzählt?«

»Nichts, Jess, ehrlich! Ich habe ihn zum Kai Nummer drei geschickt.«

»Warum zum Teufel hast du denn das gemacht?«

»Ohne irgendeine Antwort wäre er nicht abgezogen. Ich dachte, es sei das beste, wenn du mit ihm sprichst. Ach ja, ich sagte ihm noch, die *Ventura* hätte an Kai drei gelegen. Spiel da mit, ja?«

»Ja«, kam die nachdenkliche Antwort. »Nun, er sollte besser nicht versuchen, sich zu gründlich mit dieser Sache zu beschäftigen. Andernfalls wird er hier nicht wieder wegkommen. Ende.«

Jess hatte aufgelegt.

Paluzzi kehrte zu seinem Wagen zurück, nahm die Beretta aus dem Handschuhfach, lud sie durch und schob die Pistole in das Halfter, das er hinten an der Hose trug. Niemand sollte die Waffe bemerken, das würde wohl kaum zu seiner Tarnung als Journalist passen. Doch irgendein Risiko einzugehen konnte er sich nicht leisten. Die Angst in den Augen des jungen Mannes, als der Name *Ventura* fiel, hatte ihn gewarnt. Es war offensichtlich, daß man ihm befohlen hatte, den Mund zu halten. Doch wer hatte das getan? Genau das hoffte er herauszufinden . . .

Er setzte sich eine Sonnenbrille auf und legte den kurzen Weg zu den Docks zurück. Den ersten Mann, dem er begegnete, hielt er an und fragte ihn nach dem Weg zum Kai Nummer drei. Als er sein Ziel erreicht hatte, blieb er stehen und sah sich um. Fünfzig Meter von ihm entfernt ragte vor ihm ein Kran auf, der gerade einen kleinen Frachter mit Holzkisten belud. Rechts von ihm befand sich ein Lagerhaus, an dessen Wand und auf dessen Wellblechdach eine große ›3‹ gemalt war. Auf einer leeren Packkiste, die neben der Tür vor die Wand geschoben worden war, saßen zwei Männer. Beide trugen zerrissene Jeans und ölverschmierte T-Shirts.

»Guten Tag!« rief Paluzzi den Männern zu, als er sich ihnen näherte. Er zog den Presseausweis aus der Tasche und hielt ihn hoch. »Franco Pasconi. Ich bin Journalist bei der italienischen Zeitung *La Repubblica* und würde euch gerne ein paar Fragen über die *Ventura* stellen. Ich glaube, sie hatte hier festgemacht, bevor sie Montag abend wieder auslief, nicht wahr?«

Einer der Männer zuckte die Schultern und nahm einen Zug aus seiner Zigarette.

Der andere fuhr sich mit dem Unterarm über das schweißnasse Gesicht und wischte dann den Arm an seinem T-Shirt ab. »Keine Ahnung«, meinte er.

»Sie müssen sie doch gesehen haben, oder etwa nicht?« fragte Paluzzi.

»Wir sehen eine Menge Schiffe«, sagte der Mann mit der Zigarette.

»Ihr seid keine große Hilfe«, meinte Paluzzi. »Die *Ventura* war hier in Milford ins Schiffsregister eingetragen. Die ganze Mannschaft stammte hier aus dem Ort.«

»Stimmt«, erwiderte der Mann mit der Zigarette. »Unsere Leute. Unsere Freunde. Nicht wahr, Randy?«

»Ja«, murmelte der andere Mann.

»Wie gut kanntet ihr Earl Reid?« fragte Paluzzi.

»Warum zum Teufel willst du etwas über Earl wissen?« herrschte ihn Randy an.

»Hintergrundinformationen«, erwiderte Paluzzi.

Der Mann mit der Zigarette zeigte auf ihn. »Schieb dir

deine Hintergrundinformationen sonstwohin, Mister. Earl war ein Freund von uns. Und mehr brauchst du nicht über ihn zu wissen.«

»Was ist mit der übrigen Mannschaft? Wie gut kanntet ihr sie?«

»Wir kannten sie«, antwortete Randy. »Stimmt's, Tom?«

»Stimmt. Aber jetzt haben wir genug von deinen Fragen, Mister. Ich rate dir, deinen Arsch ganz schnell in Bewegung zu setzen, sonst könnte es sein, daß du dazu nicht mehr in der Lage bist. Leute von draußen, die herkommen und ihre Nase in unsere Angelegenheiten stecken, können wir nicht ausstehen. Erst recht nicht in einer Zeit wie dieser.«

»Warum nur sind hier alle so zugeknöpft?« fragte Paluzzi. »Was verbergt ihr?«

Tom drückte seine Zigarette an der Kiste aus und sprang geschmeidig auf. »Ich habe doch gesagt, du sollst deinen Arsch in Bewegung setzen! Kannst wohl nicht hören, was?«

»Ich will doch nur ein paar Antworten...« Paluzzi sprach den Satz nicht zu Ende; Tom hatte ein Schnappmesser aus der Gesäßtasche gezogen.

»Das reicht!«

Paluzzi fuhr herum. Der Mann, der gerufen hatte, war Ende Dreißig, hatte dichtes rotblondes Haar und ein zerfurchtes, von Wind und Wetter gegerbtes Gesicht. Er trug Jeans, ein weißes Hemd und eine rote Krawatte, die am Kragen weit heruntergezogen war.

»Der Kerl ist Journalist und fragt uns über Earl aus«, sagte Randy. »Wir sagten ihm, er solle gefälligst abhauen, aber er hört einfach nicht.«

»Geht wieder an die Arbeit«, befahl der Mann. Sein Blick fiel auf das Schnappmesser in Toms Hand. »Und steck das weg. Ich kümmere mich schon um die Sache.«

Tom warf Paluzzi einen wütenden Blick zu, steckte das Messer wieder ein und verschwand im Lagerhaus. Randy spuckte wenige Zentimeter vor Paluzzis Füßen auf den Boden und folgte Tom.

»Danke«, sagte Paluzzi und steckte dem Mann die Hand hin. »Ich heiße Franco Pasconi.«

»Jess Killen. Ich habe die Aufsicht über die Docks«, antwortete der Mann. Absichtlich vergrub er seine Hände noch tiefer in den Taschen seiner Jeans. »Warum stellen Sie Fragen über Earl?«

»Ich suche Hintergrundinformationen über eine Geschichte, die ich gerade schreibe.«

»Eine Geschichte? Worüber? Zum Teufel, bei Nantucket geht immer mal wieder ein Schiff unter. Warum also dieses Interesse an der *Ventura?*«

Paluzzis Gedanken rasten. Der Aufseher. Das bedeutete, daß Killen mit ziemlicher Sicherheit in alle Tansaktionen eingeweiht war, die im Bereich der Docks stattfanden. Und dazu gehörte auch das Verladen der Armalite-Gewehre auf die *Ventura.* Er mußte jetzt seinen Trumpf ausspielen, hatte aber keine Ahnung, wie Killen darauf reagieren würde. »Kennen Sie einen Mann namens Milne? Rory Milne?«

Killens Augen verengten sich unmerklich. Er schüttelte den Kopf. »Nein, kenne ich nicht. Sollte ich das?«

Paluzzi hatte den Eindruck, daß Killen log. »Er befand sich auf der *Ventura,* als das Schiff unterging. Eine offizielle Passagierliste gab es jedoch nicht. Auch unter den Besatzungsmitgliedern war er nicht aufgeführt. Ich frage mich, ob vielleicht Sie wissen, warum er sich an Bord befand?«

»Keine Ahnung.«

»Rory Milne gehörte zur Noraid. Sagt Ihnen das etwas?«

»Nein.«

Wieder hatte Paluzzi das Gefühl, daß Killen log. Doch er war fest entschlossen, nicht lockerzulassen, hoffte auf irgendeine Reaktion. »Noraid ist eine amerikanische Organisation, die die IRA finanziell unterstützt. Ich nehme an, von der IRA haben Sie schon einmal gehört.«

»Natürlich habe ich das«, fuhr Killen ihn wütend an. Paluzzis Sarkasmus hatte ihn getroffen. Einen Augenblick starrte er auf seine Füße, dann schaute er wieder Paluzzi an. »Earl Reid war ein guter Freund von mir. Auch die übrige Mannschaft kannte ich gut. Es waren alles anständige Männer, die hart arbeiteten. Und alle hatten Familie. Aber das scheint euch Zeitungsfritzen nicht weiter zu kümmern, nicht wahr? Ihr seid nur hinter einer neuen Story her, und dabei ist es euch egal, ob sie der Wahrheit entspricht oder nicht. Nun, hier gibt es aber keine Story, Mister. Earl hat eine Ladung Getreide nach Irland verschifft. Das hat er in den letzten acht Jahren alle paar Monate gemacht. Fragen Sie doch die Hafenbehörde in Sligo Bay. Die wird Ihnen alles bestätigen, was ich erzählt habe. Ich nehme an, Sie haben den Namen Sligo Bay schon einmal gehört?«

Paluzzi nickte. »Ich kenne Sligo Bay. Nun, vielen Dank für Ihre Mühe, Mr. Killen. Es sieht ganz danach aus, als ob ich mich wegen meiner Story an jemand anderen wenden müßte.«

»Aber nicht hier in Milford«, sagte Killen und deutete warnend mit dem Finger auf ihn. »Wenn ich nämlich höre, daß Sie Sheila Reid oder irgendeine der anderen Familien belästigen, werde ich persönlich dafür sorgen, daß Sie nie mehr schreiben können.« Er wandte sich zum Gehen, drehte sich dann aber noch einmal um und bedachte Paluzzi mit einem kalten Blick. »Sie sind hier nicht willkommen, Mister. Hauen Sie ab, solange Sie dazu noch in der Lage sind!« Damit machte er auf dem Absatz kehrt und ging davon.

Paluzzi stieß einen tiefen Seufzer aus und schüttelte langsam den Kopf. Killen würde dafür sorgen, daß keiner mit ihm sprach. Paluzzi wußte, daß immer eine gewisse Chance bestand, einen Mann zu finden, der gewillt war, auszupacken, vorausgesetzt, man bot dazu den entsprechenden finanziellen Anreiz. Doch wie sollte er in Erfahrung bringen, wer dafür in Frage käme? Natürlich konnte er Whitlock Bericht erstatten und ihn bitten, die Arbeiter zu überprüfen, um herauszufinden, wer von ihnen für ein Schmiergeld empfänglich sein würde, aber das konnte einige Zeit in Anspruch nehmen.

Langsam ging er zu der Stelle zurück, an der er vor dem

Büro der Hafenmeisterei seinen Wagen geparkt hatte. Er nahm die Autoschlüssel aus der Tasche und wollte gerade einsteigen, als Billy in der Tür zum Büro auftauchte. Er wirkte sehr aufgeregt. Nervös schaute er sich um, dann winkte er Paluzzi zu sich. Paluzzi ließ die Schlüssel wieder in die Tasche gleiten und ging zu Billy hinüber. Billy packte ihn am Arm und zog ihn ins Büro. Er warf noch einen schnellen Blick nach draußen, war zufrieden, daß keiner sie gesehen hatte, und schloß die Tür hinter ihnen.

»Was ist los?« fragte Paluzzi. Seine Hand glitt unauffällig zu der Beretta.

»Ich kann Ihnen alles erzählen, was Sie über die *Ventura* wissen wollen. Ich war dabei, wissen Sie. Aber es wird Sie einiges kosten.«

»Wieviel?«

»Zehntausend Dollar.«

Paluzzi ließ ein verwundertes Schnauben hören und schüttelte den Kopf. »Über soviel Geld verfüge ich nicht.«

»Wenn Sie wissen wollen, wer Killen dafür bezahlte, diese Waffen auf die *Ventura* zu schaffen, sollten Sie sich das Geld besorgen.«

»Wie kommt es zu dem plötzlichen Sinneswandel?« fragte Paluzzi argwöhnisch. »Nach meinem Gespräch mit Ihnen haben Sie doch offensichtlich Killen vor mir gewarnt!«

»Ich hatte keine andere Wahl«, antwortete Billy schnell. »Wenn Killen zu Ohren gekommen wäre, daß Sie hier gewesen sind, und ich ihm nichts davon erzählt hätte, wäre ich in Teufels Küche gekommen.«

»Sie informieren ihn über alles, was hier geschieht?«

Billy nickte. »Schauen Sie, hier können wir uns nicht unterhalten. Wenn Jess oder einer seiner Leute mich bei einem solchen Gespräch mit Ihnen erwischt, bin ich ein toter Mann. Treffen Sie mich heute nacht auf der Rückseite des Lagerhauses am Kai Drei. Um Mitternacht. Und bringen Sie das Geld mit.«

»Ich sagte Ihnen doch, daß ich soviel Geld nicht aufbringen kann.«

»Sie wollen die Story, also bringen Sie auch das Geld

mit. Wenn Sie das Geld nicht haben, brauchen Sie nicht zu kommen.«

»Fünf Riesen könnte ich aufbringen, aber ich schätze, das reicht Ihnen nicht«, meinte Paluzzi mit einem Achselzucken und ging auf die Tür zu.

»He, warten Sie!« rief Billy hinter ihm her.

Paluzzi blieb an der Tür stehen; seine Hand ruhte schon auf der Klinke. Langsam schaute er sich zu Billy um. »Nun?«

»Sagen wir siebeneinhalb . . .«

»Fünf«, erwiderte Paluzzi scharf. »Das ist mein letztes Angebot. Ich habe das Geld heute nacht dabei. Ob Sie kommen wollen, liegt ganz bei Ihnen.«

Billy schluckte nervös und nickte. »Ich werde dasein. Und bringen Sie das Geld in gebrauchten Scheinen mit.«

»Ich werde Ihnen nur dann das Geld übergeben, wenn ich sicher sein kann, daß Sie mir die Wahrheit sagen. Und das bedeutet, daß ich mehr als nur Ihr Wort benötige.«

»Ich verfüge über Papiere, die alles, was ich sage, beweisen«, gab Billy zurück. »Jetzt gehen Sie, bevor Sie irgend jemand hier drin findet.«

Paluzzi verließ das Büro und stieg in den Wagen. Als er den Motor anließ, lächelte er in sich hinein. Fünftausend Dollar. Für die UNACO war das ein Taschengeld. Er wußte, daß Whitlock auch zehntausend bewilligt hätte, wenn das nötig gewesen wäre. Aber verflucht sollte er sein, wenn er irgendeinem habgierigen Halbwüchsigen gegenüber nachgab. Sollte der Junge doch ein wenig schwitzen. Paluzzi legte den Gang ein und fuhr davon. Er wußte, den Rest des Nachmittags würde er in vollen Zügen genießen.

Als Tom und Randy in Killens Büro kamen, telefonierte dieser gerade. Er grüßte die beiden mit einem Kopfnicken und wandte sich wieder seinem Gespräch zu. Vor Killens Schreibtisch standen zwei Stühle, aber keiner der beiden Männer machte Anstalten, sich zu setzen. Sie wußten, Killen würde ihnen keinen Stuhl anbieten. Seinen Untergebenen gegenüber legte er eine gewisse Reserviertheit an den Tag, die garantierte, daß sie ihn mit dem Respekt behandelten, den er seinem Empfinden nach verdiente. Er war ein harter, oft brutaler Vorgesetzter, der die Docks mit eiserner Faust regierte. Doch er war auch der erste, der sich erkenntlich zeigte, wenn man sich ihm gegenüber loyal verhielt. Und Männer wie Tom und Randy hatten durch die zahlreichen illegalen Geschäfte Killens, mit dem Be- und Entladen von Drogen und Waffen von im Hafen liegenden Schiffen eine Menge Geld gemacht. Killen war in der Unterwelt der Ostküste als Mann bekannt, der den Mund halten konnte. Das gleiche erwartete er auch von seinen Männern . . .

Er legte den Hörer auf, zündete sich eine Zigarette an und legte seine Füße auf den Schreibtisch. »Nun, was gibt's?«

»Wir haben da ein Problem, Jess«, sagte Tom. »Wir sind diesem Reporter zu seinem Wagen gefolgt. Billy hat ihn in sein Büro gerufen und ihm angeboten, für zehntausend Dollar alles über die *Ventura* zu erzählen.«

Killen nahm einen Zug aus der Zigarette und blies den Rauch zur Decke. »Zehntausend Dollar? Für Billy ist das eine Menge Geld.«

»Der Reporter hat ihn auf fünftausend heruntergehandelt«, sagte Tom. »Sie treffen sich heute nacht am Kai Drei. Um Mitternacht.«

»Billy? Ich behandelte ihn wie meinen eigenen Sohn.« Mit einem Achselzucken tat er den Gedanken ab. »Egal. Kommt heute nacht um halb zehn zu mir.«

»Was wollen Sie mit dem Reporter machen?« fragte Randy besorgt. »Er ist ein Außenstehender, Jess.«

»Ich habe ihn gewarnt und ihm gesagt, er solle Milford verlassen, solange er kann. Jetzt ist es zu spät.« Killen nahm einen weiteren Zug aus seiner Zigarette. »Hat jemand von euch den Namen der Zeitung aufgeschnappt, für die der Mann arbeitet?«

»Verdammt, er hat ihn erwähnt«, meinte Randy und kratzte sich in den braunen Locken. »Erinnerst du dich noch daran, Tom?«

»Ich meine, es war irgend etwas mit ›Republik‹«, antwortete Tom und zuckte verzweifelt mit den Schultern. »Tut mir leid, Jess, an mehr kann ich mich nicht erinnern.«

»Ist schon in Ordnung«, gab Killen ihm zu verstehen; dann deutete er auf die Tür. »Mit euch spreche ich später. Ich muß noch telefonieren.«

Die beiden Männer verließen das Büro und machten sorgfältig die Tür hinter sich zu.

Killen nahm den Hörer wieder hoch und wählte eine Nummer, die er auswendig kannte. Sofort meldete sich jemand.

»Killen«, sagte er, als sich der Mann identifiziert hatte.

»Ich habe Ihnen doch gesagt, Sie sollen mich nur im äußersten Notfall unter dieser Nummer anrufen«, sagte der Mann.

»Es handelt sich auch um einen Notfall«, gab Killen zurück. »Kennen Sie eine italienische Zeitung, die irgend etwas mit ›Republik‹ im Titel hat?«

»*La Repubblica*«, kam umgehend die Antwort. »Das ist eine der führenden Zeitungen Roms. Warum?«

»Hier war jemand, der behauptete, für diese Zeitung zu arbeiten. Er stellte dumme Fragen über die *Ventura*.«

»Welcher Art?«

»Er wußte über Milne Bescheid.«

»Wie das?« kam die überraschende Antwort.

»Ich weiß es nicht«, erwiderte Killen.

»Was haben Sie ihm gesagt?«

»Nichts«, antwortete Killen. »Sie sollten ihn besser überprüfen. Schauen Sie, ob mit ihm alles in Ordnung ist. Er sagte, er hieße Franco Pasconi.«

»Pasconi«, murmelte der Mann, während er den Namen notierte.

»Heute um Mitternacht wird er einen meiner Mitarbeiter treffen.«

»Sie locken ihn in eine Falle?«

»Nein. Dieser Mitarbeiter ist plötzlich sehr habgierig geworden. Aber keine Sorge, ich werde mich schon darum kümmern. Mit Jess Killen treibt keiner ein falsches Spiel.«

»Machen Sie mit Ihrem Mann, was Sie wollen, aber rühren Sie den Journalisten nicht an, solange wir nicht die Chance hatten, ihn zu überprüfen. Haben Sie das begriffen?«

»Ganz wie Sie wünschen«, erwiderte Killen mit einem Achselzucken. »Wenn Sie jedoch wollen, daß er zum Schweigen gebracht wird, kostet Sie das etwas.«

»Tut es das nicht immer?« kam die sarkastische Antwort.

»Das ist der Preis, den Sie zahlen müssen, wenn Sie sich nicht selbst die Hände dreckig machen wollen«, entgegnete Killen mit einem schwachen Lächeln.

»Vergessen Sie nicht, den Journalisten in Ruhe zu lassen, bis ich Ihnen andere Anweisungen gebe.« Der Mann legte auf.

Killen legte ebenfalls auf, drückte seine Zigarette aus, schwang seine Füße vom Schreibtisch und begab sich auf die Suche nach Tom und Randy.

Es war fast neun Uhr, als Kolchinsky endlich in seine Wohnung in East Tremont, einem Vorort von New York, zurückkehrte. Er ließ seinen Diplomatenkoffer auf den in der Diele stehenden Sessel fallen und begab sich in die Küche, wo er sich ein eiskaltes Bier aus dem Kühlschrank holte. Er schenkte sich ein Glas ein, nahm es mit ins Wohnzimmer und machte es sich in seinem vor dem Fernseher stehenden Lieblingssessel bequem. Die Fernbedienung ließ er jedoch auf dem Tisch neben sich liegen. Er schloß die Augen und genoß das erstemal an diesem Tag die Ruhe.

Da klingelte es an der Tür.

Kolchinsky stöhnte und rieb sich erschöpft die Augen. Einen Augenblick war er versucht, die Klingel zu ignorieren, wußte jedoch, daß er das nicht tun konnte. Er stellte das Glas auf den Tisch, kam widerwillig auf die Beine und ging zur Tür.

»Malcolm?« entfuhr es ihm überrascht.

»Hallo, Sergej«, erwiderte Malcolm Philpott.

»Tritt ein«, sagte Kolchinsky und hielt die Tür offen.

Philpott war Mitte Fünfzig, hatte ein hageres Gesicht und schütteres rotes Haar. Er hinkte schwer auf dem linken Bein, es war die Folge einer durch Granatsplitter verursachten Verwundung aus den letzten Tagen des Koreakrieges. Ein Stock half ihm beim Gehen.

Kolchinsky führte ihn ins Wohnzimmer und deutete auf die Couch. »Kann ich dir etwas zum Trinken anbieten?«

»Alles außer Kaffee. Während ich in diesem Speiselokal weiter unten an der Straße auf dich wartete, habe ich drei Tassen getrunken.« Philpott setzte sich und lehnte den Stock gegen die Wand. »Wenn du hast, würde ich einen Whisky nicht ausschlagen.«

Kolchinsky ging zum Getränkeschrank in der Ecke. »Ich dachte, du wolltest deine Schwester in Schottland besuchen.«

»Zehn Tage habe ich es drüben ausgehalten«, erwiderte Philpott. »Seit einigen Tagen bin ich wieder da.«

»Das klingt ja eher nach einer Tortur«, meinte Kolchinsky und reichte Philpott das Glas.

»Das war es auch«, kam die prompte Antwort. »Meine Schwester und ihr Mann leben in einem kleinen Häuschen etwa zehn Meilen außerhalb von Edinburgh irgendwo in der Pampa. Ich nehme an, die meisten Menschen würden den Ort für ein Paradies halten, mich machte die Abgeschiedenheit jedoch fast wahnsinnig. Ich konnte es kaum erwarten, wieder nach New York zurückzukehren. Wahrscheinlich bin ich einfach von der Atmosphäre einer Großstadt abhängig.«

»Was würde ich nicht alles darum geben, jetzt in diesem kleinen Haus zu sein«, murmelte Kolchinsky, als er sich wieder hinsetzte.

»Ich habe gehört, was mit Gruppe Sieben geschehen ist«, sagte Philpott grimmig.

»Wie das?« erwiderte Kolchinsky erstaunt. »Diese Informationen sollten doch der Geheimhaltung unterliegen.«

»Ich verfüge immer noch über meine Kontakte bei der UN.« Philpott schüttelte den Kopf. »Keine Sorge, bis in die UNACO reichen sie nicht. Wen hast du denn als Ersatz für sie aufgestellt?«

»Malcolm, du weißt doch, daß ich mit dir nicht darüber reden darf.«

»Ich werde die Geschichte wohl kaum der Presse anbieten.«

»Darum geht es nicht. Du bist nicht mehr bei der Organisation«, sagte Kolchinsky.

Philpott hob das Glas, wenige Zentimeter von seinen Lippen entfernt, hielt er jedoch inne. »Gruppe Drei, nicht wahr?«

Kolchinsky sagte nichts dazu.

»Das dachte ich mir.« Philpott nickte. »Ich hätte sie auch genommen.«

»Ich habe nicht gesagt, daß sie eingesetzt werden«, meinte Kolchinsky abwehrend.

»Aber du hast es auch nicht abgestritten. Wie geht es Mike und Sabrina?«

»Ganz gut«, antwortete Kolchinsky zugeknöpft.

»Und Fabio Paluzzi? Wie hat er sich eingewöhnt?«

»Ganz gut.«

Philpott lächelte. »Und ich nehme an, C. W. geht es auch ganz gut, nicht wahr?«

Kolchinsky nickte. »Schau, Malcolm, ich möchte nicht unhöflich erscheinen, aber es war ein sehr langer Tag. Ich war zehn Stunden in ein und demselben Raum eingesperrt und wurde unaufhörlich von einer endlosen Reihe von Botschaftern über die Ereignisse der letzten Nacht in London gelöchert.«

»Du hast ja keine Ahnung, wie glücklich du dich schätzen kannst, Sergej«, meinte Philpott gelassen.

»Glücklich?« gab Kolchinsky erstaunt zurück. »Ich bin noch keinen Monat auf diesem Posten, da wird die UNACO mit dem schlimmsten Rückschlag in ihrer kurzen Geschichte konfrontiert. Sogar die Auflösung der Organisation ist schon im Gespräch. Das würde doch in meinem Lebenslauf einen prächtigen Eindruck machen, nicht wahr?«

»Die UNACO wird nicht aufgelöst, das weißt du genausogut wie ich.«

»Das weiß ich durchaus nicht, Malcolm«, erwiderte

Kolchinsky rasch. »Du hättest einige der Botschafter heute hören sollen. Wäre es nach ihnen gegangen, wäre die UNACO bereits schon jetzt Geschichte.«

»Das sind Politiker, Sergej. Sie reden viel, haben aber glücklicherweise wenig zu bestimmen, nicht wahr? Die endgültige Entscheidung liegt beim Generalsekretär. Und ich weiß, daß er hundertprozentig hinter dir und der Organisation steht.«

»Hast du mit ihm gesprochen?«

»Ich habe mit jemandem gesprochen, der ihm sehr nahesteht«, antwortete Philpott.

Kolchinsky holte seine Zigaretten aus der Jackentasche und steckte sich eine an. »Hast du wieder angefangen zu rauchen?«

»Nein, aber meine Lieblingspfeife trage ich immer noch bei mir«, erwiderte Philpott und tätschelte seine Jackentasche. »Es beruhigt. Ich werde nicht wieder damit anfangen. Der Herzinfarkt war der Impuls, den ich brauchte, um es aufzugeben.«

»Was machst du jetzt eigentlich, wo du tun und lassen kannst, was du willst?«

»Nichts«, erwiderte Philpott und schüttelte den Kopf. »Absolut nichts. Und ich weiß nicht, wieviel ich davon noch verkrafte.«

»Du brauchst ein Hobby.«

»Kannst du dir vorstellen, daß ich Orchideen züchte oder mich einer Amateurtheatergruppe anschließe? Die UNACO war mein Leben, Sergej. Sie hat mich in Bewegung gehalten. Das meinte ich auch, als ich sagte, du könntest von Glück reden. Ich würde auf der Stelle dem Teufel meine Seele verkaufen, wenn es mir möglich wäre, mit dir zu tauschen.«

»Auf diesen Tausch würde ich sofort eingehen«, meinte Kolchinsky mit einem erschöpften Seufzer. »Du kommst zurück, und ich werde Frührentner.«

»Da würde ich mit beiden Händen zupacken, aber ich bezweifle, daß mein Arzt damit einverstanden wäre.« Philpott leerte sein Whiskyglas, griff nach seinem Stock und erhob sich. »Danke für den Drink. Und für die Gesellschaft. Ich werde dich jetzt alleinlassen, damit du dich noch etwas ausruhen kannst. Du machst ganz den Eindruck, als ob du etwas Ruhe brauchen könntest.«

Kolchinsky stand auf und ging mit Philpott zur Tür. »Du weißt, daß du hier zu jeder Zeit willkommen bist, Malcolm. Und das meine ich auch so.«

»Ich weiß«, erwiderte Philpott und tätschelte Kolchinskys Arm. »Wenn sich die Lage ein wenig beruhigt hat, könnte es durchaus sein, daß ich auf dein Angebot zurückkomme.«

Kolchinsky schloß die Tür hinter Philpott, kehrte ins Wohnzimmer zurück und setzte sich wieder hin. Er nahm seine Zigarette aus dem Aschenbecher und war gerade im Begriff, einen weiteren Zug zu nehmen, als er sich abrupt anders entschied und sie ausdrückte. Er schaltete den Fernseher ein, um die letzten fünf Minuten der Nachrichten zu erwischen. Als sie beendet waren, schlief er bereits.

5

Mit der Concorde dauert der Flug von New York nach London drei Stunden und fünfundvierzig Minuten.

Graham und Sabrina hatten die erste Stunde des Flugs damit verbracht, die Unterlagen zu studieren, die ihnen Whitlock bei den Vereinten Nationen überreicht hatte. Danach hatte Graham die Mappe in seine Reisetasche zurückgelegt und war unverzüglich eingeschlafen. Obwohl auch Sabrina müde war, hatte sie sich gegen den Versuch entschieden, ebenfalls ein paar Stunden zu schlafen. Sie wußte aus Erfahrung, daß sie sich dann beim Aufwachen nur noch müder fühlen würde. Den restlichen Flug verbrachte sie damit, ein Taschenbuch zu lesen, das sie auf dem John-F.-Kennedy-Airport gekauft hatte.

Als die Concorde an Höhe verlor, kurz bevor sie auf der Landebahn von Heathrow Airport aufsetzte, klatschte der Regen gegen das Fenster neben ihr. Sabrina klappte das Taschenbuch zu und schaute nach draußen auf die hellerleuchtete Skyline Londons. So viele Erinnerungen wurden wach! Gute Erinnerungen. Ihr Vater war als Botschafter der Vereinigten Staaten in Großbritannien akkreditiert gewesen, als sie zehn Jahre alt war, und bevor die Familie in die Staaten zurückkehrte, hatte sie acht glückliche Jahre in London verbracht. Ihre Lieblingsstadt war zweifellos New York; London jedoch folgte kurz dahinter. Eine Heimat fern der Heimat . . .

Sie drehte sich zu Graham um, und ein leichtes Lächeln flog über ihr Gesicht. Mit seinem an ihren Arm gekuschelten Kopf sah er so friedlich aus. Sanft schüttelte sie ihn. Er regte sich, murmelte leise, seine Augen blieben jedoch geschlossen. Sie schüttelte ihn ein weiteres Mal. Seine Augen öffneten sich. Sofort richtete er sich auf und blickte schuldbewußt auf ihren Arm. Sie biß sich auf die Lippe, um nicht über sein offensichtliches Unbehagen lächeln zu müssen. Er bemerkte es, grinste sie zu ihrer Überraschung jedoch gequält an. Sie konnte sich an eine Zeit erinnern, da hätte er ihr aus viel nichtigerem Anlaß den Kopf abgerissen. Jetzt machte er im Umgang mit den Menschen in seiner Umgebung einen viel entspannteren Eindruck. Wichtiger war jedoch, daß er auch mit sich selbst mehr im reinen war. Sie spürte, daß er das durch den Verlust seiner Familie bei ihm entstandene Schuldgefühl allmählich bewältigt hatte.

Es war Viertel nach neun, als sie die Zollformalitäten hinter sich gebracht hatten. Von ihrem Kontaktmann, Inspektor Keith Eastman von Scotland Yards Sonderabteilung für Terroristenbekämpfung, war nichts zu sehen. Graham holte die Koffer und bat Sabrina, auf Eastman zu warten. Als er zurückkehrte, war Eastman eingetroffen. Er war ein großer, schlaksiger Mann Anfang Vierzig mit blassem Gesicht und kurzen braunen Haaren. Sabrina stellte ihn Graham vor.

»Sie müssen entschuldigen, daß ich Ihnen nicht die Hand reiche, Mr. Graham«, erklärte Eastman und hielt seine in einem schwarzen Handschuh steckende rechte Hand hoch. »Ein improvisierter Sprengkörper flog in die Luft, während ich versuchte, ihn unschädlich zu machen. Es kostete mich zwei Finger und einen Teil meines Daumens.«

»Ja, das habe ich in Ihrer Akte gelesen«, sagte Graham. »Bevor Sie sich der Sonderabteilung für Terroristenbekämpfung bei Scotland Yard anschlossen, haben Sie Bomben entschärft, nicht wahr?«

»Ja, ich war Sprengstoffexperte. Fünf Jahre lang war ich beim Pionierkorps des britischen Heeres und dabei dreimal in Nordirland. Während jener Zeit lernte ich die Vorgehensweise der IRA recht gut kennen. Darum hat mich nach meinem Austritt aus der Armee auch die Sonderabteilung für Terroristenbekämpfung rekrutiert.«

»Gibt es neue Nachrichten von McGuire?« fragte Sabrina auf dem Weg Richtung Ausgang.

»Heute nachmittag wurde sein Wagen verlassen in Dover aufgefunden. Sergeant John Murphy ist mit einem Team unten, um der Sache nachzugehen. Es könnte ein

Köder sein, der die IRA davon überzeugen soll, daß McGuire auf den Kontinent geflüchtet ist. Bis John wieder zurückkommt, werden wir nicht viel mehr wissen.«

»Wann soll er denn wieder zurück sein?«

Eastman zuckte die Schultern. »Das hängt ganz davon ab, was er in Dover in Erfahrung bringt. Das da drüben ist übrigens mein Wagen.«

Sie gingen zu einem weißen Ford Sierra hinüber und legten das Gepäck in den Kofferraum.

»Bevor ich Sie in Ihr Hotel bringe, würde ich noch gerne einen Zwischenstopp einlegen«, sagte Eastman. »Und zwar in der Kneipe in Soho, in der McGuire häufig zu Gast war. Ich habe das Lokal die ganze Zeit überwachen lassen, aber es gab nicht die geringste Spur von ihm. Allerdings glaubte ich auch nicht, daß er sich dort blicken lassen würde. Mehr noch als er interessieren mich zwei seiner Freunde, mit denen er oft dort eingekehrt ist: Frank Roche und Martin Grogan. Bei beiden handelt es sich um im Exil lebende Iren mit guten Verbindungen in die Republik. Da es so viele Ganoven in der Kneipe gibt, werden sie sich aber weder mit mir noch mit irgendeinem meiner Männer auf ein Gespräch einlassen. Vielleicht reden sie ja mit Ihnen.«

»Vielleicht auch nicht«, erwiderte Graham.

»Einen Versuch ist es allemal wert«, meinte Eastman und blickte zu Graham hinüber. Dann ließ er den Motor an und fuhr auf die Ausfahrt zu.

Als sie Soho erreichten, hatte der Regen aufgehört.

Eastman öffnete das Handschuhfach und entnahm ihm zwei Berettas. »Man hat mich gebeten, Ihnen diese beiden Waffen zu besorgen. Die Schulterhalfter werden morgen früh in mein Büro geliefert.«

»Sind Grogan und Roche gefährlich?« fragte Graham und nahm von Eastman eine der Pistolen entgegen.

»Grogan hat wegen bewaffneten Raubüberfalls gesessen; ich bezweifle jedoch, daß er irgendwelche Dummheiten macht«, antwortete Eastman. »Aber am besten gehen wir auf Nummer Sicher.«

»Ganz Ihrer Meinung«, sagte Sabrina und schob die Beretta in die Tasche ihrer Lederjacke.

»Wollen Sie noch einen Blick auf ihre Fahndungsfotos werfen, bevor Sie hineingehen?« fragte Eastman und deutete auf den Umschlag auf dem Armaturenbrett.

Beide sahen sich die Fotos an und legten sie dann zurück.

»Okay. Ich warte hier draußen auf Sie«, erwiderte Eastman.

»Eines meiner Teams hält sich in der Nähe der Kneipe auf und überwacht sie. Sollten also Roche oder Grogan zu fliehen versuchen, werden die Männer bereitstehen, um sie sich zu schnappen.«

Graham und Sabrina stiegen aus dem Auto.

»Du behältst die Hintertür im Auge«, sagte Graham zu Sabrina und bemerkte ihren finsteren Blick. »Hast du nicht gehört, was Eastman gesagt hat? Hier wimmelt's nur so von ehemaligen Knackis. Wenn du da reingehst, fallen sie alle über dich her, bieten dir Drinks an und der Himmel weiß was sonst noch. Wie stehen unter diesen Umständen wohl deine Chancen, mit Grogan und Roche ein vertrauliches Gespräch zu führen?«

Sie wußte, daß er recht hatte. »Okay, ich übernehme die Hintertür.«

»Ich rufe dich, wenn ich fertig bin.«

Sie verschwand in der Gasse neben der Kneipe. Graham zog den Reißverschluß seiner Jacke zu, um die in seinem Gürtel steckende Beretta zu verbergen, und trat in die Kneipe. Aus der neben der Tür stehenden Musikbox dröhnte ein alter Hit von Robert Palmer. Langsam sah sich Graham um. Die Kneipe war gerammelt voll. Zwischen den Gästen hindurch bahnte er sich seinen Weg zur Theke.

Sofort kam eine Bedienung auf ihn zu. »Na, was soll's denn sein, Schätzchen?«

Graham rührte nur selten Alkohol an. Doch in Anbetracht der Situation und der Umgebung, in der er sich befand, verlangte er ein Bier.

»Du bist Amerikaner«, meinte die Bedienung mit einem schnellen Lächeln.

»Ja«, murmelte Graham.

»Wenn du möchtest, können wir dir auch mit Budweiser dienen.«

»Gerne«, antwortete Graham geistesabwesend, während er die Gesichter in der Nähe musterte. Grogan oder Roche waren nicht zu sehen.

»Woher kommst du?« fragte sie und kam mit einem Glas und einer Flasche Budweiser zurück.

»Aus New York. Ich suche zwei Leute. Martin Grogan und Frank Roche. Weißt du, ob sie hier sind?«

»Martin ist heute abend nicht gekommen. Frank sitzt wie immer da drüben an seinem Tisch«, sagte sie und zeigte in einen Pulk von Gästen.

»Was trinkt er?«

»Guinness«, antwortete sie rasch.

»Dann noch ein großes Guinness.«

Er bezahlte die Getränke und bahnte sich vorsichtig einen Weg durch die Menge, bis er Roche an einem Tisch in der Ecke entdeckte.

»Frank Roche?« fragte Graham, als er vor dem Tisch stand. Roche schaute abrupt hoch.

»Ich bin ein Freund von Gerard McGuire«, antwortete Graham und stellte das Guinness vor Roche hin. Er zog einen Stuhl heran und setzte sich.

Roches Körper spannte sich; unwillkürlich flogen seine Augen zur Tür.

»Ich habe sowohl die Vordertür als auch die Hinterausgänge umstellen lassen«, sagte Graham und öffnete seine Jacke gerade so weit, daß Roche die Beretta sehen konnte. »Und vorher mußt du erst auch noch an mir vorbei.«

»Was willst du?« fragte Roche und wischte sich einen Schweißtropfen von der Stirn.

»Ich habe für dich fünfhundert Pfund in der Tasche. Aber auf welche Weise ich dir das Geld gebe, hängt einzig und allein von dir ab.«

»Wie meinst du das?« fragte Roche argwöhnisch.

»Nun, wenn du dich kooperativ zeigst, dann überreiche ich dir das Geld unter dem Tisch. Wenn nicht, werde ich sichergehen, daß hier genügend Leute mitbekommen, daß du das Geld für Informationen an die Polizei erhältst. Ich glaube nicht, daß die Jungs hier besonders erfreut darüber sind, einen Verräter in ihrer Mitte zu haben, nicht wahr?«

»Von mir bekommen Sie keine Tips, Mister«, gab Roche zurück.

»Versuch das denen klarzumachen«, meinte Graham und zeigte auf die Leute ringsherum.

»Du hast gesagt, du seist ein Freund von Gerry. Wieso kenne ich dich dann nicht?«

»Ich schätze, wir bewegen uns einfach in unterschiedlichen Kreisen«, erwiderte Graham. »Wo steckt er?«

Roche zuckte die Schultern. »Ich kann auch nur raten.«

»Das will ich um deinetwillen nicht hoffen.«

»Hör zu, ich weiß nicht, wo er steckt!«

»Dann bist du ein toter Mann«, sagte Graham und griff an seinen Gürtel.

»Warte!« zischte Roche. »Ich habe Gerry schon seit ein paar Tagen nicht mehr gesehen. Letzte Nacht hörte ich das Gerücht, er habe Hals über Kopf die Stadt verlassen. Doch ich weiß nicht, warum oder wohin.«

»Hat er auf dem Kontinent gute Freunde?«

»Ich kenne nicht jeden guten Freund von ihm. Dich kenne ich ja auch nicht, nicht wahr?«

»So enge Freunde waren wir auch nie«, erwiderte Graham, schob sein Budweiser zur Seite und beugte sich über den Tisch nach vorne. »Du hast meine Frage nicht beantwortet. Gibt es irgend jemanden, zu dem er gehen würde, wenn er Ärger hat?«

»Hat er denn Ärger?« konterte Roche.

»Ja.«

»Mit wem? Mit dem Gesetz?«

»Mit der IRA«, sagte Graham.

»Mein Gott«, murmelte Roche und rieb sich mit den Händen über das Gesicht. Dann schaute er zu Graham hoch. »Mehr habe ich Ihnen nicht zu sagen, Mister. Mit den Leuten von der IRA will ich keinen Ärger bekommen.«

»Dazu ist es aber jetzt zu spät. Wenn die davon erfahren, daß du gequatscht hast . . .«

»Das habe ich doch gar nicht«, unterbrach ihn Roche in schneidendem Ton.

»Die sehen das aber anders.«

Roche brach der Schweiß aus. »Okay. Ich sage dir, was du wissen willst, und dann läßt du mich in Ruhe.«

»Ganz in meinem Sinne«, antwortete Graham.

»Er hat eine Schwester irgendwo in Belgien«, murmelte Roche gequält. »Ich weiß nicht, wo. Er hat auch einige Freunde in Frankreich.«

»Namen?«

»Kenne ich nicht. Einer von ihnen lebt in der Nähe von Paris. Er ist Bauunternehmer. Mehr weiß ich nicht über ihn.«

»Und der andere?«

Roche zuckte die Schulten. »Ich weiß es nicht. Ehrlich.«

»Und hier in Großbritannien?«

»Sein bester Freund war Martin.«

»Martin Grogan?«

»Ja. Sie sind wie Brüder.«

»Was du nicht sagst«, entgegnete Graham.

»Er lebt in Stroud Green. Granville Road.« Roche schaute sich nervös um. »Okay. Ich habe meinen Teil der Abmachung eingehalten. Jetzt bist du an der Reihe. Hau ab und laß mich in Ruhe.«

»Eine letzte Frage noch«, sagte Graham und erinnerte sich an etwas, das Eastman ihm im Wagen mitgeteilt hatte. »Wo ist diese konspirative Wohnung, von der nur ihr drei etwas wißt?«

Roche wurde blaß. »Wie hast du denn davon erfahren?«

»Ich habe so meine Quellen. Aber wie meine Gewährsleute auch, wissen wir nicht, wo sie liegt.«

»Wir haben es geschafft, ihre Lage die letzten sechs Monate über geheimzuhalten. Sowohl vor dem Gesetz als auch vor der IRA. Und ich habe vor, es dabei zu belassen.«

»Das ist nur anständig. Ich werde einen meiner Kontakte in Belfast darauf ansprechen. Er wartet nur darauf, dich auseinanderzunehmen. Wenn die IRA mit dir fertig ist, wirst du dich glücklich schätzen, wenn du das Ende der Woche noch erlebst«, sagte Graham und machte Anstalten, aufzustehen.

»Es ist eine Wohnung in Leyton«, platzte Roche heraus. »Mews Height, Nummer 56. Langthorne Road. In der Nähe des Friedhofs.«

»Das war doch gar nicht so schwierig, oder?« sagte Graham und griff in seine Tasche nach dem Geld.

»Ich will dein Geld nicht, Mister«, fauchte Roche ihn aufgebracht an.

»Ich weiß, daß du der IRA nichts von unserem kleinen Plausch verraten wirst. Du müßtest ihnen zuviel erklären. Doch vielleicht denkst du ja darüber nach, wie du Grogan warnen kannst. Wenn ich herausfinde, daß du mit ihm Kontakt aufgenommen hast, wird die IRA heute nacht von einem anonymen Anrufer darüber informiert, daß du ein Polizeispitzel bist.«

»Hau bloß ab«, knurrte ihn Roche an und betonte dabei jedes Wort.

Graham erhob sich, schlängelte sich durch das Gedränge und trat auf die Straße. Eastman unterhielt sich gerade im Schatten einer Seitengasse auf der anderen Seite mit jemandem. Graham hätte gerne gewußt, mit wem, steuerte aber zunächst die Gasse an, in der Sabrina zu finden war. Sie hockte auf dem Rand einer Abfalltonne vor der Hintertür.

»Nun?« fragte sie und stand auf.

»Ich habe mit Roche gesprochen. Möglicherweise weiß Grogan, wo sich McGuire versteckt hält.«

»War Grogan auch da?«

»Nein, aber ich habe seine Adresse.« Sie überquerten die Straße und gingen zu der Stelle, an der der Ford geparkt war. »Mit wem haben Sie gesprochen, als ich aus der Kneipe kam?« fragte Eastman, als sie wieder in den Wagen stiegen.

»Mit einem meiner Kollegen. Wie ich bereits sagte, habe ich ein ganzes Team dort, das die Kneipe ununterbrochen im Auge behält. Die Männer frieren, sie sind müde und ganz schön ungehalten darüber, daß McGuire nicht aufgetaucht ist.« Eastman ließ den Motor an. »Hatten Sie Glück bezüglich der konspirativen Wohnung?«

Graham wiederholte die Adresse, und Eastman machte sich sofort mit ihnen auf den Weg.

Martin Grogan war betrunken. Auf dem Tisch neben seinem Sessel stand eine Flasche Whisky. Sie war fast leer. Er goß sich noch einen guten Schluck ein, nahm sich die Fernbedienung und schaltete die Fernsehprogramme durch. Wie immer gab es nichts, was sich zu sehen gelohnt hätte. Grogan stieß einen lauten Fluch aus und blieb dann bei einem Popkonzert auf Kanal 4 hängen. Obwohl er Popmusik nicht ausstehen konnte, war ihm das Getöse auf eigentümliche Weise angenehm.

Fast den ganzen Tag über hatte er unaufhörlich gesoffen. Er wollte vergessen und war hin- und hergerissen: Auf der einen Seite fühlte er sich einer Freundschaft verpflichtet, andererseits war er es auch der Sache gegenüber. McGuire war seit über dreißig Jahren sein bester Freund gewesen. Sie waren zusammen in den Slums von Belfast aufgewachsen, hatten eine harte Kindheit durchlebt, in denen sie wenig Entgegenkommen erfahren hatten. Kaum zwanzig Jahre alt, hatten sie sich der IRA angeschlossen und acht Jahre lang in der gleichen Einheit gedient. Als sich McGuire vor fünf Jahren dazu entschlossen hatte, nach London zu gehen, war es Grogan ganz natürlich erschienen, mit ihm zu gehen. Das waren noch Zeiten gewesen ...

Gestern abend war McGuire bei ihm vorbeigekommen. Er war außer sich und völlig aufgelöst gewesen, hatte eindeutig Angst um sein Leben gehabt. Ein IRA-Kommando hatte gerade den Versuch unternommen, ihn umzubringen. Grogan hatte es nicht glauben wollen, zumindest zu Beginn. Warum sollte die IRA vorhaben, einen ihrer bewährtesten Männer auf der Britischen Insel zu töten? Doch dann hatte McGuire es ihm gesagt. Seit zwei Jahren war er ein Informant der Polizei. Und jetzt hatte die IRA herausgefunden, daß sie hintergangen worden war. Er flehte Grogan an, ihm zu helfen. Grogan war seine letzte Chance. Obwohl dieser von McGuires Geständnis entsetzt war, hatte er sich widerwillig damit einverstanden erklärt, ihm etwas Geld und neue Kleidung zu besorgen. Doch danach mußte McGuire zusehen, wie er alleine durchkam. Mit der Freundschaft war es jedenfalls vorbei . . .

Es klopfte an der Tür.

Grogan fluchte ärgerlich und rappelte sich hoch. Er warf die Fernbedienung in den Sessel und ging durch das Zimmer auf die Tür zu. »Wer ist da?« fragte er schleppend.

»Frank, Frank Roche!« kam die Antwort.

»Du lieber Himmel, Frank, was willst du denn um diese Uhrzeit?«

»Mach die Tür auf, Martin!«

Grogan fummelte an der Türverriegelung herum und schloß die Tür auf. Als er sie öffnete, wurde sie von außen mit einem kräftigen Fußtritt vollends aufgetreten, und Grogan fiel hin. Kerrigan stürzte ins Zimmer, zog Grogan auf die Füße, verpaßte ihm einen harten Schlag in den Bauch und zwang ihn auf die Knie. Grogan krümmte sich in Krämpfen, die Hände gegen den Bauch gepreßt, seine Augen starrten ins Leere, sein Gesichtsausdruck verriet völlige Verblüffung. Kerrigan packte ihn am Haar, riß seinen Kopf nach hinten und wollte ihm gerade einen Schlag ins ungeschützte Gesicht versetzen, als Fiona in der Tür auftauchte.

»Das reicht!« Sie warf noch einen Blick in den verlassenen Flur, betrat die Wohnung und schloß die Tür hinter sich.

»Er ist völlig besoffen«, meinte Kerrigan wütend und ließ Grogans Haare los.

»Stell ihn auf seine Beine.«

Mit einem Ruck riß Kerrigan ihn hoch.

»Wo ist McGuire?« schnauzte sie Grogan an.

»Weg«, murmelte Grogan. Er schüttelte den Kopf, versuchte verzweifelt, Klarheit in seine Gedanken zu bringen.

»Wo?«

»Weit weg von euch«, erwiderte Grogan mit einem höhnischen Lächeln.

Kerrigan schnappte sich die Whiskyflasche vom Tisch und schlug sie Grogan gegen den Kopf. Grogan schrie gequält auf und preßte seine Hand gegen das Ohr. Blut sikkerte durch seine Finger.

»Wo?« wiederholte sie ruhig.

»Ich weiß nicht«, wimmerte er. »Herrgott, ich weiß es nicht.«

Krachend meldete sich das Handy an Fionas Gürtel. Sie hakte es los und hielt es sich vor die Lippen. »Was ist, Hugh?«

»Wir bekommen Gesellschaft«, kündigte Mullen an. »Es könnte Polizei sein.«

»Okay, wir sind unterwegs. Fahr nach hinten und warte dort auf uns.« Sie befestigte das Handy wieder an ihrem Gürtel.

»McGuire muß doch irgendein Wort darüber verloren haben, wohin er verschwinden wollte.«

»Hat er aber nicht«, antwortete Grogan verzweifelt. »Ich habe ihm nur zweihundert Pfund und neue Kleidung besorgt; das war alles. Er ist sofort gegangen.«

»Beschreib die Kleidung«, fuhr ihn Kerrigan an.

»Jeans. Ein weißes Hemd. Lederjacke.«

»Farbe?« drängte Kerrigan.

»Braun.«

Kerrigan schaute zu Fiona herüber. Sie nickte. Er verpaßte Grogan einen weiteren Schlag in die Magengrube und drückte ihn in den Sessel. Dann zog er eine Walther P88 aus der Tasche, befestigte einen Schalldämpfer am Lauf und tötete Grogan mit einem Schuß ins Herz.

»Weg hier«, bellte sie, öffnete die Tür und spähte in den Flur hinaus. Immer noch war kein Mensch zu sehen. Kerrigan steckte die Pistole wieder in die Tasche und eilte hinter ihr her.

Am Ende des Flurs ertönte die Glocke für den Fahrstuhl; Kerrigan hatte gerade die Tür hinter sich geschlossen.

»Die Masken!« befahl Fiona barsch und hatte ihren Kopfschützer bereits aus der Tasche gezogen. Sie zog ihn über, hob ihre Heckler & Koch und lief zum Notausgang. Kerrigan stülpte sich ebenfalls seinen Kopfschützer über und folgte ihr.

Sabrina trat als erste aus dem Fahrstuhl. Kerrigan feuerte auf sie und hechtete hinter Fiona durch die Tür des Notausgangs. Wenige Zentimeter von Sabrina entfernt schlug die Kugel in die Wand. Sie riß die Beretta aus der Tasche und nahm die Verfolgung auf; Eastman und Graham liefen hinterher. Als Sabrina den Notausgang erreichte, bezog sie neben der Tür Position, streckte langsam eine Hand aus, riß die Tür auf und wirbelte herum, um die Treppe mit der Beretta vor sich abzusuchen. Kein Mensch war zu sehen. Sabrina rannte durch die Tür.

»Sie überprüfen die Wohnung!« rief Graham Eastman zu und folgte Sabrina die Treppe hinunter.

Sie erreichten den dritten Treppenabsatz. Sabrina blieb an der Tür zum dortigen Notausgang stehen – sie war noch dabei, sich langsam zu schließen. Die beiden Agenten blickten sich an. Waren die zwei maskierten Gestalten über den Flur im dritten Stock geflohen? Oder war das nur ein Trick, um Graham und Sabrina auf den Gedanken zu bringen, sie wären in diese Richtung gelaufen? Graham deutete auf die Tür. Er würde das klären.

Sabrina rannte weiter die Treppe hinunter. Als sie den Treppenabsatz im ersten Stock erreichte, hörte sie auf der Treppe darunter Schritte. Sie warf sich die Stufen hinab; Kerrigan wollte gerade durch die Ausgangstür verschwinden.

»Keine Bewegung!« schrie sie und richtete die Beretta auf Kerrigans Rücken.

Kerrigan blieb abrupt stehen; langsam schloß sich die Tür vor ihm.

»Die Waffe fallen lassen! Sofort!« befahl Sabrina und ging die letzten Stufen hinunter. »Und stell dich mit erhobenen Händen gegen die Wand!«

Kerrigan ließ die Walther mit großer Geste fallen; die Waffe polterte auf den Boden.

Plötzlich erschien Fiona Gallagher, die nur Sekunden vorher durch die Tür zum ersten Stock verschwunden war, auf dem Treppenabsatz hinter Sabrina. »Jetzt läßt du deine Waffe fallen«, kommandierte sie und richtete ihre Heckler & Koch auf Sabrinas Rücken. »Und keine Dummheiten! Aus dieser Entfernung geht kein Schuß daneben.«

Sabrina stieß wütend einen leisen Fluch aus und ließ widerwillig die Beretta aus ihren Fingern gleiten. Kerrigan hob schnell seine Walther wieder auf und schob auch die Beretta in seinen Gürtel. Vorsichtig manövrierte sich Fiona an Sabrina vorbei, die Heckler & Koch auf die Agentin gerichtet. Sie erreichte den Fuß der Treppe, da wurde plötzlich die Tür weiter oben aufgetreten, und Graham sprang mit der Beretta in beiden Händen auf den Treppenabsatz. Da er befürchten mußte, Sabrina zu treffen, konnte er nicht feuern, doch Kerrigan schoß zweimal auf Graham, bis Fiona ihn am Arm packte und ihn durch die Tür hinter sich riß. Sie sprangen in ihren Wagen, dessen Reifen aufkreischten, als Mullen vom Gebäude wegraste. Graham erreichte die Tür, doch der Wagen war bereits außer Schußweite. Wütend fluchend schob er die Beretta wieder in den Gürtel zurück.

»Alles in Ordnung?« fragte er und drehte sich zu Sabrina um.

»Klar.«

»Haben Sie deine Waffe?«

Sie nickte grimmig. »Verdammt noch mal! Ich kann es einfach nicht fassen, daß ich denen so leicht in die Falle gegangen bin.«

»Das ist nicht deine Schuld«, meinte Graham und legte beruhigend seine Hand auf ihre Schulter. »Diese Risiken müssen wir eingehen. Das gehört einfach zu unserer Arbeit, und das weißt du. Komm jetzt, hier gibt es für uns nichts mehr zu tun.«

Sie stiegen die Treppen hinauf und gingen in Grogans Wohnung. Sabrinas Gedanken rasten. Warum nur hatte Fiona Gallagher ihr keine Kugel verpaßt, als sie die Chance dazu gehabt hatte? Wollte man sie als Geisel nehmen? Oder hätte Fiona sie getötet, wenn Graham nicht plötzlich aufgetaucht wäre? Es gab noch eine dritte Möglichkeit, die allerdings recht bizarr schien. Hatte Fiona ihr Leben absichtlich geschont? Die IRA hatte es eigentlich immer als legitim angesehen, Polizisten und andere Vertreter der Staatsgewalt zu ermorden. Nein, es ergab keinen Sinn. Und doch konnte sie sich ihrer nagenden Zweifel nicht erwehren. Sie beschloß, sie bei sich zu behalten und nicht auszusprechen.

Eastman telefonierte gerade, als sie die Wohnung betraten. Man hatte eine Decke über Grogans leblosen Körper gelegt. Graham hockte sich neben die Leiche und hob den Rand der Decke hoch. Ein professioneller Mord. Er ließ die Decke wieder über Grogans Gesicht fallen und stand auf.

Kurz darauf legte Eastman auf. »Nun, was ist passiert?«

Sie erzählten es ihm.

Eastman ging zum Fenster und schaute auf den Hof hinunter. »Ich muß hier noch warten und mit der hiesigen Kriminalpolizei alles Nötige regeln. Ich lasse Sie in Ihr Hotel zurückbringen.«

»Wer wußte sonst noch davon, daß wir heute abend hierherkommen würden?« fragte Graham.

Eastman runzelte die Stirn. »Nur wir drei.«

»Gegenüber den Männern Ihres Überwachungsteams haben Sie kein Wort darüber verloren?« hakte Graham nach.

»Wozu? Als Sie heute abend in die Kneipe gingen, wußte ich doch überhaupt nicht, ob Sie etwas über diesen Ort herausfinden könnten. Es war lediglich eine vage Vermutung, die sich bewahrheitete. Unglücklicherweise kamen wir allerdings zu spät.«

»Ganz genau«, pflichtete ihm Graham bei. »Nur McGuire, Roche und Grogan wußten von dieser Wohnung. Das hat mir zumindest Roche erzählt. Finden Sie es nicht auch ein wenig seltsam, daß die IRA nur wenige Minuten vor uns hier eintraf?«

»Worauf wollen Sie hinaus?« fragte Eastman zurück.

»Nun, wenn Sie Ihren Leuten nichts davon erzählt haben, daß wir hierher wollten, bleiben nur zwei mögliche

Erklärungen. Entweder hat jemand in der Kneipe mein Gespräch mit Roche mitgehört, was ich bezweifle, oder in Ihrem Wagen befinden sich Wanzen.«

»Das ist doch absurd«, gab Eastman zurück. »Unsere Fahrzeuge werden jeden Morgen von einem Spezialistenteam untersucht. Das gehört zu den Sicherheitsvorkehrungen.«

»Umfaßt das auch die Suche nach Abhöranlagen?«

»Alles«, erwiderte Eastman und hielt Grahams Blick stand. »Wir sind ein gut funktionierendes Team, Mr. Graham. Und wir schenken uns gegenseitig volles Vertrauen.«

»Freut mich zu hören. Aber es beantwortet noch nicht die Frage, wie die IRA nur wenige Minuten, nachdem ich es Ihnen erzählt habe, herausbekam, wo diese Wohnung liegt.«

»Morgen früh werden wir als erstes Roche zum Verhör holen«, meinte Eastman schließlich.

»Und den Wagen durchsuchen lassen.«

»Das nehme ich selber in die Hand«, antwortete Eastman kalt. Dann deutete er auf Graham. »Oder besser noch: Wir inspizieren ihn gemeinsam. Wären Sie dann zufrieden?«

»Mike behauptet nicht, daß zwangsläufig einer Ihrer Leute mit der IRA unter einer Decke steckt«, sagte Sabrina und versuchte, die plötzlich entstandene Spannung zwischen den beiden Männern zu entschärfen. »Doch seien wir ehrlich! Der IRA würde es nicht besonders schwerfallen, herauszufinden, wer die Ermittlungen in diesem Mordfall führt, nicht wahr? Wenn also eine Abhöranlage im Wagen angebracht wurde, dann ist es ziemlich sicher, daß es *nach* der Inspektion des Wagens geschehen ist.«

»Mir liegt nichts daran, Sie gegen mich aufzubringen, Inspektor«, versicherte Graham. »Ich versuche lediglich, die Situation von der praktischen Seite her zu beleuchten.«

Eastman stieß einen tiefen Seufzer aus. »Ich weiß. Es tut mir leid, daß ich gerade ein bißchen gereizt war. Aber auf mein Team lasse ich so leicht nichts kommen. Es ist ein großartiger Haufen. Und ich weiß, daß sie alle der Einheit treu ergeben sind.«

»Daran habe ich nicht die geringsten Zweifel«, fügte Graham schnell hinzu.

»Ich lasse den Wagen noch diesen Abend auf den Polizeihof fahren. Keiner kommt in seine Nähe, bis ich morgen früh selbst dort eintreffe.« Eastman ging wieder zum Telefon. »Jetzt rufe ich aber besser einen Wagen für Sie, um Sie zu Ihrem Hotel bringen zu lassen. Hier kann heute abend keiner von Ihnen noch etwas ausrichten.«

Als Fiona Gallagher in ihre kleine Pension in Cricklewood zurückgekehrt war, nahm sie eine ausgedehnte heiße Dusche, streifte sich ihren Bademantel über, wickelte sich ein Handtuch um den Kopf und kehrte in ihr Zimmer zurück. Sie schloß die Tür hinter sich, setzte sich auf die Bettkante und rieb sich langsam mit den Händen das Gesicht. Der Armeerat, von dem die Befehle für die militärischen Operationen der IRA ausgingen, hatte ihr während Farrells Inhaftierung die Führung des Kommandos anvertraut. Alle hatten ihr ganzes Vertrauen in sie gesetzt. Ihr Auftrag war einfach. Bringt McGuire zum Schweigen. Sie würde den Armeerat nicht enttäuschen. Und sie wußte, daß sie keine Skrupel haben würde, McGuire umzubringen. Er wußte einfach zuviel ...

Da klopfte es an der Tür.

»Wer ist da?« fragte sie.

»Liam«, kam die knappe Antwort.

Kerrigan. Der Mann widerte sie an. Manchmal fragte sie sich, wie sie es überhaupt geschafft hatte, ihn so lange auszuhalten. »Was ist? Ich gehe gerade ins Bett.«

»Ich will mit dir reden, Fiona!« rief Kerrigan laut. Sie konnte an seiner Stimme hören, daß er getrunken hatte. Er war als Säufer bekannt, aber der Armeerat hatte ihn deswegen nie verwarnt. Auch wenn er betrunken war, konnte er dichthalten, und alles andere war dem Armeerat egal. Sie wußte, daß Kerrigan nicht eher weggehen würde, bis er mit ihr gesprochen hatte, also band sie sich den Bademantel eng um die Hüfte, ging zur Tür und öffnete sie.

Er drängte an ihr vorbei ins Zimmer, eine Flasche Brandy in der Hand. Sie fand es merkwürdig, daß ein derart fanatischer irischer Patriot wie Kerrigan den Geschmack von Whisky verabscheute. Farrell hatte ihm in der Vergangenheit wegen seiner Trinkerei schon gehörig den Kopf gewaschen, doch war er der einzige, der sich so etwas leisten konnte. Sonst wagte das keiner, zumindest nicht offen.

»Was willst du, Liam?« wollte sie wissen und schloß hinter ihm die Tür. »Es ist spät, und ich will noch ein wenig zum Schlafen kommen.«

»Möchtest du einen Drink?« fragte er und hielt ihr die Flasche hin.

»Sag schon, was du zu sagen hast, und dann hau ab!« fuhr sie ihn ärgerlich an.

»Was ich zu sagen habe?« fragte Kerrigan und setzte sich auf den Holzstuhl am Fenster. »Warum hast du dieses Miststück heute abend nicht umgelegt?«

Fiona unterdrückte ihre Wut. Kerrigan versuchte, sie aus der Reserve zu locken. Aber der Teufel sollte sie holen, wenn sie sich darauf einließ.

»Weil es nicht nötig war«, antwortete sie sachlich. »Der Armeerat hat uns angewiesen, McGuire vor den offiziellen Stellen zu erwischen. Genau das werden wir auch tun, und zwar mit so wenig Blutvergießen wie möglich.«

»Ich habe dich immer schon für eine Type ohne Rückgrat gehalten. Das hier ist der Beweis.«

»An deiner Stelle würde ich aufpassen, was du sagst, Liam. Du hast bereits gegen die Anordnungen verstoßen, als du letzte Nacht die beiden Undercoveragenten umgebracht hast. Das gehörte nicht zu unserem Auftrag, und du kannst dir sicher sein, daß es in meinem Bericht an den Armeerat stehen wird. Hätte ich dich nicht davon abgehalten, hättest du auch noch dieses Paar am Aufzug umgebracht. Du bist ein Psychopath, Liam, weißt du das? Warum, denkst du wohl, hat sich der Armeerat gegen dich entschieden, als du darum gebeten hast, während Seans Abwesenheit die Führung des Kommandos übernehmen zu dürfen? Weil sie dir nicht zutrauten, einfach ihre Anordnungen zu befolgen und dabei so wenig Blut zu vergießen wie möglich.«

»Ich weiß genau, Sean hätte da nicht gekniffen! Nicht so wie du. Er hätte ihr eine Kugel in den Rücken gejagt, ohne darüber großartig nachzudenken.«

»Ich bin nicht Sean«, sagte sie leise. »Aber ich habe in diesem Kommando die Befehlsgewalt, und bis er zurückkommt, wirst du genau das tun, was dir gesagt wird, andernfalls findest du dich in einem Disziplinarverfahren vor dem Armeerat wieder. Und ich muß dir ja wohl nicht sagen, wie der Armeerat zu Rebellion in den eigenen Reihen steht, nicht wahr? Und jetzt mach, daß du rauskommst.«

Als Kerrigan sich langsam erhob, zitterten seine Hände vor Wut. Er stand direkt vor ihr. »Du meinst wohl, du hättest es geschafft, was? Hübsches Gesicht, Universitätsabschluß, mit dem Liebling des Armeerats gevögelt! Du magst dich ja mit Sean eingelassen haben, aber so eine wie du hält mich nicht zum Narren. Nicht eine Minute.«

»So eine wie ich?«

»Wie würdest du denn eine nennen, die sich die Gunst ihrer Vorgesetzten im Bett erkauft? Bei mir heißt so was Hure.«

Ohne Vorwarnung rammte sie ihm mit voller Wucht ihre Knie zwischen die Beine. Er stöhnte vor Schmerz auf und krümmte sich zusammen; sie riß ihren Ellenbogen mit einem Ruck nach oben gegen seinen Kopf. Er krachte in die Kommode und fiel zu Boden; die Flasche entglitt seinen Fingern.

Mullen hörte den Lärm vom Nachbarzimmer aus. Er raste auf den Flur, stürzte ins Zimmer an Fiona vorbei und lief zu Kerrigan, der auf dem Boden lag.

»Der ist ja völlig hinüber«, meinte er und schaute zu ihr auf. »Was ist passiert?«

Sie erzählte es ihm.

Mullen setzte sich langsam auf einen Stuhl und biß sich besorgt auf die Lippe. »Was willst du tun? Ihn auswechseln lassen?«

Sie schüttelte den Kopf. »Du kennst die Befehle. Wir

sollen nur im äußersten Notfall Kontakt mit dem Armeerat aufnehmen. Ich denke nicht, daß sie besonders erfreut sein werden, wenn sie von dieser Sache hören, nicht wahr? Nein, ich werde erst bitten, ihn durch jemand anderen zu ersetzen, wenn wir diese Sache zu Ende gebracht haben.«

Es klopfte an der Tür.

Nervös schnellte Mullens Blick von Kerrigan zu Fiona. Sie ging zur Tür hinüber und öffnete sie. Es war der Besitzer der Pension.

»Was ist denn hier los?« wollte er wissen und versuchte, über ihre Schulter ins Zimmer zu spähen. »Etliche andere Gäste haben sich über den lauten Krach aus diesem Zimmer beschwert.«

Sie lächelte ihn schüchtern an, trat zur Seite und zeigte auf Kerrigan. »Wir haben hier seinen Geburtstag gefeiert und etwas getrunken. Er hat ein bißchen zuviel erwischt und ist umgekippt. Dabei fiel er gegen die Kommode. Aber machen Sie sich keine Sorgen, die Party ist gelaufen. Tut mir leid, wenn wir die anderen Gäste gestört haben.«

»Kommt er wieder auf die Beine?« fragte der Besitzer und schaute zu Kerrigan hinüber.

Sie nickte. »Er hat einen Schädel wie ein Panzer. Morgen früh geht's ihm prächtig.«

»Nun, ich würde es begrüßen, wenn Sie jetzt leise sein könnten«, sagte der Besitzer. Sein Blick wanderte zu Mullen. »Sie müssen schon auf die anderen Gäste Rücksicht nehmen.«

»Das werden wir auch«, versprach ihm Mullen.

Fiona machte die Tür zu und schaute sich nach Mullen um. »Weck ihn auf und schaff ihn hier raus.«

Mullen füllte im Waschbecken in der Ecke einen Plastikbecher mit Wasser und kippte ihn Kerrigan ins Gesicht. Es dauerte eine ganze Minute, bis Kerrigan endlich imstande war, sich aufzusetzen. Dort, wo ihn Fiona mit ihrem Ellbogen an seiner Wange erwischt hatte, bildete sich bereits ein dicker Bluterguß.

»Komm schon«, sagte Mullen und streckte eine Hand aus, um Kerrigan auf die Füße zu helfen.

»Ich schaff' das schon alleine«, schnauzte ihn Kerrigan an. Beim Versuch, aufzustehen, schoß jedoch ein stechender Schmerz durch seine Leistengegend. Er schnappte nach Luft, kam dann langsam auf die Beine und ging vorsichtig auf die Tür zu. Dort blieb er stehen, hielt die Türklinke umklammert und blickte zu Fiona zurück. »Damit ist die Sache noch lange nicht erledigt.«

»Für heute abend schon!« antwortete sie. »Und jetzt raus mit dir!«

Sie schloß die Tür hinter den beiden Männern ab und nahm die Heckler & Koch aus ihrer Reisetasche. Gedankenversunken hielt sie kurz inne. Kerrigan war ein Profi, bestimmt würde er nichts unternehmen, was den Einsatz gefährdete. Aber konnte sie sich dessen sicher sein? Ihr Entschluß war gefaßt, sie legte die Pistole unter ihr Kopfkissen. Es verlieh ihr ein größeres Gefühl der Sicherheit. Ein Risiko einzugehen konnte sie sich nicht leisten.

Paluzzi stellte den Wagen außer Sichtweite der Docks ab. Er nahm die Beretta aus dem Handschuhfach, schob sie ins Halfter, nahm die schwarze Reisetasche vom Beifahrersitz und stieg aus. Es war 23 Uhr 17; er hatte noch Zeit. Den Haupteingang meidend, an dem ein bewaffneter Wachmann seine Runde drehte, folgte er dem äußeren Zaun, bis er vor der Rückseite des Lagerhauses an Kai Drei stand. In der Reisetasche befand sich ein Drahtschneider, mit dem er innerhalb weniger Sekunden ein Loch in den Zaun geschnitten hatte, das groß genug war, um hindurchzuschlüpfen. Er ließ den Drahtschneider im dichten Gestrüpp am Zaun zurück, zog die Beretta aus dem Schulterhalfter und bewegte sich vorsichtig auf das Lagerhaus zu. Hinter ihm bog ein Auto in die Straße; als es vorbeifuhr, duckte er sich instinktiv. Er wartete, bis der Motor in der Ferne verklungen war, kam wieder hoch, legte die restlichen zehn Meter bis zur Rückseite des Lagerhauses zurück und spähte um die Mauerecke. Der Trawler, der am Nachmittag am Kai vor Anker gelegen hatte, war verschwunden. Eng an die Wand gedrückt, bewegte sich Paluzzi langsam auf die Vorderseite des Lagerhauses zu. Eine einzelne Lampe über den geschlossenen Toren beleuchtete die verlassene Laderampe. Ein weiterer Blick auf die Uhr. 23 Uhr 22. Nun, jetzt konnte er nichts anderes tun, als abzuwarten.

Gerade wollte er wieder zur Rückseite des Lagerhauses gehen, da hörte er irgendwo hinter sich ein Rascheln. Mit der Beretta in der ausgestreckten Hand wirbelte er herum, konnte aber in der Dunkelheit nichts erkennen. Langsam schob er sich an der Wand entlang, erreichte die Ecke, sprang mit einem Satz hinter ihr hervor und suchte das vor ihm liegende Gelände mit der Beretta ab. Nichts. Die Nerven. Leise fluchte er in sich hinein. Reiß dich zusammen! Er stellte die Reisetasche ab. Da hörte er wieder ein Geräusch. Ein Zweig knackte unter einem Fuß. Er schwenkte die Beretta zum Gebüsch rechts von ihm.

»Komm da ganz langsam heraus!« befahl er. »Ich bin bewaffnet, mach also ja keine Dummheiten!«

Zwischen den Büschen erschien eine Gestalt. Das Gesicht war im Dunkeln verborgen, Paluzzi erkannte den Mann jedoch sofort an seinem Körperbau. Jess Killen.

»Guten Abend!« grüßte Killen und trat ans Licht. Er lächelte schwach und schien von der auf seine Brust gerichteten Beretta nicht im geringsten beeindruckt zu sein. »Jetzt erzähl mir bloß nicht, du würdest einen Spaziergang machen und hättest dich verlaufen.«

»Die Hände aus den Taschen, ganz langsam, und hoch über den Kopf. Wird's bald?«

Killen zuckte mit den Schultern, nahm vorsichtig seine mit Handschuhen bekleideten Hände aus den Taschen und hielt sie hoch, damit Paluzzi sehen konnte, daß er unbewaffnet war. »Jetzt bist du an der Reihe. Wenn du dich ganz langsam umschaust, wirst du sehen können, daß Tom und Randy bewaffnet sind. An die beiden wirst du dich doch noch erinnern, oder?«

Paluzzi spähte vorsichtig über seine Schultern; sein Magen krampfte sich zusammen, als er zwanzig Meter hinter sich Tom und Randy stehen sah. Beide waren mit Mini-Uzis bewaffnet, wie Killen trugen sie Lederhandschuhe.

»Solltest du dir einbilden, du hättest auch nur die geringste Chance, die beiden mit einer schnellen Drehung fertigzumachen, könntest du das ja mal versuchen«, meinte Killen zu ihm. »Wenn nicht, würdest du mir einen großen Gefallen tun, wenn du die Waffe fallen ließest.«

Paluzzi wußte, wenn er herumwirbelte, konnte er einen der Männer erwischen. Aber beide? Jeder von ihnen mit einer Mini-Uzi bewaffnet, deren Magazin für zwanzig Schüsse reichte? Er hätte schon sehr schnell sein müssen. Und selbstmörderisch. Er warf die Beretta auf den Boden.

»Ein kluger Schritt«, sagte Killen. »Würdest du jetzt bitte Randys Anweisungen folgen? Er führt dich ins Lagerhaus. Wir können uns da drin unterhalten.«

Randy trat zurück und gab Paluzzi mit der Mini-Uzi zu verstehen, er solle vor ihm hergehen. Paluzzi tat wie geheißen. Tom nahm die Reisetasche und die Beretta an sich und überreichte sie Killen. Dann ging er vor, um die Tore des Lagerhauses zu öffnen. Paluzzi wurde in das schwach beleuchtete Innere geführt; Randy gestikulierte ihn zu einem mitten auf der Betonfläche stehenden Holzstuhl. Paluzzi setzte sich; unaufhörlich wanderten seine Augen zwischen Tom und Randy hin und her. Beide Mini-Uzis waren auf ihn gerichtet. Killen kam herein, warf die Reisetasche auf den Boden und machte das Tor wieder hinter sich zu. Er zog eine Packung Zigaretten aus der Tasche, steckte sich eine Zigarette zwischen die Lippen und zündete sie an.

»Auch eine?« fragte er und hielt Paluzzi die Schachtel hin.

Paluzzi hüllte sich in Schweigen.

Killen zuckte mit den Schultern und warf die Schachtel Randy zu, der sich eine Zigarette nahm. »So, du heißt also Pasconi. Franco Pasconi. Freier Reporter bei *La Repubblica*. War das nicht so?«

Paluzzi sagte immer noch nichts.

Tom trat einen Schritt nach vorne, um ihm mit der Mini-Uzi einen Schlag zu versetzen, doch Killen hielt ihn mit einem Wink davon ab. »Nun, das weiß ich ja bereits. Ich habe dich heute nachmittag überprüfen lassen. Was mich jedoch viel mehr beschäftigt, ist die Frage, warum ein Reporter wohl das hier bei sich hat?« Er hielt die Beretta hoch. »Das gehört doch wohl kaum zur Standardausrüstung eines Auslandskorrespondenten, oder?«

»Ich würde sagen, das hängt ganz von der Story ab, hinter der man gerade her ist«, antwortete Paluzzi kalt.

»Der Story? Ach ja, natürlich! Ich glaube, Billy wollte dir für fünftausend Dollar alles erzählen, nicht wahr? Ein gutes Angebot, sozusagen ein richtiges Schnäppchen. Ich nehme an, das Geld ist da drin.« Killen deutete auf die Reisetasche. »Nun, Billy ist auch schon hier, aber er wird dir nichts über die *Ventura* berichten können.«

»Wer ist Billy?« fragte Paluzzi und hielt Killens Blick stand. Nachdenklich drehte Killen die Beretta in seiner Hand. »Sag mal, wie kam es eigentlich, daß du über Rory Milne Bescheid wußtest?«

Paluzzi schwieg.

»Hast du vielleicht einen Verbindungsmann bei Noraid?« half Killen nach.

Schweigen.

»Ich will eigentlich nicht, daß dich Tom und Randy in die Mangel nehmen. Ich habe sie bereits bei so etwas erlebt, und das ist mit Sicherheit nichts für schwache Nerven.« Killen warf Tom und Randy einen Blick zu. »Holt Billy.«

Die beiden Männer gingen zu dem kleinen Büro am anderen Ende des Lagerhauses. Als sie wieder zum Vorschein kamen, schleiften sie den bewußtlosen Billy zwischen sich, sie trugen ihn fast. Seine Hände waren auf dem Rücken zusammengebunden. Vor Paluzzi ließen sie Billy auf den Boden fallen, Killen bückte sich, packte Billy an den Haaren und riß seinen Kopf nach hinten. Paluzzi zuckte zusammen, als er Billys Gesicht sah. Seine Nase war gebrochen, etliche Zähne waren ihm ausgeschlagen worden, das Gesicht war voller Blutergüsse. Nach wenigen Sekunden mußte Paluzzi seinen Blick abwenden.

»Kein erfreulicher Anblick, was?« Killen zog ein blutverschmiertes Taschentuch aus einer Tasche in Billys Jacke und öffnete es. Paluzzi prallte entsetzt zurück. Eine Zunge lag darin. »Wenn man einen losen Zahn hat, wird einem der Zahn gezogen. Für eine lose Zunge gilt doch bestimmt das gleiche, oder?«

Paluzzi schlug sich die Hände vors Gesicht; er mußte dagegen ankämpfen, sich zu übergeben. Als er schließlich wieder fähig war aufzuschauen, hatte Killen das Taschentuch in Billys Tasche zurückgestopft.

»Nun, vielleicht verhältst du dich jetzt uns gegenüber ein wenig kooperativer«, meinte Killen und stand auf. »Wer bist du?«

»Du weißt doch, wer ich bin«, erwiderte Paluzzi.

»Ich weiß, was du gesagt hast«, antwortete Killen. »Es gibt auch tatsächlich einen Franco Pasconi, der für *La Repubblica* arbeitet. Über ihn konnten wir allerdings nur herausfinden, daß er sich momentan im Ausland aufhält.«

»Ich bin Pasconi«, beharrte Paluzzi.

»Bevor du mich *damit* bedroht hast, hätte ich dir das ja vielleicht abgenommen«, sagte Killen und hielt die Beretta hoch.

»Ich bin Franco Pasconi, freier Reporter bei *La Repubblica*«, murmelte Paluzzi.

»Okay, wollen wir der ganzen Debatte zuliebe einfach sagen, du bist Pasconi. Woher wußtest du etwas von Rory Milne?«

Paluzzis Gedanken rasten. Er mußte eine glaubwürdige Story erfinden. Aber was? Er war nicht schnell genug. Killen nickte Tom zu, der einen Schritt nach vorne trat und den Kolben krachen ließ. Paluzzi wurde vom Stuhl geworfen. Er landete nur wenige Zentimeter neben Billy auf dem Boden. Killen versetzte ihm einen heftigen Tritt in den Rücken und erwischte ihn in der Nierengegend. Paluzzi krümmte sich vor Schmerzen.

Killen blickte auf ihn herunter. »Nun, versuchen wir es noch einmal. Woher wußtest du etwas von Rory Milne?«

»Fahrt zur Hölle!« zischte Paluzzi mit zusammengebissenen Zähnen.

Killen packte Paluzzi an den Haaren, riß seinen Kopf zurück und drückte die Mündung der Beretta auf die Mitte seiner Stirn. »Noch eine falsche Antwort, und ich lege dich um!«

Paluzzi starrte Killen entsetzt an.

»Woher wußtest du etwas von Rory Milne?«

»Ich habe einen Verbindungsmann bei Noraid«, antwortete Paluzzi rasch.

»Der Name?« fragte Killen.

»Ich weiß nicht, wie er heißt«, antwortete Paluzzi.

»Das war die falsche Antwort . . .«

»Warte!« schrie Paluzzi voller Verzweiflung. »Ich kenne ihn nur unter einem Decknamen. Seit fünf Jahren.«

»Seit fünf Jahren?« fauchte ihn Killen wütend an. »Wie lautet sein Deckname?«

»Havanna«, sagte Paluzzi. Es war das erste Wort, das ihm in den Sinn kam. Havanna? Warum war ihm gerade das eingefallen? In seinem ganzen Leben war er noch nie an diesem Ort gewesen.

»Warum Havanna?« fragte Killen mißtrauisch.

»Woher soll ich das wissen? Er hat sich den Namen ausgewählt, nicht ich«, gab Paluzzi zurück.

»Wo kommt er her?«

»Soweit ich weiß, aus New York. Dort bin ich mit ihm in Kontakt getreten.«

»Hast du ihn gesehen?«

»Nein, wir benutzen ein Schließfach im Grand Central. Jeder von uns hat einen Schlüssel. Ich lege das Geld hinein, und wenn er es einsammelt, hinterläßt er dafür einen Umschlag. Er wußte, daß sich Milne an Bord der *Ventura* aufhielt, wußte aber nicht, wer hinter der Ladung stand. Darum bin ich hier, auf der Suche nach einer Story.«

»Die hast du gefunden«, antwortete Killen, richtete die Beretta auf Billys Kopf und schoß.

Paluzzi wischte sich einen Blutspritzer von der Wange und starrte Killen ungläubig an. »Du bist wahnsinnig. Ihr seid alle wahnsinnig.«

»Ganz im Gegenteil«, antwortete Killen lächelnd. »Wir sind sogar sehr schlau. Billy ist tot. Deine Waffe wurde verwendet. Deine Fingerabdrücke befinden sich darauf, nicht meine. Wenn also die Bullen jemals eure Leichen finden sollten, werden sie zu dem Schluß kommen, daß du Billy bei einem Streit um das Geld erschossen hast. Er saß hinter dem Steuer seines Wagens, als dieser über den Rand des Kais raste, und du bist ertrunken, als er unterging. Das perfekte Szenario.«

»Und was ist mit Billys Gesicht? Warum hat er keine Zunge? Darüber wird die Polizei ja wohl kaum hinwegsehen, oder?«

»Die Zunge könnte er sich ja abgebissen haben, als der Wagen auf dem Wasser aufschlug. Und die Blutergüsse, zum Teufel, die hat er sich eben geholt, als sein Gesicht gegen die Windschutzscheibe knallte. Aber es ist ganz egal, was die Polizei dazu meint. Hauptsache, zwischen uns dreien und irgendeinem dieser Vorfälle gibt es keinerlei Verbindungen. Und das ist ja gerade das Schöne daran.«

Paluzzi griff verzweifelt nach der Beretta in Killens Hand. Dann wurde alles schwarz um ihn.

Tom, der Paluzzi bewußtlos geschlagen hatte, senkte seine Mini-Uzi und blickte auf die Uhr. »Inzwischen sollte Pete längst mit Billys Wagen hiersein. Herrgott, der war doch nur ein paar hundert Meter entfernt abgestellt.«

»Reg dich ab«, sagte Killen zu ihm. Er zog seine Zigaretten aus der Tasche und steckte sich eine an.

Die Klingel schellte, Randy öffnete das Tor. »Wodurch wurdest du aufgehalten, Pete?«

»Gerade als ich den Wagen holen wollte, hat vorne am Tor jemand angehalten und nach dem Weg gefragt.«

Randy nahm die Schlüssel vom Wachmann entgegen.

»Okay, leg die beiden in den Wagen«, befahl Killen.

Billys Leiche wurde auf den Vordersitz des zerbeulten Ford Cadillac verfrachtet, Paluzzi legte man auf die Rückbank, und Killen ließ die Beretta neben ihn auf die Polster fallen; Randy warf die Reisetasche auf den Beifahrersitz. Zufrieden schloß Killen die hintere Tür und nickte Tom zu, der hinter das Steuer stieg und den Wagen startete. Der Motor stotterte – und ging wieder aus. Tom versuchte es ein zweites Mal; das Ergebnis war das gleiche. Wütend fluchend ging Killen zur Fahrerseite und schaute durch das Fenster. Tom zuckte hilflos die Schultern, drehte vergeblich am Zündschlüssel.

»Nichts«, fauchte er und hieb wütend mit der Faust auf das Armaturenbrett.

»Dann müssen wir ihn eben hier ins Wasser schieben«, sagte Killen und winkte Randy zum Wagen.

»Hier?« fragte Tom besorgt und blickte zu Killen auf. »Ich dachte, wir würden ihn weiter unten am Kai versenken.«

»Das dachte ich auch«, erwiderte Killen sarkastisch. »Jetzt steig aus und schieb.«

Tom löste die Handbremse und stieg aus. Langsam schoben sie den Wagen über den Rand der Kaimauer. Er kippte mit der Motorhaube voran nach vorne, drehte sich über die Seite und begann langsam im trüben Wasser zu versinken. Es brodelte bedrohlich, als der hintere Teil des Wagens unter der Wasseroberfläche verschwand. Randy löste eine Taschenlampe von seinem Gürtel und ließ den Lichtstrahl über das Wasser wandern.

Killen wartete ein paar Minuten, dann gab er Randy einen Klaps auf die Schulter. »Er ist tot. Kommt, laßt uns wieder zum Lagerhaus zurückgehen. Wir haben die Partie Poker noch gar nicht zu Ende gespielt, nicht wahr?«

Randy schaltete die Taschenlampe aus, folgte Killen und Tom zum Lagerhaus und machte das Tor hinter sich zu.

Als das Wasser durch die offenen Fenster ins Wageninnere strömte, kam Paluzzi wieder zu Bewußtsein. Es war stockdunkel. Und das Wasser war eiskalt. Paluzzi zwang sich dazu, nicht in Panik zu geraten. Das wäre das Ende gewesen. Er tastete nach dem Türgriff. Wo war er nur? Billys Hand strich über sein Gesicht. Dann sein Arm. Paluzzi stieß um sich und versuchte, den leblosen Körper von sich fernzuhalten. Nur keine Panik! Er mußte unbedingt Ruhe bewahren, die Luft in seiner Lunge halten. Er streckte die Hand aus und tastete nach der Tür. Wenn er die fand, hatte er auch den Türgriff. Es schien ihm eine Ewigkeit zu dauern, bis seine Finger endlich die Plastikverkleidung der Tür berührten. Vorsichtig tastete er darüber und erreichte endlich den Metallgriff. Mit einem harten Ruck zog er herunter, drückte mit den Füßen gegen die Tür und versuchte verzweifelt, sie mit Gewalt aufzubekommen. Wie lange konnte er es noch unter Wasser aushalten? Langsam, Zentimeter um Zentimeter, öffnete sich die Tür. Mit den Füßen voran zwängte er sich durch die Öffnung und drehte sich nach oben. Als er sich der Wasseroberfläche näherte, sah er den Lichtstrahl über dem Wasser hin und her wandern. Sie waren noch da, warteten. Seine Lungen schienen zu bersten. Die einzige Chance bestand darin, bis zur Landungsbrücke zu gelangen. Schaffte er es dorthin, war er in Sicherheit. Er schwamm so lange, bis ihn der Sauerstoffmangel schwindlig machte. Doch war er jetzt sicher? War er bereits an der Landungsbrücke? Das Licht an der Wasseroberfläche konnte er nicht mehr sehen. Er mußte es wagen und nach oben kommen, mußte einfach nach Luft schnappen. Schnell drückte er sich nach oben, glitt lautlos durch die Wasseroberfläche. Geschafft! Er klammerte sich an einen der Holzbalken unter der Landungsbrücke, rang nach Atem, hatte rasende Kopfschmerzen. Vorsichtig tastete er über seinen Hinterkopf und konnte das Blut an seinen Fingern spüren. Er blieb, wo er war, bis die Männer zum Lagerhaus zurückgekehrt waren, dann bewegte er sich vorsichtig auf eine Metalleiter zu und kletterte die Kaimauer hoch. Oben hielt er inne, um sich zu vergewissern, daß er allein war, dann rannte er zusammengekrümmt auf eine zwanzig Meter von der Leiter entfernte Reihe Metallfässer zu. Hinter ihnen zusammensackend, stieß er einen tiefen Atemzug aus. Was nun? Man hielt ihn für tot, und er hatte keine Absicht, Killen und seine Kumpane vom Gegenteil zu überzeugen. Und das bedeutete, daß er seinen Wagen nicht mehr benutzen konnte. Er mußte zu einem Münzfernsprecher gelangen und das Hauptquartier der UNACO anrufen. Sie würden einen Wagen für ihn schicken. Wahrscheinlich hatte er sich bis dahin eine Lungenentzündung eingefangen, aber was blieb ihm anderes übrig?

Gerade wollte er seine Jacke ablegen, als zwei Scheinwerfer über den Kai glitten. Rasch duckte er sich wieder hin, aber der schwarze Mercedes hielt an, bevor das Licht der Schweinwerfer die Fässer erfaßte. Der Fahrer blendete ab, stieg aus und öffnete die hintere Tür. Paluzzi spähte durch einen Spalt zwischen den Fässern, um das Gesicht des Mannes zu erkennen, der gerade ausgestiegen war. Aber es war zu dunkel. Plötzlich öffnete sich das Tor zum Lagerhaus; Licht fiel auf das Gesicht. Paluzzi hatte den Mann noch nie zuvor gesehen. Er war Mitte Dreißig, hatte schwarze Haare, die ihm bis zum Kragen reichten, und tiefliegende Augen. Er trug einen braunen Anzug und ein cremefarbenes Hemd mit offenem Kragen.

»Nun?« fragte der Mann Killen.

»Alles erledigt.«

»Irgendwelche Probleme?«

Killen schüttelte den Kopf. »Hast du das Geld dabei?«

Der Mann zog einen braunen Umschlag aus der Tasche und überreichte ihn Killen. »Mit den besten Grüßen vom Boß.«

Killen schlitzte den Umschlag mit dem Finger auf und blickte hinein. »Es ist ein Vergnügen, mit euch Geschäfte zu machen.«

»Wir bleiben in Verbindung«, sagte der Mann und stieg wieder in den Mercedes.

Der Wagen wendete, Paluzzi duckte sich, und für einen Augenblick lagen die Fässer im Scheinwerferlicht. Dann war der Wagen verschwunden. Killen kehrte zum Lagerhaus zurück und schloß die Tür hinter sich.

Paluzzi schaute auf die Uhr. Es war fast Mitternacht. Er hatte nur noch einen Wunsch: aus seiner nassen Kleidung herauszukommen und ein heißes Bad zu nehmen. Doch in sein Hotel konnte er nicht zurück. Jetzt nicht. Er mußte unbedingt in New York anrufen. Hastig klopfte er auf seine Gesäßtasche – wenigstens war die Brieftasche noch da. Langsam kam er auf die Beine und schaute sich rasch um, bevor er wieder zum Zaun zurückeilte und durch die Öffnung kletterte, die er kurz zuvor hineingeschnitten hatte. Ein leichter Wind wehte über die verlassene Straße. Hatte er das alles wirklich erlebt? Claudine hatte recht. Er mußte verrückt sein, einer solchen Arbeit nachzugehen!

Paluzzi verscheuchte den Gedanken. Vor allem mußte er jetzt zu einem Münzfernsprecher gelangen; die größten Chancen dazu hatte er, wenn er sich in Richtung Stadtzentrum bewegte. Früher oder später mußte er dann auf eine Telefonzelle stoßen. Zumindest theoretisch ...

6

Das Telefon klingelte.

Langsam wälzte sich Graham im Bett auf die andere Seite und streckte seinen Arm in die Dunkelheit. Seine Finger berührten die Ecke des Nachttisches, er tastete über dessen Oberfläche, bis er das Telefon gefunden hatte, hob den Hörer ab und hielt ihn an sein Ohr.

»Mike?«

»Ja«, kam die verschlafene Antwort. »Wer ist da?«

»Keith Eastman am Apparat. Ich glaube, wir haben Gallagher und ihre beiden Kumpane gefunden.«

Sofort saß Graham aufrecht im Bett und schaltete die Nachttischlampe an. »Wo?«

»In einer Pension in Cricklewood. Ich bin schon auf dem Weg dorthin und habe Ihnen einen Wagen geschickt. Er dürfte in zehn Minuten am Hotel sein.«

»Ich sage es Sabrina«, meinte Graham und unterdrückte ein Gähnen.

»Schön. Bis dann.«

Eastman legte auf. Graham nahm seine Uhr. Zwei Minuten nach sieben. Er wählte Sabrinas Zimmernummer, kroch aus dem Bett und ging ins Badezimmer. Er haßte kalte Duschen, insbesondere als erstes am Morgen, doch es war der einzig sichere Weg, den er kannte, um richtig wach zu werden. Schnell. Er betrat die Duschkabine und biß die Zähne zusammen. Dann drehte er den Kaltwasserhahn auf.

Eastman wartete in Cricklewood in einer ruhigen Seitenstraße auf Graham und Sabrina. »Morgen«, sagte er. Ein Lächeln huschte über sein Gesicht. Er öffnete die hintere Tür seines Wagens. »Steigen Sie ein, drinnen können wir uns ungestörter unterhalten.«

Im Wagen stellte Eastman den blondhaarigen Mann hinter dem Steuer als seinen Stellvertreter Sergeant John

Marsh vor. Er nahm eine Beretta aus dem Handschuhfach und überreichte sie Sabrina. »Ein Ersatz. Vielleicht brauchen Sie die Pistole ja diesen Morgen noch.«

Sie nahm sie entgegen, überprüfte das Magazin und ließ die Waffe in das Schulterhalfter gleiten, das unter ihrem rehfarbenen Blouson verborgen war. »Wo ist die Pension?«

»Im Häuserblock um die Ecke«, antwortete Eastman. »Ich hielt es für das beste, wenn wir uns ihr zu Fuß nähern.«

»Wie haben Sie die beiden gefunden?« fragte Graham.

»Wir wissen nicht sicher, daß es sich um die richtigen handelt«, verbesserte Eastman ihn. Er nahm ein Exemplar der *Times* vom Armaturenbrett und gab sie Graham.

Graham faltete die Zeitung auseinander. Die Fahndungsfotos von Kerrigan und Mullen auf der ersten Seite waren nicht zu übersehen. Unter den Bildern stand: DAS MORDKOMMANDO DER IRA. »Warum hat man uns nicht gesagt, daß Sie die Sache öffentlich machen? Wer hat die Genehmigung dafür erteilt?«

»Commander Palmer, der Chef der Sonderabteilung für Terroristenbekämpfung, und Ihr Mr. Kolchinsky«, teilte ihm Eastman mit.

»Sergej?« fragte Sabrina und nahm die Zeitung von Graham entgegen. »Warum hat er davon nichts gesagt, als ich letzte Nacht mit ihm gesprochen habe?«

»Die beiden haben sich erst kurz vor Drucklegung der Zeitung letzte Nacht damit einverstanden erklärt, die Story zu veröffentlichen«, teilte ihnen Eastman mit. »Ich selbst habe es erst um Mitternacht erfahren, sah allerdings keinen Grund, Sie im Hotel wachzuklingeln. Sie machten mir beide den Eindruck, als könnten Sie den Schlaf gebrauchen.«

»Wie aufmerksam«, meinte Graham sarkastisch, faltete die Zeitung zusammen und gab sie Eastman wieder. »Wir sollen als Team zusammenarbeiten. Vergessen Sie das bitte das nächstemal nicht.«

»Es hat doch nichts geschadet«, meinte Marsh.

»Dieses Mal glücklicherweise nicht«, erwiderte Graham.

»Wer hat die Polizei alarmiert?« fragte Sabrina und löste damit die aufkeimende Spannung.

»Der Besitzer der Pension«, sagte Eastman. »Er mußte letzte Nacht auf eines der Zimmer und sprach mit einem Mann und einer Frau. Und er sagt mit Bestimmtheit, daß es sich bei dem Mann um Mullen handelte.«

»Und Kerrigan?« fragte Graham. »Wo war der?«

»Der lag bewußtlos auf dem Fußboden«, antwortete Eastman. »Die Frau erzählte dem Besitzer, Kerrigan habe Geburtstag gefeiert und zuviel getrunken.«

»Kerrigan ist als Säufer bekannt«, fügte Marsh hinzu.

»Was ist, wenn die beiden die Zeitung zu Gesicht bekommen haben?« fragte Graham.

»Das ist sehr unwahrscheinlich«, meinte Eastman. »Ich sagte dem Besitzer, er solle bis zu unserem Eintreffen alle Zeitungen verstecken. Nur wenn einer von ihnen nach draußen gegangen ist und sich eine Zeitung gekauft hat, sind sie an eine herangekommen. Und heute morgen hat bis jetzt keiner von ihnen das Hotel verlassen.«

»Sie meinen, daß keiner von ihnen am Empfang vorbeigekommen ist«, verbesserte ihn Graham.

»Würden Sie die Feuerleiter nehmen, wenn Sie eine Zeitung kaufen wollten?« gab Eastman zurück.

»Das hängt ganz von den Umständen ab«, erwiderte Graham. »Erhalten wir Unterstützung?«

»Ich habe hinter der Pension auf dem Dach eines Lagerhauses zwei Männer postiert. Beide sind mit Präzisionsgewehren bewaffnet.«

»Das ist alles?« fragte Graham.

»Wir müssen sie überraschen. Und das ist unmöglich, wenn es auf der ganzen Straße von Polizisten nur so wimmelt. Ein paar Häuserblocks von hier entfernt habe ich ein Team als Verstärkung auf Abruf bereitstellen lassen. Sobald wir das Trio festgenommen haben, lasse ich es sofort holen. Auch die Kollegen von der örtlichen Polizei sind über alles informiert. Sie werden sich der Pension aber erst dann nähern, wenn wir sie speziell um Hilfe bitten.« Eastman öffnete die Beifahrertür. »Los jetzt!«

Die vier stiegen aus und legten die fünfzig Meter bis vor die Pension zu Fuß zurück.

»Sabrina, Sie und John, Sie übernehmen die Feuerleiter«, sagte Eastman. »Mike, Sie und ich betreten das Gebäude von vorne. Wir treffen uns oben vor ihren Zimmern.«

Sabrina nickte und ging hinter Marsh her zur Rückseite des Gebäudes. Eastman und Graham folgten dem schmalen Weg zur Vordertür. Sie gingen hinein und schlossen die Tür lautlos hinter sich.

Eastman ging auf die hinter dem Empfang sitzende Frau zu. »Guten Morgen! Könnte ich bitte Mr. Fields sprechen?«

Die Frau nickte und verschwand im Büro. Nur wenige Augenblicke später kam sie mit dem Besitzer zurück.

»Mr. Fields?« fragte Eastman.

»Ja«, antwortete Fields mißtrauisch. »Ich bin Inspektor Keith Eastman. Wir haben uns vorhin am Telefon über die Fotos in der Zeitung unterhalten.«

»Haben Sie einen entsprechenden Ausweis?« fragte Fields.

Eastman zeigte ihm seine Marke. Fields schaute zu Graham hinüber.

»Er gehört zu mir«, beruhigte ihn Eastman.

Fields nickte und schluckte nervös. »Ich bin mir sicher, daß es sich um die beiden handelt, Inspektor. Insbesondere bei dem Mann namens Mullen. Den auf dem Boden liegenden Kerl konnte ich nicht richtig sehen. Hätte ich gewußt, daß es sich um Terroristen handelt, hätte ich sie nie hier aufgenommen.«

»Woher sollten Sie wissen, um wen es sich handelt?« meinte Eastman beruhigend. »Ab jetzt nehmen wir die Sache in die Hand.«

»Es wird doch wohl keine ... Schießerei geben, oder?« fragte Fields. Sein Blick wanderte von Eastman zu Graham.

»Das will ich nicht hoffen«, antwortete Eastman wahrheitsgemäß. »Und vielen Dank, daß Sie uns so schnell angerufen haben. Wir wissen das sehr zu schätzen.«

Fields rang nervös die Hände, als er die beiden zur Treppe am Ende des Flurs hinübergehen sah, die sie hinaufstiegen. Eastman wartete, bis sie oben angelangt waren und vom Empfang aus nicht mehr gesehen werden konnten, dann zog er die Browning aus seinem Schulterhalfter. Er blickte zu Graham hinüber, glitt mit der Browning in der ausgestreckten Hand um die Ecke und suchte den Flur ab. Marsh und Sabrina waren bereits am anderen Ende des Flurs in Stellung gegangen; Marsh gab ihnen mit dem Daumen zu verstehen, daß alles in Ordnung war. Eastman bedeutete Graham mit einem Wink, ihm zu folgen. Als sie die beiden Türen erreichten, hob er eine Hand.

»Sabrina und ich übernehmen das eine Zimmer«, sagte Graham leise. »Sie beide nehmen das andere.«

»Einverstanden«, entgegnete Eastman.

»Wartet noch«, flüsterte Sabrina. »Welches ist Fionas Zimmer?«

»Hier geht es nicht um persönliche Abrechnungen . . .«

»Welches Zimmer ist es?« fiel sie ihm barsch ins Wort.

Eastman zeigte auf die Tür neben ihr. »Und nur schießen, wenn unbedingt nötig!«

Graham blickte zu Marsh hinüber – dann traten beide gleichzeitig die Tür auf. Sabrina war als erste im Zimmer, die Beretta mit ausgestrecktem Arm vor sich haltend. Graham schaltete hinter ihr das Licht an, stieß einen wütenden Fluch aus und ließ die Pistole sinken. Das Zimmer war leer. Sie zog die Vorhänge auf. Das Fenster stand offen.

»Komm«, sagte sie schnell. »Vielleicht konnten Eastman und Marsh etwas ausrichten.«

Sie rannten in den Flur zurück und sahen, wie die beiden Polizisten gerade aus dem anderen Zimmer auftauchten. Eastman schüttelte den Kopf und beantwortete damit Sabrinas unausgesprochene Frage.

»Wie konnten sie davon erfahren haben?« fragte Sabrina.

»Irgend jemand hat sie rechtzeitig gewarnt«, entgegnete Graham verbittert. »Gibt es eine andere Erklärung?«

Eastman folgte Graham und Sabrina in das Zimmer, das sie gerade durchsucht hatten. »Wir können sie nur um Minuten verpaßt haben.«

»Das ist jetzt innerhalb von zwölf Stunden das zweitemal, daß wir um Minuten zu spät gekommen sind«, sagte Graham und schaute sich nach Eastman um. »Ich nehme an, Sie sind auch jetzt noch der Meinung, das sei alles nur Zufall.«

»Bevor ich nicht die Gelegenheit hatte, die genauen Sachverhalte zu studieren, meine ich gar nichts«, entgegnete Eastman. »Und solange Sie keine unwiderlegbaren Beweise dafür haben, daß einer meiner Männer ein Spitzel für die IRA ist, möchte ich Ihnen empfehlen, Ihre Vermutungen für sich zu behalten.«

»Polizisten sind wirklich alle gleich«, entgegnete Graham mit kaum verhüllter Abscheu. »Ganz egal, wie hoch der Preis ist, sie decken ihre Leute.«

Bevor Eastman etwas darauf erwidern konnte, trat Marsh ins Zimmer. Mit spitzen Fingern hielt er ein Exemplar des *Guardian* hoch. »Chef, das hier habe ich im anderen Zimmer unter dem Bett gefunden. Die Zeitung ist von heute.«

Graham starrte auf die Fotos von Mullen und Kerrigan auf der Titelseite und verließ wütend den Raum.

»Was sollte das denn?« fragte Eastman und drehte sich zu Sabrina um.

Sie blickte auf die verlassene Seitengasse hinunter. »Sie wissen, daß Mikes Familie von Terroristen umgebracht wurde, wie?«

»Ja, ich habe das in seiner Akte gelesen. Doch was hat das mit den Ermittlungen hier zu tun?«

»Nur wenige Minuten nach der Entführung teilte ein Informant dem FBI mit, wo Carrie und Mikey gefangengehalten wurden. Der mit dem Fall betreute FBI-Beamte ist dieser Information über eine Stunde lang nicht nachgegangen. In der Zwischenzeit hatte man Carrie und Mikey an einen anderen Ort gebracht. Hätte das FBI schneller reagiert, könnten Carrie und Mikey immer noch leben. Dieser Patzer hat Mike gegen alle Polizisten aufgebracht; keinem von der Polizei traut er noch über den Weg, die Sonderabteilung für Terroristenbekämpfung bildet da keine Ausnahme. Deswegen folgt er bei seinen Handlungen nur seinem Instinkt und seinen eigenen Regeln. Sie werden das selber feststellen; so ist er eben. Und Sie können machen, was Sie wollen, es wird nichts daran ändern.«

»Ich soll also meinen Mund halten, wenn er andeutet, daß einer aus meinem Team für die IRA arbeitet?«

»Mikes Ahnungen erweisen sich fast immer als richtig«, meinte sie sanft.

»Nun, dieses Mal scheint er sich ja offensichtlich geirrt zu haben, nicht wahr?« sagte Eastman und deutete auf die Zeitung.

»Ich an Ihrer Stelle würde alle Möglichkeiten in Betracht ziehen«, erwiderte Sabrina und verließ das Zimmer. Graham saß oben auf der Treppe. »Alles in Ordnung mit dir?«

»Ja«, antwortete er, ohne sich nach ihr umzuschauen. »Dieser Eastman geht mir auf den Sack, das ist alles. Herrgott, es ist doch offensichtlich, daß irgend jemand die drei gewarnt hat.«

»Vielleicht«, meinte sie unverbindlich.

»Ach, komm, Sabrina . . .«

»Deinem Gefühl nach ist es so«, unterbrach sie ihn rasch. »Doch bis du es beweisen kannst, solltest du besser damit aufhören, Eastman dauernd auf die Hühneraugen zu treten. Er hat schon jetzt die Schnauze von dir voll. Und das kann man ja wohl nachvollziehen.«

»Das Gefühl beruht auf Gegenseitigkeit.«

»In den sauren Apfel wirst du aber wohl oder übel beißen müssen, Mike! Die UNACO steht mit dem Rükken an der Wand. Gerade jetzt sind wir auf jeden Freund angewiesen, den wir haben. Und Eastman ist einer dieser Freunde. Dieser Fall wurde ihm anvertraut, weil er der beste Mann ist, den sie haben. Vergiß das nicht.«

»Die Stimme der Vernunft«, sagte Graham verächtlich.

Der Sarkasmus war ihr nicht entgangen. Sie lächelte. »Los jetzt, es gibt Arbeit.«

»Sabrina?« rief er hinter ihr her. »Was meinst denn du?«

»Ich halte alles für möglich«, antwortete sie, während sie in der nächstgelegenen Türöffnung verschwand.

»Das sieht dir ähnlich«, murmelte Graham. Mühsam kam er hoch, ging dann aber mit energischen Schritten hinter ihr her.

»Guten Morgen, C. W.«, sagte Kolchinsky, als er in sein Büro kam.

»Morgen, Sergej!« erwiderte Whitlock und erhob sich hinter Kolchinskys Schreibtisch.

»Ich bleibe nicht lange«, meinte Kolchinsky und gab Whitlock mit einem Wink zu verstehen, daß er sich wieder setzen solle. »Ich schaue nur auf einen Sprung vorbei, um mir die letzten Informationen aus London zu holen, damit ich dem Generalsekretär beim Frühstück eine kurze Zusammenfassung geben kann.«

Whitlock reichte Kolchinsky eine Mappe, in der sich der Text von Grahams letztem telefonischen Bericht befand. »Mike sagte, du hättest die Freigabe der Fotos von Kerrigan und Mullen an die Presse genehmigt?«

Kolchinsky nickte und setzte sich auf eines der schwarzen Ledersofas. »Commander Palmer, der Leiter der Sonderabteilung für Terroristenbekämpfung bei Scotland Yard, hat mich heute in den frühen Morgenstunden angerufen. Es war offensichtlich, daß er bereits den Entschluß gefaßt hatte, die Fotos an die Presse weiterzugeben. Ich hatte nichts dagegen einzuwenden.«

»Mike ist ein bißchen eingeschnappt, weil du es ihm nicht gesagt hast.«

»Palmer meinte, Eastman würde es ihm mitteilen«, antwortete Kolchinsky.

»Das hat er auch. Heute morgen.«

»Wo liegt dann das Problem?«

Whitlock zeigte auf die Mappe in Kolchinskys Hand. »Mike und Eastman kommen nicht besonders gut miteinander klar. Mike hatte das Gefühl, du hättest ihn direkt darüber informieren sollen, damit er in dieser Hinsicht nicht auf Eastman angewiesen war.«

»Das ist doch lächerlich!« gab Kolchinsky zurück. »Sag ihm bei seiner nächsten Kontaktaufnahme mit dir, er solle sich gefälligst mit Eastman zusammenraufen. Wenn er mit diesem Mann nicht zusammenarbeiten kann, lasse ich ihn austauschen.«

»Ich habe ihm das bereits beigebracht«, versicherte ihm Whitlock. »Aber ich dachte, du solltest darüber Bescheid wissen, falls Palmer es beiläufig erwähnt.«

»Danke«, sagte Kolchinsky und rieb sich erschöpft das Gesicht. »Wie kommt Fabio voran?«

»Sein Bericht liegt ebenfalls in der Mappe.«

Kolchinsky schlug die Mappe auf und blätterte durch Paluzzis vier Seiten langen Bericht. »Gib mir doch bitte eine kurze Zusammenfassung. Bis ich den Generalsekretär treffe, werde ich das nicht alles im Kopf behalten können.«

Whitlock erläuterte ihm, was am Abend zuvor in Milford geschehen war.

»Wie ist er zurückgekommen?« fragte Kolchinsky.

»Er rief beim diensthabenden Beamten an und ließ sich einen Wagen schicken, der ihn mitnahm. Es ist erstaunlich, daß er sich bis jetzt noch keine Lungenentzündung geholt hat.«

»Wo ist er?«

»Er arbeitet gerade in der Kommandozentrale am Identographen und versucht, damit den Mann zu identifizieren, den er gestern nacht dabei beobachtete, wie er Killen bezahlte.«

»Was hast du über diesen Killen in den Akten?«

»Er ist sauber. Keine Eintragungen.«

»Und was ist mit seinen Handlangern?«

»Randolph Woods und Thomas Natchett. Natchett ist der einzige mit einer Vorstrafe. Fünf Jahre wegen bewaffneten Raubüberfalls.«

»Und der Tote?« fragte Kolchinsky.

»Billy Peterson. Er war seit seiner Jugend ein unverbesserlicher Spieler und schuldete Wettbüros in Milford und NewYork fast viertausend Dollar. Mit dem Geld, das wir ihm zahlen wollten, hätte er mit einem Schlag alle seine Schulden tilgen können.«

»Wo ist das Geld jetzt?« fragte Kolchinsky mißtrauisch.

»Im Hafen von Milford«, antwortete Whitlock.

»Wunderbar«, sagte Kolchinsky und schüttelte langsam den Kopf. »Das wird sich in der Aufstellung über unsere Ausgaben großartig machen.«

»Wir werden uns das Geld wiederholen, sobald wir den Wagen aus dem Wasser gezogen haben.«

Hinter Whitlock glitt die Tür auf, und Paluzzi trat von der Kommandozentrale aus in den Raum. Die Tür glitt wieder zu.

»Ah, Sie kommen gerade richtig.«

Für einen Augenblick dachte Whitlock, Kolchinsky wolle auf das fehlende Geld zu sprechen kommen. Das wäre typisch für ihn gewesen. Whitlock wußte aus eigener Erfahrung nur zu gut, wie pedantisch Kolchinsky mit den Aufstellungen über die Ausgaben der Einsatzkräfte umgehen konnte.

»Ich wollte gerade gehen. Hatten Sie Glück mit dem Identographen?« fragte Kolchinsky zu Whitlocks großer Erleichterung.

Paluzzi gab Kolchinsky den Computerausdruck, den er bei sich hatte. »Das ist der Mann, den ich letzte Nacht dabei beobachtet habe, wie er Killen bezahlte.«

Kolchinsky starrte eine Weile auf das Gesicht, bevor er den Begleittext überflog. »Na, das ist ja interessant.«

»Wer ist dieser Mann?« fragte Whitlock und konnte nicht verhindern, daß in seiner Stimme deutliche Wut durchklang.

»Anthony Varese«, antwortete Kolchinsky und gab den Ausdruck an Whitlock weiter. »Er ist die rechte Hand von Martin Navarro.«

»Navarro ist doch eines der wichtigsten Mitglieder des Germino-Clans«, antwortete Whitlock und betrachtete das Foto.

»Wodurch eine Verbindung zwischen der New Yorker Mafia und dem Mord an Billy Peterson hergestellt wird«, folgerte Paluzzi.

»Es besteht eine Verbindung zwischen Varese und dem Mord an dem Jungen«, verbesserte ihn Kolchinsky. »Das ist alles. Im Augenblick haben wir noch nicht genügend Beweise, um Navarro verhaften zu lassen. Und er ist der einzige, hinter dem ich wirklich her bin, besonders wenn es sich herausstellen sollte, daß er es war, der hinter der für Irland bestimmten Waffenlieferung steht.«

»Wie kommen wir an die entsprechenden Beweise?« fragte Paluzzi.

»Gar nicht«, antwortete Kolchinsky. »Zumindest im Augenblick nicht. Wenn wir zum derzeitigen Zeitpunkt jemanden von ihnen verhaften, um ihn einem Verhör zu unterziehen, könnte es dem ganzen Fall ernsthaft schaden. Immerhin hält man Sie für tot, vergessen Sie das nicht. Wenn Sie jetzt anfangen, hinter Navarro und Varese herzuschnüffeln, wird das die Sache nur noch komplizierter machen. Ich werde eines der anderen Einsatzteams dazu abkommandieren, die beiden unter Beobachtung zu halten.«

»Was soll ich also tun?« fragte Paluzzi.

»Sie passen auf jemand anderen auf«, antwortete Kolchinsky und erhob sich.

»Auf wen?«

»Auf Jack Scoby«, sagte Kolchinsky, während er auf die Tür zuging. »Von jetzt an sind Sie offiziell für ihn verantwortlich. C. W., laß mich bitte hier raus, ja? Ich soll in zehn Minuten im Büro des Generalsekretärs sein.«

»Sergej«, rief Paluzzi, als die Tür aufglitt, »weiß Scoby über die Sache Bescheid?«

»Noch nicht«, antwortete Kolchinsky mit einem flüchtigen Lächeln.

Whitlock betätigte den Signalgeber auf seinem Schreibtisch, um hinter Kolchinsky die Tür wieder zu verschließen. »Ich rufe Scoby an und werde mit ihm einen Zeitpunkt für ein Treffen mit dir vereinbaren.«

Paluzzi unterdrückte ein Gähnen und grinste Whitlock schüchtern an. »Entschuldige, aber ich bin heute morgen erst um vier ins Bett gekommen.«

»Ich werde für dein Treffen mit ihm einen Termin am späten Nachmittag vereinbaren«, sagte Whitlock. »Geh jetzt nach Hause und schlaf noch etwas.«

»Mir geht es gut«, versicherte ihm Paluzzi. »Ein paar Tassen Kaffee . . .«

»Geh nach Hause«, fiel ihm Whitlock ins Wort. »Das ist ein Befehl! Ich erwarte dich hier um drei Uhr zurück. Ich möchte, daß du hellwach und klar im Kopf bist, wenn du mit Scoby zusammentriffst. Es ist wichtig, daß du auf unseren neuen Senator einen guten Eindruck machst.«

Martin Navarro war eine große, imponierende Erscheinung. Er war Anfang Vierzig und hatte eine Vorliebe für Designeranzüge und teuren Schmuck. Jetzt saß er in seinem Büro in der obersten Etage der West Side Electronics hinter einem großen Eichenschreibtisch. Die Firma war eine von zahlreichen rechtmäßigen Firmengründungen in New York, die nur dazu dienten, die vielen Millionen Dollar aus den Einnahmen des Netzes von Drogenhändlern zu waschen, die dazu beigetragen hatten, Carmine Germino zu einem der mächtigsten und hochgeachteten Capos im ganzen Land zu machen. Doch persönlich hatte Germino für seine Macht einen bitteren Preis zahlen müssen: Vor vier Jahren war sein ältester Sohn in einen Hinterhalt geraten und von einer spanischen Gang ermordet worden. Zwei Jahre später hatte sein jüngster Sohn versucht, mit einer blutigen Schießerei in einem Restaurant auf Rhode Island die Kontrolle über den Clan an sich zu reißen. Navarro hatte dabei das Leben des Capos gerettet, und seine Loyalität zu ihm war mit einer ehrenvollen Position innerhalb der Familie selbst belohnt worden. Damit verbunden war seine Stellung an der Spitze des immer weiter expandierenden Netzes der Drogenhändler des Syndikats. Neben Carmine Germino war Navarro inzwischen innerhalb der Familienhierarchie in der Tat der zweitwichtigste Mann.

Die Gegensprechanlage summte. Navarro drückte einen Knopf auf der Konsole. »Ja, Marsha?«

»Mr. Varese möchte Sie sprechen, Sir!«

»Schicken Sie ihn herein!«

Navarro schaltete die Sprechanlage wieder aus. Unwillkürlich mußte er auf das gerahmte Foto schauen, das neben dem Telefon auf seinem Schreibtisch stand. Seine siebenjährige Tochter Angela war ihrer Mutter wie aus dem

Gesicht geschnitten. Und Julia war eine schöne Frau. Elf Jahre waren sie verheiratet gewesen, aber seine Seitensprünge waren ihr schließlich zuviel geworden; sie hatte sich von ihm getrennt und Angela mitgenommen. Jetzt lebten die beiden in Florida, wo Julia wieder als weiblicher Croupier arbeitete. Sie hatte ihn nie um Geld gebeten und ihm nur in den Schulferien gestattet, seine Tochter zu sehen. Doch trotz der Tatsache, daß sie genug gegen ihn in der Hand hatte, um ihn lebenslang hinter Gitter zu bringen, hatte sie sich immer geweigert, den Behörden bei ihren Versuchen zu helfen, ihn vor Gericht zu bringen.

»Guten Morgen.«

Navarro schaute zu Varese hoch, der an der Tür stand. Er legte das Foto wieder auf den Tisch zurück und bedeutete Varese mit einem Wink, näher zu treten. »Nun?«

»Signor Pasconi wird uns keinen Ärger mehr bereiten«, antwortete Varese.

»Killen scheint da unten ja gute Arbeit zu leisten«, meinte Navarro, als Varese seine Beschreibung von Killens Vorgehen beendet hatte. »Er verhält sich loyal und ist verläßlich. Diese Qualitäten bewundere ich bei einem Mann.«

»Du zahlst ihm ja auch so viel Geld, daß sich damit Loyalität und Verläßlichkeit garantieren läßt.«

Navarro lächelte traurig. »Manchmal kannst du wirklich überaus zynisch sein, Tony.«

»Das bringt die Arbeit so mit sich.« Varese erhob sich und holte sich einen Kaffee aus der auf der Anrichte stehenden Kaffeemaschine. »Willst du auch einen?«

»Nein.« Navarro lehnte sich zurück und faltete seine Hände. Er legte die beiden Zeigefinger mit der Spitze gegeneinander und klopfte mit ihnen nachdenklich gegen sein Kinn. »Jetzt, wo uns diese Sache nicht mehr im Wege steht, können wir unsere ganze Aufmerksamkeit dem nächsten kleinen Problem widmen. Oder sollte ich vielleicht sagen, unserem nächsten *großen Problem?* Senator Jack Scoby.«

Varese nahm einen Schluck Kaffee, dann stellte er die Tasse auf den Tisch neben seinem Stuhl. »Willst du dich persönlich mit ihm befassen?«

Navarro schüttelte den Kopf. »Ich werde seinen Lakaien, diesen Tillman, anrufen und vor ihrem Abflug nach London morgen früh ein Treffen mit ihm arrangieren.«

»Was willst du ihm sagen?« fragte Varese und beugte sich vor. Seine Arme ruhten auf den Knien.

Ein selbstzufriedenes Lächeln breitete sich über Navarros sonnengebräuntes Gesicht aus. »Genug, um ihm Sorgen zu machen, aber nicht genug, um irgend etwas zu verraten.«

»Herein!« rief Eastman als Antwort auf das energische Klopfen an seiner Bürotür.

Marsh kam ins Büro, bedachte Graham und Sabrina mit einem Kopfnicken, schaute zu Eastman hinüber und schüttelte den Kopf. »Nichts, Chef! Er ist sauber.«

»Ich bat John, ein Team aufzustellen und den Wagen zu inspizieren, den wir letzte Nacht benutzt haben«, wandte sich Eastman an Graham. »Und Sie haben gehört, zu welchem Ergebnis die Spezialisten gekommen sind: Der Wagen ist sauber.«

»Wir haben jeden Winkel durchstöbert«, versicherte Marsh. »Wenn es eine Abhöranlage gegeben hätte, wäre sie uns nicht entgangen.«

Graham sagte nichts darauf.

»Ich dachte, Sie hätten ein besseres Gefühl, wenn John dabei ist und den Einsatz überwacht. Er ist sozusagen unabhängig«, sagte Eastman. Die Genugtuung über Marshs Untersuchungsergebnisse war nicht zu überhören.

»Ja, sicher«, pflichtete ihm Graham widerwillig bei.

Wieder ertönte ein Klopfen. Marsh öffnete die Tür und nahm eine Mappe entgegen, die er an Eastman weiterreichte. Eastman überflog rasch ihren Inhalt.

»Die aus den beiden Zimmern stammenden Fingerabdrücke bestätigen, daß sich Kerrigan und Mullen letzte Nacht definitiv in der Pension aufgehalten haben.«

»Das wußten wir doch bereits«, bemerkte Graham.

»Wir haben angenommen, daß es sich um die beiden handelte, hatten aber keine Beweise dafür«, entgegnete

Eastman und zündete sich eine Zigarette an. »Das hier ist jetzt der Beweis. Jetzt wissen wir mit Sicherheit, daß wir es mit dem Kommando Farrell zu tun haben.«

»Gibt es irgendwelche Informationen über Fiona Gallagher?« fragte Sabrina.

Eastman lehnte sich in seinem Sessel nach hinten. »Ich bin mir sicher, daß in der Pension auch ihre Fingerabdrücke vorhanden sind. Wir haben allerdings keine Möglichkeit, das zu überprüfen. Wie Sie wissen, haben wir über sie nichts in unseren Unterlagen, weder Fotos noch Fingerabdrücke. Nichts. Es heißt sogar, sie würde alle paar Monate ihre äußere Erscheinung ändern, so daß wir nicht einmal auf die Berichte von Augenzeugen zurückgreifen können, um uns ein Bild von ihr zu machen. Sie ist gut, das muß ich ihr lassen.«

»Farrell hat bei ihr ganze Arbeit geleistet«, fügte Marsh hinzu.

Eastman nickte. »Es ist kein Geheimnis, daß er ihr alles beigebracht hat, was er selbst über den Terrorismus und die Maßnahmen zur Terroristenbekämpfung weiß. Und wenn ich Ihnen sage, daß Farrell innerhalb der IRA als der führende Experte auf diesem Gebiet gilt, machen Sie sich vielleicht einen Begriff davon, mit wem wir es hier zu tun haben.«

»Sie ist auch nicht gerade auf den Kopf gefallen«, meinte Marsh und tippte sich gegen die Schläfe. »An der Universität Bristol war sie eine der besten Studentinnen und hatte erstklassige Abschlußnoten. Farrell führt seine Aktionen nach allen Regeln der Kunst durch, deshalb ist es auch manchmal möglich, vorherzusagen, wie er sich verhält. Fiona Gallagher ist da anders, und das macht diese Frau eher noch gefährlicher.«

»Warum wurde dann nicht ihr statt Farrell die Führung des Kommandos anvertraut?« fragte Graham.

»Sie ist vielleicht intelligenter, aber er ist der bessere Führer«, antwortete Marsh. »Und mit dieser Kombination ist das Kommando erstaunlich erfolgreich.«

»Die gegenwärtige Situation könnte also für uns nur von Vorteil sein«, folgerte Sabrina und bemerkte augenblicklich den verwirrten Ausdruck auf Eastmans Gesicht. »Nun, ohne Farrell werden sie nicht so gute Arbeit leisten können. Und wenn Fiona nicht zur Führerin geboren ist, könnte auch das problematisch für das Team werden. Sie könnten Fehler machen, aber wahrscheinlicher ist, daß es zu internen Streitigkeiten kommt, insbesondere von Kerrigans Seite. Aus seiner Akte geht eindeutig hervor, daß er und Farrell sehr eng befreundet waren, bis sie daherkam. Vielleicht interpretiere ich da ja etwas hinein, aber ich bezweifle, daß Kerrigan und Fiona Gallagher besonders viel füreinander übrig haben. Und jetzt muß Kerrigan von dieser Frau auch noch Befehle entgegennehmen! Ich glaube nicht, daß er darüber besonders begeistert sein wird. Sie etwa?«

Eastman blickte zu Marsh hinüber; beide Männer nickten gleichzeitig.

»Das ist ein wichtiger Gesichtspunkt«, gab Eastman zu. »Aber die Sache hat einen Haken, und ich glaube, John wird das genauso sehen wie ich. Kerrigan hat sich mit Haut und Haaren der IRA verschrieben. Er hält sich ganz genau an die Regeln. Darum sind er und Farrell ja auch so gut miteinander klargekommen. Und das bedeutet, daß er spuren wird, ganz gleich, wie er dazu steht, daß während Farrells Abwesenheit ihr die Führung des Kommandos anvertraut wurde.«

»Jedem wird es irgendwann zuviel«, meinte Graham. »Kerrigan bildet da keine Ausnahme.«

Das Telefon klingelte.

»Entschuldigen Sie«, sagte Eastman und nahm ab. Seine Augen verengten sich, aufmerksam lauschte er in den Hörer. Dann griff er sich einen Stift aus dem Halter auf seinem Schreibtisch und kritzelte wild auf einem Notizblock neben seinem Ellbogen herum. »Nein, unternehmen Sie nichts, Sir. Wir kommen so bald wie möglich.« Er nickte, hörte weiter zu. »Ja, wir würden es sehr begrüßen, wenn Sie mit Ihren Leuten das soweit wie möglich geklärt hätten. Wir wollen nicht, daß wir bei unserer Ankunft durch irgend etwas aufgehalten werden. Und vielen Dank, daß Sie mir so schnell Bescheid gegeben haben.«

»Nun?« fragte Marsh aufgeregt, nachdem Eastman den Hörer aufgelegt hatte.

»Das war der Chef der Schweizer Polizei. McGuire ist zusammen mit einem bekannten Sympathisanten der IRA in der Nähe von Lausanne entdeckt worden.« Eastman riß den Zettel ab und reichte ihn Marsh. »Besorgen Sie vier Plätze im ersten verfügbaren Flug in die Schweiz.«

Marsh steckte den Zettel in seine Jackentasche und eilte aus dem Zimmer.

»Jetzt können wir nur hoffen, daß nicht als erstes die IRA zu ihm gelangt«, meinte Graham düster.

»Dieses Mal wird das nicht geschehen«, erwiderte Eastman zuversichtlich. »Außer der Schweizer Polizei wissen nur wir vier, daß er dort ist. Nein, ich glaube, allmählich ist das Glück auf unserer Seite.«

Fiona Gallagher stand am Fenster und starrte geistesabwesend auf den vorbeirauschenden Verkehr auf der nur zweihundert Meter vom Haus entfernten A 1. Der Anruf in der Pension hatte sie nur ganz knapp erreicht. Viel zu knapp. Aber sie wußte auch, daß sie ohne die vorherige Warnung jetzt bereits alle verhaftet sein würden. Es zahlte sich immer aus, bei der Sonderabteilung für Terroristenbekämpfung jemanden zu haben, der einen mit allen notwendigen Informationen versorgte . . .

In aller Frühe war sie von dem Piepser geweckt worden, den sie stets bei sich trug. Er wurde nur im Notfall benutzt. Sofort rief sie vom Münztelefon im Flur aus bei einer vorher vereinbarten Nummer an und erfuhr, daß der Pensionsbesitzer Mullen und Kerrigan aufgrund der am Abend zuvor für die Presse freigegebenen Fotos erkannt hatte. Sie hatte Mullen und Kerrigan geweckt, und alle drei waren nur wenige Minuten vor dem Eintreffen der Polizei aus der Pension geflohen, hatten das Stadtzentrum verlassen und waren nach Norden gefahren.

Mullen war es gewesen, der das einzelstehende Haus im Tudorstil in den Außenbezirken von Hatfield entdeckt hatte. Es lag etwas von der Straße zurückgesetzt inmitten eines Eichenwäldchens. Bis sie hinsichtlich ihres nächsten

Schrittes eine Entscheidung getroffen hatten, würde ihnen das Haus vorübergehend als Unterschlupf dienen können. Ein weiteres Mal hatten sie sich ihre Kopfschützer übergezogen. Mullen war bis vor das Haus gefahren; die Eigentümer, ein älteres Paar, hatten gerade auf der hinteren Veranda beim Frühstück gesessen. Kerrigan hatte bedrohlich seine Uzi geschwungen, bevor Fiona diesen Dummheiten ein rasches Ende bereitete und Mullen sagte, er solle das Paar ins Wohnzimmer führen und den beiden die Handgelenke zusammenbinden. Das war jetzt eine Stunde her ...

Hinter ihr öffnete sich die Tür. Sie wollte sich gerade den Kopfschützer wieder über das Gesicht ziehen, da sah sie, daß es Mullen war. Er schloß die Tür hinter sich und riß sich den Schützer vom Kopf.

»Herrgott, ist das heiß!« schimpfte er und wischte sich mit dem Ärmel über die schweißnasse Stirn.

Sie nickte, ging zu einem Stuhl hinüber und setzte sich. »Wie erträgt es das alte Paar?«

»Alles in Ordnung«, versicherte ihr Mullen. »Wie es sich herausstellte, nimmt der alte Kerl irgendwelche Herzpillen. Weil ich sie ihm geholt hatte, wollte er sie zuerst nicht nehmen. Aber dann hat ihn die alte Dame deswegen ein bißchen zusammengestaucht, und am Ende hat er die Pillen geschluckt wie ein artiger kleiner Junge. Seitdem hat er keinen Ärger mehr gemacht.«

Fiona lächelte und schaute zur Tür. »Und Liam?«

»Der hat bereits letzte Nacht den halben Kühlschrank leergefressen«, erwiderte Mullen und zuckte hilflos mit den Schultern. »Aber zumindest hat er nicht wieder angefangen zu saufen.«

»Noch nicht«, fügte sie hinzu.

»Du hast ihm letzte Nacht einen ganz schönen Schrekken eingejagt«, teilte ihr Mullen mit. »Ich denke nicht, daß er so schnell wieder trinken wird.«

Sie stieß einen tiefen Seufzer aus, erhob sich und ging zum Fenster. Ihre Hände vergrub sie tief in den Taschen ihrer weiten Hose.

»Worüber machst du dir Sorgen?« fragte Mullen leise und stellte sich hinter sie.

»Auf dem Kaminsims im Zimmer nebenan stehen ein paar Familienfotos«, sagte sie und zeigte auf die Tür zum nächsten Zimmer, in dem Kerrigan das Paar bewachte. »Und die meisten Kinder halten mit ihren Eltern Kontakt. Was sollen wir tun, wenn eines der Kinder anruft und keiner abhebt? Dann wird es nämlich nicht lange dauern, und die ganze Familie ist da, um nachzuschauen, was los ist. Sollen wir sie etwa zu Tee und Gebäck einladen?«

»Wenn jemand anruft, bringen wir eben die alte Dame dazu, an den Apparat zu gehen. Sie scheint mir die Hilfsbereitere von den beiden zu sein, und wenn Liam ihrem Mann die Uzi an den Hinterkopf hält, wird sie ausgesprochen gern mit uns zusammenarbeiten.«

»Bist du dir sicher, nicht mal selber die Führung des Kommandos übernehmen zu wollen?« fragte sie halb im Spaß.

»Einmal hat mir gereicht«, antwortete Mullen und hob abwehrend die Hände.

»Ich wußte gar nicht, daß man dir schon einmal ein ganzes Kommando anvertraut hat.« Fiona war überrascht.

»Eigentlich war es auch kein richtiges Kommando. Der Armeerat betraute mich vor etlichen Jahren mit der Leitung eines Dreimannteams. Wir hatten es auf einen pensionierten Beamten der nordirischen Polizei abgesehen, gerieten aber in einen Hinterhalt der SAS. Ich war der einzige Überlebende.«

»Das hast du noch nie erwähnt.«

»Hättest du das denn getan? Es handelt sich ja auch nicht gerade um eine Glanzleistung.«

Wieder ging die Tür auf; Kerrigan schaute herein. »Kann jemand für einen Moment hier herauskommen? Ich muß mal.«

Mullen zog sich wieder den Kopfschützer über das Gesicht und ging zur Tür.

Da meldete sich plötzlich der Piepser an Fionas Gürtel, rasch schaltete sie ihn ab. Beide schauten sich nach ihr um. »Das ist der ›Wahrsager‹. Ich sollte ihn besser sofort anrufen.«

»Der ›Wahrsager‹?« fragte Kerrigan mißtrauisch.

»Der Kontaktmann des Armeerats bei der Sonderabteilung für Terroristenbekämpfung.«

»Der gleiche Typ, der uns heute morgen vor dem Schlimmsten bewahrt hat?« fragte Kerrigan.

»Genau der.«

»Der ›Wahrsager‹!« murmelte Kerrigan und lachte vergnügt in sich hinein. »Der Deckname paßt. Weißt du, wer es ist?«

»Das ist doch wohl nicht dein Ernst! Nur die führenden Mitglieder des Armeerates kennen seine Identität.« Sie ging zum Telefon und wählte eine Nummer. Es klingelte einmal durch, dann meldete sich jemand. »Die ›Rebellin‹ am Apparat!«

»Hier ist der ›Wahrsager‹«, kam die Antwort. »Man hat McGuire in der Schweiz entdeckt. Habt ihr einen Stift zur Hand, um euch die Adresse zu notieren?«

»Ja«, sagte sie und nahm sich den Stift, der neben dem Telefon lag. Sie schrieb sich auf dem Notizblock die Adresse auf, riß das oberste Blatt ab und ließ es in ihre Tasche gleiten. »Gibt es einen Vorsprung für uns?«

»Wieviel Zeit braucht ihr?«

»Ein paar Stunden wären wunderbar«, antwortete sie. Sie rechnete eigentlich nicht damit, diese Zeit zu bekommen.

»Die habt ihr«, kam die zuversichtliche Antwort.

»Wie willst du das machen?«

»Das laß mal meine Sorge sein. Jetzt zu eurem Flug: In den nächsten beiden Stunden gehen zwei Flüge nach Zürich ab, und zwar beide von Heathrow. Der eine ist ein Direktflug nach Zürich mit der Swissair. Dort haben wir bereits Plätze gebucht. Abflug heute nachmittag um zwei Uhr. Der andere ist ein Flug mit British Airways nach Rom mit Zwischenstopps in Paris und Zürich. Er geht um zwölf Uhr mittags. Nehmt den. Ich weiß, daß ihr dann jetzt nicht mehr viel Zeit habt, aber es sind noch Plätze frei.«

»Hab' alles notiert«, sagte sie und kritzelte wie wild auf dem Notizblock herum.

Plötzlich hielt die Stimme am anderen Ende der Leitung inne. »Es kommt jemand. Ruf mich an, wenn ihr wieder zurück seid.«

»Wird gemacht«, versicherte sie ihm.

Der Hörer wurde aufgelegt. Sie legte ebenfalls auf und deutete auf die Tür. »Behaltet die beiden im Auge. Ich muß ein paar Anrufe machen.«

»Entschuldigen Sie«, sagte Doris Matthews und wandte sich an Fiona, »aber mein Mann braucht wieder eine seiner Pillen.«

Fiona nickte Mullen zu, der ein Fläschchen vom Kaminsims nahm und eine einzelne Pille in seine Handfläche kippte. Er nahm das Glas Wasser von der Anrichte und ging zum Sessel des alten Herrn hinüber. Herbert Matthews warf Mullen einen finsteren Blick zu. Dieses Mal versuchte er jedoch nicht, seinen Kopf wegzudrehen, als ihm Mullen die Pille zwischen die Lippen drückte. Er trank einen Schluck Wasser, um die Pille hinunterzuspülen, und schaute dann mit einem Ruck weg. Sein Blick war auf einen imaginären Punkt an der Wand gerichtet. Doris Matthews konnte an seinen Augen ablesen, wie wütend er war. Sie fühlte die gleiche Wut. Diese Leute hatten sich in ihrem Zuhause breitgemacht, in ihr Privatleben eingegriffen. Ihr Leben würde nie mehr so sein wie früher.

Mrs. Matthews blickte zu den drei maskierten Gestalten hinüber, die an der Tür standen und sich im Flüsterton unterhielten. Der Große jagte ihr Angst ein. ›Psychopath‹, das war das Wort, das ihr zu ihm eingefallen war. Sie war sich im klaren, daß er sehr gefährlich werden könnte, wenn man ihn provozierte. Der Kleinere wirkte entspannter und schien mit der Situation besser zurechtzukommen. Schon als Mrs. Matthews das erstemal die Stimmen der beiden Männer hörte, hatte sie die drei mit der IRA in Verbindung gebracht. Sie wußte zwar, daß sie sich irren konnte, aber nach dreißig Jahren Tätigkeit als Theaterlehrerin in London war sie sich sicher, ihre Akzente zu erkennen. Der Große sprach mit eindeutig irischem Akzent, guttural. Obwohl der Kleinere einen weniger starken Akzent hatte, war er doch immer noch in der Art zu hören, auf die er bestimmte Worte betonte. Die Frau wirkte auf sie faszinierend. Sie hatte überhaupt keinen erkennbaren Akzent, und ihre Stimme klang ruhig und wohltuend. Wenn es sein mußte, sprach sie mit großer Autorität. Mrs. Matthews empfand es auf eigenartige Weise als angenehm, wenn sich die Frau im Zimmer aufhielt. Es war, als wenn sich Mrs. Matthews bewußt gewesen wäre, daß in Anwesenheit dieser Frau weder ihr noch ihrem Mann irgend etwas zustoßen würde ...

Fiona ging von den beiden anderen weg und hockte sich neben Herbert Matthews hin.

»Wir werden uns Ihren Wagen leihen müssen, Mr. Matthews.«

»Woher wissen Sie, wie ich heiße?« fragte er fordernd.

»Der Name stand auf dem Umschlag, der auf dem Tisch in der Diele lag«, antwortete sie sachlich.

»Wir haben kein Auto«, meinte er schroff.

»Sie sollten mich nicht für dumm verkaufen, Mr. Matthews«, erwiderte sie in leisem, drohendem Ton. »Es ist ein blauer Rover Montego, und er steht in der Garage hinter dem Haus. Wo sind die Schlüssel?«

»Gehen Sie zum Teufel!« gab Mr. Matthews zurück.

Fiona deutete auf den hinter ihr stehenden Kerrigan. »Wenn ich ihn auf Sie losgehen lasse, wird er Sie wahrscheinlich umbringen. Ist Ihr Wagen diesen Preis wert?«

»Die Schlüssel hängen am Schlüsselbrett neben der Hintertür«, mischte sich Doris Matthews ein. Tränen stiegen ihr in die Augen. »Nehmen Sie den Wagen, und lassen Sie uns in Ruhe. Bitte, gehen Sie weg.«

»Hol den Wagen, und stell ihn vor dem Haus ab«, befahl Fiona, an Mullen gewandt. Sie blickte zu Kerrigan hinüber. »Nimm die Sachen aus dem anderen Auto und leg sie in den Rover.«

»Und was ist mit denen?« fragte Kerrigan argwöhnisch.

»Raus jetzt!« fuhr ihn Fiona an.

Mullen packte Kerrigan am Arm und führte ihn aus dem Zimmer.

»Ich muß Sie warnen«, ermahnte Fiona die beiden. »Versuchen Sie ja nicht, sich aus den Fesseln zu lösen, wenn wir weg sind. Sie sind so geknüpft, daß sie enger werden, wenn Sie versuchen, gegen sie anzukämpfen. Das könnte dann sehr unangenehm für Sie werden. Ich sorge dafür, daß Sie beide innerhalb einer Stunde freikommen.« Sie ging zur Tür, drehte sich aber noch einmal zu ihnen um. »Tut mir leid, aber wir hatten keine andere Wahl. Tut mir wirklich leid.«

Doris Matthews starrte auf die Tür, durch die Fiona verschwunden war. Sie zweifelte nicht daran, daß Fiona *meinte*, was sie sagte. Innerhalb einer Stunde würden sie frei sein. Doch noch erstaunlicher war, daß es ihr mit ihrer Entschuldigung ernst war. Man hatte es an ihrer Stimme hören können. Und mit Stimmen kannte Doris Matthews sich nun wirklich aus ...

Sie wußten, daß irgend etwas nicht stimmte, als sie die lange Reihe Polizeiwagen vor der Abfertigungshalle des Heathrow Airport sahen.

»Stellen Sie den Wagen da vorne ab, bis wir herausgefunden haben, was hier los ist«, sagte Eastman zu Marsh und zeigte auf einen freien Platz zwischen zwei Kleinwagen.

Marsh setzte rückwärts in die Parklücke. Von einem bewaffneten Polizisten in scharfem Ton zur Identifizierung aufgefordert, hielt er seine Marke nach draußen. »Was ist da vorne los?« fragte er und stellte den Motor ab.

»Eine Bombendrohung, Sir«, antwortete der Polizist.

»Für das Flughafengebäude?« fragte Marsh nach.

»Nein, Sir. Ich glaube, für eines der Flugzeuge. Ich weiß allerdings nicht für welches.«

»Ich glaube, ich weiß es«, meinte Graham vom Rücksitz aus.

»Wir sollten keine voreiligen Schlüsse ziehen«, erwiderte Eastman, als sie aus dem Wagen stiegen. »Sind die Männer vom Bombenkommando schon da?«

»Die Spezialisten, Sir?« fragte der Polizist mit einem Stirnrunzeln.

»Die Sprengstoffexperten ...« Eastman beendete den Satz nicht, da er eine Gestalt in Armeeuniform aus dem

Flughafengebäude kommen sah. »Schon gut, ich habe gerade einen von ihnen gesehen.« Er eilte hinter dem Mann her. »Chippy? Chippy Woodward?«

Der Mann drehte sich um, sein Mund verzog sich zu einem breiten Grinsen. »Keith! Freut mich, dich zu sehen!«

»Bei mir bin ich da noch nicht so sicher«, erwiderte Eastman. »Um welches Flugzeug handelt es sich?«

»Ein Airbus der Swissair. Er sollte in vierzig Minuten starten. Wir haben ihn auf eine der äußeren Landebahnen gestellt, falls der Bastard das Ding tatsächlich in die Luft jagt. Aber bis jetzt haben wir noch nichts gefunden.«

»Na, ist ja wunderbar!« meinte Marsh wütend hinter Eastman.

»Du kennst Sergeant John Marsh, oder?« fragte Eastman.

»Ja, wir sind uns bereits begegnet«, antwortete Woodward und schüttelte Marsh die Hand.

»Das hier sind Mike Graham und Sabrina Carver, zwei unserer Kollegen aus den Staaten«, fügte Eastman hinzu und deutete damit an, daß sie zur CIA gehörten. Die UNACO zu erwähnen, gab es keinen Grund.

Woodward reichte ihnen die Hand. »Wo ist das Problem?« fragte er, dann nickte er. »Ihr habt Plätze für den Flug der Swissair, nicht wahr?«

Eastman nickte. »Wie lange wird es dauern, bis du Entwarnung geben kannst?«

Woodward hob die Schultern. »Du kennst ja das Verfahren. Eine Stunde, vielleicht auch eineinhalb Stunden. Der Kerl, der am Flughafen angerufen hat, schien ein bißchen über Sprengkörper Bescheid zu wissen. Deswegen gehen wir bei dieser Warnung auch besonders vorsichtig vor.«

»Es wird also noch gute zwei Stunden dauern, bis wir abheben können«, sagte Graham und bemühte sich, seine Wut zu zügeln.

»Eher zweieinhalb«, meinte Woodward und blickte auf seine Uhr. »Entschuldigt mich jetzt; ich gehe besser und schaue, wie weit die Jungs gekommen sind. War schön, dich wiederzusehen, Keith!«

»Finde ich auch, Chippy«, erwiderte Eastman.

»Gibt es innerhalb der nächsten Stunde noch andere Flüge in die Schweiz?« fragte Sabrina, nachdem Woodward gegangen war.

»Vor einer halben Stunde ging ein anderer Flug ab«, antwortete Marsh. »Unsere Maschine ist der nächste erreichbare Linienflug in die Schweiz.«

»Warum haben wir keine Plätze in der früheren Maschine gebucht?« wollte Graham wissen.

»Weil wir mit diesem Flug der Swissair eher in Zürich angekommen wären«, teilte ihm Eastman mit. Der andere macht Zwischenstopps.«

»Konnten wir keine Privatflugzeuge chartern?« fragte Sabrina.

»Damit wären wir auch nicht schneller dagewesen«, antwortete Eastman. »Ich werde mit dem Leiter der Züricher Polizei telefonieren und lasse die Bewachung des Chalets, in dem sich McGuire versteckt, verdoppeln. Wenn das hier eine Maßnahme der IRA sein sollte, um sicherzugehen, daß sie McGuire als erste erwischen, werden genug Männer vor Ort sein, um sie festzusetzen.«

»Das sind ja plötzlich ganz neue Töne«, meinte Graham mit kaum verhohlenem Sarkasmus.

»Ich gehe lediglich kein Risiko ein, mehr nicht«, gab Eastman brüsk zurück.

»Will jemand Kaffee?« fragte Sabrina und durchbrach damit das anhaltende Schweigen.

»Das klingt mir nach einer guten Idee«, antwortete Marsh rasch. »Chef?«

»Ich treffe Sie in der Cafeteria. Zuerst muß ich noch mit Zürich telefonieren.«

Sabrina drehte sich zu Graham um, der allerdings bereits auf das Flughafengebäude zustrebte. Sie blickte Marsh an, zuckte hilflos die Schultern, dann gingen die beiden hinter Graham her.

Ingrid Lynch musterte die Passagiere, die gerade die Zollkontrollen im internationalen Flughafen Zürich-Kloten passiert hatten. Sie war eine attraktive, rothaarige Frau Mitte Zwanzig, die ihren Mann Dominic vor einem Jahr bei einem Treffen der IRA in Belfast kennengelernt hatte. Gemeinsam waren sie nach Zürich zurückgekehrt, wo sie als Volksschullehrerin arbeitete. Dominic galt jetzt als einer der wichtigsten Verbindungsleute der IRA in Europa und hatte geholfen, etliche aktive Kommandos der IRA in Deutschland und Frankreich mit Waffen zu versorgen.

»Ingrid?«

Erschreckt durch die Stimme hinter ihr, sah sie sich um. Eine Frau mit schwarzem, schulterlangem Haar und getönter Sonnenbrille stand vor ihr. Unsicher verengten sich Ingrids Augen. Kannte sie die Frau?

Die Unbekannte setzte die Sonnenbrille ab und grinste. »Erkennst du die Brautjungfer, die dich geführt hat, nicht einmal, wenn sie vor dir steht?«

»Fiona«, sagte Ingrid und umarmte sie mehr aus Erleichterung als aus irgendeinem anderen Grund. »Ich habe dich ja gar nicht erkannt.«

»Das ist auch gut so«, antwortete Fiona. »Den Sicherheitskräften hier wird es dann genauso gehen.«

»Was hast du denn mit deinem Haar gemacht?«

»Es ist eine Perücke«, kam die Antwort. »Wo ist Dominic?«

»Er blieb im Wagen. Er wollte kein Risiko eingehen.«

»Gut zu wissen, daß er nicht selbstzufrieden geworden ist«, erwiderte Fiona und stellte ihr Mullen und Kerrigan vor.

»Habt ihr euer Gepäck?«

»Wir haben nicht viel dabei«, antwortete Fiona und klopfte auf ihre Schultertasche. »Wir haben nicht vor, uns lange hier aufzuhalten.«

Sie verließen das Flughafengebäude. Ingrid ging zum Parkplatz voran, auf dem ihr Mann den Audi abgestellt hatte. Dominic Lynch, eine kleiner, untersetzter Mann Ende Zwanzig, sprang aus dem Wagen, sobald er seine Frau im Rückspiegel entdeckte. Fiona eilte auf ihn zu; beide umarmten sich herzlich.

»Du siehst gut aus, Mädchen«, sagte Lynch und hielt sie auf Armeslänge von sich weg. »Aber als Blondine warst du mir lieber.«

»Es ist eine Perücke«, sagte Ingrid tadelnd zu ihrem Mann.

»Sie ist ausgezeichnet«, antwortete Lynch, dann drehte er sich zu Mullen um und schüttelte ihm kräftig die Hand.

»Schön, dich wiederzusehen, Hugh.«

»Mir geht es genauso«, antwortete Mullen. »Habt ihr euch hier draußen gut eingewöhnt?«

»Ich vermisse immer noch die Annehmlichkeiten der Heimat, Guinness zum Beispiel«, lächelte Lynch mit einem Blick auf Kerrigan. »Und wie geht es meinem alten Saufkumpan?«

Kerrigan schüttelte Lynchs Hand. »Gut, Mann! Wie bekommt dir die Ehe? Bist du jetzt endlich seßhaft und ein wenig solider geworden?«

»Keine Chance«, antwortete Lynch lächelnd. »Wie habt ihr es geschafft, durch die Kontrollen in Heathrow zu kommen? Ich habe gehört, man hätte drüben eure Gesichter auf die Titelseiten aller Zeitungen geklatscht!«

»Wir haben die notwendigen Vorsichtsmaßnahmen ergriffen«, antwortete Fiona. Mehr wollte sie nicht verraten.

»Verstehe«, sagte Lynch mit einem wissenden Lächeln. »Was ich nicht weiß, macht mich nicht heiß.«

»Hast du den Hubschrauber bekommen, Dom?« fragte Mullen und wechselte damit das Thema.

»Er steht bereit und wartet auf euch, Hugh«, beruhigte ihn Lynch.

»Und was ist mit den Waffen?« fragte Fiona.

»Die sind noch nicht eingetroffen«, erwiderte Lynch kleinlaut.

Wütend schlug Fiona mit der Faust auf das Wagendach. »Du hast mir doch am Telefon versichert, daß du sie bei unserer Ankunft haben würdest! Du weißt doch, daß wir ohne die Waffen gar nichts machen können.«

»Keine Angst, sie werden schon noch eintreffen!« antwortete Lynch mit dem Versuch, sie zu besänftigen.

»Wann?« fragte sie in scharfem Ton.

»Sobald der Kurier hier ankommt«, gab Lynch abwehrend zurück. »In den letzten vierundzwanzig Stunden war hier einfach fürchterliches Wetter. Wahrscheinlich ist er irgendwo aufgehalten worden.«

»Das ist ja wohl nicht mein Problem, oder?« fuhr sie ihn an.

»Das reicht jetzt aber, Fiona«, sagte Kerrigan hinter ihr. »Es ist nicht Doms Schuld, daß die Waffen noch nicht da sind.«

Mit funkelnden Augen wirbelte sie herum. »Das geht dich gar nichts an, Liam! Geh ins Auto!«

»Ich werde den Teufel tun . . .«

»Wenn du dich nicht wegen Gehorsamsverweigerung vor dem Komitee verantworten willst, tust du gefälligst, was ich dir sage, klar?« schnauzte sie ihn an und richtete drohend einen Finger auf ihn. »Das wäre ja nicht das erste Mal, daß dir das blüht, nicht wahr?«

Kerrigan warf Fiona einen wütenden Blick zu, stieß einen grimmigen Fluch aus, stieg wieder auf den Rücksitz des Wagens und schlug die Wagentür hinter sich zu.

Lynch führte Fiona von den anderen weg. »Was ist denn in dich gefahren, daß du so mit ihm umgehst?«

»Laß meinen Arm los, Dom«, sagte sie leise.

Lynch löste den Griff. »Ich kenne Liam besser als jeder andere. Irgendwann wird es ihm zuviel, und dann rastet er aus.«

»Das hier ist mein Kommando, Dom, und ich werde es so führen, wie ich es für richtig halte.«

»Was beunruhigt dich denn so, Mädchen? Ist es die Sache mit Sean?«

Einen Augenblick lang starrte sie auf ihre Füße, dann stieß sie einen tiefen Seufzer aus. »Tut mir leid, daß ich dich gerade so angefahren habe. Ich schätze, ich bin einfach ein wenig gereizt, das ist alles. Komm, laß uns gehen.«

Sie gingen zum Wagen zurück. Urplötzlich überkam Lynch eine Gänsehaut; er fröstelte. Das war nicht die ruhige, rational denkende Fiona, die er einmal in Irland gekannt hatte. Und das machte ihm Sorgen. Wurde ihr die Verantwortung, die sie übernommen hatte, zuviel? Sosehr er Mullen mochte, er wußte, mit ihm konnte er nicht darüber sprechen. Er stand ihr zu nahe. Kerrigan jedoch war ein alter Freund. Ja, sobald sie wieder im Haus waren, würde er ein Wort mit Kerrigan reden. Und von da an würde er die Sache in die Hand nehmen . . .

7

»Ein Mr. Tillman möchte Sie sprechen, Sir.«

»Führen Sie ihn herein, Marsha.«

Navarro erhob sich hinter seinem Schreibtisch, um seinen Besucher zu begrüßen. »Mr. Tillman, ich bin Martin Navarro«, sagte er und ging auf Tillman zu.

Tillman beäugte Navarros ausgestreckte Hand mit Mißfallen. »Leuten, die uns irgend etwas anhängen wollen, reiche ich für gewöhnlich nicht die Hand.«

Navarro lächelte. »Wir unterscheiden uns doch nur darin, Mr. Tillman, daß die Verbrechen eines Politikers legal sind.«

»Ich bin nicht hierhergekommen, um mich beleidigen zu lassen«, schnauzte Tillman.

»Nein, natürlich nicht«, antwortete Navarro und deutete auf den auf der Couch an der Wand sitzenden Mann. »Tony Varese, meine rechte Hand.«

»So nennen Sie ihn also?« gab Tillman sarkastisch zurück. »Ich würde meinen, das Wort ›gedungener Killer‹ beschreibt seine Aufgaben besser.«

Varese lachte in sich hinein. »Dann würde aber doch glatt der Eindruck entstehen, wir hätten etwas gemeinsam, Mr. Tillman.«

»Tony, das reicht jetzt«, griff Navarro ein, bevor Tillman irgend etwas sagen konnte. »Bitte, setzen Sie sich, Mr. Tillman. Es gibt viele Dinge, über die wir uns zu unterhalten haben.«

»Vielleicht fangen wir damit an, daß Sie mir sagen, warum Sie mich diesen Morgen angerufen haben und drohten, im Falle eines Nichtzustandekommens eines Treffens zwischen uns gewisse Informationen an die Presse weiterzugeben, die Ihnen zufolge Senator Scobys guten Ruf zerstören würden. Was soll das? Ist das irgendeine Masche, um uns zu erpressen? Wenn das nämlich so ist . . .«

»Setzen Sie sich«, wiederholte Navarro und deutete auf den Stuhl rechts neben seinem Schreibtisch. »Wollen Sie einen Kaffee? Oder vielleicht etwas Stärkeres?«

»Nichts«, antwortete Tillman und setzte sich.

Navarro nahm wieder hinter dem Schreibtisch Platz. »Haben Sie Scoby gesagt, daß Sie herkommen?«

»Bestimmt nicht«, entgegnete Tillman entrüstet. »Je weniger der Senator über diese Sache Bescheid weiß, desto besser.«

»Natürlich«, bestätigte Navarro lächelnd.

»Navarro, ich habe nicht viel Zeit«, fuhr ihn Tillman an. »Könnten Sie bitte zur Sache kommen!«

»Was würden Sie sagen, wenn ich Ihnen erzählte, ich wüßte alles über den Handel, den Sie Anfang dieser Woche mit dem Cabrera-Kartell in Medellin abgeschlossen haben?«

Tillman erblaßte, gewann aber rasch seine Fassung wieder. »Ich habe keine Ahnung, wovon Sie reden.«

»Überspringen wir doch einfach die Phase des Abstreitens, ja? Damit halten Sie ohnehin keinen zum Narren.«

»Ich sage Ihnen doch, daß ich nichts über irgendeinen Handel weiß, der in Medellin abgeschlossen wurde«, schnauzte Tillman.

Navarro zog aus der Schreibtischschublade eine Mappe hervor. »Hier drin befinden sich genügend Beweise, um Sie und Scoby für die nächsten zwanzig Jahre in San Quentin hinter Gitter zu bringen. Schauen wir doch mal, was wir da haben ... Eine Kopie der Zimmerreservierung im Hotel Intercontinental in Medellin. Der Name ist Charles Edward Warren. Aber ich schätze, es ist eindeutig Ihre Handschrift. Dann haben wir da noch Fotos, die in den letzten fünf Monaten anläßlich verschiedener Treffen zwischen Ihnen und Miguel Cabrera gemacht wurden, und zwar sowohl hier in New York als auch in Medellin.« Er warf ein Dutzend Fotos auf den Schreibtisch vor Tillman hin. »Ein einziges dieser Fotos wäre für Scobys Karriere das Aus.«

Tillman schluckte nervös und nahm das nächstbeste Foto. Es zeigte ihn, wie er mit Cabrera in einem kleinen

Restaurant in Medellin saß und speiste. Er ließ das Foto wieder auf den Schreibtisch fallen. »Der Senator wußte nichts davon. Die ganze Sache war meine Idee.«

»Ihre Loyalität ist überaus rührend.« Navarro öffnete eine weitere Schublade und entnahm ihr einen Schuhkarton. Darin befanden sich, fein säuberlich in chronologischer Reihenfolge sortiert, eine Reihe Tonkassetten. »Jedes Ihrer Treffen mit Miguel Cabrera wurde heimlich auf Band festgehalten. Die Aufnahmen beweisen, daß Scoby von Anfang an in die Sache verwickelt war.«

»Und wenn das immer noch nicht reichen sollte, können wir sogar beweisen, daß Jorge Cabrera Senator Scoby finanziell bei seiner Wahlkampagne unterstützte«, warf Varese ein und stand auf. »Ich bezweifle, daß irgend etwas von diesem Material bei der Öffentlichkeit auf besonderes Verständnis stoßen würde. Insbesondere, wo Scoby die Wahl mit einer so eindeutig gegen Drogen ausgerichteten Kampagne gewonnen hat.«

»Tony, ich glaube, Mr. Tillman kann den Drink jetzt doch ganz gut gebrauchen«, meinte Navarro zu Varese.

Varese ging zum Getränkeschrank in der Ecke. »Was trinken Sie, Mr. Tillman?«

Tillman starrte zu Navarro hinüber. »Es war Miguel Cabrera, der Ihnen diese Informationen zugespielt hat, nicht wahr?«

»Wir haben jemanden im Kartell, der uns mit allen nötigen Informationen versorgt«, antwortete Navarro ausweichend.

Es mußte einfach Miguel Cabrera gewesen sein. Der alle Risiken eingegangen war. Was wäre geschehen, wenn sein Vater Wind von seiner Doppelrolle bekommen hätte? Dann hätte die Verwandtschaft nichts mehr gezählt. Im Gegenteil, es hätte alles nur noch schlimmer gemacht; es wäre Verrat an der Familie gewesen. Aber warum nur?

»Ihr Drink«, sagte Varese und unterbrach Tillman in seinen Gedankengängen.

Tillman leerte den Bourbon mit einem Zug. Er reichte das Glas Varese zurück. »Es ist Miguel Cabrera, nicht wahr? Es kann gar nicht anders sein.«

»Wer es ist, geht Sie nichts an«, erwiderte Navarro.

»Ich will es aber wissen!« brüllte Tillman. Das Blut schoß ihm ins Gesicht. »Ich will es wissen«, wiederholte er, dieses Mal mit ruhiger Stimme.

»Wieso?«

»Würden Sie an meiner Stelle es nicht auch wissen wollen?«

Navarro schaute zu Varese hoch, der gleichgültig mit den Schultern zuckte. »Ja, es war Miguel Cabrera.«

»Aber warum? Die Kolumbianer und die Mafia sind doch seit Jahren Erzfeinde!«

»Gieß mir einen kleinen Bourbon ein, Tony«, sagte Navarro, stand auf und ging zum Fenster hinüber. Er wandte Tillman den Rücken zu. »Miguel Cabrera will das Kartell von seinem Vater übernehmen, und das heißt, daß er zur Finanzierung seiner Machtbasis Geld braucht. Wir kamen überein, ihn mit diesem Geld auszustatten. Als Gegenleistung versorgte er uns mit diesen Informationen.« Er nahm von Varese das Glas entgegen. »Sehen Sie, Miguel hat eine ganz bestimmte Vision der Zukunft vor Augen. Das mächtigste Kartell Kolumbiens tut sich mit dem mächtigsten Mafia-Clan der Vereinigten Staaten zusammen. Das Cabrera-Kartell und der Germino-Clan. Und auf diese Weise schafft man es, die alleinige und vollständige Kontrolle über alles, was an Drogen in die USA fließt, auszuüben.«

»Selbstverständlich könnte das so nie funktionieren«, fügte Varese hinzu.

»Sie haben ihn also absichtlich in die Falle gelockt?« fragte Tillman.

»Wir haben mitgespielt, um die Informationen zu bekommen, die wir haben wollten. Aber er weiß nicht, daß wir vorhaben, die Drogen abzufangen und sie in unserem Namen zu verkaufen. Wenn also der Zeitpunkt gekommen ist, werden wir uns entsprechend um ihn kümmern.«

»Und an welcher Stelle kommt mein Handel mit Cabrera ins Spiel?«

Navarro kehrte zu seinem Schreibtisch zurück. »Gehen wir doch zunächst einmal die grundsätzlichen Punkte der

Vereinbarung durch, die Sie mit Jorge Cabrera abgeschlossen haben. Sie verfügen über führende Zollbeamte, die als Gegenleistung für eine entsprechende finanzielle Zuwendung sicherstellen, daß jeden Monat etliche umfangreiche Schiffsladungen Kokain des Cabrera-Kartells unentdeckt bestimmte Zollkontrollen im Bundesstaat New York passieren, um dann überall in den Vereinigten Staaten verteilt zu werden. Das Cabrera-Kartell würde sich dafür bereit erklären, einige ihrer kleineren Schiffsladungen von den gleichen Zollbeamten aufgreifen zu lassen, um so den Eindruck zu erwecken, daß Scobys straffe Anti-Drogen-Maßnahmen erfolgreich angewendet werden. Liege ich damit richtig?«

Tillman nickte nur.

»Für jede Ladung Kokain, die per Schiff erfolgreich durch den Zoll geschmuggelt wird, erhält Scoby zehn Prozent des Endpreises auf der Straße. Dieses Geld würde dann in bar an bestimmte rechtsgerichtete Regierungen in Süd- und Mittelamerika verteilt.«

»Der Senator hat kein persönliches Interesse an dem Geld; es handelt sich um eine rein politische Maßnahme«, sagte Tillman stolz. »Die Welt glaubt seit dem Entschluß Rußlands, sich vom Kommunismus alten Stils abzuwenden, der Marxismus wäre tot. Aber da irrt sie sich gewaltig.«

»Verschonen Sie uns mit politischen Debatten«, meinte Navarro verächtlich. »Lassen Sie mich Ihnen vielmehr unseren Vorschlag unterbreiten. Ihre mit dem Cabrera-Kartell getroffene Vereinbarung bleibt unberührt. Sobald das Kokain jedoch den Zoll passiert hat, müssen uns Ihre Leute über seinen endgültigen Bestimmungsort informieren. Wir werden dann vor dem Eintreffen des Kokains an diesem Ort ein paar dieser Schiffsladungen aufgreifen und sie als unser eigenes Kokain unter die Leute bringen. Doch nur einen Teil.« Er hielt einen Finger hoch, um diesem Punkt besonderen Nachdruck zu verleihen. »Wir wollen ja keinen Argwohn erregen. Zumindest nicht zu Beginn. Und als Gegenleistung zahlen wir Scoby fünfzehn Prozent des Straßenwertes. Das Geld wird in unseren rechtmäßigen Firmen, wie der West Side Electronics, gewaschen und an jede Regierung seiner Wahl weitergeleitet. Dieses Geschäft wird also nicht nur die Todesschwadronen in Süd- und Mittelamerika mit mehr Geld unterstützen, es wird uns auch im Drogenkrieg mit den Kolumbianern einen entscheidenden Vorteil verschaffen.«

»Und was wird mit dem Senator und mir passieren, wenn Cabrera herausfindet, was hier gespielt wird?«

»Was soll er denn herausfinden können?« antwortete Navarrro und zuckte die Schultern. »Sie haben doch Ihre Seite der Abmachung eingehalten. Wir werden keine einzige Schiffsladung anrühren, bevor sie nicht den Zoll passiert hat. Damit haben Sie mit der Sache überhaupt nichts zu tun. Das ganze Risiko tragen wir.«

»Und wie sollen wir dem Kartell den Verlust der Schiffsladungen erklären? Es kann doch nicht lange dauern, bis Cabrera mißtrauisch wird.«

»Dann sagen Sie eben Ihren Männern in gehobenen Positionen, sie sollen ab und zu dem Kartell ein paar Nichtsnutze opfern. Das wird Cabrera schon zufriedenstellen.« Navarro sammelte die Fotos wieder ein, steckte sie in die Mappe zurück und legte sie dann vor Tillman auf den Schreibtisch. »Zeigen Sie das Scoby. Die Negative sind an einem sicheren Ort aufbewahrt. Wenn Sie wollen, können Sie auch die Kassetten mitnehmen. Ich besitze Kopien.«

Tillman nahm die Mappe und die Schachtel mit den Tonkassetten. »Und wenn sich der Senator weigert, Ihrem Plan zu folgen, sorgen Sie dafür, daß die Negative und einige Bänder veröffentlicht werden?«

»Sie haben es erfaßt«, antwortete Navarro lächelnd. »Soweit ich weiß, sind Sie nächstes Wochenende in England unterwegs. Da haben Sie dann ja genügend Zeit, über mein mehr als großzügiges Angebot nachzudenken. Wann fliegen Sie zurück?«

»Montag morgen.«

»Dann erwarte ich Ihre Antwort am Dienstag. Sagen wir zehn Uhr, hier in meinem Büro?«

»Einverstanden«, antwortete Tillman kurz angebunden, während er die letzte Kassette in seinen Diplomatenkoffer packte.

»Eine Sache noch«, sagte Navarro. Er nickte Varese zu, der einen Aktenkoffer zum Vorschein brachte und auf den Schreibtisch legte. Navarro schloß ihn auf und öffnete den Deckel. »Zweihundertfünfzigtausend Dollar in kleinen Scheinen. Keine registrierten Nummern. Was die Kolumbianer können, können wir schon lange. Ein kleiner Anreiz, um Ihnen die Entscheidung leichter zu machen.«

»Ich wußte gar nicht, daß sie uns frei entscheiden lassen«, antwortete Tillman und beäugte das Geld, das im Koffer in ordentlichen Bündeln vor ihm ausgebreitet lag.

»Aber selbstverständlich können Sie sich frei entscheiden!« erwiderte Navarro und machte den Koffer wieder zu. »In Amerika hat man doch immer die freie Wahl, etwas zu tun oder zu lassen, oder etwa nicht?«

Varese stellte den Aktenkoffer neben Tillmans Füße.

»Nun, es war mir ein Vergnügen, Sie zu treffen«, sagte Navarro und streckte Tillman wieder seine Hand entgegen.

Tillman ignorierte sie, nahm beide Aktenkoffer hoch und ging auf die Tür zu.

»Oh, fast hätte ich es glatt vergessen«, sagte Navarro, als Varese vor Tillman die Tür öffnete. »Gute Reise!«

Tillman warf Navarro einen kalten Blick zu, dann drehte er sich um und verließ wortlos den Raum.

Es war fast dunkel, als der Airbus der Swissair mit fast drei Stunden Verspätung endlich auf der Rollbahn des internationalen Flughafens Zürich-Kloten aufsetzte. Am Rand der Landebahn lag eine dichte Schneedecke, unaufhörlich mußten die Schneepflüge den Neuschnee wegräumen, in dem die Stadt versank. Den Vorhersagen der UNACO zufolge sollte sich das Wetter in den kommenden zwölf Stunden noch weiter verschlechtern. Eastman hatte ihnen vor ihrer Abreise aus London versichert, daß die Schweizer Behörden ihnen alle nur mögliche Unterstützung zukommen lassen würden, sobald sie in Zürich gelandet wären. Ihr Kontaktmann in Lausanne war ein Captain Phillipe Bastian, einer der erfahrensten Leute in der schweizerischen Sonderabteilung für Terroristenbekämpfung.

Als sie aus dem Flugzeug stiegen, wartete an der Landebahn bereits ein schwarzer Mercedes auf sie. Der Fahrer, ein Polizist in Zivil, fuhr sie sofort zu einem anderen Abschnitt der Rollbahn, auf dem ein Polizeihubschrauber stand, der sie nach Lausanne fliegen sollte.

»Du wolltest mich sprechen, Dom?«

Lynch schaute sich um. Kerrigan stand in der Tür. »Komm herein, Liam. Und mach die Tür zu.«

Kerrigan trat in Lynchs Arbeitszimmer und schloß die Tür hinter sich.

»Tagsüber ist das eine atemberaubende Aussicht«, meinte Lynch und deutete auf die Dunkelheit hinter dem Fenster.

»Ich bin wirklich glücklich, dieses Haus hier bekommen zu haben.«

»Ich bin sicher, daß du mich nicht herkommen läßt, um mit mir über die Aussicht aus deinem Fenster zu sprechen«, meinte Kerrigan freimütig.

»Nein, natürlich nicht«, erwiderte Lynch und drehte sich wieder zu Kerrigan um. »Setz dich, Liam. Ein Drink gefällig?«

Kerrigan machte es sich im Sessel neben der Tür gemütlich. »Keinen Drink. Ich werde meinen ganzen Verstand brauchen, wenn wir uns heute abend McGuire schnappen, insbesondere bei diesen gottverdammten Wetterverhältnissen.«

»Ja, das Wetter wird eindeutig schlechter«, murmelte Lynch, ging zum Getränkeschrank und goß sich einen Whisky ein.

»Immer noch nichts Neues hinsichtlich der Waffen?«

»Noch nichts«, antwortete Lynch mit einem entschuldigenden Achselzucken. »Und die Verhältnisse draußen machen die Sache auch nicht leichter.«

Kerrigan schlug wütend mit der Faust gegen seinen

Arm. »Wahrscheinlich sind die Bullen mittlerweile ebenfalls hier im Land. Herrgott, wenn diese Waffen nicht bald eintreffen, werden sie als erste bei McGuire sein.«

»Na ja, das Wetter wird ihnen genauso in die Quere kommen wie uns.« Lynch setzte sich hinter seinen Schreibtisch und blickte zu Kerrigan hinüber. »Ich möchte mit dir über Fiona reden.«

»Warum?« fragte Kerrigan mißtrauisch zurück.

»Ich denke, der Druck, unter dem sie steht, seit sie in Seans Abwesenheit die Verantwortung für das Kommando trägt, ist zuviel für sie.«

»Zuviel für sie?« schnaubte Kerrigan. »Nun, so kann man es auch ausdrücken. Aber der Armeerat hat nun mal entschieden, ihr die Führung des Kommandos anzuvertrauen, und solange der Rat diesen Beschluß nicht aufhebt, wird keiner von uns irgend etwas daran ändern können.«

»Du magst sie nicht besonders, nicht wahr?«

»Nicht besonders, nein. Aber sie ist Seans Mädchen, und deshalb toleriere ich sie.«

»An diesem Punkt unterscheiden wir uns.« Lynch nahm einen Schluck Whisky, nachdenklich drehte er das Glas in seiner Hand hin und her. »Sean und Fiona sind gute Freunde von uns. Er stand mir bei der Hochzeit zur Seite. Sie war Ingrids Brautjungfer.«

»Nun, ich war selber bei der Hochzeit dabei«, stellte Kerrigan schnell klar.

»Ich bin bestürzt, sie in diesem Zustand vorzufinden. Du sagtest gerade, wir könnten nichts machen, aber da irrst du dich.«

»Du kennst doch die Regeln, Dom. Ich kann den Armeerat nur im Notfall anrufen. Was sollte ich ihnen denn erzählen? Daß sie unter der Belastung zusammenbricht? Wie soll ich das beweisen können? Mit Verdächtigungen und Gerüchten gibt sich der Armeerat nicht ab. Für den zählen nur Fakten. Und der Armeerat hält Fiona ohnehin für ein Phänomen. Das liegt an Sean; der hat sich einfach bis über beide Ohren in sie verknallt.«

Lynch leerte sein Glas und stellte es auf den Schreibtisch. »Du kannst den Armeerat nicht anrufen. Ich kann es aber.«

Kerrigans Augen verengten sich. »Und was willst du ihnen sagen?«

»Was ich seit Fionas Eintreffen von ihr mitbekommen habe. Was können sie mir vorwerfen? Ich gehöre nicht zu eurem Kommando. Und ich rufe nur an, weil ich mir über Fiona Sorgen mache. Das entspricht den Tatsachen.«

Kerrigan kaute nachdenklich auf seiner Lippe. »Wann wirst du sie anrufen?«

»Sobald ihr weg seid«, antwortete Lynch.

»Gar keine schlechte Idee, Dom. Das wird ihr und dem Kommando nur zugute kommen.«

»Ich tue es für sie. Und das auch nur, weil sie in der IRA noch eine steile Karriere vor sich hat. Ich will nicht zusehen, wie sie einfach vor die Hunde geht und dabei noch nicht mal dreißig ist.«

»Du warst schon immer ein Pragmatiker, Lynch«, sagte Kerrigan mit einem Anflug von Sarkasmus in der Stimme. Er stand auf. »Vergiß nicht, anzurufen!«

»Ich werde schon anrufen«, beruhigte ihn Lynch. »Doch in der Zwischenzeit tust du das, was sie sagt – ganz gleich, was es ist.«

»Als ob ich das nicht sowieso tun würde«, erwiderte Kerrigan mit einem Ausdruck gespielter Unschuld im Gesicht.

»Ich weiß, daß sie dich tyrannisiert, Liam. Aber kümmere dich einfach nicht darum. Wenn du ihr nämlich in die Quere kommst, wirst du dich bei deiner Rückkehr mit einer Menge Schwierigkeiten konfrontiert sehen. Vergiß das nicht.«

»Ich kann selbst auf mich aufpassen, Dom. Mach dir darüber keine Sorgen.«

Es klopfte an der Tür. Kerrigan öffnete sie.

Ingrid steckte ihren Kopf herein und schaute ihren Mann an. »Alain ist da.«

»Endlich!«

Lynch stand auf und warf Kerrigan einen Blick zu. »Die Waffen sind eingetroffen.«

»Dann nichts wie los!« sagte Kerrigan.

Fiona wartete, bis die Stimmen verklungen waren, öffnete behutsam die Tür und spähte vorsichtig in den Flur. Er war verlassen. Sie schlüpfte hinaus und schloß lautlos die Tür hinter sich. Unwillkürlich blickte sie zu der zum Arbeitszimmer führenden Tür. Als sie zufällig mitgehört hatte, wie Lynch Kerrigan bat, ihn in seinem Arbeitszimmer aufzusuchen, war sie mißtrauisch geworden. Wozu die ganze Geheimnistuerei? Jetzt kannte sie den Grund. Sie hatte das Gespräch mitgehört. Nun, zumindest bis sie im Zimmer gegenüber untertauchen mußte, weil sie Ingrid näher kommen hörte. Lynch wollte den Armeerat anrufen. Sie bezweifelte, daß der Rat auf ihn hören würde, denn wie Kerrigan bereits gesagt hatte, gab es nichts, was ihrem Ansehen hätte schaden können. Doch was wäre die Folge, wenn Lynchs Anruf beim Armeerat erste Zweifel an ihr aufkommen ließe, wenn man sie nach dem Einsatz von ihrem Posten abberufen würde? Nein, dieses Risiko einzugehen konnte sie sich nicht leisten. Nicht jetzt, wo so viel auf dem Spiel stand ... Sie schlich in das weiter hinten im Flur gelegene Badezimmer, betätigte die Spülung der Toilette und ging dann ins Wohnzimmer.

»Wir wollten gerade eine Suchmannschaft für dich zusammenstellen«, sagte Lynch, als sie ins Zimmer trat.

»Ich war auf der Toilette«, antwortete Fiona. Ihr Blick flog zu dem Mann neben Lynch.

»Das ist Alain«, teilte ihr Lynch mit. »Die Waffen sind endlich da. Hugh und Liam sind gerade dabei, sie von Alains Auto in meinen Wagen umzuladen. Morgen früh hole ich dann meinen Wagen ab.«

»Danke, Dom.«

»Glaubt ihr immer noch, den Weg hinüber zum Hubschrauber finden zu können?« fragte Lynch.

»Ich vielleicht nicht, aber Hugh kann sich unheimlich gut Wege merken.«

Alain sagte etwas auf französisch zu Lynch. Er schüttelte den Kopf, und Alain verließ das Zimmer. Augenblicke später fiel die Haustür ins Schloß.

»Er ist ein guter Mann«, sagte Lynch. »Überaus verläßlich. Und er spricht kein Wort Englisch.«

»Na, das ist ja perfekt«, entgegnete Fiona leise.

»Ist irgend etwas nicht in Ordnung?« fragte Lynch und legte einen Arm um ihre Schulter. »Du machst den Eindruck, als ob du dich gerade in einer ganz anderen Welt befinden würdest.«

»Ich schätze, ich bin einfach müde. Während Seans Abwesenheit den Laden zu schmeißen ist kein Zuckerschlecken!«

»Das glaube ich dir. Doch heute nacht hast du alles hinter dir.«

»Nicht wenn uns McGuire entwischt«, antwortete Fiona seufzend. »Dann wird uns der Armeerat nämlich in Stücke reißen. Doch selbst wenn wir ihn schnappen, heißt das noch lange nicht, daß der Armeerat uns nicht auf einen anderen Einsatz schicken würde. Wir sind auf der Flucht. Warum sollten sie uns jetzt bremsen.

»Nach dieser Sache rufen sie euch sicher zurück«, meinte Lynch.

»Wie kannst du dir da so sicher sein?« fragte sie und warf ihm einen mißtrauischen Blick zu.

»Ich bin mir nicht sicher«, erwiderte Lynch rasch. »Aber warum sollten sie euch bis an die Grenzen eurer Kräfte beanspruchen, wenn Sean dieses Wochenende wieder auf freien Fuß gesetzt wird?«

»Womit wir wieder bei McGuire sind. Wir müssen ihn einfach erwischen, Dom.«

»Das werdet ihr auch«, sagte Lynch und drückte ihren Arm. »He, das hätte ich ja fast vergessen. Ich habe hier noch etwas für euch.« Er nahm eine Glock 17 Automatic und einen Schalldämpfer aus der obersten Schublade der Anrichte. »Erkennst du sie?«

»Das ist ja Seans Pistole!« stieß Fiona überrascht hervor und nahm sie von Lynch entgegen. »Er sagte mir, er hätte sie verloren.«

»Bei seinem letzten Besuch bei uns hat er sie hier liegenlassen«, erklärte Lynch. »Ich weiß, daß er sie gerne in deinen Händen wissen würde.«

Sie ließ die Pistole in die Tasche ihrer Windjacke gleiten. Die Haustür öffnete sich, und Mullen und Kerrigan kamen herein. Ihre Windjacken waren mit Schnee bedeckt.

»Herrgott, ist das kalt draußen«, schimpfte Mullen und rieb sich die in Handschuhen steckenden Hände. »Wir sind soweit, Fiona.«

»Großartig«, erwiderte sie. »Dann wollen wir uns verabschieden und zusehen, daß wir die Sache hinter uns bringen.«

Mullen und Kerrigan schüttelten Lynch die Hand.

»Geht schon mal zum Wagen«, sagte Fiona zu ihnen. »Ich muß noch kurz mit Dom sprechen.«

»Klar«, erwiderte Mullen. »Aber macht nicht zu lange. Wir sind sowieso schon spät dran.«

»Ich sagte dir doch, es dauert nicht lange.«

Lynch wartete, bis Mullen und Kerrigan gegangen waren, bevor er sie anschaute. »Nun, was hast du auf dem Herzen, Mädchen?«

»Können wir in dein Arbeitszimmer gehen?«

»Aber sicher, komm mit.« Lynch ging vor ihr den Flur entlang und hielt ihr die Tür zum Arbeitszimmer auf. Er schloß sie hinter ihnen, ging zum Fenster und drehte sich wieder zu ihr um. »Nun, was . . .?« Seine Stimme verlor sich, als sein Blick auf die mit einem Schalldämpfer versehene Automatic in ihrer Hand fiel.

»Ich habe alles mitgehört, was du vorhin zu Liam gesagt hast«, erklärte sie und hielt seinem Blick stand. »Du wolltest den Armeerat anrufen und ihm sagen, ich sei nicht zur Führung eines Kommandos geeignet, nicht wahr?«

»Fiona, es ist nicht so, wie du denkst«, erwiderte Lynch besorgt. Seine Augen waren auf die Automatic in ihrer Hand gerichtet. »Ich machte mir nur Sorgen um dich. Du und Sean, ihr seid für mich wie Familienmitglieder. Ich würde dir nie Schaden zufügen, das weißt du doch!«

»Von Familienmitgliedern erwartet man aber nicht, daß sie einen hintergehen, oder?« erwiderte sie kalt.

»Fiona, hör zu . . . hör mir zu«, stammelte Lynch. »Leg die Waffe weg, Mädchen! Wir können doch über die ganze Sache reden.«

»Die Zeit für Worte ist vorbei«, sagte sie und drückte ab.

Die Kugel traf Lynch mitten in die Stirn. Bevor er auf dem Boden aufschlug, war er tot. Sie verließ das Arbeitszimmer, schloß die Tür hinter sich und ging dann zur Küche, in der Ingrid gerade damit beschäftigt war, die Waschmaschine zu füllen. Sie blickte hoch und lächelte, als Fiona in den Raum trat.

»Ich wollte mich nur noch verabschieden«, sagte Fiona und lächelte zurück.

»Dann aber richtig«, erwiderte Ingrid und breitete die Arme aus.

»Aber sicher«, sagte Fiona. Als sie sich umarmten, hielt sie die Mündung des Schalldämpfers an Ingrids Hinterkopf und drückte ab. Ingrids schlaffer Körper kippte nach vorne; Fiona fing ihn auf und legte ihn vorsichtig auf den Boden. Sie wischte ihre Fingerabdrücke von der Automatic und warf die Waffe in die Abfalltonne. Ruhig ging sie den Flur entlang, zog den Reißverschluß ihrer Windjacke hoch, öffnete die Haustür und trat hinaus in die kalte Nachtluft.

Zwei Polizeiwagen warteten auf das Flugzeug, als es im Lausanner Flughafen La Blecherette aufsetzte. Eastman und Marsh stiegen in den ersten Wagen; Graham und Sabrina teilten sich den zweiten. Die Sirenen wurden eingeschaltet, und die Wagen rasten in Richtung Les Paccots davon. Der Skiort lag etwa dreißig Kilometer von Lausanne entfernt.

Die beiden Polizeiwagen kamen in der Nähe des Ortes hinter einem Polizeimannschaftswagen zum Stehen, und die vier wurden in das Innere des Wagens geführt. An jeder Seite des Mannschaftswagens saßen ein halbes Dutzend Polizisten in weißen, wasserdichten Overalls an zwei langen Tischen und studierten Karten und Lageberichte.

»Wir suchen einen Captain Bastian«, sagte Eastman zu einem der Männer.

»*Captaine Bastian?*« Der Mann deutete auf eine Gestalt am Ende eines der Tische auf der anderen Seite. »*La bas!*«

»Da drüben«, übersetzte Sabrina.

Eastman ging zu dem Mann hinüber. »Captain Bastian?«

»*Oui?*« erwiderte der Mann kurz angebunden, ohne von der Karte aufzusehen, in die er gerade vertieft war.

»Ich bin Inspektor Keith Eastman von Scotland Yard. Ich glaube, Kommissar Mansdorf hat Ihnen unsere Ankunft angekündigt.«

»Natürlich«, antwortete Bastian mit einem flüchtigen Grinsen, setzte die weiße, spitze Mütze ab und stand auf. Er war ein untersetzter Mann Mitte Dreißig mit kurzgeschorenem braunem Haar und einem zerfurchten, von Wind und Wetter gegerbten Gesicht.

Eastman stellte ihm die anderen vor und war froh, daß ihm Bastian nicht seine Hand zum Gruß entgegenstreckte.

»Bitte, setzten Sie sich«, sagte Bastian zögernd mit deutlichem Akzent. »Sie verstehen, mein Englisch ist nicht gut.«

»Es ist einiges besser als unser Französisch«, versicherte ihm Graham, als er sich hinsetzte. »Wo genau hält sich McGuire auf? Wir haben nur eine Adresse, mehr nicht. Und das sagt uns gar nichts.«

»Ich werde es Ihnen zeigen, hier!« sagte Bastian und deutete auf die Karte auf dem Tisch neben ihm. Er legte seinen Finger auf eine Stelle, an der sich eine ganze Reihe Linien kreuzten.

»Wo ist unser Standort?« fragte Marsh.

»Wir sind hier«, erwiderte Bastian und klopfte auf ein auf der Karte eingezeichnetes X.

»Demnach sind wir also gar nicht weit von diesem Chalet entfernt?« fragte Eastman.

»Nicht weit, nein«, stimmte ihm Bastian zu. »Etwa drei Kilometer.«

»Ein paar Meilen«, sagte Graham. »Wie lang steht das Chalet schon unter Beobachtung?«

»Seit heute nachmittag.«

»Was ist mit dem Mann, der sich noch mit ihm im Chalet aufhält?« wollte Eastman wissen. »Haben Sie über ihn irgendwelche Informationen?«

»Wir wissen nur wenig«, antwortete Bastian. »Als er

heute nachmittag im Laden eingekauft hat, haben wir ein Foto von ihm gemacht. Wir schickten es an Interpol. Sie sagten, er habe ein langes Vorstrafenregister. Ein Sympathisant der IRA.«

»Ist er Schweizer?« fragte Sabrina.

Bastian schüttelte den Kopf. »Er kommt aus Frankreich. Aus Paris.«

Graham und Eastman wechselten Blicke.

»Denken Sie das gleiche wie ich?« fragte Graham.

»An den Mann, von dem Roche uns in der Kneipe erzählte?« Eastman nickte und wandte sich wieder an Bastian. »Ist der Mann Bauunternehmer?«

Bastian nickte langsam. »Er ist tatsächlich Bauunternehmer. Aber woher wissen Sie das?«

»Einer von McGuires Freunden in London hat uns von ihm erzählt«, erläuterte Graham. »Doch er nannte uns keinen Namen.«

»Ich habe seinen Namen«, verkündete Bastian und zog ein arg in Mitleidenschaft gezogenes Notizbuch aus der Tasche seines Overalls. Er blätterte es durch. Als er den Vermerk gefunden hatte, hielt er den Zeigefinger hoch. »Marcel Bertranne. Wollen Sie seine Adresse?«

»Im Moment nicht«, erwiderte Eastman. »Wie viele Männer haben Sie draußen, um das Chalet zu beobachten?«

»Immer vier Leute. Sie wechseln sich jede Stunde ab. Verstehen Sie, auf dem Berg ist es sehr kalt.«

»Ja«, pflichtete ihm Graham bei. »Hat McGuire das Chalet verlassen, seit Ihre Männer mit der Observation begonnen haben?«

»Er hat es nicht verlassen, nein.«

»Woher wissen Sie dann, daß er sich überhaupt darin aufhält?« wollte Marsh wissen.

»Er geht oft ans Fenster. Dabei haben ihn meine Männer gesehen.«

»Und haben Ihre Männer von irgend etwas Verdächtigem berichtet, seit sie hier oben sind?« fragte Eastman.

»Von etwas Verdächtigem?« fragte Bastian mit einem Stirnrunzeln nach. »Ich verstehe nicht.«

»Wurde Ihnen mitgeteilt, daß ein IRA-Kommando unterwegs ist, um McGuire auszuschalten?« fragte Eastman.

»Mir wurde gesagt, daß sich McGuire vor der IRA versteckt. Doch der *Commissaire* sagte mir auch, diese Leute wüßten nicht, daß er sich hier in der Schweiz aufhält.«

»Da wäre ich mir nicht so sicher«, meinte Graham und bat Sabrina, Bastian auf französisch zu erklären, was sie über das IRA-Kommando wußten.

»Das war mir nicht bekannt«, erklärte Bastian, als Sabrina ihm alles mitgeteilt hatte. Dann öffnete er den Schrank in der Ecke und reichte jedem von ihnen eine Maschinenpistole vom Typ Heckler & Koch MP53 sowie Magazine mit fünfundzwanzig Schuß.

»Wie kommen wir zum Chalet?« fragte Graham.

»Nicht weit von hier gibt es eine Seilbahn. Das ist der einzige Weg den Berg hoch. Ziehen Sie sich alle weiße Skianzüge an, bevor Sie gehen, ja? Dann kann man Sie im Schnee nicht erkennen.«

»Entscheidender ist, ob *wir* im Schnee etwas erkennen können«, bemerkte Graham, als ihnen die Skianzüge gebracht wurden.

»Draußen wird es immer schlimmer«, pflichtete Marsh ihm bei.

Bastian blickte zu Graham hinüber. »Wir können abwarten, bis sich der Sturm gelegt hat.«

»Nein«, entgegnete Graham, als er seinen Skianzug anlegte. »Wenn sich das IRA-Kommando bereits in diesem Gebiet aufhält, können Sie sicher sein, daß es sich von diesem Wetter nicht aufhalten läßt. Darum ist es auch so wichtig, daß wir als erste bei McGuire sind.«

»Sie denken, daß das Kommando bereits in der Schweiz eingetroffen ist, nicht wahr?« meinte Eastman zu Graham.

»Ich halte das durchaus für möglich, ja«, erwiderte Graham und streifte sich eine Schutzbrille über den Kopf.

»Ich hoffe, daß Sie sich irren.«

»Das hoffe ich auch«, sagte Graham.

»Die Skier und die Skistiefel sind draußen«, verkündete Bastian, sobald sie sich fertig angezogen hatten.

»Dann laßt uns gehen«, sagte Sabrina und folgte Bastian zur Tür.

Einer der Männer Bastians stand bereit, als die Gondel am ersten von vier Stegen festmachte. Er öffnete die Tür; dankbar drängten die Insassen nach draußen auf die Betonplattform.

»Jetzt verstehe ich, warum der Papst die Erde küßt, wenn er aus dem Flugzeug steigt«, sagte Marsh mit einem langsamen Kopfschütteln.

Sabrina lächelte. »Das war ein wenig rauh da oben, da stimme ich Ihnen zu.«

»Jetzt untertreiben Sie aber wirklich«, erwiderte Marsh. »Wir wurden vom Wind richtig durchgeschüttelt. Es ist ein Wunder, daß die Gondel nicht weggeweht wurde.«

»Sie sollten froh sein, daß wir nicht weiterfahren müssen«, meinte Eastman zu ihm.

»Das bin ich auch, Chef.«

Bastian hielt kurze Rücksprache mit seinem Kollegen, bevor er sich wieder an die anderen wandte. »Sind Sie bereit?«

»Wir sind bereit«, erklärte Graham.

»Gut. Draußen gibt es ein Seil, das uns den Berg bis zu der Stelle hinunterführt, wo meine Männer auf uns warten. Sie verstehen?«

»Ja«, sagte Graham. »Wie weit sind Ihre Männer von hier entfernt?«

Bastian beriet sich wieder mit seinem Kollegen, bevor er darauf antwortete. »Etwa dreihundert Meter.«

»Und das Chalet?«

»Ebenfalls. Doch meine Männer kann man nicht sehen. Sie haben sich versteckt.« Bastian klopfte auf den Gurt, der an seinem weißen Overall befestigt war. »Machen Sie den am Seil fest. Dann gehen Sie nicht verloren.«

»Nach Ihnen«, sagte Eastman.

Bastian ging die Treppe hinunter vor ihnen her bis zur Tür am Fuß der Plattform. Sie legten die Skier an, dann nahm Bastian seine ganze Kraft zusammen und zog die Tür auf. Wie ein böser Geist fuhr der Wind durch die Türöffnung und pfiff mit schaurigem Geheul durch das Innere der Station. Bastian trat in den Schnee hinaus, nur das Licht über der Türöffnung wies ihm den Weg. Er zog eine Taschenlampe aus einer seiner Taschen und schaltete sie ein. Das Seil war um eine Stange neben der Tür gelegt und mit einem Knoten in Form einer Acht gesichert worden. Er machte seinen Gurt mit einem Karabinerhaken an dem Seil fest, drehte sich zu Graham um und gab ihm mit erhobenem Daumen zu verstehen, daß alles in Ordnung war. Graham trat in die Nacht hinaus. Nachdem sich jeder von ihnen am Seil gesichert hatte, schaltete Bastian die Taschenlampe wieder aus. Er konnte nicht das Risiko eingehen, vom Chalet aus gesehen zu werden. Sie würden sich in kompletter Dunkelheit bewegen müssen. Langsam und mühsam kämpften sie sich den Abhang hinunter bis zu der Stelle, an der Bastians Männer auf der Lauer lagen. In einer der mit Handschuhen bekleideten Hände hielten sie ihre Skistöcke, mit der anderen klammerten sie sich an das Seil. Immer wieder stießen sie im Dunkeln aneinander, neigten ihre Köpfe gegen den dahintreibenden und gegen sie peitschenden Schnee. Irgendwo verlor Marsh das Gleichgewicht, wurde jedoch vom Gurt gehalten, der verhinderte, daß er vom Seil wegrutschte. Wie die anderen tröstete ihn das Wissen, daß ein kompetenter Führer vor ihnen herging. Offensichtlich fand Bastian selbst bei diesen tückischen Wetterverhältnissen ohne weiteres den Weg.

Es erschien ihnen wie eine halbe Ewigkeit, bis sie endlich den Rand des kleinen Waldstücks erreichten, obwohl in Wirklichkeit keine zehn Minuten vergangen waren. Bastian zog zweimal am Seil; das war das vorher vereinbarte Signal zum Anhalten. Einen Augenblick stand er da und horchte. Über den kleinen Sender, den er unter der dicken, wattierten Kapuze in sein Ohr gesteckt hatte, wurde ihm gerade eine Nachricht übermittelt. Zufrieden zog er dreimal am Seil. Das Signal zum Weitergehen. Sekunden später bemerkte die Gruppe durch das Schneetreiben hindurch das flackernde Licht, das eine Schneehöhle markierte. Den Eingang hatte man so angelegt, daß er von der Lichtung, auf der das Chalet stand, wegwies; das gestattete es einem der Männer, sie im Licht einer starken Taschenlampe nach innen zu führen. Sobald sie ihre Skier abgelegt hatten und hereingeklettert waren, wurde ein als Tür dienender Schneeblock wieder vor die Öffnung geschoben, um den Schnee abzuhalten. Bastian zog seine Kapuze zurück, setzte sich hin und unterhielt sich eine geraume Weile mit den Männern.

Sabrina hörte zu und merkte sich alles, was den anderen mitgeteilt werden mußte. Als Bastian sich zu ihnen umdrehte, um das Gespräch zusammenzufassen, konnte sie ihm sagen, daß sie in der Lage war, den Gefährten das Wesentliche zu vermitteln. Bastian lächelte sie dankbar an und griff nach der Thermosflasche, um sich einen Kaffee einzugießen.

»Am Rand der Lichtung wurde ein Scheinwerfer installiert«, erläuterte Sabrina. »Sobald wir am Chalet in Stellung gegangen sind, schalten sie ihn ein. Sie hoffen, daß McGuire in Panik gerät und zu fliehen versucht. Dann stehen wir bereit, um ihn zu schnappen, sobald er die Tür öffnet.«

»Und was machen wir, wenn er nicht anbeißt?« fragte Graham.

»Dann gehen wir hinein«, antwortete sie.

»Und beten, daß er keine Kalaschnikow dabei hat«, fügte Eastman hinzu.

»McGuire ist dabei noch das kleinste Problem.«

»Sind Sie immer noch davon überzeugt, daß die IRA eher bei ihm ist als wir?« fragte Eastman. »Wie soll sie das denn schaffen? Die Seilbahn wird von Bastians Männern bewacht. Was bleibt noch? Ein Hubschrauber? Herrgott, wer würde schon so verrückt sein, bei diesem Wetter mit einem Hubschrauber hier herauf zu fliegen?«

Krachend meldete sich das Funkgerät. Einer der Männer reichte den Handapparat an Bastian weiter. Sabrinas Augen weiteten sich vor Schreck, als sie lauschte. Sie schaute sich nach Eastman um. »Im Radar der Polizei ist gerade ein unidentifizierter Hubschrauber aufgetaucht. Er kommt hier hoch und ist schätzungsweise in fünf Minuten da. In Genf sind zwei Polizeihubschrauber im Alarmstart losgebraust, sie können den anderen Hubschrauber aber nicht vor dessen Ankunft hier abfangen.«

»Es ist immer noch eine Vermutung, daß der Helikopter hierherkommt«, sagte Eastman. Seiner Stimme fehlte jedoch mittlerweile jegliche Überzeugungskraft.

»Wir müssen McGuire da rausholen, bevor der Hubschrauber landen kann«, sagte Graham. »Der Himmel weiß, welches Arsenal an Waffen sie mit sich führen.«

»Haben Sie einen Plan?«

»Sabrina und ich werden zum Chalet hinüberlaufen«, antwortete Graham und hielt eine Hand hoch, bevor Marsh etwas dazu sagen konnte. »Wir kennen den Mann. Es ist unsere einzige Chance.«

»Und was sollen wir tun?« erkundigte sich Eastman.

»Sie können anfangen zu beten«, erwiderte Graham und ging auf die Tür zu. »Captain, wir brauchen ein Zweiwegefunkgerät, um mit Ihnen in Verbindung bleiben zu können.«

Bastian rief den beiden Männern etwas zu; sie machten ihre Funkgeräte los und reichten sie an Graham und Sabrina weiter.

»Ich rufe Sie, sobald wir angekommen sind«, sagte Graham. »Das ist der Zeitpunkt, an dem Sie den Scheinwerfer anschalten müssen.«

»Wir können ihn auch jetzt anschalten. Dann ist es für Sie leichter, zum Chalet zu gelangen.«

»Das wäre es bestimmt, aber Sie vergessen dabei die Hintertür. Im gleichen Augenblick, in dem Sie das Licht anschalten, könnte sich McGuire durch die Hintertür verdrücken. Dann wären wir genauso schlau wie vorher.« Graham schaute zu Sabrina hinüber. »Bist du bereit?«

»Ich bin bereit«, antwortete sie und zog die Schutzbrille wieder vor die Augen.

»Viel Glück«, sagte Eastman und gab den beiden einen Klaps auf die Schulter. »Rufen Sie uns, wenn Sie uns brauchen.«

»Darauf können Sie sich verlassen«, versicherte ihm Graham.

»Sie folgen mir?« fragte Bastian, legte seine Skier an, schob den Schneeblock beiseite und tauchte in die Nacht hinein.

Graham und Sabrina, ebenfalls auf Skiern, blieben dicht hinter ihm. Sie machten ihren Gurt an einem anderen Abschnitt des Seils fest, das vom Eingang zu dem am Waldrand installierten Scheinwerfer führte. Bastian tippte gegen Grahams Arm und zeigte in die Dunkelheit hinaus. Graham konnte ein kaum im dichten Schneetreiben erkennbares Licht ausmachen. Doch es reichte aus, um sich zu orientieren. Er zerrte an Sabrinas Ärmel; sie gab ihm mit erhobenem Daumen zu verstehen, das alles in Ordnung war. Auch sie hatte das Licht gesehen. Bastian schaltete seine Taschenlampe ein. Einer der Männer am Scheinwerfer entnahm seinem Proviantsack ein Stück Seil, zog es durch ihre Gurte und sicherte es mit einem Knoten, der bei ihrer Ankunft am Chalet leicht gelöst werden konnte. Sabrina trat hinaus auf die Lichtung, und Graham, der damit gerechnet hatte, der erste zu sein, fluchte leise und grimmig, heftete sich jedoch schnell an ihre Fersen. Die Skistöcke tief in den Schnee stoßend, stemmte sich Sabrina gegen den Wind. Sie wollte unbedingt auf ihren Füßen bleiben. Ein einziger Ausrutscher, und beide würden stürzen. Und es wäre ein äußerst ungünstiger Moment für sie, auf dem Boden zu sitzen und ihre Glieder zu sortieren. Jetzt war jede Sekunde kostbar.

Das Licht fiel durch die zugezogenen Vorhänge eines der zur Lichtung weisenden Fenster. Mit jedem Schritt wurde es deutlicher, und ganz plötzlich tauchte dann im Schneetreiben der Umriß des Chalets auf. Keine zehn Meter entfernt lag es vor ihnen. Graham zerrte heftig an Sabrinas Ärmel und gab ihr zu verstehen, sie solle zur Rückseite des Chalets gehen. Sie nickte und zeigte ihm den erhobenen Daumen. Vorsichtig schlichen sie sich immer näher an das Chalet heran, bis sie so viel Licht hatten, daß sie das Seil lösen konnten, mit dem sie verbunden waren. Sabrina hielt ihren Zeigefinger hoch, um ihm zu bedeuten, daß sie etwas Zeit brauchen würde, um ihre Position zu beziehen. Dann verschwand sie hinter einer Ecke des Chalets. Graham bewegte sich vorsichtig auf die Vorderseite zu. Er erreichte die Tür, zählte dreißig Sekunden ab und löste dann das Funkgerät von seinem Gürtel. Darauf vertrauend, daß man seine Stimme des Sturmes wegen nicht hören würde, kauerte er sich im Windschatten der Wand auf den Boden, preßte das Funkgerät gegen die Lippen und gab, so laut er es wagte, Bastian seine Anweisungen. Einen Augenblick lang dachte Graham, Bastian habe ihn nicht gehört, doch unvermittelt blitzte der Scheinwerfer auf und tauchte das Chalet in gleißendes, durchdringendes Licht. Graham zog seine Skier aus, nahm seine Pistole und drückte kräftig die Türklinke nach unten. Die Tür war abgeschlossen.

Die Explosion riß Graham von den Füßen, schmerzhaft fiel er auf seine Hüfte, warf die Arme über seinen Kopf, als Trümmerteile auf den Schnee um ihn herum herabregneten. Vorübergehend außer Atem lag er da und bemühte sich, zu begreifen, was geschehen war. Durch den heulenden Wind hindurch drang ein anderes Geräusch in sein Bewußtsein. Entsetzt blickte er nach oben – und wurde vom gleißendhellen Lichtstrahl eines zweiten Scheinwerfers geblendet, der sich direkt über ihm befand, eines Scheinwerfers, der von der offenen Tür eines Hubschraubers aus bedient wurde. Eine Maschinengewehrsalve zerschmetterte den Scheinwerfer der Polizei, und plötzlich waren die Bäume wieder in Dunkelheit getaucht. Verzweifelt scharrte Graham im Schnee nach der Pistole, die ihm bei seinem Sturz aus der Hand geglitten war. Sie war veschwunden. Er fluchte wütend. Mit der Pistole hätte er den Scheinwerfer des Hubschraubers ausschalten können. Ein weiteres Raketengeschoß schlug im Dach des Chalets ein, und in einem wahren Hagel aus Ziegelsteinen stürzte der Kamin ein. Ohne Skier stolperte Graham durch den Schnee auf das Chalet zu und versuchte, eines der Fenster einzuschlagen, als eine Salve aus dem Maschinengewehr die Wand über ihm aufriß. Er warf sich zu Boden – wenige Sekunden später zerfetzte ein Kugelhagel das Fenster.

Die Vordertür wurde aufgerissen; für einen kurzen Augenblick sah man in der Türöffnung eine hellerleuchtete Gestalt. McGuire! Er hatte Skier an den Füßen; eine Kapuze verhüllte einen Teil seines Gesichts. Graham brüllte ihm zu, er solle wieder ins Chalet zurückgehen, aber sobald er den Mund öffnete, riß ihm der Wind die Worte weg. Entsetzt blickte McGuire zu dem Hubschrauber hoch und schob sich aus der Tür. Kurz darauf folgte ihm Bertranne, der Bauunternehmer, hinaus in den Schnee. Graham blieb liegen; hilflos schaute er zu, wie McGuire und Bertranne blindlings den Abhang hinunterglitten. Der Hubschrauber über den beiden Männern legte sich in eine steile Kurve, kam im Tiefflug hinter ihnen her, folgte ihren unbeholfenen Bewegungen wie ein riesiger Raubvogel. Eine Geschoßgarbe von oben traf Bertranne in den Rücken. Er fiel hin, und einer seiner Skistöcke geriet zwischen McGuires Beine; beide Männer stürzten kopfüber in den Schnee. Der Hubschrauber sank bis auf sieben Meter herab; eine maskierte Gestalt in der offenstehenden Tür gab mit ihrer Maschinenpistole eine lange Salve auf die beiden Männer ab. Unmittelbar danach wurde der Scheinwerfer ausgeschaltet; der Hubschrauber legte sich in eine scharfe Rechtskurve und verschwand über den Bäumen.

Langsam setzte sich Graham auf und schaute sich um, hatte immer noch Schwierigkeiten damit, zu begreifen, was er gerade gesehen hatte. Alles war so schnell vorüber gewesen, daß es fast wie ein Ereignis aus einem Alptraum wirkte. In der Dunkelheit sah er weder McGuire noch Bertranne, aber er wußte, daß sie tot waren. Kein Mensch war imstande, einen solchen Geschoßhagel zu überleben. Graham stellte sich die belanglose Frage, welches Mitglied des Kommandos wohl für eine so nüchterne, kaltblütige Exekution verantwortlich gewesen war. Mullen bestimmt nicht, er hatte sicher als Pilot fungiert. Also entweder Kerrigan oder Fiona Gallagher. Es mußte Kerrigan gewesen sein. Er war als extrem gewalttätig bekannt. Und er würde es genossen haben. Doch Graham wußte, eigentlich war es egal, wer gefeuert hatte. Das einzige, was jetzt zählte, war die Tatsache, daß die UNACO wieder von vorne anfangen konnte. Und dabei sollte doch bald Senator Scoby in London eintreffen ...

Aus der Dunkelheit heraus näherten sich Lichter. Auf Skiern glitt Bastian zu der Stelle, an der Graham an der Mauer des Chalets zusammengesunken war. Er richtete den Schein der Taschenlampe auf sein Gesicht. »Alles in Ordnung?«

»Ja«, erwiderte Graham. Dann schrak er hoch. »Sabrina?«

Bastian hielt Graham an der Schulter fest. »Sie bleiben hier. Wir sehen nach, was mit ihr los ist.«

»Sie ist meine Partnerin!« Graham wischte Bastians Hand von seiner Schulter, stand auf und stolperte durch den knietiefen Schnee zu dem Platz hinüber, an dem Marsh und einer von Bastians Männern an der Rückwand des Chalets knieten. Reglos lag Sabrina neben der Tür. Das Blut, das unter ihrer Kapuze hervorsickerte, hatte bereits den Schnee unter ihrem Kopf verfärbt.

»Sie kommt schon wieder auf die Beine, Mike«, versicherte ihm Marsh rasch.

»Rühren Sie sie nicht an«, fuhr Graham ihn an, als der Sergeant sie hochheben wollte. »Ich nehme sie schon. Kümmern Sie sich um die Tür!«

Marsh erwiderte nichts darauf. Mit einem von Bastians Männern brach er die abgeschlossene Hintertür auf. Vorsichtig schob Graham seine Hände unter Sabrina, hob sie hoch, trug sie ins Chalet und legte sie sanft auf das Sofa im Wohnzimmer.

»Was ist passiert?« fragt Eastman, der gerade hinter ihnen in der Türöffnung auftauchte.

»Es sieht so aus, als sei sie von einem herunterfallenden Trümmerstück getroffen worden«, antwortete Marsh.

»Wie geht es ihr?« fragte Eastman besorgt.

»Sehe ich aus wie ein Arzt?« fuhr ihn Graham an. »Bringen Sie mir ein paar Handtücher! Und schauen Sie, ob Sie eine Schere auftreiben können.«

Marsh eilte aus dem Zimmer.

»McGuire und Bertranne sind beide tot«, sagte Eastman.

»Erzählen Sie mir doch zur Abwechslung mal etwas, das ich nicht weiß«, erwiderte Graham und wischte Sabrina ein paar einzelne Haarsträhnen aus dem Gesicht. »Ich war doch dabei, als es passiert ist. Keiner von ihnen hatte die geringste Chance.«

Marsh kehrte mit zwei Badetüchern zurück, hinter ihm tauchte Bastian mit einer in der Küche gefundenen Schere auf. Vorsichtig durchtrennte Graham den elastischen Riemen, mit dem die Schutzbrille vor Sabrinas Gesicht gehalten wurde, schnitt einen Teil der Kapuze weg und neigte sanft ihren Kopf zur Seite, um sich die Verletzung besser ansehen zu können. Sie hatte eine klaffende Wunde am Nacken. Das bedeutete, daß sie ins Krankenhaus gebracht werden mußte.

»Sind Ihre Polizeihubschrauber mit Bahren ausgerüstet?« fragte er Bastian.

»Nein, aber ich habe bereits über Funk einen Hubschrauber der Bergrettung angefordert. Der hat eine Bahre.« Bastian blickte auf Sabrina hinab. »Ist es schlimm?«

»Eine schwere Schnittwunde, aber sobald sie bei einem Arzt ist, hat sie es geschafft. Wie lange wird es dauern, bis der Hubschrauber hier ankommt?«

»Er wird bald hier sein«, versicherte ihm Bastian. »Die Station ist nicht weit entfernt.«

Flatternd öffneten sich Sabrinas Augen. »Und wer von euch gibt mir jetzt die Sterbesakramente?« fragte sie die ängstlichen Gesichter, die auf sie herabblickten.

Graham kauerte sich neben sie. »Wie fühlst du dich?«

»Abgesehen von dem Bulldozer in meinem Schädel geht's mir gut. Was ist passiert? Ich kann mich nur noch an eine Explosion erinnern, dann war nichts mehr.«

Graham erläuterte ihr kurz, was geschehen war, nachdem sie das Bewußtsein verloren hatte.

»McGuire ist also tot?«

Graham nickte grimmig. »Er war bereits so gut wie tot, als er die Tür öffnete. Offensichtlich war das auch so geplant. Ein paar Raketen abschießen, damit McGuire in Panik gerät und versucht, um sein Leben zu laufen. Auf diese Weise konnten sie ihn mit dem Scheinwerfer aufspüren und fast nach Belieben abknallen. Das war auch die einzige Möglichkeit, mit der sie sichergingen, ihn wirklich erwischt zu haben. Der arme Kerl! Er hatte keine Chance.«

»Gibt es sonst noch Opfer?« fragte sie.

»Einer meiner Männer wurde am Bein erwischt«, antwortete Bastian. »Aber es hätte um einiges schlimmer kommen können. Glücklicherweise trafen die meisten Kugeln den Scheinwerfer. Danach haben sie nicht mehr auf uns gefeuert.«

»Sie waren auch nicht hinter uns her«, sagte Graham und schaute zu Bastian hoch. »Das heißt nicht, daß sie uns nicht getötet hätten, wenn wir ihnen im Weg gewesen wären. Verdammt, immerhin haben sie mich unter Beschuß genommen, als ich versuchte, ins Chalet einzudringen. Aber sie taten das nur deswegen, weil ich zu McGuire hätte vordringen und ihn vom Weglaufen hätte abhalten können. Nein, sie wußten genau, was sie taten. Und wie richtige Profis machten sie sich davon, sobald die Arbeit getan war.«

»Wodurch wir noch dümmer dastehen«, meinte Marsh.

»Nicht das erstemal«, fügte Graham hinzu und starrte Eastman vielsagend an.

Eastman hüllte sich in Schweigen. Einer von Bastians Männern tauchte auf und kündigte die Ankunft des Hubschraubers der Bergrettung an. Bastian eilte aus dem Zimmer.

»Mike?« fragte Sabrina leise.

»Ja?«

»Danke.«

»Werd' jetzt bloß nicht sentimental!« meinte er schroff.

Sie grinste, zuckte jedoch zusammen, als ein jäher Schmerz durch ihren Hinterkopf schoß. »Bring mich bloß nicht zum Lachen. Das tut verflixt weh.«

»Ich weiß. Als nächstes wirst du wollen, daß ich dir auf dem Weg ins Krankenhaus die Hand halte, nicht wahr?«

»Würdest du das tun?« erwiderte sie mit einem Ausdruck gespielter Unschuld im Gesicht. Sie holte tief Luft, um nicht wieder lachen zu müssen.

Bastian kam mit einem seiner Männer zurück. »Eine Landung ist für den Hubschrauber zu gefährlich. Sie werden für Miß Carver eine Bahre herunterlassen.«

»Ich schaff' das schon . . .« Sabrina versuchte, sich hinzusetzen, keuchte aber auf, als ein reißender Schmerz durch ihren Kopf schoß. Sie biß die Zähne zusammen, bis der Schmerz nachließ, dann legte sie sich langsam wieder auf das Sofa zurück. »Nun, vielleicht doch nicht.«

Ein vom Hubschrauber herabgelassener Arzt kam ins Zimmer; Schneereste bedeckten seinen Skianzug. Er unterhielt sich kurz mit Bastian, ging zum Sofa hinüber und kniete sich neben Sabrina hin. Während er ihre Wunde untersuchte, war sich Sabrina dessen bewußt, daß Graham über ihm stand und jede seiner Bewegungen verfolgte. Sie schaute zu ihm hoch, ihre Augenbrauen waren fragend gewölbt. Graham murmelte ein paar unverständliche Worte und trat einen Schritt zurück. Der Arzt nahm eine Spritze aus seiner Tasche, krempelte ihren Ärmel hoch und stieß die Nadel unter ihre Haut. Innerhalb weniger Sekunden wurde sie schläfrig. Als sie zu Graham herüberschaute, der am Fuß des Sofas stand, lächelte sie zufrieden in sich hinein. Sie wußte, er würde dasein und auf sie aufpassen. Dann glitt sie in die Bewußtlosigkeit.

8

»Dafür gäbe ich einiges.« Fiona drehte sich zu Mullen um, der gerade lautlos hinter ihr ins Wohnzimmer getreten war.

Mullen ging zum Fenster hinüber und legte ihr ermutigend einen Arm um die Schulter. »He, seit wann haben wir denn Geheimnisse voreinander?«

»Ein Geheimnis ist es wohl kaum. Ich dachte nur gerade, daß dies unter anderen Bedingungen eine ganz schön romantische Umgebung sein könnte. Ein Chalet in den Schweizer Alpen, und draußen wütet ein Schneesturm! Es fehlt nur noch das Bärenfell und die Flasche edler Champagner.«

»Und Sean«, ergänzte Mullen sanft.

Nachdenklich starrte sie in die hinter dem Fenster liegende Dunkelheit, tauchte dann unter Mullens Arm weg und ging hinüber zum Kamin, um ein weiteres Stück Holz auf das offene Feuer zu legen. »Dom hat gut daran getan, uns dieses Chalet so kurzfristig zur Verfügung zu stellen. Bei diesem Wetter findet diesen Ort kein Mensch. Und der Vorhersage zufolge wird der Schneesturm noch die ganze Nacht über andauern.«

Mullen setzte sich ans Feuer und streckte seine Hände den Flammen entgegen. »Wir sind gerade rechtzeitig gekommen. Noch zehn Minuten, und ich hätte irgendwo auf dem Berg heruntergehen müssen.«

»Du hast heute abend da oben eine fantastische Leistung hingelegt«, meinte Fiona und setzte sich ihm gegenüber in den Sessel. »Mir ist immer noch nicht klar, wie du es geschafft hast, den Hubschrauber bei diesem Seitenwind auf sicherem Kurs zu halten.«

»Wenn ich ehrlich sein soll, mir auch nicht«, erwiderte Mullen und goß sich aus der auf dem Tisch neben ihm stehenden Flasche einen kleinen Brandy ein. »An der irischen Küste kann der Wind manchmal auch ganz schön stark werden, aber verglichen mit den Verhältnissen, die wir heute nacht da draußen erlebt haben, ist das gar nichts. Aber wenigstens der Schneesturm ist bis zu unserer Landung hier noch ausgeblieben. Hätte er eine halbe Stunde früher eingesetzt, wären wir gezwungen gewesen, die Operation abzubrechen. Einen Hubschrauber bei heftigen Windstößen unter Kontrolle zu halten, ist eine Sache, aber von einem Schneesturm überrascht zu werden, ist noch mal etwas ganz anderes.«

»Was willst du mit dem Hubschrauber machen?«

Mullen nippte an seinem Brandy. »Ich lasse ihn einfach draußen stehen. Wahrscheinlich ist er inzwischen schon halb eingeschneit. Bis er aus der Luft entdeckt wird, sind wir schon lange über alle Berge. Und er ist sauber; es gibt nichts darin, mit dem sich eine Verbindung zwischen uns und McGuire herstellen ließe.«

Die Tür ging auf, und Kerrigan trat ins Zimmer. Mit einem Handtuch trocknete er sich seine nassen Haare ab. Offensichtlich hatte er getrunken. Er warf das Handtuch beiseite, zog sich den dritten Sessel näher und setzte sich. »Äh, schon besser. Ich glaube, in meinem ganzen Leben habe ich noch nie so sehr ein Bad genossen wie dieses Mal. Ich fühle mich fast wieder wie ein Mensch.«

»Einen Brandy?« fragte Mullen und hielt die Flasche hoch.

»Mach mir einen Doppelten«, sagte Kerrigan und fuhr sich mit der Hand durch die Haare.

Mullen reichte das Glas an Kerrigan weiter, dann hob er sein eigenes Glas und prostete Fiona zu. »Du hast zweifellos heute nacht da draußen ebenfalls Tolles geleistet. Aber du warst schon immer eine der besten Schützinnen in der Organisation.«

Fiona berührte Mullens Glas mit ihrer Kaffeetasse. Seit sie die Universität verlassen hatte, war sie abstinent. »Heute nacht haben wir alle drei gute Arbeit geleistet. Es war die ganze Zeit über klar, daß es eine schwierige Operation werden würde, auch ohne die zusätzlichen Probleme mit diesem widrigen Wetter. Doch wir haben alles reibungslos abgewickelt. Ich weiß, daß der Armeerat mit den Ergebnissen sehr zufrieden sein wird.« Sie hob ihre Tasse und prostete Kerrigan zu. »Gute Arbeit, Liam!«

»Sicher!« schnaubte Kerrigan. »Den verdammten Scheinwerfer bedienen! Tolle Sache!«

»Das war eine wichtige Aufgabe . . .«

»Komm mir jetzt bloß nicht von oben herab!« fiel ihr Kerrigan verärgert ins Wort. »Es ist erledigt, und dabei sollten wir es auch bewenden lassen. Komm, Hugh, gib mir noch einen Drink. Zum Teufel, gib mir schon die Flasche. Ich gieße mir selbst ein.«

»Du hast doch bereits eine Flasche intus. Bei unserer Ankunft standen zwei Flaschen auf dem Tisch. Jetzt steht da nur noch eine. Ich habe die andere Flasche nicht weggenommen, und Fiona trinkt nicht. Damit bleibst nur du übrig.«

»Brillante Schlußfolgerung, Sherlock Holmes«, höhnte Kerrigan, stand auf und schleuderte wütend das leere Glas ins Feuer. »Ich wußte gar nicht, daß ich dich jedesmal um Erlaubnis fragen muß, wenn ich einen Drink haben will.«

Mullen bedachte Kerrigan mit einem verächtlichen Blick. »Schau dich doch an. Wir sind noch keine Stunde hier, und schon bist du völlig besoffen!«

»Und was, bitte schön, hast du vor, dagegen zu unternehmen?« entgegnete Kerrigan sarkastisch. »Du machst mir dauernd Vorwürfe wegen meiner Trinkerei, hast aber noch nie versucht, mich davon abzuhalten, nicht wahr? Du reißt doch nur dein Maul auf, Hugh! Und nichts steckt dahinter. Du hast doch nicht den Mumm, mir die Stirn zu bieten, oder? Na, was ist?«

»Da irrst du dich«, sagte Mullen und sprang hoch.

»Das reicht jetzt aber!« fuhr Fiona dazwischen. »Setzt euch und hört auf, euch wie zwei halbwüchsige Kinder zu benehmen!«

Mullens Blick flog zu Fiona hinüber. Er wußte, sie hatte recht. Aber der Teufel sollte ihn holen, wenn er sich von Kerrigan demütigen ließ. Nicht vor ihr.

»Hugh, setz dich hin!« befahl sie und betonte dabei jedes Wort.

Mullen stieß heftig die Luft aus, dann setzte er sich langsam hin. Seine Augen blieben unverwandt auf Kerrigans Gesicht gerichtet.

»Liam, das gilt auch für dich!«

»Ich habe den letzten Befehl von dir entgegengenommen«, entgegnete Kerrigan. Seine Augen blitzten. »Der Einsatz ist beendet, und von jetzt an werde ich tun, was mir gefällt.«

»Ach ja?« meinte sie verächtlich. »Ich erinnere mich noch gut an das letztemal, wo du frech geworden bist. Das ist dir nicht sonderlich gut bekommen, nicht wahr?«

»Da hast du mich überrascht«, gab Kerrigan abwehrend zurück. »Ich versichere dir, das passiert nicht ein zweites Mal.«

»Du hast recht, das wird es auch nicht«, antwortete sie. Ihre Hand glitt unter das Kissen neben ihr und zog einen 45er Colt heraus, eine der Waffen, die zu der Lieferung gehörte, die zu Beginn des Abends bei Lynchs Haus eingetroffen war. Sie richtete ihn auf Kerrigan. »Bis wir morgen früh verschwinden, will ich dich hier nicht mehr sehen. Und jetzt raus mit dir!«

Kerrigan ließ seinen Blick von dem Revolver in ihrer Hand zu der kalten Reserviertheit in ihren Augen wandern. »Mich würdest du wohl auch noch umbringen, was?«

Fiona sagte nichts.

Kerrigan stürmte aus dem Zimmer; wütend knallte er die Tür hinter sich zu.

»Der kommt wieder«, meinte Mullen und starrte auf die Tür.

»Vielleicht.«

»Vielleicht? Du hast ihn gedemütigt, Fiona. Das läßt sich Liam von keinem gefallen, besonders nicht, wenn er betrunken ist.«

»Was hätte ich denn tun sollen? Zusehen, wie er dich zusammenschlägt?«

»Dein Vertrauen in mich ist ja wirklich rührend«, antwortete Mullen. Ihre Worte hatten ihn getroffen.

»Hör schon auf damit, Hugh. Du bist kein Straßenkämpfer. Er hätte es mit uns beiden aufnehmen können und immer noch gewonnen. Es stimmte, was er sagte: In der Pension habe ich ihn überrascht. Aber du kannst Gift darauf nehmen, daß er daraus gelernt hat.«

»Na, das wird ja noch eine tolle Nacht«, meinte Mullen und goß sich einen weiteren Drink ein.

»Wir sind im Vorteil. Ich bin bewaffnet, und alle anderen Waffen befinden sich noch im Hubschrauber. Selbst wenn er wollte, könnte er nicht an sie heran. Nicht bei diesem Wetter. Nein, ich glaube nicht, daß er uns diese Nacht noch einmal behelligen wird.«

»Ich hoffe, daß du recht behältst.«

»Das hoffe ich auch, und zwar um seinetwillen«, erwiderte Fiona, nahm ihre Tasse und trank den restlichen Kaffee aus.

»Um seinetwillen?« wiederholte Mullen.

»Wenn er heute nacht auch nur mit einem Fuß mein Zimmer betritt, bringe ich ihn um.«

Mullen fühlte, wie ihm ein kalter Schauer den Rücken hinunterlief. Er trank den Brandy, bremste sich jedoch, als er das Glas wieder füllen wollte. Plötzlich hatte er das Gefühl, was immer ihm in dieser Nacht noch bevorstehen mochte, er brauchte einen klaren Kopf dafür. Er wünschte nur, er hätte gewußt, was zu erwarten war . . .

Unvermittelt wachte Mullen auf. Das Licht brannte noch; das zerfledderte Taschenbuch, das er gelesen hatte, lag neben dem Bett auf dem Boden. Er konnte sich nicht mehr daran erinnern, eingeschlafen zu sein, und schaute auf seine Uhr. Es war fast zwei Uhr morgens; er hatte nur ein paar Stunden geschlafen. Hastig schwang er die Beine aus dem Bett, rieb sich schläfrig die Augen und stand auf. Was hatte ihn nur aufgeweckt? Hatte jemand an die Tür geklopft? Er ging zur Tür und öffnete sie. Der Flur war menschenleer.

Da hörte er ein Geräusch. Es war von irgendwo außerhalb des Chalets gekommen. Angst packte ihn. Was, wenn es die Polizei war? Doch wie hätte die Polizei sie finden können? Er schaltete das Licht aus, schlich vorsichtig zum Fenster, zog einen Vorhang zurück und spähte in die Dunkelheit hinaus. Der Schneesturm hatte sich gelegt. Alles war still. Dann sah er es: den Schein einer einzelnen Taschenlampe, und zwar genau dort, wo er den Hubschrauber abgestellt hatte. Es mußte die Polizei sein. War das Chalet bereits umzingelt? Plötzlich schwenkte der Lichtstrahl der Taschenlampe auf das Chalet zu. Mullen drückte sich gegen die Wand; das Gesicht nur wenige Zentimeter vom Fenster entfernt, spähte er vorsichtig zum Lichtschein hinüber. Langsam näherte sich dem Chalet eine gebeugte Gestalt, der Lichtstrahl der Taschenlampe schwankte bei jedem ihrer Schritte hin und her. Mullen atmete erleichtert auf. So würde sich die Polizei bestimmt nicht verhalten; entweder war es Fiona oder Kerrigan, der sich da draußen herumtrieb. Die Umrisse der Silhouette wiesen auf Kerrigan hin. Erneut war Mullen alarmiert. Welchen Grund gab es für Kerrigan, zum Hubschrauber hinauszugehen, außer sich zu bewaffnen? Mullen ließ den Vorhang wieder zurückfallen und eilte auf den Flur. Die Vordertür öffnete sich. Kerrigan kam herein, den Kopf noch gegen den beißenden Wind gesenkt. In einer mit einem Handschuh bekleideten Hand hielt er eine AK-47.

»Wofür zum Teufel soll die denn gut sein?« fuhr ihn Mullen an.

Kerrigan ging ins Wohnzimmer, ohne ihm zu antworten. Als Mullen hinterher kam, stand Kerrigan vor dem Feuer.

Die AK-47 lehnte an der Wand. Kerrigan zog sich seine Lederhandschuhe von den Fingern, kauerte sich vor dem Feuer hin und streckte die Hände nach den Flammen aus. »Dom und Ingrid sind tot«, sagte er.

»Was?« fragte Mullen ungläubig.

»Du hast es doch gehört!« brauste Kerrigan auf.

»Bist du immer noch betrunken, Liam? Geh und schlaf deinen Rausch aus.«

»Ich bin nicht betrunken«, erwiderte Kerrigan und schaute sich nach Mullen um.

Mullen mußte zugeben, daß Kerrigan keinen angetrunkenen Eindruck machte. Allerdings wirkte er aufgeregt. Äußerst aufgeregt.

»Ich konnte nicht schlafen, deshalb kam ich hier herunter, um ein bißchen Fernsehen zu schauen«, fuhr Kerrigan fort. »Es liefen gerade die Nachrichten. Und in einem der Berichte ging es um Dom und Ingrid. Sie sind tot, Hugh. Tot.«

»Und ich vermute, daß die Nachrichten passenderweise in englischer Sprache waren. Oder hattest du vielleicht gerade das nötige Wörterbuch zur Hand, um den Bericht zu übersetzen?«

»Ein gottverdammtes Wörterbuch hatte ich nicht nötig!« fauchte ihn Kerrigan an. »Auf dem Bildschirm sah man ein Bild von Dom und Ingrid. Es war einer der Schnappschüsse, die du bei ihrem Hochzeitsempfang gemacht hast. Es folgte ein Livebericht aus der Umgebung des Hauses. Herrgott, Mensch, der Reporter stand fast genau an der Stelle, an der du den Wagen geparkt hattest. Während er sprach, wurden hinter ihm auf Bahren zwei Leichen aus dem Haus getragen. Man hatte Decken über ihre Gesichter gezogen, und das heißt wohl, daß sie tot sind. Und mir ist auch klar, wer sie umgebracht hat.«

Mullen setzte sich langsam hin und fuhr sich mit den Fingern durch sein zerzaustes Haar. »Dom und Ingrid? Tot? Herrgott, nur das nicht!«

»Hast du mich nicht gehört? Ich sagte, ich weiß, wer sie umgebracht hat. Es war Fiona.«

»Was sagst du da?« fuhr ihn Mullen an. »Sie war doch die ganze Zeit bei uns!«

»O nein, das war sie nicht! Als wir nach draußen zum Wagen gingen, blieb sie zurück. Hast du das vergessen?«

»Und wie soll sie die beiden umgebracht haben? Alle Waffen befanden sich doch im Kofferraum des Wagens!«

»Sie hat sie umgebracht. Wer soll es denn sonst getan haben?«

»Du hast nicht den geringsten Beweis . . .«

»Vielleicht habe ich keine Beweise, ich weiß aber, warum sie es getan hat«, fiel ihm Kerrigan ins Wort. »Dom sagte mir im Vertrauen, daß er den Armeerat anrufen und ihm mitteilen wolle, daß er der Meinung sei, der Druck der Verantwortung als Führerin des Kommandos sei zuviel für sie. Sie hätten bestimmt auf ihn gehört. Und das hätte ihren Chancen, eines Tages ein eigenes Kommando anzuführen, ein Ende bereitet. Offensichtlich kam sie irgendwie dahinter, und deshalb mußte sie ihn und Ingrid zum Schweigen bringen. Es ist die einzige logische Erklärung. Doch der Teufel soll mich holen, wenn ich zulasse, daß diese Hure sich aus dieser Sache herausredet, wenn sie nach Hause kommt. Denn genau das wird sie tun. Der Armeerat hält sie für so großartig, daß er ihr alles glaubt, was immer Fiona ihm auch erzählt. Aber mit dieser Sache kommt sie mir nicht davon. Dieses Mal nicht.«

»Ich habe immer gewußt, daß du sie verabscheust, aber selbst ich dachte nicht, daß du einmal so tief sinken würdest. Herrgott, du widerst mich an! Ich weiß, daß Dom sie niemals auf diese Weise hintergangen hätte. Er liebte sie wie seine eigene Schwester. Hätte er etwas auf dem Herzen gehabt, hätte er sich mit ihr ausgesprochen. Ich kann es nicht fassen, daß du nur wenige Stunden nach Doms Tod so etwas sagen kannst. Du bist krank, Liam. Diese Besessenheit wird dich noch zugrunde richten.«

»Du bist mir gerade der Richtige, um von Besessenheit zu reden!« schnaubte Kerrigan verächtlich. »Du bist doch selber ganz besessen von Fiona. Oder etwa nicht? Du wolltest sie haben, seitdem du sie das erstemal gesehen hast. Aber du siehst nicht so gut aus wie Sean und bist auch nicht so helle wie er, daher war sie nie an dir interessiert. Statt dessen läufst du hinter ihr her wie ein kleines Hündchen und glaubst jeden Scheiß, mit dem sie dich füttert, um dich davon zu überzeugen, daß du ihr bester Freund und Vertrauter bist. Wenn du sie so sehr begehrst, warum fragst du nicht einfach, was sie kostet? Jede Hure hat ihren Preis.«

Kerrigan wich Mullens plötzlichem Faustschlag aus, zog mit einer heftigen Bewegung seinen Ellbogen nach oben und stieß ihn Mullen ins Kreuz, der mit dem Gesicht gegen die Wand flog. Zwei üble Nierenhaken folgten; Mullen ging nach Atem ringend in die Knie. Kerrigan drehte sich um und wollte nach der AK-47 greifen, als er Fiona mit dem 45er Colt in der Hand in der Tür stehen sah.

»Untersteh dich, auch nur daran zu denken«, sagte sie drohend. »Und jetzt geh von dem Gewehr weg, und zwar ganz langsam.«

Fiona sah, daß Kerrigan zögerte. Sie wußte, daß er sich fragte, ob er die Waffe erreichen könnte, bevor sie abdrückte. Doch sie war eine gute Schützin – nein, dieses Risiko würde er nicht eingehen. Er trat einen Schritt zurück, die Hände halb erhoben.

Fiona blickte zu Mullen hinüber. Der lag mit dem Rükken zu den beiden zusammengekrümmt auf dem Boden und rang immer noch nach Luft. Perfekt. Sie lächelte kalt – dann schoß sie Kerrigan in die Brust. Er wurde gegen die Wand geworfen, hob den Kopf, um sie anzuschauen, als sie ein weiteres Mal feuerte. Dieses Mal traf sie mitten ins Herz. Leblos glitt sein Körper auf den Boden. Seine ausdruckslosen Augen schienen sie immer noch ungläubig anzustarren. Sie trat die AK-47 von seiner ausgestreckten Hand weg und fühlte an seiner Halsschlagader, ob sein Herz noch schlug.

Mühsam kam Mullen auf die Beine. Sein Gesicht war schmerzverzerrt. »Ist er tot?«

Sie nickte langsam und ließ sich in den hinter ihr stehenden Sessel sinken. »Ich sagte ihm, er solle von dem Gewehr wegbleiben. Doch er versuchte, danach zu greifen. Ich mußte ihn erschießen, Hugh. Begreif doch, ich hatte keine andere Wahl!«

Mullen nahm ihr den Colt aus den Fingern, legte ihn auf den Tisch und drückte ihr beruhigend den Arm. »Ich hörte, wie du ihm sagtest, er solle vom Gewehr weggehen. Du hast ihm jede Chance gelassen. Hättest du ihn nicht erschossen, hätte er uns womöglich beide umgebracht.«

Sie lehnte sich zurück und schloß die Augen. »Sean wird am Boden zerstört sein. Er und Liam waren gute Freunde.«

»Das war nicht der Liam, den Sean kannte. Die letzten

Tage war er völlig verändert. Und die Nachrichten heute abend waren einfach zuviel für ihn. Hast du mitgekriegt, was passiert ist?«

Sie nickte. »Ich konnte euch von meinem Schlafzimmer aus hören. Meinst du wirklich, daß Dom und Ingrid tot sind?«

»Liam schien sich dessen sehr sicher zu sein«, erwiderte Mullen leise.

»O Gott!« Sie rieb sich ihre feuchten Augen; plötzlich schaute sie Mullen ins Gesicht. »Du glaubst doch nicht etwa, ich ...«

»Ich weiß, daß du sie nicht umgebracht hast«, erwiderte Mullen rasch.

»Ich hörte, wie Liam sagte, Dom wolle den Armeerat anrufen. Stimmt das? Ich habe nämlich nicht alles mitbekommen.«

Mullen erzählte es ihr.

»Warum hätte Dom das tun sollen? Wenn Dom irgend etwas auf dem Herzen gehabt hätte, wäre er damit doch zu mir gekommen. Das hat er immer getan ...« Ihre Stimme verlor sich, sie schluckte schnell.

»Ich glaube auch nicht, daß Dom den Armeerat angerufen hätte. Es war Liams letzter Versuch, mich gegen dich aufzubringen.«

»Je eher wir hier wegkommen, desto besser.«

»Da hast du recht. Was machen wir mit Liam?«

»Wir lassen ihn hier liegen«, antwortete sie. »Wenn wir versuchen, die Leiche zu begraben, würde man aus der Luft die Spuren im Schnee erkennen. Und wenn die Leute, die Dom und Ingrid umgebracht haben, auch hinter uns her sind, sollten wir es ihnen nicht so leichtmachen, diesen Platz zu finden, nicht wahr? Bestimmt nicht, bevor wir die Chance hatten, dem Armeerat Bericht zu erstatten. Der kann dieser Sache dann ja weiter nachgehen.«

»Und was willst du dem Armeerat über Liam erzählen?« fragte Mullen.

»Die Wahrheit. Was sonst? Ich kann nur hoffen, daß sie mir glauben. Immerhin war Kerrigan ein hochgeschätztes Mitglied der Organisation.«

»Du weißt, daß ich dabei hinter dir stehe.«

»Du bist ein guter Freund, Hugh. Danke, daß du immer für mich da bist.«

»Dafür sind wir doch Freunde.« Mullen ging auf die Tür zu. »Ich weiß, daß ich jetzt eine Weile keinen Schlaf finden kann. Willst du einen Kaffee?«

Sie nickte. »Ja, bitte. Aber nicht hier drin.«

»Ich nehme ihn mit auf mein Zimmer«, sagte Mullen, als er zur Küche ging.

Fiona ließ sich in den Sessel sinken und warf Kerrigans Leiche einen flüchtigen Blick zu. Das war gute Arbeit gewesen. Als sie am letzten Nachmittag seine Unterhaltung mit Lynch mitgehört hatte, war ihr sofort klar gewesen, daß sie auch Kerrigan töten mußte. Doch bei der Liquidierung McGuires hatte sie ihn noch gebraucht. Danach war er so gut wie tot. Sie konnte nicht zulassen, daß er dem Armeerat etwas von dem Gespräch erzählte, das er mit Lynch geführt hatte. Das wäre viel zu riskant gewesen. Plötzlich erinnerte sie sich an das, was Kerrigan über Mullen und seine Schwärmerei für sie gesagt hatte. Sie wußte das schon seit Jahren, und Kerrigan hatte recht gehabt: Dieser Unsinn, daß Mullen sich für ihren besten Freund und Vertrauten hielt, machte ihn tatsächlich glücklich, gab ihm das Gefühl, ihr nahe zu sein. Ein kleines Hündchen, das ihr überallhin nachlief. Sie lächelte. Solange er ihr brav folgte, sollte es ihr recht sein. Dann würde auch er, wie Kerrigan, entbehrlich werden. Und wenn dieser Zeitpunkt gekommen war, würde sie mit Sicherheit keine Skrupel haben, ihn zu töten . . .

Maurice Palmer legte den Hörer auf die Gabel, erhob sich, verließ sein Arbeitszimmer und schloß die Tür hinter sich. Er war ein großer, knochiger Mann Anfang Vierzig. Seit vier Jahren unterstanden ihm Scotland Yards Eliteeinheiten für die Terrorismusbekämpfung.

Als er ins Wohnzimmer kam, schaute seine Frau Sheila vom Kreuzworträtsel der *Times* hoch, in das sie gerade vertieft war. Ihr Blick folgte ihm, während er zu dem Tablett mit den Getränken hinüberging und sich einen kleinen Scotch einschenkte. Auch wenn er es nicht zeigte, wußte sie, daß er innerlich aufgewühlt war. Nur dann brauchte er einen Drink. Maurice setzte sich in seinen Lieblingssessel und hielt das Glas zwischen den Handflächen. Sein Blick war auf einen imaginären Punkt an der Wand über ihrem Kopf gerichtet. Bezüglich seiner Arbeit stellte sie ihm niemals Fragen, und er äußerte sich auch nie dazu. Doch immer, wenn er beunruhigt war, machte sie sich Sorgen. Und in ihrer zweiunddreißigjährigen Ehe hatte sie sich häufig Sorgen gemacht ...

»Bist du fertig?« fragte er plötzlich und deutete auf die auf ihrem Schoß liegende Zeitung.

»Nein, da sind ein paar harte Nüsse drin, die ich einfach nicht knacken kann«, antwortete sie und schüttelte frustriert den Kopf. »Vielleicht kannst du ja etwas mit ihnen anfangen. Ich schaffe es jedenfalls nicht.«

Er hielt die Hand hoch, als sie ihm die Zeitung reichen wollte. »Heute abend bin ich nicht dazu aufgelegt. Mir gehen ganz andere Sachen durch den Kopf.«

»Das habe ich auch schon bemerkt«, sagte sie und blickte auf das Glas, das er immer noch zwischen den Händen hielt.

»Du hättest Detektiv werden sollen, nicht ich«, meinte er mit einem Lächeln und stellte behutsam das Glas auf dem Tisch neben sich ab.

»Warum machst du nicht einen Spaziergang?« fragte sie. »Du weißt doch, daß es dir hilft, nachzudenken.«

»Nein, ich muß in der Nähe des Telefons bleiben.« Er blickte auf die Uhr auf dem Kaminsims. Es war zwei Minuten vor zehn. Mit der Fernbedienung schaltete er den Fernseher an. Die Zehnuhrnachrichten versäumte er nie. Sheila Palmer faltete die Zeitung zusammen, legte sie neben ihrem Sessel auf den Teppich und wandte ihre Aufmerksamkeit dem Bildschirm zu.

Das Telefon klingelte. Palmer sprang auf, um den Hörer abzunehmen.

»Guten Abend, Commander. Sergej Kolchinsky am Apparat. Können wir sprechen?«

»Nicht auf dieser Leitung. Ich lege den Anruf auf den

Anschluß mit dem Zerhacker.« Palmer drückte am Telefon einen Knopf, legte auf, ging in sein Arbeitszimmer und nahm den Hörer des Telefons auf dem Schreibtisch ab. »Jetzt können wir sprechen, Mr. Kolchinsky.«

»Gut.«

»Ich habe Ihren Anruf erwartet, seit ich heute am frühen Abend den Bericht über die Ereignisse in der Schweiz erhielt.«

»Sie sind also über alles informiert, was dort geschehen ist?« fragte Kolchinsky.

»Ja. Keith Eastman hat mich vor zwanzig Minuten angerufen.«

»Dann werden Sie auch wissen, daß eine Mitarbeiterin von mir bei dem Fiasko verletzt wurde«, meinte Kolchinsky ärgerlich.

»Keith hat es mir berichtet. Wie geht es ihr?«

»Man mußte die klaffende Wunde an ihrem Nacken mit sieben Stichen nähen. Sie bleibt die Nacht über zur Beobachtung im Krankenhaus. Den Berichten zufolge hat sie noch Glück gehabt. Der behandelnde Arzt sagte, wenn sie der Stein am Kopf und nicht im Nacken getroffen hätte, wäre sie möglicherweise nicht mehr am Leben.«

»Ich bin froh, daß es ihr gutgeht.«

»Michael Graham war fuchsteufelswild, als er am frühen Abend per Telefon Bericht erstattete, und er hat auch allen Grund dazu. Das ist jetzt das drittemal, daß die IRA schneller war als wir. Die ersten beiden Male gab es noch Zweifel darüber, wie die IRA an die entsprechenden Informationen gekommen ist. Beim erstenmal war es möglich, daß jemand das Gespräch in der Bar zwischen Graham und Roche mitgehört hatte, beim zweitenmal konnten die beiden die Fotos von Mullen und Kerrigan auf der Titelseite der Morgenzeitung entdeckt haben und deswegen aus der Pension geflohen sein. Nach dem heutigen Abend jedoch gibt es nur eine Möglichkeit: Sie haben in ihrer Organisation einen Spitzel, Commander, und der Spitzel heißt entweder Keith Eastman oder John Marsh.«

»Oder es ist jemand Ihrer Mitarbeiter!« gab Palmer zurück.

»Michael und Sabrina wurden erst bei ihrer Landung in Zürich über die Adresse des Chalets in Kenntnis gesetzt«, antwortete Kolchinsky rasch. »Michael machte mich darauf aufmerksam, daß sie in London lediglich erfuhren, daß sich McGuire in der Schweiz aufhielte. Die exakte Adresse des Chalets war ihnen unbekannt. Nur Eastman und Marsh waren von Anfang an über diese Adresse informiert. Und bevor die vier nach Heathrow Airport aufbrachen, hat entweder Eastman oder Marsh angerufen und behauptet, an Bord des Airbus befinde sich eine Bombe. Das verschaffte dem IRA-Kommando die nötige Zeit, vor ihnen einen anderen Flug in die Schweiz zu erwischen. Michael und Sabrina kommen daher als Verdächtige nicht in Frage.«

»Keith und John sind zwei meiner vertrauenswürdigsten Männer. Deshalb habe ich ihnen diesen Fall ja auch anvertraut. Ich glaube immer noch, daß die IRA die Adresse des Chalets von jemandem erhielt, der nichts mit unserer Organisation zu tun hat.«

»Wie dem auch sei, morgen abend trifft Jack Scoby in London ein, Commander! McGuire haben wir bereits verloren. Sollte jetzt Scoby irgend etwas zustoßen, dann gnade uns Gott!«

»Bezüglich Ihrer Theorie bin ich immer noch sehr skeptisch, Mr. Kolchinsky! Ich meine, was würde die IRA denn durch einen Mord an ihm gewinnen? Mein Gott, damit würden sie sich doch ihr eigenes Grab schaufeln! Große Teile der amerikanischen Öffentlichkeit würden sich gegen sie stellen, was wiederum eindeutig zur Folge hätte, daß die finanzielle Unterstützung, die sie aus den Vereinigten Staaten beziehen, gefährdet wäre.«

»Wir können es uns nicht leisten, selbstzufrieden zu sein, Commander. Wenn Scoby umgebracht wird und wenn es sich später herausstellt, daß sowohl die UNACO als auch die Abteilung für Terroristenbekämpfung vorher vor einem möglichen Anschlag auf sein Leben gewarnt wurden und nicht die notwendigen Schritte zu seinem Schutz unternommen haben, werden Köpfe rollen. Und das sind als erstes unsere Köpfe.«

»Ich mag ja skeptisch sein, Mr. Kolchinsky, aber ich nehme die Sache natürlich ernst. Sehr ernst.« Palmer stieß einen Seufzer aus und fuhr sich mit den Fingern durchs Haar. »Ich lasse die Büros und die Wohnungen der beiden durchsuchen, bevor sie morgen aus der Schweiz zurückkommen. Zwar gehe ich nicht davon aus, daß wir irgend etwas finden, aber Sie können wenigstens beruhigt schlafen. Wenn etwas gefunden wird, rufe ich Sie an.«

»Da wäre ich Ihnen sehr verbunden.«

»Gute Nacht, Mr. Kolchinsky.«

»Gute Nacht.«

Palmer legte auf, lehnte sich in seinem Sessel zurück und kaute nachdenklich auf seiner Unterlippe. Er fragte sich, auf welche Weise er die Nachforschungen am besten in die Wege leiten sollte, und beschloß dann, bei dieser Sache keine eigenen Männer einzusetzen. Das könnte als Befangenheit mißdeutet werden, insbesondere, wenn nichts gefunden wurde, was einen der beiden belastete. Und das würde ja mit Sicherheit der Fall sein. Er mußte sich Hilfe von außen holen, mit diesen Ermittlungen eine andere Abteilung betreuen: die Staatssicherheitspolizei. Bevor er die Abteilung für Terroristenbekämpfung übernommen hatte, war er Leiter dieser Abteilung gewesen, und der jetzige Chef der Staatssicherheitspolizei war ein alter Freund von ihm. Bei den Männern dort genoß er immer noch hohes Ansehen. Er wußte, daß er sich auf ihre Unparteilichkeit und vor allem auf ihre Diskretion verlassen konnte. Zunächst jedoch mußte er die Sache mit dem Polizeichef abklären. Allerdings hielt er das nur für eine Formsache. Die entsprechenden Durchsuchungsbefehle zu erhalten würde hingegen viel schwieriger werden. Insbesondere mitten in der Nacht. Aber er war fest entschlossen, sich in diesem Fall genau an die Vorschriften zu halten, denn für den unwahrscheinlichen Fall, daß doch etwas gefunden würde, das einen der beiden Männer mit der IRA in Verbindung brachte, war es dringend erforderlich, daß alle Schriftstücke in Ordnung waren.

Er hatte das Gefühl, daß ihm noch eine lange Nacht bevorstand.

Die Scobys lebten in einer zweistöckigen Villa auf Long Island. Eine drei Meter hohe Mauer umgab das Grundstück, das rund um die Uhr von bewaffneten Sicherheitskräften bewacht wurde. Eine der Wachen ging auf Whitlocks weißen BMW zu, der gerade vor den beiden hohen schmiedeeisernen Torflügeln anhielt. Eine auf der Mauer installierte Fernsehkamera schwenkte zum Wagen, im Innern des Gebäudes gab ein Wachmann die Autonummer des BMW in einen Computer ein, um zu überprüfen, auf wen der Wagen zugelassen war.

»Guten Abend«, sagte der Wachmann mit einem kurzen Lächeln, als er in den Wagen hineinblickte. Sein Blick wanderte von Whitlock zu Paluzzi, der auf dem Beifahrersitz saß, und wieder zurück zu Whitlock. »Was kann ich für Sie tun?«

»C. W. Whitlock. Wir sind um acht Uhr mit Mr. Scoby verabredet.«

Der Wachmann überprüfte die Ausweise der beiden Männer und reichte sie ihnen zurück. Er machte ein Funkgerät vom Gürtel los und sprach hinein. Nur Augenblicke später wurden die Tore vom Inneren des Hauses aus geöffnet. »Folgen Sie dem Weg. Er führt direkt auf den Hof.«

Whitlock dankte ihm und fuhr auf das Grundstück. Hinter ihm schlossen sich die Tore wieder. Er fuhr etwa zweihundert Meter die Auffahrt entlang, bevor er den mit Kies belegten Hof erreichte.

Vor dem Haus wartete mit düsterer Miene ein Butler. »Wenn Sie mir die Schlüssel geben wollen, Sir, lasse ich den Wagen in einer der Garagen abstellen.«

Whitlock gab dem Butler die Schlüssel, und der Mann geleitete sie die Treppe hoch ins Haus. An den Wänden des Flurs hingen Porträts früherer amerikanischer Präsidenten. Als Whitlock seinen Blick über die Galerie von Gesichtern schweifen ließ, stellte er fest, daß nur republikanische Präsidenten abgebildet waren und daß sich kein einziger demokratischer Präsident darunter befand. Er lächelte in sich hinein. Es war typisch für einen ausgesprochen rechtslastigen republikanischen Politiker, alle Demokraten mit Verachtung zu strafen. Besonders deren Präsidenten . . .

Der Butler führte sie in einen kleinen Salon. »Wenn Sie hier bitte warten wollen. Es wird nicht lange dauern, bis jemand kommt.«

Whitlock nahm sich eine Ausgabe des *Time Magazine* vom Couchtisch und setzte sich in den nächstbesten Sessel. Paluzzi ging zum Fenster hinüber und schaute über den weiten Rasen, der sich bis zu einem rautenförmigen Swimmingpool erstreckte. Obwohl der Pool von einem lichtstarken Flutlicht beleuchtet wurde, hielt sich keiner darin auf. Der Tennisplatz daneben lag im Dunkeln.

»Er muß über einiges an Geld verfügen, um sich so etwas hier leisten zu können«, meinte Paluzzi schließlich.

Whitlock schaute hoch und nickte. »Vergiß nicht, daß er einer der erfolgreichsten Rechtsanwälte in New York war, bevor er beschloß, sich für den Senat zu bewerben.«

»Sein Vater war Richter, nicht wahr?«

»Ja, Richter Arthur H. Scoby, ebenfalls ein engagierter Republikaner. Er ist letztes Jahr gestorben.«

Die Türen schwangen auf, und Ray Tillman kam ins Zimmer. Er schüttelte Whitlock die Hand, und der stellte ihm Paluzzi vor.

»Der Senator ist leider noch nicht wieder zurück«, teilte ihnen Tillman mit. »Er rief vor etwa einer Stunde an und sagte, er würde sich verspäten. Er hat mich gebeten, ihn dafür zu entschuldigen, daß er jetzt nicht da ist, um Sie persönlich zu empfangen. Momentan befindet er sich auf einem Treffen mit den führenden Finanzleuten der Stadt in einem Hotel drüben an der Fifth Avenue und ist dort unabkömmlich. Wenn ein neuer Senator gewählt wird, ist es immer das gleiche. Die Finanzleute wollen ihn auf die Probe stellen und schauen, was sie aus ihm herausholen können. Doch wie ich Jack kenne, werden sie heute abend mit leeren Händen weggehen. Sie haben sich zu lange an die Demokraten gehängt. Sie sind doch nicht etwa Demokraten, oder?«

»Wir sind keine Amerikaner«, antwortete Whitlock diplomatisch.

»Wenn man sich die lasche Außenpolitik der Demokraten anschaut, scheinen die meisten von ihnen ebenfalls keine Amerikaner zu sein«, lachte Tillman und klatschte in die Hände. »Aber kommen Sie doch bitte mit ins Wohnzimmer.«

Sie folgten Tillman in ein am Ende des Flurs gelegenes Zimmer, dessen Türen offenstanden. Eine große, elegante Frau stand am Erkerfenster. Als Tillman die beiden ins Zimmer führte, schaute sie sich um. Melissa Scoby war Ende Dreißig und hatte nichts von der Schönheit und den ausgewogenen Proportionen verloren, die sie einmal zu einem der begehrtesten Models in Europa und Amerika gemacht hatten. Mit zwanzig Jahren hatte sie Scoby geheiratet; ein Jahr später war ihr Sohn Lloyd auf die Welt gekommen. Er besuchte jetzt das erste Jahr die juristischen Seminare an der Harvard-Universität.

»Mr. Paluzzi wird uns morgen auf unserer Reise nach London begleiten«, sagte Tillman, als er die drei miteinander bekannt gemacht hatte.

»Dann bin ich mir sicher, daß wir uns in besten Händen befinden«, sagte sie mit einem leichten Lächeln, hakte sich bei Paluzzi ein und führte ihn zum Sofa. »Wie lange sind Sie schon in Amerika, Mr. Paluzzi?«

»Einige Monate«, antwortete Paluzzi.

Sie setzte sich. »Und aus welchem Teil Italiens kommen Sie?«

»Aus Pescara, einem Ferienort an der Ostküste.«

»Der Name ist mir vertraut«, antwortete sie. »Ich habe ein halbes Jahr als Model in Mailand gelebt. Sind Sie verheiratet?«

»Ja«, erwiderte er. »Wir haben einen elf Monate alten Sohn. Er heißt Dario.«

Sie nickte und schaute zu Tillman hoch. »Ray, servier unseren Gästen doch einen Drink.«

»Selbstverständlich. Meine Herren?«

»Für mich etwas Nichtalkoholisches«, erwiderte Whitlock. »Ich muß noch fahren.«

»Mr. Paluzzi?« fragte Tillman.

»Ein Bier wäre nett«, antwortete Paluzzi.

Tillman ging zum Sideboard hinüber und öffnete eine der Türen; innen befand sich eine Mini-Bar. Er entnahm dem Kühlfach ein Budweiser und eine Cola und schloß die Tür wieder. Kaum hatte er Whitlock und Paluzzi die Getränke überreicht, da öffnete sich die Tür, und Jack Scoby trat ins Zimmer.

»Für mich einen Jack Daniels, Ray«, verkündete Scoby, zog sich das Jackett aus und hängte es über die Lehne des nächstgelegenen Sessels. »Einen Doppelten, okay? Herrgott, war das ein Tag!« Er gab seiner Frau einen flüchtigen Kuß auf die Wange, drehte sich zu Whitlock um und streckte ihm die Hand zum Gruß entgegen. »Schön, Sie wiederzusehen!«

Whitlock schüttelte Scobys Hand und stellte ihm Paluzzi vor.

»Er wird in London dein Leibwächter sein, Schatz«, sagte Melissa Scoby und sah Paluzzi von der Seite an.

Es klopfte an der Tür, und der Butler kam herein. »Ein Anruf für Sie, Mrs. Scoby!«

»Wer ist es, Morgan?« fragte sie leicht gereizt.

»Der junge Herr Lloyd. Möchten Sie, daß ich den Anruf hier ins Zimmer stelle, Madam?«

»Nein, ich nehme ihn im Flur entgegen.« Melissa Scoby erhob sich, strich ihren Rock glatt und folgte dem Butler aus dem Zimmer.

Tillman reichte Scoby seinen Drink. »Wir müssen noch miteinander sprechen.«

»Sicher«, erwiderte Scoby abwesend.

»Jetzt, Jack. Es ist wichtig.« Tillman blickte auf Whitlock herab. »Würden Sie uns entschuldigen? Es sollte nicht allzu lange dauern.«

»Aber bitte! Gehen Sie nur!« erwiderte Whitlock.

Scoby und Tillman verließen das Zimmer.

»In ihrer Gegenwart fühle ich mich unbehaglich«, meinte Paluzzi und blickte zu den geschlossenen Türen hinüber.

»Sie ist dafür bekannt, daß sie gerne flirtet«, sagte Whitlock. »Mach dir aber deswegen keine Sorgen. Sie wird nichts tun, was ihre Chancen, eines Tages First Lady zu werden, beeinträchtigt. Dafür ist sie viel zu gewieft.« Er nahm einen Schluck von seiner Cola und stellte das Glas auf den Tisch neben sich. »Was ich dir jetzt erzähle, bleibt natürlich unter uns.«

»Selbstverständlich«, antwortete Paluzzi und beugte sich nach vorne.

»Vielleicht ist dir ja aufgefallen, daß Tillman ihr keinen Drink angeboten hat. Sie rührt keinen Alkohol an. Zumindest jetzt nicht mehr.«

»Willst du damit sagen, daß sie Alkoholikerin war?« fragte Paluzzi erstaunt.

»So würde ich es nicht ausdrücken. Sie hat etliche Jahre getrunken, aber immer allein in ihren vier Wänden. Darum gelangte das auch nie an die Presse. Ihre Freunde haben fest zu ihr gehalten, sie beschützt und schließlich dazu überredet, in eine dieser Entziehungskliniken zu gehen. Sie ist jetzt völlig trocken.«

»Warum hat sie denn überhaupt getrunken?«

»Aus Langeweile und Einsamkeit. Nun, so haben es zumindest ihre Freunde gesehen. Nach außen hin sind Jack und Melissa das perfekte Ehepaar. Doch der Schein trügt. Die Ehe ist alles andere als stabil. Scoby ist ein Workaholic. Seit seinem Abschluß in Harvard arbeitet er vierzehn, fünfzehn Stunden am Tag. Wodurch nicht geade viel Zeit für seine Frau übrigbleibt. Aber verlassen wird sie ihn nie, dafür ist sie viel zu clever. Sie wird bei ihm bleiben, weil sie genau wie er darauf versessen ist, eines Tages ins Weiße Haus zu kommen.«

»Und ihr Sohn?«

»Der ist ganz wie der Vater. Und nach allem, was man so hört, versteht er sich mit seiner Mutter nicht besonders gut.«

»Warum stand davon nichts in den Unterlagen, die man uns für diesen Einsatz mitgegeben hat?« fragte Paluzzi.

»Weil es für diesen Fall nicht weiter von Bedeutung ist. Die UNACO hat einen Informanten im Kapitol, der über alles informiert ist, was die Politiker dort betrifft. Doch um an diese speziellen Informationen heranzukommen, mußte er sich ganz schön anstrengen. Scoby hat ein paar sehr gute Verbindungen zum Kapitol, Leute, die sofort aktiv werden, wenn auch nur der kleinste Skandal über ihn oder eines seiner Familienmitgleider an die Öffentlichkeit dringt. Offensichtlich schützen sie ihn schon für die Zeit seiner Kandidatur als Präsidentschaftskandidat.«

Paluzzi lehnte sich in seinem Sessel zurück und trank einen Schluck Bier. »Was ist, wenn sie versucht, mit Mike anzubändeln? Immerhin ist er derjenige mit dem guten Aussehen.«

Langsam verzog sich Whitlocks Mund zu einem breiten Grinsen. »Ich würde einiges darum geben, das mitzuerleben!«

Tillman entnahm seinem Aktenkoffer die Mappe und legte sie auf Scobys Schreibtisch. Scoby schaute zu ihm hoch, sagte aber nichts. Er konnte es immer noch nicht fassen, was Tillman ihm gerade eröffnet hatte. Sie hatten alle Vorkehrungen getroffen, um sicherzugehen, daß jedes Treffen zwischen Tillman und Miguel Cabrera unter äußerster Geheimhaltung stattfand. Nichts hatte man dem Zufall überlassen. Warum hatten sie sich überhaupt diese Mühe gemacht? Zum Teufel, genausogut hätten sie sich gleich in Navarros Büro treffen können! Immer noch galt seine Wut mehr Navarro als dem Kolumbianer. Es war eine Wut, die aus der Angst entsprang. Er selbst war es gewesen, der sich die ganze Operation ausgedacht hatte. Er hatte ausgehandelt, welcher Anteil dabei für ihn abfiele und an die Juntas in Süd- und Mittelamerika weitergeleitet werden könnte. Er war von Anfang an für die Sache verantwortlich gewesen. Und jetzt war es Navarro, der das Sagen hatte, und das machte ihm angst. Der Drahtzieher war zur Marionette geworden ...

»Willst du eines der Bänder hören?« fragte Tillman.

»Wozu denn, zum Teufel?« gab Scoby wütend zurück.

»Ich dachte nur ...« Tillman beendete den Satz mit einem mutlosen Achselzucken.

Scoby öffnete die Mappe und überflog die Fotos. Ungläubig schüttelte er den Kopf, dann bedachte er Tillman mit einem wütenden Blick. »Ich kann nicht fassen, wie das direkt vor deinen Augen geschehen konnte. Herrgott,

Ray, wie oft hast du dich mit diesem Scheißkerl getroffen? Zehnmal? Zwölfmal? Und jedesmal hat er es nicht nur geschafft, dich auf einen Film zu bannen, sondern hat dabei auch noch jedes deiner Worte mitgeschnitten. Hast du denn nie auch nur den geringsten Verdacht geschöpft?«

»Meinst du nicht, ich hätte davon berichtet, wenn das der Fall gewesen wäre?« gab Tillman ärgerlich zurück.

Scoby warf die Fotos auf den Schreibtisch, stand auf und ging zum Fenster. »Nun, dank deiner Inkompetenz bestimmt jetzt Navarro, wo es langgeht. Und es gibt absolut nichts, was wir dagegen unternehmen könnten, ohne uns selbst zu belasten.«

»Für uns wird die Sache immer noch aufgehen, Jack. Wie Navarro sagte, übernimmt die Mafia alle Risiken, sobald die Sendungen unbehelligt durch den Zoll gekommen sind.«

»Warum beruhigt mich das denn nicht?« Scoby klappte die Mappe wieder zu und blickte zu Tillman hinüber. »Und was jetzt?«

»Nächsten Dienstag treffe ich Navarro, um ihm unsere Antwort zu vermitteln.«

»Die hättest du ihm auch schon heute nachmittag geben können. Wir haben dabei doch absolut nichts zu sagen. Man hat uns reingelegt, und das war's.« Scoby deutete auf die Schachtel mit den Kassetten. »Verbrenne sie.«

»Und die Mappe?«

»Die nicht. Das will ich mir noch genauer ansehen. Wenn wir gezwungen sind, nach Navarros Pfeife zu tanzen, können wir es ihm zumindest ein wenig schwerer machen, an sein Geld zu kommen.«

»Und das heißt?«

»Das heißt, daß er es mit Jack Scoby zu tun hat. Und ich habe vor, soviel wie nur möglich aus ihm herauszupressen. Immerhin habe ich ja nichts zu verlieren, nicht wahr?« Scoby lächelte kalt und ging zur Tür. »Leg die Mappe in meine Aktentasche. Ich werde sie mir anschauen, sobald wir in London sind. Und dann komm ins Wohnzimmer. Wir dürfen ja nicht unsere Gäste vergessen, nicht wahr?«

»Ich kann es nicht glauben.«

Maurice Palmer saß in seinem Arbeitszimmer hinter dem Schreibtisch, er wirkte abgespannt und bleich. Vor ihm lagen die Beweise, die er gefürchtet hatte, seit die Staatssicherheitspolizei eingeschaltet worden war, um Eastman und Marsh zu überprüfen. Einer von ihnen hatte tatsächlich mit der IRA gemeinsame Sache gemacht.

»Tut mir leid, Maurice, aber wir haben es hier schwarz auf weiß«, erwiderte Commander Richard Carter, der Leiter der Staatssicherheitspolizei. Carter zündete sich eine Zigarette an und warf das Streichholz in den auf dem Schreibtisch stehenden Aschenbecher. »Du hast eine Menge von ihm gehalten, nicht wahr?«

»Ich hielt ihn zumindest für einen zukünftigen Abteilungsleiter. Wer weiß, was nach dieser Sache mit ihm passiert? Er hätte können!« Palmer deutete auf die Zigarette zwischen Carters Lippen. »Gibst du mir auch eine?«

»Ich dachte, du hättest damit aufgehört«, sagte Carter und warf die Schachtel auf den Schreibtisch.

»Das dachte ich auch«, gab Palmer zurück und nahm sich eine Zigarette.

Carter zündete sie ihm an. »Nun, wir haben ihn zumindest entlarvt, bevor er noch größeren Schaden anrichten konnte.«

»Er hat bereits genug Schaden angerichet«, fuhr ihn Palmer an. Seitdem Carter ihm die Nachricht überbracht hatte, war es das erstemal, daß seine Wut offen zutage trat. »Ich habe ihm vertraut wie einem Sohn, und das ist jetzt der Dank für dieses Vertrauen. Wer weiß, wie sehr er uns über die Jahre hinweg bereits geschadet hat oder wie viele unschuldige Menschen aufgrund seines Verrats ihr Leben lassen mußten!«

»Das kann nur er beantworten, Maurice«, erwiderte Carter.

»Oh, das wird er auch«, gab Palmer zurück und stieß mit der Zigarette nach Carter. »Darauf kannst du Gift nehmen!«

»Hast du schon darüber nachgedacht, wie du das dem Polizeichef beibringen willst?«

»Sehr vorsichtig«, erwiderte Palmer knapp. »Ich werde ihn darüber informieren, sobald die beiden aus der Schweiz zurück sind. Ich will so viele Informationen wie nur möglich haben, bevor ich mit ihm spreche.«

»Du bist nicht zu beneiden«, meinte Carter grimmig. »Die Sache reißt eine entsetzlich große Lücke ins Sicherheitssystem.«

»Und das ist noch gelinde ausgedrückt.« Palmer klopfte die Asche der Zigarette in den Aschenbecher und schaute auf die Uhr. Es war siebzehn Minuten nach fünf. »Du solltest besser nach Hause gehen, bevor Phyllis aufwacht.«

Carter unterdrückte ein Gähnen und nickte zustimmend. Er drückte die Zigarette aus und erhob sich. »Halt mich auf dem laufenden, ja?«

»Du bist wohl wild auf Arbeit, was?« fragte Palmer und lächelte gezwungen.

»Was sonst?« erwiderte Carter und lächelte zurück. Er streckte die Hand über dem Schreibtisch aus und gab Palmer einen Klaps auf den Arm. »Du machst das schon. Solche Dinge geschehen eben. Der Chef wird zwar Krach schlagen, wenn du es ihm erzählst, aber wenn du ihn dann das nächstemal wiedersiehst, hat er alles vergessen.«

Palmer begleitete Carter zur Haustür. »Danke, daß du vorbeigekommen bist, Richard. Ich schätze das sehr.«

»Du hättest dasselbe doch auch für mich getan. Bestell Sheila herzliche Grüße, ja?«

»Natürlich. Gute Nacht, Richard.«

»Gute Nacht, Maurice«, sagte Carter, als er mit energischen Schritten zu dem auf ihn wartenden Streifenwagen hinüberging.

Palmer schloß die Tür und ging ins Arbeitszimmer zurück. Er schob das Beweismaterial zusammen, legte es wieder in die Mappe und zog das Telefon auf sich zu. Dann nahm er den Hörer ab und wählte die Privatnummer von Kolchinsky.

9

Am frühen Morgen wurde Sabrina aus dem Krankenhaus entlassen, so daß sie rechtzeitig zum Rückflug nach London um elf Uhr in Zürich eintrafen. Sie wirkte blaß und müde. Am Abend zuvor hatte sie sich geweigert, die ihr angebotenen Beruhigungsmittel zu nehmen. Innerhalb weniger Minuten war sie auf ihrem Sitz im Flugzeug eingeschlafen. Graham gab der Stewardeß die strikte Anweisung, Sabrina bis zur Ankunft in London nicht zu stören.

Auch Eastman und Marsh wirkten erschöpft. Sie waren den größten Teil der Nacht auf den Beinen gewesen, hatten ihre Berichte für Palmer zusammengestellt und freuten sich beide darauf, vor Scobys Ankunft am Abend den Komfort ihrer eigenen Betten zu genießen und sich noch ein paar Stunden Schlaf zu gönnen, sobald sie in London angekommen waren.

Zwei Mitglieder der Sonderabteilung für Terroristenbekämpfung standen in Heathrow bereit, um die beiden abzuholen, und recht bald wurde offensichtlich, daß an Schlaf nicht zu denken war. Palmer wollte Marsh und Eastman dringend in seinem Büro in New Scotland Yard sehen. Graham und Sabrina wurden mit einem der Wagen zum Grosvenor House Hotel gebracht, in dem Scoby für die Dauer seines Aufenthalts untergebracht sein würde.

Palmer telefonierte gerade, als Eastman und Marsh in sein Büro traten. Er deutete auf die beiden Sessel vor seinem Schreibtisch. »Ich rufe zurück«, sagte er dem Anrufer abrupt, legte auf und griff nach der auf dem Schreibtisch liegenden Zigarettenschachtel.

»Ich dachte, Sie hätten das Rauchen aufgegeben, Sir?« meinte Eastman überrascht, als Palmer sich eine Zigarette zwischen die Lippen steckte und anzündete.

»Bis gestern abend dachte ich das auch«, gab Palmer in scharfem Ton zurück. Er nahm einen tiefen Zug aus der

Zigarette und blies den Rauch zur Decke. »Nach dem Debakel in der Schweiz letzte Nacht war klar, daß die IRA im Kern unserer Abteilung einen Spitzel haben muß. Wie hätte die IRA sonst jede Ihrer Bewegungen vorhersehen können?«

»Es sieht wirklich ganz danach aus, Sir«, stimmte Eastman zu.

»Letzte Nacht ist die Staatssicherheitspolizei eingeschaltet worden, um den Spitzel aufzuspüren. Die ersten, über die man Nachforschungen anstellte, waren Sie beide. Kurz nach Mitternacht inspizierte man gleichzeitig Ihre Büros und Ihre Wohnungen.« Palmer nahm eine Computerdiskette aus einer Schublade und legte sie vor ihnen auf den Tisch. »Ich glaube, die gehört Ihnen, John, nicht wahr?«

Marsh nahm sie hoch und drehte sie zwischen den Fingern hin und her. Sie war mit einer roten Vier beschriftet. »Ja, Sir, sie gehört mir. Es ist die Sicherungskopie einer der Disketten in meinem Büro. Ich bewahre alle meine Sicherungsdisketten zu Hause in meinem Safe auf. Wie sind Sie denn an die herangekommen?«

»Ihre Frau gab den Beamten der Staatssicherheitspolizei die Zahlenkombination Ihres persönlichen Safes. Und bevor Sie jetzt irgend etwas dazu sagen: Ihr blieb nichts anderes übrig. Die Beamten hatten Durchsuchungsbefehle.«

»Und was ist damit?« fragte Marsh und hielt die Diskette hoch.

»Dem Index des Computers in Ihrem Büro zufolge enthält diese Diskette die Namen, Adressen und Telefonnummern Ihrer Kontaktmänner und Informanten. Ist das zutreffend?«

»Ja, Sir.«

»Dann erzählen Sie mir bitte, um wen es sich bei der ›Rebellin‹ handelt.«

»Die ›Rebellin‹?« wiederholte Marsh mit einem Stirnrunzeln. »Ich kenne keinen, der diesen Decknamen benutzt.«

»Wie erklären Sie sich dann, daß er zwar auf dieser Diskette aufgeführt wird, aber nicht auf der Diskette steht, die man aus Ihrem Büro geholt hat?«

»Das ist unmöglich, Sir«, erwiderte Marsh verwirrt. »Ich sagte Ihnen doch, daß ich meine Bürodiskette benutze, um diese Diskette immer auf den neuesten Stand zu bringen. Sie stimmen exakt überein.«

Palmer entnahm der Akte vor sich zwei Bögen Computerpapier und legte sie vor Marsh hin. »Das sind die Ausdrucke der beiden Disketten. Wie Sie sehen, befindet sich dort auf Ihrer Sicherungsdiskette ein zusätzlicher Eintrag: ›Rebellin.‹«

Marsh fuhr sich mit den Fingern durch seine blonden Haare. »Aber das ergibt keinen Sinn, Sir. Es ist unmöglich . . .«

»Das sagten Sie bereits!« unterbrach ihn Palmer. »Aber die Beweise liegen vor Ihnen. Und Sie werden auch sehen, daß unter dem Eintrag ›Rebellin‹ zwei Telefonnummern aufgeführt sind. Die Nummern wurden von den Beamten der Staatssicherheitspolizei überprüft. Bei der ersten handelt es sich um die Nummer einer bekannten konspirativen Wohnung der IRA in London. Bei der zweiten um eine Nummer aus Belfast. In der Wohnung sind Sean Farrell und Fiona Gallagher gemeldet. Daher würde ich meinen, es kann als sicher gelten, daß es sich bei der ›Rebellin‹ um Fiona Gallagher handelt.«

»Sir, das ist doch lächerlich«, sagte Marsh und sprang auf.

»Setzen Sie sich gefälligst!« donnerte Palmer.

Marsh warf Eastman einen verzweifelten Blick zu und nahm wieder Platz.

»Dann sind da noch die zehntausend Pfund, die in Ihrem Geräteschuppen gefunden wurden.«

»Was?« fragte Marsh erstaunt zurück. »Herrgott, was geht hier vor? Ich weiß nichts über irgendwelche zehntausend Pfund!«

»Zwei Bündel. Fünftausend Pfund in jedem Bündel. Die oberste und unterste Banknote wurde auf Fingerabdrücke untersucht. Wir hofften, einen Abdruck zu finden, der das Geld mit der IRA in Verbindung bringen würde.

Und das war ein Volltreffer. Ein Fingerabdruck wurde in unserem Zentralcomputer als der linke Daumenabdruck von Kevin Brady identifiziert. Ich muß Ihnen ja wohl nicht sagen, daß Brady Stabschef im Armeerat der IRA ist und somit der meistgesuchte Mann in Großbritannien. Wie erklären Sie sich, daß sich sein Fingerabdruck auf der Banknote befindet?«

»Ich habe keine Erklärung dafür«, stieß Marsh hervor. »Offensichtlich wurde er absichtlich dort angebracht, damit ich für irgend jemand anderen den Kopf hinhalte.«

»Bei dem Geld könnte ich das ja noch glauben, bei der Diskette jedoch nicht. Wie viele Menschen kennen die Zahlenkombination Ihres Safes?«

»Nur meine Frau und ich«, antwortete Marsh verzweifelt. Er schob die Finger unter seinen Kragen und zerrte ihn auseinander. »Irgend jemand muß sie herausgefunden haben, Sir. Das ist die einzige logische Erklärung.«

»Ich schlage vor, Sie sparen sich Ihre Beteuerungen für die Geschworenen auf. Vielleicht nehmen die sie Ihnen ja eher ab. Ich kann Ihnen das beim besten Willen nicht glauben. Der Himmel weiß, wieviel Schaden unserer Organisation bereits zugefügt wurde, seit Sie begonnen haben, für die IRA zu arbeiten.«

»Sir, bitte, hören Sie doch . . .«

»Keith, draußen warten zwei Männer der Staatssicherheitspolizei«, unterbrach ihn Palmer. »Bitten Sie sie herein, ja?«

Eastman zögerte.

»Muß ich sie selber holen?« fragte Palmer ärgerlich.

Widerwillig erhob sich Eastman und rief die Männer ins Zimmer.

»John, Sie sind von diesem Augenblick an Ihres Amtes enthoben. Sie kennen Ihre Rechte, es steht Ihnen frei, einen Rechtsanwalt hinzuzuziehen, wenn Sie von der Staatssicherheitspolizei verhört werden. Und vergessen Sie nicht, Ihre Dienstmarke abzugeben, bevor Sie gehen. Sie werden sie nicht länger brauchen.«

Marsh zog die Dienstmarke aus der Tasche und reichte sie Eastman. Die beiden Männer der Staatssicherheitspolizei nahmen Marsh in ihre Mitte und führten ihn aus dem Zimmer.

Als sich die Tür hinter Marsh geschlossen hatte, nahm Eastman langsam wieder auf seinem Stuhl Platz und schaute zu Palmer hinüber. Ihm war deutlich anzusehen, daß er nicht glaubte, was er da gesehen hatte. »Die Beweise mögen ja schlüssig wirken, Sir, aber ich glaube immer noch, daß John unschuldig ist. Wahrscheinlich kenne ich John besser als jeder andere in Scotland Yard. Die Sonderabteilung für Terroristenbekämpfung war sein Leben. Alles andere war zweitrangig.«

»Jetzt wissen wir auch, warum«, erwiderte Palmer, drückte seine Zigarette aus und griff wieder nach der Schachtel. Er stieß einen wütenden Fluch aus und warf sie beiseite. »Schauen Sie mich an! Ich rauche wie ein Schlot, als hätte ich nie damit aufgehört. Meinen Sie denn, ich wäre über diese Sache nicht genauso erschüttert wie Sie, Keith? John war einer der vielversprechendsten Beamten, die ich in der Abteilung hatte. Ich wollte, daß er noch weit kommt. Was mich jedoch wirklich wurmt, ist der Gedanke, daß das Leben meiner Leute wegen seines Verrats auf dem Spiel gestanden haben könnte. Wer weiß, wie viele vertrauliche Informationen er an die IRA weitergegeben hat, seit er für sie arbeitet.«

»Wenn man ihm einen Schauprozeß macht, kann das dem Image der Sonderabteilung für Terroristenbekämpfung doch nur schaden. Dem Ansehen der IRA kommt diese Publicity hingegen eher zugute.«

Palmer zündete sich eine weitere Zigarette an. »Ich bin mir des Schadens, den es der Abteilung als Ganzes zufügen wird, durchaus bewußt. Parlamentsmitglieder der Opposition werden nach einer öffentlichen Untersuchung schreien. Das machen sie bei solchen Gelegenheiten immer. Doch was können wir dagegen unternehmen? Wir können Marsh ja wohl kaum heimlich entlassen und hoffen, daß von diesem Fall nie etwas der Presse zu Ohren kommt.«

»Nach britischem Recht ist ein Mann unschuldig, solange seine Schuld nicht erwiesen ist.« Eastman warf

Marshs Dienstmarke auf den Schreibtisch und ging zur Tür. Dort hielt er inne, seine Finger berührten die Klinke, und er schaute sich nach Palmer um. »Aber ein Schauprozeß funktioniert ja nach anderen Gesetzmäßigkeiten, nicht wahr, Sir? Dort ist ein Mann schuldig, solange seine Unschuld nicht erwiesen ist. Und das wird nie der Fall sein, nehme ich an!«

»John wird ein faires Verfahren erhalten«, gab Palmer zurück. Die Unterstellung, er könne in irgendeiner Weise Einfluß auf den Ausgang des Verfahrens nehmen, machte ihn wütend.

»Das hängt ganz davon ab, was Sie unter ›fair‹ verstehen, Sir. Sind wir da nicht einer Meinung?« erwiderte Eastman und ging aus dem Zimmer, bevor Palmer etwas dazu sagen konnte.

Graham saß aufrecht im Bett, hatte seinen Rücken mit einem Kissen unterstützt und verfolgte im Kabelfernsehen einen Ringkampf. Als es an der Tür klopfte, stieß er leise einen ärgerlichen Fluch aus, stieg aus dem Bett und machte auf.

»C. W.!« keuchte er überrascht. »Was machst du denn hier? Ich dachte, du würdest erst heute nachmittag mit Scoby herüberfliegen!«

»Kann ich vielleicht hereinkommen, bevor du mich mit weiteren Fragen bombardierst?« fragte Whitlock.

»Klar, mein Guter, immer nur hereinspaziert«, erwiderte Graham und zog ihn ins Zimmer. »Willst du etwas trinken? Ich habe einiges hier. Wenn du willst, kann ich dir auch einen Kaffee machen.«

»Ich kenne deinen Kaffee«, antwortete Whitlock, als Graham hinter ihm die Tür schloß. »Du könntest ihn als Alternative zu Kreosot patentieren lassen.«

»Was nützt guter Kaffee, wenn du ihn nicht genießen kannst?« fragte Graham und stellte mit der Fernbedienung den Fernseher leiser.

»Danke, ich trinke einen Tee.«

Graham wies auf einen Sessel. »Setz dich. Warum bist du nicht mit Scoby herübergeflogen?«

Whitlock machte es sich im Sessel bequem. »Ich hatte diesen Nachmittag ein Treffen mit dem Leiter der Sonderabteilung für Terroristenbekämpfung. Fabio kommt mit dem Senator herüber.«

»Wann sollen sie ankommen?« fragte Graham und setzte Wasser auf.

»Heute abend gegen sieben.«

»Werden wir sie vom Flugzeug abholen?«

Whitlock schüttelte den Kopf. »Die Sicherheitsvorkehrungen auf dem Flughafen wird die Sonderabteilung in die Hand nehmen. Ich sagte Scoby, wir würden ihn hier im Hotel treffen. Ohnehin wird sich bei der Landung eine Abordnung der britischen Regierung einfinden, auch der amerikanische Botschafter wird dasein. Wir ständen nur im Weg.«

»Ich denke, du hast das mit Marsh mitbekommen?«

Whitlock nickte. »Sergej hat mich kurz vor meinem Abflug heute morgen darüber informiert. Scheinbar wurde er mitten in der Nacht von einem sehr aufgeregten Maurice Palmer angerufen. Wer hat es dir denn erzählt? Eastman?«

»Ja. Er ist ziemlich bedient, glaubt immer noch, Marsh sei unschuldig. Die Beweise scheinen mir jedoch recht eindeutig zu sein.« Graham hielt die Tasse hoch. »Wie stark möchtest du den Tee?«

»Laß ihn eine Weile ziehen«, erwiderte Whitlock. »Wo ist Sabrina?«

»Sie schläft. Letzte Nacht hat sie kaum ein Auge zugetan. Aber sie bat mich, sie zu wecken, wenn irgend etwas ansteht.«

»Laß sie schlafen«, meinte Whitlock.

»Wie hält Sergej zu Hause die Stellung?« fragte Graham und nahm sich eine Flasche Cola aus der Mini-Bar.

»Ihm steht es bis hier. Er wollte herkommen und persönlich die Sicherheitsmaßnahmen für Scoby koordinieren. Du weißt ja, wie sehr er es liebt, bei Einsätzen vor Ort mitzumachen. Aber er steckt bei der UN und kommt da nicht weg. Ein Treffen jagt das nächste. Momentan ist er kaum im Büro. Ich weiß, daß ihm das ganz schön auf die Nerven geht.«

»Und was ist mit dir?«

»Was soll mit mir sein?« fragte Whitlock zurück.

»Hast du auch die Schnauze voll?« Graham reichte Whitlock den Tee.

Whitlock nahm einen Schluck und stellte die Tasse auf den Tisch neben dem Sessel, bevor er antwortete. »Natürlich habe ich die Schnauze voll. Ich hocke am Schreibtisch und nehme den ganzen Tag lang Telefonate entgegen. Nachts geht es dann zu irgendeiner Botschaft, um den langweiligen Ausführungen eines Haufens ausländischer Botschafter zuzuhören, deren Namen man nicht einmal richtig aussprechen kann. Und bei den seltenen Gelegenheiten, bei denen ich rauskomme, fungiere ich als Verbindungsmann. Innerlich gehe ich die Wände hoch.«

»Hast du Carmen erzählt, wie du dich fühlst?«

Verzweifelt warf Whitlock die Arme in die Luft. »Was soll ich ihr denn erzählen? Daß ich meine leitende Position aufgeben und wieder bei praktischen Einsätzen mitmachen will? Sie bekäme Zustände! Sie würde die Scheidung einreichen.«

»Du hältst also nur durch, um ihr einen Gefallen zu tun?«

Wut blitzte in Whitlocks Augen auf. »Ich habe meine Ehe gerettet, indem ich diesen Posten angenommen habe. Carmen und ich sind jetzt so eng miteinander verbunden wie die ganzen letzten Jahre nicht mehr. Und das soll auch so bleiben.«

»Du machst dir etwas vor, C. W.! Meinst du ernsthaft, daß du dich zu Hause glücklich fühlen kannst, wenn du mit deiner Arbeit so unzufrieden bist? Du kannst deine Frustration nur bis zu einem bestimmten Punkt unterdrücken, irgendwann bricht sie durch. Bis dahin bist du dann so weit, daß du es Carmen verübelst, dich überhaupt in diese Situation gebracht zu haben. Und sie wird dir verübeln, sie nicht ins Vertrauen gezogen zu haben. Aber dann wird es zu spät sein. Dann ist es mit deiner Ehe *tatsächlich* vorbei.«

Mit funkelnden Augen sprang Whitlock auf. »Einen

Vortrag über die Ehe möchte ich mir nicht anhören, erst recht nicht von dir!«

»Dann raff dich auf und sag Carmen, wie du dich fühlst«, gab Graham zurück. »Das bist du ihr genauso schuldig wie dir.«

Whitlocks Hände ballten sich zu Fäusten. Graham hatte Whitlock noch nie so wütend gesehen. Er wußte, diese Wut entsprang seiner Frustration, glaubte jedoch immer noch, er habe das Recht, Whitlock zu sagen, wie er die Sache empfand.

»Überlaß die Sorgen über den Zustand meiner Ehe ruhig mir«, knurrte Whitlock schließlich wütend und ging auf die Tür zu. »Heute abend um halb sieben ist auf meinem Zimmer ein Treffen. Sag das Sabrina. Und Eastman.«

»Selbstverständlich«, erwiderte Graham schroff.

Fiona Gallagher betrat das Bahnhofsgebäude von St. Pancras. Sie trug eine ausgebeulte Flickenjeans, ein locker sitzendes Sweatshirt und ihren schwarzen Lieblingsfilzhut, unter dem sie ihr kurzgeschnittenes blondes Haar verbarg. Sie hatte kein Make-up aufgetragen und einen arg mitgenommenen Rucksack über die linke Schulter geschwungen. Es war von größter Wichtigkeit, so unauffällig wie möglich zu wirken. In dieser Aufmachung würde man sie einfach für eine der unzähligen Studentinnen halten, die hier auf ihren Zug warteten. Sie ging ins Bahnhofsrestaurant, bestellte einen Kaffee, zog sich an einen Ecktisch zurück und schaute auf ihre Uhr. Es war fünfzehn Uhr zweiundzwanzig. Mit Mullen hatte sie sich für halb vier verabredet. Und da sie ihn kannte, wußte sie, daß er zu spät kommen würde. Fünf, vielleicht zehn Minuten. Niemals mehr. Gerade so viel, um jemanden, der so pünktlich war wie sie, zu verärgern. Sie schlug den *Guardian* auf, den sie vorher gekauft hatte. Aufgrund des quasi-sozialistischen Tenors war ihr diese Zeitung eigentlich ein Greuel, aber unter Studenten war der *Guardian* sehr beliebt, und auf diese Weise konnte sie ihrer Tarnung noch mehr Glaubwürdigkeit verleihen. Sie breitete die Zeitung auf dem Tisch aus und begann, die Titelgeschichte zu lesen.

Am frühen Morgen hatten sie das Chalet geräumt und es auf den Skiern, die im Hubschrauber für sie zurückgelassen worden waren, verlassen. Sie fuhr seit ihrer frühen Jugend Ski, Mullen hingegen hatte erst Anfang Zwanzig damit begonnen. Der Unterschied war nicht zu übersehen gewesen. Von Les Paccots waren sie mit dem Taxi zu einer Tiefgarage in Lausanne gefahren, in der ein Wagen für sie bereitstand, dessen Schlüssel unter der vorderen Stoßstange klebten. Mullen hatte sie zum Flughafen Cointrin in Genf gefahren, wo sie einen Flug am späten Vormittag nach London erwischt hatten. Im Flugzeug reisten sie getrennt. Vorher hatten sie sich für den Nachmittag in St. Pancras verabredet.

»Entschuldigen Sie, ist dieser Platz noch frei?«

Von der Stimme aufgeschreckt, schaute sie hoch. Dann breitete sich ein Grinsen über ihr Gesicht aus. »Ich hätte nie gedacht, einmal den Tag zu erleben, an dem Hugh Mullen zu früh zu einer Verabredung kommt!«

Mullen kicherte und stellte seinen Kaffee und seinen Cheeseburger auf den Tisch. Er trug ausgeblichene, an den Knien zerrissene Jeans, einen irischen Rugbypullover und ein großes, rotes, um die Stirn gebundenes Tuch.

»Deine Klamotten gefallen mir«, meinte sie und würdigte damit Mullens Kleidung.

»Danke«, erwiderte Mullen und setzte sich. »Du sagtest doch, wir sollten uns entsprechend anziehen, nicht wahr?«

Sie lächelte, nahm sich seinen Cheeseburger und biß ein großzügiges Stück ab, bevor sie ihn Mullen wieder zurückgab.

»Bist du sicher, daß du den Rest entbehren kannst?« fragte Mullen und hielt seinen halb aufgegessenen Cheeseburger hoch. »Sean behauptete immer schon, du hättest eine große Klappe. Das hier ist der Beweis.« Er tat Milch und Zucker in seinen Kaffee, trank einen Schluck und lehnte sich zurück. »Ich freue mich darauf, wieder nach Hause zu kommen. Ich werde eine Woche brauchen, um meinen Schönheitsschlaf nachzuholen.«

»Wir fahren nicht nach Hause«, sagte sie. Plötzlich wurde ihr Gesicht ernst.

»O Gott, nein! Was ist denn passiert?«

Fiona nahm einen Umschlag aus Manilapapier aus dem Rucksack und legte ihn auf den Tisch. »Ich ging heute morgen zu der üblichen Stelle, und da lag ein Umschlag für mich. Darin befand sich der Schlüssel zu dem Schließfach, das Sean immer in Victoria Station benutzt. Und das hier lag in dem Schließfach.«

»Ich nehme an, es besteht kein Grund zu der Hoffnung, daß es die Fahrkarten für die nächste Fähre von Liverpool sind.«

»Das Glück haben wir nicht.« Sie entnahm dem Umschlag einen Führerschein und übergab ihn Mullen. »Du heißt Daniel McKenna. Ich bin Marie Russell. Wir kommen beide aus Belfast und sind mit deinem Toyota-Bus für ein Wochenende nach London gefahren.«

Mullen studierte den Führerschein und ließ ihn in seine Tasche gleiten. Sie zog ein Blatt Papier aus dem Umschlag und reichte es ihm. Er setzte seine Brille auf. Es handelte sich um eine maschinengeschriebene und von zwei Mitgliedern des Armeerats unterzeichnete Anweisung. Eine der Unterschriften erkannte er. Es war die von Kevin Brady. Ungläubig verengten sich seine Augen, als er weiterlas.

»Das ergibt doch keinen Sinn«, sagte er leise, nachdem er ihr das Blatt zurückgegeben hatte.

»Ganz im Gegenteil. Ich meine, es ergibt durchaus Sinn. Willst du den Cheeseburger noch essen?«

Mullen schüttelte den Kopf. »Wie kannst du jetzt an so was wie Essen denken?«

»Ich bin hungrig.« Sie schaute sich um. »Komm, wir können uns ja im Bus unterhalten. Ich habe ihn nicht weit von hier auf einem Parkplatz abgestellt.«

Mullen nahm seinen Plastikbecher mit dem Kaffee und ging den Weg zur Tür voran. Fiona eilte hinter ihm her und stopfte dabei den Rest des Cheeseburgers in sich hinein. Schweigend gingen sie zum Parkplatz. Sie schloß die Beifahrertür auf und stieg ein.

»Ich kann es nicht fassen – Senator Jack Scoby soll ermordet werden«, sagte Mullen, als er hinter dem Lenkrad

Platz genommen und den Becher auf dem Armaturenbrett abgestellt hatte. »Wir wissen beide, daß die IRA nie Anschläge auf ausländische Diplomaten verübt. Du sagtest jedoch, du sähest einen Sinn darin. Könntest du mir vielleicht mitteilen, wie du zu diesem Schluß kommst? Der Teufel soll mich holen, wenn ich das für eine sinnvolle Sache halte.«

»Du sagtest, die IRA verübe *nie* Anschläge auf ausländische Diplomaten«, wiederholte Fiona. »Und genau das ist ja gerade das Schöne daran. Wem sollen die Behörden dann die Schuld geben, wenn Scoby einem Attentat zum Opfer fällt?«

»Komm schon, Fiona, es wird nicht lange dauern, bis sich die Behörden einen Reim darauf machen. Immerhin hat Scoby während seiner jüngsten Wahlkampagne gegenüber der IRA ganz schön große Töne gespuckt«, entgegnete Mullen.

»Die Behörden verdächtigen vielleicht die IRA, aber es wird keinerlei Indizien geben, die eine Verbindung zwischen uns und dem Mord herstellen. Und wenn sie uns in der Presse beschuldigen sollten, kannst du dir sicher sein, daß der Armeerat ein sofortiges Dementi herausgibt und daß die IRA sich von jeglicher Beteiligung distanziert. Und sie werden sicherlich auch mit Mitgliedern von Noraid in den USA in Kontakt treten, um ihnen zu versichern, daß die IRA nichts mit dem Mord an Scoby zu tun hat. Auf diese Weise wird auch die Unterstützung, die wir von drüben bekommen, nicht beeinträchtigt werden.«

»Aber warum gerade er? Daß er gegenüber Noraid große Töne spuckt, ist eine Sache; er weiß aber nur zu gut, daß er unseren Tätigkeiten drüben nicht einfach ein Ende setzen kann. Das wäre verfassungswidrig. Als politische Organisation haben wir das Recht, bei den Leuten, die uns in Amerika unterstützen, Geld zu sammeln.«

»Offensichtlich ist der Armeerat da anderer Ansicht«, erwiderte Fiona mit einem Schulterzucken. »Und der macht die Politik. Wir sind nur dazu da, die entsprechenden Maßnahmen nach besten Kräften auszuführen.«

»Die Sache gefällt mir immer noch nicht«, meinte Mullen.

»Offenbar wurde das Ganze schon lange vorher ausgearbeitet. Und wie in der Anweisung steht, war der Einsatz ursprünglich für Sean gedacht. Ich denke, es ist eine große Ehre, daß sie uns baten, ihn während Seans Abwesenheit durchzuführen. Ich weiß, daß wir dazu in der Lage sind, hätte allerdings durchaus Verständnis dafür, wenn du lieber aussteigen wolltest.«

»Du würdest es auch alleine tun?«

»Wenn ich müßte«, erwiderte sie finster. »Doch ganz bestimmt würde ich es vorziehen, mit einem Partner zusammenzuarbeiten, insbesondere, wenn ich dem auch vertrauen kann.«

»Du weißt, daß ich dabei bin«, sagte Mullen. »Was habe ich denn außer meinem Leben zu verlieren?«

»Wie immer ganz der Optimist«, meinte sie mit einem Lächeln. »Aber wir werden nicht sterben. Wir werden Scoby umlegen und vor Ablauf des Wochenendes wieder in Irland sein. Und der Armeerat wird auf uns warten und uns zu Hause mit offenen Armen empfangen. Wer weiß, vielleicht ist für uns ja sogar eine Beförderung drin.«

»Du weißt, was geschehen ist, als ich das letztemal ein Kommando angeführt habe«, erwiderte Mullen gedrückt. »Nein, dieses Risiko geht der Armeerat bestimmt nicht noch einmal ein. Und darüber hinaus will ich eine derartige Verantwortung auch gar nicht wieder übernehmen. Solltest du jedoch befördert werden, hoffe ich, daß es in deinem Kommando einen Platz für mich gibt.«

»Du bist der erste, den ich rekrutiere«, antwortete sie.

Er schaute nach hinten in den Bus. Auf dem Boden war eine Plane ausgebreitet. Er wußte aus den Zusatzinformationen der Anweisung, daß sich unter der Plane zwei tschechische Maschinenpistolen und zwei Colts, Kaliber 45, befanden. Gerade wollte er ein Ende der Plane hochheben, als Fiona seinen Arm packte und mit einem Kopfnikken in den Rückspiegel auf der Beifahrerseite deutete. Er warf einen prüfenden Blick in den Rückspiegel auf der Fahrerseite und erschrak. Zwei Polizisten gingen auf den

Wagen zu. Fiona zog die Autoschlüssel aus ihrer Tasche und gab sie Mullen. Er wischte sich eine Schweißperle von der Stirn und kurbelte das Fenster herunter, als sich einer der Polizisten der Fahrertür näherte.

»Guten Tag«, meinte Mullen mit einem freundlichen Lächeln.

»Guten Tag, Sir«, erwiderte der Polizist. »Gehört das Fahrzeug Ihnen?«

»Leider ja«, erwiderte Mullen grinsend. »Vielleicht ist es nicht gerade eine Augenweide, aber immerhin bringt es uns voran.«

»Könnte ich bitte Ihren Führerschein sehen?«

Mullen zog den Führerschein aus seiner Tasche und übergab ihn dem Polizisten, der ihn sorgfältig studierte und dann zu Mullen aufschaute. »Wären Sie so freundlich, mir die Autonummer Ihres Fahrzeugs zu nennen?«

Mullen hatte sich die Nummer bereits am Bahnhof gemerkt und wiederholte sie dem Polizeibeamten.

Der Beamte überprüfte die Nummernschilder und hielt den Führerschein hoch. »Entschuldigen Sie mich bitte für einen Moment, Sir.«

»Es ist doch alles in Ordnung, oder?« fragte Mullen besorgt.

»Nur eine Routineüberprüfung, Sir.« Der Polizist machte sein Funkgerät los und drehte dem Bus den Rükken zu, während er hineinsprach.

Der zweite Polizist klopfte gegen das Beifahrerfenster. Fiona drehte es herunter. »Könnten Sie bitte mal hinten aufmachen?«

Mullen zog die Fahrzeugschlüssel ab und stieg aus dem Wagen. Er umrundete das Fahrzeug, ging nach hinten und schloß die Türen auf.

»Befindet sich irgend etwas unter der Plane, Sir?«

»Nichts, Herr Wachtmeister!« rief Fiona vom Beifahrersitz herüber.

Mullen schluckte besorgt. Was zum Teufel erzählte Fiona da? Sie wußte genau, was sich unter der Plane befand. Der neben der Tür auf dem Fahrzeugboden liegende Wagenheber fiel ihm ins Auge. Er würde ihn benutzen müssen. Doch warum war Fiona so gelassen? Das machte ihn völlig nervös. Als der Polizist die Plane hochhob, lagen Mullens Finger auf dem Wagenheber. Der Ire hatte Mühe, seine Überraschung zu verbergen. Unter der Plane war nichts zu sehen. Zufrieden ließ der Polizist die Plane wieder fallen und sagte zu Mullen, er könne die Tür wieder schließen.

Kurz darauf reichte der erste Polizist Mullen den Führerschein zurück. »Entschuldigen Sie die Unannehmlichkeiten, Sir.«

Mullen wartete, bis die beiden Polizisten verschwunden waren, dann drehte er sich zu Fiona um. »Ich denke, du bist mir eine Erklärung schuldig. Es hätte nicht viel gefehlt, und ich hätte dem Bullen da hinten eins über den Schädel gezogen! Warum hast du mir nicht gesagt, daß du die Waffen bereits aus dem Bus entfernt hast?«

»Es interessierte mich, wie du in einer Streßsituation reagierst.«

»Nun, ich hoffe, du bist zufrieden«, fuhr er sie ärgerlich an.

»Du warst gut«, antwortete sie. »Komm schon, machen wir, daß wir hier wegkommen.«

»Wohin?« fragte Mullen, nachdem sie wieder in den Bus gestiegen waren. »In die konspirative Wohnung?«

»Nein, zur Themse. Scoby wird morgen abend eine Vergnügungsfahrt auf dem Fluß machen, und ich will mir die Route, die das Schiff nimmt, mal etwas genauer ansehen.«

»Herein!« bellte Palmer als Antwort auf das Klopfen an seiner Tür.

Eastman trat ins Büro. »Guten Tag, Sir. Sie wollten mich sprechen?«

»Ja, kommen Sie herein, Keith«, erwiderte Palmer. »Sie haben meine Nachricht erhalten? Diese fürchterlichen Anrufbeantworter sind mir ein Greuel.«

»Frances schaltet den Anrufbeantworter grundsätzlich ein, wenn sie von der Bücherei nach Hause kommt. Die meisten Anrufe sind sowieso für sie. Aber das hat man eben davon, wenn man bei der örtlichen Laienspielgruppe den Posten einer Sekretärin übernommen hat.«

»Wie geht es Ihrer Frau?«

»Danke, gut, Sir. Die letzten paar Wochen habe ich sie allerdings nicht allzu häufig gesehen. Ende des Monats führen sie eine dieser russischen Tragödien auf, und anscheinend hat sie deswegen eine Menge zu tun.«

»Heute am frühen Nachmittag habe ich mit Whitlock gesprochen. Gut, daß wir Männer wie ihn auf unserer Seite haben. Er wird uns vor Scobys Ankunft über alles Wichtige informieren. Hat man Sie bereits davon in Kenntnis gesetzt?«

»Graham hinterließ auf dem Anrufbeantworter eine Nachricht für mich.«

»Ich hatte gehofft, ebenfalls dabeizusein, aber ich bin nach oben zum Polizeichef bestellt worden. Weiß der Himmel, wann die Unterredung beendet ist. Bei Whitlock habe ich mich bereits entschuldigt, aber mit Ihnen wollte ich noch sprechen, bevor Sie hinübergehen.« Palmer nahm eine Zigarette aus der auf dem Schreibtisch liegenden Schachtel und zündete sie an. »Am frühen Nachmittag waren zwei Polizeibeamte auf einer Routinestreife in der Nähe des Bahnhofs St. Pancras und entdeckten nicht weit von Euston Station entfernt ein verdächtiges Fahrzeug. Es handelte sich um einen alten roten Toyota-Kleinbus. Ein Mann und eine Frau befanden sich darin. Der Führerschein des Mannes war auf den Namen Daniel McKenna ausgestellt. Die Überprüfung des Führerscheins und der Autonummer führten zu einer Adresse in Belfast; die Beamten mußten die beiden laufenlassen, blieben aber mißtrauisch. Als sie wieder zum Bahnhof zurückkehrten, berichteten sie ihrem Vorgesetzten von dem Vorfall. Er ließ sie am Computer die Fotos aller bekannten irischen Terroristen durchgehen, und die beiden haben Daniel McKenna eindeutig als Mullen identifiziert.«

»Dann können wir ja mit ziemlicher Sicherheit davon ausgehen, daß es sich bei der Frau um Fiona Gallagher handelt.«

»Alles deutet darauf hin, nicht wahr?« erwiderte Palmer. »Mittlerweile haben wir auch den richtigen Daniel McKenna überprüft. Sein Wagen hat die letzten zwei Tage in einer Garage in Belfast gestanden. Mullen und Gallagher müssen daher falsche Nummernschilder benutzt haben. Ich halte die beiden für ganz schön gerissen.«

»Sie könnten schon in Untersuchungshaft sitzen!« meinte Eastman und schüttelte ärgerlich den Kopf.

»Die Beamten konnten nichts machen. Sie mußten die beiden laufenlassen.«

»Ihnen gebe ich auch keine Schuld, Sir«, stellte Eastman rasch klar. »Ganz im Gegenteil. Ohne ihre Wachsamkeit wüßten wir nicht, daß sich das Pärchen wieder im Lande befindet. Aber was ist mit Kerrigan? Von ihm keine Spur?«

»Absolut nichts. Es war nur von den beiden die Rede.«

»Kerrigan fällt in der Öffentlichkeit auch dermaßen auf, daß er sich wahrscheinlich irgendwo versteckt hält.«

»Mich beunruhigt jedoch die Frage, warum sich Mullen und Fiona überhaupt in London aufhalten. Ihnen wäre doch bestimmt am liebsten, so schnell wie möglich nach Irland zurückzukehren. Dort wären sie auch viel sicherer.«

»Es sei denn, sie haben hier in London eine weitere Aktion vor, nicht wahr?«

»Das wäre auch für mich die plausibelste Erklärung.«

»Scoby?« fragte Eastman argwöhnisch.

»Wir können es nicht ausschließen, Keith«, erwiderte Palmer. »Nun, wenn Sie um sechs in diesem Hotel sein wollen, machen Sie sich jetzt besser auf den Weg. Sie wissen ja, welcher Verkehr um diese Zeit in London herrscht.« Palmer schaute hinter Eastman her, als dieser auf die Tür zuging. »Ach, Keith? Halten Sie mich bitte weiter auf dem laufenden, ja?«

»Natürlich, Sir«, antwortete Eastman.

»Können wir uns kurz unterhalten?«

Whitlock nickte und forderte Graham mit einem Wink auf, einzutreten.

»Ich hielt es für das beste, vor den anderen herzukommen«, meinte Graham. »Ich muß mich bei dir noch für meinen Gefühlsausbruch von heute nachmittag entschuldigen. Der war völlig unangebracht.«

»Du hast einfach ausgesprochen, was du gedacht hast, Mike, und das ist etwas, das ich schon immer an dir geschätzt habe.« Whitlock schloß die Tür. »Oft ist es so am besten. Und sobald ich mich hinsetzte und einmal über die ganze Sache nachdachte, ergab das Gesagte sogar eine Menge Sinn.«

»Es war trotzdem unangebracht von mir.«

»Wenn es dir damit bessergeht, akzeptiere ich die Entschuldigung«, sagte Whitlock. »Sobald ich wieder in New York bin, werde ich mit Sergej und dem Generalsekretär darüber sprechen. Mal sehen, was sie dazu zu sagen haben. Das ist der einfache Teil. Dann werde ich mich mit Carmen zusammensetzen und ihr erklären müssen, wie ich mich in der gegenwärtigen Situation fühle. Dem sehe ich nicht gerade mit Freude entgegen.«

»Es ist immer das beste, reinen Tisch zu machen.«

»Fragt sich nur, für wen«, erwiderte Whitlock. Er zeigte auf den Wasserkessel, der auf der Anrichte stand. »Tee gefällig?«

Graham lächelte. »Danke, aber ich glaube, ich bleibe eher bei Kreosot.«

»Kommt sofort«, antwortete Whitlock und schaltete den Kessel ein.

Es klopfte an der Tür; Whitlock öffnete und ließ Sabrina herein. Nur wenige Minuten später traf auch Eastman ein und gab ihnen eine kurze Zusammenfassung über den Vorfall in der Nähe der Euston Station vom Nachmittag.

»Sie sind also jetzt genau wie wir der Meinung, daß man den Versuch unternimmt, Scoby umzubringen?« fragte Graham und schaute zu Eastman hinüber.

»Nach den Ereignissen der letzten vierundzwanzig Stunden würde mich nichts mehr überraschen«, antwortete Eastman.

»Aber wo werden sie versuchen, ihn umzubringen?« fragte Whitlock. »Wir haben die Reiseroute des Senators genau unter die Lupe genommen. Er bemüht sich bei seinem Besuch nicht gerade um Unauffälligkeit, nicht wahr?«

»Am verwundbarsten ist er, wenn er sich morgen mit dem Bürgermeister an Bord des Vergnügungsschiffes aufhält«, antwortete Graham. »Wie streng die Sicherheitsmaßnahmen an der Themse auch immer sein mögen, ein Profi-Attentäter könnte ihn dort erwischen.«

»Da bin ich ganz deiner Meinung«, sagte Whitlock.

»Besteht die Möglichkeit, die geplante Route des Schiffes morgen nachmittag geheimzuhalten?«

»Genau diesen Vorschlag habe ich dem Senator gestern nacht selbst gemacht«, erwiderte Whitlock. »Er wollte aber nichts davon wissen. Und Scoby ist fest entschlossen, nicht von seiner Planung abzuweichen.«

»Der Bürgermeister ist der gleichen Meinung«, ergänzte Eastman. »Wie zu erwarten war, erzählte er Commander Palmer das Übliche; Drohungen des Terrorismus gegenüber dürfe man nicht nachgeben. Es bleibt uns nichts anderes übrig, als die Situation, so gut es eben geht, zu bewältigen.«

»Und unsere Kündigungsschreiben bereitzuhalten, falls die IRA tatsächlich eine Lücke in unseren Sicherheitsvorkehrungen findet«, meinte Sabrina.

Das Telefon klingelte. Whitlock führte ein kurzes Gespräch mit dem Anrufer. »Das war Fabio. Sie sind gerade in Heathrow eingetroffen, und er meint, sie müßten innerhalb der nächsten Stunde im Hotel ankommen.«

Eastman leerte seine Tasse Tee. »Bitte entschuldigen Sie mich jetzt. Ich muß wieder nach Scotland Yard. Um acht Uhr soll ich meinen Leuten alle wichtigen Informationen geben.«

»Kommen Sie später wieder hierher zurück?« fragte Whitlock.

»Das hängt davon ab, wieviel Zeit die Lagebesprechung in Anspruch nehmen wird. Ich rufe Sie dann an und informiere Sie. Sollte ich das nicht tun, bin ich morgen früh bei Scoby. Das wird ja kein Problem sein, oder?«

»Sie können Scoby jederzeit treffen. Ich dachte eigentlich mehr an einen kurzen Informationsaustausch unter uns, nachdem wir Gelegenheit zu einem Gespräch mit ihm hatten. Aber wenn Sie es bis dahin nicht schaffen, macht das auch nichts. Ich rufe Sie einfach an und informiere Sie per Telefon über alles Wichtige.«

»Ich werde mein möglichstes tun, um rechtzeitig wieder zurück zu sein. Versprechen kann ich jedoch nichts.«

»Das verstehe ich«, erwiderte Whitlock, als er Eastman zur Tür brachte.

»Ich sterbe vor Hunger«, verkündete Sabrina, als Eastman gegangen war. »Seit dem Frühstück habe ich keinen Bissen zu mir genommen. Ich glaube, ich werde mir vor Scobys Ankunft noch einen kleinen Happen gönnen.«

»Und ich rufe Segej an, um ihn über alles in Kenntnis zu setzen«, sagte Whitlock. »Danach kann ich die mitgebrachte Schreibarbeit in Angriff nehmen.«

»Hast du schon gegessen?« fragte sie Graham.

»Ich denke, wenn ich mich zwinge, bekomme ich auch etwas herunter«, erwiderte Graham und folgte ihr zur Tür.

»Mach es nicht, um mir einen Gefallen zu tun«, meinte sie und schaute sich nach ihm um.

»Raus mit euch!« schimpfte Whitlock gut gelaunt. »Ich lasse euch wissen, wann der Senator hier ankommt. *Bon appétit*.«

»Es ist ein Vergnügen, endlich mit Ihnen zusammenzutreffen«, verkündete Scoby und schüttelte Sabrinas Hand mit einem freundlichen und gleichzeitig festen Händedruck. »Letzte Nacht erzählte mir Mr. Whitlock, daß Sie zu meinem Sicherheitsteam gehörten, doch erst als ich im Flugzeug in Ihrer Akte las, merkte ich, daß Sie ja die Tochter von George Carver sind. Bis heute wird im Kapitol über diesen Mann gesprochen. Es ist ein Jammer, daß er zum falschen Lager gehörte.«

»Das hängt ganz davon ab, auf welcher Seite man steht«, erwiderte Sabrina.

Scoby lächelte höflich. »Was macht Ihr Vater denn jetzt? Irgendwann habe ich von ihm gehört, daß er in Miami zum Vorsitzenden von Sillers Marketing ernannt wurde.«

»Er ist vor zwei Jahren in den Ruhestand getreten. Meine Eltern leben immer noch in Miami, und zwar in Coral Gables.«

»Ah, ja! Ein wunderschöner Stadtteil. Es muß jetzt gute fünfzehn Jahre her sein, daß Ihr Vater als amerikanischer Botschafter nach Großbritannien berufen wurde. Damals war ich noch Student in Harvard.«

»Genaugenommen war das vor achtzehn Jahren«, korrigierte ihn Sabrina.

»Wirklich, so lange schon? Ich glaube, er war acht Jahre lang dort, nicht wahr? Normalerweise ist das eine einmalige Chance.«

»Er war ein guter Botschafter«, antwortete Sabrina rasch.

»Dessen bin ich mir sicher«, erwiderte Scoby, wirkte jedoch nicht sehr überzeugt. Er schüttelte Grahams Hand. »Gut, daß Sie dabei sind.«

»Danke«, antwortete Graham zugeknöpft.

»Ist es nicht komisch, daß Sie beide derart prominente Politiker in ihren Familien haben?« meinte Scoby. »Ihr Schwiegervater war doch Senator Howard Walsh. Walsh, der ›Habicht‹! Ein hervorragender Mann.«

»Wie Sabrina bereits sagte, hängt das ganz davon ab, auf welcher Seite man steht«, antwortete Graham.

»Darf ich das so verstehen, daß Sie mit den politischen Ansichten des Senators nicht übereinstimmen?«

»Mit Senator Walsh habe ich überhaupt nichts mehr gemeinsam«, meinte Graham verbittert. »Er ist ein engstirniger, rechtsgerichteter, selbstgefälliger und intoleranter Mann, den die Republikaner schon vor Jahren hätten fallenlassen sollen.«

Scobys Lächeln gefror. »Irgendwie hätte ich Sie nie für einen Liberalen gehalten.«

Bevor Graham etwas darauf entgegnen konnte, legte ihm Whitlock sanft eine Hand auf den Arm. Tillman bemerkte die Geste; schnell lenkte er Scobys Blick auf sich. »Der Botschafter und seine Gemahlin werden in einer halben Stunde hiersein, um ein paar Drinks zu sich zu nehmen. Du wolltest dich vor deren Ankunft noch umziehen.«

»Ray wird hierbleiben und sich ein Bild über die von Ihnen getroffenen Sicherheitsvorkehrungen machen«, sagte Scoby zu Whitlock. »Sollten Sie mich wegen irgendeiner Sache brauchen, wird er wissen, wo man mich finden kann.«

»Ich bin mir sicher, daß wir mit Mr. Tillman alles klären können. Aber trotzdem vielen Dank«, erwiderte Whitlock.

»Wo steckt Fabio eigentlich?« fragte Sabrina, nachdem Whitlock Scoby hinausbegleitet hatte.

»Er ist gerade auf seinem Zimmer und telefoniert«, antwortete Whitlock. »Als er im Hotel eintraf, lag an der Rezeption eine Nachricht für ihn bereit. Er müßte gleich kommen.«

Wenige Minuten später erschien Paluzzi. »Ich habe hoffentlich den Laden hier nicht aufgehalten, oder?«

»Eigentlich doch«, erwiderte Whitlock gut gelaunt, »aber vielleicht können wir ja jetzt zur Sache kommen.« Er zog fünf Mappen aus seinem Aktenkoffer und reichte sie herum; eine behielt er bei sich. »Inzwischen haben wir uns ja alle mit dem Zeitplan des Senators für das Wochenende vertraut gemacht. Diese Mappen enthalten einen detaillierteren Zeitplan und jeden seiner Schritte. Ich möchte, daß ihr drei ihn sorgfältig durcharbeitet und zusammen mit Inspektor Eastman für das Wochenende einen Dienstplan aufstellt. Commander Palmer hat uns bereits ein Dutzend Männer zur Unterstützung unserer Arbeit zur Seite gestellt. Inspektor Eastman gibt ihnen gerade alle notwendigen Anweisungen. Dabei benutzt er den gleichen Zeitplan wie wir. Die Männer werden seinem Kommando unterstehen. Ist er nicht da, wird automatisch derjenige von euch, der gerade Dienst hat, das Kommando übernehmen.«

»Wann sind unsere Arbeitsschichten?« fragte Graham.

»Das entscheidet ihr«, erwiderte Whitlock. »Die Suite wird rund um die Uhr bewacht. Sobald der Senator sich zur Nacht zurückgezogen hat, habt ihr daher offiziell dienstfrei. Jede Nacht wird jedoch einer von euch für den Fall, daß etwas Unerwartetes geschehen sollte, auf Abruf bereitstehen. Da Eastman nicht hier im Haus übernachten will, ist er davon ausgenommen. Drei Nächte, also hat jeder von euch eine Nacht Bereitschaft. Okay?«

»Eastman zuliebe«, antwortete Paluzzi und schaute zu Graham und Sabrina hinüber. »Wenn ihr nichts dagegen habt, würde ich gerne entweder die Schicht morgen oder am Sonntag übernehmen. Ich erhole mich immer noch von meinem kleinen Ausflug nach Milford gestern nacht.«

»Kein Problem«, antwortete Sabrina. »Ich übernehme heute nacht die Bereitschaft. Schließlich hatte ich mehr Schlaf, als ich brauchte.«

Graham nickte. »Okay. Dann übernehme ich die Schicht morgen nacht. Für dich bleibt dann die Sonntagnacht, Fabio.«

»Hervorragend!« meinte Paluzzi.

»Es gibt jedoch einen Haken bei der Sache«, verkündete Whitlock. »Der Senator macht jeden Morgen normalerweise gegen sechs einen Dauerlauf. Wer also Bereitschaft hat, wird in aller Herrgottsfrühe frisch und munter auf den Beinen sein müssen, um ihn zu begleiten.«

»Ich habe keinen Trainingsanzug dabei«, beklagte sich Paluzzi.

»Dann wirst du dir eben einen kaufen«, meinte Sabrina mit einem Achselzucken. »Gucci ist eine gute Marke für Trainingsanzüge. Du kannst ihn ja mit der Kreditkarte der UNACO bezahlen. Dafür sind Spesenkonten doch schließlich da, nicht wahr, C. W.?« Vergnügt zwinkerte sie Whitlock zu.

»Wenn du dir einen Trainingsanzug von Gucci kaufst, dann wird er vom Lohn abgezogen«, wandte sich Whitlock barsch an Paluzzi. »Du wirst den billigsten kaufen, den du finden kannst.«

»Weißt du, C. W., mit jedem Tag wirst du Sergej immer ähnlicher«, meinte Sabrina.

»Das liegt daran, daß ich unser Jahresbudget gesehen habe.« Whitlock richtete seine Aufmerksamkeit wieder auf die Mappe auf seinem Schoß. »Bei zwei Anlässen möchte ich allerdings, daß ihr alle mit von der Partie seid.

Morgen nachmittag, wenn sich der Senator auf dem Ausflugsschiff aufhält, und Sonntag bei seinem Besuch auf dem Friedhof in Irland. Sonst könnt ihr euch euren eigenen Dienstplan zusammenstellen. Ach ja, eines noch: Wie ihr wißt, soll der Senator morgen abend in der Residenz des amerikanischen Botschafters zu Abend essen. Die Botschaft war nicht besonders erbaut davon, daß sich die UNACO oder Leute von der Sonderabteilung für Terroristenbekämpfung auf amerikanischem Territorium aufhalten. Sie wollten, daß dort Einheiten des Marinekorps für die Sicherheitsmaßnahmen verantwortlich sind. Wir haben uns schließlich auf einen Kompromiß geeignet: Sie können ihre Leute vom Marinekorps unter der Voraussetzung einsetzen, daß die UNACO für die allgemeinen Sicherheitsmaßnahmen verantwortlich zeichnet. Ich werde ebenfalls anwesend sein, aber in meiner offiziellen Eigenschaft als stellvertretender Leiter der UNACO. Und das bedeutet, daß ich den Sicherheitsvorkehrungen nicht meine volle Aufmerksamkeit schenken kann. Ich möchte, daß zwei von euch mich dorthin begleiten. Sabrina, du fühlst dich unter Diplomaten ja wie zu Hause. Ich denke, du . . .« Er ließ den Satz unvollendet, als er sah, wie ein Lächeln ihre Mundwinkel umspielte. »Erzähl mir jetzt bloß nicht, du hättest kein Abendkleid dabei.«

Unschuldig schüttelte sie den Kopf.

»Dann leih dir eins!«

»Leihen?« wiederholte sie ungläubig. »Das ist ja so, als ob ich mir die Kleidung eines anderen borge!«

»Du kaufst dir kein Abendkleid!« befahl Whitlock unbeugsam. »Und daran gibt es nichts zu rütteln.«

»Okay, ich gehe in ein Leihhaus«, fauchte sie mit zusammengebissenen Zähnen.

»Mike, dich möchte ich ebenfalls dabeihaben.«

Graham nickte.

Whitlock blickte zu Tillman hinüber. »Wollen Sie noch irgend etwas hinzufügen?«

Tillman schüttelte den Kopf. »Nein, Sie scheinen alles abgedeckt zu haben. Sobald Ihr Team seinen Dienstplan aufgestellt hat, hätte ich allerdings gerne eine Kopie davon.«

»Selbstverständlich«, erwiderte Whitlock.

»Wir können unsere Schichten nicht einteilen, solange wir Eastman nicht getroffen haben«, wandte sich Graham an Whitlock.

»Vergeßt Eastman«, erwiderte Whitlock. »Er wird sich eben auf eure Vereinbarungen einstellen müssen. Ich möchte, daß der Dienstplan heute abend steht.«

Tillman klappte die Mappe zu, stand auf und ging auf die Tür zu. »Das ging ja viel schneller, als ich gedacht hatte. Wenn Sie mich heute nacht noch brauchen sollten – ich bin in der Suite von Senator Scoby!«

Whitlock schloß die Tür hinter ihm und wandte sich wieder den anderen zu. »Nun, ich muß mich noch durch eine Menge Schreibkram hindurchkämpfen, bevor ich mich ins Bett legen kann. Gebt mir eine Kopie des Dienstplans, sobald ihr ihn ausgearbeitet habt.« Sie gingen zur Tür. »Ach, Mike, kann ich noch kurz mit dir sprechen, bevor du gehst?«

»Wir sind in meinem Zimmer«, informierte Sabrina Graham und verließ mit Paluzzi den Raum.

»Bring nicht noch einmal Scoby derart gegen dich auf«, sagte Whitlock, als sie unter sich waren.

»Ich war nicht darauf aus, ihn gegen mich aufzubringen, C. W. Er wollte wissen, wie ich über Walsh, den ›Habicht‹ . . .«

»Mike, du weißt sehr wohl, daß Scoby genauso dem rechten Flügel angehört wie Walsh«, fiel ihm Whitlock ins Wort. »Und es war völlig abwegig, heute abend den Versuch zu unternehmen, sich mit ihm anzulegen.«

»Was hätte ich denn tun sollen?« gab Graham zurück. »Hätte ich ihm beipflichten sollen, daß Walsh, der ›Habicht‹, ein toller Mann ist? Das kannst du vergessen!«

»Die erste Lektion, die du beherrschen mußt, wenn du dich mit einem Politiker streitest, ist die Kunst der Diplomatie.«

»Und woraus besteht die Kunst der Diplomatie?« fragte Graham mit einem Anflug von Sarkasmus in der Stimme.

»Während meiner Studentenzeit hing an der Wand meines Zimmers ein Poster, auf dem stand einfach nur: ›Diplomatie bedeutet, jemandem so zu sagen, er solle doch zur Hölle fahren, daß er sich auf die Reise freut!«

Graham grinste. »Das gefällt mir.«

»Dann behalte es für das nächstemal im Kopf.« Whitlock öffnete die Tür. »Und jetzt geh, bevor Sabrina und Fabio alle guten Schichten für sich gesichert haben!«

Rasch lief Mullen zum Fenster hinüber, als zwei Scheinwerfer über die Vorderseite der konspirativen Wohnung am Finsbury Park schwenkten. Ein weißer Mazda war in die Auffahrt gebogen und hielt vor dem verschlossenen Garagentor an. Mullen griff hinter sich, nahm den Colt vom Tisch und schaltete das Licht aus. Er ging im Flur in Stellung und hielt den Revolver auf die Eingangstür gerichtet. Sein Finger spannte sich um den Abzug, als sich Schritte näherten. Vor der Tür stoppten sie. Es klingelte dreimal, das Intervall dazwischen dauerte jedesmal zwei Sekunden. Das war der Code, den er vorher mit Fiona abgesprochen hatte. Doch wenn sie es war, wo war dann der rote Toyota-Bus? Vorsichtig schlich er zur Tür; immer noch argwöhnte er, daß man ihm eine Falle stellen wollte.

Kräftig hieb eine Faust gegen die Tür. »Hugh, mach schon auf!«

Mullen schloß auf, trat einen Schritt zurück und wartete. »Die Tür ist offen.«

Fiona stieß sie auf und starrte in die Mündung eines Revolvers. Mullen schaute hinter sie. Als er sah, daß keiner bei ihr war, senkte er zufrieden die Waffe. Sie schloß die Tür und schaltete das Licht ein.

»Wo ist der Kleinbus?« wollte er wissen, als sie an ihm vorbeihuschte und im Wohnzimmer verschwand.

»Ich habe ihn versenkt«, sagte sie und schaute sich zu Mullen um. »Das war es also! Du hieltest mich für die Polizei?«

»Was hätte ich denn sonst denken sollen?« gab er zurück. Der Sarkasmus in ihrer Stimme verletzte ihn. »Warum hast du den Kleinbus versenkt?«

Sie hielt drei große wattierte Umschläge hoch. »Die hier steckten im toten Briefkasten in Kensington Gardens. Sie sind von Brady. Der ›Wahrsager‹ rief ihn diesen Morgen an und sagte, der Polizei wäre unser Wagen bekannt. Heute nachmittag sollte der ›Wahrsager‹ Brady noch einmal anrufen. Es kam aber nichts ... Durchaus denkbar, daß er aufgeflogen ist. Nachdem er die Information über McGuires Aufenthaltsort in der Schweiz an uns weitergab, war das jederzeit möglich.«

»Das sieht ja ganz danach aus, als hätten wir unsere Rückendeckung verloren und wären morgen abend völlig auf uns angewiesen.«

»Morgen hätten wir ihn ohnehin nicht gebraucht«, antwortete sie und zog ein Blatt Papier aus dem Umschlag. »Brady hat bereits alles ausgearbeitet. Es gibt im Verlauf des Wochenendes drei günstige Gelegenheiten für ein Attentat auf Scoby: Wenn er morgen früh seinen Dauerlauf macht, wenn er sich morgen nachmittag auf dem Ausflugsschiff aufhält und wenn er Sonntag nach Irland geht, um die Gräber seiner Großeltern aufzusuchen.« Sie reichte ihm ein Blatt Papier. »Hier wird in allen Einzelheiten beschrieben, wie wir ihn morgen beim Joggen erwischen können.«

»Und wenn das fehlschlägt?« fragte Mullen und warf einen flüchtigen Blick auf die maschinengeschriebene Seite.

»Die anderen Pläne sind hier drin«, antwortete sie und klopfte auf die beiden Umschläge in ihrer Hand. »Wir sollen sie allerdings nur dann öffnen, wenn wir sie brauchen. So lauten meine Befehle.« Sie schaute auf die Uhr. »Es ist jetzt fast zehn. Ich möchte ein Bad nehmen, und bevor wir ins Bett gehen, besprechen wir noch die Pläne für morgen. Wir werden früh aufstehen müssen.«

»Wie früh?«

»Er macht seinen Morgenlauf gegen sechs. Vorher müssen wir noch einen Fluchtwagen besorgen, so daß wir hier nicht später als halb vier aufbrechen sollten. Alle näheren Einzelheiten kann man da nachlesen«, sagte sie und deutete auf das Blatt Papier in Mullens Hand. »Lies es dir durch, während ich bade. Dann können wir es noch einmal gemeinsam durchgehen. Bei dieser Sache dürfen wir uns keine Fehler erlauben . . .«

Whitlock bearbeitete gerade eine der Akten, die er aus New York mitgebracht hatte, als ihn ein Klopfen an der Tür unterbrach. Er stöhnte, stand auf und öffnete.

Paluzzi hielt ihm ein Blatt Papier entgegen. »Du fragtest nach einer Kopie unseres Schichtplans für das Wochenende.«

»Danke, Fabio«, sagte Whitlock und nahm den Zeitplan von Paluzzi entgegen.

»Bist du gerade beschäftigt?«

Whitlock antwortete, indem er mit einer Geste auf die über dem Bett ausgebreiteten Akten deutete.

»Hättest du vielleicht fünf Minuten Zeit für mich?«

»Natürlich. Komm herein«, antwortete Whitlock. »Worum geht es?«

»Es geht um die Nachricht, die ich erhalten habe, als ich mich heute am frühen Abend im Hotel anmeldete.«

»Es ist doch hoffentlich nichts Schlimmes, oder?« fragte Whitlock besorgt. »Claudine oder dem kleinen Dario ist doch nichts zugestoßen?«

»Nein, nichts dergleichen«, antwortete Paluzzi und beeilte sich, Whitlocks plötzliche Sorge zu zerstreuen. »Die Nachricht kam vom Verbindungsmann zum Stab in Italien. Die Stabschefs wollen, daß ich wieder zurückkomme und als neuer Kommandeur die *NOCS* leite.«

»Aber du bist doch da weggegangen, weil du mit deinen Vorgesetzten nicht klarkamst«, meinte Whitlock.

»Das traf nur auf meinen direkten Vorgesetzten zu, Brigadekommandeur Michele Pesco. Letzte Nacht wurde er jedoch seines Amtes enthoben. Sie wollen jetzt, daß ich seinen Platz einnehme.«

»Und?«

»Nichts und«, antwortete Paluzzi zögerlich. »Nun, zumindest jetzt noch nicht. Ich sagte ihnen, ich benötige ein wenig Zeit, um mir die ganze Sache durch den Kopf gehen zu lassen. Ich bin da völlig gespalten, C. W. Ein Teil von mir möchte den nächsten Flug nach Rom nehmen und morgen früh als allererstes den Posten als Leiter antreten. Ein anderer Teil will jedoch, daß ich hier bei der UNACO bleibe. Ich weiß, daß es sich dabei um etwas handelt, das nur ich entscheiden kann, aber ich mußte es einfach loswerden. Darum bin ich auch zu dir gekommen. Du hast da mehr Erfahrung, bist mein Vorgesetzter. Ich wollte einfach meine Karten auf den Tisch legen, so daß es weder für dich noch für Sergej aus heiterem Himmel käme, wenn ich das Angebot annehmen würde. Dafür habe ich viel zu großen Respekt vor euch.«

»Es hört sich ganz danach an, als ob du deine Entscheidung bereits gefällt hättest«, sagte Whitlock mit einem Lächeln.

»Ganz und gar nicht. Es ist etwas, das ich mit Claudine besprechen muß, wenn ich wieder in den Staaten bin.«

»Ich weiß, was sie sagen wird.«

»Ich weiß es ebenfalls. In New York ist sie eigentlich nie heimisch geworden, und offensichtlich sollte ich das im Hinterkopf behalten, wenn ich das Für und Wider der Situation abwäge. Aber es gibt dabei auch noch andere Überlegungen, und ich bin fest entschlossen, die Entscheidung allein zu treffen.«

Plötzlich mußte Whitlock an Carmen denken. Was würde sie sagen, wenn er ihr verkündete, wieder bei Außeneinsätzen mitmachen zu wollen? Wie unabhängig würde er sich entscheiden, wenn es soweit war? Er kannte Carmen und wußte, bei seiner Entscheidung wäre sie ein wichtiger Faktor. Und obwohl Paluzzi es nicht zugab, war Whitlock klar, daß auch bei seiner endgültigen Entscheidung Claudine eine wichtige Rolle spielen würde. Und das bedeutete, daß Paluzzi praktisch schon jetzt der neue Chef der italienischen Eliteeinheit zur Terroristenbekämpfung war.

»Ich dachte, ich setze dich besser davon in Kenntnis«, meinte Paluzzi und unterbrach damit die plötzliche Stille.

»Ich bin froh, daß du es getan hast. Und wenn du einen Rat brauchst, weißt du ja, wo ich zu finden bin.«

Paluzzi nickte und verließ das Zimmer. Whitlock setzte

sich auf die Bettkante und nahm das Telefon zur Hand. Sollte er es Kolchinsky jetzt schon erzählen oder bis zu seiner Rückkehr nach New York warten? Kolchinsky würde momentan genug um die Ohren haben. Alle paar Minuten wollte der Generalsekretär etwas von ihm. Trotzdem, er mußte es ihm sagen. Und wenn Paluzzi tatsächlich ging, wußte er genau, wen er als Ersatz für ihn nehmen wollte.

10

Sabrina griff mit einer Hand nach dem Telefon auf dem Nachttisch, tastete in der Dunkelheit umher, bis sie fühlte, wie sich ihre Finger um den Hörer schlossen, und nahm ihn ab.

»Guten Morgen, Miß Carver. Hier ist der telefonische Weckdienst. Es ist fünf Uhr«, verkündete am anderen Ende der Leitung eine freundliche weibliche Stimme.

»Aha«, murmelte Sabrina schläfrig und ließ den Hörer wieder auf die Gabel fallen.

Sie hatte nur einen einzigen Wunsch: sich auf die andere Seite zu drehen und wieder einzuschlafen. Trotzdem setzte sie sich aufrecht hin, schaltete die Nachttischlampe ein, zog die Bettdecke zurück und schwang ihre Beine aus dem Bett. In dieser Nacht war sie es gewesen, die Bereitschaft gehabt hatte, deshalb trug sie einen grauen Trainingsanzug. Ihre Turnschuhe waren vom Bett aus leicht zu erreichen. Anrufe hatte es keine gegeben. Zumindest ein kleiner Trost . . .

Sie fuhr sich mit den Fingern durch ihr zerzaustes Haar und rieb sich mit den Händen langsam das Gesicht. Sie *haßte* es, früh aufzustehen. Und ›früh‹ hieß alles vor halb neun. Sabrina war ein ausgesprochener Nachtmensch. Mühsam erhob sie sich und schaltete den Wasserkessel an. Mußte sie schon zu dieser widerlichen Stunde aufstehen, würde ihr eine Tasse starker, schwarzer Kaffee dabei helfen, das Ganze ein klein wenig erträglicher zu gestalten.

Das Telefon klingelte. Sie stöhnte auf, streckte ihre Hand zum Apparat aus und meldete sich.

»Morgen. Ich hoffe, ich habe dich nicht aufgeweckt.«

»Mike?« fragte sie überrascht. »Wieso bist du denn zu dieser gottverdammten Stunde schon auf den Beinen? Und warum klingst du so verflucht fröhlich?«

Graham kicherte. »Das hört sich ja ganz nach jemandem an, der heute morgen mit dem falschen Fuß aus dem Bett aufgestanden ist.«

»Du weißt doch, daß ich zu so früher Stunde nicht gerade in Höchstform bin«, entgegnete sie ungehalten. »Warum rufst du an?«

»Willst du heute morgen bei deinem Dauerlauf Gesellschaft?«

»Ich dachte, du machst deinen Dauerlauf normalerweise gegen acht!«

»Stimmt. Aber heute dachte ich mir: Zum Teufel noch eins, ich könnte doch genausogut mit euch mitlaufen.«

»Mir kommt da eine Idee. Warum begleitest du nicht Scoby beim Joggen, und ich gehe wieder ins Bett?«

»Dein Versuch in allen Ehren, Sabrina, aber jetzt beweg gefälligst deinen Hintern aus dem Bett. In zehn Minuten bin ich bei dir.«

»Laß es zwanzig Minuten werden, und wir sind uns einig«, antwortete sie.

»Okay. Zwanzig Minuten.« Er legte auf.

Sie legte ebenfalls auf und unterdrückte ein Gähnen. Zu joggen war ihr fast genauso verhaßt wie gezwungen zu werden, um fünf Uhr morgens das Bett zu verlassen. Fast, aber nicht ganz. Sie wußte, daß Graham und Whitlock beide begeisterte Jogger waren, konnte aber selbst keinen Sinn darin sehen, sich im Laufschritt von einem Ort zum anderen zu bewegen. Wozu sollte das nur gut sein? Sie trainierte lieber viermal in der Woche in ihren Aerobicgruppen. Und wenn sie keinen Auftrag zu erledigen hatte, brachte sie in einem Gemeinschaftszentrum in Manhattan an zwei Abenden in der Woche Hausfrauen Karate bei. Ihren schwarzen Gürtel hatte sie bereits in ihrer Jugendzeit gemacht.

Jeden Gedanken an Aerobic und Karate aus ihrem Kopf verbannend, stand sie widerwillig auf und tappte ins Bad.

Cross und Johnstone, Kriminalbeamte und Angehörige der Sonderabteilung für Terroristenbekämpfung, hatten ebenfalls den Auftrag, Scoby auf seinem morgendlichen Dauerlauf zu begleiten. Die beiden Männer warteten bereits im Flur, als Graham und Sabrina pünktlich um Viertel vor sechs eintrafen, um Scoby vor seiner Suite abzuholen. Graham trug wie immer seinen Trainingsanzug von den New York Giants und hatte mit einem lockeren Knoten ein weißes Kopftuch hinter seinem Kopf zusammengebunden.

»Ist er soweit?« fragte Graham und deutete auf die Tür.

»Weiß nicht«, erwiderte Cross mit einem Achselzukken. »Wir sind gerade angekommen.«

Graham klopfte an die Tür; kurz darauf machte Scoby auf. Er hatte immer noch seinen Bademantel an. Bedächtig taxierte er Grahams Trainingsanzug. »Ein Liberaler und gleichzeitig Giants-Fan?«

»Mike spielte früher bei den Giants«, sagte Sabrina und kam Graham zu Hilfe.

Graham warf ihr einen bösen Blick zu.

»Wirklich?« fragte Scoby überrascht. »Warum fand das denn in Ihrer Akte gar keine Erwähnung?«

»Es war für dieses Unternehmen nicht weiter relevant«, meinte Graham kurz angebunden.

»Graham? An diesen Namen kann ich mich überhaupt nicht erinnern. Was waren Sie denn?«

»Angriffsspieler. Aber ich war nie in der obersten Spielklasse. Einen Monat nachdem ich bei den Giants meinen Vertrag unterschrieben hatte, schickte man mich nach Vietnam. Dort zog ich mir eine Schulterverletzung zu, und das war das Ende meiner Karriere als Spieler.«

»Das klingt, als wären Sie gerade noch einmal davongekommen. Seien wir doch ehrlich: In New York gibt es nur eine Mannschaft, für die es sich zu spielen lohnt. Und das sind die Jets.«

»Die Jets versuchten, mich unter Vertrag zu nehmen, als ich aus Vietnam zurückkehrte«, erwiderte Graham mit unbewegtem Gesicht. »Man sagte mir, selbst mit meinem kaputten Arm sei ich noch hundertmal besser als jeder ihrer regulären Angriffsspieler. Doch so gerne ich auch gespielt hätte, ich brachte es einfach nicht fertig, so tief zu sinken. Nicht bis zu den Jets.«

»Das ist sehr gut«, meinte Scoby mit einem gezwungenen Lächeln. Mit einem Winken verschwand er, um sich umzuziehen. Wenige Minuten später kehrte er in einem schwarz-roten Trainingsanzug und mit einer schwarzen Kappe zurück.

»Tragen Sie das immer, wenn Sie Ihren Dauerlauf machen?« wollte Graham wissen.

»Das oder einen schwarz-gelben Anzug. Warum? Was ist damit?«

Graham und Sabrina schauten sich vielsagend an.

»Denkst du das gleiche wie ich?« fragte Graham.

Sie nickte.

»Könnten Sie vielleicht mit dem Gedankenlesen aufhören und mir sagen, was eigentlich los ist?« verlangte Scoby.

Sie sagten es ihm.

»Hör auf damit!« fuhr Fiona ihn an.

»Womit?« fragte Mullen zurück.

»Mit deinen Fingern auf dem Lenkrad herumzutrommeln!«

»Habe ich das getan?« entgegnete Mullen und zuckte mit den Schultern. Er verschränkte seine Arme vor der Brust und blickte über die Straße zum Eingang des Grosvenor House Hotels hinüber. »Ich dachte, du hättest gesagt, Scoby würde jeden Tag um sechs seinen Dauerlauf machen. Er hat sich bereits um zehn Minuten verspätet.«

Sie saßen in einem hellblauen VW Polo, den Mullen kurz zuvor von einem Grundstück in Notting Hill gestohlen hatte. Wenn der Eigentümer den Diebstahl meldete, würden sie den Wagen bereits auf der anderen Seite der Stadt wieder abgestellt haben. Zunächst hatten sie daran gedacht, ihn anzuzünden, waren dann aber zu dem Schluß gekommen, daß das nur unnötige Aufmerksamkeit auf sie gelenkt hätte. Fingerabdrücke gab es sowieso keine, denn beide hatten Handschuhe an. Fiona trug dazu eine Perücke mit schulterlangen roten Haaren. Vor ihr auf dem Armaturenbrett lag eine dunkle Sonnenbrille. Mullens lange Zottelhaare waren unter Fionas schwarzem Filzhut versteckt. Auch er hatte eine Sonnenbrille dabei, die in der obersten Tasche seiner Kordjacke steckte. Fiona schaute auf ihre Uhr. Sie waren jetzt seit vierzig Minuten hier. Wo blieb Scoby? Es sah ihm gar nicht ähnlich, sich zu verspäten.

»He, schau mal!« stieß Mullen plötzlich hervor. Er zeigte auf Cross und Sabrina, die gerade aus dem Hotel kamen. »Das könnte Scobys Sicherheitsteam sein.«

»Durchaus möglich«, erwiderte Fiona abwesend, ohne ihren Blick von den beiden Personen abzuwenden.

Cross und Sabrina schauten sich um, dann machten sie einer dritten Person in der Tür hinter ihnen ein Zeichen.

»Das ist Scoby«, zischte Mullen. Er hatte sofort den auffälligen schwarz-roten Trainingsanzug erkannt, von dem in den Instruktionen die Rede gewesen war.

Fiona zog die Maschinenpistole unter dem Beifahrersitz hervor, überprüfte das Magazin, legte sie in ihren Schoß und ließ die drei Personen, die vor dem Hotel standen, nicht aus den Augen. Sie gingen gerade über die Straße und in Richtung Grosvenor Gate davon. Fiona hielt die Maschinenpistole fest zwischen ihren Händen. Sie hatte die besten Bedingungen für eine Salve, fluchte jedoch plötzlich leise und duckte sich wieder nach unten, so daß sie nicht mehr zu sehen war; Mullen zog sie ebenfalls herunter. Sobald sie annahm, daß die drei den Hyde Park betreten hatten, kam sie wieder hoch.

»Warum hast du ihn nicht erledigt?« fragte Mullen.

»Weil es nicht Scoby war!« schnauzte sie zurück. »Es war ein Lockvogel.«

»Ein Lockvogel? Das bedeutet ja, daß sich der Senator mit aller Wahrscheinlichkeit durch einen anderen Ausgang verdrückt hat, während wir hier gesessen und die Typen da beobachtet haben!«

»Genau.«

»Wohin dann?« fragte Mullen und streckte die Hand nach dem Schlüssel im Zündschloß aus.

»Nirgendwohin. Ich habe das Gefühl, die treffen sich alle irgendwo im Hyde Park. Wenn wir hierbleiben, können wir sie unmöglich verfehlen.«

Mullen schaute sie an, sagte aber nichts.

Kaum eine Minute später entdeckte Fiona zwei Personen, die neben dem Hotel aus der Upper Grosvenor Street herauskamen. Beide trugen Trainingsanzüge.

»Wir haben Glück«, murmelte sie und lächelte in sich hinein.

Einer von den beiden war Scoby.

Sabrina, Cross und Johnstone verlangsamten ihr Tempo, als sie das Ring Tea House im Hyde Park erreichten. Johnstone trug Scobys Trainingsanzug und dessen schwarze Kappe.

Sabrina machte ihr Funkgerät vom Gürtel los. »Mike, bitte kommen!«

»Ja, hier Graham!« meldete sich eine atemlose Stimme.

»Wo steckst du?« fragte sie.

»Am Brook Gate«, teilte er ihr mit. »Ist jemand neugierig geworden?«

»Nein, es ist alles ruhig. Nun, zumindest so ruhig, wie man es hier erwarten kann. Jedenfalls gibt es keinerlei Anzeichen, daß es Ärger geben könnte.«

»Okay, wir laufen weiter«, sagte Graham. »Dann treffen wir uns wie geplant in zehn Minuten bei den Springbrunnen!«

»Richtig. Ende und aus!«

Cross rieb seine in Handschuhen steckenden Hände aneinander. »Heute morgen ist es ein wenig frisch hier draußen!«

»Frisch?« schnaubte Johnstone verächtlich. »Es ist eiskalt. Warum geht irgend jemand, der über einen Funken gesunden Menschenverstand verfügt, überhaupt an einem Morgen wie diesem zum Joggen nach draußen?« Er warf einen Blick auf Sabrina. »Ich weiß schon, wo ich gerne sein würde.«

Die Anspielung war ihr nicht entgangen. Sie schenkte ihm ein gespieltes, unschuldiges Lächeln. »Ich auch.«

»Ja?« fragte Johnstone und grinste Cross wissend an.

»Klar. Bei den Springbrunnen. Kommt, los jetzt!«

Cross lachte über Johnstones gequälten Gesichtsausdruck, als Sabrina die Strecke zum Treffpunkt vor ihnen herlief.

»Sie haben angehalten«, sagte Mullen und bremste ab. »Was soll ich tun?«

»Fahr auf den Seitenstreifen«, meinte sie und betätigte den elektrischen Fensterheber. »Und setz deine Sonnenbrille auf.«

Mullen schnappte sich die Sonnenbrille vom Armaturenbrett und setzte sie auf. Sie waren weniger als vierzig Meter von ihrem Ziel entfernt, als ein weißer Rover hinter ihnen auftauchte. Er fuhr an ihnen vorbei und schwenkte vor ihnen auf den Seitenstreifen. Im Innern des Wagens saßen zwei Männer, einer von ihnen gab ihnen mit einem Wink zu verstehen, weiterzufahren. Im gleichen Tempo wie die Jogger kroch der Rover die Straße entlang.

Mullen stieß einen wütenden Fluch aus. »Die müssen zum Sicherheitsteam gehören. Und was jetzt?«

»Bleib hinter ihnen«, antwortete Fiona und nahm die Maschinenpistole fester in die Hand. »Wir sind fast in Schußweite.«

»Selbst wenn du es schaffst, Scoby zu erwischen, werden wir niemals schneller sein als der Rover«, klagte Mullen. »Das ist zu riskant, Fiona. Wir müssen die Sache abbrechen.«

»Fahr los!« befahl Fiona. »Jetzt!«

Mullen zog den Wagen hinter dem Rover auf die Straße; Fiona wartete, bis sie fast auf gleicher Höhe mit Scoby und Graham waren, bevor sie die Maschinenpistole hob, um zu feuern.

Graham sah die Maschinenpistole im letzten Augenblick. Mit einem gezielten Angriffsschritt aus dem Fußball brachte er Scoby zu Boden; Sekundenbruchteile später schlug eine Salve im Baum hinter ihnen ein. Sofort beschleunigte der Rover und jagte hinter dem Polo her, der von den beiden auf dem Gehsteig zusammengekrümmten Gestalten wegraste.

Fiona beugte sich aus dem Fenster und feuerte eine

Salve auf den Rover ab, bevor sie sich wieder in den Wagen hineinduckte. Die Kugeln schlugen kleine Krater in die kugelsichere Windschutzscheibe, und der Rover blieb hinter ihnen. Fiona wischte sich den Schweiß von der Stirn und blickte sich verzweifelt um. Der Rover kam ihnen immer näher. Es war nur noch eine Frage der Zeit, bis er es schaffen würde, sie von der Straße zu drängen. Als sie Cumberland Gate erreichten, bremste Mullen vorsichtig ab. Vor ihnen tauchte Marble Arch auf. Mullen scherte hinter einem schwarzen Taxi aus, und als er die Kurve nahm, feuerte Fiona eine Salve auf die Reifen des Taxis ab. Sie traf den linken Vorderreifen, das Taxi begann unkontrolliert hin und her zu schleudern, der Fahrer des Rover wurde zu einer Vollbremsung gezwungen. Die Räder blockierten, und der Rover bohrte sich in die Seite des Taxis, das auf den Gehsteig geschoben wurde und frontal in einen schmiedeeisernen Zaun krachte. Bevor der Fahrer des Rover das Lenkrad wieder unter Kontrolle brachte, hatte sich der Polo bereits um Marble Arch herummanövriert und war zur anderen Seite der Park Lane weitergerast. Sekunden später war er über die North Row verschwunden.

Graham schob seine Beretta ins Halfter hinten am Trainingsanzug zurück und half Scoby wieder auf die Beine. »Alles in Ordnung, Senator?«

»Ich denke, ja«, antwortete Scoby. Er wirkte sichtlich mitgenommen.

Graham rief Sabrina über Funk und berichtete ihr, was gerade geschehen war. Wenige Minuten später traf Sabrina mit Cross und Johnstone ein, alle drei vom Laufen noch völlig außer Atem.

»Wo sind Corbyn und Turnball?« fragte Cross.

»Sie verfolgen den Wagen«, teilte ihm Graham mit. »Ich habe Schüsse gehört, sie haben sich aber noch nicht wieder gemeldet.«

»Kann ich mir das eben mal ausleihen?« fragte Cross und deutete auf das Funkgerät in Grahams Hand. Er schaffte es, eine Verbindung mit Turnball herzustellen.

»Die Scheißkerle sind uns entwischt«, zischte Turnball wütend und berichtete Cross, was geschehen war.

»Hast du Verstärkung angefordert?« fragte Cross.

»Die ist unterwegs. Über Funk habe ich auch einen Krankenwagen für den Taxifahrer bestellt. Ist mit dem Senator alles in Ordnung?«

»Es hat ihn ein wenig durchgeschüttelt, aber ansonsten ist er unverletzt.«

»Beinahe hätten wir sie erwischt, Pete. Noch zehn Sekunden, und wir hätten sie von der Straße gerammt.«

»Ja, ja, ich weiß«, meinte Cross mutlos und reichte Graham das Funkgerät zurück.

»Als allererstes müssen wir Sie jetzt zurück zum Hotel bringen«, sagte Graham zu Scoby.

»Inzwischen sollte jeden Moment ein Wagen vom Hauptquartier eintreffen«, fügte Johnstone hinzu.

»Den können Sie vergessen«, meinte Sabrina. »Wir stehen hier völlig ungeschützt im Freien. Was ist, wenn die Attentäter sich entschließen, zurückzukommen?«

»Haben Sie einen Vorschlag?« fragte Johnstone die Agentin.

»Ganz einfach«, erwiderte sie, ging an den Straßenrand und winke das erste schwarze Taxi herbei, das auf sie zukam.

Whitlock wartete in der Halle des Hotels auf sie. »Senator, ist mit Ihnen alles in Ordnung?« fragte er besorgt, als sie das Hotel betraten.

»Ja, und das verdanke ich Mike. Wenn er in jenem Moment nicht so auf mich losgegangen wäre, läge ich jetzt in einem Leichenwagen.«

Jetzt sagt er also wieder Mike zu mir, dachte Graham sarkastisch. Bis zum nächsten Streit. Dann wird es wieder Graham heißen. Nicht daß er sich groß darum scherte, wie Scoby ihn nannte. Er konnte den heuchlerischen Scheißkerl sowieso nicht ausstehen und würde froh sein, ihn nach dem Wochenende von hinten zu sehen. Sollte er bis dahin noch leben. Doch ungeachtet der Gefühle, die er gegenüber Scoby hegte, würde er alles unternehmen, um sicherzugehen, daß dem Senator kein Haar gekrümmt wurde, solange er dem Schutz der UNACO unterstand. Er wußte, daß Sabrina und Paluzzi die gleichen Empfindungen hatten wie er. Sabrina war der Mann anscheinend noch unangenehmer als ihm; sie hielt ihn für einen eingebildeten, arroganten, verschlagenen und von sich selbst eingenommenen Menschen. Damit besaß er allerdings alle notwendigen Eigenschaften für einen zukünftigen Präsidenten der Vereinigten Staaten.

»Sabrina, warum kommen Sie und Mike nicht mit auf unsere Suite und trinken einen Kaffee mit uns?« fragte Scoby. »Ich weiß, daß Melissa Sie beide sehr gerne kennenlernen würde.«

»Geht nur«, meinte Whitlock. »Ich habe Eastman angerufen, und er ist bereits unterwegs. Mit den Jungs von der hiesigen Polizei werden wir schon alles regeln. Ich erwarte euch in ein paar Stunden wieder hier zurück.«

Sabrina schleuderte Whitlock einen *Das-war-nun-aber-nicht-gerade-nötig*-Blick zu, dann folgte sie Scoby und Graham zum Fahrstuhl.

Melissa Scoby befand sich noch im Schlafzimmer, als sie die Suite betraten. Scoby ging zu ihr und informierte sie über die Geschehnisse. Wenige Augenblicke später trat sie hinter ihrem Mann ins Wohnzimmer. Sabrina bemerkte, daß ihre Augen sofort zu Graham wanderten, der am Fenster stand. Mit einem feinen Lächeln musterte Melissa ihn sorgfältig. Plötzlich fühlte die Frau des Senators den aufmerksamen Blick von Sabrina und schaute kalt zurück. Dann blickte sie abrupt weg und streckte Graham ihre Hand entgegen, um ihn zu begrüßen. »Jack hat mir berichtet, was heute morgen geschehen ist. Danke.«

Unbeholfen tat Graham die Sache mit einem Achselzukken ab und löste vorsichtig seine Hand aus ihrem anhaltenden Griff. Dann machte Scoby die beiden Frauen miteinander bekannt. Melissa schüttelte Sabrinas Hand mit festem und energischem Händedruck. Sabrina konnte die Feindseligkeit ihr gegenüber spüren und wußte, daß sie von Melissa Scobys Interesse an Graham herrührte. Graham und Scoby schienen diese Stimmung jedoch nicht wahrzunehmen; Sabrina war die einzige, die Melissas Fassade von Anfang an durchschaut hatte. Und Melissa Scoby wußte das ...

Scoby bestellte beim Zimmerservice vier Kaffee. Höflich lehnten Graham und Sabrina das Angebot ab, mit den beiden zu frühstücken. Sie würden später mit Whitlock essen.

»Bitte, setzen Sie sich doch«, meinte Scoby und deutete auf die Sessel hinter ihnen.

Graham setzte sich auf das nächstgelegene Sofa. Sabrina nahm rasch neben ihm Platz und bemerkte umgehend den scharfen Blick von Melissa Scoby. Mit einem vergnügten Lächeln schaute sie zurück.

Scoby ließ sich in den Sessel gegenüber fallen. »Ich muß zugeben, daß ich anfangs dachte, die UNACO hätte sich geirrt, als Ihr Mr. Whitlock mir erzählte, die IRA könnte den Versuch wagen, während meines Besuchs in Großbritannien einen Anschlag auf mich auszuüben. Mittlerweile habe ich jedoch den Eindruck gewonnen, daß Sie die ganze Zeit über recht hatten. Was die IRA allerdings durch einen Mord an mir zu erreichen hofft, begreife ich immer noch nicht. Eine derartige Tat würde doch nur noch mehr Amerikaner gegen sie aufbringen. Über Nacht würden die Gelder ausbleiben, und darin sehe ich keinen Sinn.«

»Wir auch nicht«, meinte Sabrina. »Aber bis wir darauf eine Antwort gefunden haben, sollten wir die Situation sehr ernst nehmen. Nach den Geschehnissen heute morgen ist zumindest das klar.«

»Ich weigere mich allerdings, irgendeinen Termin zu streichen«, teilte Scoby ihnen rasch mit.

»Das wäre ein großer propagandistischer Sieg für die IRA«, fügte Melissa Scoby hinzu und setzte sich auf den Rand des Sessels neben ihm.

»Und nicht nur für sie«, ergänzte Scoby und nahm ihre Hand. »Stellen Sie sich nur vor, welchen Schaden die Demokraten mit dieser Art von Propaganda bei einer zukünftigen Präsidentenwahl anrichten könnten! Aber es steht noch mehr dahinter. Ich war immer überzeugt davon, daß man dem Terrorismus nur beikommen kann, wenn man ihm mutig die Stirn bietet. Denn je öfter wir einer Konfrontation aus dem Weg gehen, desto stärker wird die Position der Terroristen.«

»Wir schlagen nicht vor, daß Sie Ihre Termine absagen sollten, Senator«, versicherte ihm Sabrina. »Aber für den Rest Ihres Aufenthalts auf den Britischen Inseln werden wir strengere Sicherheitsvorkehrungen treffen und in Ihrer Umgebung deutlicher in Erscheinung treten müssen.«

Es klopfte an der Tür. Johnstone öffnete sie, nahm das Tablett vom Zimmerkellner entgegen und trug es ins Wohnzimmer. Nachdem Melissa Scoby den Kaffee eingeschenkt hatte, reichte sie die Tassen herum. Wieder klopfte es. Dieses Mal war es Tillman, der deutlich erregt an Johnstone vorbeihuschte und ins Wohnzimmer trat. »Jack, alles in Ordnung mit dir?« fragte er und ging auf Scoby zu.

»Sicher«, erwiderte Scoby mit einem schnellen Lächeln. »Setz dich, Ray. Möchtest du einen Kaffee?«

»Jack, warum hast du mich nicht angerufen, sobald du im Hotel warst?« Tillman ging zum Fenster und drehte sich dort wieder zu Scoby um. Seine Finger klopften nervös gegen seine Schenkel. »Whitlock berichtete mir von den Geschehnissen. Das hättest du mir sagen sollen, Jack.«

»Was gibt es denn da groß zu erzählen? Sie haben auf mich geschossen und mich verfehlt«, entgegnete Scoby mit überraschender Ruhe. »Das war alles. Ich sah keinen Grund, dich nur deswegen aufzuwecken, um dir das zu berichten. Du hättest es schon früh genug erfahren.«

Tillman wandte sich an Graham. »Warum wurde der Wagen nicht entdeckt, bevor er den Senator erreichte? Das klingt mir nach einer schwerwiegenden Lücke in Ihren Sicherheitsvorkehrungen!«

»Ray, setz dich jetzt hin!« fuhr ihn Scoby an und deutete auf den Sessel neben dem Fenster.

Tillman warf Graham einen wütenden Blick zu. Seine Hände waren in seinem Schoß zusammengeballt. »Ich behaupte immer noch, daß Ihre Männer die Terroristen schon früher hätten entdecken müssen.«

»Dem wird man nachgehen«, versicherte ihm Graham. »Und wenn Sie recht behalten, werden die Verantwortlichen zur Rechenschaft gezogen. Sind Sie zufrieden?«

Tillman sagte nichts dazu.

Graham leerte seine Kaffeetasse und stand auf. »Entschuldigen Sie mich bitte, aber ich würde mich gerne duschen und umziehen.«

»Ich auch«, sagte Sabrina, ließ ihren Kaffee stehen und erhob sich ebenfalls.

Scoby führte sie zur Tür. »Mike, ich weiß, daß es nichts gibt, das ich tun oder sagen kann, um mich dafür zu revanchieren, daß Sie mir heute morgen das Leben gerettet haben, aber mein Dank ist Ihnen gewiß.«

Graham schüttelte Scobys ausgestreckte Hand und folgte Sabrina aus dem Zimmer.

»An deiner Stelle würde ich Melissa Scoby im Auge behalten«, meinte Sabrina, sobald sie den Fahrstuhl erreicht hatten und von den beiden außerhalb der Suite ihren Dienst verrichtenden Beamten nicht mehr gehört werden konnten.

»Wovon redest du?« fragte Graham und drückte auf den Knopf.

»Es ist offensichtlich, daß sie Interesse an dir hat.«

»Wie kommst du denn auf die Idee?« erwiderte er verblüfft.

»Sagen wir, es ist Intuition.«

»Intuition?« wiederholte er sarkastisch. »Das dachte ich mir!«

Sie unterdrückte ihre Wut. »Ich teile dir nur mit, was ich gesehen habe. Das ist alles.«

»Nun, dann hast du nicht richtig hingeschaut«, meinte er bestimmt.

Die Türen öffneten sich auf ihrem Stockwerk, und sie gingen den Flur entlang auf ihre Zimmer zu.

Als Sabrina ihre Zimmertür erreichte, zog sie ihre Codekarte aus der Tasche des Trainingsanzugs. »Ich weiß, daß ich mich da nicht täusche, Mike.«

»Doch, du täuschst dich. Offensichtlich bist du immer noch bei dem, was C. W. gestern abend über Melissa Scoby sagte, als er meinte, sie flirte gerne. Und jetzt deutest du allerhand Unsinn in die Situation hinein. Ich schlage vor, daß du deine persönlichen Gefühle außen vor läßt und dich auf die Arbeit konzentrierst.«

»Bilde dir bloß nichts auf dich ein, Mike Graham«, fuhr sie ihn wütend an, während sie die Codekarte ins Schloß steckte und die Tür aufdrückte.

Er wartete, bis sich die Tür hinter ihr geschlossen hatte, schüttelte traurig den Kopf und ging auf sein Zimmer.

»Können wir reden, Jack?« fragte Tillman, sobald Scoby Graham und Sabrina verabschiedet hatte.

»Sicher«, antwortete Scoby. »Um was geht es?«

Tillman warf Melissa Scoby einen Blick zu. Sie verstand die Botschaft, verschwand im Schlafzimmer und machte die Tür hinter sich zu.

»Also heraus mit der Sprache«, sagte Scoby.

»Heute morgen hast du noch Glück gehabt, Jack. Beim nächstenmal könnte es jedoch anders sein. Ich möchte sichergehen, daß du wohlbehalten nach Hause zurückkommst. Und das heißt, daß dein Sicherheitsteam um einiges aufmerksamer sein muß als heute.«

»Warum sagst du nicht einfach geradeheraus, was du wirklich meinst, Ray?« fragte Scoby in eisigem Ton. »Daß du nämlich im Falle meines Todes plötzlich zwischen den Kolumbianern und der Mafia hängst? Ist es das?«

»Das stimmt nicht, Jack«, erwiderte Tillman hitzig. »Ich habe mich im Grunde immer so verhalten, daß es zu deinem Besten war, und jederzeit ganz in deinem Interesse gehandelt. Das weißt du genauso gut wie ich.«

»Ich kann nicht behaupten, daß ich dich je für einen Altruisten gehalten habe, Ray«, meinte Scoby verächtlich. »Du bist genauso in diese Sache verwickelt wie ich. Laß uns einander also nicht gegenseitig für dumm verkaufen, ja? Und wenn dir das ein Trost sein sollte: Auch ich würde gerne wieder wohlbehalten nach New York zurückkehren.«

Tillman fuhr sich mit den Fingern durch die Haare. »Uns sollte mal einer zuhören. Wir zanken uns wie Schulkinder über ein Mädchen!«

»Und wenn ich mich richtig erinnere, war ich immer derjenige, der bei diesen Auseinandersetzungen gewonnen hat«, sagte Scoby mit einem zufriedenen Lächeln.

»Klar doch, du hast immer gewonnen!« entgegnete Tillman mit zusammengebissenen Zähnen. »Du warst eben der mit dem guten Aussehen, und ich war der mit dem Grips im Kopf.«

»Nun, wenn du schon so gescheit bist, warum hast du dann nicht letzte Nacht dafür gesorgt, daß ordentliche Sicherheitsvorkehrungen getroffen wurden?« wollte Scoby wissen. »Du hattest jede Gelegenheit dazu.«

»Ich bin kein Sicherheitsberater«, gab Tillman zurück. »Ich ging davon aus, daß Whitlock wußte, was er tat.«

»Dann schlage ich vor, du überprüfst das noch einmal! Und vergiß nicht, daß es dabei genausogut um deinen Schutz geht wie um meinen, denn ohne mich gibt es keine Vereinbarung – weder mit den Kolumbianern noch mit der Mafia. Und dadurch würdest du doch in einer sehr isolierten Position zurückbleiben, nicht wahr.«

Tillman wischte sich den Schweiß von der Stirn. »Ich werde mit Whitlock sprechen, sobald er ins Hotel zurückkehrt.«

»Mach das, Ray. Wenn du mich jetzt entschuldigst, würde ich gerne noch ein Bad nehmen, bevor ich zum Frühstück nach unten gehe.«

»Wann frühstückst du?«

Scoby tätschelte Tillman den Arm. »Keine Bange, Ray, diesmal werde ich dich mit Sicherheit anrufen und darüber informieren.«

Tillman verkniff sich seine Wut und verließ mit energischen Schritten das Zimmer.

Fiona und Mullen ließen den gestohlenen Wagen in der Nähe von Claridges zurück und fuhren mit der U-Bahn zur konspirativen Wohnung am Finsbury Park. Sobald sie angekommen waren, öffnete Fiona den im Wohnzimmer hinter einer Lithographie von van Gogh versteckten Wandsafe und entnahm ihm den mit einem ›B‹ markierten Umschlag, in dem die Pläne für den Anschlag auf den Senator während seines Nachmittagsausflugs auf dem Ausflugsschiff steckten. Sie setzte sich hin und riß den Umschlag auf. Innen befand sich ein Blatt Papier und ein einzelner Schlüssel an einem Schlüsselring aus Plastik. Sie legte den Schlüsselring neben sich auf den Tisch, faltete das Blatt Papier auseinander und ging die Einzelheiten des Einsatzes durch. Dann schaltete sie mit der Fernbedienung den Fernseher ein und erwischte gerade noch die Frühnachrichten.

Mit zwei großen Tassen Tee kam Mullen ins Zimmer. Er stellte sie neben Fiona auf den Tisch und deutete auf den Bildschirm. »Irgend etwas über uns?«

Sie schüttelte den Kopf und hielt ihm das Blatt Papier entgegen. »Lies das.«

Mullen setzte sich auf das Sofa und las den Text sorgfältig durch. »Brady hat sich ja ungeheuer ins Zeug gelegt, um diese Operation für uns vorzubereiten.«

»Ich dachte genau das gleiche«, erwiderte sie. »Wir müssen daher diesmal unbedingt sichergehen, daß es klappt.«

Mullen nahm einen Schluck Tee und lächelte in sich hinein. »Das wird es auch. Dieses Mal erwischen wir ihn, Fiona. Dieses Mal kommt er nicht davon.«

»Das glaube ich erst, wenn er tot ist«, antwortete Fiona und zeigte auf die Tasse in seiner Hand. »Trink aus, wir haben diesen Morgen noch eine Menge zu tun.«

Sobald Whitlock zum Hotel zurückgekehrt war, rief er Graham und Sabrina an und sagte ihnen, sie sollten auf sein Zimmer kommen. Graham kam als erster, Eastman und Paluzzi waren bereits da.

»Wenn du hungrig bist, da vorne gibt es etwas zum Essen«, meinte Whitlock und zeigte auf den Servierwagen neben dem Bett.

Graham nahm sich drei Scheiben Speck und legte sie zwischen zwei Scheiben Toast. Dann goß er sich Kaffee ein und setzte sich auf das Bett.

Als Sabrina ankam, deutete Whitlock erneut auf den Servierwagen.

»Danke, ich nehme nur einen Kaffee«, entgegnete sie.

»Mike, gieß Sabrina einen Kaffee ein«, sagte Whitlock.

»Den hole ich mir selber«, erwiderte sie brüsk und ging zum Servierwagen.

»Okay. Was ist los?« wollte Whitlock wissen.

»Was soll los sein?« antwortete Sabrina unschuldig.

Whitlocks Augen blitzten wütend; sein Blick wanderte dabei von Sabrina zu Mike. »Mike?«

»Ich habe an Sabrina nichts auszusetzen«, antwortete Graham wahrheitsgemäß.

»Ihr solltet eure Differenzen besser auf intelligente Weise beilegen. Jeder von euch. Denn wenn ihr nicht zusammenarbeiten könnt, werde ich ein Team mit der Sache betreuen, das dazu in der Lage ist. Habe ich mich klar ausgedrückt?«

Sabrina schenkte Whitlock ein gewinnendes Lächeln und setzte sich neben Paluzzi. »Es gibt keinerlei Probleme, C. W.!«

»Vergiß nicht, wen du vor dir hast, Sabrina! Ich weiß genau, wann ihr beide Streit miteinander habt. In der Zeit unserer engeren Zusammenarbeit habe ich genug davon mitbekommen. Seht zu, daß die Sache bis heute nachmittag geklärt ist!« Bevor sie etwas darauf erwidern konnte, hielt Whitlock seine Hand hoch. »Mehr habe ich dazu nicht zu sagen! Können wir jetzt zur Lagebesprechung kommen? Keith hat gerade von Scotland Yard die Nachricht erhalten, daß der Fluchtwagen gefunden wurde.«

Eastman nickte. »Sie haben ihn in der Brook Street zurückgelassen, etwa fünfzig Meter von Claridges entfernt. Für den Fall, daß irgendwelche versteckten Sprengladungen im Wagen angebracht wurden, ist das Gelände abgeriegelt worden. Ein Team von Spezialisten zur Bombenräumung ist vor Ort.«

»Wie weit ist die Brook Street von der Stelle entfernt, an der uns der Wagen entwischt ist?« fragte Sabrina.

»Höchstens eine Meile«, antwortete Eastman. »Der Wagen wurde offensichtlich in aller Eile zurückgelassen. Die

Türen waren nicht abgeschlossen; die Schlüssel steckten noch im Zündschloß.«

»Sie müssen gewußt haben, daß es nur eine Frage der Zeit war, bis sie aus der Luft entdeckt wurden«, folgerte Paluzzi.

»Hat jemand gesehen, wie sie vom Wagen wegliefen?« fragte Sabrina.

»Der Wagen wurde vor einem Laden abgestellt. Der Besitzer sagte aus, sie seien die Binney Street hoch in Richtung Oxford Street davongelaufen. Die Binney Street liegt nur wenige Häuserblocks von der U-Bahn-Station Bond Street entfernt. Dort sind jetzt uniformierte Beamte mit den Fotos von Mullen unterwegs. Wir hoffen, daß jemand die beiden bei ihrer Ankunft in der Station gesehen hat. Die U-Bahn als Fluchtweg zu nehmen scheint mir nur logisch zu sein.«

»Und sobald sie die U-Bahn erreichen, können sie überallhin gelangen«, meinte Paluzzi.

»Wir können nur immer weiter fragen und hoffen, daß dabei irgend jemand etwas einfällt«, sagte Eastman und zuckte die Schultern. »Wir konzentrieren uns vor allem auf das Personal der Londoner U-Bahn.«

»Ja, ihre roten Haare waren recht auffällig«, meinte Graham nachdenklich. »Die Männer werden so etwas wahrgenommen haben.«

»Sie haben sie gesehen?« fragte Eastman überrascht.

»Ich kann mich gerade noch an ihre Haare erinnern. Das ist alles.«

»Und ihr Gesicht?« fragte Eastman.

Graham schüttelte den Kopf. »Es ging alles viel zu schnell.«

Whitlock goß sich eine weitere Tasse Tee ein. »Bevor ich euch hierher bestellte, hatte ich Besuch von Ray Tillman. Er war diesen Morgen mit den Sicherheitsvorkehrungen nicht allzu glücklich.«

»Ja, das versuchte er auch bei uns loszuwerden«, sagte Graham und schaute zu Sabrina hinüber.

»Ich persönlich weiß nicht, was wir noch hätten tun können, um den Senator zu beschützen, außer die Park

Lane und die Straßen der Umgebung komplett abzuriegeln. Ich hatte Scoby vor unserem Abflug in New York geraten, morgens auf seinen Dauerlauf zu verzichten. Aber davon wollte er nichts wissen. Von seinem Morgenjogging wollte er auf gar keinen Fall ablassen.«

»Soll ich morgen früh die Zahl der Sicherheitskräfte verdoppeln?« fragte Eastman.

»Morgen wird er keinen Dauerlauf machen«, gab Whitlock in scharfem Tonfall zurück.

»Hat er dir das mitgeteilt?« fragte Paluzzi.

»Nein, *ich* habe ihm das mitgeteilt, nachdem ich Tillman hinausgeworfen habe.«

Graham lächelte. »Was meinte der Senator dazu?«

»Zunächst konnte er sich mit dem Gedanken nicht anfreunden. Als ich ihm jedoch klarmachte, daß ich ihn zwar nicht davon abhalten könne, morgens seinen Dauerlauf zu machen, wohl aber dich davon, ihn zu begleiten, hatte ich ihn soweit. Zumindest in dieser Hinsicht brauchen wir uns bei ihm also keine Sorgen mehr zu machen.« Whitlock nahm eine Mappe aus seinem Aktenkoffer und schlug sie auf. »Ich habe heute früh mit Commander Palmer gesprochen, um die Sicherheitsmaßnahmen für diesen Nachmittag auf ihren endgültigen Stand zu bringen. Es wurde beschlossen, daß die Londoner Polizei die Absicherung der näheren Umgebung der Themse übernimmt. Commander Palmer selbst leitet die Operation. Um die Sicherheit auf dem Fluß werde ich mich kümmern.« Er wandte sich an Paluzzi. »Fabio, du bist der einzige hier, der einen Hubschrauber fliegen kann. Ich möchte, daß du diesen Nachmittag den Luftraum im Auge behältst. Mike wird dich begleiten. Ihr werdet einen Zivilhubschrauber der Polizei nehmen. Es werden noch andere Polizeihubschrauber oben sein; die decken aber ein viel größeres Gebiet ab. Ich möchte, daß ihr dem Schiff so nahe bleibt wie nur möglich.«

»Ich vermute, das bedeutet, daß ich mit Scoby auf dem Schiff bin«, sagte Sabrina.

»Wir beide werden uns auf dem Schiff aufhalten«, teilte ihr Whitlock mit. »Das ist jetzt erst einmal alles. Sabrina, wir sollen um neun am Charing Cross Pier sein, um zusammen mit der Wasserschutzpolizei und einem Team von Sprengstoffexperten das Schiff zu durchsuchen.«

»Bitte entschuldigen Sie mich. Ich muß wieder zurück zu Scotland Yard«, sagte Eastman und stand auf. »Ich vermute, falls ich mit Ihnen in Kontakt treten muß, finde ich Sie am Pier, nicht wahr?«

»Ich werde wohl den ganzen Morgen über da sein. Wenn nicht, hinterlasse ich eine Nummer, unter der man mich erreichen kann«, antwortete Whitlock.

»Schön. Wir sehen uns später.« Eastman verließ das Zimmer.

»Und was tun wir?« fragte Paluzzi und zeigte auf Graham.

»Ihr beide habt um zehn eine Einsatzbesprechung bei der Luftüberwachung der Polizei. Sie werden euch einen Wagen schicken.« Whitlock nahm seinen Aktenkoffer und ging auf die Tür zu. »Ihr könnt noch zu Ende frühstücken. Es ist alles bezahlt. Vergewissert euch nur, daß ihr die Tür hinter euch zumacht, wenn ihr geht. Sabrina, komm, es gibt Arbeit für uns.«

Sie warf den anderen einen verzweifelten Blick zu, kam mit einem flinken Satz auf die Beine und eilte hinter Whitlock her.

Fiona und Mullen nahmen die U-Bahn zur Great Portland Street. Von dort legten sie die kurze Entfernung zu einem nahe gelegenen Parkplatz zu Fuß zurück. Sie fanden den weißen Peugeot mit der Autonummer, die mit den auf dem Schlüsselring aus Plastik aufgedruckten Zahlen und Buchstaben übereinstimmte, und zogen sich Handschuhe über. Als Mullen die Hand nach dem Schlüsselring ausstreckte, schüttelte Fiona den Kopf und nahm selber hinter dem Lenkrad Platz. Mullen zuckte die Schultern, stieg ein und setzte sich neben sie.

Bevor sie aus dem Haus gegangen war, hatte Fiona ihre Route bereits auf einem Stadtführer von London eingetragen. Sie steuerte den Wagen zu einem verlassenen Lagerhaus neben der Grosvenor Road und nahe Pimlico Gardens. Die Einzelgarage war an das Gebäude angebaut; die Garagentore hatte man mit einem Vorhängeschloß gesichert. Fiona reichte Mullen den Schlüssel. Er stieg aus dem Wagen, blickte sich um und schloß die Tore auf. Nachdem Fiona den Peugeot in die Garage gefahren hatte, hängte er das Vorhängeschloß wieder an seinen alten Platz, öffnete die ins Lagerhaus führende Tür, ging hinein und schloß die Tür wieder hinter sich. Das Lagerhaus war seit mehr als zwei Jahren verlassen. Die meisten Fensterscheiben waren eingeschlagen; Graffiti bedeckten die Wände. Der Boden war mit leeren Holzkisten übersät; viele von ihnen trugen noch ein Firmenemblem. Mullen ging zu der Tür, die vom Lagerhaus zur Garage führte, um zu Fiona zu gelangen. Die Garage war um einiges größer, als man von außen angenommen hätte. Kein Wunder, daß die Firma bankrott gegangen war, wenn der leitende Direktor bereits für sein Auto derart viel Platz benötigte, dachte Mullen.

Die Operation war bis ins kleinste vorbereitet. Auf dem Boden des Kofferraumes des Peugeot lag eine buntkarierte Wolldecke. Darunter befanden sich zwei Ingram-MAC-II-Maschinenpistolen; ein Funkgerät, das kaum größer war als eine Zigarettenschachtel; zwei Kälteschutzanzüge für Sporttaucher; zwei Sauerstoff-Atemgeräte; zwei mit Plastikgriffen versehene Messer und ein Fernglas mit Autofokus. Mullen lud die ganze Ausrüstung aus, dann hob Fiona die Bodenmatte hoch. Neben dem Ersatzreifen lag eine wasserdicht verschlossene Kiste, in der sich ein acht Kilogramm schwerer russischer RPG-7-Raketenwerfer und zwei hochexplosive OG-7-Sprengköpfe befanden. Wie die Maschinenpistolen steckten auch sie in wasserdichten Hüllen. Mullen hob den Kasten heraus, Fiona legte die Matte zurück und machte den Kofferraumdeckel wieder zu.

»Zieh den an«, sagte Fiona und warf Mullen einen der Taucheranzüge zu.

»Hier? Wir beide? Wir sind doch nicht ...«, meinte Mullen unbehaglich. »Ich meine, du und Sean ...«

»Um Himmels willen, Hugh, wir sind bei der Arbeit,

und die Situation ist alles andere als verführerisch.« Mit einer energischen Bewegung zog sie sich ihr T-Shirt aus; eine weiße Weste kam darunter zum Vorschein. Verlegen starrte Mullen sie immer noch an. »Geh schon ins Lagerhaus, wenn du dich da besser fühlst.«

Mullen lief rot an, verschwand im Lagerhaus und machte die Tür hinter sich zu. Fiona streifte sich den Taucheranzug über und zog den Reißverschluß bis zum Kinn hoch. Als sie sich die Kapuze zurechtrückte, ertönte an der Tür ein diskretes Klopfen.

»Komm rein, Hugh!« rief sie.

Wie Fiona stopfte Mullen seine Kleidung in eine auf dem Rücksitz des Wagens stehende Reisetasche. Fiona nahm das Fernglas und ging zu einer verrosteten Metalltreppe hinüber, die auf einen Steg führte. Oben auf dem Steg kauerte sie sich hinter eines der eingeschlagenen Fenster und suchte langsam mit dem Fernglas den Fluß ab. Mullen beobachtete sie vom Fuß der Treppe aus.

»Nun?« fragte er, als sie das Fernglas sinken ließ.

»Brady hatte recht. Mit diesem Fernglas kann man von hier aus Lambeth Bridge erkennen.«

»Und das Boot?«

»Es ist da, und zwar genau an der von Brady angegebenen Stelle.«

Fiona überprüfte den Parkplatz auf der anderen Flußseite. Der blaue Transit stand in Position. Die kleine Sprengladung würde bereits in der Nähe des Benzintanks unter dem Fahrzeug angebracht sein. Unwillkürlich blickte sie auf den Sender an ihrem Gürtel. Die Explosion war ein hervorragendes Ablenkungsmanöver. In dem entstehenden Durcheinander konnten sie unbemerkt zum Kahn gleiten und den Raketenwerfer in Stellung bringen. Sie kam die Treppe herunter und ging zu einem Haufen leerer Kisten hinüber, die in einer Ecke achtlos übereinandergeworfen worden waren. Mullen half ihr dabei, sie dort wegzuschaffen. Unter ihnen verbarg sich eine kleine hölzerne Falltür. Vorsichtig öffnete Fiona sie. Eine verrostete Leiter führte ins Wasser hinunter. Sie schaltete ihre Taschenlampe an und leuchtete damit in das Halbdunkel.

Zwei zigarrenförmige, etwa eineinhalb Meter lange Schwimmvorrichtungen waren an der Leiter befestigt. Sie blickte auf die Uhr. In Kürze würde das Ausflugsschiff Charing Cross Pier verlassen.

»Hol die Atemgeräte«, sagte sie zu Mullen. »Wenn das Schiff Lambeth Bridge erreicht, müssen wir uns sofort in Bewegung setzen können.«

Er nickte und eilte zum Wagen. Sie kehrte zum Fenster zurück und richtete das Fernglas wieder auf das Wasser. Jetzt konnten sie nur noch abwarten . . .

John Moody war ein waschechter Londoner und im Viertel um die Cheapside herum geboren, dort, wo man die Kirchenglocken von St. Mary-le-Bow hören konnte. Er war jetzt Ende Fünfzig und hatte die letzten vierzig Jahre Ausflugsschiffe über die Themse gesteuert. Mit seiner weißen Kappe, die er fest über seinen kahlen Schädel gezogen hatte, und seiner zwischen die nikotingelben Zähne geklemmten Bruyèrepfeife bot er ein Bild, das man sofort wiedererkannte, wenn man es einmal gesehen hatte. Als er im Ruderhaus der *Merry Dancer* stand, seines am Charing Cross Pier vor Anker liegenden Schiffes, trug er beides zur Schau.

Er hatte Whitlock und Sabrina bei ihrem Treffen am frühen Morgen sofort in sein Herz geschlossen. Von Anfang an hatten sie ihm reinen Wein eingeschenkt, und das war eine Eigenschaft, die er schon immer an anderen Menschen bewundert hatte. Um halb zwölf waren der Bürgermeister und sein Gefolge mit Jack und Melissa Scoby am Pier eingetroffen. Die Leute von der Boulevardpresse hatten einen großen Tag; sie hatten einen eigenen Ausflugsdampfer gechartert und hofften, nicht weit von der *Merry Dancer* entfernt zu sein, wenn der zweite Versuch eines Attentates auf Scoby erfolgreicher sein sollte als der erste. Die Kameras waren vorbereitet und lagen schon bereit.

Moody lächelte Sabrina an, als sie in der Tür des Ruderhauses auftauchte. »Wenn ihr soweit seid, kann's losgehen, Mädchen!«

»Wir sind soweit«, antwortete sie und deutete auf den

Salon direkt unter ihnen. »Ich glaube allerdings nicht, daß irgendeiner von denen wissen will, ob das Schiff bereits fährt oder nicht. Die machen sich nämlich gerade alle über das Büfett her.«

Moody lachte schallend, lehnte sich aus dem Fenster des Ruderhauses und rief einem jungen Mann zu, er solle die Taue losmachen.

»Ich gehe jetzt besser wieder zurück und behalte den Senator im Auge«, kündigte Sabrina an, stieg die Treppe hinunter und betrat den Salon, in dessen Mitte auf drei aufgebockten Tischen das Essen ausgebreitet war.

Scoby ging auf sie zu. »Wenn Sie einen Moment Zeit haben, würde ich gerne ein paar Worte mit Ihnen wechseln. Unter vier Augen.« Er deutete auf die Treppe. »Könnten wir an Deck miteinander reden?«

»Sie wissen, daß Sie keine unnötigen Risiken eingehen sollen«, erinnerte sie ihn. »Das hat man Ihnen bereits vor Ihrer Ankunft hier gesagt. Wenn die IRA tatsächlich irgendwo da draußen einen Attentäter postiert hat ...«

»Okay, dann bleiben wir eben hier unten«, meinte Scoby mit einem geringschätzigen Achselzucken, nahm ihren Arm und führte sie quer durch den Salon, bis die anderen sie nicht mehr hören konnten. »Sind Sie eigentlich bei der UNACO zufrieden?«

»Sicher. Warum?«

»Ich würde Ihnen gerne eine Stelle anbieten, und zwar als Leiterin meines Sicherheitsteams.«

»Ich wußte gar nicht, daß Sie sich Ihr eigenes Sicherheitsteam aussuchen können«, erwiderte sie mit einem Anflug von Sarkasmus in der Stimme.

Scoby lächelte. »Ich habe eben meine Verbindungen zu den richtigen Stellen. Es wäre mir möglich, Sie am gleichen Tag, an dem Sie bei der UNACO Ihre Kündigung einreichen, zum Geheimdienst wechseln zu lassen. Was sagen Sie dazu?«

Sie durchschaute seinen Plan sofort. Er hatte keinerlei Interesse an ihren Talenten, für ihn zählte einzig und allein, daß sie eine Frau war. Gab es einen besseren Weg, weibliche Stimmen für sich zu gewinnen, als eine Frau zur

Leiterin seines Sicherheitsteams zu machen? Allerdings bezweifelte sie, daß Frauen von einem solchen Schritt sehr begeistert sein würden. Bei jemandem wie ihm war das Ganze viel zu leicht zu durchschauen. Sie lächelte in sich hinein – hätte er Whitlock genauso schnell eine Stellung dieser Art angeboten? Vielleicht würde ihm das ja noch einige Stimmen von den Liberalen einbringen. Sie hatte jedoch ihre Zweifel daran, daß der Ku-Klux-Klan darüber besonders erfreut wäre. Andererseits mußte man dem Senator gerechterweise zugute halten, daß es für seine Beziehungen zum Ku-Klux-Klan nie Beweise gegeben hatte; seine Rechtsanwälte waren gegen die Zeitung, die einen Artikel mit der entsprechenden Behauptung veröffentlicht hatte, bereits juristisch vorgegangen.

»Sie finden mein Angebot amüsant?« fragte Scoby.

»Nein. Ihre Frage schmeichelt mir, aber ich denke, ich bleibe bei der UNACO.«

»Und was passiert, wenn die UNACO aufgelöst wird? Nach den Ereignissen der letzten Tage ist das ja durchaus möglich. Was machen Sie dann?«

»Die UNACO wird nur aufgelöst, wenn wir einen Fehler machen und zulassen, daß die IRA Sie erwischt. Darum haben wir uns ja auch an Ihre Fersen geheftet, bis Sie zu Hause wieder den Schutz des Geheimdienstes genießen. Es wäre also nicht gerade in Ihrem Interesse, wenn so etwas geschehen würde, nicht wahr?«

Scoby betrachtete sie aufmerksam. Dann verzog sich sein Gesicht zum gewohnten Lächeln. »Nun, dann wollen wir hoffen, daß die UNACO nicht aufgelöst wird. Zumindest nicht vor meiner Rückkehr.«

Melissa Scoby kam auf sie zu. Sie bedachte Sabrina mit einem verächtlichen Blick und wandte sich an ihren Mann: »Schatz, der Bürgermeister macht schon Bemerkungen darüber, daß du nicht beim Büfett bist. Könnten wir ihn bitte etwas bei Laune halten?«

Scoby gab seiner Frau einen Kuß auf die Wange, dann schaute er zu Sabrina hinüber. »Was würde ich nur ohne Melissa tun? Die Stimme meines Gewissens. Und immer zur Stelle, wenn ich sie brauche.«

»Jack!« zischte sie.

Scoby folgte seiner Frau zurück zum Tisch. Sabrina ging an Deck und legte ihre Arme auf die Reling. Das Schiff passierte gerade Jubilee Gardens. Sie schaute zu dem anderen Boot hinüber, das sich an die *Merry Dancer* geheftet hatte. Die Skandalpresse. Richtige Aasgeier, die nur darauf warteten, daß jemand getötet wurde. Die Wasserschutzpolizei hatte ihnen untersagt, neben der *Merry Dancer* herzufahren, denn für die Dauer der Flußfahrt flankierten zwei Polizeiboote das Schiff. Sie schaute zu dem weißen Hubschrauber hoch, der zwanzig Meter vor dem Schiff in der Luft hing. Paluzzi und Graham. Sie konnte keinen im Cockpit erkennen. Als sie sich wieder zur Treppe umwandte, bemerkte sie Moody im Ruderhaus. Er lächelte und winkte ihr zu. Sie winkte zurück und ging wieder nach unten.

Eastman sah Palmers Auto aus dem Fenster des Polizeilastwagens und stieg aus, um ihm entgegenzugehen.

»Morgen, Sir«, meinte Eastman.

Palmer schaute auf seine Uhr. »Eigentlich ist es schon Nachmittag, Keith.«

Mit gequältem Lächeln gestand Eastman seinen Fehler ein. Es war gerade zehn Minuten nach zwölf. Doch er war nicht so dumm, irgend etwas dazu zu sagen. Offensichtlich hatte der alte Bastard schlechte Laune.

»Ich hoffte, vor dem Ablegen des Schiffes hiersein zu können, wurde jedoch leider in Scotland Yard aufgehalten. Der Polizeichef wollte mich sprechen. Und wenn der anfängt zu reden, findet man kein Ende.« Palmer wühlte in seiner Manteltasche. »Wollen Sie eine Zigarette?«

»Ja, gerne. Danke, Sir«, erwiderte Eastman, nahm sein Feuerzeug und zündete beide Zigaretten an.

»Ist das Schiff rechtzeitig losgefahren?« fragte Palmer.

»Ja, Sir.«

»Was ist mit den Sicherheitsvorkehrungen? Läuft alles nach Plan?«

»Es ist alles unter Kontrolle, Sir«, erwiderte Eastman. »Ich stehe in ständigem Kontakt mit Whitlock. Darüber hinaus habe ich entlang der Fahrstrecke in regelmäßigen Abständen unsere Männer postiert. Wenn also etwas passieren sollte, kann ich sie jederzeit hinzuziehen.«

»Und wer leitet den Einsatz der Hubschrauber?«

»Ich, Sir. Ich habe drei Polizeihubschrauber oben; die UNACO bleibt mit einem Zivilhubschrauber in nächster Nähe des Schiffes. Obendrein wird das Schiff von zwei Polizeibooten flankiert, und fünf weitere Boote überwachen die Fahrstrecke. Die IRA wird keinen Schritt machen können, ohne aus der Luft oder vom Wasser aus entdeckt zu werden.«

»Das freut mich zu hören.« Palmer nahm einen langen Zug aus seiner Zigarette und schaute hoch. Ein Polizeihubschrauber stieß über ihnen nach unten und flog in Richtung Lambeth Bridge davon. »Dave Thompson hat mich heute morgen angerufen.«

»Dave Thompson vom *Guardian?*«

»Ja. Er hat heute früh einen Anruf von Kevin Brady erhalten.«

»Hat die IRA also die Verantwortung für den versuchten Anschlag auf Scoby übernommen?«

»Ganz im Gegenteil! Brady bestand mit Nachdruck darauf, daß die IRA absolut nichts mit der Sache zu tun hat. Er behauptet, die IRA habe nie beabsichtigt, Scoby umbringen zu lassen.«

»Und ich vermute, er behauptet mit dem gleichen Nachdruck, daß Gallagher, Mullen und Kerrigan keine IRA-Mitglieder sind.«

»Kerrigan ist tot«, sagte Palmer.

»Hat Brady das gesagt?«

»Nein, diese Nachricht erhielt ich heute morgen von den Schweizer Behörden. Der Hubschrauber, den sie in der Schweiz benutzten, wurde verlassen in der Nähe eines zehn Meilen außerhalb Luzerns gelegenen Chalets gefunden. Kerrigans Leiche befand sich im Innern des Chalets. Er wurde erschossen.«

»Zuerst Lynch und jetzt Kerrigan«, meinte Eastman nachdenklich und kaute auf seiner Unterlippe. »Wie deuten Sie das, Sir?«

»Ich weiß es nicht. Noch nicht.«

»Meinen Sie, es könnte innerhalb der IRA einen internen Machtkampf geben, Sir? Es ist kein Geheimnis, daß Brady und Lynch noch nie gut miteinander ausgekommen sind. Das war ja auch einer der wesentlichen Gründe dafür, daß Lynch beschloß, sich nach seiner Heirat in der Schweiz niederzulassen. Und Kerrigan war immer schon ein enger Freund von Lynch. Wäre es möglich, daß Lynch vorhatte, nach Irland zurückzukehren und eine gegen Brady gerichtete Kampagne zu starten, um ihn als obersten Befehlshaber des Armeerates abzulösen?«

»Das ist durchaus möglich«, räumte Palmer ein. »Aber es erklärt immer noch nicht, was Scoby mit alldem zu tun hat.«

»Dom Lynch stand Sean Farrell und Fiona Gallagher sehr nahe. Es könnte ja sein, daß Lynch und Farrell planten, Scoby umzubringen und Brady dafür die Schuld in die Schuhe zu schieben. Schließlich hätte eine entsprechende Anweisung nur von der Spitze des Armeerates kommen können. Farrell wurde verhaftet, bevor Scoby in Großbritannien eintraf; die Durchführung der Operation wurde deswegen an Gallagher übergeben. Ich weiß, das sind alles nur Hypothesen, aber immerhin hätten wir damit ein Motiv für die Morde an Lynch und Kerrigan.«

»Aber Farrell und Gallagher wären dann doch ebenfalls in diese Sache verwickelt.«

»Nicht, wenn sie angeblich einen Befehl des Armeerates ausführen«, erwiderte Eastman.

Ein bei ihm seltenes Lächeln breitete sich über Palmers Gesicht aus. »Wissen Sie, Keith, vielleicht ist an dem, was Sie gerade sagten, ja tatsächlich etwas dran. Wir werden die Sache heute nachmittag weiter erörtern.« Das Lächeln verschwand genauso schnell, wie es gekommen war. »Ich muß jetzt zurück nach Scotland Yard. Um ein Uhr habe ich ein Treffen mit meinem Kollegen von der Staatssicherheitspolizei. Bitte halten Sie mich über die Situation hier ständig auf dem laufenden, ja?«

»Auch wenn nichts passiert, Sir?«

»Besonders dann, wenn nichts passiert. Dann weiß ich

zumindest, daß alles ruhig ist, und das könnte mir dabei helfen, das Rauchen dieser verdammten Dinger wieder einzuschränken.« Palmer ließ die Zigarette auf den Boden fallen, zertrat sie mit dem Fuß und stieg wieder in seinen Wagen.

Eastman kehrte in den Polizeimannschaftswagen zurück. Fünf uniformierte Beamte saßen hinten im Wagen, jeder trug Kopfhörer und stand in ständiger Verbindung mit den verschiedenen Abteilungen der Londoner Polizei, die mit den Sicherheitsvorkehrungen auf dem Fluß und in seiner Umgebung betraut waren. Einer der Männer lenkte Eastmans Aufmerksamkeit auf sich und teilte ihm mit, Whitlock warte darauf, mit ihm zu sprechen. Eastman nahm auf seinem Stuhl neben der Tür Platz, setzte sich einen Kopfhörer auf und wurde zu Whitlock durchgestellt.

»Wo waren Sie?« fragte Whitlock.

»Der Commander war gerade da«, antwortete Eastman. »Ich mußte ihn kurz über alles Wesentliche informieren.«

»Nun, hier draußen ist alles ruhig. Bis jetzt bestand der Höhepunkt darin, daß die Frau des Bürgermeisters ein Glas Rotwein auf ihrem Kleid verschüttete.«

»Das klingt aber gehässig«, meinte Eastman mit einem Lächeln. »Ach, ich habe da übrigens noch eine Nachricht für Sie. Kerrigan ist tot. Heute früh fanden die Schweizer Behörden seine Leiche in einem Chalet. Er wurde erschossen.«

»Erst Lynch und jetzt Kerrigan. Meinen Sie, daß zwischen den Morden irgendein Zusammenhang besteht?«

»Gegenwärtig gibt es scheinbar nichts, was darauf hindeutet. Ich habe allerdings eine eigene Theorie dazu und sie Commander Palmer bereits unterbreitet. Ich werde sie Ihnen später bei einem Bier erläutern.«

»Das Bier geht aber auf Ihre Rechnung. Nun, ich sollte mich jetzt besser um die Boote kümmern. Es wird nicht lange dauern, bis ich mich wieder bei Ihnen melde.«

»Okay. Ende und aus.«

Mullen wischte sich mit dem Handrücken den Schweiß von der Stirn. In seinem Taucheranzug war ihm unangenehm heiß geworden. Oder waren es nur seine Nerven? Fiona wirkte eiskalt, als sie sich auf den Steg kauerte und mit dem Fernglas den Fluß absuchte. Er hatte bereits versucht, mit ihr zu sprechen, aber sie hatte nur eine Hand hochgehalten, ohne die Augen vom Fluß abzuwenden. Jetzt ging Mullen unruhig hin und her und wartete darauf, daß sie das Signal zum Aufbruch geben würde.

Plötzlich stieß sie einen lauten Fluch aus.

»Was ist?« fragte er, blieb abrupt stehen und schaute zu ihr hoch.

»Ein Polizeihubschrauber! Er fliegt auf uns zu«, zischte sie und drückte sich gegen die Wand, als der Helikopter im Tiefflug über das Lagerhaus hinwegdröhnte. Sie wartete, bis der Motorenlärm verklungen war, dann spähte sie vorsichtig aus dem Fenster.

»Kannst du ihn sehen?« rief Mullen zu ihr hinüber.

»Er fliegt auf die Albert Bridge zu. Es ist das erste Mal, daß er so weit den Fluß herunterkommt. Das heißt, daß die *Merry Dancer* nicht mehr allzu weit entfernt sein kann.«

Sie richtete das Fernglas wieder auf die Lambeth Bridge. Der weiße Zivilhubschrauber schwebte bereits in der Nähe der Brücke in der Luft. Sie lächelte, als der Bug der *Merry Dancer* sichtbar wurde. Im Ruderhaus standen zwei Männer. Einer war Whitlock, der andere war Moody. Sie beobachtete, wie Moody seine mit Schweißflecken übersäte Kappe lüftete, sich mit einem Arm über die Stirn wischte und die Kappe wieder über seinen kahlen Schädel zog, senkte das Fernglas und schaute sich zu Mullen um. Sie lächelte immer noch, es war unnötig, etwas zu sagen. Er ging zur Falltür und schnallte sich sein Atemgerät um. Das Warten war vorbei …

11

Stephen Tanner war einer der erfahrensten Polizisten der Luftüberwachung. Er war ehemaliger Hubschrauberpilot der Armee und Ende des Falklandkrieges zur Londoner Polizei gegangen. Im Gegensatz zu ihm war Bruce Falconer ein blutiger Anfänger, der erst vor einem Monat auf der Polizeiakademie seinen Abschluß gemacht hatte. Er war ein ruhiger, leise sprechender junger Mann, der seine Vorgesetzten durch seine Selbstsicherheit beeindruckte. Man hatte beschlossen, ihn Tanner zur Seite zu stellen, damit er sich noch etwas mehr charakterliche Stärke aneignen könne. Jetzt, zwei Wochen später, trat Falconer bereits bestimmter auf, und Tanner begann, sich für seinen neuen Partner zu erwärmen . . .

»He, ist das nicht Stamford Bridge da unten?« fragte Tanner mit einem niederträchtigen Lächeln und zeigte auf das Fußballstadion in der Ferne, als der Hubschrauber auf die Albert Bridge zuflog.

»Sehr witzig«, gab Falconer zurück.

»Oh, tut mir leid, das hatte ich ja ganz vergessen«, meinte Tanner. Sein Grinsen war noch breiter geworden. »Du hattest für das Spiel an diesem Nachmittag schon Karten, nicht wahr?«

»Ja, die nützen mir jetzt allerdings nicht mehr viel.«

»Keine Sorge, Junge! Es wird nicht das letzte Mal sein, daß dein freier Tag so kurzfristig gestrichen wird«, meinte Tanner, drückte den Steuerknüppel behutsam nach rechts und flog in weitem Bogen eine anmutige Schleife.

»Du bist wahrscheinlich . . .« Falconer sprach den Satz nicht zu Ende und schnappte sich das Fernglas.

»Was ist?« fragte Tanner mit plötzlich ernstem Gesicht.

»Ich dachte, ich hätte da unten etwas gesehen«, erwiderte Falconer, ohne das Fernglas zu senken.

»Wo?«

»Da drüben in diesem verlassenen Lagerhaus«, erwiderte Falconer und zeigte auf das Gebäude.

»Das schauen wir uns doch mal genauer an«, meinte Tanner und zog den Hubschrauber in eine scharfe Linkskurve. »Was hast du gesehen?«

»Ich weiß nicht. Ich dachte, ich hätte durch eine der zerbrochenen Fensterscheiben eine Bewegung gesehen.« Falconer stieß einen ärgerlichen Fluch aus und setzte das Fernglas ab, als der Hubschrauber auf das Lagerhaus hinabsank. »Tut mir leid, ich hätte mich mehr auf die Umgebung konzentrieren sollen.«

»Vergiß es. Du sagst, du glaubst, da etwas gesehen zu haben. Das reicht mir. Wir werden den Platz durchsuchen lassen.«

»Ich werde ziemlich dumm dastehen, wenn sich herausstellt, daß nichts zu finden ist.«

»Du wirst noch um einiges dümmer dastehen, wenn wir davon keine Meldung machen und sich später herausstellt, daß das IRA-Kommando dort zugange war.« Tanner deutete auf das Funkgerät. »Na los, melde es, Junge.«

Falconer nickte und griff nach dem Funkgerät.

Fiona lag auf der Schwimmvorrichtung, die unter Wasser still auf das Schiff zutrieb. Mullen, der den luftdicht verschlossenen Behälter bei sich hatte, hielt sich hinter ihr. Lichtstarke Scheinwerfer, die in die Spitze der Schwimmvorrichtungen eingebaut waren, wiesen ihnen den Weg durch das kalte, trübe Wasser; das auf die gleiche Wellenlänge wie der am Rumpf des alten Kahns befestigte Leitstrahlsender eingestellte Ortungsgerät gab zusätzliche Hilfe.

Als sie den Kahn erreichten, der nahe der Flußmitte vor Anker gegangen war, machte Fiona ihre Schwimmvorrichtung an der Ankerkette fest und schaltete das Licht aus. Sich eng an den Rumpf des Kahns drückend, zog sie ein Glasfiberperiskop aus ihrem Gürtel und schob dessen Spitze aus dem Wasser. Sie benötigte einige Sekunden, um sich zurechtzufinden, dann richtete sie es auf die

Vauxhall Bridge, die etwa zweihundert Meter vom Kahn entfernt war. An dieser Brücke sollte die *Merry Dancer* drehen, bevor sie sich wieder auf den Rückweg zur Tower Bridge machte. Da das Ausflugsschiff jetzt nur noch wenige hundert Meter von der Brücke entfernt war, würde es innerhalb der nächsten Minute mit dem Drehmanöver beginnen. Sie ließ das Periskop wieder in seine Schutzhülle gleiten, nahm den Sender aus der an ihrem Gürtel befestigten Tasche und zog die kurze Antenne aus. Schnell löste sie die Schutzkappe über dem Zünder und drückte auf den Knopf.

Whitlock war der erste an Bord der *Merry Dancer*, der auf die Explosion reagierte. Er packte Scoby am Arm und riß ihn auf den Boden.

»Hinlegen!« rief Sabrina den verwirrten Gästen zu. »Und die Köpfe unten lassen!« Dann zog sie ihre Beretta aus dem Halfter und rannte zum Fenster. Dort konnte sie sehen, was explodiert war. Weniger als fünfzig Meter von der Brücke entfernt standen die Überreste eines blauen Lieferwagens in hellen Flammen; dichte, wallende Rauchwolken stiegen gen Himmel.

Whitlock eilte zu der Stelle hinüber, an der sich Sabrina hingekauert hatte, und folgte ihrem Blick. Plötzlich meldete sich krachend sein Funkgerät. »Whitlock hier. Ende!«

»C. W., lassen Sie sofort alle von Bord gehen!« brüllte Eastman. »Benutzen Sie dazu das Polizeiboot auf der Steuerbordseite. Sofort!«

Sabrina eilte über die Treppe und begann, die erschreckten Gäste an Deck zu scheuchen.

»Sabrina bringt sie bereits so schnell es geht ins Freie. Was ist da draußen los?«

»Im Augenblick weiß ich nur, daß einige hundert Meter von der Brücke entfernt auf einem alten Kahn zwei Personen entdeckt wurden. Und es sieht so aus, als ob eine von ihnen etwas zusammenbaut, das ein Raketenwerfer sein könnte. Ich habe bereits den Hubschrauberpiloten und zwei Polizeiboote angewiesen, den Kahn anzusteuern. Hoffentlich wird das die beiden so lange ablenken, daß Ihnen genügend Zeit bleibt, die *Merry Dancer* zu evakuieren.«

»Verstanden. Rufen Sie Fabio an und sagen Sie ihm, er solle ebenfalls hinfliegen. Über unserem Schiff ist er uns wenig nützlich.«

»Wird gemacht. Ende und aus!«

Whitlock befestigte das Funkgerät wieder an seinem Gürtel und eilte die Treppe hoch an Deck, wo Sabrina gerade damit beschäftigt war, den letzten Frauen auf das Polizeiboot zu helfen. Die Männer mußten noch umsteigen. Besorgt schaute sich Whitlock um. Nur das Polizeiboot schützte die ungedeckte Seite des Ausflugsschiffes. Und er wußte, die Zeit wurde knapp . . .

»Um Himmels willen, beeil dich!« fauchte Fiona Mullen an.

»Ich bin fast soweit«, entgegnete Mullen und schraubte den hinteren Teil des Werferrohrs fest.

Fiona hatte die beiden Ingram-MAC-II-Maschinenpistolen ausgepackt, sobald sie an Bord des Kahns gekommen waren, und hielt eine von ihnen in jeder Hand; sie wartete darauf, daß der Polizeihubschrauber in Schußweite kam. Mullen schob die Sprengköpfe in den Lauf des RPG-7-Werfers und hob ihn auf seine Schulter.

»Ist das Schußfeld frei?« fragte sie und blickte zu Mullen hinüber.

Mullen blinzelte durch das Visier. »Nein, aber wenn ich mir das Polizeiboot vor dem Ausflugsschiff vorknöpfe, sollte die Wucht der Explosion ausreichen, um auch der *Merry Dancer* den Garaus zu machen. Vergiß nicht, daß es sich um hochexplosive Sprengkörper handelt.«

»Dann tu es doch!« fuhr sie ihn an.

Der Hubschrauber dröhnte im Tiefflug über den Kahn hinweg. Mullen war gezwungen, sich zu ducken, versuchte aber, sich wieder auf das Ziel zu konzentrieren. Fiona feuerte eine Salve nach oben; der Hubschrauber drehte ab. Als er wieder im Tiefflug herunterstieß, eröffnete Fiona mit beiden Maschinenpistolen das Feuer, konnte aber dem kugelsicheren Rumpf des Helikopters nichts anhaben. Wieder mußte Mullen ausweichen. Mit lautem Fluchen nahm er den sich zurückziehenden Hubschrauber ins Visier und drückte den Abzug. Im gleichen Augenblick, in dem das Geschoß den Lauf des Raketenwerfers verließ, schnappten die zur Stabilisierung dienenden Steuerflügel nach außen. Um die eigene Achse rotierend, raste das Geschoß automatisch gesteuert auf sein Ziel zu. Nach fünf Metern wurde der Gefechtskopf scharf; der Hubschrauber unternahm einen verzweifelten Versuch, sich aus der Flugbahn der Granate zu entfernen, als sie bereits gegen die Seite des Rumpfes krachte. In einem Hagel aus sengenden, auf das Wasser herabregnenden Trümmerteilen zerbarst der Hubschrauber. Die zerfetzten Reste des Rumpfes trudelten in grotesken Spiralen in den Fluß, versanken in Sekundenschnelle mit dem schäumenden Zischen geschmolzenen Metalls.

Mullen hieb mit einem triumphierenden Schlag in die Luft, griff nach dem zweiten Sprengkopf und schob ihn in das Rohr. Fiona schaute sich um; zwei Polizeiboote kamen in schnellem Tempo auf sie zu.

Plötzlich schwenkte der Zivilhubschrauber von der *Merry Dancer* weg, flog in weitem Bogen vor dem Kahn her und zwang Mullen, seinen Finger vom Abzug zu nehmen. Für eine Sekunde gewann seine Wut die Oberhand, und er nahm den Hubschrauber ins Visier. Doch umgehend hatte er sich wieder unter Kontrolle. Er hatte nur noch eine Granate, und die mußte er für das Boot verwenden. Als der Hubschrauber wieder in Schußweite kam, empfing Fiona ihn mit einem Kugelhagel aus beiden Maschinenpistolen, schoß beide Magazine leer und wechselte sie eilig aus; doch bevor sie wieder schießen konnte, bestrich das Feuer einer Maschinengewehrgarbe den Kahn. Entsetzt sah Fiona, wie eine Kugel Mullens Arm traf, der Granatwerfer seinen Händen entglitt und im Wasser verschwand. Mullen schaute sich nach ihr um – sein Gesichtsausdruck eine Mischung aus Schmerz und Ungläubigkeit. Sofort streifte sie sich ihr Atemgerät wieder über und ließ die Atemmaske über das Gesicht gleiten.

Mullen stolperte zu der Stelle, an der seine Ausrüstung lag, schrie aber vor Schmerz auf, als er versuchte, sie mit seinem verletzten Arm hochzuheben. Hilfesuchend drehte er sich zu Fiona um; seine Augen weiteten sich ungläubig, als er die auf seine Brust gerichtete Ingram sah. »Was machst du da?« stammelte er.

»Ich kann dich nicht mehr gebrauchen«, antwortete sie voller Verachtung.

»Fiona ... bitte«, sagte er verzweifelt. »Es ist doch nur eine Fleischwunde. Ich schaffe es schon. Ich halte dich nicht auf. Wir können Scoby immer noch erwischen.«

»Für die nächste Phase der Operation brauche ich dich nicht.«

»Solange du den Umschlag nicht geöffnet hast, weißt du das doch gar nicht.«

»Ich brauche ihn nicht zu öffnen. Ich war von Anfang an über alle Einzelheiten der drei Einsätze informiert. Die Umschläge waren nur für dich gedacht. Unabhängig von den Geschehnissen hier hätte ich dich heute sowieso getötet.«

Mullen schaute ihr in die Augen. Ihr Blick verriet keine Spur von Anerkennung, kein Mitleid, nur Abscheu. Was war er doch für ein Idiot gewesen ...

Sie drückte ab. Die Kugel riß seine Brust auf, schleuderte ihn nach hinten gegen die Bootswand. Mit immer noch ungläubigem Blick sackte er auf die Knie, fiel mit dem Gesicht nach vorne auf die vor ihm liegende Plane. Sie feuerte noch eine Salve auf den näher kommenden Hubschrauber ab, dann ließ sie die Maschinenpistole fallen und verschwand im Wasser. Polizeitaucher, die bereits auf das Boot zuschwammen, bewegten sich sofort auf die Stelle zu, an der sie verschwunden war.

»Sie hat ihn kaltblütig abgeknallt«, sagte Graham, der die Uzi, die er sich heute morgen bei Scotland Yard besorgt hatte, immer noch über dem Wasser hin und her schwenkte.

Paluzzi gab keine Antwort.

Graham schaute zu ihm hinüber und erkannte sofort, daß irgend etwas nicht in Ordnung war. Paluzzi schwitzte, sein Gesicht war schmerzverzerrt. »Fabio, was ist los?«

»Er ist nicht der einzige, auf den sie geschossen hat«, zischte Paluzzi mit zusammengebissenen Zähnen.

»Wo bist du getroffen worden?« fragte Graham besorgt.

»In die Seite. Es fühlt sich an, als ob die Kugel meinen ganzen Brustkorb durchschlagen hat. Herrgott, tut das weh!« Paluzzi schaute Graham an. »Ich werde versuchen, auf dem verlassenen Kai weiter flußabwärts zu landen ... Hoffentlich schaffe ich es bis dorthin ... Oder ich bringe den Hubschrauber so dicht ans Wasser, daß du abspringen kannst. Okay?«

»Den Teufel werde ich tun«, gab Graham in scharfem Ton zurück. »Wir werden es beide bis zum Kai schaffen.«

Paluzzi schüttelte den Kopf und ließ den Hubschrauber bis dicht über das Wasser sinken. »Okay, spring!«

»Hör auf, deine Zeit zu vergeuden, und flieg verdammt noch mal zu den Docks!« fuhr ihn Graham an.

Plötzlich griff Paluzzi herüber und löste Grahams Sicherheitsgurt. Verzweifelt fummelte Graham noch am Gürtel herum, als Paluzzi den Hubschrauber mit einem Ruck auf die Seite legte. Graham verlor den Halt und stürzte kopfüber durch die Türöffnung ins Wasser.

Paluzzi hielt den Hubschrauber wieder gerade und steuerte die verlassenen Docks an. Er wußte, daß es andere, näher gelegene Gebiete gab, in denen er einen Versuch zur Landung wagen konnte, aber wenn der Hubschrauber abstürzte, könnte das Leben Unschuldiger gefährdet werden. Nein, er mußte sich an den Fluß halten und die Docks anfliegen. Er knirschte mit den Zähnen, bei jeder Bewegung schoß ein sengender Schmerz durch seinen Körper. Schweiß brannte in seinen Augen, aber er versuchte nicht, ihn wegzuwischen. Zum Steuern brauchte er beide Hände. Schon spürte er, wie er in den Abgrund der Bewußtlosigkeit glitt. Das Armaturenbrett vor ihm verschwamm. Er drückte die Augen zusammen, schloß sie, öffnete sie ... Jetzt sah er wieder scharf. Halt dich mit deinen Gedanken wach! Er dachte an Claudine.

Und an Dario. Um ihretwillen mußte er bei Bewußtsein bleiben! Wenn er das hier überlebte, würde er mehr auf Claudine hören. Das war ein Versprechen. Er wußte, daß sie nach Italien zurückkehren wollte. Sie konnten es tun. Er würde die Stelle bei der *NOCS* annehmen. Doch er mußte bei Bewußtsein bleiben. Die Anzeigen verschwammen wieder. Er zwinkerte in schneller Folge, doch diesmal blieben die Instrumente verschwommen. Seine Hand glitt vom Steuerknüppel; der Hubschrauber trudelte mit einer heftigen Bewegung zur Seite weg, dann brachte er ihn nochmals unter Kontrolle. Gleich würden die Kufen das Wasser berühren. Er konnte die Hände nicht mehr bewegen, sie fühlten sich an wie Blei. Bis zu den Docks ... das konnte er nicht mehr schaffen ...

Graham wurde von einem Polizeiboot geborgen. Er lehnte jede medizinische Betreuung ab, nahm aber eine Decke entgegen, die er um seine Schultern warf. Das Wasser war eiskalt gewesen. Er war froh über die Wärme und blieb an Deck, als das Boot dem sich entfernenden Hubschrauber nachsetzte. Sie verloren ihn aus den Augen, als er hinter einer Biegung des Flusses verschwand. Sekunden darauf gab es eine ohrenbetäubende Explosion, und entsetzt beobachteten sie dicke schwarze Rauchwolken, die spiralförmig in den Himmel stiegen. Aber erst als das Polizeiboot die Biegung genommen hatte, wurde das volle Ausmaß der Tragödie sichtbar. Der Hubschrauber hatte sich in einen der fahrbaren Kräne auf dem Kai gebohrt, auf dem Paluzzi hatte landen wollen. Er war beim Aufprall explodiert, und die zerfetzten Überreste des Hecks lagen auf der anderen Seite der Kaianlage. Der Rumpf des Hubschraubers glich einer geschwärzten Schale, an der die Flammen immer weiter hochleckten.

Graham sank auf die Bank hinter ihm und vergrub das Gesicht in den Händen. Der Kapitän legte Graham tröstend eine Hand auf die Schulter. Das konnte kein Mensch überlebt haben.

»Sir!« rief die Wache vom Ausguck oberhalb der Brücke dem Kapitän zu. »Da ist jemand im Wasser!«

Graham streifte die Decke ab und eilte zur Reling.

»Mein Gott, er hat recht«, sagte der Kapitän ungläubig und starrte auf die reglose Gestalt, die dreißig Meter steuerbord vom Bug des Bootes im Wasser trieb.

Graham hechtete über Bord, bevor der Kapitän ihn aufhalten konnte. Mit kraftvollen Zügen schwamm er bis zu der Stelle, an der Paluzzi, dessen Kopf an der Vorderseite seiner Schwimmweste herunterhing, dahintrieb. Sanft hob Graham ihn an. Blut strömte aus einer klaffenden Wunde unter seinem Haaransatz über sein Gesicht.

Das Polizeiboot driftete neben die beiden Männer; Hände streckten sich ihnen entgegen, die Paluzzi aus dem Wasser zogen. Als Graham auf das Boot zurückkletterte, lag der Italiener bereits lang ausgestreckt auf dem Deck.

»Lebt er?« fragte Graham besorgt und beugte sich über ihn.

»Ja, aber er hat das Bewußtsein verloren, und sein Puls ist sehr schwach«, antwortete der Sanitäter.

»Er muß im letztmöglichen Moment abgesprungen sein«, meinte der Kapitän.

»Ja«, stimmte ihm Graham zu. »Er hätte früher landen können, aber er steuerte ganz gezielt den verlassenen Pier an, weil er wußte, daß er auf diese Weise nicht das Leben Unbeteiligter aufs Spiel setzen würde, falls er ohnmächtig werden sollte, bevor er einen Landeplatz erreichte.«

»Und das ist auch offensichtlich der Grund, warum er als erstes Sie im Fluß abgeworfen hat«, sagte der Kapitän.

Graham nickte. »Wo fahren wir hin?«

»Zum Cadogan Pier. Ich habe bereits per Funk einen Krankenwagen dorthin bestellt. Er wird ihn direkt zum Guy's Hospital bringen.«

Der Sanitäter stand auf. »Sein schwacher Puls ist nach der großen Menge Blut, die er verloren hat, zu erwarten. Die Wunde am Kopf bereitet mir die größten Sorgen. Es handelt sich um eine tiefe Verletzung. Sobald er im Krankenhaus ist, wird man ihn auf mögliche Hirnschäden untersuchen müssen.«

»Was ist mit der Schußverletzung?« fragte Graham.

»Die Kugel hat seinen Brustkorb geradewegs durchschlagen. Vom Einschußwinkel her zu urteilen vermute ich, daß wahrscheinlich auch einige Rippen betroffen sind. Genaueres kann man erst nach der Untersuchung im Krankenhaus sagen.« Der Sanitäter deutete auf Grahams nasse Kleidung. »Ich denke, Sie sollten sich die Sachen da sofort ausziehen. Ehe Sie sich's versehen, haben Sie sonst eine Lungenentzündung. Unten gibt es Kleidung. Ich lasse jemanden von der Besatzung kommen, der zeigt Ihnen den Weg.«

Graham schaute noch einmal Paluzzi an, dann folgte er dem Mann durch die Luke nach unten.

Bevor Fiona über die Bordwand des Kahnes sprang, war es ihr gelungen, das Ortungsgerät zu justieren. Während die Polizeitaucher das Gebiet rund um den Kahn mit lichtstarken Unterwasserlampen absuchten, hatte sie sich auf der Schwimmvorrichtung längst aus dem Staub gemacht. Sie steuerte eine Reihe Hausboote an, die weiter flußabwärts vor Anker lagen. Keinesfalls hatte sie vorgehabt, zu dem Lagerhaus zurückzukehren, denn sie wußte, daß die Behörden in ihrer Abwesenheit zufällig auf den Wagen gestoßen sein konnten. Es wäre viel zu riskant gewesen.

Sie benutzte das Ortungsgerät, um mit seiner Hilfe dem Leitstrahl des Senders zu folgen, der an der Bordwand eines der Hausboote befestigt war. Die Besitzer waren der Anweisung zufolge die letzten zehn Tage in Urlaub gewesen und wurden erst in einer Woche zurückerwartet. Fiona band die Schwimmvorrichtung an die Ankerkette, warf Sauerstoffflaschen und Schwimmflossen ins Wasser und kletterte dann an Deck. Es machte nichts, wenn man sie sah. Für den unwahrscheinlichen Fall, daß jemand Alarm schlug, würde sie schon lange vor Ankunft der Polizei wieder weg sein.

Sie ließ auch die Atemmaske über Bord gehen, eilte die Treppe hinab und schloß die Hauptkabine mit einem Nachschlüssel auf. Dort streifte sie den Taucheranzug ab und ging den Instruktionen folgend zum eingebauten Wandschrank. Eine Reisetasche war dort abgestellt worden, die eine Jeans, einen Pullover und ein Paar Mokassins enthielt. Rasch zog sie sich um, stopfte den Taucheranzug in die Reisetasche und trug sie den Landesteg entlang zum Ufer. Dann ging sie zur nächstgelegenen U-Bahn-Station und stieg in den Zug nach Finsbury Park.

Graham stand auf, als er sah, wie Whitlock den Krankenhausflur entlang auf ihn zu eilte.

»Ich bin so schnell gekommen, wie ich nur konnte«, sagte Whitlock außer Atem. »Wie geht es ihm?«

»Er kommt wieder auf die Beine«, antwortete Graham und tätschelte beruhigend Whitlocks Arm.

»Was sagt der Arzt?«

»Die Kugel ist seitlich in seinen Körper eingetreten und durch seinen Rücken wieder herausgekommen. Erstaunlicherweise hat sie außer ein paar angeknacksten Rippen zu keinen schweren Verletzungen geführt. Die tiefe Wunde an seinem Kopf mußte mit zweiundzwanzig Stichen genäht werden.«

»Sein Gehirn blieb unverletzt?«

»Ja.«

»Gott sei Dank«, sagte Whitlock mit einem erleichterten Seufzer. »Warst du schon drinnen, um mit ihm zu reden?«

»Nein, noch nicht. Er steht unter dem Einfluß von Beruhigungsmitteln. Die Krankenschwester sagte, sobald er zu sich kommt, würde sie mich rufen.«

Whitlock setzte sich auf die Bank und tupfte sich die Stirn mit einem Taschentuch ab. »Ich habe die letzten vierzig Minuten mit Sergej telefoniert. Darum komme ich auch so spät. Seit die Neuigkeiten drüben bekannt wurden, hat er heftige Kritik einstecken müssen, und das nicht nur vom Generalsekretär. Auch das Weiße Haus hat bei ihm angerufen. Der Chef persönlich.«

»Bei der Reaktion könnte man ja glatt meinen, Senator Scoby läge schon unter der Erde«, schnaubte Graham verächtlich.

»Das liegt größtenteils an Tillman. Seit sie wieder im Hotel sind, hängt er am Telefon. Und an der UNACO läßt er kein gutes Haar.«

»Was hast du denn erwartet?« gab Graham zurück und

kräuselte vor Abscheu seine Lippen. »Von Anfang an hat er versucht, uns etwas am Zeug zu flicken. Aber was läßt sich von einem Speichellecker auch anderes erwarten? Der kriecht doch jedem in den Arsch, wenn er sich dadurch bei Scoby in ein gutes Licht setzen kann. Er weiß, daß es mit Scoby aufwärts geht, und wird alles tun, um bei ihm zu bleiben.«

»Die Überreste des Hubschraubers hat man aus der Themse gefischt«, sagte Whitlock. »Von Tanner und Falconer gibt es immer noch keine Spur.«

»Das Geschoß hat direkt das Cockpit getroffen«, sagte Graham grimmig. »Sie hatten keine Chance, das zu überleben.«

»Ich verstehe immer noch nicht, warum sie Mullen umgebracht hat«, sagte Whitlock und kratzte sich am Kopf.

»Ich weiß nur, daß sie ihn mit Kugeln durchsiebt hat, bevor sie über Bord sprang«, erwiderte Graham. »Aber ich kann einfach nicht begreifen, wie kaltblütig sie dabei vorging. Sie richtete die Maschinenpistole auf ihn und mähte ihn nieder. Verdammt, er hatte nicht die geringste Chance.«

Die Tür gegenüber wurde aufgestoßen, und eine Krankenschwester kam auf den Flur. Sie lächelte Graham an. »Mr. Paluzzi ist gerade zu Bewußtsein gekommen. Wenn Sie wollen, können Sie hineingehen. Aber nicht lange. Er ist noch sehr schwach.«

»Können wir beide zu ihm?« fragte Whitlock.

»Ja. Heißt einer von Ihnen C. W.?« fragte sie.

»Ja, ich«, antwortete Whitlock überrascht. »Warum?«

»Seit er wieder zu sich gekommen ist, fragt er nach Ihnen. Ich komme in ein paar Minuten wieder zurück, um ihm noch ein Schmerzmittel zu geben.«

Whitlock wartete, bis die Krankenschwester gegangen war, dann drückte er die Tür auf und spähte ins Zimmer.

»Es ist nicht ansteckend«, meinte Paluzzi mit krächzender Stimme. Sein Gesicht war blaß; seine Augen noch trübe. Als hinter Whitlock Graham ins Zimmer trat, brachte er ein schwaches Lächeln zustande. »Hey, Mike, wie geht es dir?«

»So wie es aussieht, besser als dir«, erwiderte Graham, zog sich einen Stuhl heran und setzte sich. »Wie fühlst du dich, mein Guter?«

»Wie sehe ich denn aus?«

»Als wärest du stockbesoffen«, antwortete Graham grinsend.

»Dann weißt du ja, wie mir zumute ist.« Paluzzi blickte zu Whitlock hinüber. »Ist Gallagher entwischt?«

Whitlock nickte. »Ja.«

»Und was ist mit Scoby?« fragte Paluzzi.

»Dem geht es gut«, antwortete Whitlock. »Er bat mich, dir seine besten Wünsche für eine rasche Genesung zu übermitteln.«

»Was soll ich dazu sagen?« gab Paluzzi seufzend zurück.

»Sag es auf italienisch«, meinte Graham verächtlich. »Auf diese Weise wirst du keine der Krankenschwestern vor den Kopf stoßen.«

»Jetzt reicht es aber, ihr beiden«, meinte Whitlock mit tadelndem Blick.

»Wo ist Sabrina?« fragte Paluzzi.

»Im Hotel. Einer muß ja den Senator im Auge behalten«, informierte ihn Whitlock. »Aber sie sagte, sie würde dich besuchen, bevor wir heute abend zum Haus des Botschafters gehen.«

»Weiß Claudine, daß ich hier bin?«

Whitlock schüttelte den Kopf. »Ich dachte, es ist am besten, wenn ich das erst einmal mit dir abkläre. Willst du, daß ich sie anrufe?«

»Ich würde es lieber selbst tun«, antwortete Paluzzi. »Wie ich Claudine kenne, wird sie das Ganze nicht gut aufnehmen. Wenn ich ihr jedoch persönlich versichern kann, daß es mir gutgeht, ist der Schlag für sie nicht ganz so schlimm.«

»Falls sie herüberfliegen will, sag ihr, sie soll einen Flug buchen. Die UNACO wird ihr das Ticket erstatten.«

»Ich sage es ihr. Danke«, erwiderte Paluzzi.

Die Tür ging auf, und die Krankenschwester trat ins Zimmer. »Tut mir leid, meine Herren, aber Sie müssen jetzt gehen. Während der allgemeinen Besuchszeit können Sie jederzeit wiederkommen.«

»Natürlich«, entgegnete Whitlock.

»C. W., warte noch!« sagte Paluzzi. Er blickte zur Krankenschwester hinüber. »Könnten Sie uns noch ein paar Minuten geben? Bitte! Es ist sehr wichtig.«

»Der Arzt hat darauf bestanden, daß Sie sich so ruhig wie nur möglich verhalten«, antwortete die Krankenschwester.

»Bitte, es ist sehr wichtig«, flehte Paluzzi kraftlos.

»Okay. Zwei Minuten. Aber dann komme ich zurück und gebe Ihnen noch ein Mittel gegen die Schmerzen.«

Paluzzi wartete, bis die Krankenschwester gegangen war, dann schaute er zu Graham hoch. »Mike, ich muß mit C. W. sprechen.«

»Klar«, erwiderte Graham und stand auf.

»Warte noch einen Moment, Mike«, sagte Whitlock und hielt Graham zurück, indem er ihm sanft seine Hand auf den Arm legte. Dann wandte er sich wieder an Paluzzi. »Du möchtest zurück nach Italien, nicht wahr? Wir können das auch vor Mike besprechen. Er würde es ja doch bald erfahren.«

»Ja«, meinte Paluzzi schwach. »Woher weißt du das?«

»Ich wußte es seit dem Moment, wo du es erwähnt hast«, antwortete Whitlock lächelnd. »Du müßtest verrückt sein, das abzulehnen. Und offenbar haben die Geschehnisse an diesem Nachmittag dir deine Entscheidung um einiges leichter gemacht.«

»He, könnte mir mal jemand verraten, um was es hier eigentlich geht?« mischte sich Graham ein, bevor Paluzzi antworten konnte.

»Du erinnerst dich doch noch an meinen Boß bei der *NOCS*, Brigadekommandeur Michele Pesco, nicht wahr?« fragte Paluzzi.

»Ich hörte von ihm, bin ihm aber nie begegnet«, erwiderte Graham. »Er war doch einer der Gründe, warum du der *NOCS* den Rücken gekehrt hast und zu uns gekommen bist?«

»Das stimmt«, bestätigte Paluzzi. »Nun, er ist vor zwei

Tagen seines Amtes enthoben worden, und der Verbindungsmann zum Stab bot mir seine Stelle an. Seit meinem Eintritt in die *NOCS* bin ich hinter diesem Posten her. Und so gern ich auch bei der UNACO bleiben würde, weiß ich doch, daß sich mir eine solche Gelegenheit vielleicht nie mehr bieten wird.«

»C. W. hat recht, du wärst verrückt, das abzulehnen«, meinte Graham. »Hast du es Claudine schon gesagt?«

»Sie weiß noch nicht einmal, daß man mir die Stelle angeboten hat. Ich werde es ihr sagen, wenn ich sie sehe. Ich weiß, daß sie begeistert sein wird. In New York ist sie nie richtig heimisch geworden.«

»Er hat sich richtig entschieden«, meinte Graham, als sie wieder draußen auf dem Flur standen.

»Ich weiß.«

»Wer wird denn dann als Ersatz für ihn herübergeschickt?«

»Keiner«, erwiderte Whitlock.

»Entlaste uns ein wenig, C. W.«, bat Graham. »Selbst vor Fabios Verletzung waren wir schon überfordert. Wie kommst du auf die Idee, Sabrina und ich könnten jetzt die ganze Arbeit allein bewältigen?«

»Ich habe nicht gesagt, daß Fabio *nicht* ersetzt wird«, verbesserte ihn Whitlock. »Ich sagte nur, daß keiner herübergeschickt wird, um ihn zu ersetzen.«

Graham blieb abrupt stehen und betrachtete Whitlock argwöhnisch. »Du?«

»Es war die naheliegende Lösung. Ich habe es mit Sergej geklärt, bevor ich herüberkam.«

»Weiß Sabrina schon Bescheid?«

»Noch nicht. Aber es ist nicht meine Stärke, ihr das mitzuteilen. Als Leiter von Einsatzgruppe Drei wird das deine Aufgabe sein.«

»Wovon redest du, C. W.? Du bist doch hier immer noch der Dienstälteste.«

»Ich bin immer noch der stellvertretende Leiter der UNACO, aber in deinem Team hast du das Sagen. Und ich gehöre jetzt deinem Team an.«

»Du meinst, ich bin jetzt bei unseren Einsätzen dein Vorgesetzter?« fragte Graham mit sichtlicher Freude.

»Solange ich zu deinem Team gehöre, ja.« Am Eingang blieb Whitlock stehen und drohte Graham mit dem Finger. »Aber wehe, du nutzt das aus! Sobald wir in New York sind, mache ich dir dann die Hölle heiß!«

Ja, das würdest du vermutlich tatsächlich tun, dachte Graham und eilte hinter Whitlock her, der bereits zum Wagen zurückging.

Als Fiona – vorerst zum letztenmal – die konspirative Wohnung verließ, trug sie einen einfachen schwarzen Rock, einen ausgebeulten roten Pullover und den vertrauten schwarzen Filzhut, den sie tief über ihre struppigen blonden Haare gezogen hatte. Sie nahm die U-Bahn zum Flughafen Heathrow. Man teilte ihr mit, der Flug nach Belfast würde fahrplanmäßig starten. Nach dem Einchekken kaufte sie sich ein Exemplar des *Independent,* ging in die Cafeteria und gönnte sich einen Kaffee und ein Sandwich. Sie suchte sich einen Fensterplatz, öffnete ihre Reisetasche und entnahm ihr den Umschlag, der den dritten Pln für das Attentat auf Scoby enthielt. Auf der Vorderseite stand der Buchstabe C. Sie machte sich nicht die Mühe, den Umschlag zu öffnen. Statt dessen legte sie ihn auf den Tisch und wandte ihre Aufmerksamkeit wieder der Titelseite des *Independent* zu.

Gerade trank sie ihren zweiten Kaffee, als ihr Flug über Lautsprecher angekündigt wurde. Sie nahm ihre Reisetasche und ging zur Abflughalle. Den ungeöffneten Umschlag ließ sie auf dem Tisch zurück.

Eine Putzfrau entdeckte ihn, nachdem das Flugzeug gestartet war. Sie gab ihn ihrem Vorgesetzten, der ihn in der Hoffnung, darin eine Adresse zu finden, öffnete, um ihn an den Eigentümer weiterleiten zu können. Er blickte hinein und schüttelte den Kopf, denn der Umschlag war leer. Achtlos warf er ihn in den Abfalleimer neben seinem Schreibtisch und widmete sich wieder seinen Schreibarbeiten.

12

Regen trommelte auf den Mercedes, der in der Grafschaft Armagh eine verlassene Landstraße entlangraste. Drei Männer saßen in dem Wagen. Der Fahrer hieß Hagen, der Mann neben ihm McAuley, beide waren in den frühen achtziger Jahren an einer Reihe von Bombenanschlägen der IRA auf der Britischen Insel beteiligt gewesen. McAuley war bewaffnet. Der dritte Mann, der auf dem Rücksitz des Wagens saß, war Ende Dreißig, hatte schütteres braunes Haar und ein bleiches, ausgezehrtes Gesicht. Kevin Brady war der Oberbefehlshaber des militärischen Flügels der IRA, des Armeerates. Er war ein kalter, nüchterner Mann, der die zermürbende Angewohnheit besaß, mit immer gleichbleibender, monotoner Stimme zu sprechen. Entschlußkraft wurde von ihm umgehend belohnt; ein Fehler mit noch größerer Schnelligkeit bestraft. Er war dafür bekannt, mit einem einfachen Kopfnicken oder einem Fingerschnippen die Hinrichtung ganzer Familien anzuordnen, wenn er der Meinung war, damit ein Exempel statuieren zu können. Die Mehrheit des Armeerates war bereit, aufgrund seiner taktischen Erfolge bei praktischen Einsätzen über seine Schwächen hinwegzusehen. Einige lehnten jedoch seine brutalen Vorgehensweisen entschieden ab, insbesondere die Methoden, mit denen er die innere Disziplin zu wahren versuchte, und hatten das Gefühl, der einzige Weg zu seiner Ablösung bestände darin, ihn umbringen zu lassen ...

Der Mercedes bog von der Hauptstraße ab und raste durch ein offenes Tor auf einen unbefestigten Weg. Ein bewaffnetes IRA-Mitglied, dessen Gesicht unter einem schwarzen Kopfschützer versteckt war, kam wie ein Gespenst hinter einem Busch hervor und schloß hinter dem Wagen das Tor. Sie folgten dem Weg etwa dreihundert Meter, dann erreichten sie ein Bauernhaus, vor dem Hagen anhielt. Vor dem Gebäude standen zwei maskierte und mit Armalite-Gewehren bewaffnete IRA-Kämpfer. McAuley sprang aus dem Wagen und öffnete Brady die hintere Tür. Einer der bewaffneten IRA-Kämpfer klopfte inzwischen an die Tür des Bauernhauses. Brady wurde ins Innere des Gebäudes und in ein Zimmer am Ende des Flurs geführt. Sein Begleiter klopfte zweimal an die Tür, dann gab er Brady mit einer Geste zu verstehen, er solle eintreten.

Die drei hinter einem Tisch am anderen Ende des Zimmers sitzenden Männer waren ranghohe Mitglieder des Armeerates: Pat Taylor, ein Geschäftsmann aus Enniskillen und früherer Oberbefehlshaber des Rates; Michael Kelly, ehemals führendes Ratsmitglied der Sinn Fein; und Kieran O'Connell, der ehemalige Herausgeber der offiziellen IRA-Zeitung *An Phoblacht*.

Taylor wies auf den Holzstuhl in der Raummitte. »Setz dich.«

Brady ging zum Stuhl und nahm darauf Platz.

»Du weißt, warum du hierher beordert wurdest, nicht wahr?« fragte Taylor, während er eine Prise Tabak in den Kopf seiner Pfeife stopfte.

»Ja.«

»Hast du Fiona Gallagher die Anweisung gegeben, ein Attentat auf Senator Jack Scoby auszuüben?« fragte O'Connell.

Bradys teilnahmsloser Blick richtete sich auf O'Connells Gesicht. »Nein.«

»Von wem stammt dann diese Anweisung?« wollte O'Connell wissen.

»Das mußt schon du mir sagen«, erwiderte Brady mit seiner ausdruckslosen Stimme.

»Jetzt hör mir mal gut zu . . .«

»Kieran«, fiel ihm Taylor rasch ins Wort. »Wir kommen nicht weiter, wenn wir auf diese Weise miteinander reden.« Er schaute Brady an. »Ein Befehl wie dieser hätte nur vom Oberbefehlshaber selber oder von einem der ranghöchsten Mitglieder gegeben werden können.«

»Ich habe diesen Befehl nicht gegeben, für meine führenden Mitarbeiter gilt das gleiche«, sagte Brady.

Kelly stand auf und ging zum Fenster. »In den letzten Wochen ist das Gerücht in Umlauf gekommen, daß Dominic Lynch beabsichtigte, aus der Schweiz zurückzukommen und zu versuchen, dich aus deiner Position zu verdrängen, und zwar nicht nur aus deiner Position als Oberbefehlshaber, sondern auch als Mitglied des Armeerates.«

»Dieses Gerücht ist mir ebenfalls zu Ohren gekommen«, erwiderte Brady.

Kelly blickte sich zu Brady um. »Lynch und Farrell waren gute Freunde, nicht wahr?«

»Und ihr meint, sie hätten das geplant, um mich in Mißkredit zu bringen?« Brady lehnte sich nach vorne und starrte auf den Holzfußboden. Sein Gesicht blieb ausdruckslos. »Das ist möglich. Aber wer hat dann Lynch umgebracht?«

»Wahrscheinlich Fiona Gallagher«, meinte Kelly nach einer Pause. »Auf diese Weise hätte Farrell die Möglichkeit, dich dafür verantwortlich zu machen. Die Gallagher tötet dann Kerrigan und Mullen, weil die beiden zuviel wissen. Auch dabei deutet alles auf dich hin, denn Farrell hatte ja bereits den Befehl gegeben, McGuire zum Schweigen zu bringen.«

»Das sind reine Hirngespinste, und das weißt du«, sagte O'Connell und ergriff damit Partei für Farrell. »Sean und Dom waren unzertrennliche Freunde. Es ist undenkbar, daß Sean Fiona erlauben würde, seinen besten Freund zu ermorden. Das glaube ich einfach nicht.«

Taylors schlimmste Befürchtungen bewahrheiteten sich. Die ganze Sache verwandelte sich sehr schnell in einen reinen Schlagabtausch, bei dem unterschiedliche Persönlichkeiten aufeinanderprallten. Auf der einen Seite stand O'Connell, der Gemäßigte, der sicherlich Lynch bei dessen Rückkehr und seinem Kampf gegen Brady unterstützt hätte, auf der anderen Seite Kelly, der Hardliner, der im Armeerat Bradys lautstärkster Befürworter war. Sie mußten wieder auf das eigentliche Thema zurückkommen.

»Wer den Befehl ausgab, ist im Moment unerheblich.

Vielmehr müssen wir Fiona Gallagher aufhalten, bevor sie es schafft, Scoby zu erwischen.«

»Kannst du sie finden?« wollte Kelly von Brady wissen.

»Ich glaube nicht, daß er mit dieser Sache betraut werden sollte«, meinte O'Connell, bevor Brady etwas antworten konnte. »Wenn Kelly hinter dieser Verschwörung steckt, könnte er auf diese Weise dafür sorgen, daß uns die Gallagher immer einen Schritt voraus ist.«

»Du wirst ausfällig, Kieran«, schnauzte ihn Kelly an. »Welche Beweise hast du, um diese Behauptungen zu belegen?«

»Das reicht jetzt«, mischte sich Taylor ein. Wütend funkelte er beide Männer an. »Wir haben schon ohne euch Streithähne genug Probleme!« Er wandte sich wieder an Brady. »Ich will, daß sie aufgehalten wird! Und wenn du das nicht schaffst, Brady, finden wir jemand, der dazu in der Lage ist. Habe ich mich klar ausgedrückt?«

»Vollkommen.« Brady stand auf. »Und ich kann jede Methode anwenden, die ich für passend halte, um sie zu finden?«

»Ja«, erwiderte Taylor barsch. »Du mußt nur sichergehen, daß du sie lebendig herbringst.«

»Das ist vielleicht nicht möglich . . .«

»Lebend«, unterbrach ihn Taylor in scharfem Ton. »Sie ist unsere einzige Chance, dieser Sache auf den Grund zu kommen.«

Ohne ein weiteres Wort verließ Brady den Raum. Nur wenige Augenblicke später hörten sie den Mercedes davonfahren.

»Du glaubst doch nicht ernsthaft daran, daß er sie lebend herbringt, oder?« fragte O'Connell verächtlich und durchbrach damit das anhaltende Schweigen. »Bei der erstbesten Gelegenheit verpaßt er ihr doch eine Kugel. Das ist der einzige Weg, auf dem er sicher sein kann, sie zum Schweigen zu bringen.«

»Du bewegst dich hart an der Grenze dessen, was wir dulden können«, sagte Kelly und richtete einen Finger auf Kieran. »Seit heute nachmittag diese Geschichte bekannt wurde, versuchst du, Kevin etwas am Zeug zu flicken.«

»Nur deswegen, weil ich glaube, daß er hinter der Sache steckt. Wir wissen doch beide, daß Fiona keine abtrünnige Einzelgängerin ist und daß sie sich an so etwas wie das hier nicht heranwagen würde, wenn sie nicht von allerhöchster Stelle die Erlaubnis dazu bekommen hätte. Das heißt von Brady!« O'Connell wandte sich an Taylor. »Ich glaube, es war ein Fehler, Brady auf sie anzusetzen, Pat.«

»Wir werden sehen, Kieran«, antwortete Taylor nachdenklich. »Wir werden sehen.«

Brady hatte einen Großteil seines Erwachsenenlebens entweder im Gefängnis oder auf der Flucht verbracht. Sieben Jahre hatte er im Long-Kesh-Gefängnis in Belfast gesessen, weil er in den siebziger Jahren am Mord eines Polizisten beteiligt gewesen war. Dort war er Sammy Kane das erstemal begegnet. Sie waren gute Freunde geworden, und Brady hielt Kane auch jetzt für den einzigen Menschen in der Revolutionsarmee, dem er uneingeschränktes Vertrauen schenken konnte. Für dieses Vertrauen hatte er sich dadurch revanchiert, daß er Kane zu seinem Generaladjutanten, seinem Stellvertreter im Armeerat, ernannt hatte.

Kane war drei Jahre jünger als Brady, stämmig gebaut und hatte kurzgeschnittene blonde Haare. Er besaß die Fähigkeit, Brady ins Gewissen zu reden; schon bei mehr als einer Gelegenheit hatte er Brady von Handlungen abgebracht, die dazu angetan gewesen wären, nicht nur dessen Zukunft als Stabschef, sondern auch der Sache allgemein zu schaden. Kane behauptete, die einzige Person zu sein, die Brady wirklich verstand. Na ja, zumindest in den meisten Fällen ...

Bereits seit über einer Stunde hielt sich Kane in der konspirativen Wohnung am Stadtrand von Keady auf, als draußen der Mercedes anhielt. Hagen fuhr weiter; McAuley und Brady betraten das Haus. McAuley verschwand in der Küche, während Brady zum Wohnzimmer durchging und die Tür hinter sich schloß.

»Wie ist es gelaufen?« fragte Kane.

»Man sagte mir, ich müsse Fiona Gallagher finden.«

»Und?«

»Ich soll sie ihnen lebend bringen.« Brady zog seinen Mantel aus und legte ihn über die Rückenlehne des Sofas. »Wenn du welchen hast, nehme ich ein bißchen Whisky. Mir ist eiskalt.«

Kane nahm eine Flasche Whisky und zwei Gläser von der Anrichte. Er goß zwei großzügig bemessene Whiskys ein und reichte Brady eines der Gläser. »Während du unterwegs warst, hat jemand für dich angerufen. Martin Navarro, aus New York.«

»Navarro? Was wollte der denn?«

»Das hat er nicht gesagt. Er meinte nur, du solltest ihn zurückrufen, sobald du wieder da bist.«

Brady wählte auf einer abhörsicheren Leitung Navarros Nummer und setzte sich auf die Armlehne des Sofas. Eine Stimme meldete sich, Brady fragte nach Navarro. Während er darauf wartete, daß dieser ans Telefon ging, nahm er noch einen Schluck Whisky.

»Brady?« drang die barsche Stimme Navarros aus dem Hörer.

»Am Apparat«, antwortete dieser eintönig wie immer. »Was willst du?«

»Ich will wissen, was zum Teufel drüben vor sich geht! Warum hat es die IRA auf Jack Scoby abgesehen?«

»Und warum bist du so plötzlich an Scobys Wohlergehen interessiert?«

»Das geht dich gar nichts an«, gab Navarro gereizt zurück. »Sorge gefälligst dafür, daß die Anweisung, ihn zu ermorden, zurückgenommen wird!«

»Das kann ich nicht.«

»Was soll das heißen?« fauchte Navarro.

»Ich kann nicht, weil ich nie jemanden damit beauftragt habe.«

»Wer hat das dann getan?«

»Das wissen wir nicht«, erwiderte Brady.

»Du erzählst mir also, daß es bei euch ein paar Abweichler gibt, die sich irgendwo herumtreiben und versuchen, Scoby umzubringen?«

»Es scheint fast so zu sein.«

»Und was habt ihr vor, dagegen zu unternehmen?« brüllte Navarro.

»Wir untersuchen die Sache. Ist das etwa alles . . .?«

»Nein, das ist nicht alles«, unterbrach ihn Navarro wütend. »Du scheinst das nicht sehr ernst zu nehmen, Brady. Dann muß ich dir gegenüber eben andere Töne anschlagen. Hier in den Vereinigten Staaten kennen wir mindestens zehn eurer Leute. Ich glaube, darunter sind einige eurer besten Männer. Heute morgen sind alle zehn auf die Abschußliste gesetzt worden. Wir überwachen sie rund um die Uhr. Wenn also Scoby irgend etwas zustoßen sollte, bliebe uns nichts übrig, als alle zehn gleichzeitig umzulegen. Doch das wäre erst der Anfang. Alle zukünftigen für Irland bestimmten Waffenlieferungen aus den Vereinigten Staaten würden eingefroren. Dann würden überall im Land eure Noraid-Büros mysteriösen Brandanschlägen zum Opfer fallen. Als nächstes wären eure Noraid-Angestellten dran; ihre Familien würden bedroht, ihr Eigentum würde zerstört. Das ließe sich ohne Ende fortsetzen. Aber ich denke, daß du schon jetzt eine Vorstellung von dem bekommst, was ich sagen will, nicht wahr?«

»Ich kann es mir sehr gut vorstellen. Scoby muß eine Menge Geld für dich bedeuten, wenn du bereit bist, so weit zu gehen, um ihn zu schützen.«

»Mehr, als du dir jemals vorstellen kannst. Ruf mich an, sobald es irgendwelche Entwicklungen gibt.«

Navarro legte auf. Brady legte ebenfalls auf und trank sein Glas leer.

»Warum ist die Mafia plötzlich so sehr an Scoby interessiert?« fragte Kane.

»Ja, warum nur?« erwiderte Brady nachdenklich. »Er ist ihnen offensichtlich eine beträchtliche Menge Geld wert.«

»Und wenn die Gallagher ihn erwischt, ist alles verloren?«

»Genau wie für uns.«

Kane runzelte die Stirn, verlangte aber keine Erklärung. Er wußte, daß Brady ihm alles mitteilen würde, was er wissen mußte. Dann, wenn er es für richtig hielt. »Was unternehmen wir jetzt, um sie zu finden?«

»Gar nichts«, erwiderte Brady.

»Was meinst du damit?«

»Wenn du ertrinkst, greifst du nach jedem Strick, der dir eine Chance zur Rettung bietet.« Brady nahm den Hörer ab und blickte sich zu Kane um. »Schließ bitte die Tür hinter dir, wenn du rausgehst, Sammy.«

Kane war nicht so dumm, darüber zu diskutieren. Er verließ das Zimmer und schloß die Tür hinter sich.

Palmer öffnete eine neue Schachtel, zündete sich eine Zigarette an, lehnte sich in seinem Sessel zurück und starrte auf die beiden Telefone auf seinem Schreibtisch. Eines war rot, das andere war weiß. Das weiße Telefon war seine Leitung nach draußen. Sie war die meiste Zeit des Tages über praktisch ruhig geblieben. Er hatte drei ältere Polizisten dazu abkommandiert, sich mit der Unmenge von Anfragen seitens der Presse herumzuschlagen, von denen er wußte, daß sie auf den Anschlag auf Scoby am frühen Nachmittag folgen würden. Tatsächlich war die Telefonzentrale von Scotland Yard dann auch von Reportern förmlich belagert worden, die alle verzweifelt versuchten, eine Story für die nächste Ausgabe zu bekommen. Palmer hatte jedoch seinen Mitarbeitern die strikte Anweisung gegeben, die Journalisten bei allen Anfragen auf die Pressekonferenz zu vertrösten, die er am späten Nachmittag abhalten würde.

Das rote Telefon war die Leitung mit dem Zerhacker. In den letzten beiden Stunden hatte er auf ihr fast unaufhörlich Gespräche geführt. Zweimal hatte er bereits zu verschiedenen Anlässen mit Kolchinsky gesprochen. Der erste Anruf war in äußerlich freundlichem, aber angespanntem Tonfall erfolgt. Keiner von ihnen erklärte sich bereit, die Schuld für die Geschehnisse auf sich zu nehmen. Der zweite Anruf eine Stunde später war offener und konstruktiver gewesen. Inzwischen hatten sie von ihren jeweiligen Mitarbeitern detailliertere Zusammenfassungen erhalten und konnten mit größerer Klarheit Überlegungen hinsichtlich der ganzen Situation anstellen. Sie hatten beschlossen zusammenzuhalten. Immerhin war es von Anfang an eine gemeinsame Unternehmung gewesen, und gemeinsam übernahmen sie jetzt auch die Verantwortung dafür . . .

Der Polizeichef hatte angerufen und verlangt, daß die Ergebnisse der vollständigen Ermittlungen bis spätestens Montag morgen auf seinem Schreibtisch liegen sollten. Palmer hatte ihm rasch versichert, daß eine detaillierte Untersuchung des Vorfalls bereits im Gange wäre.

Palmer rieb sich erschöpft die Augen und griff nach der im Aschenbecher vor sich hin glimmenden Zigarette. Das weiße Telefon klingelte. Er stöhnte und nahm ab.

Es war einer der Beamten, die er dazu eingeteilt hatte, die Presse abzuwehren. »Tut mir leid, Sie zu belästigen, Sir, aber ich habe jemanden auf der anderen Leitung, der behauptet, Kevin Brady zu sein. Er will unbedingt mit Ihnen sprechen.«

»Was?« meinte Palmer erstaunt. »Hat er gesagt, was er will?«

»Nein, Sir. Er sagte lediglich, er wolle nur mit Ihnen und mit keinem anderen sprechen.«

»Lassen Sie den Anruf zurückverfolgen?«

»Ja, Sir.«

»Gut. Stellen Sie ihn durch.« Palmer wartete, bis er hörte, wie die Verbindung hergestellt war, und legte den Anruf sofort auf die Leitung mit dem Zerhacker. Dann nahm er den roten Hörer ab. »Commander Palmer am Apparat.«

»Brady hier«, kam die ruhige Antwort. »Ich nehme an, wir sprechen auf einer abhörsicheren Leitung?«

»Selbstverständlich«, erwiderte Palmer. Er argwöhnte noch immer, daß der Anrufer sich als erfinderischer Reporter entpuppen würde, der nur darauf aus war, einen Exklusivbericht für seine Zeitung zu erhaschen. Nur zu gut wußte er, was diese Leute alles anstellten, um ihre Konkurrenz auszustechen.

»Ich bin sicher, daß Sie diesen Anruf bereits zurückverfolgen lassen, deshalb komme ich direkt zur Sache. Wir sind genauso hinter Fiona Gallagher her wie Sie.«

»Das sagte schon Ihr Pressesprecher in seiner Erklärung an die Medien«, entgegnete Palmer verächtlich. »Aber offen gestanden kaufe ich Ihnen das nicht ab.«

»Wenn Sie sich weiter darüber unterhalten wollen: Ich bin heute abend in Warrenpoint. Das ist eine Stadt nahe der Grenze zu Südirland. Im Stills Hotel. Acht Uhr. Fragen Sie an der Rezeption nach Pat Gorman. Kommen Sie. Unbewaffnet. Und vergeuden Sie nicht Ihre Zeit damit, einige Ihrer Schlägertypen vorbeizuschicken, denn ich treffe erst ein, wenn ich weiß, daß die Gegend sicher ist. Jetzt sind Sie am Zuge, Palmer.«

Palmer legte langsam den Hörer auf die Gabel. Nur wenige Augenblicke später klingelte das Telefon erneut. Der Anruf war nach Keady in der Grafschaft Armagh zurückverfolgt worden, aber man hatte noch nicht Zeit genug gehabt, um den genauen Ort zu bestimmen.

Der Commander drückte die Zigarette aus und zündete sich eine neue an. Er hatte jetzt nicht mehr den geringsten Zweifel, mit Kevin Brady gesprochen zu haben. In den späten Achtzigern war einer der besten Undercoveragenten der Sonderabteilung für Terroristenbekämpfung in Belfast ein Mann namens Michael Nelson gewesen. Er war plötzlich verschwunden, und eine Woche später hatte man seine Leiche in einer Gasse im Westen Belfasts gefunden. Er war gefoltert und dann mit einem Schuß in den Hinterkopf hingerichtet worden. Der Mord an ihm wurde nie aufgeklärt. Nelson war sein Name als Undercoveragent. Der Presse hatte man nicht verraten, daß sein richtiger Name Patrick Gorman gewesen war . . .

Er wählte die Nummer des Grosvenor House Hotels und bat die Telefonistin, ihn auf das Zimmer von Whitlock durchzustellen. Die Zeit drängte.

Eine halbe Stunde später saß Whitlock in Palmers Büro.

»Es könnte eine Falle sein«, meinte Whitlock, als Palmer seinen Bericht über den Anruf Bradys beendet hatte.

»Meinen Sie etwa, das wüßte ich nicht?« entgegnete Palmer. »Und wenn er es ehrlich meint? Wenn er in dieser Sache genauso im dunkeln herumtappt wie wir? Und was noch wichtiger ist: Was ist, wenn er etwas weiß, das uns auf ihre Spur bringen könnte?«

»Und was geschieht, wenn Sie sich irren?«

»Ich weiß, daß ich für die IRA ein mögliches Ziel für einen Anschlag bin. Das gehört zu meiner Position. Doch bei dieser Sache habe ich ein gutes Gefühl. Es widerspricht allem, was ich in diesem Metier gelernt habe, aber ich glaube, er meint es ehrlich.«

»Lag etwas in seiner Stimme, das darauf hindeutete?«

Palmer brachte ein seltenes Lächeln zustande. »Offensichtlich kennen Sie Kevin Brady nicht. Er zeigt nicht die geringste Emotion, nie, weder im Gesichtsausdruck noch in der Stimme. Es ist unheimlich. Sie werden schon sehen.«

»Ich werde schon sehen?« fragte Whitlock mißtrauisch.

»Ich möchte, daß Sie mit mir am späten Nachmittag nach Warrenpoint fliegen. Ich weiß, daß Sie heute abend im Winfield House bei einem Bankett erwartet werden, aber ich bin sicher, Ihre Mitarbeiter können das für Sie übernehmen. Wenn Fiona Gallagher, wie ich glaube, tatsächlich das letzte noch lebende Mitglied dieses Kommandos ist, dann ist es kaum wahrscheinlich, daß sie es heute abend in der amerikanischen Botschaft erneut versucht. Nein, ich wette mit Ihnen, daß sie Scoby morgen an der Kirche erwischen will.« Palmer klopfte die Asche seiner Zigarette in den Aschenbecher. »Natürlich bleibt es völlig Ihrer Entscheidung überlassen, ob Sie mich begleiten oder nicht.«

»Es ist eine riskante Angelegenheit, aber ich schätze, momentan sollten wir jede Chance ergreifen, die sich uns bietet. Okay, ich werde dem Senator und dem amerikanischen Botschafter die notwendigen Entschuldigungen übermitteln. Nehmen wir Verstärkung mit?«

»Das halte ich für keine gute Idee. Sie?«

»Wir könnten Keith Eastman mitnehmen.«

»Er fliegt heute nacht nach Dugaill. Ich will, daß das Gebiet um die Kirche herum hermetisch abgeriegelt ist, wenn morgen früh der Hubschrauber des Senators dort eintrifft. Noch einen Ausrutscher können wir uns nicht leisten.«

»Wann werden wir nach Warrenpoint aufbrechen?«

»Es dauert eine Stunde, bis ich ein Sportflugzeug startklar habe. Müssen Sie noch wegen irgend etwas zum Hotel zurück?«

»Nein, ich kann alles Nötige per Telefon mit Mike regeln.«

»Bedienen Sie sich«, sagte Palmer und schob Whitlock das weiße Telefon hin. »Ich werde mit Keith reden. Dann muß ich das Ganze noch mit dem Polizeichef abklären. Ich bin mir nicht ganz sicher, wie er auf die Idee reagieren wird, daß wir uns heimlich mit dem gesuchtesten Verbrecher in ganz Großbritannien treffen. Meiner Meinung nach haben wir jedoch im Moment keine große Wahl.«

Sabrina klopfte an die Tür von Paluzzis Privatzimmer. Sofort faltete er den *London Evening Standard* zusammen, in dem er gerade gelesen hatte, und rief sie herein.

»Wie fühlst du dich?« fragte sie, zog einen Stuhl näher und setzte sich.

»Meine Rippen tun noch verdammt weh, aber zumindest die Kopfschmerzen sind jetzt weg. Die machten mich wahnsinnig.« Paluzzi schaute auf die Zeitschriften in ihrer Hand. »Sind die für mich?«

Sie reichte sie ihm. »Ich habe sie auf dem Weg hierher mitgenommen. Ich weiß, wie langweilig es werden kann, wenn man an ein Krankenhausbett gefesselt ist.«

»Toll. Danke.« Er legte sie auf den Nachttisch. »Vor einigen Jahren hast du selber mal im Krankenhaus gelegen, nicht wahr?«

»Erinnere mich bloß nicht daran«, erwiderte sie und schnitt eine Grimasse. »Ich lag vier Monate in Paris im amerikanischen Krankenhaus.«

»Was war denn genau passiert?«

»Ich hatte einen Unfall in Le Mans.« Sie nickte, als sie die Überraschung auf seinem Gesicht bemerkte. »Damals war ich sehr rebellisch. Ich hätte alles getan, um meinen Eltern eins auszuwischen. Als sie mir sagten, ich solle nicht beim Autorennen mitmachen, tat ich genau das Gegenteil. Leider verlor ich die Kontrolle über den Wagen und landete im Krankenhaus. Dabei hatte ich noch Glück gehabt. Ein Riß in der Lunge und mehrere Knochenbrüche. Der Wagen – Totalschaden. Doch es war genau der Schock, den ich brauchte, um zur Vernunft zu kommen. Ich beschloß, daß es an der Zeit wäre, erwachsen zu werden und etwas Konstruktives mit meinem Leben anzufangen. Auf diese Weise kam ich zum FBI ...« Ihre Stimme verlor sich; sie grinste einfältig. »Jetzt bin ich noch keine zwei Minuten hier, und schon langweile ich dich mit meiner Lebensgeschichte zu Tode.«

»Langweilig ist die ja wohl kaum«, erwiderte Paluzzi.

»Nun, genug über mich. Wie ich hörte, darf man gratulieren. Mike erzählte mir, du würdest wieder nach Italien zurückgehen, um die *NOCS* zu leiten. Wir werden es bedauern, dich zu verlieren.«

»Mir wird es auch leid tun zu gehen. Aber auf lange Sicht ist es wohl das beste.«

»Hast du es Claudine schon erzählt?«

»Ich habe sie heute am frühen Nachmittg angerufen. Sie ist begeistert, wieder nach Hause zu kommen.«

»Und was hat sie dazu gesagt, daß du im Krankenhaus liegst?«

»Du weißt doch ...«

»... wie Frauen sind?« beendete Sabrina lächelnd den Satz. »Wir haben alle einen mütterlichen Instinkt, nicht wahr? Mike liegt mir ständig damit in den Ohren.«

»Vermutlich ist das die Art, mit der eine Frau zeigt, daß sie an jemandem interessiert ist«, meinte Paluzzi und beobachtete genau, wie Sabrina darauf reagierte.

»Vermutlich«, antwortete sie mit einem schnellen Achselzucken. »Kommt Claudine herüber?«

»Ja. Und sie bringt Dario mit. Das Flugzeug soll heute abend um elf Uhr in Heathrow ankommen. Wahrscheinlich treffe ich sie dann morgen früh.«

»Ich wette, du freust dich unheimlich, sie wiederzusehen.«

»Natürlich. Besonders freue ich mich auf den kleinen Dario. Er hat mein Leben verändert. Kinder sind einfach fantastisch.«

»Ich weiß«, antwortete sie lächelnd.

»Hast du jemals daran gedacht, eines Tages selbst Kinder zu haben?«

»Meine Eltern geben mir immer wieder zu verstehen, ich sollte mir einen Mann suchen und seßhaft werden. Ich weiß, für ein Enkelkind würde meine Mutter alles tun. Doch das würde heißen, daß ich mich von der UNACO verabschieden müßte, besonders, wenn ich mich dazu entschließen sollte, Kinder in die Welt zu setzen. Noch bin ich nicht soweit. Manchmal frage ich mich, ob ich jemals dazu bereit sein werde. Wie es heißt, weiß man es genau, wenn der Richtige kommt. Nun, bis jetzt ist er noch nicht gekommen.«

»Wirklich nicht?« meinte Paluzzi und warf ihr einen fragenden Blick zu.

»Mike?« Sie schüttelte den Kopf. »Er ist ein guter Freund, aber das ist in dieser Hinsicht alles.«

»Alles für wen?«

»Für uns beide. Und selbst wenn ich mehr im Sinn hätte – was ich nicht habe –, weiß ich, daß er nicht interessiert ist. Für Mike wird es immer nur eine Frau geben. Und das ist Carrie. Er war absolut verrückt nach ihr.« Sie blickte auf ihre Uhr. »Nun, wenn du jetzt endlich damit aufhörst, den Heiratsvermittler zu spielen, sollte ich besser ins Hotel zurückgehen. Ich muß mich noch für dieses Fest heute abend zurechtmachen.«

»Ich wünschte, ich könnte euch begleiten.«

»Ich weiß nicht, warum. Bei diesen Botschaftsempfängen wird doch nur geplaudert. Ich bin froh, wenn es vorbei ist.«

»Trotzdem wäre ich lieber dort, als hier an dieses verdammte Bett gefesselt zu sein«, knurrte er.

»Na, komm schon! Ab morgen hast du doch Claudine und Dario hier. Ich bin sicher, du bist in der Lage, eine Nacht alleine zu überstehen. Lies doch die Zeitschriften, die ich dir mitgebracht habe.«

»Ich hoffe, ich sehe dich und Mike noch, bevor ihr Montag wieder in die Staaten zurückfliegt.«

»Da kannst du sicher sein«, beruhigte sie ihn. »Wir lassen uns auf alle Fälle blicken, wenn wir morgen abend aus

Irland wieder zurück sind. Versprochen! Okay, jetzt muß ich aber gehen!«

»Danke, daß du vorbeigekommen bist«, sagte Paluzzi.

»War doch selbstverständlich«, erwiderte sie und ging zur Tür.

»Ich behaupte immer noch, daß ihr beide ein gutes Paar abgeben würdet!« rief er hinter ihr her.

»Und ich behaupte immer noch, daß du dich irrst. Bis morgen.«

Er lächelte in sich hinein. Es hatte ihn interessiert, ob Sabrina für Graham mehr fühlte als bloße Freundschaft. Jetzt hatte er seine Antwort. Nun, zumindest dachte er, er hätte sie ...

13

Die Piper Seneca setzte auf einem verlassenen Landefeld am Stadtrand von Warrenpoint auf und rollte bis ein paar Meter an den weißen Rover heran, der am Ende der Piste geparkt war.

Als Palmer und Whitlock aus dem Flugzeug stiegen, wurden sie von einem Beamten der Royal Ulster Constabulary, der nordirischen Polizei, empfangen. Er stellte sich als Inspektor Cuncan Reeves vor. Obwohl Palmer ihn nicht persönlich kannte, war ihm der Mann von Eastman empfohlen worden. Eastman hatte in der Vergangenheit bei etlichen Einsätzen mit ihm zusammengearbeitet.

»Ich habe das mit John Marsh gehört«, sagte Reeves, als sie auf den Zivilwagen der Polizei zugingen. »Dabei machte er immer einen überaus verläßlichen Eindruck. Ich war völlig von den Socken, als Keith mir erzählte, er sei verhaftet worden, weil man ihn verdächtigte, ein Spitzel der IRA zu sein.«

»Viele von uns konnten es nicht fassen«, erwiderte Palmer, als sie den Wagen erreichten.

»Ich hielt es übrigens für besser, auf einen Fahrer zu verzichten«, meinte Reeves und öffnete ihnen die hintere Tür. »Auf diese Weise können wir uns ungestört unterhalten.«

»Gut gemacht«, sagte Palmer. »Was können Sie uns denn über das Stills Hotel mitteilen?«

»Es ist eine richtige Spelunke, Sir«, erwiderte Reeves und ließ den Motor an. »Sie gehört einem IRA-Mitglied namens Joseph Meehan. Er hat ein Vorstrafenregister von der Länge Ihres Armes. Ein ganz übler Zeitgenosse.«

»Sind sie das nicht alle?« gab Palmer zugeknöpft zurück.

»Er ist schlimmer als die meisten. Er säuft und nimmt jede Art von Unannehmlichkeiten auf sich, nur um sich mit jemandem schlagen zu können. Und selbst wenn er sich sinnlos vollaufen läßt, weiß er seine Hände noch zu gebrauchen.«

»Das hört sich nach einem Mann an, der dafür sorgen kann, daß diesen Abend noch Stimmung aufkommt«, meinte Whitlock.

Reeves bog mit dem Wagen auf die Hauptstraße nach Warrenpoint. »Ich bezweifle, daß Sie ihn heute abend treffen werden. Den Samstagabend verbringt er gewöhnlich woanders beim Pokern.«

»Irgendein Zeichen von Brady?« fragte Palmer.

»Bis jetzt nicht, Sir. Aber das war auch nicht zu erwarten. Er wird sich nicht eher rühren, bis er sich davon überzeugt hat, daß das Gelände sicher ist. Kane wurde am frühen Abend gesichtet, als er das Hotel betrat. Unseres Wissens hält er sich auch immer noch dort auf. Er scheint beim Rendezvous offensichtlich für Brady Schmiere zu stehen.«

Es dauerte weitere zehn Minuten, bis sie die Straßensperre der RUC erreichten, die kurz hinter der Stadtgrenze aufgestellt worden war. Reeves parkte hinter einem Landrover der Polizei und stellte den Motor ab. Das Hotel lag einige hundert Meter weiter hinten an der Straße.

Palmer bat Reeves um das Autotelefon und wählte die Nummer des Stills Hotels. Als auf der anderen Seite jemand abhob, verlangte er, Pat Gorman zu sprechen. Man sagte ihm, es gäbe keinen mit diesem Namen. Dann bat Palmer, Kane an den Apparat zu rufen. Schweigen. Etliche Sekunden verstrichen, bevor er auf einen anderen Anschluß geschaltet wurde.

Am anderen Ende wurde der Hörer abgenommen. »Wer ist da?« wollte eine Stimme wissen.

»Ich will mit Brady sprechen.«

»Sie haben die falsche Nummer.«

»Da bin ich anderer Meinung. Sagen Sie ihm, wenn er mich nicht innerhalb der nächsten fünf Minuten zurückruft, ist das Treffen gelaufen.« Palmer gab ihm die Nummer des Autotelefons und legte auf.

Unmittelbar danach klingelte das Telefon. Palmer nahm ab.

»Gorman am Apparat.«

Palmer war sich sicher, mit Brady zu sprechen. »Commander Palmer. Es gibt eine Änderung im Plan. Wir kommen zu zweit ins Hotel. Der Leiter des Sicherheitsteams des Senators begleitet mich. Ich möchte ihn bei dieser Sache dabeihaben.«

»Das läuft nicht, Palmer. Sie kommen allein.«

»Dann läuft es eben nicht«, gab Palmer zurück und unterbrach die Verbindung. Er hatte geahnt, daß Brady so reagieren würde. Jetzt wollte er nur sehen, wie dringend Brady ihn zu sprechen wünschte. Sollte sein Plan fehlschlagen, würde er seinen Vorgesetzten eine Menge zu erklären haben. Sie hatten dem Treffen nur nach gründlichen Verhandlungen mit der RUC und der Armee zugestimmt, um das Risiko möglichst gering zu halten, daß ihm während seines Aufenthaltes dort irgend etwas zustieß. Sein Blick wanderte von Whitlock zu Reeves und wieder zurück zum Telefon. Inständig wünschte er sich, es möge wieder klingeln. Hatte er Brady unterschätzt? Nein, Brady hatte ihn offensichtlich treffen wollen, sonst wäre er gar nicht das ungeheure Risiko eingegangen, bei Scotland Yard anzurufen. Warum rief er nicht wieder zurück, um neu zu verhandeln? Nach den schrecklichen Ereignissen des Tages konnte Palmer sich keine weiteren Rückschläge leisten. Wenn er die Sache hier verpatzte, sollte er besser damit beginnen, über ein Leben außerhalb der Polizei nachzudenken ...

Das Telefon klingelte.

Er widerstand der Versuchung, zum Hörer zu greifen und ihn an sich zu reißen. Nein, er mußte sich als derjenige zu erkennen geben, der das Sagen hatte. Der Teufel sollte ihn holen, wenn er nach Bradys Pfeife tanzte. Er ließ das Telefon einige Sekunden klingeln, dann nahm er ab.

»Palmer, sind Sie's?«

»Ja«, antwortete Palmer.

»Scobys Aufpasser kann mit Ihnen kommen. Benutzen Sie den neutralen Wagen. Kein Fahrer. Sie beide sitzen vorne. Parken Sie vor dem Hotel. Es ist ein Parkplatz für Sie abgesperrt. Gehen Sie ins Hotel und fragen Sie an der

Rezeption nach Sammy Kane. Von dort aus werden wir die Sache in die Hand nehmen.«

»Es freut mich zu erfahren, daß Sie alles so gut vorbereitet haben, Brady. Wenn ich es nicht besser wüßte, wäre ich glatt geneigt zu denken, Sie hätten vor Schreck davonlaufen wollen.«

Eine unschlüssige Pause entstand. »Sorgen Sie dafür, daß diese Bullen hinter ihrer kleinen Straßensperre bleiben. Das Gelände um das Hotel herum ist vollständig abgeriegelt, und meine Männer haben strikten Befehl, das Feuer zu eröffnen, sollte irgendein Bulle so dumm sein, sich bis in Schußweite vorzuwagen. Gehen Sie sicher, daß diese Botschaft auch Reeves erreicht.« Er legte auf.

Palmer zählte Bradys Forderungen auf.

»Offensichtlich werden wir genau beobachtet«, meinte Whitlock.

»Das werden wir seit unserer Ankunft«, sagte Reeves. »Die Männer haben bereits etliche IRA-Leute entdeckt, die an markanten Stellen postiert sind und das Hotel überwachen. Und das sind nur diejenigen, die wir sehen sollen. Die, die wir nicht sehen können, machen mir mehr Sorgen. Das sind nämlich die mit den schweren Waffen.«

Palmer warf einen prüfenden Blick auf seine Uhr. Neunzehn Uhr zweiundvierzig. »Ich würde sagen, es wird Zeit, daß wir hineingehen.«

»Er sagte acht Uhr«, erinnerte ihn Reeves.

»Wenn wir uns an seine Regeln halten, ja«, erwiderte Palmer. »Ich habe allerdings nicht die Absicht, das zu tun.«

Whitlock nickte zustimmend. »Commander Palmer hat recht. Die Initiative muß bei uns liegen. Je mehr wir Brady verunsichern, desto besser wird es für uns laufen, wenn es dazu kommt, irgendeine Vereinbarung mit ihm zu treffen.«

»Was meinen Sie, warum ich bis jetzt gewartet habe, um Brady zu sagen, daß ich Mr. Whitlock mitbringe?« fragte Palmer. »Auf diese Weise unterhöhlen wir seine Kontrolle über die Situation. Das gibt uns einen kleinen Vorsprung. Und unter diesen Umständen ist das von entscheidender Bedeutung.«

Palmer und Whitlock stiegen vorne in den Wagen; Reeves überreichte Palmer durch das Fenster auf der Fahrerseite die Schlüssel.

»Sie kennen ja den Ablauf«, sagte Palmer zu Reeves. »Halten Sie sich daran. Wenn irgend etwas schiefgehen sollte, dann rücken Sie an und schnappen sich Brady.«

»Ja, Sir«, erwiderte Reeves.

Palmer ließ den Motor an und scherte hinter dem Landrover aus. Schweigend fuhren sie zum Hotel. Es war ein düsteres graues Gebäude, dessen Name in grellen Neonlichtern über den Drehtüren prangte. Daß die Straße völlig menschenleer wirkte, war nicht weiter überraschend. Sie befanden sich jetzt auf von der IRA kontrolliertem Territorium. Und bis zum Ende des Treffens hatte die IRA alle unerwünschten Personen vom Gelände entfernt. Palmer stellte den Wagen vor dem Hotel ab, sie gingen die Treppe hoch, passierten die Drehtüren und betraten die Hotelhalle. Reeves hatte recht gehabt – es war tatsächlich eine Spelunke. Hinter dem Schalter der Rezeption saß ein Mädchen im Teenageralter und verfolgte auf einem Schwarzweißfernseher die Wiederholung eines Columbo-Krimis. Ohne großes Interesse blickte es zu ihnen auf, als sie auf die Theke zugingen, streckte seinen Arm nach hinten aus, klopfte an die Tür hinter sich und wandte seine Aufmerksamkeit sofort wieder dem Bildschirm zu. Die Tür öffnete sich, und zwei maskierte IRA-Männer erschienen. Sie kamen um die Theke herum und durchsuchten sie. Als sie sich davon überzeugt hatten, daß Palmer und Whitlock unbewaffnet waren, zog sich einer von ihnen das Telefon auf der Theke näher und rief Kane an.

»Na, wen haben wir denn da?«

Gleichzeitig blickten sich Whitlock und Palmer um. Joseph Meehan, der aus dem menschenleeren Salon hinter ihnen auftauchte, war Mitte Fünfzig, unrasiert und hatte schütteres, fettiges schwarzes Haar. Die Vorderseite seines unordentlich aus der Hose hängenden Hemdes war fleckig. Offensichtlich war er betrunken. Die beiden maskierten IRA-Männer blieben unsicher an der Theke stehen. Sie waren sich unschlüssig, was sie tun sollten.

»Wollt ihr mir etwa sagen, ich müßte wegen dieser Leute hier mein Hotel dichtmachen?« fragte Meehan die beiden IRA-Männer.

»Ich denke, du solltest besser wieder in den Salon gehen«, sagte einer von ihnen.

»Das hier ist mein Hotel, und ich tue hier drin verdammt noch mal, was mir gefällt!« knurrte Meehan wütend. Er zeigte mit einem Finger auf Palmer. »Bei dir habe ich nichts dagegen, daß du hier bist. Aber keiner sagte etwas davon, daß auch noch ein Nigger mitkommt.«

Palmer machte einen Schritt nach vorne, doch Whitlock hielt ihn rasch mit der Hand am Arm zurück.

»Oder bist du vielleicht hier, weil du Arbeit suchst?« spottete Meehan. »Na, was ist? Bist du hier, weil du einen Job brauchst?«

Ausdruckslos starrte ihn Whitlock an, sagte aber kein Wort.

»Schöner Anzug«, meinte Meehan und streckte seine Hand aus, um den Stoff zu befühlen.

»Rühr mich nicht an«, zischte Whitlock drohend.

»Sprichst du mit mir?« schnauzte Meehan. »Wenn das der Fall sein sollte, dann nennst du mich besser ›Sir‹, klar?«

»Jetzt habe ich aber genug«, schnaubte Palmer ungehalten.

»Ist schon gut«, meinte Whitlock beruhigend. »Lassen Sie ihn gehen.«

In diesem Moment packte Meehan seinen Jackenaufschlag. Whitlock löste sich aus dem Griff, zog seinen Ellbogen hoch und stieß ihn mit voller Wucht von der Seite gegen Meehans Gesicht. Meehan krachte rückwärts gegen die Wand und glitt langsam auf den Boden. Die beiden IRA-Männer machten eine Bewegung auf Whitlock zu.

»Laßt das!« fuhr Kane sie vom oberen Treppenabsatz aus an. »Schafft Meehan hier weg. Und seht zu, daß er wieder nüchtern wird. Mr. Brady wird später noch ein Wörtchen mit ihm über diese Sache zu reden haben.«

Die IRA-Männer schleiften Meehan wieder in den Salon, während Kane mit einem Wink Palmer und Whitlock zu verstehen gab, ihm zu folgen. Sie stiegen die Treppe hoch, und Kane führte sie zu einer offenen Tür weiter hinten im Gang. Palmer und Whitlock sahen sich mißtrauisch an, doch war es jetzt zur Umkehr zu spät, sollte man ihnen eine Falle gestellt haben. Kane trat zur Seite, dann schloß er hinter ihnen die Tür.

Die Einrichtung des Zimmers bestand aus einem Bett, einer heruntergekommenen Garderobe und zwei Sesseln mit hoher Lehne. Einer davon war zum Fenster gerichtet.

»Sie kommen zu früh«, ertönte eine Stimme aus dem Sessel. Brady stand auf und drehte sich zu ihnen um.

Whitlock warf Brady einen abschätzenden Blick zu. War das der Mann, der den kaltblütigen Mord an drei Kollegen von ihm, drei Mitgliedern der UNACO, gebilligt hatte? Plötzliche Wut stieg in ihm hoch, doch hatte er sich schnell wieder unter Kontrolle. Das war jetzt weder der richtige Zeitpunkt noch der rechte Ort, um eine Konfrontation mit Brady zu suchen. Die Zeit zur Vergeltung würde noch kommen . . .

»Eins sollten wir von Anfang an klarstellen, Brady«, sagte Palmer. »Inspektor Reeves wird alle fünf Minuten im Hotel anrufen, um mit mir zu sprechen. Sollte ich aus irgendeinem Grund nicht in der Lage sein, ans Telefon zu gehen, oder sollte ich ihm mit einem Codewort zu verstehen geben, daß wir uns in Schwierigkeiten befinden, werden seine Männer das Gebäude sofort stürmen. Und auf Sie hätten sie es am meisten abgesehen. Tot oder lebendig.«

»Wenn ich Sie umbringen will, dann lasse ich das drüben in Großbritannien erledigen«, erwiderte Brady, »aber nicht vor meiner Haustür und nur wenige Meter von den Leuten der RUC entfernt. Beruhigen Sie sich also. Dies ist keine Falle.«

»Vorausgesetzt, wir kommen zu einer Einigung«, meinte Palmer.

Brady rief an der Rezeption an und erteilte Anweisung, alle Anrufe für Palmer ins Zimmer durchzustellen. Dann ging er zum zweiten Sessel, der zum Zimmer wies, und setzte sich. »Kommen wir jetzt zur Sche. Die IRA hat Senator Jack Scoby nichts vorzuwerfen und hatte auch nie vor, ihn umbringen zu lassen«, erklärte er und wandte sich an Whitlock. »Die Ereignisse der letzten vierzehn Stunden haben unserer Organisation großen Schaden zugefügt, und aus diesem Grund habe ich darum gebeten, mit Commander Palmer zusammenzutreffen.«

»Wollen Sie etwa abstreiten, daß Fiona Gallagher Mitglied der IRA ist?« fragte Whitlock und setzte sich neben Palmer auf das Bett.

»Das haben wir nie abgestritten. Wir streiten nur ab, irgend etwas mit ihren Aktionen gegen Senator Scoby zu tun zu haben. Diese Operation wurde von der Revolutionsarmee nicht gebilligt.«

»Kommen Sie schon zur Sache, Brady«, fuhr ihn Palamer an. »Dieses Gerede haben wir bereits am Nachmittag von Ihrem Pressechef gehört. Warum wünschten Sie dieses Treffen?«

»Es paßt mir durchaus nicht, aber im Moment sind wir aufeinander angewiesen. Sollte der Senator morgen in Dugaill einem Attentat zum Opfer fallen, werden unsere Köpfe als erstes rollen.«

Das Telefon klingelte. Brady machte keine Anstalten, an den Apparat zu gehen. Palmer streckte den Arm aus und hob den Hörer ab. Es war Reeves. Sie wechselten ein paar Worte, dann legte Palmer wieder auf.

»Was schlagen Sie vor?« fragte Whitlock.

»Daß wir morgen in Dugaill gemeinsam für Sicherheit sorgen«, antwortete Brady ruhig.

»Das kommt gar nicht in Frage!« gab Palmer ungehalten zurück. »Mein Gott, stellen Sie sich nur vor, wie sich die Presse darauf stürzen würde. Unsere Sicherheitskräfte machen gemeinsame Sache mit der IRA! Man würde uns in der Luft zerreißen! Und das mit vollem Recht. Es wäre ein Verrat an allen unschuldigen Menschen, die die IRA seit Beginn des Konfliktes in Irland niedermetzeln ließ.«

»Verstehen Sie mich nicht falsch, Commander. Ich schlage nicht vor, daß maskierte Freiheitskämpfer neben den Sicherheitskräften stehen. Das wäre auch ein Verrat an *unseren* Grundsätzen. Nein, die Kirche und das Dorf sollten von Ihren Sicherheitskräften kontrolliert werden. Wir würden in dem direkt hinter der Kirche gelegenen Waldstück operieren. Das gesamte Gelände könnte man aus Sicherheitsgründen für die Öffentlichkeit sperren, so daß die Presse gar nicht erfährt, daß wir überhaupt präsent sind. Und vergessen Sie nicht – wir haben Leute, die wissen in diesem Wald Bescheid wie in ihrer Westentasche. Sie kennen alle Plätze, an denen sich Fiona verstekken könnte, während sie darauf wartet, daß Scoby bei der Kirche eintrifft. Selbstverständlich werden ihre Sicherheitskräfte die meisten Schlupfwinkel finden. Aber eben nicht alle. Und Sie können davon ausgehen, daß Fiona ihre Hausaufgaben gemacht hat, wenn sie sich im Wald verstecken will. Sie werden sie nicht finden.«

»Sie scheinen sich sehr sicher zu sein, daß sie sich den Wald zunutze macht«, bemerkte Whitlock argwöhnisch.

»Ich an ihrer Stelle würde das tun. Es ist das einzige Gebiet, in dem sie sich verbergen kann, ohne entdeckt zu werden.« Brady wandte sich wieder an Palmer. »Der IRA liegt die Sicherheit des Senators genauso am Herzen wie Ihnen. Sein Tod würde unserem Ansehen im Ausland schweren Schaden zufügen. Darum sind wir unter diesen außergewöhnlichen Umständen auch bereit, mit Ihnen zusammenzuarbeiten.«

»Und es wäre sicherlich eine propagandistische Meisterleistung der IRA, wenn sie dazu beitragen würde, Fiona Gallagher einen Strich durch die Rechnung zu machen, bevor sie Scoby erwischt«, meinte Palmer verächtlich. »Das Ganze ist leicht zu durchschauen, Brady. Und damit will ich nichts zu tun haben. Ich habe vollstes Vertrauen in unsere Sicherheitskräfte. Auf Ihre Hilfe sind wir nicht angewiesen.«

»Sie übersehen an dieser Stelle einen wichtigen Punkt, Commander Palmer. Keiner Ihrer Leute weiß, wie Fiona aussieht, nicht wahr? Die Leute, die mir zur Verfügung stehen, wissen das aber. Wir wären in der Lage, sie sofort aufzuspüren.«

»Wollten Sie uns tatsächlich ernsthaft helfen, würden Sie uns ein Foto von ihr überlassen, das wir vervielfältigen und unter unseren Männern verteilen könnten«, meinte Whitlock.

»Ich kann Ihnen nichts geben, was ich selbst nicht habe«, erwiderte Brady.

»Sie erwarten, daß wir Ihnen glauben, die IRA besäße keine Fotos von ihr?« entgegnete Palmer ungehalten. »Das kaufe ich Ihnen nicht ab.«

»Glauben Sie, was Sie wollen, Commander. Ich kann Ihnen versichern, daß wir keine Fotos von ihr besitzen. Das einzige bekannte Foto von ihr wurde auf Dominic Lynchs Hochzeit aufgenommen. Und selbst da bestand sie darauf, das Negativ ausgehändigt zu bekommen. Sie war schon immer ausgesprochen kamerascheu.«

»Hat sie die Lynchs umgebracht?« fragte Whitlock.

»Ich glaube, ja. Doch momentan weiß ich nicht, warum. Ich weiß auch nicht, warum sie Kerrigan und Mullen umbrachte. Die Antworten auf diese Fragen interessieren uns genauso wie Sie. Wahrscheinlich haben wir sogar noch größeres Interesse daran. Darum sind wir ja auch dieses eine Mal bereit, Ihnen entgegenzukommen und dabei zu helfen, sie zu finden.«

»Und weswegen? Damit Sie sie zum Schweigen bringen können, bevor sie uns etwas erzählt?« erwiderte Palmer.

»Sie glauben immer noch, daß wir hinter dieser Sache stecken, nicht wahr?«

»Ich glaube nicht, daß Fiona Gallagher alleine arbeitet. Dafür hatte sie die ganze Zeit zuviel Unterstützung. Und nicht nur von John Marsh.«

»Von diesem John Marsh habe ich von einem unserer Informanten bei Scotland Yard gehört. Er soll für uns arbeiten, nicht wahr? Das ist eine interessante Theorie, aber ich habe weder Zeit noch Lust, ihr jetzt weiter nachzugehen.«

»Da bin ich mir sicher«, meinte Palmer. »Es muß ein ganz schöner Schock für Sie gewesen sein zu hören, daß Ihr Mann aufgeflogen ist.«

»Es war ein viel größerer Schock zu hören, daß dieser Mann angeblich für uns gearbeitet haben soll. Doch wie dem auch sei, es ist mir egal, was mit ihm geschieht. Er ist ein Bulle, mehr nicht.«

Wieder klingelte das Telefon. Palmer nahm ab, sprach mit Reeves und legte wieder auf.

»Ich hoffte, wir könnten bezüglich der Sicherheit Senator Scobys während seines Besuches morgen in Dugaill zu irgendeiner Übereinkunft kommen. Offensichtlich habe ich mich da geirrt.« Brady hob die Schultern.

»Offensichtlich«, gab Palmer zurück. »Und eines kann ich Ihnen versichern, Brady: Wenn wir morgen irgendein Mitglied der IRA in der Nähe von Dugaill finden, dann sitzt der Betreffende so schnell hinter Gittern, daß er kaum vorher Luft holen kann. Sorgen Sie dafür, daß diese Botschaft auch den Armeerat erreicht.«

»Tut mir leid, daß Sie es so sehen«, sagte Brady, als er sich erhob, zur Tür ging und Kane ins Zimmer rief. »Sammy wird Ihnen den Weg zurück zu Ihrem Wagen zeigen. Draußen gewähren wir Ihnen sicheres Geleit. Ich hoffe nur, daß das Vertrauen, das Sie in die Sicherheitskräfte setzen, berechtigt ist, Commander. Denn wenn Scoby morgen in Dugaill einem Anschlag zum Opfer fällt, können Sie nur sich selbst die Schuld dafür geben. Wir haben Ihnen unseren Willen zur Versöhnung bekundet. Sie haben das Angebot abgelehnt. Vergessen Sie das nicht.«

Palmer verließ das Zimmer, ohne ein weiteres Wort zu sagen. Whitlock starrte Brady an, als wollte er sich dessen Gesicht ein für allemal einprägen. Wenn man herausfand, wer hinter dem Mord an seinen Kollegen steckte, wußte er, wie der Mann aussah, der ihm als erster einfallen würde. Er folgte Kane und Palmer zurück in die Hotelhalle.

»Mr. Brady hat Ihnen sicheres Geleit bis zur Straßensperre zugesichert. Wir hoffen, daß Sie diese Geste entsprechend honorieren und Ihre Leute aus dem Gebiet abziehen, bevor wir verschwunden sind. Der Waffenstillstand dauert exakt zehn Minuten, gerechnet ab dem Zeitpunkt, an dem Sie in Sicherheit sind. Wenn sich Ihre Männer bis dahin nicht zurückgezogen haben, eröffnen wir das Feuer. Und wie Sie sich vorstellen können, verfügen wir über schwere Waffen. Ihre Leute hätten nicht die geringste Chance. Und bis Sie Verstärkung herbeirufen könnten, wären wir über alle Berge. Wir wollen keinerlei Blutvergießen. Ich will doch hoffen, daß Sie genauso denken.«

»Es steht Brady frei zu gehen«, erwiderte Palmer. »Darauf haben Sie mein Wort.«

Kane wartete, bis der Wagen sich vom Hotel entfernt hatte, bevor er Brady zu sich rief, um ihm zu sagen, daß die beiden Besucher fort waren.

Als Brady in die Hotelhalle kam, berichtete ihm Kane, was zwischen Whitlock und Meehan vorgefallen war. Wie immer hörte Brady regungslos zu, bevor er Meehan zu sehen verlangte. Kane führte ihn in den Salon, in dem einer der IRA-Männer Meehan mit schwarzem Kaffee versorgte.

Meehan blickte langsam zu Brady hoch und brachte ein schwaches Lächeln zustande. »Guten Abend, Mr. Brady. Haben Sie Ihr Treffen beendet? Kann ich das Hotel wieder aufmachen?«

»Bist du denn schon wieder nüchtern?« fragte Brady.

»Mir geht es schon viel besser«, antwortete Meehan unterwürfig.

»Wie ich höre, hast du heute abend einen meiner Gäste beleidigt. So etwas dulde ich nicht.«

»Ich ... ich habe schon bekommen, was ich verdient habe, Mr. Brady«, meinte Meehan und berührte vorsichtig sein geschwollenes Knie. »Ich habe nichts gegen Farbige. Das war einfach nur besoffenes Gerede.«

»Du säufst zuviel, Meehan.«

»Ich ... ich trinke ganz gerne mal einen Schluck, Mr. Brady.«

»Das war das letzte Mal. Von jetzt an hörst du mit dem Trinken auf. Offensichtlich brauchst du aber noch einen kleinen Anreiz, um es wirklich bleiben zu lassen. Etwas, das dich davon ablenkt.« Brady nickte Kane zu. »Brech ihm die Finger der rechten Hand.«

»Mr. Brady, bitte ...« Meehan schrie entsetzt auf, als

Kane auf ihn zukam. »Ich werde keinen Tropfen mehr anrühren! Ehrlich. Ich habe meine Lektion gelernt.«

»Betrachte das als die erste und letzte Warnung an dich, Meehan«, sagte Brady. »Wenn ich jemals höre, daß du wieder getrunken hast, endest du mit zerschossenem Hinterkopf in irgendeiner Gasse. Sammy, wir sehen uns hinterm Haus wieder. Ich habe zuerst noch etwas zu erledigen.«

Brady verließ den Salon. Sekunden später hörte man hinter den geschlossenen Türen einen qualvollen Aufschrei. Mit geweiteten und unsicheren Augen wandte sich das Mädchen an der Rezeption vom Fernseher ab.

»Ich an deiner Stelle würde mich nach einem neuen Job umschauen«, meinte Brady zu ihr. »Ich habe das Gefühl, Mr. Meehan wird dieses Hotel nicht mehr lange führen.«

Das Mädchen an der Rezeption schluckte nervös, sagte aber nichts. Brady schob seine Hände in die Taschen seiner Lederjacke, trat durch die Drehtür und verschwand in der Nacht.

»Die Männer sind in Stellung gegangen, Sir«, sagte Reeves, als Palmer hinter dem Landrover anhielt. »Wollen Sie, daß ich ihnen den Befehl zum Stürmen gebe?«

»Nein«, erwiderte Palmer und stellte den Motor ab. »Brady soll freies Geleit bekommen.«

»Aber Sir, wir haben sie . . .«

»Ich gab mein Wort«, unterbrach ihn Palmer verärgert. »Und ich beabsichtige, mein Versprechen zu halten.«

»Ja, Sir, selbstverständlich«, sagte Reeves, der seinen plötzlichen Ausbruch umgehend bedauerte. »Tut mir leid, Sir, ich wollte nicht Ihre Autorität in Frage stellen. Es ist nur, daß . . . Brady war in den letzten acht Monaten für den Tod von fünf meiner Kollegen verantwortlich. Und jetzt, wo wir die Chance haben, ihn zu erwischen, müssen wir untätig dastehen und zuschauen, wie er davonfährt.«

»Ich verstehe Ihre Frustration«, sagte Palmer und stieg aus dem Wagen. »Glauben Sie mir, ich hätte keinen sehnlicheren Wunsch, als den Befehl zu geben, ihn beim Verlassen des Hotels festnehmen zu lassen. Aber das können wir nicht. Und das liegt nicht nur daran, daß ich ihm mein Wort gegeben habe. Das ganze Gelände wimmelt von IRA-Leuten. Und der Himmel weiß, über welch schwere Waffen sie verfügen. Sie drohten, sofort das Feuer zu eröffnen, wenn Sie anrücken. Wir haben in diesem Konflikt sowieso schon mehr als genug junge Männer verloren und wollen dem nicht noch weitere Opfer hinzufügen. Ich möchte, daß Sie allen Einheiten den Befehl geben, sich aus dem Gebiet zurückzuziehen.« Er schaute auf seine Uhr. »Sie haben dafür acht Minuten Zeit. Und ich meine damit wirklich alle Ihre Männer. Ich möchte nicht, daß sich in den nächsten paar Stunden auch nur einer unserer Jungs in dem Gebiet aufhält. Haben Sie verstanden?«

»Vollkommen verstanden, Sir.« Reeves salutierte und eilte davon, um Palmers Befehle auszuführen.

»Ein guter Polizist, dieser Mann«, meinte Palmer, als er Reeves beobachtete, wie er seinen Leuten den Befehl gab, sich zurückzuziehen.

»Sicher«, erwiderte Whitlock nachdenklich. »Allerdings weiß ich genau, wie ihm zumute ist. Wie Sie wissen, haben wir drei Männer verloren, als das Kommando das erste Mal versuchte, McGuire in London auszuschalten. Ich bin nur froh, daß ich nicht bewaffnet war, als ich heute abend in dieses Hotel ging. Ich hätte Brady mit Freude eine Kugel verpaßt.«

Palmer zog eine Schachtel Zigaretten aus der Tasche und steckte sich eine an. Es war seine erste Zigarette, seit er aus dem Flugzeug gestiegen war, und er sog den Rauch tief ein, kostete ihn aus.

Whitlock legte seinen Arm auf das Dach des Wagens und starrte nachdenklich auf das Hotel in der Ferne. »Irgend etwas an Bradys Beweggründen klang heute abend nicht echt.«

»Er war offensichtlich auf persönlichen Ruhm aus, suchte nach einem Weg, auf dem er sich wieder die Gunst des Armeerats erschleichen könnte. Und wenn er es geschafft hätte, die IRA morgen an der Sicherheitsoperation zu beteiligen, wäre ihm ein großer propagandistischer Coup gelungen.« Whitlock starrte weiter zu dem Hotel hinüber, Palmer bemerkte die Bestürzung auf seinem Gesicht. »Das überzeugt Sie nicht, habe ich recht?«

»Die Sache mit der Beteiligung der IRA an der Sicherheitsoperation überzeugt mich tatsächlich nicht. Ich kann mir nicht vorstellen, daß Brady derartige Risiken auf sich nehmen würde, nur um Ihnen eine solche Sache zu unterbreiten. Er hätte wissen müssen, daß Sie niemals darauf eingehen. Warum also hat er Sie hierhergeholt?«

»Sie meinen, abgesehen davon, daß er versuchte, sich bei mir einzuschmeicheln?« fragte Palmer lächelnd. »Als wir vorhin miteinander telefonierten, nannte er mich Palmer. Als er mir dann gegenübersaß, hat er mich plötzlich mit ›Commander‹ angesprochen. Die Art und Weise, auf die . . .«

»Aber natürlich«, unterbrach ihn Whitlock und schlug ärgerlich mit der Faust auf das Wagendach. »Jetzt ergibt alles Sinn. Dieser Scheißkerl!«

»Herrgott, nun sagen Sie doch endlich, was los ist!« verlangte Palmer.

»Denken Sie noch einmal an alles zurück, was Brady heute abend zur Sprache gebracht hat: Die IRA hatte nie die Absicht, Senator Scoby umzubringen, sie ist genauso sehr um seine Sicherheit bemüht wie wir. Die IRA will Fiona Gallagher aufhalten, um sich weitere Scherereien zu ersparen. Wir wissen nicht, wie die Gallagher aussieht, die IRA jedoch weiß es und ist bereit, sich in Gefahr zu begeben, um uns zu helfen. Brady war klar, daß Sie von seinen Plänen nicht gerade begeistert sein würden. Und das waren Sie auch nicht. Faktisch haben Sie seinen Vorschlag kategorisch abgelehnt.«

»Und was folgt daraus?« fragte Palmer und runzelte die Stirn.

»Was wäre, wenn alles, was wir heute abend da drin gesagt haben, mitgeschnitten wurde, so daß Brady im Falle eines erfolgreichen Attentats auf den Sentor morgen in Dugaill mit einem Mitschnitt dieses Treffens aufwarten kann und ihn der Presse übergibt? Allerdings nicht die ursprüngliche Fassung, sondern eine bearbeitete Version des Originals? Eine Version, die die Tatsache hervorhebt, daß Sie sich weigerten, eine Zusammenarbeit mit der IRA in Erwägung zu ziehen, obwohl das unsere letzte Chance war, Gallagher zu finden? Mit anderen Worten: Brady würde versuchen, die Schuld für den Tod des Senators der Sonderabteilung für Terroristenbekämpfung in die Schuhe zu schieben.«

»Das würde die Öffentlichkeit doch durchschauen«, meinte Palmer.

»Für Scotland Yard wäre das Ganze jedoch ausgesprochen peinlich. Jedermann würde wissen wollen, warum der Leiter der Sonderabteilung für Terroristenbekämpfung sich heimlich mit dem Oberbefehlshaber des Armeerates der IRA trifft – und damit mit einem Mann, der für eine Serie schwerer Bombenanschläge auf der Britischen Insel verantwortlich ist, die unschuldigen Frauen und Kindern das Leben kostete. Versuchte er, mit ihm zu einer Übereinkunft zu gelangen? Wenn dem nicht so war, warum hat er sich dann überhaupt auf ein Gespräch mit ihm eingelassen? Und wenn Brady die bearbeitete Version auch in den USA publik machte, würde das vielen Menschen, die die Noraid unterstützen, die Angst nehmen, die IRA habe ihr Versprechen gebrochen, niemals gegen Ausländer vorzugehen.

Brady ist vom schlimmsten denkbaren Szenarium ausgegangen und plant für diesen Fall nicht nur, Scotland Yard in Mißkredit zu bringen, sondern auch den Schaden im Ausland so gering wie möglich zu halten. Damit schlägt er zwei Fliegen mit einer Klappe, und deswegen hat er sich heute abend Ihnen gegenüber auch so moderat verhalten. Auf dem Band macht sich das bestimmt ganz toll, nicht wahr?«

»Ich verstehe jetzt, warum Sergej Kolchinsky Sie so schätzt«, meinte Palmer nach einem langen, nachdenklichen Schweigen.

»Es ist nur eine Theorie«, stellte Whitlock rasch klar. »Und bevor wir uns dessen sicher sind, bleibt es das auch.«

»Nun, sollten Sie in dieser Sache recht behalten, und das Band erreicht tatsächlich die Presse, dann wird man uns in Stücke reißen. Wir werden uns glücklich schätzen, noch unseren Rentenanspruch zu behalten. Also bleibt nichts übrig – wir müssen Brady aufhalten, bevor er das Hotel verläßt.«

»Nein«, sagte Whitlock und legte Palmer die Hand auf den Arm, um ihn zurückzuhalten. »Lassen Sie ihn laufen!«

»Was reden Sie da? Wir müssen ihn stoppen, bevor er das Band gegen uns verwenden kann.«

»Vertrauen Sie mir«, war alles, was Whitlock dazu sagte.

Der Motor des Landrover vor ihnen wurde angelassen, der Wagen schwenkte vom Bordstein weg und verschwand in einer angrenzenden Straße.

Reeves kam zu Whitlock und Palmer herüber. »Ich habe alle Männer abgezogen, Sir.«

Palmer warf Whitlock einen besorgten Blick zu, aber Whitlock schüttelte nur den Kopf. »Ist das Flugzeug aufgetankt worden, Reeves?« fragte er ruhig.

»Ich denke ja, Sir.«

»Gut«, erwiderte Whitlock und klatschte in die Hände. »Dann können wir uns auf den Rückweg nach London machen.«

»Was ist mit Brady?« fragte Palmer. »Wollen Sie ihn tatsächlich einfach so ziehen lassen?«

»Ja«, erwiderte Whitlock knapp.

»Aber hören Sie – wenn Sie recht haben . . .«

»Vertrauen Sie mir«, wiederholte Whitlock mit einem beruhigenden Lächeln. »Nun, sollten wir jetzt nicht besser zum Flugzeug gehen?«

Alle Marinesoldaten, die an diesem Abend im Winfield House, der offiziellen Residenz des amerikanischen Botschafters im Regent's Park, Dienst taten, unterstanden dem direkten Kommando eines Leutnants namens Kowalski. Kowalski, der erst vor kurzem die Offiziersschule in Quantico, Virginia, absolviert hatte, versuchte gar nicht erst, aus seiner Verachtung für Graham und Sabrina ein Hehl zu machen, als die beiden im Gefolge Scobys in der

Botschaft eintrafen. Sabrina war er sofort unsympathisch, sie empfand ihn als arrogant und herablassend. Graham war da toleranter. Als ehemaliger Soldat wußte er, daß der junge Offizier das Gefühl hatte, die beiden Außenseiter würden seine Autorität untergraben. Wäre ihm bei der Elitetruppe Delta das gleiche widerfahren, hätte er ganz ähnlich reagiert. Kowalski hatte sie über das Grundstück geführt und etliche Male betont, daß die Sicherheitskräfte der Botschaft rund um die Uhr in voller Alarmbereitschaft stünden. Und in dieser Nacht würde sich das nicht ändern. Graham und Sabrina hatten an dem, was sie sahen, nichts auszusetzen. Und das bedeutete, daß sie nicht viel mehr zu tun hatten, als Scoby im Innern des Botschaftsgebäudes im Auge zu behalten.

Sabrina hatte Graham von Anfang an klar zu verstehen gegeben, daß es ihrer Ansicht nach das beste wäre, wenn er den Senator beschatten und sie bei Melissa Scoby bleiben würde. Offensichtlich hegte sie immer noch die bizarre Überzeugung, Melissa Scoby interessiere sich für ihn. Er hielt das zwar für lächerlich, aber obwohl er als Leiter der Einsatzgruppe Drei rein technisch die Möglichkeit besaß, ihren Vorschlag zurückzuweisen, war ihm überhaupt nicht danach, Aufsehen zu erregen. Die ganze Sache war den Ärger nicht wert. Er machte einfach mit, wenn auch nur aus dem einfachen Grund, weil er Frieden haben wollte.

Scoby hatte sich ungezwungen unter die Gäste gemischt und knüpfte so viele neue Kontakte wie nur möglich: Botschafter, Chargé d'affaires, Geschäftsleute – alle, bei denen er das Gefühl hatte, sie könnten ihm zu irgendeinem zukünftigen Zeitpunkt nützlich werden. Es dauerte nicht lange, bis Graham die Gedankengänge Scobys begriffen hatte. Je wichtiger jemand war, desto mehr seiner kostbaren Zeit widmete Scoby dem Gespräch mit ihm. Diejenigen, die ihm nichts zu bieten hatten, wurden mit einem flüchtigen Lächeln und einem Händedruck abgespeist, bevor er sich davonmachte, ein weiteres potentielles Ziel anzusteuern. Scobys Geschicklichkeit faszinierte Graham. Er war ein ausgesprochener Intrigant, aber dabei sehr clever.

Beim Abendessen fand sich Graham, hier der ranghöchste Repräsentant der UNACO, zwischen den Ehefrauen zweier europäischer Botschafter eingezwängt wieder. Die meiste Zeit der Mahlzeit verbrachte er damit, taktvoll eine Unmenge von Fragen über die UNACO und die Ereignisse des Tages auf der Themse abzuwehren. Immer wieder rief er sich dabei das Poster ins Gedächtnis, das Whitlock als Student in Oxford an der Wand seines Zimmers hängen hatte: *Diplomatie bedeutet, jemandem so zu sagen, er solle doch zur Hölle fahren, daß er sich auf die Reise freut.*

Für ihn konnte die Mahlzeit gar nicht schnell genug zu Ende gehen. Als Sabrina schließlich mit einem der europäischen Botschafter den Saal verließ, holte er sie ein, ergriff ihren Arm, lächelte dem Botschafter entschuldigend zu und drängte sie hinaus in den Korridor.

»Dir schien die ganze Sache da drin ja richtiges Vergnügen zu bereiten«, sagte sie mit einem boshaften Grinsen.

»Na klar«, gab er zurück. »Und wo wir gerade von Vergnügen sprechen: Du bist an der Reihe, dich bei Kowalski zu melden.«

»Ich bin doch das letztemal gegangen«, beschwerte sie sich.

»Dein Versuch in allen Ehren, aber jetzt geh schon!«

Sie schnitt eine Grimasse. »Behalte Melissa Scoby für mich im Auge. Zuletzt habe ich sie beim amerikanischen Botschafter gesehen. Es sollte nicht allzu lange dauern, bis ich wieder da bin.«

Graham ging in den Salon, aber weder von Jack noch von Melissa war irgendeine Spur zu sehen. Gerade wollte er wieder kehrtmachen und noch einmal den Speisesaal durchsuchen, als die Frau des Senators in einer Tür weiter hinten im Korridor auftauchte. Hinter ihr wurde die Tür wieder geschlossen.

Graham ging zu ihr. »Wo ist der Senator?«

»Er ist mit Ray und dem Botschafter da drinnen«, erwiderte sie und zeigte auf die Tür hinter sich. »Heute abend bietet sich für ihn die erste Gelegenheit, ein privates Gespräch mit dem Botschafter zu führen. Wo ist Sabrina?«

»Sie ist gerade gegangen, um kurz mit dem Leutnant zu sprechen. Sie wird gleich wieder zurück sein.«

»Gut«, meinte Melissa Scoby und ließ ihre Hand unter seinen Arm gleiten. »Dann können Sie mir ja jetzt erzählen, warum Sie mir den ganzen Abend lang aus dem Weg gegangen sind.«

»Das bin ich doch gar nicht...« Er sprach den Satz nicht zu Ende, weil er ihr neckisches Lächeln bemerkte.

»Ich könnte gut etwas frische Luft vertragen«, verkündete sie. »Kommen Sie doch mit, Mike!«

»Sind Sie denn warm genug angezogen?« fragte Graham, als sie in Richtung Innenhof schlenderten.

»Oh, heute abend ist es mild draußen.« Sie lächelte einem Paar zu, das auf dem Innenhof an seinem Likör nippte, und führte Graham die Treppe hinunter in den weitläufigen Garten. »Ich hatte heute abend ein langes Gespräch mit Sabrina. Ich weiß, daß sie und ich am Anfang nicht gut miteinander auskamen – aber jetzt erkenne ich, daß ich sie falsch eingeschätzt habe. Sie haben da eine sehr intelligente Partnerin, Mike. Und darüber hinaus ist sie auch überaus loyal.«

»Ja, ich weiß«, antwortete er zögernd.

»Sie hat natürlich bemerkt, daß ich gestern mit Ihnen flirten wollte. Ich weiß, daß Jack nichts davon mitbekommen hat. Er merkt so etwas nie.« Melissa Scoby lächelte, als sie Grahams überraschten Gesichtsausdruck bemerkte. »Sabrina meinte, Sie hätten es ebenfalls nicht bemerkt.«

»Nein, habe ich auch nicht«, erwiderte Graham unsicher.

»Flirten hat mir schon immer Spaß gemacht. Für mich ist das alles ein Spiel. Ich habe Jack noch nie betrogen, und ich werde das auch nie tun. Es ist sein Ziel, eines Tages ins Weiße Haus zu gelangen. Und wenn er irgendwann beschließt, sich als Präsidentschaftskandidat aufstellen zu lassen, möchte ich auf gar keinen Fall den Demokraten Munition liefern, die sich gegen ihn verwenden läßt. Untreue ist in den Augen der amerikanischen Wählerschaft ein schweres Vergehen. Es gibt genügend Politiker, die ein Lied davon singen können, dadurch in Mißkredit geraten zu sein. Hinterher merkte ich, daß Ihnen das Ganze ein wenig unangenehm gewesen sein könnte, und als ich sah, daß Sie den ganzen Abend bei Jack blieben, dachte ich, Sie hätten absichtlich beschlossen, mir aus dem Weg zu gehen, um alle weiteren Unannehmlichkeiten zu vermeiden. Doch wie sich herausstellte, war es Sabrina, die das so arrangiert hatte.«

»Manchmal kann sie sehr mütterlich sein«, meinte Graham.

Sabrina und Scoby kamen aus dem Haus und gesellten sich zu ihnen.

»Hast du dein Gespräch mit dem Botschafter beendet?« fragte Melissa ihren Mann.

»Ja. Es gab nicht viel zu besprechen, nur einige weniger wichtige Dinge.« Scoby schaute auf seine Uhr. »Ich möchte wieder ins Hotel zurück. Ray und ich müssen heute abend noch eine ganze Reihe von Dokumenten durchgehen. Wenn du willst, kannst du ja noch bleiben. Mike oder Sabrina bringen dich dann später zum Hotel.«

»Nein, es war ein ganz schön langer Tag«, antwortete sie. »Ich bin reif fürs Bett.«

»Dann sollten wir uns besser beim Botschafter und seiner Frau entschuldigen«, meinte Scoby.

»Ich lasse die Wagen für Sie vorfahren«, sagte Graham zu Scoby. »Sabrina wird bei der Sonderabteilung anrufen und sie darüber informieren, daß wir uns auf dem Rückweg zum Hotel befinden. Eine Hotelhalle voller Reporter, mit denen Sie sich herumschlagen müßten, wäre wahrscheinlich das letzte, was Sie jetzt gebrauchen könnten.«

»Nun, das überlassen wir Ihnen«, erwiderte Scoby und begleitete seine Frau ins Haus zurück.

Graham und Sabrina folgten diskret.

Cross und Johnstone, zwei Beamte der Sonderabteilung für Terroristenbekämpfung, die in jener Nacht im Hotel Dienst taten, eilten zur vorderen der beiden schwarzen Limousinen, die vor dem Hotel anhielten. Jack und Melissa Scoby saßen darin. Im zweiten Wagen befand sich Ray

Tillman. Die Beifahrertür des vorderen Wagens öffnete sich, und Graham sprang heraus. Rasch blickte er sich um. Rechts fand der übliche Zirkus statt, den die Pressefotografen veranstalteten, die sich um die Plätze drängelten, die die beste Perspektive boten, um ein Foto von Scoby beim Verlassen seines Wagens zu erwischen. Links stand eine kleine Gruppe von etwa einem Dutzend antiamerikanischer Demonstranten. Die meisten von ihnen trugen Transparente, auf denen die Außenpolitik der USA in Mittelamerika angeprangert wurde. Eine Absperrkette der Polizei drängte sie zurück. Sabrina stieg aus dem zweiten Wagen und gesellte sich zu Graham. Graham nickte Cross zu, der die hintere Tür öffnete. Unaufhörlich flackerten die Blitzlichter, als Scoby aus dem Wagen stieg. Er winkte in die ungefähre Richtung der Fotografen, dann reichte er seiner hinter ihm zum Vorschein kommenden Frau die Hand.

Als Graham sich umdrehte, um die Scobys ins Hotel zu führen, lenkte eine Bewegung seinen Blick auf sich. Eine junge Frau in Jeans und Parka durchbrach die Polizeiabsperrung und rannte auf den Wagen zu. Sabrina war schon fast bei ihr, als sie ein Ei auf den ersten Wagen schleuderte. Die Demonstranten jubelten, als das Ei gegen die Windschutzscheibe klatschte. Mit einem gezielten Griff brachte Sabrina die junge Frau zu Fall, packte sie und drehte ihr den Arm auf den Rücken. Schreiend protestierte die Frau und versuchte, sich aus dem unerbittlichen Griff Sabrinas freizukämpfen. Zwei uniformierte Polizisten zerrten die Frau auf die Beine; unmittelbar darauf hatte man ihr Handschellen angelegt und schleppte sie zu einem bereitstehenden Streifenwagen.

»Ist mit Ihnen alles in Ordnung, Sir?« fragte Graham den Senator, nachdem sie die Sicherheit der Hotelhalle erreicht hatten.

»Ja«, erwiderte Scoby schroff. Er warf einen wütenden Blick auf die Demonstranten, die ihre Wut jetzt gegen den davonfahrenden Streifenwagen richteten. »Immer das gleiche, nicht wahr? Studenten und Sozialhilfeabhängige, die meinen, sie könnten mit ihrem überholten Sozialismus die Welt verändern! Schauen Sie sich diese Leute nur an: Ein Haufen Pseudokommunisten und Salonbolschewisten! Wovon zum Teufel haben die schon eine Ahnung?«

Graham beäugte Scoby argwöhnisch. Der Senator hörte sich wieder genauso an wie Walsh, ›der Habicht‹. Nur mit dem Unterschied, daß es Jack Scoby beschieden sein würde, eines Tages ins Weiße Haus einzuziehen ...

Tillman packte Graham am Arm und unterbrach ihn in seinen Gedanken. »Warum hat man dieser Demonstrantin erlaubt, so nahe an den Senator heranzukommen? Was wäre geschehen, wenn das eine Granate und kein Ei gewesen wäre?«

»Dann wären wir alle tot, nicht wahr?« erwiderte Graham und löste sich behutsam aus Tillmans Griff.

»Jetzt hören Sie aber mal gut zu ...«

»Ray, das reicht«, zischte Scoby leise. »Wir können das morgen früh weiterdiskutieren. Im Moment haben wir noch eine Menge Arbeit zu bewältigen, bevor einer von uns an Schlaf denken kann. Je früher die Arbeit geschafft ist, desto früher kommen wir auch ins Bett.«

Tillman sagte nichts mehr und folgte Jack und Melissa zum Fahrstuhl. Graham blickte über die Schulter nach hinten. Das Blitzlichtgewitter vor dem Hotel war immer noch im Gange. Wieder einmal hatten die Sicherheitsmaßnahmen nicht ausgereicht. Wieder einmal hatte die UNACO ein peinliches Bild abgegeben. Und er war sich der Tatsache nur allzu bewußt, daß das Ganze viel schlimmer hätte ausgehen können ...

»Ich bin heilfroh, daß das vorbei ist«, meinte Graham, nachdem sie die Scobys sicher auf ihre Suite gebracht hatten. »Keine Ahnung, wieviel mehr ich in der Botschaft noch hätte verkraften können.«

»Ach, komm schon, so schlimm war es doch auch wieder nicht«, antwortete Sabrina auf dem Weg zum Fahrstuhl.

»Du hast gut reden! Du bist in dieser Umgebung groß geworden.« Graham lockerte seine Fliege und öffnete den obersten Hemdknopf. »Dein Vater muß doch Hunderte solcher Abendempfänge gegeben haben.«

»Natürlich«, stimmte Sabrina zu und drückte auf den Knopf für den Fahrstuhl. »Aber das heißt ja nicht, daß ich bei irgendeinem dieser Empfänge dabeigewesen bin. Ich war damals noch ein junges Mädchen. Tatsächlich wurde ich erst nach meinem Abschluß an der Sorbonne das erste Mal auf einen Empfang in der Botschaft eingeladen.«

»Das Entscheidende ist doch, daß es deine Kreise sind und nicht meine.«

»Nein, das sind nicht *meine* Kreise!« entgegnete sie ungehalten. Als sich die Fahrstuhltüren öffneten und ein älteres Paar zum Vorschein kam, verstummte sie. Die beiden stiegen ein, und Sabrina lächelte sie höflich an. Bis sie auf ihrem Stockwerk angelangt waren, sagte sie kein Wort mehr. »Du hattest immer das Vorurteil, ich sei dieses bemitleidenswerte kleine reiche Mädchen, das seine ganze Freizeit mit den Reichen und Berühmten New Yorks verbringt. Ich streite ja nicht ab, daß mir gelegentlich ein prunkvoller Empfang gefällt, aber ob du es glaubst oder nicht: Ich fühle mich in Jeans und Pullover in einem verrauchten Jazz-Club viel mehr zu Hause als in einem teuren und todschicken Kleid in irgendeinem piekfeinen Nachtclub. Ich wünschte nur, daß ich dir das begreiflich machen könnte.«

»Wie dem auch sei, inmitten eines Haufens Politiker fühlst du dich immer noch wohler als ich.«

»Ich fühle mich in Gesellschaft der meisten Leute wohler als du«, entgegnete sie mit einem leichten Lächeln. Vor ihrem Zimmer blieb sie stehen. »Hättest du Lust, vor dem Einschlafen noch etwas zu trinken?«

»Meinetwegen«, kam die gleichgültige Antwort.

»Bist du dir sicher, deinen Enthusiasmus nicht noch übertriebener zeigen zu können?« fragte sie und öffnete ihre Zimmertür. »Du weißt ja, wo die Getränke stehen. Ich nehme eine Cola.«

»Wo gehst du hin?«

»Ich ziehe mich nur schnell um«, antwortete sie und

zeigte auf ihr Abendkleid. »Ich habe mich darin die ganze Zeit sehr unbehaglich gefühlt.«

»Es nagt immer noch an deinem Herzen, daß C. W. nicht zuließ, daß du dir für heute abend ein neues Abendkleid gekauft hast, nicht wahr?«

»Ich kann Kleidung aus dem Leihhaus einfach nicht ausstehen, das ist alles. Es ist eine Frechheit. Wer weiß, wer das hier vor mir getragen hat.« Sie schauderte bei dem Gedanken und verschwand im Bad.

Graham nahm eine Cola und ein Perrier aus der Minibar, als er das rote Licht am Telefon aufblinken sah. »An der Rezeption liegt eine Nachricht für dich!« rief er durch die Badezimmertür.

»Klingelst du mal nach unten durch und fragst, was es ist?« erwiderte sie.

Als sie wenig später aus dem Badezimmer auftauchte, trug sie ein weißes Frotteekleid. »Von wem war die Nachricht?«

»Von C. W.«, antwortete Graham, goß die Cola in ein Glas und reichte es ihr. »Er weiß nicht, wann er heute abend wieder zum Hotel zurückkommt. Wir sollen nicht aufbleiben und auf ihn warten.«

»Ich wußte gar nicht, daß wir das tun sollten«, erwiderte sie und setzte sich aufs Bett.

»Nun, jetzt ist es offiziell.« Graham setzte sich auf einen Stuhl. Langsam drehte er die Flasche zwischen seinen Händen hin und her, dann schaute er zu Sabrina hinüber. »Ich schätze, ich muß mich bei dir entschuldigen.«

»Für was?« fragte sie, plötzlich neugierig geworden. Es war nicht häufig, daß Mike Graham einen Irrtum zugab.

»Ich habe mich heute abend mit Melissa Scoby unterhalten.« Unbehaglich rutschte er auf seinem Stuhl herum. »Du hattest recht, sie wollte tatsächlich mit mir flirten. Und ich habe dir nicht geglaubt. Aber ich schätze, du weißt einfach mehr über diese Dinge als ich.«

»Oh, vielen Dank, Mike«, kam die verwirrte Antwort.

»Du weißt, so war das nicht gemeint.« Er warf ihr einen finsteren Blick zu. »War es wirklich so offensichtlich?«

»Für mich, ja. Ich konnte es an ihrer Stimme hören und

an der Art sehen, wie sie in deine Richtung schaute. Was meinst du wohl, warum sie mich sofort so unsympathisch fand, als wir ihr das erstemal vorgestellt wurden? Weil sie wußte, daß ich sie durchschaut hatte. Und das beunruhigte sie.«

»Du konntest es an ihrer Stimme hören? Und an der Art sehen, auf die sie mich angeschaut hat? Da bist du mir ja meilenweit voraus, Sabrina!« Untröstlich starrte Graham auf die Flasche in seiner Hand. »Verdammt, und ich habe von alledem absolut nichts mitbekommen!«

»Scoby auch nicht.«

»Na, ist ja toll! Da flirtet eine Frau mit einem, und man merkt es nicht einmal.« Graham brachte ein gequältes Lächeln zustande. »Ich schätze, ich habe mich schon viel zu lange nicht mehr mit so etwas beschäftigt.«

»Sie ist sowieso nicht dein Typ.«

»Da hast du verdammt recht.« Er bemerkte ein leichtes Lächeln um ihre Mundwinkel. »Was ist?«

»Mir fiel gerade etwas ein.«

Graham wartete, daß sie fortfahren würde, als aber nichts mehr kam, fragte er: »War es das? Dir fiel gerade etwas ein?«

»Es war etwas, das Fabio gesagt hat, als ich ihn diesen Nachmittag im Krankenhaus besuchte. Er hält uns für ein Paar.«

»Ich glaube, er hat zu viele Schmerzmittel geschluckt. Als Team arbeiten wir ja auch sehr gut zusammen. Aber das ist eine eindeutig berufliche Ebene.«

»Und es ist erst innerhalb der letzten paar Monate dazu gekommen, daß es als Team mit uns wirklich klappt. Ich kann mich noch an Tage erinnern, da sind wir uns wegen jeder Kleinigkeit an die Gurgel gegangen.«

»Genau, bei jeder Gelegenheit haben wir uns die Köpfe eingeschlagen. Damals waren wir viel zu sehr auf unseren eigenen Vorteil bedacht.«

»Du warst das«, verbesserte sie ihn.

»Du warst auch nicht gerade ein Unschuldsengel.« Er nahm einen Schluck von seinem Mineralwasser. »Mich nervt auch nur die Vorstellung, daß ein Mann und eine

Frau nicht zusammenarbeiten könnten, ohne daß dieser Arbeit das Stigma des Sexuellen anhaftet.«

»Ich weiß«, erwiderte sie achselzuckend.

»Wir haben ja nicht einmal irgendwelche Gemeinsamkeiten.«

»Abgesehen von einer Vorliebe für Jazz«, stellte sie rasch klar.

»Nun ja«, räumte er ein.

»Neulich im ›Sweet Basil's‹ hat es mir ausgesprochen gut gefallen.«

»Mir auch. Die Gruppe war toll. Vielleicht sollten wir irgendwann wieder mal hingehen.«

»Das fände ich schön«, meinte sie leise.

»Aber nur, wenn du nicht wie beim letztenmal in aller Welt herumläufst und allen Arbeitskollegen davon erzählen mußt.«

Sie verdrehte die Augen. »Sarah und C. W. sind ja wohl kaum ›alle‹.«

»Aber es spricht sich mit Sicherheit herum.«

»Warum macht dir das so große Sorgen, Mike?«

»Es macht mir keine Sorgen. Mir gefällt es nur nicht, irgendwelchen Gerüchten Nahrung zu geben – insbesondere keinen Gerüchten, die dann unter den anderen Einsatzgruppen kursieren. Die hätten doch riesigen Spaß, wenn sie auch nur einen Augenblick meinten, zwischen uns würde etwas laufen.« Mit einem großen Schluck trank er das Mineralwasser leer, erhob sich und stellte die leere Flasche auf den Tisch neben sich. »Nun, ich sollte besser gehen.«

»Bevor du irgendwelchen weiteren Gerüchten Nahrung gibst?« fragte sie lächelnd. Dann stand auch sie auf und küßte ihn leicht auf die Wange. »Gute Nacht, Mike.«

Er streckte die Hand aus und strich ihr eine Haarsträhne über der Schulter zurück. Als er ihren Blick erwiderte, versuchte sie, in seinen Augen irgend etwas zu erkennen, ganz gleich, was es war. Doch sie fand nichts. Nie hatte sie einen Menschen gekannt, der in der Lage war, seine Gefühle besser zu verstecken als Mike Graham. Dann war der Moment vorüber.

»Dann bis morgen früh«, sagte sie sanft.

Nachdem er gegangen war, starrte sie noch eine Weile auf die Tür. »Wehe, du wagst es, daran auch nur zu denken, Mädchen!« herrschte sie sich an. Schnell ging sie ins Bad, um das Badewasser einlaufen zu lassen.

Es war gerade Mitternacht, als das Motorrad vor dem am Stadtrand von Warrenpoint gelegenen Haus anhielt. Der Fahrer, der mit einer Jeans und einer schwarzen Lederjacke bekleidet war, stellte den Motor ab und eilte zur Haustür. Die Tür ging auf, bevor er auf die Klingel drükken konnte. Sammy Kane hielt seine Hand nach draußen. Der Mann zog ein Päckchen aus seiner Jacke und überreichte es Kane. Die Tür schloß sich wieder; der Mann kehrte zu seinem Motorrad zurück, betätigte den Anlasser und fuhr in die Nacht davon.

Weder er noch Kane hatten den Mercedes bemerkt, der die letzten zwei Stunden neben dichtem Gestrüpp dreißig Meter vom Haus entfernt gestanden hatte. Die vier Männer im Wageninnern trugen alle schwarze Kleidung. Drei von ihnen stiegen aus dem Wagen, verschwanden im Gebüsch und kamen hinter dem Haus wieder zum Vorschein. Jetzt verbargen schwarze Kopfschützer ihre Gesichter. Sie hielten inne und warfen einen prüfenden Blick auf das Haus. Zwischen den zugezogenen Vorhängen des Wohnzimmers drang der Schein einer einzelnen Lampe nach draußen. Sie wußten, Kane war allein.

Einer der Männer hatte eine Reisetasche bei sich. Er öffnete sie, und drei Gewehre mit abgesägten Läufen kamen zum Vorschein. Der Mann huschte zur Rückseite des Hauses, um die Alarmanlage außer Betrieb zu setzen. Als er nach ein paar Minuten zurückkam, war die Aufgabe erledigt. Mit Hilfe eines Glasschneiders entfernten sie eine der Fensterscheiben, eine Hand fuhr durch die Öffnung und entriegelte das Fenster. Geräuschlos kletterten die Männer in das Haus, machten das Fenster hinter sich wieder zu und gingen zum Wohnzimmer.

Die Tür wurde mit solcher Wucht aufgetreten, daß die unteren Türangeln aus dem Rahmen gerissen wurden.

Kane versuchte verzweifelt, sich seine Pistole aus der Schreibtischschublade vor ihm zu schnappen.

»Das würde ich mir besser noch einmal überlegen!« kommandierte einer der Männer mit starkem Belfaster Akzent. Sein Gewehr zielte auf Kanes Kopf.

Kanes Augen schnellten zu den anderen beiden Gewehren, die auf ihn gerichtet waren, dann brachte er langsam beide Hände nach oben.

»Vom Schreibtisch weg!« fuhr ihn die Stimme mit Belfaster Akzent an.

»Wer zum Teufel seid ihr?« wollte Kane wissen. »Und warum ...«

»Ich sagte: Vom Schreibtisch weg!«

Kane gehorchte dem Befehl.

Der Mann aus Belfast kam auf Kane zu und stieß ihm den Kolben des Gewehrs heftig ins Zwerchfell. »Schöne Grüße vom Armeerat.«

Kane wurde auf den Boden geworfen, seine Hände waren gegen seinen Bauch gepreßt, er wand sich vor Qualen. Als er es schließlich schaffte, wieder auf die Knie zu kommen, drückte ihm einer der Männer hinter ihm die Gewehrmündung gegen den Hinterkopf.

»Mein Gott, was ... was soll das alles?« stammelte Kane. Immer noch rang er nach Luft.

»Es geht um das Treffen, das du und Brady heute abend mit Commander Maurice Palmer von Scotland Yards Antiterroristenabteilung hattet«, informierte ihn die Stimme mit dem Belfaster Akzent.

»Der Armeerat wußte doch davon Bescheid«, stieß Kane aus. »Kevin hat vor seiner Verabredung mit Palmer die ganze Aktion mit ihm abgesprochen.«

»Brady hat den Armeerat zu keiner Zeit über irgendein Treffen heute abend in Kenntnis gesetzt.«

»Das ist doch absurd«, gab Kane zurück. »Er hat mir gesagt, er hätte alles mit dem Armeerat geklärt, und das Treffen wäre vom Armeerat gebilligt worden. Brady hätte das doch niemals hinter dem Rücken des Rats getan.«

»Der Armeerat hat nur von einem seiner Informanten innerhalb der RUC von dem Treffen erfahren. Aus der gleichen Quelle kam ihm auch das Gerücht zu Ohren, Brady habe das ganze Treffen mitgeschnitten. Stimmt das?«

Kane schluckte nervös, als er spürte, wie die Mündung des Gewehrs stärker gegen seinen Hinterkopf drückte. Er sagte nichts.

»Deine Loyalität gegenüber Brady ist völlig unangebracht, Sammy«, erklärte der Mann mit dem Belfaster Akzent verächtlich. »Der Armeerat ist momentan auf Brady ganz schön sauer. Und wenn er wegen der Geschehnisse heute abend seines Postens enthoben werden muß, kannst du dir sicher sein, daß der Armeerat auch gegenüber den Leuten, die ihm nahestanden, eine sehr kritische Haltung einnehmen wird. Und da du Brady praktisch nicht von der Seite weichst, bist du der erste, der mit ihm untergeht. Denk darüber nach, Sammy.«

Kane wischte sich mit dem Ärmel den Schweiß von der Stirn. »Ja, Brady hat das Treffen mitgeschnitten. Aber wie hat der RUC davon erfahren?«

»Brady läßt allmählich nach. Früher fiel ihm immer etwas Neues ein; jetzt sind seine Aktionen vorhersehbar geworden. Und es hat den Anschein, daß der RUC sehr großes Interesse daran hat, sich diese Bänder anzuhören.«

»Die Bänder?« fragte Kane zögernd.

»Halt uns nicht für dumm, Sammy. Es ist doch offensichtlich, daß Brady beabsichtigte, eine bearbeitete Version des Mitschnitts an die Presse zu schicken, um seine elende Haut zu retten. Wie ich schon sagte, seine Aktionen sind sehr vorhersehbar geworden. Warum hätte er das Treffen denn sonst mitschneiden sollen? Wenn diese Bänder aber tatsächlich dem RUC in die Hände fielen, wird es dem Armeerat verdammt viel Mühe machen, unseren Sympathisanten im Ausland dieses Täuschungsmanöver zu erklären. Es ist noch keine fünf Minuten her, da hast du von einem Motorradkurier eine Lieferung erhalten. Das war doch wohl keine gottverdammte Pizza, oder? Also: Wo sind die Bänder?«

»Woher soll ich denn wissen, daß der Armeerat euch geschickt hat? Ich kenne eure Stimmen nicht, und ihr zeigt nicht einmal eure Gesichter. Ihr könntet genausogut vom RUC sein.«

»Wir haben unsere Befehle«, sagte der Mann hinter Kane zu dem Mann aus Belfast.

Der schüttelte langsam den Kopf. »Mir gefällt das nicht. Er ist doch einer von uns.«

»Erzähl das gefälligst Pat Taylor!« knurrte der Mann wütend.

»Sammy, um Himmels willen, Mensch! Wir haben strikte Anweisungen, jeden umzulegen, der versucht, uns davon abzuhalten, an diese Bänder zu kommen. Meinst du, ich möchte diesem Befehl Folge leisten?«

»Wenn ihr mich umbringt, werdet ihr die Bänder nie bekommen«, gab Kane kalt zurück. Er spürte, daß er Oberwasser gewann.

»Wir wissen, daß die Bänder in jenem Päckchen waren«, verkündete der Mann hinter Kane. »Es kann gar nicht anders sein. Offensichtlich befinden sie sich also irgendwo im Haus, wahrscheinlich sogar hier im Zimmer. Dich umzubringen wäre also keine Katastrophe. Dann würden wir nur ein bißchen mehr Zeit brauchen, um die Bänder zu finden. Alles Weitere liegt jetzt an dir, Sammy!«

Krachend meldete sich plötzlich das Funkgerät in der Reisetasche. Der dritte Mann, der vom Fenster aus die Straße beobachtete, meldete sich hastig.

»Ich kann in der Ferne Polizeisirenen hören!« rief der Mann im Auto über Funk. »Sie kommen in diese Richtung. Wir müssen abziehen.«

»Okay, Sammy. Es wird Zeit, eine Entscheidung zu treffen«, sagte die Stimme mit dem Belfaster Akzent zu ihm. »Entweder gibst du uns auf der Stelle die Bänder, oder wir suchen sie uns selbst, und die Polizei kann die Überreste deines Schädels von der Wand kratzen.«

»Unterste Schreibtischschublade«, sagte Kane mürrisch.

Der Mann aus Belfast riß die Schublade auf und entnahm ihr einen versiegelten braunen Umschlag. »Was ist da drin?«

»Das Originalband und eine Kopie der bearbeiteten Version.«

»Wie viele Kopien wurden davon gemacht?«

»Wir haben die Bänder doch jetzt! Laß uns zusehen, daß wir hier wegkommen«, zischte der Mann hinter Kane.

»Wie viele Kopien hat Brady anfertigen lassen?« wiederholte der Mann aus Belfast. Sein Blick wich nicht von Kanes Gesicht.

»Ein Dutzend.« Kanes Augen verengten sich besorgt, als er die näher kommenden Polizeisirenen hörte. »Kommt schon, wir müssen hier weg. Im Keller gibt's einen Geheimtunnel . . .«

Der Mann aus Belfast nickte dem Mann hinter Kane zu. Dieser ließ den Kolben seines Gewehrs von der Seite gegen Kanes Kopf krachen. Kane war bewußtlos, bevor er nach vorne auf den Teppich sackte.

Die Wache warf dem Mann aus Belfast das Funkgerät zu und ging zum Telefon, um eine Nummer zu wählen. Mit kreischenden Reifen kam der erste Polizeiwagen vor dem Haus zum Stehen. Im Hörer des Telefons meldete sich eine Stimme.

Der Mann am Fenster zog seinen Kopfschützer ab und fuhr sich mit der Hand über das schweißnasse Gesicht. »Inspektor Reeves am Apparat, Sir. Mr. Whitlocks Plan ist wunderbar aufgegangen.« Er blickte zu den beiden anderen Polizisten hinüber, die ihre Kopfschützer ebenfalls abgelegt hatten, und grinste triumphierend. »Wir haben die Bänder.«

Whitlocks Plan hatte nur unter der Voraussetzung klappen können, daß Brady das Treffen im Hotel *tatsächlich* mitgeschnitten hatte. Wäre das nicht so gewesen, dann hätte sich das Ganze als Fiasko erwiesen . . .

Doch mit diesem Gedanken hatte sich Whitlock nie weiter auseinandergesetzt. Bradys List war naheliegend. Warum sonst hätte er Palmer nach Irland locken sollen, obwohl er wußte, daß der Commander sich niemals auf seine Bedingungen einlassen konnte? Whitlock hatte beschlossen, als zusätzliche Vorsichtsmaßnahme neben Reeves die beiden Polizisten aus Belfast in den Einsatz zu schicken. Wenn der Armeerat tatsächlich nicht über das Treffen informiert gewesen wäre, hätte er ein Kommando aus dieser Stadt herübergeschickt, denn es war bekannt, daß man den Leuten vor Ort nicht trauen konnte und daß diese versuchen würden, Kane vorher eine Warnung zukommen zu lassen. Whitlock wußte allerdings nicht, ob der Armeerat die Erlaubnis zu dem Treffen nicht doch gegeben hatte, was offenbar der Fall gewesen war. Ihm war jedoch klar, daß Brady die Sache mit dem Armeerat selber abgesprochen haben würde. Und er wollte Kane dadurch überrumpeln, daß er Bradys Worte in ein zweifelhaftes Licht rückte.

Wie Palmer versprochen hatte, war Brady erlaubt worden, Warrenpoint zu verlassen. Heimlich hatten vier Beamte jedoch Kane bis zu seiner konspirativen Wohnung am Stadtrand verfolgt. Ihre Instruktionen lauteten, dort zu warten, bis die Bänder an Kane ausgeliefert wurden.

Whitlock war sich sicher gewesen, daß Brady die Bänder in die Obhut des einzigen Mannes geben würde, von dem er wußte, daß er ihm vertrauen konnte. Es war nur eine Frage der Zeit gewesen, bis die Bänder eintrafen . . .

Als die drei Männer in das Haus eindrangen, standen sie über Funk mit den anderen Einsatzkräften in Verbindung, so daß die ›Wache‹ und die Polizisten der örtlichen RUC, die ihre Wagen einige hundert Meter vom Haus entfernt geparkt hatten, genau wußten, wann sie ihre jeweiligen Schritte machen mußten.

Da Kane bewußtlos war, konnte die RUC entweder behaupten, die drei maskierten Männer beim Eindringen in das Gebäude nicht mehr angetroffen oder bei der anschließenden Verfolgungsjagd verloren zu haben. Whitlock hatte es der Polizei überlassen, sich für eine dieser Versionen zu entscheiden. Kane würde aus der Sache nicht schlau werden. Saß er erst in Untersuchungshaft, hatte Brady seinen einzigen wirklichen Verbündeten verloren, und das trieb ihn noch weiter in die Isolation. Und wenn der Armeerat herausfand, daß Kane das Original des Mitschnitts abhanden gekommen war, würde sich die Schlinge um Bradys Hals noch enger zusammenziehen . . .

14

Der junge Polizist winkte den Mazda, der sich der von der RUC errichteten Straßensperre am Ortsrand von Dugaill näherte, zu sich heran. »Morgen«, sagte er höflich und beugte sich zum offenen Fenster auf der Fahrerseite herunter. »Tut mir leid, aber diese Straße bleibt bis zum frühen Nachmittag geschlossen. Wo wollen Sie denn hin?«

»Zur Kirche«, lautete die freundliche Antwort. »Ich heiße Sabrina Carver und gehöre zum Sicherheitsteam des Senators.«

»Haben Sie Ihren Ausweis dabei?«

Sie machte einen in Plastik eingeschweißten Personalausweis von der Brusttasche ihrer weißen Bluse los und reichte ihn ihm. Er überprüfte den Stempel. Er war echt. Zuerst gab er ihr den Ausweis zurück, dann schaute er in den Unterlagen nach, die er in der Hand hielt. »Ich dachte, Sie würden mit dem Senator einfliegen.«

»Das war auch so geplant. Aber jetzt, wo soviel auf dem Spiel steht, wurde ich vorausgeschickt, um mit Inspektor Eastman Verbindung aufzunehmen. Am späten Vormittag werden dann meine Partner und der Senator mit dem Hubschrauber ankommen. Man hielt meine Anwesenheit hier unten auf dem Gelände für nützlicher als oben bei ihnen. Haben Sie eine Idee, wo ich Inspektor Eastman finden könnte?«

Der Polizist zuckte die Schultern. »Nein, tut mir leid. Am besten fragen Sie jemanden, sobald Sie an der Kirche sind. Die Abzweigung zur Kirche liegt etwa einhundert Meter weiter die Straße entlang. Sie können sie nicht verpassen.«

»Danke.«

Der Polizist gab seinem Kollegen ein Zeichen, und der Schlagbaum ging nach oben. Sabrina legte den Gang ein und fuhr durch.

Der junge Mann grinste seinen Kollegen an. »Die kann mich beschützen, wann immer sie will.«

»Ganz schön hübsch, nicht wahr?«

Der Polizist nickte zustimmend. Dann wandte er seine Aufmerksamkeit dem nächsten Wagen zu, der sich dem Schlagbaum näherte.

Auf der Zufahrt wurde sie ein weiteres Mal angehalten. Nachdem sie auch hier ihren Ausweis vorgezeigt hatte, erlaubte man ihr die Weiterfahrt. Sie parkte in der Nähe des Friedhofs. Es wimmelte dort von bewaffneten RUC-Beamten. Sie stieg aus dem Wagen, aber anstatt auf den Friedhof zu gehen, ging sie zur Kirche hinüber. Als sie die Vordertür öffnete, wurde sie sofort von einem uniformierten Polizeisergeant angerufen.

»Ich bin Sabrina Carver«, erklärte sie ihm und zeigte auf den an der Bluse befestigten Ausweis. »Ich gehöre zum Sicherheitsteam des Senators. Man hat mich vorausgeschickt, um die Sicherheitsvorkehrungen hier in der Kirche in die Hand zu nehmen.«

»Davon hat Inspektor Eastman aber nichts gesagt«, antwortete der Sergeant.

»Er weiß auch gar nicht, daß ich hier bin. Die Entscheidung, mich hierher vorauszuschicken, wurde erst heute früh getroffen. Wie viele Männer haben Sie hier in der Kirche?«

»Zwei.«

»Nur zwei?« gab sie in scharfem Ton zurück.

»Wenn Sie damit Probleme haben, schlage ich vor, Sie gehen zum Inspektor«, lautete die barsche Antwort. »Er gibt hier die Anordnungen, nicht ich.«

»Tut mir leid«, sagte sie mit einem besänftigenden Lächeln. »Ich bin nur überrascht, daß die Sicherheitskräfte hier drin nicht deutlicher in Erscheinung treten.«

»Das ist nicht notwendig. Die Kirche wurde gestern nacht gründlich durchsucht, heute morgen ein weiteres Mal. Dann wurde sie dichtgemacht. Alle Türen werden von außen gut bewacht. Keiner kommt hier herein, ohne gesehen zu werden.«

»Wo ist der zweite Mann?«

»Paul Reilly steht oben im Glockenturm. Von dort aus hat man den ganzen Friedhof wunderbar im Blickfeld. Wenn also ein Heckenschütze den Glockenturm für sich nutzen wollte, müßte er zuerst hinter die Polizeiabsperrung außerhalb der Kirche gelangen und dann noch an uns beiden hier vorbeikommen. Er hätte keine Chance. Wir haben die Situation bestens unter Kontrolle, Miß . . .«

»Carver«, antwortete sie. »Freut mich, das zu hören.«

»Wird der Senator rechtzeitig eintreffen?« fragte der Polizist.

»Soviel ich weiß, ja. Der Hubschrauber sollte inzwischen bereits von Belfast nach hier unterwegs sein und wird in voraussichtlich zehn Minuten eintreffen.«

»Sie hätten genausogut mit den anderen kommen können, Miß. Es überrascht mich nur, daß Sie das nicht mit Inspektor Eastman abgesprochen haben, bevor Sie hierherkamen. Es hätte Ihnen eine überflüssige Reise erspart.«

»Überflüssig war die wohl kaum«, erwiderte sie und versetzte ihm einen harten Schlag gegen den Hals. Als er zu Boden ging, packte sie ihn und legte ihn lautlos hin. Nachdem sie die Vordertür abgeschlossen hatte, nahm sie einen kleinen Metallbehälter aus ihrer Tasche und öffnete ihn. In ihm befand sich eine Injektionsspritze und ein Fläschchen Natriumpentothal. Sie zog den Inhalt des halben Fläschchens in die Spritze und injizierte ihn dem bewußtlosen Mann. Die nächsten paar Stunden würde er außer Gefecht gesetzt sein.

Sie steckte den Behälter wieder in die Tasche und ging auf den Glockenturm zu.

Paul Reilly nahm die Zigarettenschachtel aus der Tasche seines Uniformrocks und zündete sich die letzte Zigarette an. Er zerknüllte die leere Schachtel in der Hand und wollte sie gerade über den Rand des Laufsteges werfen, als er sich ins Gedächtnis zurückrief, wo er sich befand. Zwar war er nicht besonders religiös, aber einige

Dinge waren immer noch tabu. Also stopfte er die zerknüllte Schachtel in die Tasche und nahm einen langen Zug aus der Zigarette.

Der kleine Glockenturm wurde von einer schweren Glocke beherrscht, die von der Mitte des Stichbalkendaches herunterhing. In jedem der vier Turmwände befand sich ein schmales, oben spitz zulaufendes Fenster. Alle Fensteröffnungen waren unverglast. Er stand am Fenster, das zum Friedhof wies; eine Maschinenpistole Marke Heckler & Koch hing ihm über der Schulter. Seit dem frühen Morgen war er jetzt hier. Nun, er würde nicht mehr lange warten müssen . . .

Reilly blickte sich um, als er hinter sich die hölzerne Wendeltreppe knarren hörte, und rief den Namen seines Kollegen. Keine Antwort. Er nahm die Maschinenpistole von der Schulter und bewegte sich vorsichtig den Laufsteg entlang bis zum oberen Ende der Treppe. Von hier aus sah man die ersten paar Treppenstufen. Reilly hielt sich am Geländer fest, spähte nach unten und hoffte, mehr erkennen zu können, was allerdings nicht der Fall war. Alles, was er sehen konnte, war der über dreißig Meter tiefer gelegene Steinfußboden. Er schauderte und trat vom Geländer zurück. Das Knarren war verstummt. Wahrscheinlich war es der Wind gewesen. Oder seine Fantasie. Reiß dich zusammen, schimpfte er mit sich und ging wieder zurück zum Fenster.

»Guten Morgen.«

Er wirbelte herum, die Maschinenpistole im Anschlag.

»Entschuldigen Sie, ich wollte Sie nicht erschrecken. Ich dachte, Sie hätten gehört, wie ich die Treppe hochkam. Ich habe doch genug Krach gemacht, um die Toten wiederaufzuwecken.«

»Wer sind Sie?« fragte Reilly.

»Sabrina Carver. Ich gehöre zum Sicherheitsteam des Senators. Ich habe meinen Ausweis dabei. Hier unter meiner Jacke.«

Reilly hielt die Heckler & Koch weiter auf sie gerichtet. »Zeigen Sie ihn mir.«

Sie zog den Ausweis hervor und hielt ihn ihm entgegen.

Er machte einige Schritte vorwärts, um ihn besser sehen zu können. Schließlich senkte sich die Maschinenpistole.

»Ich bin froh, daß wir das geklärt haben«, meinte sie lächelnd.

»Ich tue nur meine Arbeit, Miß Carver. Was machen Sie hier oben?«

»Ich überprüfe vor dem Eintreffen des Senators noch einmal die Sicherheitsvorkehrungen. Ihr Kollege unten versicherte mir, daß Sie beide die Situation hier drin völlig unter Kontrolle haben.«

»Selbstverständlich haben wir das«, antwortete Reilly zuversichtlich. »Insbesondere von hier oben. Man kann meilenweit in alle Richtungen sehen. Kommen Sie, ich zeige es Ihnen.«

Als er sich von ihr abwandte, versetzte sie ihm einen harten Schlag in den Nacken; er sackte auf dem Laufsteg zusammen. Sie nahm die Spritze aus dem Metallbehälter und injizierte ihm das restliche Natriumpentothal in den Arm.

Dann zog sie ein Schnappmesser aus der Tasche, kauerte sich hin und schob die Klinge vorsichtig in den Schlitz zwischen zwei Bodenbrettern. Eines der Bretter war lokker, und sie konnte es hochstemmen. Darunter befand sich ein in eine schützende Plastikhülle eingewickeltes Präzisionsgewehr. Sie entfernte die Hülle, ließ das Zehnermagazin einrasten und ging zum Fenster. Reilly hatte recht gehabt. Sie konnte meilenweit in alle Richtungen schauen. Doch nur der Friedhof interessierte sie. Sie schaute auf ihre Uhr. Innerhalb der nächsten paar Minuten würde der Hubschrauber landen.

Sie setzte die honigfarbene Perücke ab, die sie getragen hatte, zog sich Reillys Uniformrock über und setzte sich seine Mütze auf. Wenn sie jemand von unten sah, würde er annehmen, sie wäre Reilly.

Fiona Gallagher lächelte in sich hinein. Jetzt brauchte sie nur noch abzuwarten ...

»Ich habe im Safe unseres Hotelzimmers einen Umschlag hinterlegt. Wenn mir heute in Dugaill irgend etwas zustoßen sollte, ist es unbedingt notwendig, daß du ihn so bald wie möglich Whitlock gibst. Versprich mir, das unbedingt zu tun, Melissa! Du mußt es mir versprechen.«

Melissa Scoby hatte ihrem Mann gesagt, seinen Wünschen nachzukommen. Und damit war das Gespräch beendet gewesen. Er hatte sich geweigert, noch weiter darüber zu diskutieren, und den Rest des Fluges von London nach Belfast damit verbracht, geistesabwesend aus dem Fenster zu starren. Der Senator verlor sich in einer nur ihm zugänglichen Welt. Er hatte kaum ein Wort mit ihr gewechselt, kaum mit irgend jemandem gesprochen. Sie hatte sogar versucht, seine Hand zu berühren, um ihm zu zeigen, daß sie da war, falls er sie brauchte, aber er hatte seine Hand schnell weggezogen; sie war kalt gewesen und hatte gezittert. Das war nicht der Jack Scoby, den sie kannte. Es war fast so, als ob er sich mit der Tatsache abgefunden hätte, Dugaill nicht mehr lebend zu verlassen ...

»Das da unten ist die Kirche.«

»Wie bitte?« fragte sie. Die Stimme hinter ihr hatte sie erschreckt.

»Da unten ist die Kirche«, wiederholte Whitlock und deutete durch das Seitenfenster auf das Gebäude.

Sie nickte und warf ihrem Mann einen Blick zu. Er starrte vor sich hin, seine Hände lagen in seinem Schoß und waren fest aneinandergepreßt. Wenn er sie wahrgenommen hatte, zeigte er es nicht.

Langsam sank der Hubschrauber auf die freie Fläche am Rand des Friedhofs herunter. Die Kufen setzten auf dem Erdboden auf; Graham und Sabrina waren die ersten, die ihre Sitzgurte lösten. Als Graham die Kabinentür geöffnet hatte, war von einer Gruppe bewaffneter Polizisten bereits eine Absperrkette um den Hubschrauber herum gebildet worden. Er schob die kleine Treppe aus der Kabine; einer der Polizisten verankerte sie fest am Boden. Sabrina stieg als erste aus und rannte vornüber gebeugt auf Eastman zu, der in sicherer Entfernung von den Rotorblättern stand.

»Ist alles nach Plan gelaufen?« fragte Eastman sie.

»Bis jetzt ja«, antwortete sie und wies mit dem Daumen zum Hubschrauber. »Vor einem muß ich Sie allerdings warnen: Scoby macht heute einen ziemlich geistesabwesenden Eindruck.«

»Gibt es dafür irgendeinen besonderen Grund?«

»Nicht daß ich wüßte«, antwortete sie, dann schaute sie sich um. Graham eilte zu ihnen herüber. »Ich sagte Keith gerade, daß Scoby heute morgen mit dem falschen Fuß aufgestanden zu sein scheint.«

»Von den Rändern unter seinen Augen her zu urteilen, bezweifle ich, daß er letzte Nacht überhaupt ins Bett gekommen ist.« Graham wandte sich an Eastman. »Was machen die Sicherheitsvorkehrungen?«

»Keine Mücke könnte sich diesem Platz auf mehr als einhundert Meter nähern, ohne vorher eine entsprechende Sicherheitskontrolle durchlaufen zu haben.

»Ich hoffe, daß Sie recht behalten«, antwortete Graham leise.

»Der Senator ist mit dem veränderten Zeitplan einverstanden«, teilte Sabrina Eastman mit. »Er wird am Grab seiner Großeltern einen Kranz niederlegen und dann direkt zum Rathaus gehen, um dort mit dem Bürgermeister zu Mittag zu essen.«

»Der Priester wird am Grab also nicht ein paar Worte sprechen?« fragte Eastman.

»Nein«, antwortete sie.

»Weiß er das denn?«

»Wir dachten, wir überlassen es Ihnen, ihm das auszurichten.« Graham zeigte hinter sich. »Kommen Sie, Scoby steigt gerade aus.«

Sie gingen zum Hubschrauber hinüber und stellten sich zu beiden Seiten der Treppe auf, als zunächst Melissa Scoby und dann ihr Mann aus der Kabine stiegen. Whitlock bildete die Nachhut. Die Scobys wurden dem Gemeindepriester vorgestellt, der sich am Fuß der Treppe eingefunden hatte.

»Es ist mir ein Vergnügen, Sie kennenzulernen«, sagte der Priester und schüttelte Scobys Hand. »Es tut mir nur leid, daß Ihr Besuch in unserem Land unter so strengen und umfassenden Sicherheitsvorkehrungen stattfinden muß. Sagen Sie, Senator, ist das Ihr erster Besuch in Irland?«

»Ja«, antwortete Melissa Scoby, als offenkundig wurde, daß ihr Mann keine Antwort geben würde. »Und nach dem, was wir bisher von Irland zu sehen bekamen, können wir nur sagen, daß es sich sicherlich um ein sehr schönes Land handelt.«

»Das ist es auch«, bestätigte der Priester.

Whitlock legte dem Priester sanft eine Hand auf den Arm. »Vater, könnten wir zum Friedhof weitergehen?«

»Natürlich. Folgen Sie mir.«

Eastman schloß zu Whitlock auf, als er den Scobys auf den Friedhof folgte. »Wo ist Tillman? Ist er nicht mit Ihnen herübergeflogen?«

»Nein, er beschloß, in London zurückzubleiben.« Whitlock schaute zu den Fotografen hinüber, die sich hinter einer Absperrung der Polizei am Rande des Friedhofes zusammendrängten. »Das sollte doch ein privater Besuch sein.«

Der Priester blieb neben dem Doppelgrab von Kieran und Estelle Scoby stehen. Jack Scoby nahm die Sonnenbrille ab und stand mit gesenktem Kopf über dem Grab, während er die Grabinschrift las, die vor mehr als einhundert Jahren in den Grabstein gemeißelt worden war.

Graham und Sabrina tauschten besorgte Blicke. Scoby bot ein perfektes Ziel. Er bewegte sich nicht und stand frei da. Sie fing Whitlocks Blick auf. Er wischte sich die Schweißperlen von der Stirn und blickte zu dem dichten Wald hinüber, der einige hundert Meter hinter dem Friedhof lag. Er wußte, daß über vierzig Polizisten das Gebäude durchkämmt hatten. Aber wenn Fiona Gallagher es doch geschafft hatte, ihnen aus dem Weg zu gehen – angenommen, sie war überhaupt dort? Eastman folgte einige Sekunden lang Whitlocks Blick, dann schaute er zur Kirche hinüber. Schließlich ruhte sein Blick auf dem Glockenturm und dem zum Friedhof weisenden Fenster. Alles wirkte so friedlich . . .

Die Hitze im Glockenturm nahm einem die Luft. Fiona wischte sich mit dem Unterarm über das Gesicht, griff unter den Uniformrock und zog ihre feuchte Bluse vom Rükken weg. Innerhalb weniger Sekunden klebte sie jedoch wieder unangenehm an der Haut. Sie hatte Scobys Weg verfolgt, seit er den Hubschrauber verlassen hatte, aber erst als er vor dem Grab stehenblieb, griff sie nach dem Gewehr, das neben ihr an der Wand lehnte, wickelte sich den Riemen um den Arm, ließ sich auf ein Knie nieder und preßte den Kolben fest gegen ihre Schulter. Sie nahm den Scheitel von Scobys gebeugtem Kopf ins Visier und krümmte nach einer kleinen Veränderung der Einstellung am Zielfernrohr langsam den Finger um den Abzug. Sie wußte, sie hatte nur einen Schuß. Mit dem sie unbedingt treffen mußte.

Schweigend stand Scoby über eine Minute vor dem Grabstein. Schließlich blickte er zu dem Polizisten rechts neben ihm, der ihm die Blumen reichte, die er aus London mitgebracht hatte. Er legte sie auf das Grab, richtete sich auf und nahm Melissas Blick wahr. Mit einem freundlichen Lächeln streckte er den Arm aus und nahm ihre Hand.

Das Dumdumgeschoß traf ihn oberhalb des rechten Auges, durchschlug und sprengte seinen Hinterkopf. Scoby wurde von den Füßen gerissen, als hätte er einen heftigen Kinnhaken bekommen. Sein wild fuchtelnder Arm schlug Whitlock schmerzhaft ins Gesicht. Schwer krachte der Senator mit weit ausgebreiteten Armen auf den Boden. Blut strömte an seinem Gesicht herab. Melissa Scoby schrie entsetzt auf, fiel neben ihrem Mann auf die Knie und bettete seinen blutüberströmten Kopf in ihren Schoß. Whitlock brüllte dem am nächsten stehenden Polizisten zu, die Sanitäter zu holen, deren Fahrzeug unauffällig außer Sichtweite des Friedhofs abgestellt worden war.

Eastman, Graham und Sabrina schauten sich an, dann rannten sie auf die Kirche zu. Der Schuß mußte von dort gekommen sein. Als sie das Gebäude erreichten, war es bereits von einem Dutzend bewaffneter Polizisten umstellt.

»Der Heckenschütze sitzt im Glockenturm«, teilte ihnen

ein älterer Polizist atemlos mit. »Aber die Türen sind verschlossen, und die Schlüssel hat der Sergeant im Innern der Kirche.«

»Ich habe letzte Nacht vom Priester einen Nachschlüssel für die vordere Tür erhalten«, sagte Eastman und nahm ihn aus der Tasche. »Gehen Sie zur Rückseite, Sabrina! Nehmen Sie einige Männer mit, und brechen Sie, wenn nötig, die Tür auf!«

Rasch wählte Sabrina ein halbes Dutzend Männer aus und verschwand hinter einer Ecke der Kirche. Eastman schloß die Vordertür auf und öffnete sie behutsam. Graham zwängte sich hinter ihm durch und ging mit vorgehaltener Beretta nach innen. Er rief den verbleibenden Polizisten zu, die Tür und die Fenster zu sichern. Eastman eilte hinter Graham her, der bereits den Fuß der Treppe erreicht hatte.

»He, warten Sie!« zischte Eastman und packte Graham am Arm. »Ich kenne die Treppe besser als Sie. Lassen Sie mich vorgehen.«

Graham löste seinen Arm aus Eastmans Griff und ließ ihn widerwillig vor. Eastman zog seine Browning aus dem Halfter und begann, die Treppe hochzusteigen. Graham zuckte jedesmal zusammen, wenn Eastman auf eine knarrende Stufe trat. Viel hatte es mit seinen Kenntnissen der Treppe nicht auf sich! Fiona Gallagher wußte mit Sicherheit, daß sie kamen.

Plötzlich hielt Estman die Hand hoch und flüsterte Graham zu, daß sie von oben gesehen werden könnten, sobald sie die nächste Wendung der Treppe erreichten. Graham schaute zu, wie Eastman die Browning auf das obere Ende der Treppe richtete. Wieder hielt er die Hand hoch, um Graham zu bedeuten, daß er stehenbleiben solle. Dann rannte er die letzten paar Stufen hoch.

»Mike, hier oben!« rief er besorgt über die Schulter zurück. »Beeilen Sie sich!«

Graham hetzte zum Laufsteg hoch und richtete sofort seine Beretta auf Fiona. Im gleichen Augenblick drückte ihm Eastman die Browning in den Rücken, hatte ihn im Nu entwaffnet und schob die Beretta in seinen Gürtel.

»Was zum Teufel geht hier vor?« fragte Graham. Sein Blick wanderte von Eastman zu Fiona.

»Na, erkennst du mich nicht?« fragte Fiona und beobachtete genau Grahams Gesicht.

»Sollte ich das?« erwiderte Graham zögernd.

»Du hast gesehen, wie ich mich vor der Kneipe in Soho am Tag deiner Ankunft in London mit Keith unterhielt. Wir wußten allerdings nicht, ob du dir mein Gesicht gemerkt hattest. Ist das der Fall, könntest du als einziger diese ganze Operation noch scheitern lassen. Das Risiko ist uns zu hoch.« Sie richtete das Präzisionsgewehr auf Grahams Brust.

»Der Ablauf ist ganz einfach, Mike. Du bist als erster in den Glockenturm gekommen, und Fiona hat dich erschossen, bevor ich es schaffte, sie zu überwältigen.« Eastman trat einen Schritt von Graham weg. »Leg ihn um.«

Fionas Finger krümmte sich um den Abzug.

»Das Gewehr fallen lassen!« brüllte Sabrina von unten. Ihre Maschinenpistole war auf Fiona gerichtet.

»Erledige sie«, fauchte Fiona, ohne den Blick von Graham abzuwenden.

»Von hier aus kann ich sie nicht sehen«, schnauzte Eastman zurück und spähte über das Geländer. »Verdammt noch mal, ich kann sie nicht sehen!«

»Fiona, laß das Gewehr fallen«, befahl Sabrina. »Sofort!«

Plötzlich riß Fiona das Gewehr nach unten und richtete es auf Sabrina. Die sofort abdrückte. Die Kugel erwischte Fiona oben in der Schulter und schlug ihr das Gewehr aus den Händen. Sie taumelte gegen das Geländer, das unter ihrem Gewicht nachgab. Entsetzt aufschreiend verlor sie den Halt und fiel vom Laufsteg. Im Fallen schlug sie mit der Seite ihres Kopfes gegen die Glocke; Knochen zerbrachen mit häßlichem Knirschen, dann schlug ihr Körper auf dem Steinboden auf.

Graham riß seinen Ellbogen nach oben und versetzte Eastman einen heftigen Stoß ins Zwerchfell. Klappernd fiel die Browning auf den Laufsteg. Als Eastman nach hinten stolperte, gelang es ihm, die Beretta aus seinem Gürtel zu ziehen, doch Graham schaffte es, sein Handgelenk zu erwischen, als er abdrückte. Die Kugel traf das Dach, ohne Schaden anzurichten. Graham verpaßte Eastman zwei harte Schläge in den Magen. Nach Atem ringend, glitt ihm die Beretta aus den Fingern, hustend und spuckend sackte Eastman auf die Knie und schnappte nach Luft. Rasch nahm Graham die beiden Waffen an sich. Als die ersten beiden uniformierten Polizisten auf dem Laufsteg auftauchten, beugte er sich über Eastman, der auf dem Boden kniete und die Hände auf seinen Bauch preßte.

»Worauf zum Teufel wartet ihr noch?« fragte Graham, als die beiden Polizisten unschlüssig am oberen Ende der Treppe stehenblieben. »Schafft ihn hier weg!«

Nur wenige Augenblicke später kam Whitlock mit einem älteren Polizisten außer Atem an. »Okay, Mike, von jetzt an überlaß die Sache der Polizei. Sabrina hat uns erzählt, was geschehen ist.«

Widerwillig reichte Graham dem Polizisten Eastmans Browning und folgte Whitlock die Treppe hinunter. Er ging zu Sabrina und dem Sanitäter hinüber, die sich über Fiona Gallagher beugten. »Ist sie tot?« fragte er.

Sabrina nickte, dann machte sie den in einer Plastikfolie eingeschweißten Ausweis los, der vorne an Fionas Bluse befestigt war, und hielt ihn hoch. »Damit ist sie offensichtlich hereingekommen.«

»Das überrascht mich nicht«, erwiderte Graham verbittert. »Jetzt nicht mehr. Eastman muß ihr den Ausweis beschafft haben. Herrgott, der Scheißkerl war ja für die gesamte Operation verantwortlich. Kein Wunder, daß diese Gallagher uns andauernd so leicht entwischt ist!«

»Wir überlassen es Ihnen, hier drin alles zu regeln«, sagte Whitlock dem Sanitäter. »Mike, Graham, verschwinden wir.«

»Scoby ist tot, nicht wahr?« fragte Graham, sobald sie im Freien waren.

Whitlock nickte grimmig. »Die Kugel hat ihm den halben Hinterkopf weggerissen. Es sieht so aus, als hätte sie ein Dumdumgeschoß benutzt. Er hatte keine Chance.«

»Wie geht es Melissa Scoby?« fragte Graham.

»Sie hat ein Beruhigungsmittel bekommen und wurde ins nächste Krankenhaus gebracht.« Whitlock beobachtete, wie Eastman von der Kirche zu einem wartenden Polizeiwagen geführt wurde. »Ich werde mich so bald wie möglich mit Commander Palmer in Verbindung setzen. Hoffentlich ist er damit einverstanden, daß wir Eastman als erstes vernehmen.«

»Das ging ja wohl richtig in die Hose, C. W.«, knurrte Graham.

»Es sieht ganz danach aus, als ob Fabio gerade rechtzeitig ausscheidet«, ergänzte Sabrina. »Zumindest hat er daheim in Italien eine Zukunft, auf die er sich freuen kann.«

»Ich höre, die Bezahlung entspricht der eines Militärberaters am Golf«, sagte Graham. »Und ich dachte immer, meine Jahre bei der Elitetruppe Delta würden sich irgendwann einmal auszahlen.«

»Noch sind wir nicht geschlagen«, rief ihm Whitlock ins Gedächtnis. »Ich weiß nicht, wie es mit euch aussieht, aber der Teufel soll mich holen, wenn ich unseren Kritikern bei den Vereinten Nationen die Befriedigung verschaffe, die UNACO in die Knie gehen zu sehen. Und das bedeutet, daß wir noch eine Menge Arbeit zu erledigen haben, wenn wir wollen, daß diese Runde zu unseren Gunsten ausgeht. Seid ihr dabei?«

Graham gab Whitlock einen Klaps auf die Schulter. »Wir sind dabei, mein Guter. Komm, laß uns gehen.«

Es war halb sechs, als das Telefon Kolchinsky aufweckte. Whitlock war am Apparat. Fünf Minuten später legte Kolchinsky wieder auf, griff nach der Packung Zigaretten auf dem Nachttisch und zündete sich eine Zigarette an. Er inhalierte den ersten Zug des Tages, begann heftig zu husten, streifte sich den Bademantel über, zog sich die Hausschuhe an und ging ins Wohnzimmer. Kolchinsky mußte dem Generalsekretär die Sache mit Scoby mitteilen, bevor einer seiner Berater es entweder im Radio hörte oder in den Sechsuhrnachrichten sah. Er nahm in seinem Lieblingssessel Platz und wählte die Nummer des Generalsekretärs auf der abhörsicheren Leitung zu seinem Haus auf

Rhode Island. Ein Assistent meldete sich, der den Anruf ins Schlafzimmer des Generalsekretärs durchstellte. Kolchinskys schlimmste Befürchtungen wurden jedoch Wirklichkeit: Der Generalsekretär war seit fünf Uhr auf den Beinen und hatte bereits im Radio von der Schießerei gehört. Kolchinsky wiederholte alles, was er wußte, und versprach, ihn über alle neuen Entwicklungen auf dem laufenden zu halten. Dann legte er auf und schaltete mit der Fernbedienung den in der Zimmerecke stehenden Fernseher ein.

Als die Nachrichten begannen, zündete er sich die nächste Zigarette an. Sie glomm jedoch während des Aufmachers unberührt im Aschenbecher vor sich hin. Thema war das Attentat auf Jack Scoby vor einer Kirche in Irland. Ungeduldig schaltete Kolchinsky den Fernseher ab, drückte die Überreste der Zigarette aus, lehnte sich im Sessel zurück und fuhr sich mit der Hand durch das lichte Haar. Seit er Philpotts Posten übernommen hatte, war alles schiefgegangen, hatte es eine endlose Reihe katastrophaler Irrtümer gegeben. Und jetzt hatte die UNACO ihren Kritikern genau die Munition an die Hand gegeben, die diese benötigten, um ihr endgültig den Garaus zu machen. Er wußte, daß der Generalsekretär der UNACO zur Seite stehen würde. Doch wie lange konnte er sich noch der unausweichlichen Flut von Verurteilungen entgegenstemmen, die mit Sicherheit losbrechen würden, sobald die Nachricht von Scobys Tod bis zu den Vereinten Nationen durchdrang? Es war jetzt unbedingt erforderlich, daß Kolchinsky versuchte, den Schaden für die Organisation so gering wie möglich zu halten. Der Generalsekretär brauchte einen Sündenbock, um die Gegner der UNACO zu beschwichtigen.

Kolchinsky wußte auch, wer dieser Sündenbock zu sein hatte. Wenn er am späten Vormittag mit dem Generalsekretär zusammentraf, würde er ihm sein Rücktrittsgesuch überreichen.

Ursprünglich war geplant gewesen, daß Tillman mit den Scobys zusammen nach Irland reisen sollte. Am frühen ormittag jedoch hatte er davon Abstand genommen und nen Rückstand in den Schreibarbeiten als Grund dafür ngeführt, im Hotel zu bleiben. Der wirkliche Grund für diese Sinnesänderung hatte jedoch nichts mit Arbeit zu tun. Er wußte, daß trotz der zusätzlichen Sicherheitskräfte, die dazu abkommandiert worden waren, Scoby in Dugaill zu beschützen, das Leben des Senators immer noch einer sehr realen Bedrohung ausgesetzt war. Und wenn Scoby irgend etwas zustoßen sollte, dann würde er sehr schnell handeln müssen, um seine eigene Haut zu retten . . .

Auf Scoby stützten sich die Absprachen mit den Kolumbianern und mit der Mafia. Ohne ihn waren diese Vereinbarungen wertlos. Das bedeutete, daß beide Parteien schnell handeln mußten, um sich von der Sache zu distanzieren, indem sie alles belastende Material, das sie möglicherweise mit Scoby in Verbindung bringen konnte, verschwinden ließen. Und Tillman würde auf ihrer Liste an erster Stelle stehen. Er hatte die letzten Tage damit verbracht, die verschiedenen Optionen zu durchdenken, die ihm noch offenstanden, wenn Scoby einem Attentat zum Opfer fiel. Sie reduzierten sich auf nur zwei Möglichkeiten. Zum einen konnte er sich bereit erklären, als Kronzeuge aufzutreten, und dafür in den Genuß des entsprechenden Zeugenschutzes kommen. In diesem Fall konnte allerdings niemand garantieren, daß er nicht einige Zeit im Gefängnis verbringen müßte, bevor er im Rahmen der Kronzeugenregelung eine neue Identität erhielt. Und er wußte, daß er das Gefängnis niemals lebend verlassen würde. Andererseits konnte er aber auch die fünfhunderttausend Dollar, die er von den Kolumbianern und der Mafia als Bestechungsgeld erhalten hatte, dazu verwenden, in irgendeinem entfernten Winkel der Welt ein neues Leben zu beginnen. Kam es zum Schlimmsten, war das seine einzige Chance . . ..

Und es war zum Schlimmsten gekommen. Nach Palmers Anruf hatte er sofort seinen Plan für den Notfall in die Tat umgesetzt. Hastig hatte er seinen Koffer gepackt, war abgereist und mit dem Taxi nach Heathrow gefahren.

Dort hatte er seinen Diplomatenstatus dazu verwendet, sich einen Platz im nächsten Flug zurück nach New York zu sichern. Er wußte, daß die im Hotel ihren Dienst verrichtenden Männer von der Terroristenbekämpfung ihren Vorgesetzten mitteilen würden, daß er verschwunden war. Aber diese Männer bereiteten ihm keine Sorgen. Jorge Cabrera und Martin Navarro waren es, die ihn beunruhigten. Es war nur eine Frage der Zeit, bis sie herausfinden würden, daß er in die Vereinigten Staaten zurückgekehrt war; doch bis dahin hatte er hoffentlich bereits das Geld geholt und war aus dem Land geflohen. Das hoffte er zumindest . . .

Wie gewöhnlich wachte Martin Navarro um sechs Uhr auf und verbrachte eine halbe Stunde damit, sich in seiner Miniturnhalle in Form zu bringen, bevor er in seinem Hallenbad ein Dutzend Bahnen schwamm.

Ein Leibwächter reichte ihm seinen Frotteemantel, als er aus dem Swimmingpool kletterte. Er streifte ihn über, während er zum Innenhof ging, von dem aus man auf den weitläufigen Garten seiner zweistöckigen Villa auf Rhode Island hinausschauen konnte. Auf dem Tisch in der Mitte des Innenhofes warteten ein Glas frisch gepreßter Orangensaft und ein Exemplar der *New York Times* auf ihn. Er setzte sich hin und schlug die Zeitung auf.

»Entschuldigen Sie, Sir«, sagte der Butler, der hinter ihm in der Türöffnung erschienen war. »Mr. Varese ist im Wohnzimmer. Er fragt, ob er kurz mit Ihnen sprechen könne, und wirkte ziemlich aufgeregt.«

»Tony zu dieser frühen Stunde?« Navarro runzelte die Stirn. Er faltete die Zeitung wieder zusammen und warf sie auf den Tisch zurück. »Bitten Sie ihn herein.«

Der Butler verneigte sich und ging. Wenige Augenblicke später kehrte er mit Varese zurück und führte ihn in den Innenhof. »Kann ich Ihnen irgend etwas anbieten, Mr. Varese? Kaffee? Orangensaft?«

Varese schüttelte den Kopf.

Navarro bedeutete dem Butler zu gehen und schaute zu Varese hoch. »Nun?«

»Du hast es noch nicht gehört, nicht wahr?« fragte Varese und ging unruhig hin und her.

»Solange du mir nicht erzählst, wovon du redest, weiß ich das nicht«, erwiderte Navarro in scharfem Ton.

»Scoby ist tot. Alle Nachrichtensendungen bringen es als erste Meldung. Ich weiß, du schaust dir nur auf dem Weg zur Arbeit die Nachrichten an. Deswegen bin ich auch direkt vorbeigekommen, als ich es gehört habe.«

»Erzähl mir, was du weißt«, sagte Navarro. Mit hinter dem Kopf verschränkten Händen hörte er Varese zu. »Nun, zumindest ist der Schaden minimal. Keiner aus der Familie weiß von der Vereinbarung, die wir mit Scoby getroffen haben. Und ich beabsichtige dafür zu sorgen, daß das auch so bleibt.«

»Was ist mit Tillman?«

»Ich würde sagen, das hängt ganz von ihm ab. Wenn er mit der Staatsanwaltschaft zusammenarbeitet, befindet er sich wahrscheinlich bereits unter Polizeischutz. Das würde es viel schwieriger machen, ihn umzubringen. Wenn er jedoch versucht davonzulaufen, können wir ihn finden. Wie hieß das Hotel, in dem er in London wohnte?«

»Das Grosvenor House.«

Navarro zog das Telefon zu sich herüber, hob den Hörer ab und bat die Vermittlung, ihm die Nummer des Hotels zu geben. Er wählte die Londoner Nummer, sprach kurz mit der Telefonzentrale und legte wieder auf. »Er ist vor einer Stunde abgereist.«

»Offensichtlich ist er in Panik geraten.«

Navarro erlaubte sich den Luxus eines Lächelns. »Gut. Und ich schätze, daß er sich bereits auf dem Weg hierher befindet, um das Geld zu holen. Es wird nicht lange dauern, bis ich herausfinde, welchen Flug er genommen hat und wann er in New York landet. Ich möchte, daß er vom Flughafen aus beschattet wird.«

»Wann willst du ihn umlegen lassen?«

»Wenn er dich zum Geld geführt hat, natürlich. Und keine Fehler, Tony, oder wir werden uns beide vor der Familie verantworten müssen.«

»Keine Fehler«, antwortete Varese und ging aus dem Zimmer.

Teilnahmslos saß Navarro eine Weile da, dann begann langsam die Wut in ihm hochzukriechen. Er hatte Brady gesagt, er solle die Situation in den Griff bekommen. Und Brady hatte die Sache verpatzt. Jetzt war Scoby tot, und seine Chance, den Kolumbianern eine entscheidende Schlappe zuzufügen, war vertan. Es blieb ihm nichts übrig, als wieder ganz von vorn anzufangen. Er hatte Brady vor dem gewarnt, was geschehen würde, wenn er ihn enttäuschte. Nun, jetzt war die Zeit gekommen, es ihm heimzuzahlen. Dafür würde er schon Sorge tragen.

»Herein!« rief Maurice Palmer, als es heftig an seiner Tür klopfte.

Die Tür öffnete sich, und Whitlock kam ins Zimmer. »Paßt es Ihnen?«

»Seit Sie mich aus Irland angerufen haben, paßt mir gar nichts mehr«, erwiderte Palmer mutlos. »Kommen Sie nur herein, C. W.! Setzen Sie sich.«

Whitlock schloß die Tür hinter sich und nahm Platz. »Wir sind vor einer Stunde in Heathrow angekommen. Ich habe Mike und Sabrina gesagt, sie sollten unten auf mich warten.«

»Der Polizeichef ist damit einverstanden, daß Sie Keith als erste verhören. Anfänglich wollte er, daß die Staatssicherheitspolizei das macht, aber ich habe es geschafft, ihn davon abzubringen. Sie haben eine Stunde Zeit, dann übernehmen die Leute von der Staatssicherheitspolizei die Sache. Ich habe ausdrücklich angeordnet, daß sich keiner meiner Männer Keith nähern soll, bis wir wissen, ob nicht noch einer von ihnen mit ihm gemeinsame Sache machte. Gegenwärtig können wir das nicht ausschließen. Und finden Sie heraus, was mit John Marsh los ist. Sollte er unschuldig sein, möchte ich ihn so schnell wie möglich wieder mit dem Fall betreuen.«

»Sicher. Falls Eastman sich bereit erklärt, mit uns zu sprechen.«

»Er wird schon reden«, erwiderte Palmer zuversichtlich. »Nachdem er vom Flughafen herübergebracht wurde, habe ich mich kurz mit ihm unterhalten. Er sagte, er sei bereit, auf alle Fragen zu antworten. Gemessen an den Umständen wirkte er eigentlich ganz munter.«

»Mich überrascht nicht, daß er munter ist. Scoby ist tot. Die IRA hat erreicht, was sie wollte. Und Sie können wetten, daß sie dafür sorgt, daß man sich im Gefängnis um ihn kümmert. Sie haben uns besiegt, oder etwa nicht?«

Palmer nahm eine Zigarette aus der vor ihm liegenden Packung und zündete sie an. »Wenn Sie fertig sind, möchte ich so bald wie möglich eine Mitschrift des Verhörs auf meinem Schreibtisch haben, damit ich den Polizeichef über alles Wesentliche informieren kann.«

»Ich werde dafür sorgen, daß Sie eine bekommen«, antwortete Whitlock, stand auf und verließ das Büro.

Eastman wurde von zwei Männern der Staatssicherheitspolizei in den Raum für das Verhör geführt. Wie oft hatte er in genau diesem Raum irgendwelche Verbrecher in die Mangel genommen! Die Ironie des Schicksals blieb ihm nicht verborgen. Er wurde zu dem in der Mitte des Raumes stehenden Tisch gebracht und aufgefordert, sich hinzusetzen. Auf dem Tisch standen ein tragbarer Recorder für zwei Aufnahmekassetten und zwei Mikrofone. Eastman setzte sich und faltete seine in Handschellen steckenden Hände auf seinem Schoß. Die beiden Polizisten blieben bis zum Eintreffen Whitlocks im Raum.

»Sagen Sie ihnen, sie sollen mir die Handschellen abnehmen«, sagte Eastman, ohne sich umzuschauen.

Whitlock starrte auf Eastmans Kopf, dann nickte er zustimmend. Einer der Polizisten entfernte die Handschellen und reichte sie Whitlock. Eastman massierte seine wundgescheuerten Handgelenke, als Graham und Sabrina in den Raum kamen. Die zwei Polizisten zogen sich zurück und schlossen hinter sich die Tür.

Whitlock setzte sich vor Eastman hin; Graham und Sabrina nahmen ihn in ihre Mitte. Eastman schaute langsam zu ihnen hoch. Sein rechtes Auge war fast völlig zugeschwollen; ein dunkler, fleckiger Bluterguß hatte sich darum ausgebreitet.

»Ich bin beeindruckt«, meinte Graham und betrachtete den Bluterguß mit offensichtlicher Genugtuung. »Bisher war mir nicht klar, daß Sie Ihre Männer ermuntert haben, auf diese Weise aktiv zu werden.«

»Unglücklicherweise trifft das für die UNACO nicht zu, nicht wahr?« erwiderte Eastman kalt. Er hielt Grahams Blick stand. »Ihr seid alle im dunkeln herumgetappt wie ein Haufen kopfloser Hühner. Das hat uns unsere Aufgabe bestimmt um einiges leichter gemacht.«

Whitlock packte Grahams Arm, als dieser aufspringen wollte. »Laß es gut sein, Mike.« Er wandte sich wieder an Eastman. »Sie kennen das Verfahren. Das Verhör beginnt, sobald ich den Recorder einschalte.«

»Bitte sehr!« erwiderte Eastman.

Whitlock stellte ein Mikrofon vor Eastman hin und schaltete das Gerät ein. »Wie lange haben Sie für die IRA gearbeitet?«

Eastman lehnte sich auf seinem Stuhl nach hinten. »Da tappen Sie ja schon wieder im dunkeln!«

»Hätten Sie dann vielleicht die Freundlichkeit, uns aufzuklären?« fragte Whitlock.

»Ich habe *nie* für die IRA gearbeitet.«

»Dann lassen Sie mich die Frage neu formulieren«, meinte Whitlock. »Wie lange hat die IRA Sie dafür bezahlt, daß Sie Informationen an sie weitergaben?«

»Ich habe nie für die IRA gearbeitet, habe der IRA niemals irgendwelche Informationen gegeben noch jemals Geld von der IRA erhalten. Die ganze Operation wurde gestartet, um die IRA in Mißkredit zu bringen, und nicht, um sie zu unterstützen.«

»Wer genau stand hinter dieser Operation?« fragte Whitlock.

»Wir waren zu dritt. Patrick Gorman, Fiona Gallagher und ich.«

»Gorman, der verdeckte Ermittler, der letztes Jahr in Belfast ermordet wurde?« hakte Sabrina nach.

»Genau der. Es war immer geplant gewesen, die IRA in Mißkredit zu bringen. Damals hatten wir es gar nicht auf eine bestimmte Person abgesehen. Pat wurde ermordet, bevor wir die Einzelheiten ausarbeiten konnten, und das bedeutete, daß Fiona und ich unsere Strategie neu überdenken mußten. Wir beschlossen, die Operation auf Eis zu legen, bis wir die richtige Person gefunden hatten. Und als dann Senator Scoby ankündigte, das Vereinigte Königreich besuchen zu wollen, wußten wir, er war es.«

»Fiona Gallagher ist in diesem Fall immer noch eine rätselhafte Figur«, meinte Whitlock. »Commander Palmer behauptet, sie sei nie ein Mitglied der Sonderabteilung für Terroristenbekämpfung gewesen, und doch arbeitete sie offenbar eng mit Ihnen beiden zusammen. Wie paßt das denn zusammen?«

»Palmer hat recht. Fiona war Mitglied der IRA, seit Mullen sie an der Universität von Bristol rekrutiert hatte. Aber nach einigen Jahren war sie von der Bewegung völlig desillusioniert. Zu diesem Zeitpunkt hat Pat sie veranlaßt, die Fronten zu wechseln. Bei meiner ersten Begegnung mit Fiona Gallagher schlug ich ihr vor, sich mit Farrell einzulassen, weil Farrell damals der Liebling der Bewegung war. Sie hat ihn auf vollendete Weise umgarnt; er war absolut vernarrt in sie. Und die ganze Zeit, die sie mit ihm zusammen war, hat sie uns Informationen übermittelt. Dann wurde Pat umgebracht, was sie der IRA sehr übelgenommen hat. Allerdings hat sie das weder gegenüber Farrell noch gegenüber einem seiner Kumpane je durchblicken lassen. Sie war wirklich in jeder Hinsicht ein Profi, gehörte zu den Besten ihres Metiers.«

»Wußte Marsh über sie Bescheid?« fragte Whitlock.

»Nur Pat und ich wußten es. Das war schon zu ihrem eigenen Schutz von lebenswichtiger Bedeutung.«

»Wo kommt dann Marsh ins Spiel?« fragte Graham.

»John?« Eastman brachte ein schwaches Lächeln zustande. »John war eben der gutgläubige Trottel.«

»Sie haben ihn vorgeschoben?« meinte Whitlock.

»Das war nicht weiter schwierig. Fiona schaffte es, bei ihrem letzten Treffen mit Brady dessen Daumenabdruck auf einen Zehnpfundschein zu bekommen. Und ich erfuhr die Kombination von Johns Safe, als ich vor ein paar Wochen unter dem Vorwand, mir eine seiner Disketten zu leihen, sein Haus aufsuchte. Es war wohlgemerkt nicht die Diskette, die ihm zur Falle werden sollte. Das wäre zu offensichtlich gewesen. Das Belastungsmaterial habe ich ein paar Tage vor seiner Verhaftung bei ihm deponiert.«

»Sie wußten, daß man ihn verhaften würde?« fragte Sabrina.

»Ich wußte, daß man uns überprüfen würde. Das lag auf der Hand. Daher mußte ich sichergehen, daß John den Kopf hinhielt.«

»Lassen Sie uns jetzt auf McGuire zu sprechen kommen«, sagte Whitlock. »Wie hat der denn herausgefunden, daß der Plan bestand, Senator Scoby zu ermorden?«

»Er hat mitgehört, wie Fiona am Telefon mit mir darüber sprach. Doch offensichtlich dachte er, sie spräche mit jemandem von der IRA, weil sie erwähnte, daß Farrell nach dem Treffen mit einem IRA-Kommando in Deutschland nach Großbritannien zurückkehren wolle. McGuire gab Ihnen den Tip, daß Farrell nach Großbritannien zurückkommen würde, und Sie teilten das Palmer mit. Uns paßte das hervorragend: Wenn Farrell nicht zu jenem Zeitpunkt hinter Gitter gebracht worden wäre, hätten wir ihn umbringen müssen. Es war für den Erfolg unseres Planes von entscheidender Bedeutung, daß Fiona vorübergehend die Leitung eines Kommandos anvertraut wurde, so daß Mullen und Kerrigan glauben konnten, sie würde ihre Befehle direkt vom Armeerat entgegennehmen.«

»Hat die IRA den Mord an McGuire gebilligt?« fragte Whitlock.

»Ja. Als Fiona erkannte, daß McGuire sie belauscht hatte und plante, sich mit Swain zu treffen, erzählte sie dem Armeerat, McGuire sei ein Spitzel. Sie gaben ihr die Anweisung, ihn umzubringen. Und mit diesem Mord konnte sie den zweiten Teil des Planes einleiten: das Attentat auf Scoby. Jetzt war es möglich, die Sache so durchzuführen, daß weder bei den Mitgliedern des Kommandos noch beim Armeerat irgendein Verdacht aufkam. Die

Mitglieder ihres Kommandos würden automatisch annehmen, es sei eine weitere Anweisung seitens der IRA ergangen; der Armeerat würde immer noch meinen, sie wäre dabei, die Sache mit McGuire in Ordnung zu bringen.«

»Und Grogan ließen Sie deswegen umlegen, weil er uns zu McGuire geführt haben könnte?« folgerte Sabrina.

»Zu jenem Zeitpunkt war uns nicht klar, wieviel Grogan wußte, und zwar aus dem einfachen Grund, weil wir seinen Aufenthaltsort nicht kannten. Darum mußte ich auch Mike die Information von Roche besorgen lassen. Im Wagen befand sich ein Abhörgerät, und als Mike mir dann die Adresse mitgeteilt hatte, konnte Fiona vor uns zu Grogan gelangen. Bevor ich den Wagen hierherbrachte, entfernte ich das Abhörgerät wieder.«

»Und vermutlich waren Sie es auch, der den falschen Bombenalarm am Flughafen auslöste, nicht wahr?« fragte Whitlock.

Eastman nickte. »Ich mußte Fiona die Zeit geben, die sie benötigte, um als erste bei McGuire zu sein und ihn zu erledigen. Wegen des Wetters stand die Sache eine Zeitlang auf des Messers Schneide. Mullen hat Unglaubliches geleistet, als er Gallagher und Kerrigan kurz vor uns zum Chalet brachte. Das war äußerst knapp.«

»Warum tötete sie Lynch?« fragte Whitlock.

»Dafür gab es zwei Gründe. Lynch und Kerrigan hatten den Plan ausgeheckt, dem Armeerat mitzuteilen, daß Fiona nicht in der Lage sei, in Farrells Abwesenheit das Kommando zu führen. Wäre ihr vom Armeerat die Leitung des Kommandos entzogen worden, hätte das alles zunichte gemacht. Zweitens war Lynch eines der ranghöchsten IRA-Mitglieder auf dem Kontinent. Wenn man ihn tötete, fügte man dem Netzwerk beträchtlichen Schaden zu. Und das geschah auch auf jeden Fall.«

»Warum tötete sie Kerrigan und Mullen?« fragte Whitlock.

»Kerrigan wurde immer rebellischer. Im Chalet, in dem sie sich nach der Hinrichtung McGuires verborgen hielten, kam es zur Krise. Kerrigan bedrohte sie mit einer

Waffe, und sie erschoß ihn. Mullen tötete sie einfach deswegen, weil sie ihn nach dem fehlgeschlagenen Attentatsversuch auf die *Merry Dancer* nicht länger benötigte. Die Operation an der Kirche mußte sie alleine durchführen. Und wenn beide nicht mehr lebten, gab es auch keine Zeugen, die ihr vor Gericht widersprechen konnten.«

Whitlock nickte. »Jetzt wird mir die Sache klar. Sie beabsichtigten, Fiona zu verhaften, nachdem sie Mike umgebracht hatte. Vor Gericht hätte sie dann behauptet, Scoby auf Befehl der IRA erschossen zu haben. Das hätte internationale Empörung ausgelöst, und die IRA wäre in aller Öffentlichkeit in Verruf gebracht worden. Allein das hätte ihrem Image im Ausland erheblichen Schaden zugefügt.«

»Ihr Image im Ausland hat bereits Schaden erlitten«, verbesserte ihn Eastman. »Die IRA wird mit Sicherheit von innen heraus umgruppiert und neu wiederaufgebaut werden, aber Sie können jede Wette eingehen, daß noch Köpfe rollen. Als erstes wird Brady dran sein. Und alleine das macht das Ganze schon zu einem Erfolg.«

»Wie können Sie sich dessen so sicher sein?« fragte Sabrina.

»Weil Brady der Vorgesetzte Fionas war. Und die IRA wird einen Sündenbock brauchen, wenn sie die Leute, die ihr Unterstützung zukommen lassen, wieder für sich gewinnen will. Brady wußte das, als er auf die Idee kam, den Mitschnitt vor der Freigabe an die Öffentlichkeit zu bearbeiten. Es war der einzige Trumpf, über den er noch verfügte. Doch Whitlock war schlauer als er. Wahrscheinlich ist er der einzige, der Brady je reingelegt hat.

Sie müssen begreifen, daß wir es bei der ursprünglichen Version dieses Planes vor allem auf Brady abgesehen hatten. Brady war direkt oder indirekt für den Mord an mehr in Nordirland stationierten britischen Soldaten verantwortlich als irgendein anderer Stabschef in der Geschichte dieser Organisation. Und eine Möglichkeit, ihn zu erwischen, bestand darin, ihn in den Augen seiner Vorgesetzten in Mißkredit zu bringen. Sollten die sich doch um ihn kümmern.«

»Wenn Fiona Gallagher sich jemals vor Gericht hätte verantworten müssen, hätte sie lebenslänglich bekommen«, meinte Sabrina. »Hat sie das nie beunruhigt?«

»Sie hätte etliche Male lebenslänglich bekommen«, korrigierte Eastman. »Doch das bedeutet nicht, daß sie lange im Gefängnis geblieben wäre. Es war geplant, sie nach einigen Wochen herauszuholen. Sie hätte das Land verlassen und irgendwo außerhalb der Reichweite der IRA ein neues Leben anfangen können.«

»Ich nehme an, es stört Sie nicht weiter, daß drei unserer Kollegen und ein unschuldiger amerikanischer Senator als Folge Ihrer eigenmächtigen Operation ermordet wurden!« fuhr Graham ihn an.

»Der Tod Scobys war wesentlicher Bestandteil der Operation. Dafür entschuldige ich mich auch nicht. Ihre Kollegen allerdings . . .« Eastman sprach den Satz nicht zu Ende und schüttelte den Kopf. »Das war nicht Bestandteil der Operation. Fiona gab eindeutige Anweisungen, nur McGuire zu ermorden, aber Kerrigan hielt sich nicht daran. Sie konnte nichts dagegen tun. Ich weiß, daß der Tod dieser Männer sie genauso fertigmachte wie mich. Als Mullen den Hubschrauber über der Themse abschoß, ging es uns ähnlich.«

»Jetzt reden Sie genauso wie ein Mitglied der IRA«, gab Graham in scharfem Tonfall zurück. »Wenn die jemanden aus Versehen umbringt, dann kommt sie der Familie auch immer mit irgendeiner faulen Entschuldigung. Damit können Sie Ihre Hände aber nicht in Unschuld waschen, Eastman. Das wird Ihnen nicht gelingen.«

»Ich erwarte nicht, daß Sie mir glauben«, erwiderte Eastman leise. »Aber es ist die Wahrheit.«

»Wer hat das Geld für die Operation aufgebracht?« fragte Sabrina.

»Die IRA. Natürlich unwissentlich. Farrell hatte als führendes Mitglied Zugriff auf die Gelder. Es fiel Fiona nicht schwer, im letzten Jahr Geld abzuzweigen und es Farrell unterzuschieben. Meist waren es nur kleine Beträge, am Ende jedoch kam einiges zusammen. Sie kaufte die Waffen und die technische Ausrüstung und benutzte ein paar im Exil lebende Iren, ihr dabei zu helfen, alles an Ort und Stelle zu bringen. Sie bezahlte die Leute und ließ sie schwören, Stillschweigen zu bewahren. Natürlich wäre es keinem der Beteiligten auch nur im Traum eingefallen, darüber zu diskutieren, hauptsächlich deswegen, weil sie glaubten, an einer Operation der IRA beteiligt gewesen zu sein.«

Whitlock starrte vor sich hin auf das Mikrofon. Nachdenklich zog er die Brauen zusammen. Schließlich schaute er zu Eastman hoch. »Wenn wir jetzt also an Ihrer Stelle Fiona Gallagher verhört hätten, wäre von alledem nichts ans Tageslicht gekommen, nicht wahr? Die Gallagher hätte steif und fest behauptet, das Ganze sei eine Operation der IRA gewesen. Warum haben Sie sich eigentlich nicht daran gehalten?«

»Fiona war Mitglied der IRA, daran gab es überhaupt keine Zweifel. Ihr Hintergrund hätte ihre Glaubwürdigkeit vor Gericht nur noch gesteigert. Und sie hätte eine sehr überzeugende Zeugin abgegeben. Schließlich war sie es, die in Dugaill Scoby tötete. Was habe ich denn getan? Ich habe mit ihr und Pat den Anschlag geplant. Und das wiegt ja wohl nicht so schwer, nicht wahr?«

»Das ist aber immer noch keine Antwort auf die Frage«, meinte Sabrina.

»Ich denke doch«, erwiderte Graham. »Indem er alles gesteht, bringt er die offiziellen Stellen ganz schön in Verlegenheit. Sollen sie bei der Version bleiben, die diesen Morgen in großer Aufmachung auf der Titelseite jeder Zeitung steht und nach der die IRA für Scobys Tod verantwortlich ist? Oder sollen sie Eastman vor ein Gericht stellen und damit zugeben, daß das Ganze eigentlich von zwei auf eigene Faust handelnden Beamten Scotland Yards geplant wurde, um die IRA in Verruf zu bringen? Man stelle sich nur den Schrei der Entrüstung in der Öffentlichkeit vor! Die wird sich doch das Maul über außerhalb des Gesetzes operierende Spitzel von Scotland Yard zerreißen! Das würde dem Image der britischen Polizei nicht wiedergutzumachenden Schaden zufügen. Doch was noch wichtiger ist: Es würde die IRA von jeder Schuld freisprechen, was mit Sicherheit eine verstärkte Unterstützung dieser Organisation zur Folge hätte. Damit liege ich doch gar nicht so falsch, nicht wahr, Eastman?«

»Ich selbst hätte es nicht besser in Worte fassen können«, erwiderte Eastman.

»Ganz schön raffiniert«, meinte Whitlock, nachdem er einen Augenblick nachgedacht hatte.

»Eines begreife ich aber immer noch nicht«, meinte Sabrina und durchbrach damit das plötzliche Schweigen. »Warum hat mich Fiona Gallagher nach dem Mord an Grogan nicht umgebracht?«

Eastman stützte sich mit den Ellbogen auf den Tisch und ließ sein Kinn auf die geballten Fäuste sinken. »Ich sagte Ihnen doch, wir hatten vor, die IRA in Mißkredit zu bringen. Es lag niemals in unserer Absicht, diejenigen zu töten, die die IRA bekämpften. Fiona schien Ihnen für das, was Sie mit der UNACO erreicht haben, Bewunderung entgegenzubringen. Meiner Meinung nach könnte man sagen: sie sah in Ihnen sich selbst, und zwar als das, was sie gerne dargestellt hätte, wenn für sie alles anders gelaufen wäre. Aber das bedeutete nicht, daß sie Sie nicht umgebracht hätte, wenn durch Sie der Erfolg der Operation gefährdet worden wäre. Aber das ist ja jetzt wohl nicht weiter von Belang, oder?«

Whitlock schaltete den Kassettenrecorder aus und rief die beiden Beamten der Staatssicherheitspolizei wieder herein. Eastman wurden erneut Handschellen angelegt, bevor man ihn aus dem Raum führte. Dann entnahm Whitlock dem Gerät die beiden Kassetten. »Ich werde von dem Mitschnitt sobald wie möglich eine schriftliche Fassung für Sergej machen lassen und ihm den Text zufaxen. In der Zwischenzeit nehme ich eine Kassette zu Commander Palmer mit.«

»Glaubst du, daß sich Eastman jemals vor einem Gericht verantworten muß?« fragte Sabrina, als Whitlock auf die Tür zuging.

»Was meinst du denn?« erwiderte Whitlock verächtlich und ging aus dem Zimmer.

Sabrina drehte sich wieder zu Graham um. »Fiona Gallagher hat uns ja wirklich bis zum Letzten gefordert, was? Jeden unserer Schritte wußte sie bereits im voraus und begegnete ihnen mit entsprechenden eigenen Maßnahmen. Und am Schluß wären wir um ein Haar doch noch auf ihre List hereingefallen. Eastman hatte recht. Sie hätte gut an meiner Stelle stehen können.«

»Zugegeben, sie war gut. Aber sie stand nie auf deiner Seite. Sonst wäre sie ja wohl noch am Leben, nicht wahr?«

»Schmeichler«, gab Sabrina grinsend zurück.

»Ich stelle nur fest, was ohnehin offensichtlich ist, mehr nicht«, entgegnete Graham nüchtern.

»Danke, Mike«, sagte sie beim Verlassen des Zimmers mit einem resignierten Seufzer.

Graham runzelte die Stirn. Sie wußte doch, daß er sich weder auf irgendwelche Schmeicheleien noch auf irgendeinen anderen Unsinn verstand, der dazu diente, sich bei jemandem lieb Kind zu machen. Ehrlichkeit war doch an sich schon ein Kompliment, oder etwa nicht? Er zuckte die Schultern und folgte ihr.

Melissa Scoby wachte auf und fand sich in einem Krankenhausbett wieder. Offensichtlich lag sie in einem Privatzimmer. Man hatte sie entkleidet, und sie trug jetzt ein weißes Nachthemd. Mühsam versuchte sie, sich aufzusetzen, aber die Nachwirkungen des Beruhigungsmittels, das man ihr in Dugaill verabreicht hatte, machten sie schwindlig und benommen. Sie legte sich wieder auf das Kissen zurück und starrte zur Decke.

Dann fiel ihr mit einem Schlag alles wieder ein. Der Schuß. Das Blut. Jack Scoby, wie er umgerissen wurde. Wie er stürzte ...

Rasch kamen ihr die Tränen, aber sie machte keine Anstalten, sie wegzuwischen. Sie strömten über ihr Gesicht, durchnäßten das Kissen. Sie hatte gewußt, daß Jack tot war, noch bevor Whitlock ihr sanft auf die Beine geholfen hatte. Heftig hatte sie gegen sie angekämpft, hatte bei ihrem Mann bleiben wollen. Dann waren die Sanitäter gekommen, waren zu der Stelle hinübergelaufen, an der ihr Mann auf dem Boden ausgestreckt dalag. Das Gras um seinen Kopf herum war bereits blutdurchtränkt. So viel Blut. Es hatte ihre Jacke beschmiert. Ihre Bluse. Ihren Rock. Sie erinnerte sich daran, wie sie mit ihrer Hand über sein Gesicht gestrichen hatte. Ihre Handfläche war voller Blut gewesen. Sie hatte aufgeschrien, und ihre Beine hatten unter ihr nachgegeben. Jemand hatte sie aufgefangen. War es Whitlock gewesen? Sie wußte es nicht. Dann war einer der Sanitäter neben ihr aufgetaucht. Sie hatte kein Beruhigungsmittel gewollt. Bloß kein Beruhigungsmittel! Vergeblich hatte sie versucht, es dem Sanitäter zu sagen. Doch ihre Kehle war wie ausgetrocknet gewesen. Sie hatte nicht sprechen können. Dann hatte sie den Einstich der Nadel in ihrer Haut gespürt. Anfangs hatte sie noch gegen die Schläfrigkeit angekämpft. Aber in Sekundenschnelle begann das Mittel zu wirken, und sie hatte gespürt, wie sie das Bewußtsein verlor.

Wieder bemühte sie sich, sich aufrecht hinzusetzen, nahm ein Papiertaschentuch aus der Packung auf dem Nachttisch und wischte sich die Augen ab. Immer noch kamen ihr die Tränen. Ungläubige Tränen. Traurige Tränen. Tränen des Verlustes. Tränen der Schuld . . .

Sie wußte, ihre Ehe war alles andere als vollkommen gewesen, aber trotzdem war sie ihrem Mann nie untreu geworden. Ihre Flirts waren harmlos gewesen, sie waren nur ein Versuch, ihn auf ihre Nähe aufmerksam zu machen. Doch er hatte es nie bemerkt, war viel zu sehr mit seiner Karriere beschäftigt gewesen. Die hatte immer an allererster Stelle gestanden. Und die hatte ihn letzten Endes das Leben gekostet. Plötzlich waren alle Träume vorbei. Die Präsidentschaft. Das Weiße Haus. Alles, was er jemals gewollt hatte. Alles, was sie jemals gewollt hatte . . .

»Mrs. Scoby?« Eine Krankenschwester stand in der Tür. Sie lächelte sanft. »Wie fühlen Sie sich?«

»Ich weiß es nicht . . .«, war die Antwort.

»Ja, das kann ich gut verstehen«, erwiderte die Krankenschwester und trat ins Zimmer.

»Können Sie das wirklich?« Melissa Scoby biß sich auf die Unterlippe und unterdrückte ihre Tränen. »Wo bin ich?«

»Im Krankenhaus von Armagh. Von Dugaill aus ist es das nächstgelegene Krankenhaus. Die amerikanische Botschaft schickt jemanden herüber, der Sie zurück nach London bringen wird. Die Leute sollten innerhalb der nächsten Stunde hier eintreffen.«

Melissa Scoby tupfte sich ihre Augen mit dem Taschentuch ab. »Lassen Sie mich bitte einfach alleine.«

»Möchten Sie etwas trinken? Tee? Kaffee?«

»Nein.«

Die Krankenschwester ging aus dem Zimmer und schloß leise die Tür hinter sich.

Melissa Scoby stützte die beiden Kissen gegen das Kopfende des Bettes, lehnte ihren Kopf dagegen und schloß die Augen. Plötzlich sah sie das Gesicht ihres Mannes vor sich. Sehr deutlich. Sehr realistisch. Dann erinnerte sie sich an das, was er vor ihrem Aufbruch nach Belfast auf dem Flughafen zu ihr gesagt hatte. *Ich habe im Safe unseres Hotelzimmers einen Umschlag hinterlegt. Wenn mir heute in Dugaill irgend etwas zustoßen sollte, ist es unbedingt notwendig, daß du ihn so bald wie möglich Whitlock gibst. Versprich mir, das unbedingt zu tun, Melissa! Du mußt es mir versprechen.*

Sie hatte es ihm versprochen. Abrupt setzte sie sich wieder auf, nahm das Telefon vom Nachttisch und stellte es auf ihren Schoß. Zitternd nahm sie den Hörer ab, wählte die Nummer der Telefonzentrale und bat die Vermittlung, das Grosvenor House Hotel in London anzurufen.

15

Tillman schwitzte, als er den Zoll am John-F.-Kennedy-Airport passierte. Er wurde nicht angehalten, was ihn überraschte. Wenn jemand nervös wirkte, dann er. Sein Glück schien ihm treu zu bleiben. Besorgt blickte er sich um, als er mit energischen Schritten durch das Gewühl lief. Vor dem Flughafengebäude ging er auf das nächste gelbe Taxi zu und sagte dem Fahrer, er solle ihn zur Grand Central Station bringen. Der Fahrer aß seinen Schokoladenriegel auf, aktivierte den Fahrpreisanzeiger und startete den Motor.

Tony Varese war Tillman unauffällig im Flughafen gefolgt, seit er durch die Zollabfertigung gekommen war. Er stieg auf den Rücksitz eines anderen gelben Taxis und sagte dem Fahrer, er solle hinter Tillman herfahren. Der Fahrer, ein in den USA lebender Italiener, der regelmäßig für die Germino-Familie arbeitete, legte den Gang ein, bog auf die Straße und folgte dem Opfer in sicherer Entfernung.

Als sie die Grand Central Station erreicht hatten, sagte Tillman dem Fahrer, er solle auf ihn warten, es würde nicht lange dauern. Bei seiner Rückkehr hatte er eine hellblaue Reisetasche bei sich. Für einen kurzen Augenblick dachte er noch daran, sein Apartment aufzusuchen und einige persönliche Dinge zu holen, verwarf den Gedanken aber schnell wieder. Das wäre viel zu gefährlich. Er konnte es sich nicht leisten, irgendein unnötiges Risiko einzugehen. Auf ein endgültiges Reiseziel hatte er sich noch nicht festgelegt. El Salvador? Guatemala? Honduras? Es war egal. Er konnte sich später entscheiden. Jetzt war nur wichtig, die Vereinigten Staaten zu verlassen. Er wußte, daß er keine der großen Fluggesellschaften nehmen konnte. Wie hätte er eine einleuchtende Erklärung für das Vorhandensein von fünfhunderttausend Dollar in seiner Reisetasche finden sollen? Nein, es war an der Zeit, sich bei jemandem zu melden, der ihm noch etwas schuldig war. Er teilte dem Fahrer mit, wohin er ihn bringen sollte.

Judd Miller prahlte damit, alles fliegen zu können, was Flügel und einen Motor hatte. Bis jetzt war ihm noch nie das Gegenteil bewiesen worden. In den Sechzigern hatte er in Vietnam Kampfhubschrauber geflogen, in den Siebzigern Herkules-Transportmaschinen ins kriegsgeschüttelte Afrika gebracht und in den Achtzigern eine ganze Reihe von Privatmaschinen in Mittelamerika gesteuert. Während all dieser Aktivitäten hatte er insgesamt vierzehn Jahre in Gefängnissen auf der ganzen Welt zugebracht. Die Anklagen reichten von Waffenschmuggel bis zu versuchtem Mord.

Ende der achtziger Jahre war er in die Vereinigten Staaten zurückgekehrt und hatte außerhalb New Yorks eine kleine Flugschule aufgemacht. Eine kostspielige Scheidung ein Jahr darauf und wachsende Schulden hatten die Firma bis an den Rand des Bankrotts gebracht. Anfang des Jahres war er gezwungen gewesen, eines seiner Flugzeuge zu verkaufen, um einige seiner Gläubiger zu befriedigen; vor einem Monat hatte er seine Sekretärin und zwei seiner drei Mechaniker entlassen, weil er nicht länger imstande war, ihnen ihren Lohn auszuzahlen. Er wußte, daß es nur noch eine Frage der Zeit war, bevor die Firma Konkurs machte. Das beunruhigte ihn allerdings nicht weiter. Vom Unterrichten hatte er sowieso die Nase voll. Es wurde Zeit, wieder weiterzuziehen. Er wußte, daß er in einer ganzen Reihe von Ländern Arbeit finden konnte, und hatte bereits seine Fühler ausgestreckt. Jetzt mußte er nur noch warten, bis ihm das richtige Angebot über den Weg lief ...

Er saß in seinem Büro und hatte die Füße auf den Schreibtisch gelegt, als das gelbe Taxi vor der Tür anhielt. Der Fahrer holte einen Koffer aus dem Kofferraum und ließ ihn auf den Boden plumpsen. Miller fluchte verärgert. Er hatte doch keinen Charterservice! Gerade wollte er seine Beine vom Schreibtisch nehmen, als Tillman aus dem Taxi stieg. Miller erkannte ihn sofort. Er fuhr sich mit den Fingern durch seine fettigen Haare. Was zum Teufel ging da vor sich?

Seine erste Begegnung mit Tillman hatte in den frühen Achtzigern stattgefunden. Er war in einem Gefängnis in Nicaragua eingesessen, weil er Waffen für die Contras geschmuggelt hatte. Tillman war damals hochangesehener Auslandskorrespondent bei der *New York Times* gewesen. Auch wenn die beiden, abgesehen von ihrem Haß auf den internationalen Kommunismus, nur wenig Gemeinsamkeiten besaßen, hatten sich ihre Wege in den nächsten Jahren noch etliche Male gekreuzt. Dann war Tillman in die Vereinigten Staaten zurückgekehrt, und Miller hatte nichts mehr von ihm gehört, bis vor kurzem im NBC ein Sonderbericht über Jack Scobys historischen Wahlsieg im Bundesstaat New York gebracht wurde. Dort war Tillman aufgetaucht: als Drahtzieher und Hauptverantwortlicher für die Wahlkampagne Scobys. Jetzt hatte es allerdings den Anschein, als ob ihm seine Drähte plötzlich gekappt worden seien.

Tillman bezahlte den Fahrer und wartete, bis das Taxi davongefahren war, bevor er in das kleine Büro trat. »Du erinnerst dich an mich, oder?«

Miller nickte langsam. »Klar. Du bist doch dieser Klugscheißer von Journalist, der sich zum politischen Drahtzieher gemausert hat. Hast bei Scoby gute Arbeit geleistet. Du hast mich sogar dazu gebracht, ihn zu wählen. Und ich habe in meinem ganzen Leben noch nie gewählt. Schade – so wie es aussieht, scheint die Stimme verloren zu sein.«

»Dann weißt du, was passiert ist?«

»Sie berichten heute morgen im Radio ja von nichts anderem.« Miller verschränkte die Hände hinter dem Kopf. »Ich hätte gedacht, daß es gerade jetzt du wärst, der seine große Stunde in den Nachrichten hat. Es muß doch Journalisten geben, die ihre Kinder verkaufen würden, um ein Exklusivinterview mit dir zu bekommen. Was zum Teufel treibst du also hier?«

»Du bist mir noch etwas schuldig. Darauf komme ich jetzt zurück«, erwiderte Tillman in scharfem Ton.

»Wieso bin ich dir etwas schuldig?«

»Verkauf mich nicht für dumm, Miller. Du weißt verdammt gut, wovon ich rede. Ich habe dich aus Honduras herausgebracht, nachdem dein Flugzeug von den Guerillas abgeschossen worden war. Wenn die dich in ihre Hände bekommen hätten, würdest du heute nicht hier sitzen.«

»Ach, *das* meinst du! Ich schätze, dafür, daß du meinen Arsch gerettet hast, bin ich dir tatsächlich etwas schuldig. Was willst du?«

»Ich möchte, daß du mich nach Mittelamerika fliegst. Momentan ist ganz egal, wohin. Bring mich nur außer Landes.«

Miller sah ihn ungläubig an. »Ich soll dich nach Mittelamerika ausfliegen? Einfach so?«

Tillman räumte auf dem Schreibtisch einen Platz für seine Reisetasche frei, öffnete sie, nahm zwei Bündel mit je zehntausend Dollar heraus und warf sie in Millers Schoß. »Das ist für die Flugzeugmiete, die Treibstoffkosten und deine Zeit. Ich denke, du könntest mir zustimmen, daß zwanzig Riesen dafür ein mehr als angemessener Betrag sind.«

Mike nahm eines der Geldbündel und fuhr mit dem Daumen daran entlang. »Du machst mich neugierig. Scoby fällt einem Attentat zum Opfer, und plötzlich mußt du in aller Eile außer Landes flüchten. Was zum Teufel ist hier eigentlich los, Tillman?«

Tillman warf weitere zehntausend Dollar auf den Tisch. »Dreißig Riesen. Und keine Fragen.«

»Wieviel von dem verdammten Geld hast du eigentlich noch da drin?«

»Ich sagte: keine Fragen!« herrschte ihn Tillman an.

»Du mußt ja eine ganze Menge davon in der Tasche haben, wenn du es dir leisten kannst, mit dreißig Riesen um dich zu werfen. Sagen wir – fünfzig Riesen, und außerdem bezahlst du den Treibstoff. Abgemacht?«

»Abgemacht«, bestätigte Tillman knapp.

»Was fällt dir nur ein? Einfach ein Geschäft mit Geld abzuschließen, das dir gar nicht gehört!« Varese tauchte plötzlich in der Türöffnung auf. In der Hand hielt er eine Heckler & Koch mit Schalldämpfer.

»Wer zum Teufel sind Sie?« fauchte Miller und nahm seine Beine vom Schreibtisch.

Varese warf Miller einen verächtlichen Blick zu, hob die Pistole und erschoß ihn. Tillman stolperte rückwärts gegen die Wand und preßte die Reisetasche gegen seine Brust, als ob sie imstande sei, die nächste Kugel abhalten zu können.

»Fünfzig Riesen, um dich nach Mittelamerika zu bringen?« fragte Varese und blickte auf Millers Leiche hinunter. »Ich würde sagen, er hat dir bei diesem Handel einen guten Preis gemacht.«

»Wir können uns doch noch einig werden, Varese!« rief Tillman verzweifelt und stopfte die dreißigtausend Dollar wieder in die Reisetasche zurück. »Du kannst doch sagen, du hättest mich nie gefunden. Auf diese Weise könntest du das ganze Geld für dich behalten. Eine halbe Million! Das ist eine Menge Geld. Ich werde auch nicht reden. Das weißt du ... Ich bin genauso tief in diese Sache verstrickt wie du und will den Rest meines Lebens nicht in einer Gefängniszelle verbringen. Nimm das Geld! Nimm alles. Aber laß mich gehen ...«

»Ich weiß, daß du bei den Behörden nicht singen wirst. Aber was ist, wenn dich die Kolumbianer zu fassen kriegen? Mit Sicherheit würden sie dich foltern, und am Ende würdest du ihnen alles über Mr. Navarro erzählen. Dann würden sie sich an der Familie rächen wollen. Die Kolumbianer sind ausgesprochen schlechte Verlierer, und um nicht das Gesicht zu verlieren, müßten wir es ihnen wieder heimzahlen. Das alles könnte ziemlich übel werden. Und alles nur, weil ich dich laufen lasse.«

»Auch wenn man mich foltert – ich würde nicht reden«, entgegnete Tillman und wischte sich den Schweiß von der Stirn.

»Die Kolumbianer sind Meister im Foltern. Ich weiß, daß ich lieber reden würde, als diese Art von Schmerzen zu ertragen. Und du würdest das auch. Du würdest ihnen alles sagen, was sie wissen wollen. Und noch mehr. Nur damit sie aufhören.« Varese richtete die Pistole auf Tillmans Kopf. »So kann es keine Mißverständnisse geben. Und dir bleibt ein qualvoller Tod in den Händen der Kolumbianer erspart.«

Tillman schlug plötzlich mit der Reisetasche zu und traf Varese voll im Gesicht. Die Kugel schlug hinter dem Schreibtisch in die Wand, ohne Schaden anzurichten. Mit einem Satz war Tillman an Varese vorbei und durch die offene Tür nach draußen gelangt. Wütend fluchend rannte Varese hinterher. Tillman lief auf den einige hundert Meter von dem Büro entfernten Hangar zu. Varese hob die Automatic, zielte und drückte ab. Die Kugel traf Tillman ins Bein. Er stolperte, stürzte und schaute sich voller Entsetzen um. Varese ging auf ihn zu. Tillman versuchte, aufzustehen, aber ein scharfer Schmerz fuhr ihm durch das Bein. Gequält biß er die Zähne zusammen und schaffte es schließlich, sich auf dem unverletzten Bein hochzustemmen. Nach ein paar unsicheren Schritten jedoch verlor er das Gleichgewicht und fiel wieder hin. Er krallte sich mit den Fingern in den Boden, schleppte sich auf den Hangar zu . . . Varese holte ihn ein, hob die Pistole und schoß ihm eine Kugel in den Hinterkopf. Mit dem Fuß rollte er Tillman auf den Rücken. Er war tot. Zufrieden nahm er die Reisetasche und ging zum Taxi, das hinter dem Hangar außer Sichtweite parkte. Er sagte dem Chauffeur, er solle ihn zu West Side Electronics fahren. Diese Nachricht wollte er Navarro persönlich überbringen. Jetzt gab es für sie keinen Grund mehr zur Sorge . . .

Kolchinsky tippte die Ziffernfolge des Zahlencodes in den elektronischen Türöffner ein, stieß die Tür auf und trat in den Raum. Sarah saß nicht hinter ihrem Schreibtisch. Und die Schiebetür, die in das Büro des Direktors führte, stand offen. Obwohl Sarah Zugriff auf den kleinen Reservesignalgeber hatte, der in dem Wandsafe hinter ihrem Schreibtisch aufbewahrt wurde, wußte sie, daß sie ihn nur im Notfall benutzen durfte. Und auch das nur, wenn weder er noch Whitlock sich im Büro aufhielten. So waren die Bestimmungen. Warum also war sie dort drin? Hatte es einen Notfall gegeben? Eine neue Krise? Er eilte in den Raum und erstarrte, als er Malcolm Philpott hinter dem Schreibtisch sitzen sah.

»Guten Tag, Sergej«, begrüßte ihn Philpott und blickte zu ihm auf. Dann wandte er sich Sarah zu, die vor dem Schreibtisch stand. »Danke, daß Sie mir diese Fotokopien gemacht haben.«

Sie lächelte ihn an und verließ das Büro.

Philpott ließ die Tür mit dem Signalgeber wieder zugleiten. »Setz dich. Ich erzähle dir, was geschehen ist.«

»Ich würde ja gerne, aber du sitzt auf meinem Sessel!«

»Das ist der Sessel des Direktors.« Philpott zog den Umschlag mit dem Brief aus seiner Tasche, in dem Kolchinsky seinen Rücktritt eingereicht hatte, und legte ihn auf den Schreibtisch. »Ich glaube, das hattest du heute morgen dem Generalsekretär gegeben, nicht wahr?«

Kolchinsky setzte sich langsam auf eines der schwarzen Ledersofas. Sein Blick wich nicht von Philpotts Gesicht. »Das kommt mir ja vor wie eine dieser veralteten Maßnahmen der Sowjets. Die Tinte auf meinem Rücktrittsgesuch ist noch nicht trocken, da haben mich die Bürokraten bereits von meinem Posten entfernt.«

»Du wurdest nicht entfernt, Sergej.« Philpott nahm seine Pfeife und drehte sie nachdenklich in seinen Händen hin und her. Seit seinem Herzinfarkt Anfang des Jahres hatte er sie nicht mehr benutzt; jetzt war sie nur noch ein Erinnerungsstück. Er legte sie wieder hin. »Nachdem du dein Rücktrittsgesuch eingereicht hattest, rief mich heute morgen der Generalsekretär an und fragte, ob ich in Erwägung ziehen könnte, wieder zur UNACO zurückzukehren. Es traf mich aus heiterem Himmel. Wie du weißt, mußte man mich nicht dazu überreden; die Langeweile machte mich ja verrückt. Aber ich bin nicht zurückgekommen, um die UNACO aufzulösen. Ganz im Gegenteil: Ich beabsichtige, erbittert darum zu kämpfen, daß ihr Fortbestand gesichert ist. Den größten Teil des Vormittags verbrachte ich damit, die Berichte über den Fall Scoby durchzugehen. Es hat keinen Zweck, daß wir uns etwas vormachen. Die UNACO steckt ganz schön in Schwierigkeiten. Aber es gibt Hintertürchen. Und ich habe vor, sie bis ins letzte auszunutzen, um die UNACO wieder in ruhigeres Fahrwasser zu bringen. Doch dabei brauche ich Unterstützung. Und ich hoffe, daß du dasein wirst, um mir diese Unterstützung zu geben, alter Freund. Natürlich wirst du scharfer Kritik seitens der Politiker ausgesetzt sein. Das ist nicht anders zu erwarten. Es bedeutet aber nicht, daß man dir die Schuld für die Geschehnisse zuschieben sollte. Hätte ich hier gesessen, wäre die ganze Sache genauso gelaufen. Keiner von uns ist unfehlbar. Doch im Augenblick sorge ich mich am meisten darum, daß sich die Spitze der UNACO auflöst. Deine Amtsniederlegung heute früh bestätigte diese Sorge. Darum bitte ich dich auch, deine Entscheidung noch einmal zu überdenken. Ich kann die Gründe gut verstehen, aus denen heraus du es getan hast. Aber ich glaube nicht, daß das die Lösung ist. Zumindest augenblicklich nicht. Wenn wir den Eindruck erwecken, einmütig zusammenzustehen, wird es unseren Kritikern ungleich schwerer fallen, unsere Schwachpunkte zu finden.

Ich habe bereits mit C. W. gesprochen, und er deutete an, daß er bei der UNACO bleiben würde, wenn man ihn mit Außeneinsätzen beauftragt. Damit habe ich bestimmt keine Probleme. Er ist einer der besten Männer für Einsätze vor Ort, die wir haben. In der Führungsetage hat er sich offenbar nie richtig zu Hause gefühlt.« Philpott hielt den Umschlag hoch. »Wir sind immer ehrlich zueinander gewesen, Sergej. Willst du bei deiner Entscheidung bleiben, werde ich nicht den Versuch machen, dich umzustimmen. Dafür bringe ich dir viel zu großen Respekt entgegen. Es ist gänzlich deine Sache.«

Kolchinsky starrte eine Weile auf den Teppich, dann lehnte er sich im Sofa zurück und verschränkte die Hände auf seinem Schoß. »Rückblickend ergibt das, was du sagst, Sinn. In einer Zeit wie dieser muß die Organisation wirklich zusammenstehen. Vielleicht war ich mit meinem Rücktrittsgesuch heute früh ein wenig vorschnell. Aber sobald sich der ganze Tumult gelegt hat, habe ich immer noch vor, meine Stellung zu überdenken.«

»Dann sollte ich das hier besser bei mir behalten«, meinte Philpott und ließ den Umschlag in die Schublade gleiten.

»Warum hat der Generalsekretär mir nicht gesagt, daß du zurückkommst? Ich war die letzten drei Stunden bei ihm.«

»Ich bat ihn, nichts zu sagen. Ich hielt es für besser, selbst mit dir zu sprechen.«

»Es ist gut, daß du wieder da bist, Malcolm«, meinte Kolchinsky schließlich. »Ich wünschte nur, die Begleitumstände wären andere.«

»Die Karten sind verteilt. Jetzt liegt es an uns, das Beste aus unserem Blatt zu machen.«

»Ein tolles Blatt«, gab Kolchinsky zurück.

»Ein As haben wir noch«, erwiderte Philpott und tippte auf die vor ihm liegende Mappe. »Jack Scoby hat seine Frau angewiesen, C. W. einen Umschlag zu geben, wenn ihm während seines Aufenthalts in Irland etwas zustoßen sollte. Während du noch bei der Unterredung mit dem Generalsekretär warst, hat C. W. mir den Inhalt per Fax ins Büro geschickt. Es ist eine bedrückende Lektüre. Die Frage ist jetzt: Wie spielen wir das As aus, damit es die beste Wirkung hat?«

»Was befand sich in dem Umschlag?« fragte Kolchinsky. Sein Interesse war geweckt.

Philpott gab einen Überblick über den Inhalt der fünf handgeschriebenen Seiten. In allen Einzelheiten hatte Scoby darin erläutert, welche Vereinbarungen mit den Kolumbianern getroffen worden waren, um Kokain in die Vereinigten Staaten zu importieren und dabei den Bundesstaat New York als Einfuhrhafen zu benutzen. Die Mafia sollte sich dann später einschalten, um sich ihren Teil vom Kuchen zu holen.

»Jetzt, wo Scoby tot ist, liegt offenbar bei Tillman der Schlüssel zum Ganzen«, sagte Kolchinsky. »Wurde er bereits verhaftet?«

»Als Tillman von Scobys Tod Wind bekam, hat er

fluchtartig das Hotel in London verlassen. Beim Eintreffen des Textes über Fax war er schon in New York. Die amerikanische Rauschgiftbehörde observiert sein Apartment; es wurde auch Haftbefehl erlassen, aber bis jetzt fehlt von ihm jede Spur. Er scheint wie vom Erdboden verschluckt.«

»Das überrascht mich nicht. Er muß wissen, daß es nur eine Frage der Zeit ist, bis die Kolumbianer und die Mafia ihn einholen. Aber warum ist er überhaupt in die Staaten zurückgekehrt? Wenn ich in seiner Haut steckte, würde ich mich doch bei meiner Flucht so weit wie möglich von den USA entfernen.«

»Das werden wir erst nach seiner Verhaftung wissen«, erwiderte Philpott.

»Hat Scoby irgendeinen Grund dafür angegeben, warum er ein Geständnis hinterlassen hat, das soviel Schaden anrichten kann?«

»Um seine Frau zu beschützen. Wenn die Kolumbianer oder die Mafia geglaubt hätten, Scoby habe auch sie in den Handel eingeweiht, hätten sie Melissa möglicherweise umbringen lassen. Doch Scoby hat in seinen Ausführungen mit Nachdruck betont, daß sie nichts wußte. Macht man sein Geständnis publik, wäre das für sie der beste Schutz, denn dann wäre alles offengelegt.«

»Es wird dem Image der Republikaner ungeheuren Schaden zufügen, wenn Scobys Aussagen an die Presse gelangen«, meinte Kolchinsky. »Bei diesem hausgemachten Skandal könnten sie glatt die nächste Wahl verlieren.«

»Darum wird auch morgen früh der Präsident einen seiner höheren Berater aus Washington herüberschicken. Und ich beabsichtige, diese Situation voll auszunutzen.«

»Du willst tatsächlich den Präsidenten erpressen?« fragte Kolchinsky erstaunt.

»Gott bewahre!« erwiderte Philpott mit gespieltem Entsetzen. »Sagen wir einfach, ich beabsichtige, eine für uns günstige Vereinbarung auszuhandeln.«

»Wie sieht diese Vereinbarung aus?«

»Das wirst du noch früh genug herausfinden«, entgegnete Philpott und schob die Mappe beiseite. »Jetzt erzähl mir mal von deinem Treffen mit dem Generalsekretär.«

Nachdem Whitlock die Hotelrechnungen beglichen hatte, waren die drei mit dem Taxi zum Flughafen Heathrow gefahren, wo sie für den Rückflug nach New York eincheckten und dann in die Cafeteria gingen.

»Ich freue mich auf daheim«, meinte Sabrina, nachdem sie Platz genommen hatten.

»Ich auch«, sagte Graham und goß Milch in seinen Kaffee. »Morgen abend spielen die Giants in Meadowlands. Das dürfte ein großartiges Spiel werden.«

»Ich weiß, daß ich die Frage bereuen werde, aber gegen wen spielen sie?« fragte Sabrina.

»Gegen die Washington Redskins. Ich rechne mit einem ganz knappen Sieg.«

»Oje, ich bereue es bereits«, meinte Sabrina mit einem verzweifelten Blick auf Whitlock.

»Warum kommst du nicht einfach mit?« fragte Graham. »Du könntest noch etwas lernen. Ich verfüge über einige Verbindungen, und es sollte mir auch so spät noch möglich sein, eine Karte zu bekommen.«

»Du weißt doch, von Football habe ich absolut keine Ahnung, Mike«, erwiderte sie. »Du würdest nur dein Geld verschwenden.«

»Okay, ich treffe mit dir eine Vereinbarung: Für den Preis eines billigen Lehrbuchs bringe ich dir auf dem Rückflug die Grundregeln des Spiels bei. Und wenn du bei der Ankunft im John-F.-Kennedy-Airport immer noch nichts begriffen hast, gestehe ich meine Niederlage ein. Doch ich garantiere dir, daß du nach meinen Bemühungen scharf darauf sein wirst, morgen abend nach Meadowlands zu kommen. Abgemacht?«

»Ich und meine große Klappe!« Sie zuckte die Schultern. »Die nächsten paar Stunden habe ich sowieso nicht viel anderes vor.«

»Wir werden noch einen Giants-Fan aus dir machen.«

»Ich kann es kaum erwarten«, erwiderte sie und schnitt eine Grimasse.

»Was meinst du denn dazu, C. W.?« Grahams Lächeln verschwand, als er den Ausdruck auf Whitlocks Gesicht sah.

»C. W.?«

Whitlock riß sich aus seinen Tagträumen und grinste Graham reumütig an. »Entschuldige, Mike, ich war weit weg. Was hattest du gesagt?«

»Ist schon gut. Alles in Ordnung mit dir?«

»Klar«, antwortete Whitlock. Doch er wußte, daß er den beiden nichts vormachen konnte, atmete tief durch und lehnte sich in seinem Sessel nach hinten. »Bei meinem Telefonat mit dem Colonel heute früh sagte ich ihm, daß ich mich wieder gerne auf Einsätze draußen verlegen würde. Für die Führungsetage bin ich einfach nicht geschaffen. Er war ganz begeistert und sagte, wir könnten den Wechsel mit allen Einzelheiten über die Bühne bringen, sobald ich wieder in New York zurück wäre. Doch Carmen habe ich noch gar nichts davon erzählt. Sie bekommt einen Anfall, wenn sie es herausfindet.«

»Nun sei mal nicht vorschnell, C. W.!«

»Ach, komm schon, Sabrina! Du weißt doch, welche Einstellung sie zu der ganzen Sache hat. Sie wollte, daß ich nicht mehr bei den Einsätzen draußen mitmache. Das ging so weit, daß sie mir damit drohte, mich zu verlassen. Jedesmal, wenn ich einen neuen Auftrag übernahm, wurde die Angst unerträglich für sie. Warum sonst wohl habe ich deiner Meinung nach eine leitende Stelle angenommen? Es war die einzige Chance, die Ehe zu retten. Und bis jetzt hat es funktioniert.« Whitlock zeigte auf den neben ihm sitzenden Graham. »Mike und ich haben am Wochenende darüber gesprochen. Und er hatte recht. Es war nur eine kurzfristige Lösung. Ich kann nicht bei der Arbeit unglücklich und zu Hause glücklich sein. Früher oder später wird es an irgendeiner Stelle krachen. Und ich konnte in den letzten Tagen spüren, wie die Spannung wuchs. Ihr drei standet im Brennpunkt des Geschehens, ich hingegen klebte am Telefon und schrieb weiß Gott wie viele Berichte, die per Fax an die Vereinten Nationen gingen. Ich bin einfach nicht für die Büroarbeit geschaffen. Und kann diese Lüge nicht länger leben. Aber wie soll ich Carmen davon überzeugen?«

»Erzähl ihr genau das, was du uns gerade erzählt hast«,

meinte Graham. »Nach dem, was du mir über sie berichtet hast, bin ich mir eigentlich sicher, daß sie begreift, in welcher Zwickmühle du steckst, seit du nicht mehr vor Ort bist. Die Hauptsache ist doch: du hast es mit der leitenden Stellung ausprobiert, es hat aber nicht geklappt. Und du hast das Ganze für sie getan. Was kann sie denn noch von dir verlangen? Daß du grinst und es um eurer Ehe willen erträgst? Das ist kein Rezept, um eine Ehe zu retten. Du mußt ehrlich zu ihr sein, C. W.! Anders geht es nicht.«

»Ich weiß, was ihr durchgemacht habt«, fuhr Graham nach einer Pause fort. »Carrie und ich mußten die gleiche Sache durchleiden. Auch sie wollte während meiner Zeit bei der Elitetruppe Delta, daß ich nicht mehr draußen eingesetzt werde. Und jedesmal, wenn sie das Thema ansprach, weigerte ich mich, darüber zu reden. Was mich betraf, gab es auch nichts dazu zu sagen. Es war mein Leben. Meine Entscheidung. Und ich wäre todunglücklich gewesen, wenn ich den Rest meiner Tage im Büro verbracht hätte. Nun, schließlich gerieten wir unweigerlich an den Punkt, an dem wir uns mit unseren Gefühlen auseinandersetzen mußten. Und das haben wir getan. Schonungslos. Und ich kann dir nur sagen: An jenem Tag haben wir mehr übereinander gelernt als in den vier Jahren Ehe davor. Es hat die Atmosphäre gereinigt, soviel ist sicher. Und es hat auch unsere Ehe gerettet, daran habe ich keine Zweifel.«

»Danke«, meinte Whitlock schließlich. »Nachdem wir das zur Sprache gebracht haben, fühle ich mich besser.«

»Ich schicke dir die Rechnung«, meinte Graham mit einem Lächeln.

Plötzlich bemerkte Sabrina, daß Marsh am Eingang der Cafeteria stand. »Schaut nicht hin, aber wir bekommen Gesellschaft.«

Marsh begrüßte sie, zog einen Stuhl näher und setzte sich. »Sie hätten sich bei Scotland Yard bei mir bemerkbar machen sollen, dann hätte ich Sie selbst hier herübergebracht.«

»Ich denke, wir haben auch so schon genug Mühe gemacht«, antwortete Whitlock. »Wir hielten es für das beste, uns ohne großes Aufhebens davonzumachen und wieder in die Staaten zurückzukehren.«

»Jedenfalls bin ich froh, Sie überhaupt noch erwischt zu haben. Ich wollte Ihnen auch noch für das danken, was Sie für mich getan haben.«

»Wir haben gar nichts getan«, meinte Whitlock. »Eastman war doch derjenige, der Ihren Namen reingewaschen hat.«

»Was gibt's Neues über diesen Scheißkerl?« fragte Graham.

»Er sitzt immer noch in Brixton in Untersuchungshaft, aber ich vermute, daß er insbesondere in Anbetracht der Aktivitäten Scobys im Drogenhandel freikommen wird.«

»Neue Nachrichten über Brady?« fragte Whitlock.

Marsh schüttelte den Kopf. »Seit er das Hotel verlassen hat, wurde er nicht mehr gesehen.«

»Es ist also denkbar, daß die IRA ihn bereits umgebracht und seine Leiche irgendwo versenkt haben könnte«, meinte Graham.

»Ja, das ist möglich. Aber ich glaube, Keith hat Bradys Unterstützung im Armeerat schwer unterschätzt. Sicher, diese ganze Operation hat dem Ansehen der IRA im Ausland Schaden zugefügt, und es wird eine Menge intensiver Gespräche seitens des Armeerats bedürfen, ihre Sympathisanten wieder zu beruhigen, insbesondere drüben in Amerika. Die Sache ist aber alles andere als der Todesstoß für die IRA, den die Presse in den Morgenzeitungen daraus machte. Die IRA wird sich wie immer rasch davon erholen. Und ich glaube, daß auch Brady möglicherweise unversehrt aus dieser Sache herauskommt.

Wenn Brady jedoch umgebracht wurde, dann scheint es mir wahrscheinlicher, daß unzufriedene Mitglieder des Armeerats den Befehl dazu gegeben haben und nicht der Armeerat als Ganzes. Ich schätze, uns bleibt nichts anderes übrig, als abzuwarten und Tee zu trinken!«

Über die Lautsprecheranlage wurde der Flug angekündigt. Sie verabschiedeten sich mit einem Händedruck von Marsh, nahmen ihre Reisetaschen und gingen auf den Ausgang zu. Marsh wartete, bis sie verschwunden waren, und kehrte durch die Abfertigungshalle zum Haupteingang zurück. Seine Arbeit war noch nicht getan ...

Seit über fünfundzwanzig Jahren war Seamus Finnegan Wirt im Castle Tavern in Carrickfergus. Er war ein unerschütterlicher Anhänger der Republikaner; zu seinen engen Freunden gehörten prominente Ratsmitglieder der Sinn Fein und führende Mitglieder der IRA. Obwohl seine Räumlichkeiten regelmäßig für Versammlungen der Republikaner genutzt wurden und Männern als Herberge dienten, hinter denen die Behörden her waren, hatte man ihn nie wegen eines schwereren Vergehens als einer Geschwindigkeitsübertretung verurteilt. Die Frustration bei der örtlichen Polizei war so groß, daß sie jetzt regelmäßig Razzien in der Kneipe machte, wobei sie behauptete, ein anonymer Anrufer habe ihnen den Hinweis gegeben, im Lokal halte sich ein flüchtiger Strafgefangener auf. Und ausnahmslos war es immer der Samstagabend, den die RUC für ihre Razzien wählte. Dann war die Kneipe voll. Vergangene Nacht hatte da keine Ausnahme gemacht. Und wie bei allen anderen Gelegenheiten waren die Polizisten mit leeren Händen wieder abgezogen.

Sonntagmorgen war es meist ruhig. Die Stammgäste kamen nach dem Mittagessen in der Kneipe zusammen, tranken den üblichen halben Liter und spielten Domino. Finnegan schaute auf die Uhr an der Wand hinter sich. Es würde noch eine halbe Stunde dauern, bevor die ersten Gäste eintrafen. Momentan hielten sich in der Kneipe vier Männer auf. Sie saßen alle an der Theke und verfolgten im Fernseher die Aufzeichnung eines Fußballspiels. Ihre Gläser waren voll. Vor fünf Minuten hatte seine Frau heruntergerufen, daß sein Mittagessen fertig sei. Finnegan beschloß, nach oben zu gehen und es sich zu holen, bevor es kalt wurde. Als er sich vom Bildschirm abwandte, ging die Tür auf, und jemand kam herein. Die Person hatte den Kopf gegen den stürmischen Regen nach unten gebeugt, der seit den frühen Morgenstunden auf Carrickfergus herunterprasselte. Sie schloß die Tür hinter sich und schaute langsam zu Finnegan hoch.

»Heilige Mutter Gottes«, murmelte Finnegan ungläubig.

Kevin Brady schlug den Kragen seiner Lederjacke nach unten und ging zum anderen Ende der Theke hinüber, wo er sich außer Hörweite der Gäste befand. »Schön, dich zu sehen, Seamus«, verkündete er mit seiner ausdruckslosen Stimme.

Finnegan schüttelte Brady energisch die Hand. »Dich auch, alter Junge. Wie geht es dir?«

»Ich laß mich schon nicht unterkriegen«, erwiderte Brady und fuhr sich mit den Fingern durch sein verfilztes Haar.

»Seit dem Attentat auf den amerikanischen Senator gestern nachmittag in Dugaill steht das Telefon nicht mehr still. Der Armeerat hat nach dir gefragt. Ich vermute, sie nahmen an, daß du wahrscheinlich früher oder später hier auftauchen würdest. Immerhin bist du in dieser Gegend aufgewachsen. Wenn du mit ihnen sprechen möchtest, Alter, tu es. Das beruhigt sie.«

»Ich werde es tun«, antwortete Brady.

»Warum kommst du nicht nach oben? Es steht eine warme Mahlzeit auf dem Tisch. Du siehst so aus, als könntest du die gut gebrauchen.«

»Nein, aber vielen Dank. Bring mir ein Guinness und ein Käsebrötchen, das reicht. Bevor ich den Armeerat anrufe, muß ich erst einmal Ordnung in meine Gedanken bringen.«

Finnegan zapfte ihm ein Guinness und stellte es auf die Theke. »Man erzählt sich hier, du wärst gestern an dieser Schießerei beteiligt gewesen. Das stimmt doch nicht, oder?«

»Es ist falsch.«

»Genau wie ich sagte.« Finnegan nahm ein Käsebrötchen aus einem Korb im hinteren Teil der Theke und reichte es Brady. »Ich kann immer noch nicht glauben, daß Fiona abgedrückt hat. Ich weiß nicht mehr, wie oft sie hier mit Sean auf ein paar Drinks hereinkam und Billard spielte. Ehrlich – ich dachte immer, sie sei eine von uns.«

»Das dachten wir alle.«

»Willst du wirklich nichts Warmes essen, Alter? Ich kann dir einen Teller herunterbringen.«

Brady schüttelte den Kopf, dann ging er zu einem Tisch in der Ecke und setzte sich. Er hatte sich früher stets seiner Fähigkeit gerühmt, seine Operationen ohne Unterstützung anderer durchzuführen, aber noch nie hatte er sich so isoliert und allein gefühlt wie in den letzten vierundzwanzig Stunden. Das lag nicht nur daran, daß Kane in Untersuchungshaft saß. Sein Plan, die Polizei öffentlich in Mißkredit zu bringen, war gründlich mißraten. Die Bänder befanden sich jetzt in den Händen der Feinde. Doch das war noch gar nichts im Vergleich zum Tod Jack Scobys. Als Führerin eines IRA-Kommandos unterstand Fiona theoretisch seinem Befehl. Und jede Sonntagszeitung hatte ihn als die Person ausgemacht, die hinter dem Attentat stand. Er wußte, daß die Behörden so lange nach ihm suchen würden, bis sie ihn gefunden hatten. Nur auf diese Weise konnten sie hoffen, dem internationalen Aufschrei der Empörung etwas entgegenzusetzen. Doch noch größere Sorge bereitete ihm die Reaktion des Armeerats. Würde er zu ihm halten, oder würde er ihn als Sündenbock benutzen, um die Sympathisanten im Ausland zu besänftigen? Er wußte, daß große Teile des Armeerats hinter ihm standen. Aber würde das ausreichen, um ihn zu retten? Er konnte nicht immer davonlaufen. Früher oder später mußte er der Wahrheit ins Auge sehen ...

Er blickte auf, als sich die Tür öffnete, und erkannte augenblicklich die große, schlaksige Gestalt Kieran O'Connells, seines heftigsten Kritikers im Armeerat. O'Connell wischte sich das vom Wind zerzauste Haar aus dem Gesicht und ging quer durch den Raum zu Bradys Tisch hinüber. Sein Blick war kalt und feindselig.

»Bist du gekommen, um mich zurückzubringen und dem Zorn des Armeerats auszusetzen?« fragte Brady und hielt O'Connells durchdringendem Blick stand.

»Der Armeerat hat mit überwältigender Mehrheit dafür gestimmt, bis zum Abschluß einer internen Untersuchung zu dir zu stehen. Und ich muß mit meinem Ausschluß aus dem Armeerat rechnen, weil ich mit Fiona befreundet war. Für mich hat man nichts mehr übrig.«

Brady hatte O'Connell wegen seiner liberalen Ansichten schon immer gehaßt. Sie waren ihm nicht entschieden genug gewesen. Oft genug hatte O'Connells Veto eine seiner minutiös geplanten Operationen zunichte gemacht, mit denen er einen Schlag gegen die Kommandozentrale der britischen Streitkräfte hatte führen wollen! Jetzt sah es ganz danach aus, als ob der Armeerat in Zukunft eine härtere Haltung einnehmen würde. Und Brady wußte, daß er der Mann sein würde, der sich an die Spitze einer solchen Kampagne stellte. Rache war süß.

Plötzlich trat O'Connell einen Schritt zurück und zog eine Browning aus seiner Manteltasche. Brady sprang auf, trat seinen Stuhl nach hinten und sah sich mit wildem Blick nach einer Fluchtmöglichkeit um. O'Connell drückte ab. Die Kugel traf Brady im Bauch und schleuderte ihn nach hinten gegen die Wand. Entsetzt drückte Brady die Hände auf die Wunde und starrte auf das Blut, das ihm durch die Finger sickerte. Langsam blickte er zu O'Connell hoch, aber als er versuchte, seinen Mund zum Sprechen zu öffnen, jagte dieser ihm drei weitere Kugeln in die Brust. Blut sickerte aus Bradys Mundwinkeln, mit immer noch ungläubigem Blick fiel er vornüber auf den Tisch, der umkippte, und stürzte auf den Boden.

Finnegan, der vom ersten Schuß alarmiert worden war, hatte sich seinen Revolver aus dem Schlafzimmer geschnappt und raste mit großen Sätzen die Treppe hinunter. Als er durch die Tür hinter der Theke hindurchstürzte, war Brady bereits tot. Einen Augenblick lang war er verblüfft, O'Connell vor sich stehen zu sehen. Noch ein Stammgast. Noch ein Freund.

»Laß die Waffe fallen, Kieran«, befahl er und richtete den Revolver auf O'Connell.

O'Connell schaute sich langsam zu Finnegan um. Sein Blick verriet nicht, daß er ihn erkannte. Dann, fast wie in Zeitlupe, schob O'Connell den Lauf der Browning in seinen Mund und drückte ab.

16

Es war Montag morgen neun Uhr, als Whitlock hinter dem weißen Ford anhielt, der einen Häuserblock von West Side Electronics entfernt geparkt war. Als er aus dem Wagen stieg, flog die Beifahrertür des Ford auf, und ein Mann kam zum Vorschein. Der achtunddreißigjährige Frank Grecco war einer der besten Undercoveragenten der amerikanischen Rauschgiftbehörde DEA und hatte zwölf Jahre lang in New York gearbeitet, bevor seine Tarnung durch einen übereifrigen Journalisten aufflog, der hinter einem Sensationsbericht her war. Zu seinem eigenen Schutz mußte Grecco vom Außendienst abgezogen werden. Nach erfolgreicher Arbeit als stellvertretender Leiter eines Reviers bei der Polizei von Los Angeles kehrte er nach New York zurück und war seitdem in dieser Stadt der jüngste Leiter eines Polizeireviers, den es je gegeben hatte.

Whitlock schloß die Fahrertür ab und lächelte Grecco an, als dieser näher kam. Im Laufe der Jahre hatte er mit Grecco bei einer ganzen Reihe gemeinsamer Operationen von DEA und UNACO zusammengearbeitet und konnte es jetzt kaum glauben, daß er den gleichen Mann wie damals vor sich hatte, den er für einen der besten Undercoveragenten hielt, denen er jemals außerhalb der UNACO begegnet war. Die schulterlangen Haare, die Bartstoppeln und die dreckigen Jeans waren verschwunden. Jetzt trug Grecco voller Stolz einen an den Seiten und hinten kurzen Haarschnitt, einen sauber zurechtgestutzten schwarzen Schnurrbart und einen teuren Zweireiher zur Schau.

»He, Alter, lange nicht gesehen!« begrüßte ihn Grecco mit einem breiten Grinsen und schüttelte energisch Whitlocks Hand. »Wie geht es dir?«

Frank Grecco war immer noch der alte. Nichts Vornehmes, keine Manieren. Und deswegen war die Nachricht von seiner Rückkehr nach New York vor zwei Monaten von seinen früheren Kollegen auch so begeistert aufgenommen worden.

»Mir geht's gut, Frankie. Was macht dein neuer Job?«

»Tage wie dieser sind es, an denen sich die ganze Arbeit gelohnt hat«, erwiderte Grecco. »Ich kann immer noch nicht glauben, daß wir endlich die Chance haben, Navarro zu Fall zu bringen. Die ganzen Jahre über waren wir nicht in der Lage, an ihn heranzukommen. Jedesmal, wenn wir ihn zu einer Vernehmung brachten, blieb nichts von den Anschuldigungen übrig. Ich kann dir sagen, seit Scott Norwoods entscheidendem Fehler acht Sekunden vor Spielende war ich nicht mehr so aufgeregt. Das war eine Nacht für die Giants!«

»Mike erinnert mich ebenfalls unablässig daran.«

»Wie geht es diesem Verrückten?«

»Wie immer«, antwortete Whitlock.

»Und was macht mein Liebling unter den Undercoveragenten?« fragte Grecco mit einem wissenden Grinsen.

»Sabrina geht es prächtig. Sie lassen dich beide grüßen.«

»Danke. Wo stecken sie?« fragte Grecco.

»Sie hatten außerhalb der Stadt noch etwas zu erledigen.«

»Sag Mike, ich rufe ihn irgendwann an. Schon zu lange her, daß ich kein Spiel mehr mit ihm besucht habe.« Grecco klopfte mit dem Finger auf das Rückfenster des Ford und gab den Insassen zu verstehen, daß alles in Ordnung war. Zwei Männer tauchten aus dem Fond des Wagens auf. Die hinteren Türen eines zweiten weißen Ford vor ihnen wurden ebenfalls aufgestoßen, und zwei weitere Männer in Zivil stiegen aus. Grecco drehte sich wieder zu Whitlock um. »Ich wollte kein Risiko eingehen. Nicht bei einem so gerissenen Kerl wie Navarro. Wenn er irgend etwas versucht, haben wir Verstärkung genug, um mit ihm fertig zu werden.«

»Nun, bist du bereit?«

»Für diesen Moment halte ich mich schon seit Jahren bereit«, erwiderte Grecco grinsend.

Die Brünette schaute von ihrem Computer hoch und schenkte Whitlock und Grecco beim Eintreten ein warmes Lächeln. »Guten Morgen. Kann ich Ihnen helfen?«

»Wir sind gekommen, um mit Martin Navarro zu sprechen«, teilte ihr Grecco mit.

»Haben Sie einen Termin, Sir?« fragte sie und drückte eine Taste ihres Computers, um eine Liste mit Navarros Terminen an diesem Tag aufzurufen.

»Dort werden Sie unsere Namen nicht finden, Schätzchen«, sagte Grecco zu ihr und hielt seinen Dienstausweis hoch. »DEA. Wir versuchen, keine Termine zu machen. Auf diese Weise können wir die Dreckskerle nämlich überraschen.«

»Mr. Navarro wird nicht vor dem späten Vormittag hier sein.«

»Ihre Loyalität ist rührend, Schätzchen, aber wir haben ihn vor einer Stunde mit seinem Revolvermann Varese ankommen sehen«, berichtete ihr Grecco. »Aber keine Sorge, wir finden den Weg auch alleine.«

Whitlock öffnete eine Tür und betrat Navarros geräumiges Büro. Navarro blickte hinter seinem Schreibtisch hoch und wollte gerade von Whitlock eine Erklärung fordern, als Grecco hinter ihm ins Zimmer trat.

Die Empfangsdame stand unschlüssig und besorgt in der Tür. »Tut mir leid, Mr. Navarro, ich habe versucht, sie aufzuhalten . . .«

»Ist in Ordnung, Marsha. Ich kümmere mich schon darum.«

Sie nickte nervös und machte die Tür hinter sich zu.

»Das ist Sonderagent Whitlock. Er ist den ganzen Weg von unserem Büro in Washington bis hierher gekommen, nur um Sie zu sehen«, sagte Grecco zu Navarro und wies auf Whitlock.

Whitlock hielt den falschen Dienstausweis der DEA hoch, der heute früh auf seinen Namen ausgestellt worden war. Varese, der auf dem Sofa gesessen hatte, stand auf und nahm den Ausweis von Whitlock entgegen. Er studierte ihn sorgfältig, nickte dann Navarro zu und reichte ihn Whitlock zurück.

»Diese andauernden Schikanen seitens der DEA bin ich allmählich mehr als satt, Grecco. Ihre Leute folgen mir auf Schritt und Tritt. Mein Haus wird rund um die Uhr überwacht. Von der Tatsache ganz zu schweigen, daß ich allein in diesem Jahr fünfmal zur Vernehmung gebracht und jedesmal wieder auf freien Fuß gesetzt wurde, ohne daß man Anklage gegen mich erhoben hat. Sagt Ihnen das nichts?«

»Ja, es sagt mir, daß wir uns vielleicht auf den falschen Mann konzentriert haben.« Grecco wandte sich an Varese. »Ich weiß, daß du bewaffnet bist, Tony. Ich will, daß du dein Spielzeug ganz langsam herausnimmst und es vor dir auf den Boden wirfst. Und ich würde keine Dummheiten machen. Sonderagent Whitlock hat aus dieser Entfernung noch nie danebengeschossen.«

Vareses Augen schnellten zu der Automatik in Whitlocks Hand, er machte aber keine Anstalten, Greccos Anweisungen zu folgen.

»Willst du, daß ich rüberkomme und sie dir abnehme, Tony?« fragte Grecco eisig.

»Warum versuchst du es nicht, Grecco?« zischte Varese und stemmte seine Fäuste in die Hüften.

»Tu, was er sagt!« herrschte Navarro ihn an.

Varese warf Navarro einen wütenden Blick zu, zog die Heckler & Koch aus seinem Schulterhalfter und warf sie vor Grecco auf den Boden.

Grecco fuhr mit seinem Kugelschreiber durch den Abzugsbügel und ließ die Waffe in einen für Beweismittel gedachten Plastikbeutel gleiten. »Ich nehme an, daß es die gleiche Heckler & Koch ist, die du bei dem Mord an Judd Miller und Ray Tillman verwendet hast, nicht wahr?«

»Wovon redest du da?« fragte Varese verächtlich.

»Streitest du etwa ab, daß du gestern nachmittag bei der Flugschule Paramus gewesen bist?«

»Von dieser Flugschule habe ich noch nicht einmal den Namen gehört«, entgegnete Varese hochmütig. »Ich war den ganzen Nachmittag über hier. Mr. Navarro kann das bestätigen.«

»Können Sie das?« fragte Grecco.

Irgend etwas in Greccos Stimme machte Navarro unruhig. War es dessen Zuversicht? Er war sich nicht sicher, aber er beschloß, kein Risiko einzugehen. »Sie scheinen ja sehr von Ihrer Sache überzeugt zu sein, Grecco. Was haben Sie Tony vorzuwerfen?«

»Judd Miller, der Eigentümer der Flugschule Paramus, hat vor kurzem zur Überwachung seines Grundstücks dort eine Videoanlage installiert. Er versuchte, damit die Vandalen zu erwischen, die im letzten Monat zweimal in seinem Hangar eingebrochen sind und sich an seinen Flugzeugen zu schaffen machten«, teilte ihm Grecco mit. »Der Mord an Tillman wurde auf Film festgehalten. Wenn Sie wollen, kann ich Ihnen sogar auf die Sekunde genau sagen, wann Varese abgedrückt hat.«

Whitlock öffnete seinen Aktenkoffer und warf einen braunen Umschlag auf Navarros Schreibtisch. »Das sind nur einige der Standbilder, die wir von dem Film gemacht haben. Auf jeder Aufnahme ist Varese eindeutig als Mörder zu identifizieren.«

Navarro nahm die Fotos aus dem Umschlag. Ein Blick auf das erste Foto genügte. Es zeigte, wie sich Varese über Tillman beugte und die Heckler & Koch hob, um abzudrücken. Allein dieses Foto würde ausreichen, ihn für zwanzig Jahre hinter Gitter zu bringen. »Ich rufe meinen Rechtsanwalt an.«

»Sagen Sie ihm, daß er Sie beide im Hauptquartier der DEA treffen kann«, sagte Grecco.

Plötzlich stürmte Varese auf Whitlock zu, stieß ihn beiseite und rannte zur Tür. Grecco machte sein Funkgerät von seinem Gürtel los und warnte seine Männer im Flur davor, daß Varese in ihre Richtung lief. Sein Fluchtversuch war aussichtslos. Sie packten ihn, sobald er auftauchte, brachten ihn zu Fall, ließen Handschellen um seine Handgelenke schnappen und führten ihn wieder in Navarros Büro zurück.

Navarro hatte mittlerweile mit dem besten Rechtsanwalt der Familie, Edward Brasco, telefoniert. Jetzt blickte er zu Varese hinüber, der mutlos auf dem Sofa zusammengesackt war. Blut lief ihm am Kinn herab. »Brasco ist unterwegs zum Hauptquartier der DEA. Sag nichts, bis er dir genaue Anweisungen gegeben hat.«

»Sie haben Ihren Anruf getätigt, Navarro. Stehen Sie jetzt auf!« Grecco nickte einem seiner Männer zu. »Legt ihm Handschellen an, lesen Sie ihm seine Rechte vor, und schaffen Sie ihn hier heraus.«

»Und was wirft man mir vor?« wollte Navarro wissen, als ihm die Handschellen umgelegt wurden.

»Beihilfe zum Mord und Bildung einer kriminellen Vereinigung zur Einfuhr und zum Verkauf illegaler Drogen in diesem Land«, informierte ihn Grecco.

»Was zum Teufel haben denn Drogen mit dieser Sache zu tun?« fragte Navarro.

»Senator Scoby hat eine detaillierte Zusammenfassung der Vereinbarung hinterlassen, die er mit den Kolumbianern getroffen hat, ferner eine Kurzfassung der Übereinkunft, die er heute mit Ihnen bei seiner Rückkehr nach New York treffen wollte. Das allein hätte vor Gericht möglicherweise noch nicht ausgereicht. Aber durch den Mord an Tillman haben Sie Ihre Schuld eingestanden. Natürlich nur, wenn Sie nicht abstreiten, irgend etwas mit dem Mord zu tun zu haben und Varese alles allein ausbaden lassen. Wollen Sie das?«

Navarro wußte, was Grecco versuchte. Er wandte sich an Varese. »Tony, hör nicht auf ihn. Grecco wird versuchen, dir als Gegenleistung für eine Aussage gegen mich Freiheit vor Strafverfolgung anzubieten. Bestimmt wird sich das gut anhören. Du sitzt keine Gefängnisstrafe ab. Dir und deiner Familie gibt man eine neue Identität, ein neues Leben. Aber glaube ihm nicht. Sie werden ihr Wort nicht halten. Das tun sie nie. Sie benutzen dich, und wenn sie dann bekommen haben, was sie wollten, werfen sie dich den Wölfen vor. Laß dich nicht dazu verleiten. Rede mit Brasco. Du weißt, daß er die Sache für dich in Ordnung bringt. Versprich mir, nichts zu sagen, bis du mit Brasco gesprochen hast, Tony. Versprich es mir.«

Unsicherheit lag in Vareses Blick. Er schaute auf den Teppich hinunter.

»Tony, schau mich an! Tony!«

»Bringt ihn weg!« sagte Grecco verächtlich.

Zwei von Greccos Männern führten Navarro aus dem Raum. Whitlock schloß hinter ihnen die Tür.

»Du mußt damit rechnen, zu einer Strafe wegen Mordes verdonnert zu werden, Tony«, meinte Grecco und setzte sich neben Varese. »So ist das eben. Du kannst von Glück reden, wenn du zwanzig Jahre später wieder auf freien Fuß kommst. Mit größerer Wahrscheinlichkeit werden es fünfundzwanzig Jahre sein. Navarro weiß das. Was meinst du wohl, warum er nicht für dich Partei ergriffen hat, als er noch hier war? Zweimal habe ich ihn in die Verlegenheit gebracht, und zweimal hat er sich irgendwie herausgeredet, anstatt mir eine direkte Antwort zu geben. Warum wohl? Weil er weiß, daß er sich aus der Sache herauswinden kann, indem er behauptet, er habe nichts vom Mord an Tillman gewußt. Und dann steht sein Wort gegen deines. Man wird Brasco anweisen, Navarros Freispruch zu erwirken. Du bist für die Familie von untergeordneter Bedeutung. Ihn braucht die Familie, dich nicht. Revolvermänner lassen sich leicht ersetzen. Doch für alles, was in New York geschieht, ist Navarro der entscheidende Mann. Er wird als zukünftiger Nachfolger von Carmine Germino aufgebaut. Meinst du ernsthaft, Germino würde das Risiko eingehen, nur wegen dir für die nächsten zwanzig Jahre auf seinen besten Stellvertreter zu verzichten?«

»Ich kann nicht gegen Martin aussagen«, murmelte Varese, ohne seine Augen vom Teppich abzuwenden.

»Kannst du oder willst du nicht?« fragte Whitlock.

Varese blieb stumm.

»Wie ich höre, bist du gerade Vater geworden, Tony«, sagte Grecco. »Wie alt ist deine Tochter? Einen Monat? Zwei Monate? Wenn du jetzt ins Gefängnis gehst, wirst du die Chance verpassen, zu sehen, wie sie größer wird. Das sind die besten Jahre deines Lebens. Ich weiß das, ich habe selbst einen Sohn. Könntest du mit dem Wissen leben, den ersten Schritt deiner Tochter verpaßt zu haben? Oder ihr erstes Wort? Oder könntest du damit leben, sie nur zu sehen, wenn deine Frau sie am Wochenende bei ihren Besuchen im Gefängnis mitbringt? Und wer weiß, ob dich deine Tochter immer noch besucht, wenn sie allmählich älter wird und herausfindet, daß du wegen Mordes lebenslänglich einsitzt. Du mußt dich jetzt entscheiden, Tony. Welche Familie ist dir wichtiger? Deine Frau und deine Tochter – oder die Mafia?«

Varese starrte weiter unverwandt auf den Teppich. Langsam begann ihm zu dämmern, wie es wirklich um ihn stand. Schließlich blickte er zu Grecco hoch. »Du würdest mich beschützen, wenn ich gegen die Bosse aussage?«

»Du kämst sofort in den Genuß der Kronzeugenregelung; ihr würdet eine neue Identität erhalten, euch würde ein neues Leben geschenkt. Du wärst in Sicherheit.«

»Würde ich denn zunächst ins Gefängnis kommen?« fragte Varese. Die Unsicherheit in seiner Stimme war immer noch deutlich zu hören.

»Das würde davon abhängen, welche Informationen du dem Staatsanwalt geben könntest. Je mehr Informationen du ihm gibst, desto mehr Flexibilität wird er dir gegenüber an den Tag legen.«

»Ich kann euch Carmine Germino ans Messer liefern. Ihm kann ich genug vorwerfen, um ihn lebenslang hinter Gitter zu bringen. Für seine Stellvertreter gilt das gleiche. Die letzten fünf Jahre war ich bei allen Versammlungen dabei, auf denen sie ihre Strategie festlegten. Ich kann euch die Nummern von Bankkonten auf der ganzen Welt geben, die der Germino-Clan benutzt, um die Gelder aus ihren Drogengeschäften zu waschen. Und ich kann euch die Namen führender Politiker sagen, die Germino in seiner Gewalt hat. Doch Martin werde ich euch nicht ausliefern, zumindest nicht direkt. Aus meinen Aussagen über Germino und seine Stellvertreter bekommt ihr genügend Belastungsmaterial gegen ihn zusammen. Doch bevor ich eurem Staatsanwalt irgend etwas erzähle, will ich eine Garantie, daß ich nicht ins Gefängnis muß. Denn ich weiß, daß ich dort nie mehr lebend herauskomme. Selbst wenn man mich in eine Einzelzelle stecken würde, fänden sie eine Möglichkeit, mich zu erwischen. Davon hängt alles ab.«

»Warum diese zwanghafte Loyalität gegenüber Navarro?« fragte Whitlock.

»Weil sie miteinander verwandt sind«, informierte ihn Grecco.

Varese nickte. »Martin ist mein Halbbruder. Wir hatten die gleiche Mutter. Ich war der mit den Muskeln, Martin war der mit dem Köpfchen. Er hat immer versucht, uns aus allen Schwierigkeiten herauszureden, aber wenn das nicht half, gebrauchte ich meine Fäuste. Man könnte vermutlich sagen, daß ich in unserer Jugendzeit immer derjenige war, der auf Martin aufpaßte. Seit wir uns jedoch dem Clan angeschlossen haben, wurde alles anders. Ab da war er es, der auf mich aufpaßte. Martin bestand darauf, mich als seine rechte Hand zu haben. Germino wollte, daß Martin sich glücklich fühlte, daher war er einverstanden. Loyalität gegenüber der Familie bedeutet uns Italienern eine Menge, Grecco. Das solltest du wissen.«

»Das weiß ich auch.«

Vareses Blick wanderte von Grecco zu Whitlock. »Ihr kennt meine Bedingungen. Gebt sie an den Staatsanwalt weiter. Es sollte euch nicht schwerfallen, mich zu finden, wenn ihr seine Antwort habt.«

Als man Varese abgeführt hatte, wandte sich Grecco an Whitlock. »Jetzt muß ich noch meine Vorgesetzten und den Staatsanwalt davon überzeugen, sich auf diesen Handel einzulassen. Machen wir uns nichts vor! Varese nicht ins Gefängnis zu stecken ist ein geringer Preis für einen entscheidenden Schlag gegen die gesamte Spitze des Germino-Clans. Doch ich schätze, am Ende läuft doch alles nur auf Politik hinaus, nicht wahr?«

»Ist das nicht immer so?« entgegnete Whitlock, als sie das Zimmer verließen.

Graham und Sabrina flogen mit dem Hubschrauber nach Milford. Sie wurden von Jim Kingsland empfangen, einem frischgebackenen Absolventen der FBI-Akademie, der am frühen Morgen vom Hauptquartier der FBI in New York hergeschickt worden war, um mit der örtlichen Polizeibehörde zusammenzuarbeiten. Man hatte ihm lediglich mitgeteilt, Graham und Sabrina seien dem FBI ›angeschlossen‹, und er solle mit ihnen auf allen Ebenen kooperieren. Die Unbestimmtheit dieser Anordnungen gefiel ihm nicht, aber er hütete sich davor, sie anzuzweifeln.

Kingsland fuhr sie zum Hafenbecken. Graham und Sabrina waren fest entschlossen, Killen und seine Männer für den Mord an Billy Peterson und den versuchten Mord an ihrem Kollegen dingfest zu machen. Und wenn dabei Informationen über die Verbindung zwischen der Ladung der *Ventura* und der IRA herauskamen, um so besser. Vor den Haupttoren warteten bereits zwei Streifenwagen auf sie. Einer der Streifenwagen folgte ihnen auf das Hafengelände und parkte neben ihnen vor dem Büro des Hafenmeisters.

»Kingsland, Sie und die beiden Uniformierten schnappen sich Woods und Nachett«, sagte Graham und stieg aus dem Wagen. »Sabrina und ich knöpfen uns Jess Killen vor.«

Als sie Killens Büro erreicht hatten, klopfte Graham an und trat ein. Killen telefonierte gerade, mit den Füßen auf dem Schreibtisch. Er nickte Graham zu, musterte Sabrina eingehend und fuhr sich mit der Zunge über die Lippen, als er mit den Augen von oben bis unten an ihrem Körper entlangwanderte.

Graham streckte den Arm aus und riß Killen den Hörer aus der Hand. »Er ruft Sie in zwanzig Jahren wieder zurück«, sagte er. Dann knallte er den Hörer auf die Gabel. »Sind Sie Jess Killen?«

»Ja, ich bin Killen. Was zum Teufel geht hier vor? Sie können doch nicht einfach kommen . . .«

»Sonderagent Graham und Agentin Carver«, unterbrach ihn Graham. Er hielt seinen Ausweis hoch, zog einen Haftbefehl aus der Tasche und legte ihn auf den Schreibtisch. »Jess Killen, Sie sind verhaftet wegen Mordes an William Peterson. Alles, was Sie . . .«

»Ersparen Sie mir die Belehrungen«, fauchte Killen sie an. »Ich will meinen Rechtsanwalt sprechen!«

Graham legte die Hand auf den Hörer und las Killen

seine Rechte vor. »Aufstehen, Killen! Hände gegen die Wand, Füße auseinander!«

»Denken Sie, ich würde eine Waffe tragen?« fragte Killen wütend. »Ich bin Hafenaufseher und kein Revolverheld.«

»Wird's bald?« zischte Graham drohend.

Killen stieß einen Fluch aus, erhob sich und nahm die geforderte Haltung ein. Graham durchsuchte ihn kurz. Er war unbewaffnet.

»Zufrieden?« fuhr ihn Killen an. »Wer ist überhaupt dieser William Peterson?«

»Billy Peterson«, sagte Sabrina. »Er hat doch hier gearbeitet, erinnern Sie sich nicht? Und dann, eines Nachts, verschwand er einfach. Keiner hat seitdem etwas von ihm gehört oder gesehen.«

»Ach ja, und was hat das mit mir zu tun?«

»Sie haben ihn umgebracht. Zunächst haben Sie ihn bewußtlos geschlagen, dann haben Sie ihm eine Kugel in den Hinterkopf gejagt«, sagte Graham zu ihm.

»Haben Sie einen Zeugen, um das zu beweisen?«

»Den haben wir tatsächlich«, antwortete Sabrina, zog ein Foto aus ihrer Tasche und streckte es Killen hin. »Fabio Paluzzi. Einer von uns. Sie kennen ihn unter dem Namen Pasconi, als italienischen Journalisten.«

»Als Sie und Ihre beiden Muskelprotze den Wagen ins Wasser schoben, ist er nämlich nicht ertrunken«, informierte ihn Graham. »In diesem Moment lesen unsere Kollegen gerade Woods und Nachett ihre Rechte vor. Ich würde sagen, jetzt wäre ein guter Zeitpunkt, um Ihren Rechtsanwalt anzurufen, Killen.«

Killen nahm den Hörer ab. Plötzlich verpaßte er Graham einen Faustschlag und erwischte ihn seitlich am Kopf. Graham stolperte nach hinten gegen Sabrina und stieß ihr die Waffe aus der Hand, die unter den Schreibtisch rutschte. Mit einem Satz war Killen an ihnen vorbei und verschwand durch die Tür. Sabrina suchte unter dem Schreibtisch nach der Waffe, fand sie nicht und lief kurz entschlossen hinter Killen her.

Graham kam auf die Beine und berührte sein Gesicht.

Am rechten Augenwinkel blutete er. Wütend fluchend rannte er nach draußen; weder Killen noch Sabrina waren irgendwo zu sehen. Er blickte sich um, versuchte sich vorzustellen, in welche Richtung er an Killens Stelle davongelaufen wäre. Zum Lagerhaus? Hinter das Lagerhaus? Genau, wahrscheinlich hatte er sich hinter das Lagerhaus verkrochen. Dort standen jede Menge Büsche. Ein guter Platz, um sich aus dem Staub zu machen, ohne gesehen zu werden. Graham zog seine Beretta aus dem Halfter und wollte gerade um die Ecke zur Rückseite des Lagerhauses laufen, als er aus den Augenwinkeln heraus eine Bewegung bemerkte. Mit erhobener Pistole wirbelte er herum.

Langsam kam Killen aus dem Lagerhaus heraus, sein Arm war um Sabrinas Kehle gelegt. Er hielt ihr einen Schraubenzieher an die Kehle. »Okay, Bulle, laß das Ding fallen!«

Graham hielt die Beretta weiter auf Killen gerichtet, doch war ein Schuß viel zu gefährlich. Die Spitze des Schraubenziehers an Sabrinas Kehle bedeutete ein zu großes Risiko.

»Laß sie los, Killen!«

»Ich sagte, die Pistole fallen lassen!« fauchte Killen zurück.

»Tu's nicht, Mike!« rief Sabrina.

»Halt die Schnauze!« herrschte Killen sie an und verstärkte den Druck der Schraubenzieherspitze gegen ihre Kehle. Sie durchstieß die Haut, Blut sickerte auf ihr Sweatshirt. Killen schluckte nervös. »Ich will, daß sofort ein Wagen hierhergebracht wird. Dann werden die Lady und ich eine kleine Spazierfahrt unternehmen. Sobald ich hier herauskomme, lasse ich sie frei.«

»Die Lady wird mit dir nirgendwo hingehen«, sagte Sabrina ruhig. »Du solltest mich also besser direkt umbringen.«

In diesem Moment tauchten Kingsland und einer der uniformierten Polizisten mit vorgehaltenen Pistolen hinter Killen auf.

»Den Schraubenzieher weg!« befahl Kingsland.

»Immer mit der Ruhe, Killen!« rief Graham und hielt die Hand hoch. Killen blickte besorgt über seine Schulter.

Langsam ging Kingsland auf Killen zu. »Ich will, daß Sie den Schraubenzieher nach unten senken, und zwar ganz langsam.«

»Bleib zurück, Junge«, zischte Graham wütend. »Bleib bloß zurück!«

Kingslands Augen schnellten zu Graham hinüber. »Ich bin ausgebildeter . . .«

»Zurückbleiben!« brüllte Graham und richtete die Beretta auf Kingsland. »Noch ein Schritt weiter, und ich schieße!«

Kingsland erstarrte.

Graham wandte sich Killen wieder zu. »Sie würde nicht mitgehen, auch wenn ich dir den Wagen besorge. Was machst du dann? Willst du sie umbringen? Wenn du das tust, pumpe ich dich voll Blei. Und ich verspreche dir, erst die letzte Kugel wird dich umbringen.«

»Ich bringe sie um, Bulle. Ich schwöre dir, ich bring' sie um!«

»Dann tu's doch! Oder traust du dich nicht?«

»Warten Sie!« rief Kingsland und starrte Graham ungläubig an. »Killen, wir besorgen Ihnen, was immer Sie haben wollen. Lassen Sie nur die Frau in Ruhe!«

»Der Junge ist gar nicht befugt, dir irgend etwas zu besorgen.« Langsam hob Graham die Beretta und zielte auf Killens Kopf. »Ich zähle bis fünf. Wenn du sie bis dahin nicht freigelassen hast, lege ich dich um. Du hast die Wahl, Killen.«

»Wenn du mich umbringst, ist sie tot«, gab Killen zurück. Wütend zwinkerte er mit den Augen, Schweiß lief ihm übers Gesicht.

»Eins.«

Killen schluckte nervös, starrte auf die Beretta in Grahams Hand.

»Zwei.«

»Das würdest du nicht tun«, sagte Killen und faßte den Schraubenzieher fester. »Sie ist deine Partnerin. Du würdest ihr Leben nicht auf diese Weise aufs Spiel setzen.«

»Drei.«

Graham feuerte. Die Kugel traf Killen in die Stirn. Der Schraubenzieher schlitzte die Seite ihres Halses auf, als Killen fiel. Sabrina schlug seine Hand weg und stolperte nach hinten. Blut floß aus der klaffenden Wunde an ihrem Hals. Sie ging in die Hocke, zog ein Taschentuch aus ihrer Tasche und preßte es gegen ihren Hals. Sofort schob Kingsland seine Pistole ins Halfter und eilte zu ihr, aber sie wich zurück, als er versuchte, ihr hochzuhelfen.

»Laß sie!« fuhr ihn Graham an, dann drehte er sich zu dem Polizisten um, der sich über Killen gebeugt hatte und nach einem Lebenszeichen suchte.

Schließlich schüttelte der Polizist den Kopf, richtete sich wieder auf und begann, die Gruppe von Zuschauern auseinanderzutreiben, die von den Schüssen alarmiert worden waren.

»Kingsland, bestellen Sie über Funk einen Krankenwagen!«

Kingsland warf Graham einen wütenden Blick zu, hütete sich aber, Einwände zu machen. Er lief auf einen Zivilwagen der Polizei zu.

Graham kauerte sich neben Sabrina, neigte sanft ihren Kopf nach hinten und zog behutsam das Taschentuch von ihrem Hals weg. »Es sieht schlimmer aus, als es ist. Aber wir bringen dich trotzdem ins Krankenhaus.«

»Das war ein Meisterschuß«, sagte sie und zuckte zusammen, als sie das Taschentuch wieder gegen ihren Hals preßte.

»Ja«, sagte Graham und half ihr auf die Beine. »Um ein Haar hätte ich zugelassen, daß man dich tötet.«

»Du hättest zugelassen, daß man mich tötet, wenn du bis fünf weitergezählt hättest. Es war offensichtlich, daß Killen verzweifelt war. Ich habe es gespürt.« Sie legte ihm eine Hand auf den Arm. »Ich lebe noch, nicht wahr? Deswegen war es ja auch ein Meisterschuß!«

Atemlos kehrte Kingsland zurück. »Der Krankenwagen ist unterwegs.«

»Gut«, erwiderte Graham.

»Die Sache ist damit aber alles andere als erledigt. Mr. Graham. Sie haben nicht nur das Leben Ihrer Partnerin offensichtlich fahrlässig aufs Spiel gesetzt, sondern auch mein Leben bedroht, als ich versuchte, mit Killen zu verhandeln. Obendrein haben Sie Killen nicht einmal eine Chance gelassen, sich zu ergeben. Sie haben ihn ohne Vorwarnung erschossen. Sie können davon ausgehen, daß das alles in meinem Bericht stehen wird.«

»Da bin ich mir ganz sicher«, meinte Graham verächtlich.

»Und ich habe einen Zeugen, der meine Angaben bestätigen kann.« Kingsland wandte sich an den Polizisten. »Sie waren dabei. Sie haben alles gesehen.«

»Ich sah, daß Mr. Graham seiner Partnerin das Leben rettete.«

»Haben Sie etwa nicht gehört, daß er zu Killen sagte, er würde bis fünf zählen? Er hat ihm keine Chance gelassen, sich zu ergeben.«

»Zählen?« Der Polizist zuckte die Schultern. »Ich habe keinen zählen gehört.«

»Was sagen Sie da?« fragte Kingsland herausfordernd.

»Sie mögen ja derjenige sein, der gerade an irgendeinem schicken College seinen Abschluß gemacht hat, aber ich bin derjenige, der zwanzig Jahre Erfahrung hinter sich hat«, meinte der Polizist kalt. »Das hier ist die wirkliche Welt und keine simulierte Situation aus Ihrem Lehrbuch. Begreifen Sie das, sonst werden Sie es in diesem Geschäft nicht lange machen.«

Kingsland starrte den Polizisten wütend an, dann ging er mit großen Schritten davon.

»Danke für die Hilfe, mein Freund«, sagte Graham zu dem Polizisten.

»Sie mußten innerhalb von Sekundenbruchteilen eine Entscheidung treffen, und genau darauf kommt es doch an, nicht wahr?« Der Polizist schaute sich um. Aus dem Lagerhaus kamen immer mehr Arbeiter zum Vorschein, um einen Blick auf Killens Leiche zu werfen. »Entschuldigen Sie, ich sollte besser etwas holen, mit dem man die Leiche abdecken kann.«

Graham ging zu Sabrina hinüber, die auf einer Holzkiste saß. Das blutverschmierte Taschentuch preßte sie immer noch gegen ihren Hals. Er setzte sich neben sie. »Wie geht es dir?«

»Es könnte um einiges schlimmer sein«, antwortete sie und beobachtete, wie der Polizist eine Plane über Killens Leiche legte.

Graham schaute auf seine Uhr. »Ich denke nicht, daß wir unter diesen Umständen rechtzeitig zur Lagebesprechung beim Colonel sind. Ich rufe ihn vom Krankenhaus aus an und sage ihm, wir würden uns verspäten.«

»Das wird seine Stimmung mit Sicherheit heben. Du weißt doch, wie sehr er es haßt, wenn man ihn warten läßt.«

»Ich kann immer noch nicht glauben, daß er wieder das Ruder in der Hand hält. Er mag ja manchmal wie ein altes Fossil wirken, momentan ist er aber die einzige Person, die in der Lage ist, die Organisation zu retten.«

»Wenn es dafür nicht schon zu spät ist.«

Graham und Sabrina trafen vierzig Minuten nach dem vereinbarten Beginn der Lagebesprechung ein.

»Tut mir leid, daß wir zu spät kommen, Sir«, sagte Graham. »Ich hoffe, Sie haben meine Nachricht erhalten. Sabrina mußte vor unserem Rückflug von Milford noch in ärztliche Behandlung.«

»Ja, ich habe alles über den Vorfall am Hafen gehört«, erwiderte Philpott. Dann schaute er Sabrina an. »Wie geht es Ihrem Hals?«

Unwillkürlich wanderte Sabrinas Hand zu dem Schal, den sie um den Hals trug. »Nichts Schlimmes, Sir. Es mußte genäht werden – aber nur ein paar Stiche.«

»Wie haben Sie davon erfahren, Sir?« fragte Graham.

»Ein höherer Beamter des örtlichen FBI rief mich an. Er sagte, Sie hätten einem seiner Männer gedroht, ihn umzubringen, und einen Verdächtigen ohne Vorwarnung erschossen.«

»Sie schickten uns einen völlig unerfahrenen Jungen, der frisch von der Akademie kam, Sir«, schaltete sich Sabrina ein, bevor Graham eine Chance hatte, sich zu verteidigen.

»Er hielt sich genau an die Vorschriften. Wenn Mike nicht zum richtigen Zeitpunkt eingegriffen hätte, wäre ich von Killen mit ziemlicher Sicherheit erstochen worden. Mike hat mir das Leben gerettet, Sir. Ich glaube nicht, daß er sich dafür rechtfertigen muß.«

Philpott nickte langsam. »Nein, das muß er auch nicht. Ich habe inzwischen mit einem Sergeant Kelley von der Polizei in Milford gesprochen.« Er schaute Graham an. »Er hat eine hohe Meinung von Ihnen, Mike. Ich kann nur feststellen, daß Sie unter Druck eine Entscheidung fällten, während Sabrinas Leben bedroht wurde. Sabrina lebt. Für mich ist die Sache damit erledigt. Und jetzt setzen Sie sich.«

Graham und Sabrina wechselten mißtrauische Blicke, als sie sich auf das nächstbeste Sofa setzten. Philpott war ungewöhnlich verständnisvoll. Von dem oftmals diktatorischen Philpott von früher war das himmelweit entfernt. Hatte der Herzinfarkt ihn umgänglicher gemacht?

»Ist irgend etwas?« fragte Philpott.

»Nein, Sir«, antwortete Graham mit einem schnellen Lächeln.

Philpott schlug die vor ihm liegende Mappe auf. »In der letzten Stunde sind eine gute und eine schlechte Nachricht bei mir eingetroffen. Ich hielt es für das beste, zu warten, bis Sie alle hier sind, bevor ich sie an Sie weitergebe. Die schlechte Nachricht besagt, daß die maßgeblichen Regierungsstellen in London beschlossen haben, Eastman nicht vor ein Gericht zu stellen.«

»Dann befindet sich der Bastard also auf freiem Fuß«, zischte Graham verärgert.

»Was blieb ihnen anderes übrig? Stellen Sie sich nur vor, was die Presse daraus gemacht hätte, wenn jemals herausgekommen wäre, daß hinter dem Attentat auf Scoby eigentlich ein führender Mitarbeiter der Sonderabteilung für Terroristenbekämpfung stand. Das hätte das Vertrauen der Öffentlichkeit in die britische Polizei zunichte gemacht.«

»Was wird mit ihm geschehen?« fragte Sabrina.

»Er wurde bereits seines Amtes enthoben und aus der Polizei entlassen. Wer weiß, was ihm die Zukunft bringt? Wenn die IRA jemals herausfinden sollte, was tatsächlich geschehen ist, wird sie ihn umbringen lassen, ohne auch nur einen Augenblick zu zögern. Und das ist etwas, mit dem er bis zu seinem Tod wird leben müssen. Ich möchte bestimmt nicht mit ihm tauschen.«

»Und die gute Nachricht?« fragte Sabrina.

»Ich habe mich heute früh mit einem der leitenden Berater des Präsidenten getroffen, ihm unsere Situation erläutert und ihn gebeten, den Inhalt des Gesprächs an den Präsidenten weiterzugeben. Nun, eben hat mich der Präsident angerufen. Er versicherte mir, daß die UNACO wie bisher unter der Schirmherrschaft der Vereinten Nationen operieren wird. Keiner von Ihnen muß also anfangen, seinen Lebenslauf zu schreiben.«

»Wie haben Sie es denn geschafft, ihn auf unsere Seite zu ziehen, Sir?« fragte Whitlock erstaunt.

»Wir kamen zu einer Einigung. Der Präsident wollte, daß ein Schlußstrich unter die Affäre um Scoby gezogen wird. Ich wollte die Zusicherung, daß man die UNACO nicht wegen der Ereignisse in Irland opfert. Das bedeutet für uns: Weder Scoby noch Tillman sind jemals mit den Kolumbianern übereingekommen, Kokain in dieses Land einzuführen. Das Treffen zwischen Tillman und Navarro hat nie stattgefunden. Nicht einmal Melissa Scoby darf die Wahrheit erfahren. So wünscht es der Präsident. Und da auf amerikanischem Boden keine Drogen ihren Besitzer gewechselt haben, haben wir meines Erachtens bezüglich dieser Vereinbarung auch unser Ziel erreicht.«

»Was ist mit Navarro und Varese? Läßt man die auch einfach laufen?«

Philpott überließ Whitlock die Antwort auf Grahams Frage.

»Tony Varese hat mit unserem alten Freund Frankie Grecco abgemacht, daß die DEA dem Staatsanwalt nahelegt, alle Anklagen gegen ihn fallenzulassen«, teilte ihnen Whitlock mit. »Im Gegenzug wird Varese gegen den Germino-Clan aussagen. Carmine Germino und vier seiner engsten Vertrauten sitzen bereits in Untersuchungshaft. Vareses einzige Bedingung war, nicht gegen Navarro aussagen zu müssen. Aus persönlichen Gründen. Gegen die anderen kommt aber so viel Belastungsmaterial zusammen, daß die DEA zuversichtlich ist, trotzdem eine hieb- und stichfeste Anklage gegen Navarro erheben zu können. Sie werden für lange Zeit hinter Gefängnismauern verschwinden.«

»Was ist mit dem Mord an Tillman?« fragte Graham.

»Er wird als ungelöster Fall in die Statistik der New Yorker Polizei eingehen«, erwiderte Philpott. »Das Videoband wird vernichtet, sobald Varese seine Aussagen gemacht hat und im Rahmen der Kronzeugenregelung zu seinem Schutz eine neue Identität erhält.«

»Der Fall hat noch eine weitere interessante Wendung genommen«, meinte Kolchinsky. »Heute morgen erhielten wir ein Fax von unserem Verbindungsmann in Medellin. Miguel Cabrera, Navarros Spitzel im Medellin-Kartell, kam letzte Nacht bei der Explosion einer Autobombe ums Leben. Es gilt als sicher, daß der Mord an ihm von Navarro in Auftrag gegeben wurde, um ihn zum Schweigen zu bringen, nachdem die Vereinbarung geplatzt war. Es erschient als äußerst unwahrscheinlich, daß sein Vater von seinen Diensten für Navarro Wind bekam und ihn umbringen ließ.«

»In diesem Fall wäre er nicht durch eine Autobombe getötet worden«, sagte Graham. »Sie können sicher sein, daß man Miguel Cabrera einen langsamen und qualvollen Tod hätte sterben lassen. Die Kolumbianer gehen nicht besonders freundlich mit Denunzianten um.«

Philpott ging mit dem Finger die vor ihm liegende Liste durch. »Einen letzten Punkt gibt es noch, mit dem sich der Kreis hinsichtlich der Waffen schließt, die letzte Woche auf Nantucket Island gefunden wurden. Varese hat Grecco bereits erzählt, daß der Germino-Clan einer der Hauptlieferanten von Waffen für die IRA war. Das Waffenlager an Bord der *Ventura* war für Sean Farrell bestimmt. Ihr Freund Killen hätte sich zweifellos dazu bewegen lassen, das zu bestätigen – wäre er nicht tot. Scotland Yard hat aber auch so genügend Beweismaterial, um Farrell mit einer Anklage wegen Waffenschmuggels dingfest zu machen. Farrell stellt alllerdings sowieso keine große Gefahr mehr dar. Seine Liaison mit Fiona Gallagher hat nicht nur seine Glaubwürdigkeit zerstört, sondern auch seine Zukunft in der IRA beendet. Es geht das Gerücht um, daß ihn das gleiche Schicksal ereilen wird wie Brady.«

»Das wäre doch gar nicht schlecht, nicht wahr?« meinte Whitlock.

Philpott blätterte in den vor ihm liegenden Papieren, bis er gefunden hatte, was er suchte. »Jetzt kommen wir zu dem Ersatz für Fabio.«

»Ich dachte, C. W. würde wieder für Einsätze zur Verfügung stehen«, meinte Graham und blickte zu Whitlock hinüber.

»Das ist auch der Fall«, bestätigte Philpott. »Doch ich brauche einen Leiter für Einsatzgruppe Sieben, falls es zu deren Wiederaufbau kommt. Und C. W. ist dafür bestens geeignet.«

»Ich dachte, man würde mich gemeinsam mit Mike und Sabrina einsetzen«, sagte Whitlock überrascht.

»Falls Sie das vergessen haben sollten: Als Sie in die Verwaltung wechselten, wurde Mike zum Teamführer befördert«, erinnerte ihn Philpott. »In einer Einheit kann es keine zwei Teamführer geben.«

»In diesem Fall verzichte ich auf meine Führungsposition«, warf Graham ein. »Ich weiß, daß ich auch für Sabrina spreche, wenn ich sage, daß wir C. W. in Gruppe Drei haben wollen. Machen wir uns doch nichts vor. Die UNACO wird die nächsten paar Monate in Bestform sein müssen, wenn wir weltweit bei den anderen Geheimdiensten wieder glaubwürdig werden wollen.«

»Mike hat recht, Sir«, ergänzte Sabrina. »Es wäre Wahnsinn, das Team zu einem solchen Zeitpunkt auseinanderzureißen. Wir müssen unsere Position innerhalb der Geheimdienste festigen, und das können wir nicht, wenn wir ein neues Team aufbauen. Neurekrutierungen von außerhalb und nötigenfalls Beförderungen innerhalb der Organisation sind jetzt die richtige Vorgehensweise. Mir fallen ein halbes Dutzend Mitarbeiter ein, die Sie ins Spiel bringen könnten, um Dave Swain zu ersetzen. Das würde auch die Stimmung in der Organisation verbessern.«

»Seid Ihr beide vielleicht jetzt damit fertig, mich über gutes Management zu belehren?« fragte Philpott und blickte sie nacheinander an.

Beide nickten ernsthaft.

»Ihr habt offensichtlich präzise Ansichten zu diesem Thema. Und überraschenderweise ist das, was ihr sagtet, sogar teilweise ganz vernünftig. C. W., Sie werden als Leiter der Einsatzgruppe Drei wiedereingesetzt.«

»Danke, Sir«, sagte Whitlock strahlend.

»Das heißt allerdings nicht, daß Sie das alte Fossil über den Tisch gezogen haben«, knurrte Philpott und blickte Graham direkt an. »Vergessen Sie das nicht.«

»Sir, Sie wollen doch nicht etwa andeuten, daß ich Sie als Fossil . . .« Graham sprach den Satz nicht zu Ende und zuckte verlegen mit den Schultern. Als er sich jedoch hilfesuchend nach Sabrina umdrehte, schaute sie hinunter auf ihre Füße und bemühte sich krampfhaft, nicht zu lachen.

»Ich bin mir sicher, daß es als Kosewort gemeint war«, sagte Philpott mit einem wissenden Lächeln. Er klappte die Mappe zu. »Das ist alles. Ich danke Ihnen. Sie haben den Rest der Woche frei. Vergewissern Sie sich nur, immer Ihre Piepser dabeizuhaben, damit wir Sie erreichen, wenn irgend etwas anstehen sollte. Mike, das gilt auch für das Spiel heute abend.«

»Das versteht sich doch von selbst, Sir«, versicherte ihm Graham. »Aber woher wissen Sie eigentlich, daß ich zu dem Spiel gehe?«

»Die Giants gegen die Redskins in Meadowlands? Ich weiß doch, daß Sie das um keinen Preis der Welt verpassen würden!«

»Stimmt, Sir«, sagte Graham lächelnd.

»Aber ich möchte immer noch, daß Sie mir als erstes morgen früh die noch ausstehenden Berichte auf den

Schreibtisch legen. Ich kann den Generalsekretär nicht länger hinhalten.«

»Die werden Sie bekommen, Sir«, versicherte ihm Graham.

Philpott betätigte die Schiebetür, dann blätterte er wieder eine der Mappen auf dem Schreibtisch durch.

Als sich Whitlock zum Gehen wandte, berührte er Grahams Arm. »Frankie sagte, ich solle dir ausrichten, er wolle dich irgendwann anrufen und sich mit dir verabreden, um ein Spiel zu besuchen.«

»Frankie will mich immer anrufen und sich mit mir verabreden«, erwiderte Graham. »Nur macht er es nie.«

»Warum rufst du ihn nicht an und fragst, ob er heute abend zum Spiel kommt?« erkundigte sich Sabrina. »Vielleicht können wir uns ja dort mit ihm treffen!«

»Warum rufst du ihn nicht an?« gab Graham zurück. »Du stehst ihm doch viel näher als ich.«

»Was soll das denn heißen?« entgegnete sie in scharfem Ton.

»Es ist kein Geheimnis, daß du seit Frankies Scheidung einige Male mit ihm ausgegangen bist.«

»Sicher bin ich das. Aber wir hatten immer eine rein platonische Beziehung.«

»Frankie erzählt da aber ganz etwas anderes«, erwiderte Graham.

»Dann ist Frankie ein verdammter Lügner«, fuhr sie ihn ärgerlich an. »Und wenn du ihn heute abend beim Spiel sehen solltest, kannst du ihm das ausrichten! Nach der ganzen Mühe, die du dir gemacht hast, um die Karte zu bekommen, wäre es doch eine Schande, die zweite Karte verfallen zu lassen!«

Sie stürmte aus dem Zimmer, bevor Graham etwas dazu sagen konnte.

»Es freut mich zu sehen, daß Sie in der Zeit meiner Abwesenheit nichts von Ihrem Feingefühl verloren haben, Mike«, meinte Philpott und blickte von der Mappe auf seinem Schreibtisch hoch. »Diplomatisch wie immer.«

»Das war völlig unangebracht, Mike«, meinte Whitlock. »Du kennst doch Frankie und seine große Klappe. Ich denke, du solltest dich bei Sabrina entschuldigen.«

»Ihr habt recht«, meinte Graham und eilte aus dem Zimmer. Er holte Sabrina ein, als sie gerade auf den Knopf für den Fahrstuhl drücken wollte. »He, warte einen Moment, ja? Weißt du, ich war da drinnen ein wenig grob. Entschuldige bitte.«

Ihr Finger schwebte über dem Knopf, dann stieß sie einen tiefen Seufzer aus und ließ ihren Arm wieder sinken. »Frankie war ein großartiger Undercoveragent, einer der besten. Doch in seiner Freizeit verhielt er sich völlig anders. Da war er ein richtiger Macho, und zwar besonders dann, wenn er mit Frauen zusammen war. Ich konnte damit überhaupt nichts anfangen, und deshalb habe ich auch aufgehört, mich mit ihm zu treffen. Das ist alles. Und jetzt erzählst du, daß er behauptet, wir hätten etwas miteinander! Es ist wirklich traurig, daß ein Kerl wie Frankie diese Art von Geschichten erfinden muß, um sich stark zu fühlen.«

»Stimmt. Ich hätte das vorhin eben nicht sagen sollen. Tut mir leid.« Graham warf ihr einen fragenden Blick zu. »Willst du immer noch heute abend mit zum Spiel kommen?«

»Wirst du Frankie einladen?«

»Auf keinen Fall«, antwortete Graham.

»Dann bin ich dabei.« Sie kicherte in sich hinein. »Es wäre doch schade, wenn ich das Spiel nicht sehen könnte, nachdem ich über dem Atlantik drei Stunden damit verbracht habe, mir alle möglichen Spezialkenntnisse über American Football anzueignen.«

»Es wird dir gut gefallen. Du wirst sehen.«

Whitlock verließ den Bürotrakt der UNACO und kam auf sie zu. »Waffenstillstand?«

»Im Augenblick, ja«, antwortete Sabrina.

»Wo wir gerade von Waffenstillstand sprechen: Hast du schon mit Carmen gesprochen?« wollte Graham wissen.

»Gestern abend habe ich ihr die Nachricht schonend beigebracht. Genaugenommen sehr schonend.«

»Und?« drängte Sabrina.

»Nun, sie hat nicht gerade Freudentänze aufgeführt. Aber immerhin hat sie auch nicht ihre Koffer gepackt und ist gegangen. Ich denke, sie hat es akzeptiert, wenn auch widerwillig. Ich führe sie heute zum Abendessen in ihr Lieblingsrestaurant aus, ins Le Chantilly. Ich bin mir sicher, daß sie dann etwas dazu sagen wird.«

»Da bin ich mir auch ganz sicher.«

»Danke, Sabrina. Du hast mir sehr geholfen, ich fühle mich schon viel besser.« Whitlock drückte auf den Knopf für den Fahrstuhl. »Will jemand drüben bei McFeely's ein Bier?«

»Du zahlst?« fragte Graham, als sich die Fahrstuhltüren öffneten.

»Warum eigentlich nicht?« erwiderte Whitlock und folgte ihnen in den Fahrstuhl.

EPILOG

Eastman wußte genau, welchen Ort Marsh gemeint hatte, als er sagte, er solle ihn heute nachmittag um zwei Uhr am ›üblichen Platz‹ treffen. Es handelte sich um eine Lichtung in einem entlegenen Waldstück nahe Chadwell Heath, die sie auch in der Vergangenheit genutzt hatten, um sich mit Informanten zu treffen. Er wußte auch genau, warum Marsh ihn sehen wollte ...

Marshs Sportwagen stand bereits da, als Eastman ankam. Eastman stellte seinen Rover daneben ab und stieg aus. Ein kalter Wind war aufgekommen, seit er von zu Hause losgefahren war. Eastman blickte zum Himmel hoch, als er den Reißverschluß seines Blousons zuzog. Jeden Augenblick würde es anfangen zu regnen.

»John?« rief er und vergrub seine Hände in den Taschen.

Marsh trat zwischen den Stämmen einer Buchengruppe hervor. Er trug Jeans und eine ausgebeulte, altmodisch geschnittene Lederjacke; kühl lächelte er Eastman an. »Gut, dich zu sehen, Keith. Danke, daß du gekommen bist.«

»Wie ich dir bereits am Telefon sagte, wollte ich dich sowieso anrufen.«

»Laß uns ein paar Schritte gehen«, erwiderte Marsh und zeigte auf die Bäume hinter ihm.

»Aber sicher«, meinte Eastman, folgte Marsh und glich sich seinem Tempo an. »Hat man dich bereits wiedereingestellt?«

»Gestern. Aber ich bezweifle, daß Palmer mir jemals wieder vollständig über den Weg traut. Ich denke, du bist mir eine Erklärung schuldig, Keith.«

»Was hat denn Palmer über mich erzählt?« fragte Eastman.

»Nichts. Er läßt sich nur ungern in die Karten schauen. Der Einheit wurde mitgeteilt, daß du deiner führenden

Position enthoben wurdest und nicht länger Mitglied der Polizei bist. Was uns anbetrifft, ist alles zur Geheimsache erklärt worden.«

»Du mußt doch wissen, was geschehen ist, sonst wärst du nicht hier, oder?« erwiderte Eastman, blieb am Rand der Baumgruppe stehen und blickte auf den vor ihm liegenden Fluß.

Marsh ging zum Ufer hinunter, dann drehte er sich um und schaute Eastman an. »Was soll das denn heißen? Ich weiß nur, daß du in Dugaill verhaftet und von der UNACO verhört wurdest und dann den Dienst bei der Polizei quittieren mußtest. Man versucht, alles mögliche zu vertuschen, und weil du mich in diese ganze Geschichte hineingezogen hast, bleibe ich davon nicht unberührt. Du kannst mir zumindest erzählen, was wirklich geschah.«

»Warum? Damit du es an deine Vorgesetzten weitergeben kannst?« fragte Eastman verächtlich zurück.

»Offenbar sind meine Vorgesetzten bereits über das informiert, was hier gespielt wird, sonst hätten sie gar nicht erst angefangen, etwas zu vertuschen, oder?« entgegnete Marsh, nahm einen Stein vom Boden auf und ließ ihn über das Wasser hüpfen.

»Ich meinte gar nicht deine Vorgesetzten bei der Polizei. Ich meinte deine Brötchengeber bei der IRA.«

»Was?« fragte Marsh ungläubig, während seine Hand unter seine Jacke glitt.

»Untersteh dich, auch nur daran zu denken, John!« sagte Eastman und zog eine Browning aus der Tasche.

Marsh schluckte nervös und zog langsam seine Hand zurück. »Wie hast du das erfahren?«

»Fiona hat es herausgefunden«, antwortete Eastman. Als er Marshs überraschten Gesichtsausdruck sah, nickte er. »Oh, ich weiß, deine Rekrutierung sollte ein streng gehütetes Geheimnis sein, von dem nur die führenden Mitglieder des Armeerats etwas wissen durften, aber Kieran O'Connell machte den Fehler, Farrell davon zu erzählen. Fiona hatte Farrell völlig in der Hand, und er hat ihr alles berichtet. Ich denke, so was nennt man Bettgeflüster.«

»Wie lange wußtest du, daß ich für die IRA gearbeitet habe?«

»Seit Fiona entdeckte, daß du es warst, der Pat Gorman enttarnte. Du hast nie gesehen, was Brady Pat angetan hat, bevor er ihn schließlich umbrachte, nicht wahr? Es war barbarisch. Warum hast du überhaupt die Fronten gewechselt?«

»Ich hatte Schulden. Richtige Schulden. Und die konnte ich nicht mit meinem Polizeigehalt abdecken. Deswegen wurde ich zum Spitzel.«

»Und wieviel deiner Schulden hast du abbezahlt, indem du Pat enttarnt hast?«

Marsh hüllte sich in Schweigen.

»Ich hoffe, es war die Sache wert, Johnny. Das hoffe ich wirklich.«

»Wenn du die ganze Zeit über Bescheid wußtest, warum hast du mich nicht im Gefängnis verrotten lassen, als du noch die Chance dazu hattest?«

»Das war auch geplant«, antwortete Eastman. »Fiona hatte genug Belastungsmaterial gegen dich an der Hand, um dich lebenslänglich hinter Gitter zu bringen. Und sie beabsichtigte, dich vor Gericht in die Pfanne zu hauen. Doch ohne sie läßt sich die Anklage vermutlich nicht mehr aufrechterhalten. Und dieses Risiko wollte ich nicht eingehen. Also sagte ich Whitlock, du seist das Opfer. Und deshalb mußten sie dich wieder freilassen.«

»Damit du mich umbringen kannst?« gab Marsh zurück.

»Ich habe gelobt, Pats Tod zu rächen. Brady ist bereits tot. Du bist das letzte Steinchen in diesem Puzzle, Johnny!«

»Du wußtest, daß ich vorhatte, dich heute zu töten, nicht wahr?«

»Ich wußte, daß die Behörden mich niemals laufenlassen würden. Ich wußte zuviel. Gab es einen besseren Weg, mich zum Schweigen zu bringen, als die IRA die dreckige Arbeit für sie machen zu lassen? Ein anonymer Anruf an den Armeerat, und ich wäre geliefert. Ich schätze, auf diese Weise hat der Armeerat auch alles über mich herausgefunden, nicht wahr?«

Marsh nickte.

»Wieviel hat man ihm erzählt?«

»Genug, damit der Befehl ausgegeben wurde, dich umzulegen«, antwortete Marsh.

»Doch offensichtlich nicht genug, um mich mit Pat oder Fiona in Verbindung zu bringen«, folgerte Eastman. »Und das bedeutet, daß die Öffentlichkeit immer die IRA für den Mord an Scoby verantwortlich machen wird. Perfekt!«

»Wenn du mich tötest, bringt dir das gar nichts. Der Armeerat würde einfach jemand anderen auf dich ansetzen. Sie lassen nicht eher locker, bis sie dich gefunden haben. Ich bin deine einzige Chance, lebend aus dieser Sache herauszukommen. Wenn ich nämlich dem Armeerat berichte, daß ich dich getötet habe, wird der Mordbefehl aufgehoben. Du bist auf mich angewiesen, Keith! Kannst du das nicht begreifen?«

»Ich hatte bereits einen Plan, wie ich Fiona außer Landes hätte bringen können. Nun, jetzt werde ich diesen Plan für mich nutzen. Ich verfüge über alle nötigen Kontakte. Alles wurde bereits bis in die letzten Einzelheiten ausgetüftelt und umgesetzt. Ich garantiere dir, daß die IRA mich niemals finden wird. Du siehst also, ich bin überhaupt nicht auf dich angewiesen.«

Mit einem verzweifelten Griff versuchte Marsh, seine Pistole aus dem Halfter zu reißen. Eastman jagte ihm drei Kugeln in den Leib. Marsh vollführte eine groteske Drehbewegung, als er nach hinten in den Fluß stürzte. Regungslos starrte Eastman auf den leblosen Körper, der mit dem Gesicht nach unten im Wasser hin und her rollte. Dann schob er die Browning wieder in die Tasche und eilte zu seinem Wagen zurück.

Als er auf die Lichtung trat, sah er das rote Motorrad. Es stand hinter Marshs Toyota. Am Wagen lehnten zwei Männer in schwarzer Lederkleidung. Motorradhelme verdeckten ihre Gesichter. Beide waren mit Sturmgewehren bewaffnet. Eastman wußte, daß er sterben würde. Er griff noch in die Tasche nach seiner Browning, da fielen die tödlichen Schüsse.